Ullstein

ÜBER DAS BUCH:

Die Jäger des Roten Mondes
Dane Marsh ist ein Mann von der Erde – an einem Ort, wo Erdenmenschen nichts zu suchen hätten, entführt von außerirdischen Sklavenjägern, die allen Gesetzen zum Trotz Angehörige intelligenter Spezies kidnappen. Besonders mutige Sklaven werden zum Roten Mond gebracht und dort am Ende einer Dunkelperiode ausgesetzt, um zu kämpfen. Nur wer bis zur nächsten Dunkelperiode überlebt, ist frei und wird reich belohnt. Aber Überlebende sind äußerst selten, denn die Jäger des Roten Mondes lauern überall auf ihre Beute. Dane Marsh bleibt nichts anderes übrig, als sich mit anderen Gefangenen zusammenzutun. Mit ihnen versucht Marsh, die furchtbare Jagd zu überstehen. Als sie beginnt, weiß niemand, wer der Gegner eigentlich ist...
Die Flüchtlinge des Roten Mondes
Nachdem Dane Marsh, der Mann von der Erde, Rianna, seine Gefährtin, und das Echsenwesen Aratak die mörderische Jagd auf dem Roten Mond überstanden haben und in die Zivilisation zurückgekehrt sind, wären sie eigentlich in der Lage, ein beschauliches Leben zu führen. Doch schon bald folgen sie dem Ruf nach neuen Abenteuern. Er führt sie auf den unter Quarantäne stehenden Planeten Belsar IV, wo Mitglieder der Sternenföderation auf unerklärliche Weise verschwunden sind. Dort angekommen, müssen die drei feststellen, daß das Leben als Jagdwild auf dem Roten Mond ein Spaziergang gegen das war, was sie in dieser Dschungelwelt erwartet. Es beginnt ein Kampf auf Leben und Tod.

ZUR AUTORIN:

Marion Zimmer Bradley, Jahrgang 1930, entdeckte ihre Liebe zur Science-fiction-Literatur bereits im Alter von 16 Jahren. Ihre erste eigene Story erschien 1953 in dem Magazin VORTEX SF, und schon ihr erster Kurzroman BIRD OF PREY (1957) war nicht nur ein Volltreffer – er legte auch den Grundstein für den großangelegten Zyklus um DARKOVER, den Planeten der blutroten Sonne, mit dem die Autorin zu Weltruhm gelangte. Mit zunehmendem Erfolg und der damit verbundenen Selbständigkeit dem Zwang zur SF-Massenproduktion entronnen, konnte Marion Zimmer Bradley die Qualität ihrer Romane immer weiter verbessern und auf die Probleme eingehen, die ihr am Herzen liegen – so die Stellung der Frau in der SF und die Beziehungen der Geschlechter unter völlig neuen Bedingungen. Marion Zimmer Bradley ist die mit Abstand bekannteste, erfolgreichste und beliebteste SF-Autorin der Welt. Um ihre DARKOVER-Romane hat sich längst ein regelrechter Kult gebildet, der auch in Deutschland immer mehr Anhänger gewinnt.

MARION ZIMMER BRADLEY

Die Jäger des Roten Mondes
Die Flüchtlinge des Roten Mondes

ZWEI ROMANE

Ullstein

Moewig bei Ullstein
Amerikanische Originaltitel:
»Hunters Of The Red Moon«
»The Survivors«
Übersetzt von
Annette von Charpentier

Ungekürzte Ausgabe

Umschlagentwurf:
Hansbernd Lindemann
Umschlagillustration:
Silvia Christoph

Printed in Germany 1995
Druck und Verarbeitung:
Ebner Ulm
ISBN 3 548 23680 4

Juni 1995
Gedruckt auf alterungs-
beständigem Papier mit
chlorfrei gebleichtem Zellstoff

Von derselben Autorin
in der Reihe
Moewig bei Ullstein:

Hasturs Erbe (63515)
Die Flüchtlinge des Roten Mondes (63540)
Reise ohne Ende (63548)
Der verbotene Turm (63553)
Die Zeit der hundert Königreiche (63584)
Landung auf Darkover (63653)
Zauberschwestern (63884)
Die Monde von Darkover (63883)
Herrin der Falken (63886)
Das Schwert des Chaos (63702)
Die Winde von Darkover (62803)
Das Zauberschwert (62807)
Die blutige Sonne (62822)
Rote Sonne über Darkover (62827)
Die Erben von Hammerfell (62861)
Gildenhaus Thendara (62834)
Herrin der Stürme (62835)
Die Jäger des Roten Mondes (63528)
Kräfte der Comyn (62851)
Der Preis des Bewahrers/Freie Amazonen von Darkover (62874)
Die schwarze Schwesternschaft (62846)
Das Schwert des Aldones (62860)
Sharras Exil (62863)
Die Welt der Marion Zimmer Bradley (62864)
Die Weltenzerstörer (62855)
Die zerbrochene Kette (62862)

Die Deutsche Bibliothek –
CIP-Einheitsaufnahme

Bradley, Marion Zimmer:
Die Jäger des roten Mondes :
zwei Romane / Marion Zimmer
Bradley. [Übers. von Annette von
Charpentier]. – Ungekürzte Ausg. –
Frankfurt/M ; Berlin : Ullstein, 1995
(Ullstein-Buch ; Nr. 23680)
ISBN 3-548-23680-4
NE: GT

MARION ZIMMER BRADLEY

Die Jäger des Roten Mondes

ROMAN

Mein Dank und meine Anerkennung gelten

Paul Erwin Zimmer,

Marshal und Waffenexperte der „Society for Creative Anachronism“, der mich freundlicherweise mit Informationen über das Wesen und die Anwendung all jener Waffen versorgte, die bei der Jagd auf dem Roten Mond benutzt wurden, und damit die Glaubwürdigkeit der Jagdszenen absicherte. Der Leser wird jedoch dringend gebeten, ihn nicht für etwaige Fehler verantwortlich zu machen, die – wenn sie vorgekommen sind – meiner Unfähigkeit zuzuschreiben sind, das vorhandene Material adäquat zu benutzen. Was auch immer gut und richtig im Zusammenhang mit den geschilderten Waffen ist, habe ich meinem lieben Bruder zu danken; was hingegen falsch oder irreführend sein mag, habe ich zu verantworten.

M. Z. B.

1

Jener Lichtfleck hing, wie es schien, schon seit geraumer Zeit an derselben Stelle des Himmels.

Dane Marsh faulenzte auf dem Vordeck der *Seadrift*, nackt bis auf die Badehose und ein lose über seine sonnenverbrannten Schultern geworfenes Hemd, und beobachtete den reglosen Lichtfleck.

Sonnenlicht auf der Tragfläche eines Flugzeuges, dachte er, *ein Lebenszeichen, das erste seit Tagen. Menschliches Leben jedenfalls, ansonsten jede Menge fliegende Fische, Delphine und, je nachdem, wie weit man die Skala dessen ausdehnte, was man als Leben bezeichnen wollte, Billionen und aber Billionen von Krabben und Plankton.*

Aber wir sind jenseits der normalen Fluglinien und weit entfernt von den Schiffsrouten. Das letzte Schiff, das ich gesichtet habe, war der Tanker vor neunzehn Tagen.

Er fragte sich, ob es wirklich ein Flugzeug war.

Für einen Augenblick beschäftigte er sich mit dem Gedanken an Männer in feinen Anzügen, Frauen in Seidenstrümpfen und Pelzen, die achtzehnhundert Meilen von der nächsten Küste entfernt, in wohlgeordneten Reihen saßen, sich vielleicht sogar einen Film ansahen. Hier draußen, wo vor zweihundert Jahren Kapitän Bligh und zweiundzwanzig Männer, dem Hungertod nah und von der Sonne verbrannt, Wochen und Monate in einem offenen Boot gesegelt waren. Und nun überquerten die Pan American Airlines dasselbe Gebiet in ein paar Stunden, gerade Zeit genug für die Erstaufführung eines amerikanischen Films und ein paar Drinks.

So ein eisgekühlter Drink könnte mir jetzt nicht schaden, dachte Dane. Die *Seadrift* war zwar mit Proviant ganz gut versorgt, wenn man es recht bedachte, mit gefriergetrocknetem Chow Mein und

Boeuf Stroganoff, aber er hätte jetzt gern einen kühlen Long Drink auf Eis von einer dieser hübschen Stewardessen serviert bekommen. Ein Eisschrank auf einem Neun-Meter-Boot wäre allerdings etwas übertrieben gewesen.

Verdammt, dieses Flugzeug scheint sich nicht vom Fleck zu bewegen. Es hängt nur da. An einer Stelle.

Es kann also offensichtlich kein Flugzeug sein, sagte Dane zu sich selbst, ohne seinen bequemen Aussichtsplatz zu verlassen. Ein Lichtreflex auf einer Wolke oder so etwas.

Meilenweit um ihn herum, in jeder Richtung, erstreckte sich der ruhige Pazifik. Kleine Wellen trieben langsam, fast unmerklich aus dem Osten und verloren sich gen Sonnenuntergang. Die *Seadrift* glitt dahin. Das großflächige Spinnaker war gesetzt, um auch das leichteste Lüftchen einzufangen – gewöhnlich kam gegen Abend eine leichte Brise auf –, aber im Moment war sogar die einsame Besatzung überflüssig. Dane Marsh wußte, er sollte aufstehen, die Selbststeueranlage überprüfen, hinuntergehen, sich eine Kanne Tee machen und eine Angel aushängen, falls ein Fisch sich über Nacht hierher verirren würde, aber Sonne, Meer und Stille zusammen hatten eine fast hypnotisierende Wirkung auf ihn ausgeübt. Er starrte auf das ferne, reglose Licht, das immer mehr wie der typisch runde Sonnenreflex auf glänzendem Metall aussah, auf der Tragfläche eines weit entfernten Flugzeuges. Ihm gefiel der Gedanke, daß es ein Flugzeug war, daß andere menschliche Wesen in Sichtweite waren, wenn auch außer Reichweite. Stewardessen in Miniröcken.

Es ist jetzt genau zweihundertvierundachtzig Tage her, daß ich eine Frau gesehen habe, die englisch sprechen konnte. Oder selbst eine, die es nicht konnte. Warum, zum Teufel, kam ich überhaupt auf diese Idee? Allein in einem kleinen Boot um die Welt segeln! Wenn ich der erste wäre. Oder wenigstens der schnellste.

Damals schien es eben eine gute Idee zu sein, das war alles.

Was war schon dabei, daß er nicht der erste war? Heutzutage war alles, was es an Abenteuerlichem zu geben schien, schon getan. Den Mount Everest besteigen, allein um das Kap Horn segeln, den

Nordpol erreichen. Alles, außer zum Mond zu fliegen, und dazu brauchte man eine Ausbildung und Förderung, die er nie erhalten würde.

Ich beneide den ersten, der zu Fuß um ihn herumwandert, das wird ein Abenteuer für igendeinen verdammten Glückspilz, eines Tages ...

Widerwillig erhob sich Dane Marsh aus seiner bequemen Lage. Es gab Arbeit. Die Segel flatterten heftig unter den ersten Stößen des aufkommenden Nachtwindes. Er zurrte den Klüver und den ausgestellten Spinnaker etwas fester, bestimmte den Kurs neu und ging dann hinunter, um sich etwas zum Abendessen zu suchen. Die Kajüte unter Deck war erstickend heiß. Er hatte überlegt, ob er die ruhige See ausnutzen sollte, um etwas Warmes zu kochen, aber der Saunaeffekt entmutigte ihn. Er öffnete ein Paket Roggenknäckebrot und eine Dose Käse, schüttete Zitronenpulver in Trinkwasser und rührte Zucker hinein und trug Essen und Trinken an Deck, um die Brise zu nutzen.

Das Licht hielt sich lange in diesen Breiten und zu dieser Jahreszeit. Die Sonne verweilte und zeichnete karmesin- und scharlachrote Spuren auf das fast unbewegte Meer. Eine schmale Mondsichel, ein bloßer Fetzen Silber, hing tief und blaß über der untergehenden Sonne. Hoch darüber ein Schimmer des Abendsterns ...

Nein, dachte Dane Marsh ungläubig, *es ist dasselbe Licht!*

Er runzelte die Brauen, entschlossen, das Rätsel zu lösen. Ein Flugzeug? Zum Teufel, nein; das älteste Propellerflugzeug würde inzwischen außer Sicht sein. Eine Düsenmaschine wäre längst verschwunden, noch während er sie beobachtete. Ein Satellit? Nein, die bewegten sich weiter. Ein Wetterballon? Na ja, vielleicht konnte einer so weit von einer bewohnten Küste forttreiben, möglicherweise mit dem Wind von Australien, aber es wäre wirklich ungewöhnlich.

Er biß in sein Käsebrot und beobachtete das seltsame Licht, das in dem langsam verblassenden Zwielicht hing und heller zu werden schien. Es war anscheinend selbstleuchtend und hatte inzwischen den Durchmesser eines Golfballes.

Ein Wetterphänomen, ohne Zweifel, aber eines, auf das ich in den fünfzehn Jahren, die ich überwiegend auf dem Meer zugebracht habe, noch nicht gestoßen bin.

Na ja, sagte er zu sich selbst, *wenn* es auf See etwas zu lernen gab, dann war dies die Tatsache, daß man immer noch dazulernen konnte. Diese alte Welt hielt noch genügend Überraschungen bereit für Leute, die Augen und Ohren offenhielten, dachte Dane und kaute auf seinem Brot herum.

Es wurde größer. Es schien jetzt die Größe eines kleinen Tellers zu haben und zeigte sich in der Form irgendwie von rund nach oval verändert.

Ich frage mich, ob es das ist, was Leute sehen, die von fliegenden Untertassen berichten – Verzeihung, von unidentifizierten Flugobjekten! Dies hier war so sicher wie das Amen in der Kirche irgendeine Art Flugobjekt und ungefähr das Unidentifizierbarste, was er je gesehen hatte!

Nun konnte Dane erkennen, daß es definitiv massiv war. Da er keine Ahnung hatte, wie weit es wirklich entfernt war, konnte er auch die Größe nicht zuverlässig beurteilen. Mit wachsender Verwunderung und abenteuerlichen Vermutungen beobachtete er, wie es sich langsam der Wasseroberfläche näherte und immer größer wurde, größer, gewaltiger und von unglaublichen Umrissen.

Fliegende Untertasse? Eher ein fliegender Wolkenkratzer!

Es war größer als ein Ozeandampfer; größer als ein Tanker. Kein Flugzeug, das je gebaut worden war, hatte diese Ausmaße. *Nicht einmal die Russen ...*

Angst stieg in ihm hoch. Noch nicht die direkte Angst vor der großen Maschine, sondern – für einen Burschen wie Dane Marsh – eine tiefere, beklemmendere Angst.

Bin ich ausgeflippt? Einsamkeit tut den Menschen seltsame Dinge an ... Er mühte sich um Ruhe und faßte entschlossen nach dem vertrauten Mast der *Seadrift*. Die glatte weiße Farbe, die er gerade vor zwei Monaten erneuert hatte, bekam schon wieder Flecken vom unerbittlichen Salzfraß. Seine Hände waren vom Umgang mit Leinen und Spieren schwielig geworden. Der Puls, wegen der

Furcht ein wenig erhöht, schlug noch wahrnehmbar und gleichmäßig, und seine Augen waren klar, denn als er seinen Kopf umwandte und blinzelte, hatte sich das riesige Ding nicht von der Stelle bewegt.

Nun, jedenfalls bin ich nicht verrückt, habe weder Träume noch Halluzinationen.

Also: Selbst wenn es so etwas nicht gibt, ist das Ding definitiv dort. Wenn ich es sehe und mit meinen Augen alles stimmt, dann muß es existieren.

Und daher – der Atem stocke ihm beim nächsten, unentrinnbaren Schritt in seiner Logik –, *wenn kein Land der Erde jemals etwas auch nur annähernd Ähnliches gebaut hat, muß es irgendwie von außerhalb kommen.*

Er entdeckte, daß seine Arme und Beine trotz der Hitze des tropischen Sonnenuntergangs mit Gänsehaut bedeckt waren. *Außerhalb.* Mit einem einzigen großen Satz hatte sein Bewußtsein die langsamen Schritte der Wissenschaftler zu den Sternen hin überwunden. *Es gab etwas dort draußen!*

Ein angenehmer Schauder überfiel ihn. *Habe ich gedacht, es seien keine Abenteuer mehr übrig?*

Eisige Furcht folgte plötzlich diesem Gedanken. So lange Zeit, und sie hatten sogar ihre bloße Existenz geheimgehalten. Was würde passieren, wenn sie zufällig bemerkten, daß er sie bereits beobachtete? Er glaubt noch nicht, daß sie bösartig waren. Warum sollten sie? Ein Raumschiff, fähig, interstellare Entfernungen zurückzulegen (aus welchem seltsamen Metall war der Rumpf, fahl, mit einem Schimmer wie eine Pfauenfeder?), würde einem kleinen Schiff wie der *Seadrift* nicht mehr Beachtung schenken als er, Dane Marsh, einem fliegenden Fisch. (Was aber tat er, wenn ein fliegender Fisch morgens auf seinem Deck landete? Manchmal warf er ihn zurück ins Meer. Aber wenn er zufällig Hunger hatte, briet er ihn sich zum Frühstück.)

Dane Marsh begann mit schnellen, ruhigen Bewegungen sein Boot zu wenden. Er war neugierig, klar, aber er wollte lieber aus sicherer Entfernung weiter beobachten. Er hatte nicht das Bedürfnis, in einer Art galaktischer Bratpfanne zu enden.

Seine Arme erschienen ihm schwer und unbeholfen, als er sie hob, um die Leinen einzuholen; dann begann ein summender Laut, ein helles Klingeln, in seinen Ohren zu tönen. Er war besessen von dem Gefühl, wahnsinnig schnell etwas tun zu müssen, aber ihm schien, als wate er durch ein Becken mit klebrigem Sirup. Es kostete ihn gehörige Anstrengung, seinen Fuß von Deck zu heben, und das zunehmende Gefühl von Unwirklichkeit überfiel ihn mit neuem Schrecken.

Ist all das doch eine Halluzination? Ein böser Traum, der zum Alptraum wurde?

Mit wilder Entschlossenheit drehte er den Kopf herum, so daß er das große, verschwommene Schiff sehen konnte. Langsam, langsam öffnete sich eine Luke, und ein blendendes Licht strahlte heraus, aber Dane Marsh stürzte auf das Deck nieder und lag da und zappelte nur noch schwach, als er sich bemühte aufzustehen.

Als das Deck unter dem seltsamen, fremdartigen Schritt schwankte, war er bewußtlos, kämpfte aber im Traum weiter.

Sie waren abseits der normalen Fluglinien und weit entfernt von den Schiffsrouten, und kein anderes Auge auf der Erde sah das große Raumschiff, als es fünf Meilen über dem Pazifischen Ozean den Raum verließ. Die *Seadrift* wurde fünf Wochen später leer treibend von einer Jacht gefunden, die auf dem Weg nach Hawaii war...

2

Dane Marsh erlangte das Bewußtsein wieder und spürte einen rasenden Schmerz in der Kehle. Er tauchte aus verwirrten Alpträumen von wilden Bestien auf, die seine Halsschlagader umklammerten, Träumen von herausspritzendem Blut und von Gerüchen, die ihm einen irgendwie atavistischen Schrecken versetzten (Löwen, frisches Blut, leichter Verwesungsgeruch), und dann war er unvermittelt wieder bei Sinnen. Die weit aufgerissenen Augen nahmen ganz plötzlich die weiße, kalte Umgebung wahr, die beiden Gestalten (Alptraum! Mannsgroß, aber flachgesichtig, *fellbedeckt* – mit Löwenmähne!), die sich über ihn beugten. Die Nadeln immer noch in seiner Kehle. Er bäumte sich auf, spannte angeschwollene Muskeln und wollte schreien, aber lediglich eine vernichtende Taubheit, verschärft durch Sekundenbruchteile voller Todesangst, brach durch seine Kehle.

Er war festgeschnallt. An Händen und Füßen gebunden, konnte keinen Muskel bewegen.

Gepeinigt!

Von Entsetzen gepackt, preßte er die Augen wieder zu, dann, während er um Ruhe kämpfte, öffnete er sie wieder. Seine Kehle war jetzt taub, ohne Schmerzen. Hatten sie versucht, ihm die Stimmbänder zu entfernen? Die Hände der beiden löwengesichtigen Kreaturen, die feinfühlig an seiner Kehle arbeiteten, waren menschlichen Händen nicht unähnlich. Er fühlte jetzt überhaupt keinen Schmerz mehr, nur eine unangenehme Taubheit. Nun, was auch immer sie vorhatten, er konnte nicht einmal den kleinen Finger rühren, um sie daran zu hindern, und sie konnten nicht die Absicht haben, ihm größeres Leid zuzufügen, wenn sie sich die Mühe machten, ihn zu betäuben.

Dane sah sich um. Merkwürdige metallische Gebilde hingen von glatten Schotten; undefinierbar, aber er vermutete, die Fremden würden in einem modernen menschlichen Krankenhaus genauso verwirrt sein. Er betrachtete die beiden löwengesichtigen Gestalten und bemerkte zwei Daumen an ihren Händen, die sich mit extrem flinker Geschmeidigkeit bewegten. Die Hände waren in irgendeinen dünnen Stoff gehüllt. Beide trugen Overalls aus graublauem Material. Dane wünschte, er könnte sehen, was sie mit seiner Kehle machten. Er spürte einen plötzlichen Ruck, als einer von ihnen dort etwas herumdrehte und befestigte, dann fühlte er das schmerzlose Stechen und Ziehen. Sie nähten ihn zu. Einer von ihnen berührte ihn leicht mit einem langen Stab mit leuchtender Spitze und sagte laut: „Man sollte meinen, früher oder später würde einer dieser Wilden merken, daß wir ihnen nicht weh tun wollen aber sie kämpfen alle wie besessen. Dieser hier ist nicht so schlimm wie die meisten. Ist er schon wach?"

Dane Marsh blinzelte. Sprachen sie Englisch? Nein, wenn er genau hinhörte, konnte er seltsame, gutturale Silben hören, aber sie ergaben keinen Sinn ...

„Ich glaube schon, ich werde es versuchen", sagte der zweite, etwas größere von beiden und beugte sich über Dane Marsh. „Bitte leisten Sie keinen Widerstand, dann werden wir Sie in Ruhe lassen. Wir wollen Sie nicht verletzen. Wir haben Ihnen lediglich eine Translatorscheibe implantiert. Sehen Sie, jetzt können Sie verstehen, wenn man zu Ihnen redet. Bitte sagen Sie mir, ob Sie mich hören und verstehen können."

Dane Marsh merkte, wie die Riemen, mit denen er am Tisch festgebunden war, leicht gelockert wurden, so daß er sich aufsetzen konnte, obwohl seine Hände noch festgeschnallt waren. Er fühlte sich ausgedörrt und befeuchtete die trockenen Lippen mit der Zunge. Seine Stimme klang heiser und fremd, als er sagte: „Ja, ich kann Sie gut hören. Was – wo bin ich? Wie bin ich hierhergekommmen? Was wollen Sie von mir?"

„Sehr gut", sagte der eine zum anderen. „Erfolgreich. Ich mag die nicht, die einfach nichts verstehen, und wir müssen sie dann wie Vieh behandeln. Gute Arbeit."

„Hmm, ja. Nicht viel Platz für die Platte in dem da. Ich hatte befürchtet, ich würde einen Nerv durchschneiden. Ich habe bis jetzt nicht viel Glück gehabt mit den Proto-Simianern. Na gut, du kannst ihn dann wieder hinlegen."

Dane schrie: „Antworte mir, verdammter Kerl. Was wollt ihr von mir? Wie bin ich hierhergekommen? Wer seid ihr überhaupt?"

Eine der löwengesichtigen Gestalten sagte: „Das ist der Teil, der mich immer aufregt. Wenn sie anfangen, Fragen zu stellen. Alles in allem ist es ein lausiger Job." Er berührte Dane mit der Lichtspitze des Stabes. Dane zuckte unter einem starken, schmerzhaften, elektrischen Schlag zusammen.

Die andere Kreatur sagte: „Das war nicht nötig, Ferati, er ist keiner von der gefährlichen Sorte. Für alle Fälle haben wir da oben ein Betäubungsfeld, falls wir es brauchen sollten." Er sah Dane an, während er ihm die Handfesseln vorsichtig lockerte, und sagte: „Es ist nicht unsere Pflicht, Ihre Fragen zu beantworten, aber sie werden in kurzer Zeit beantwortet werden. Sie haben nichts zu verlieren, aber alles zu gewinnen, wenn Sie geduldig sind. In wenigen Minuten wird jemand kommen und Sie in Ihr Quartier zurückbringen. Wenn Sie friedlich mitgehen, können wir Ihnen vielleicht etwas mehr Bequemlichkeit verschaffen. Ist Ihr Mund trocken? Das sind nur die Nachwirkungen der Anästhesie und des Betäubungsfeldes, das benutzt wurde, als man Sie an Bord brachte. Hier, versuchen Sie das." Er reichte Dane einen Plastikbecher mit irgendeiner Flüssigkeit. Dane stellte fest, daß er eine Hand bewegen konnte. Er nippte zögernd daran und fand, daß es sauer schmeckte, aber bemerkenswert durstlöschend war.

Über seinen Kopf hinweg sagte einer der beiden: „Ich bin gespannt, ob er zu den Intelligenteren und Lenkbareren gehören wird."

„Ich hoffe es. Der Alte sagt zwar immer, daß er ein paar richtige Wilde haben will, aber das letzte Mal ..."

Ein Sprechgerät an der Wand summte. Eines der löwengesichtigen Wesen sagte, ohne aufzusehen: „Sofort." Es bedeutete Dane, während er ihm die Tasse abnahm, er solle aufstehen. „Gehen Sie hinüber zu dieser Tür. Jemand wird Sie dort erwarten, um Sie zu Ihrem Quartier zu bringen ..."

Dane stemmte eigensinnig die Fersen auf den Boden. „Nicht bevor ihr mir ein paar Fragen beantwortet habt," sagte er. „Ich weiß, daß ich an Bord eines Raumschiffes bin. Aber warum? Woher kommt ihr? Was wollt ihr mit mir machen?"

Das Wesen, das ihm den Schlag mit dem Stab versetzt hatte, machte eine drohende Gebärde. „Ich habe es Ihnen schon gesagt, es ist nicht unsere Pflicht, Ihre Fragen zu beantworten. Tun Sie, was Ihnen gesagt wird, dann wird Ihnen nichts geschehen."

Dane senkte den Kopf und sprang nach vorn. Er bekam die löwenköpfige Kreatur tatsächlich mit einer ausgestreckten Hand zu fassen und setzte einen kraftvollen Judogriff an.

Und die Decke fiel auf ihn herab, und er verschwand.

Als Dane Marsh wieder aufwachte, befand er sich in einem Käfig.

Das war sein erster Eindruck: Schatten kippender Balken, die auf und ab liefen zwischen ihm und dem Licht, das bläulich-weiß und fahl war. Ein Käfig.

Er wälzte sich herum, setzte sich und griff sich benommen an den Kopf.

Auf den zweiten Blick eher ein Gefängnis als ein Käfig. Ein großer, vergitterter Raum, an der einen Wand eine Reihe von Pritschen, von denen Netze gespannt waren – er nahm an, um die darin Liegenden während schneller Manöver vor dem Herausfallen zu bewahren. In dem großen Raum befanden sich ungefähr ein Dutzend Leute.

Leute – im weitesten Sinn. Etwa die Hälfte von ihnen waren menschlich wie er selbst oder mit Unterschieden, die zu geringfügig waren, als daß er sie sofort hätte bemerken können. Keiner war von der löwengesichtigen Rasse wie die beiden in dem Raum, in dem er vorhin aufgewacht war und von dem er annahm, daß es eine Art Schiffshospital war. Aber die Hälfte der Bewohner des

Raumes, in dem er sich jetzt befand, waren ihm sehr ähnlich. Der Rest war – anders.

Da gab es ein Wesen, mindestens zweieinhalb Meter groß, das ihn auf merkwürdige Weise an eine Spinne erinnerte; grau, pelzig und mit seltsamen, großen Augen; er hatte den verworrenen Eindruck, daß da mehr Arme und Beine waren als nötig, obwohl er sich nicht recht vorstellen konnte, warum. Da gab es einen, der war gedrungen und kräftig gebaut mit lederartiger Haut oder Kleidung und einer ebensolchen Gesichtsmaske. Es war zuviel für Dane Marsh, um es alles auf einmal aufzunehmen.

Mein Gott, bin ich in einem Zoo? Nur eines von vielen Tieren?

„Nicht in einem Zoo", sagte eine Frau, die neben seiner Koje stand, und Dane bemerkte, daß er laut gesprochen hatte. Die Worte klangen fremdartig, aber es schien Dane, als „höre" er ihre Resonanz auf der Platte, die die Löwen-Wesen in seine Kehle eingesetzt hatten. Er nahm an, daß es irgendein mechanisches Übersetzungsgerät war. Dane konnte sich nicht einmal annähernd eine Technologie vorstellen, die so etwas entwickelt hatte. „Nein, Sie sind nicht in einem Zoo. Nicht ganz. Es wäre vermutlich besser für Sie, wenn es so wäre. Dies ist ein Sklavenschiff der Mekhar."

Er schwang die Beine über den Rand der Pritsche. Die Frau beugte sich herab, um ihm zu helfen, das Netzwerk davor zu lösen. Er sagte: „Wie lange war ich bewußtlos?"

„Ein paar Stunden. Die müssen ein Laserfeld eingesetzt haben, um Sie zu betäuben – sie haben eins in der Krankenstation, und ich nehme an, sie haben Sie auch mit einem gefangen."

Dane dachte an die letzten Momente an Bord der *Seadrift* zurück. „Ja. Meine Arme und Beine bewegten sich immer langsamer, und zuletzt muß ich ohnmächtig geworden sen. Es war ein Alptraum."

„Es war real", sagte die Frau düster. Sie war ungefähr in Danes Alter, ihr rotes Haar floß offen und ungekämmt herab, und sie trug eine Art lockeres Hemd und Hosen in der Art, wie ein russischer oder israelischer weiblicher Soldat sie tragen würde. „Sind Sie von einer der Welten des Bundes? Sklavenjagd ist in allen Sternensystemen des Galaktischen Bundes verboten, aber die Mekharschiffe tun es trotzdem; es ist so einträglich, daß sie es riskieren."

Dane sagte: „Es tut mir leid. Das ist zu hoch für mich. Sie wollen damit sagen, dieses Schiff hier kommt wirklich von den Sternen?"

Sie sagte: „Soweit ich es abschätzen kann, haben wir ungefähr dreißig Sonnensysteme angesteuert. Die Sklavenquartiere sind nahezu voll; ich vermute, daß sie jetzt ziemlich bald zum Mekhar-Handelszentrum zurückkehren. Es ist ungewöhnlich, daß sie nur eine Person von einem Planeten mitnehmen. Hat Ihre Welt ein gutes Abwehrsystem gegen Sklavenraubzüge?"

„Kein Mensch auf meiner Welt ahnt, daß es so etwas überhaupt gibt", sagte Dane mit verzerrter Miene. „Leute, die von Raumschiffen von anderen Sternen erzählen, werden gewöhnlich als Verrückte eingesperrt – oder ausgelacht, je nachdem. Ich segelte allein in einem kleinen Boot."

„Außer Sichtweite des Festlands? Das erklärt es natürlich; sie sind nur heruntergeschossen und haben Sie ergriffen, wahrscheinlich in der Annahme, acht oder zehn Leute an Bord zu finden", sagte die rothaarige Frau. „Irgend jemand im Kontrollraum bekommt in diesem Augenblick wahrscheinlich das Gesicht zerkratzt."

„Die Mekhar? Sind das die löwengesichtigen Burschen, die ich gesehen habe?" Er zögerte, als ihm einfiel, daß sie vielleicht nicht wußte, was ein Löwe war, aber offensichtlich vermittelte ihr der mechanische Übersetzungapparat das nächste Äquivalent, denn sie sagte: „Ja, sie sind Protofelinen, und ich persönlich glaube, sie sind die wildesten Leute in der Galaxis. Ihnen wurde die Mitgliedschaft im Bund fünfmal verweigert, wissen Sie. Ach, verzeihen Sie, wenn Ihre Welt eine Geschlossene Welt ist, wissen Sie wahrscheinlich nicht einmal, was der Galaktische Bund ist. Gibt es bei Ihnen Raumfahrt?"

„Nur in geringem Maße. Wir erforschen unseren eigenen Mond und unternahmen zwei oder drei bemannte Expeditionen zum Mars – unserem vierten Planeten", sagte Dane.

„Nun, der Bund ist ... Sie würden es wahrscheinlich eine lockere

Friedens- und Handelsföderation nennen. Es war der Galaktische Bund, der zuerst das Konzept der Allumfassenden Weisheit formuliert hat; davor hatten die Protofelinen auf uns herabgesehen – sowohl auf die Protosimianer als auch auf die Protoreptilien. Und so weiter und so fort. Wir können darauf zu einem anderen Zeitpunkt zurückkommen. Sagen Sie mir Ihren Namen."

Er nannte ihn ihr. „Und wie heißen Sie"? fragte er. „Wie sind Sie in Gefangenschaft geraten? Glaubt Ihre Welt auch nicht an fremde Raumschiffe?"

Sie schüttelte den Kopf. „Nein. Ich ging ein kalkuliertes Risiko ein. Ich bin Anthropologin und habe einen verlassenen, künstlichen Satelliten auf Spuren einer prähistorischen Technologie hin untersucht. Man hatte mich gewarnt, daß ein Mekhar-Überfall im nächsten Sternsystem stattgefunden hatte, aber ich hielt es für unwahrscheinlich, daß sie dort ihren nächsten Halt machen würden. Ich setzte auf mein Glück – und verlor. Sie töteten meinen Bruder und einen meiner drei Kollegen. Einer der Überlebenden ist dort drüben..." Sie deutete auf einen schwerfälligen Mann, der starke ethnische Ähnlichkeit mit ihr hatte und tief in ein Gespräch mit einem großen, zerbrechlich aussehenden Mädchen versunken war, „und der andere ist bei dem Überfall verwundet worden und liegt immer noch im Schiffshospital. Wenn sie ihn nicht getötet haben – als beschädigte Handelsware." Ihr Ton war unbeschreiblich bitter. Dane machte ihr deswegen keinen Vorwurf. „Ich heiße Rianna. Für was auch immer das jetzt noch gut sein mag."

Sie schwieg, und Dane sah sich um. Jenseits des Gefängnisses, in dem er sich befand, lagen weitere Zellen, ebenso vergittert und halb offen, und, soweit er es sehen konnte, alle voll besetzt mit Leuten. Er sagte: „Wie kann es sich überhaupt für sie lohnen, wegen einer einzigen Person auf einem Planeten haltzumachen?"

Sie zuckte die Schultern. „Gewöhnlich lohnt es sich nicht. Sklaven sind Luxusware, und normalerweise nehmen sie mehr. Als wir noch keine Luxusartikel waren, wurden wir sicher nicht so gut behandelt, aber jetzt geben sie sich große Mühe, uns gesund und glücklich zu halten. Sie rüsten uns sogar mit Translatorscheiben aus, obwohl uns das in die Lage versetzt, uns zu unterhalten und möglicherweise sogar eine Verschwörung gegen sie zu planen, weil sie sagen, es sei schlecht für unsere Moral, wenn wir nicht mit unseren Mitgefangenen reden können."

Weiter unten in dem offenen Korridor zwischen den vergitterten Zellen entstand eine Bewegung, und man hörte ein lautes, klirrendes Geräusch. Rianna sagte mit einer schiefen Grimasse: „Fütterung der Raubtiere."

Zwei der löwengesichtigen Kreaturen schoben einen großen Karren in den Gang hinunter. Immer wenn sie auf gleiche Höhe mit einer Tür anlangten, brachte einer von ihnen ein dünnes schwarzes Rohr in Anschlag – offensichtlich irgendeine Waffe –, während der andere vom Wagen mehrere Tabletts mit flachen Paketen ablud, von denen jedes eine andere Farbe hatte, und sie in die Zelle – oder den Käfig – trug. Dane beobachtete den Vorgang, ohne sich zu bewegen. Als sie fertig waren, hörte man wieder das klirrende Geräusch, und Rianna sagte: „Wir können das Essen jetzt holen. Wenn einer sich bewegt, während sie abladen, schießen sie mit dem Nervengewehr auf ihn. Man stirbt zwar nicht immer, wenn man getroffen wird, aber die Waffe ist auf maximale Schmerzerzeugung eingestellt, und es ist ein Gefühl, als würde man in siedendes Öl getaucht." Sie schauderte. „Ich bin in einen Schuß hineingelaufen, als wir gefangen wurden; es dauerte drei Tage, bis ich mich ohne den Wunsch zu schreien, wieder bewegen konnte."

Dane hatte sich gewundert, warum nicht alle Gefangenen in einer Zelle auf einmal auf die Wächter losstürzten. Er sagte: „Versucht keiner jemals zu entkommen?"

„Kein zweites Mal", sagte sie mit verzerrtem Gesicht. „Und wenn sie herauskommen, wo könnten sie hingehen? Auf dem Schiff laufen achtzig – vielleicht sogar mehr – Mekhar herum, und alle sind mit Nervengewehren bewaffnet." Sie ging zu der Stelle, wo die anderen Zellengenossen ihr Essen aufnahmen. Sie stöberte in dem Stapel Tabletts und fand zwei blau und grün gestreifte. „Das ist der allgemeine Farbcode, der die Nahrung für Protosimianer bezeichnet. Im Notfall können Sie auch die einfarbig grün oder blau markierte Nahrung essen. Aber rühren Sie niemals das rot oder orange ausgezeichnete Zeug an; es hat nicht die richtigen Vitamine. Und das gelb ausgezeichnete Essen würde Sie vergiften; es ist für Insektivoren.“

Der rotgesichtige Mann, der eine stark ethnische Ähnlichkeit mit Rianna hatte, kam mit seinem Tablett in der Hand auf sie zu. Sie setzten sich auf den Fußboden, um zu essen. Er sagte zu Dane: „Willkommen in der Gemeinschaft der Verdammten“, während er sein Päckchen aufriß. „Mein Name ist Roxon. Ich sehe, Rianna hat Sie schon begrüßt.“

„Dane Marsh“, sagte Dane. Er öffnete langsam das Paket. Das Essen war durch irgendeinen inneren Mechanismus erwärmt, dampfend heiß und erstaunlich wohlschmeckend. Dane begann, es auszulöffeln. Es war eine Art Brei, leicht gesüßt, irgendein Zeug von knuspriger Beschaffenheit, leicht salzig, und eine suppenartige Flüssigkeit, irgendwie bitter, aber gut. „Wenigstens haben die Mekhar – oder wie auch immer ihr sie nennt – nicht die Absicht, uns verhungern zu lassen.“

„Warum sollten sie?“ Die gedrungene Kreatur mit der lederartigen Haut – von nahem konnte Dane sehen, daß es tatsächlich Haut war – kam und ließ sich neben ihnen nieder. „Willkommen, Denkergenosse, im Namen der Allumfassenden Weisheit und des Friedens.“ Sein Paket war mit gelben und roten Streifen verschlüsselt. Ein Hauch davon stieg Dane in die Nase. Es roch leicht schwefelig und verwest, aber die lederhäutige Kreatur begann, es mit Genuß zu essen, wobei er seine langen Greiffinger mit außergewöhnlicher Anmut gebrauchte. Er berührte das Essen nur mit den Fingerspitzen und zerriß es dann mit langen, starken Zähnen. „Warum sollten sie uns nicht gut behandeln? Wir sind ihr Profit. Meine Welt ist arm, und ich werde selten so gut ernährt, aber wie sagt die Stimme des Eis? Möge seine Weisheit leben, bis die Sonne verglüht. Es ist sicher besser, in einem stinkenden Sumpf Fliegen zu jagen und in Frieden zu leben, als an reichgedeckten Tafeln zu schmausen in einem großen Haus, in dem Krieg und Streit toben.“

Dane kicherte fast. Gelassene Philosophie aus dem Munde eines riesigen und wilden Reptils zu hören! Das große, gedrungene Wesen dreht sich mit entblößten Zähnen herum.

„Lachen Sie über die Weisheit des Göttlichen Eis, Fremder?" Seine Stimme war sehr sanft und freundlich.

„Auf keinen Fall", sagte Dane, während er leicht zurückwich. „Es gibt ein ähnliches Sprichwort in meiner eigenen ... äh ... im Großen Buch der Weisheit meiner eigenen Rasse. Es heißt: ‚Es ist besser, in einer Ecke der Dachkammer zu leben, als in einem großen Haus mit einer streitsüchtigen Frau zu wohnen.'"

„Ahem", rasselte der Echsenmann, „sicher ist alle Weisheit dieselbe, mein protosimianischer Freund. Man kann also sogar in der Sklaverei Stoff zum Philosophieren finden. Aber lassen Sie mich mitlachen, Freund."

Dane sagte, nach Worten suchend: „In meinem Volk findet man es komisch, wenn Worte des Friedens von ... von ... jemandem gesprochen werden, der einen ... kriegerischen und wilden Eindruck macht, und für meine Begriffe sehen Sie ... äh ... wild aus. Ich wollte Sie nicht beleidigen."

„Sie haben mich nicht beleidigt", sagte er freundlich, „obwohl es sicherlich gerade die große und wilde Person ist, die mit friedvoller Klugheit blicken und sprechen muß, um die anderen nicht zu erschrecken, während eine kleine und schwache Person friedfertige Natur allein durch ihre Erscheinung zeigt."

„Es funktioniert nicht immer auf diese Art in meiner Welt", sagte Dane. In seinen wildesten Träumen wäre es ihm nicht eingefallen, jemals zusammen mit einem riesigen Reptil beim Essen über Philosophie zu diskutieren – nein, das Wesen war offensichtlich eine Art Mensch. Aber er war schon wahnsinnig.

„Mein Name ist Aratak", sagte der lederne Echsenmann. Dane nannte ihm seinen Namen, und er wiederholte ihn nachdenklich. „Ich habe keine Ahnung, was ein Dane ist", sagte er, „aber Marsh ist ein Name meines Heimatplaneten, und darum sind wir Heimatbrüder, Freund Marsh. Lassen Sie uns auch Brüder im Unglück sein, denn alle Marshs sind wie ein Marsh, wie alle Meere ein Meer sind und alle Sümpfe ein einziger Sumpf im kosmischen All."

Dane Marsh kratzte sich am Kopf. Es gab eine gewisse Verrücktheit bei diesem riesigen Philosophen, die er mochte. „Mir ist es recht", sagte er.

„Wir werden unserer beider Philosophie in Ruhe erforschen", sagte Aratak. „Was mich betrifft, so halte ich nun für bewiesen, was ich bereits wußte, aber niemals richtig geglaubt habe, nämlich daß die Allumfassende Weisheit der Wahrheit entspricht und keine bloße Philosophie ist. In diesen Wochen der Sklaverei habe ich gelernt, daß wahre Brüderlichkeit zwischen Menschen und Humanoiden bestehen kann. Bislang hatte ich dafür immer nur Lippenbekenntnisse abgelegt. Mir schien, daß Protosimianer über keine Intelligenz verfügen könnten, weil ein so großer Teil ihres Stoffwechsels den Reproduktionsbedürfnissen unterworfen ist. Auf meinem Planeten taugen Simianer nur als Haustiere, und ich habe niemals vorher einen innerhalb des Bundes kennengelernt. Ich bin Ihnen allen also ..." – Dane und Rianna verbeugten sich, als er sie mit ausgreifender Gebärde einschloß – „... zu ewigem Dank verpflichtet für die Bereicherung meines geistigen Horizonts."

Roxon meinte düster: „Laßt uns hoffen, daß wir lange genug leben, damit uns dieser bereicherte geistige Horizont noch etwas nützen kann." Alle verfielen wieder in Stillschweigen. Dane kratzte die letzten Essenskrümel vom Tablett und stellte es beiseite. Er fühlte sich jetzt besser, da er zumindest im Augenblick weder Tod noch Qualen zu befürchten hatte.

Trotzdem war die Aussicht alles andere als angenehm. Sein ganzes Leben lang war Dane Marsh ein Mann der Tat gewesen, in einer modernen Welt, in der das einige Anstrengung kostete. In der neuzeitlichen Gesellschaft gegen die meisten Menschen einen vorgezeichneten Weg von der Wiege bis zum Grab. Die meisten Handlungen sind vorbestimmt, und es bleibt wenig Eigenständigkeit.

Dane hatte sein ganzes Leben damit zugebracht, aus diesem Muster auszubrechen, und nun lag die aufgezwungene Hilflosigkeit schwer auf ihm und rief fast persönliche Wut hervor. Ohne Warnung gefangen, eingesperrt, gegen seinen Willen mit der verdammten Übersetzungsplatte ausgestattet, die einen kleinen, schmerzlosen Knoten in seiner Nackenhaut verursachte – sie erleichterte die Dinge, aber es war doch etwas, was gegen seinen Willen geschehen war.

Jetzt, da seine Kräfte durch das Essen zurückkehrten, verwandelte sich das erzürnende Gefühl der Hilflosigkeit schnell in Wut. Diese Leute, diese Bürger einer großen Galaktischen Zivilisation – sollten sie doch in ihren Käfigen sitzen bleiben und darauf warten, was die Mekhar mit ihnen vorhatten. Er beabsichtigte nicht, das zu tun.

Er hörte draußen das klirrende Geräusch wie beim ersten Mal, als die Mekhar in den Korridor gekommen waren, um das Essen auszuteilen. Er merkte es sich für eine mögliche spätere Verwendung. Offensichtlich öffnete ein einziger Mechanismus alle Zellentüren, wenn die Fütterungsrunde begann, und schloß sie wieder, wenn sie beendet war. Die Mekhar hatten anscheinend so großes Vertrauen in ihre Waffen und in die Angst, in die sie ihre Gefangenen versetzten, daß sie die Käfige so lange unverschlossen ließen. Dieses Wissen konnte ihm später von Nutzen sein, aber für den Augenblick beschloß Dane, seine Zeit abzuwarten.

Die anderen Gefangenen in ihrer Zelle – die haarige Kreatur, die den Eindruck vermittelte, mehr Arme und Beine zu haben, als sie haben sollte (Dane stellte fest, daß dieser Eindruck mit der seltsamen Art wie die Gliedmaßen aufgeteilt und gegliedert waren, zusammenhing), ein paar normal aussehende Männer und Frauen, eine große, plattgesichtige Kreatur, die mit einer Art von dunklem Fell bedeckt zu sein schien – leerten ihre Essenstabletts. Ein Paket war nicht angerührt worden, und Dane bemerkte, daß es den grünen und blauen Farbcode hatte, der es als menschliche Nahrung auszeichnete. Er sah sich in der Zelle um. Ja – auf der niedrigen Pritsche an der Wand lag, in ein langes, weißes Gewand gehüllt, eine schlanke, bewegungslose Gestalt, das Gesicht von ihnen abgewandt.

Dane sagte: „Was ist mit der los? Verletzt, krank, tot?"

„Sie stirbt", sagte Rianna ruhig. „Sie verweigert schon seit zehn Essensperioden die Nahrung. Sie ist eine Empathin von Sica Vier.

Die Leute von dort ziehen es vor zu sterben, wenn sie ihre Welt verlassen müssen. Es wird jetzt nicht mehr lange dauern. Alles, was wir noch für sie tun können, ist, sie in Ruhe zu lassen."

Dane sah die rothaarige Frau voller Abscheu an. „Und ihr alle sitzt einfach hier herum und laßt sie verhungern?"

„Natürlich", sagte Rianna ungerührt. „Ich sagte Ihnen schon, daß sie *immer* sterben, wenn sie von ihrer eigenen Welt und ihren eigenen Leuten entfernt sind."

„Und es macht Ihnen nichts aus"? stieß Dane leidenschaftlich hervor.

„Oh, es macht mir etwas aus." Ihre Stimme war ruhig. „Aber warum sollte ich mich in ihr gewähltes Schicksal einmischen? Manchmal glaube ich, sie ist weiser als wir."

Danes Gesicht drückte seinen ganzen Abscheu aus. Er stand mühsam auf und hob das übriggebliebene Essenspaket auf. Er sagte: „Nun, ich werde nicht hier herumsitzen und zusehen, wie die Frau stirbt, wenn ich etwas dagegen tun kann." Er ging mit langen Schritten hinüber, wo die Frau lag. Er bebte vor Zorn. *Sitzen herum und lassen sie verhungern!*

Sie rührte sich nicht, als er sich ihr näherte, und einen Augenblick lang fragte er sich, ob sie schon tot war oder zu weit weg, als daß er sie noch erreichen konnte. Dane stand für eine kurze Zeit über ihr Lager gebeugt und sah mit Verwunderung auf die Schönheit des Mädchens herab.

Formlose Gedanken überstürzten sich in seinem Kopf: *Das ist es, nach dem ich wahrscheinlich immer auf der Suche gewesen bin, dieses flüchtige Etwas, das ich immer gerade hinter dem nächsten Berggipfel vermutete ... hinter der nächsten Welle ... am Ende des Regenbogens. Ich wußte nicht, daß es eine Frau sein könnte ... oder die Form einer Frau annehmen könnte ...*

Und sie liegt hier und stirbt, und wir sind beide hilflos und gefangen. Sehe ich all diese Schönheit in ihr nur, weil es zu spät ist? Wird der unmögliche Traum erst im selben Augenblick real, in dem er für immer verlorengeht?

Mit einer Verwunderung, die jenseits von Schmerz war, stand er reglos da. Das Essenstablett hing vergessen in seiner Hand. Dann machte ihm eine schwache, kaum merkbare Bewegung, ein sanfter Atemzug, bewußt, daß sie noch am Leben war. Und sofort schwanden seine ungeordneten Gedanken über ihre unglaubliche Schönheit zugunsten der harten, praktischen Vernunft. Vergiß das alles! Sie ist nur ein Mädchen, das langsam sterbend hier liegt, aber vielleicht ist sie noch nicht zu weit weg. Verwunderung und Ehrfurcht wurden in einer Welle bloßen menschlichen Mitleids hinweggespült. Er kniete neben ihr nieder und streckte die Hand aus, um sie leicht an der Schulter zu berühren.

Ehe seine Hand sie erreicht hatte, regte sie sich und wandte sich leicht ihm zu, als ob der Aufruhr seiner Gedanken sie gestört hätte. Ihre Augen, tief unter feinen, dunklen Brauen liegend, öffneten sich.

Sie war so blaß, daß er irgendwie erwartet hatte, ihre Augen seien blau. Doch sie waren von einem tiefen Rehbraun, die großen Augen eines Waldtieres. Ihre Lippen bewegten sich ein wenig, als ob sie versuchte zu sprechen, aber ihre Stimme war zu schwach, um verstanden zu werden; es war nur ein schwacher Hauch von Protest, von Neugier.

Er sagte mit freundlicher Stimme: „Hier, ich habe Ihr Essen gebracht. Versuchen Sie zu essen."

Ein verneinendes Murmeln.

„Jetzt hören Sie mal zu", sagte Dane streng. „Das ist Unsinn. Solange Sie am Leben sind, haben Sie eine Verantwortung für uns alle. Sie müssen Ihre Kraft bewahren für den Fall, daß sich uns eine Möglichkeit zur Flucht bietet oder so etwas. Stellen Sie sich vor, wir würden gerettet oder könnten entfliehen, und Sie wären zu schwach, sich zu bewegen. Wir müßten Sie dann tragen und würden alle wieder gefangen, weil wir anhalten müßten, um Ihnen weiterzuhelfen. Wäre es nicht schrecklich, uns allen so etwas anzutun?"

Sie bewegte die Lippen wieder, und irgendwie hatte er den Eindruck eines schwachen Lächelns, obwohl die kraftlose Gestalt sich nicht wirklich bewegte. Die Worte kamen so leise, daß Dane sich tief zu ihr hinunterbeugen mußte, um sie zu verstehen.

„Warum sollte einer von euch ... meinen Becher leeren ...?"

„Weil wir alle Menschen sind und alle zusammengehören", sagte er fest. Aber er fragte sich, ob das stimmte. Keiner von ihnen hatte sich bemüht, das Mädchen am Leben zu halten, und vielleicht war es dieses Wissen, das in ihr den Wunsch hervorrief, sterben zu wollen ...

„Nun, ich jedenfalls kümmere mich um Sie", sagte er, und seine Finger suchten ihre Hand. „Kommen Sie, wenn Sie zu schwach sind, allein zu essen, werde ich Ihnen helfen." Er riß das Paket auf und sah zu, wie das selbstwärmende Element es sofort mit dampfender Hitze durchdrang. Er nahm ein wenig von der suppenartigen Flüssigkeit auf den Löffel und hielt ihn ihr an die Lippen. „Kommen Sie, schlucken Sie das", sagte er. „Fangen Sie damit an, das ist leicht."

Einen Augenblick lang dachte er, sie würde die Lippen eigensinnig geschlossen lassen; dann entspannte sie sich und ließ die Suppe hineinlaufen, und nach einer Weile sah er, wie sich ihre Kehle bewegte, und wußte, sie hatte es geschluckt. Ein tiefes wildes Gefühl des Stolzes übermannte ihn, aber er gab sich Mühe, es nicht zu zeigen, zog nur den Löffel zurück und hob eine weitere Portion an ihre Lippen. Nach zwei oder drei widerstrebenden Schlucken bewegte sie sich, als wollte sie sich aufrichten, und Dane legte seinen Arm um ihre Schultern und stützte sie. Er flößte ihr den Rest der Suppe und ein bißchen von dem Brei ein. Doch dann hielt er den Löffel zurück, als sie ihm bedeutete, daß sie mehr wolle.

„Jetzt noch nicht. Sie sollten nicht gleich so viel essen nach so langem Fasten. Warten Sie ein bißchen, bevor Sie mehr nehmen", riet Dane, und sie lächelte schwach und zustimmend, als er sie zurück auf die Kissen gleiten ließ. „Ja, versuchen Sie jetzt wieder zu schlafen, und das nächste Mal werden Sie schon kräftiger sein."

Ihre Augen fielen vor Erschöpfung zu, aber sie öffnete sie noch einmal unter Anstrengung und flüsterte: „... sind Sie?"

„Nur ein Mitgefangener", sagte er. „Mein Name ist Dane Marsh. Wir werden uns kennenlernen, wenn Sie wieder bei Kräften sind. Und Ihr Name ist ..."

„Dallith“, flüsterte sie und fiel daraufhin in einen tiefen Schlaf, so völlig von ihm zurückgezogen, als sei sie tot.

Dane stand einen Augenblick da und betrachtete sie. Dann richtete er sich auf, sammelte ein, was vom Essen übrig war und legte es auf ein Möbelstück.

Dallith. Wie wunderschön – und wie gut es zu ihrem zarten Gesicht und den Augen eines scheuen Tieres paßte. Im Moment reichte es zu wissen, daß sie lebte, daß sie das Leben gewählt hatte. Er wandte sich ab und sah, daß die anderen Gefangenen sich in verschiedenen Gruppen zusammengetan hatten; aber Rianna beobachtete ihn immer noch. Als er an ihr vorbeiging, sagte sie mit tiefer Bitterkeit: „Sie Narr! Was haben Sie getan?“

„Ich glaube, sie wird leben“, sagte Dane. „Sie brauchte nur jemanden, der sich darum kümmert, ob sie lebt oder nicht. Jeder von euch hätte das tun können.“

Rianna sagte mit unbeschreiblichem Zorn: „Wie konnten Sie ihr das antun? Nachdem sie schon aufgegeben hatte! Sie wieder aufzuwecken, daß sie wieder hofft ... und leidet ... oh, Sie aufdringlicher Narr!“

Dane sagte: „Es ist nicht meine Art, herumzusitzen und jemanden sterben zu lassen. Solange es Leben gibt, gibt es Hoffnung. Sie sind am Leben, oder nicht? Und haben Sie es gewählt?“

Sie seufzte nur und wandte sich von ihm ab. Ohne ihn anzusehen, sagte sie: „Ich hoffe nur, daß Sie nie erfahren werden, was Sie getan haben.“

3

In dem Sklavenschiff der Mekhar gab es keine Möglichkeit, die Zeit zu messen, außer an den Mahlzeiten und an den Perioden, in denen das Schiff – oder zumindest die Sklavenquartiere – zum Schlafen verdunkelt wurden. Dane Marsh schätzte später, daß, nach seiner eigenen Berechnung, etwa drei Wochen ohne größere Zwischenfälle vergangen waren.

Was seine eigene Wahrnehmung betraf, war das Hauptereignis dieser Zeit Dalliths langsame Rückkehr vom gewollten Tod zum Leben. Das erste Mal schlief sie einige Stunden, und als sie aufwachte, gab Dane ihr wieder zu essen. Das nächste Mal ermutigte er sie, sich für ein paar Minuten aufzusetzen, und als sie aufstehen und herumgehen konnte, bat er Rianna, sie zu den Baderäumen zu begleiten, die eigens für die Frauen in dieser Abteilung eingerichtet waren. Er hatte diese Bitte mit einigen Zweifeln an sie gerichtet – immerhin hatte Rianna erwartet oder sogar gewollt, daß das Mädchen liegenblieb und starb, und er hatte fast befürchtet, sie würde sich weigern, sich überhaupt damit zu befassen –, aber zu seinem Erstaunen war sie einverstanden und übernahm danach mit fast mütterlicher Besorgnis einen guten Teil von Dalliths täglicher Pflege. Dane versuchte nicht, es zu verstehen, aber er nahm es dankbar an.

Lange Zeit war Dallith nicht stark genug, viel zu reden, und er drängte sie nicht. Er war damit zufrieden, an ihrer Seite zu sitzen und sie seine Hand halten zu lassen ... fast so, dachte er, als könne er ihr so auf irgendeine Weise etwas von seiner eigenen Kraft und Vitalität abgeben. Aber sie wurde täglich kräftiger, und eines Tages lächelte sie ihn an und fragte ihn aus.

„Und du kommst von einer Welt, von der keiner von uns je gehört hat? Eigenartig, daß sie das Risiko auf sich genommen haben, dorthin zu fliegen. Oder vielleicht auch nicht, wenn alle Leute bei euch so stark sind wie du."

Er zuckte die Schultern. „Ich habe den größten Teil meines Lebens damit zugebracht, hinter Abenteuern herzujagen. Dies hier ist nur ein bißchen phantastischer als alles andere, das ist alles. Mir hat schon früh der Gedanke gefallen, daß niemand freiwillig auf irgendeine Erfahrung verzichten sollte, die – wie sagt man – weder ungesetzlich noch unmoralisch ist und nicht fett macht."

Sie lachte ein bißchen. Ihr Lachen war bezaubernd, als wohne alle Fröhlichkeit der Welt in ihrer Stimme. „Sind bei euch alle Leute so?"

„Nein, ich glaube nicht. Viele von ihnen etablieren sich früh und unternehmen niemals irgend etwas. Aber der Hang zum Abenteuer kommt immer wieder vor. Ich vermute, es ist ein ziemlich hartnäkkiger Teil unseres Wesens." Dann erinnerte er sich daran, wie Rianna ihm erzählt hatte, daß Angehörige von Dalliths Volk ausnamslos den Tod suchten, wenn sie von ihrer Welt entfernt waren, und er biß sich auf die Lippen, um keine Fragen darüber zu stellen. Aber ein Schatten legte sich auf ihr Gesicht, als habe sie seine Gedanken erkannt. Ihre Traurigkeit schien genauso durchdringend zu sein wie ihre Fröhlichkeit, so als sei in ihrem schmalen, zarten Körper immer nur für eine einzige Emotion Platz, die vollkommen von ihr Besitz ergriff. Sie sagte: „Ich hoffe nur, deine Kraft und Tapferkeit bedeuten nicht, daß die Mekhar ein besonders furchterregendes Schicksal für dich geplant haben."

„Ich kann nur abwarten und sehen, was passiert", sagte Dane „aber wie ich dir schon sagte – solange es Leben gibt, gibt es Hoffnung."

Der Schatten lastete schwer auf ihr. Sie sagte: „Ich konnte mir nicht vorstellen, konnte nicht einmal davon träumen, daß es Hoffnung oder irgend etwas Gutes in der Zukunft geben könnte, getrennt von meiner Welt und meinem Volk." Ihre Stimme klang verzweifelt. „Oh, andere haben unsere Welt verlassen, aber mit irgendeinem Ziel ... und niemals ... niemals allein."

Dane meinte: „Es ist wie ein Wunder, daß du zurückgekommen

bist. Aber es ist ein Wunder, das ich noch immer nicht vollkommen verstehen kann.“

Sie sagte schlicht: „Du hast mich erreicht. Ich fühlte deine Kraft und deinen Willen zu leben, so daß ich wieder an das Leben glauben konnte. Das war es, was mich nährte ... deine eigene Hoffnung und dein Glauben an das Leben in der Zukunft wie in der Vergangenheit. Und bei soviel Lebenswillen war kein Raum mehr in mir für Gedanken an Sterben, und so zog der Tod seine Hand von mir zurück, und ich begann wieder zu leben. Der Rest war ...“ – ein leichtes, gleichgültiges Schulterzucken – „... ein bloßer Mechanismus. Die Hauptsache war, daß du noch an das Leben glaubtest und mir diesen Glauben vermitteln konntest.“

Er umfaßte ihre kleine Hand. Ihre Finger waren so weich, als hätten sie keine Knochen. Vollkommen biegsam lagen sie an seine geschmiegt. „Komm, Dallith, versuchst du etwa, mir zu erzählen, du könntet meine Gedanken lesen oder meine Gefühle oder sonst irgend etwas?“

„Natürlich“, sagte sie erstaunt, „was denn sonst?“

Nun, wie kann ich sagen, es sei nicht wahr? Es scheint tatsächlich passiert zu sein, oder sie glaubt es jedenfalls, dachte Dane, aber er fühlte sich immer noch ein wenig beunruhigt, unheimlich. Aber er war zufrieden, denn je kräftiger sie wurde, um so mehr hing Dallith an ihm. Manchmal beängstigte es ihn fast, daß sie so vollkommen abhängig war von seinem Willen – was würde sie tun, wenn sie getrennt würden, dachte er –, aber eigentlich störte es ihn nicht, denn sie war nicht aufdringlich oder anspruchsvoll. Die meiste Zeit war sie damit zufrieden, still an seiner Seite zu sitzen, ohne zu sprechen, fast wie ein Schatten, während er in den nächsten Tagen und Wochen versuchte, sich ein Bild von seinen Mitgefangenen zu machen.

Er schien der einzige von einer isolierten Welt zu sein – jedenfalls in dieser Zelle. Alle anderen stammten mehr oder weniger aus derselben interstellaren Zivilisation wie Rianna. Es war eine buntgemischte Gesellschaft. Das Spinnenwesen stammte von einer heißen, feuchten Welt, auf der seine Rasse in der Minderheit war, und sein Name klang wie ein unverständlicher Silbenmischmasch. Und selbst der riesige Echsenmann Aratak konnte seinen geistigen Sprüngen nicht folgen, obwohl er es versuchte. Er sagte freundlich zu Dane: „Er ist sehr verwirrt. Ich glaube nicht, daß er sich darüber im klaren ist, was passiert ist. Seine Denkprozesse sind gestört worden." Dane war weniger nachsichtig. Er persönlich glaubte nicht, daß in dem spinnenartigen Fremden überhaupt irgendwelche bemerkenswerte Denkprozesse vorgingen. Alles, wozu er fähig schien, war, in einer Ecke zu kauern und jeden anzuzischen, der in seine Nähe kam; und wenn das Essen gebracht wurde, huschte er seitwärts heraus, nahm es und zog sich damit zurück. Dane erwartete keine Hilfe von ihm in ihrer gegenwärtigen mißlichen Lage.

Rianna und Roxon, die beiden kräftigen, rothaarigen Anthropologen, wirkten schon vertrauter. Dane vergaß immer wieder, daß sie keine Erdenmenschen wie er selbst waren, außer wenn einer von ihnen sich zufällig auf ein Thema aus ihrem Leben bezog, wobei ihm das Gesagte dann vorkam, als sei es geradewegs aus einem Science Fiction-Film entlehnt worden ... wenn Rianna beiläufig erwähnte, daß sie eine vierjährige Lehre in fremder Technologie absolviert hatte, wobei sie einen Asteroidengürtel auf Zivilisationsreste der explodierten Welt untersucht hatte; wenn Roxon sich beklagte, daß die Hauptströmung der Zivilisation sich nur für die Technologie der Protofelinen interessierte und die Protosimianer (oder Menschen) als überflüssig ignorierte. „Nur weil die verdammten Protofelinen die superleichten Triebwerke erfunden haben, glauben sie, das Universum gehört ihnen", brummte er mehr als einmal.

Was Aratak betraf, so wurde der Echsenmann bald ein Kamerad und dann, erstaunlicherweise, ein Freund. Der ungeheure Fremde erschien ihm bald menschlicher als irgendein anderer. Seine graue, runzelige Haut, seine riesigen Klauen und Zähne waren bald vergessen; Dane fand schnell heraus, daß sein Gehirn ähnlich wie sein eigenes funktionierte. Seine Philosophie erinnerte Dane stark an die der Hawaiianer und Filipinos, die er auf seiner ersten Reise im Pazifik kennengelernt hatte; eine ruhige Bejahung des Lebens, eine

Bereitschaft, alles zu nehmen, wie es kam, sich dem zwar nicht gerade zu unterwerfen, aber sich so lange damit zu arrangieren, bis etwas Besseres kam, und beiläufig das Beste für sich herauszupicken. Er ließ nie einen Krümel seines Essens übrig, er schlief lange und gut und neigte dazu, jede Pause im Gespräch mit einem Zitat der Weisheit des Göttlichen Eis zu füllen – Konfuzius, Lao-Tse, Hillel und Hiawatha seiner Rasse, wie Dane sich allmählich zusammenreimte. An der Oberfläche schien er sich zufrieden und sogar behaglich in ihrer Gefangenschaft zu fühlen, genug, um aufreizend zu wirken.

Aber Dane war sicher, daß der Schein trog. Zuerst war es nur ein Verdacht, doch am achten oder neunten „Tag" ihrer Gefangenschaft wurde die Vermutung zur Gewißheit.

Das war der Tag, an dem der Mann in der benachbarten Zelle verrückt wurde. Dane sah ihn sich ducken, als das klirrende Geräusch ertönte, welches ihnen signalisierte, daß die Mekhar mit dem Essen unterwegs waren. Er hockte angespannt und zusammengekauert da und verriet nur eine einzige Absicht. Und im selben Augenblick, als der Essenskarren in Sicht kam, sprang er auf die Tür zu, stieß sie auf und warf sich gegen den Karren, stieß ihn zurück und warf den Mekhar, der ihn geschoben hatte, zu Boden.

Einen Augenblick lang spannte Dane alle Muskeln und dachte: *Jetzt! Wenn sich alle auf einmal auf ihn stürzen, alle auf einmal – der Mekhar könnte nicht mehr als einen oder zwei von uns töten...*

Er setzte tatsächlich zum Sprung an; und dann begann der Mann am Karren unzusammenhängend zu schreien, ein heiseres Schreien, fast ein Gebrüll: „Kommt her, ihr Bastarde! Tötet mich auf einmal, nicht zentimeterweise! Kommt her, jeder kommt dran – besser kämpfend sterben als herumsitzen und warten." Er ergriff den Rand des Essenskarrens und stieß ihn über den hingestreckten Körper des Mekhar. Jetzt heulte er sabbernd und brüllend. Dallith schrie auf und verbarg ihr Gesicht in den Händen. Aratak klammerte sich mit den Klauen an die Gitterstäbe, und als Dane seine Muskeln zum Angriff straffte, streckte der Echsenmann eine Hand aus und griff nach ihm. Er grub seine Klauen in Danes Schulter, wobei er ihm das Hemd zerriß.

„Nicht jetzt“, sagte er. „Werfen Sie Ihr Leben nicht so weg. *Nicht jetzt!*“

Der ausgebrochene Gefangene heulte und tobte immer noch und raste mit dem Essenskarren den Gang hinauf und hinunter. Der andere Mekhar hob seine Waffe und machte eine Bewegung. Der Rasende schien ihn nicht zu sehen. Er rannte genau auf ihn zu, und in dem Moment, bevor ihn der Karren umstieß, hob der Mekhar – fast widerwillig, wie es Dane schien – die Waffe und schoß.

Der Mann schrie, ein schrecklicher, nervenzerfetzender Ton. Er fiel zu Boden, krümmte sich und zuckte panisch. Schaum trat ihm vor den Mund, als seine Muskeln anfingen, krampfhaft zu zittern. Er schrie und schrie, und sein Schreien wurde immer schwächer, bis er schließlich still dalag, immer noch zuckend und von Krämpfen geschüttelt. Der Mekhar beugte sich herab und schleifte ihn in seine Zelle, wobei er seinen Mitgefangenen mit der gezogenen Waffe drohte. Alle wichen mit entsetztem Keuchen und Murmeln vor ihm zurück.

Die Essensausteilung verlief nun ohne weitere Zwischenfälle, aber Dane konnte nichts essen, bis Dallith, weiß wie ihr fließendes Gewand, die Nahrung verweigerte und zur Damentoilette schwankte, um sich zu übergeben. Daraufhin zwang sich Dane mit harter Selbstdisziplin, sein Essen aufzunehmen und es verbissen zu kauen. Er hätte es wissen müssen. Dallith war so sehr Spiegel seiner eigenen Stimmungen ...

Mit dieser neuen Erkenntnis aß er und weigerte sich, über den gescheiterten Ausbrecher nachzudenken. Als Dallith fahl und zitternd zurückkam, zog er sie zu sich herunter und fütterte sie mit kleinen Stücken von seinem eigenen Tablett, bis die Farbe in ihre Wangen zurückzukehren begann. Danach saß er bei ihr, bis sie eingeschlafen war. Der verwundete Mann in der Nachbarzelle stöhnte und zuckte, bäumte sich auf und schrie immer schwächer, obwohl seine Zellengefährten ihn beruhigten, bis er irgendwann in derselben Nacht starb. Am nächsten Morgen zur Fütterungszeit brachten die Mekhar seine Leiche weg.

Die Zellenreihen waren sehr still, als der Körper des Mannes vorbeigetragen wurde. Aber als die Mekhar verschwanden und das klirrende Geräusch des Schließmechanismus im Zellenblock ihnen verriet, daß die Wärter gegangen waren, zerbrach die angespannte Stille des Entsetzens, und alle begannen, durcheinanderzureden.

Dane fand Aratak an seiner Seite; die große, schuppige Pfote des Echsenmannes ruhte leicht auf seiner Schulter, wobei er die Klauen einzog und wieder herausschnellen ließ. Er sagte zu Dane: „Einen Moment lang dachte ich gestern, Sie würden Ihr Leben seinem hinterherwerfen."

„Einen Augenblick lang habe ich daran gedacht. Aber es ist nicht meine Art, Selbstmord zu begehen, und ich bemerkte gerade noch rechtzeitig, daß es das war, was er tat. Wenn alle ihm geholfen hätten, hätte es uns vielleicht gelingen können."

„Ja", sagte Aratak. „Das war auch mein Gedanke. Aber es muß sorgfältig geplant und ausgeführt werden. Ein wahnsinniger Angriff, selbst mit der wilden Hoffnung, die anderen würden mitmachen, ist nicht die richtige Art, so eine Sache zu beginnen. Das Göttliche Ei sagt, daß ein Mann ein Narr ist, wenn er sein Leben zu hoch schätzt – aber ein doppelter Narr ist der, dem es so wenig wert ist, daß er es wegwirft."

Dane schaute sich vorsichtig um. Dallith schlief, und er war froh darüber; die Angst, sie zu erschrecken, beschäftigte ihn bereits von früh bis spät. (Er fragte sich: War das nun Liebe? Sicher nicht im sexuellen Sinn, jedenfalls noch nicht. Aber ein ständiges, lebhaftes Mitdenken, so daß ihr Wohlergehen ihm wichtiger war als sein eigenes, so daß sie irgendwo im innersten Kern seines Wesens lebte ... ja, man konnte es Liebe nennen.) Dann sagte er: „Ich nehme an, Sie stimmen mir zu, daß es mit genauer Planung und gegenseitigem Zusammenhalten möglich sein müßte zu entkommen. Ich glaube, diese Mekhar unterschätzen uns. Sie sind wahrscheinlich der Meinung, daß niemand außer ihnen selbst klug genug ist, so etwas zu planen. Aber haben Sie bemerkt, daß die Türen zweimal am Tag für eine gute halbe Stunde unverschlossen und im Grunde genommen unbewacht sind?"

„Ich habe es bemerkt", sagte Aratak. „Eine Zeitlang dachte ich, es sei fast zu einfach. Als ob sie versuchten, uns aus irgendeinem nur ihnen bekannten Grund zur Flucht zu verleiten. Aber warum sollten sie das tun? Bloße Blutgier? Sie könnten jeden Tag einen von uns herausholen und töten, wenn sie daran Vergnügen hätten. So bin ich zu demselben Schluß gekommen wie Sie, nämlich, daß es Arroganz ist. Sie glauben einfach nicht, jemand außer ihnen selbst könnte einen Nutzen aus einer solchen Gelegenheit ziehen. Sie sind überzeugt, daß wir sie und ihre Waffen zu sehr fürchten."

Er hielt inne. Seine sonst so ruhige Stimme klang erregt. „Würde es Ihnen Spaß machen, diese verdammten Katzendinger auf ihren Fehler aufmerksam zu machen?"

Dane reichte ihm mit einer spontanen Geste der Kameradschaft die Hand. „Ich bin auf Ihrer Seite!" Erst als die schuppige Pranke sich vorsichtig, mit sorgfältig zurückgezogenen Klauen, um seine Hand schloß, wurde ihm wieder bewußt, daß sein neuer Kamerad nicht das war, was die meisten Leute einen Menschen nennen würden.

In gegenseitigem Einvernehmen setzten sie sich in eine Ecke der Zelle, um Pläne zu schmieden. „Wir können es nicht allein tun, nur wir zwei. Und wir werden Zeit brauchen – und Planung".

„Das ist wahr. Das Göttliche Ei hat uns gesagt, daß eine Tat des Wahnsinns doppelt so klug geplant werden muß wie eine Tat der Weisheit."

Die Grundlage des Plans war absolut simpel und nicht viel komplexer als der des Mannes, der gestorben war – das frühe Öffnen und späte Schließen der Zellen zu nutzen, um hinauszuschlüpfen, andere Gefangene zu sammeln, den Mekharwächtern die Waffen aus den Händen zu schlagen und den Weg aus den Sklavenquartieren heraus zu erkämpfen. Die Mekhar würden vielleicht einen oder zwei von ihnen töten, bevor sie entwaffnet waren – Dane faßte die Möglichkeit ins Auge, daß er einer der ersten sein konnte, die getötet würden; es war sogar sehr wahrscheinlich –, aber sicher konnten die Mekhar nicht alle töten, und der Rest würde entkommen.

Wenn sie sich erst einmal aus den Sklavenquartieren befreit hatten, was dann? Sie würden dem Rest der Mannschaft gegenüberstehen; im Krankenbereich gab es Betäubungsfelder und vielleicht in anderen Bereichen des Raumschiffes auch.

„Wir können es nicht allein schaffen“, sagte er zu Aratak.

„Ich habe nie angenommen, daß wir es könnten.“

„Aber wir können es nicht einmal allein planen. Ich weiß nicht genug über die Mekhar; ich weiß nicht genug über eure Raumschiffe; ich weiß nicht genug über eure Zivilisation, eure Waffen oder auch nur über euren Galaktischen Bund. Wir brauchen Hilfe, und zwar schnell, schon um sinnvolle Pläne zu machen.“

„Ich glaube, Sie haben recht“, sagte der große Echsenmann. „Wir müssen entscheiden, welche von unseren Mitgefangenen wir um Hilfe bitten können und welche verrückt würden wie diese arme Kreatur, uns aus Unbesonnenheit oder Angst verraten oder sogar gegen einen geringfügigen Vorteil an die Mekhar ausliefern könnten – o ja, einige von uns hier drinnen würden vielleicht sogar das tun.“ Die Ränder seiner ledernen grauen Kinnbacken begannen leicht zu glühen und leuchten. „Ich werde die Weisheit des Eis befragen. Und ich vermute, Sie werden es Dallith zuerst mitteilen.“

Dane fühlte, wie sich seine Kehle in plötzlicher Angst zusammenkrampfte; Angst nicht um sich selbst, sondern um das Mädchen. Er hatte so sehr versucht, alle beunruhigenden Gedanken von ihr fernzuhalten ... Und der Mann, der verrückt geworden war, hatte sie so sehr aufgeregt, daß Dane für einen Moment gefürchtet hatte, sie würde in diese tödliche, todsuchende Müdigkeit zurückfallen. „Ich glaube nicht“, sagte er heiser. „Ich werde zuerst mit Rianna sprechen.“ Vielleicht konnte Dallith davon ferngehalten werden, beschützt, bis die Gefahr vorüber war ...

Er fing jetzt an, subtile Änderungen im Ausdruck von Arataks ledernem Gesicht unterscheiden zu können, aber er wußte noch nicht, welche Gefühle es waren, die die runzelige Stirn furchten und die kleinen Kehllappen rund um die Kiemenspalte des Amphibiums aufleuchten ließen. Aratak war bewegt; aber ob es Sympathie, Mißbilligung oder Ärger war, konnte Dane Marsh nicht sagen. Seine Stimme klang so gelassen wie immer, als er sagte: „Nun, ihr Protosimianer kennt einander, wie ich euch nie kennen werde. Vielleicht haben Sie also recht. Ich werde sorgfältig Rat und Weisheit suchen; sprechen Sie mit Rianna, wenn Sie wollen."

Dane wartete bis zur nächsten Mahlzeit, und als alle Insassen ihrer Zelle die verschieden gekennzeichneten Tabletts geholt hatten und nach Plätzen suchten, um zu essen, legte er eine Hand auf Riannas Arm.

„Ich möchte mit Ihnen reden", sagte er mit gedämpfter Stimme.

„Setzen Sie sich hier neben mich in die Ecke und essen Sie." Als sie die Verschlußstreifen ihrer Packungen aufrissen, legte er ihr dar, was er über das Schließen und Öffnen der Zellentüren herausgefunden hatte und sah ihre dunklen Augen wild aufleuchten.

„Ich habe mich schon gefragt, ob noch jemand anders das beobachtet hat! Es scheint, daß alle anderen entweder Feiglinge oder wahnsinnig unbesonnen sind! Sie haben recht, man könnte etwas tun, aber was könnte ich, eine Frau, schon allein machen? Ich bin auf Ihrer Seite, auch wenn ich die erste sein sollte, die erschossen wird!"

Er grinste ein wenig säuerlich. „Ich dachte Sie seien diejenige, die die Werte der Resignation predigt. Sie waren hoffnungslos genug, Dallith sterben zu lassen."

„Ich tat, was ich für das beste hielt auf der Basis dessen, was ich über ihr Volk wußte", sagte Rianna steif. „Jeder kann aus Unwissenheit heraus handeln. Ich bin Wissenschaftlerin genug, hoffe ich, um meine Theorien ändern zu können, wenn ich mehr Fakten kenne. Nachdem ich die Mekhar einige Perioden lang beobachtet habe – und angesichts der Qualität unserer Mitgefangenen –, bin ich ein bißchen optimistischer."

„Sie wissen", sagte Dane langsam, „daß, wenn wir die Führung übernehmen, Sie und ich sehr wohl die ersten sein können, die niedergeschossen werden. Es ist kein angenehmer Tod."

„Aber wenigstens muß ich mir, wenn es vorüber ist, keine Sorgen mehr machen, was als nächstes geschieht, oder? Doch für den Fall, wir überleben lange genug, um diese spezielle Sorge zu haben: Was geschieht dann? Ich nehme an, Sie wollen es nicht dabei bewenden lassen, daß wir aus den Käfigen herauskommen. Was geschieht danach?"

„Ich weiß es nicht", sagte Dane offen. „Das ist der Grund, warum ich zu Ihnen komme. Ich bin als Leiter dieses Unternehmens nicht geeignet. Ich könnte dabei helfen, aus den Käfigen auszubrechen. Aber wenn wir erst mal draußen sind, bin ich soviel wert wie ein Segel auf einem Raumschiff. Sie wissen doch, ich bin dieser Bursche von der zurückgebliebenen Welt. Was ich über Raumschiffe weiß, könnte ohne Schwierigkeiten in großen Blockbuchstaben auf meinen Daumennagel graviert werden. Ich hatte irgendwie gedacht, daß wir die Mekharwächter als Geiseln für unsere eigene Freiheit nehmen könnten; arrogante Rassen schätzen das Leben ihrer Artgenossen gewöhnlich sehr hoch, auch wenn sie andere Rassen wie Dreck behandeln. Aber ich kenne die Mekhar nicht. Und selbst wenn es uns gelänge, jedes verdammte Löwengesicht auf dem Schiff zu töten oder zu unterwerfen, wären wir immer noch nicht in meinem Element. Ich wüßte nicht, wie ich uns zu einem sicheren Hafen bringen sollte, nicht einmal, wie ich den Notrufknopf drükken und um Hilfe rufen müßte, wenn die Gefahr bestünde, eine Bruchlandung zu machen oder in eine Sonne zur stürzen."

„Oh, was das betrifft – Roxon hat einen Pilotenschein", sagte Rianna. „Ich glaube nicht, daß er jemals ein Ding von dieser Größe gesteuert hat – er hat dafür sicher keine Lizenz –, aber die superleichten Triebwerke sind in der gesamten Galaxis genormt. Wenn die Mekhar erst einmal aus dem Weg sind, könnte er uns irgendwo innerhalb des Bundes landen."

Dane überlegte, daß ihm dies nicht viel nützte, aber genaugenommen war das ein untergeordnetes Problem. In jedem Fall war es für ihn besser, er befand sich innerhalb einer zivilisierten Gesellschaft – egal wie merkwürdig oder fremdartig – als außerhalb davon. Der Galaktische Bund betrieb zumindest keinen Sklavenhandel.

„Ich würde sagen, der nächste Schritt ist nun, Roxon in unseren Plan einzuweihen", sagte Dane, „wenn Sie sicher sind, daß wir ihm trauen können. Ich weiß es nicht."

Rianna sagte mit Abscheu: „Für was halten Sie ihn? Er ist ein zivilisierter Bürger."

„Vermutlich war der arme Kerl, der in die Schüsse der Nervengewehre gelaufen ist, das auch", sagte Dane. „Ich wollte seine moralischen Grundsätze nicht in Frage stellen. Ich kenne ihn einfach überhaupt nicht. Wie kann ich in der Lage sein zu beurteilen, wie tapfer er ist? Wie wahrscheinlich es ist, daß er durchdreht? Wie gut kann er eine Krise durchstehen? Oder auch nur: Wie verschwiegen und beherrscht kann er sein, um nicht mit den falschen Leuten zu sprechen? Warum, zum Teufel, glauben Sie, habe ich *Sie* als erste gefragt?"

Ihr Mund verzog sich zu einem flüchtigen Lächeln, und plötzlich sah sie jünger und auch hübscher aus. „Ich glaube, ich habe gerade ein Kompliment bekommen", sagte sie. „Danke, Marsh. Ich werde mit Roxon sprechen. Ich kenne ihn schon seit langer Zeit, und ich würde für ihn mit meinem Leben, meinem Vermögen und meinem wissenschaftlichen Ruf bürgen, wenn Ihnen das genügt."

„Schauen Sie, es tut mir leid, ich wollte Sie nicht beleidigen."

Sie zuckte die Schultern. „Vergessen Sie's. Sie haben keinen Grund, ihm zu trauen, genausowenig wie er einen Grund hat, Ihnen zu trauen. Er hat ein Vorurteil gegen Leute von bewohnbaren Welten, die sich dem Bund nicht angeschlossen haben."

„Wie zum ... könnte ich mich Ihrem Was-auch-immer-Bund anschließen, wenn niemand in unserer Welt auch nur eine dunkle Ahnung hat, daß er überhaupt existiert?"

„Ich habe nicht behauptet, Roxons Vorurteil sei rational", sagte Rianna kalt. „Ich habe nur erwähnt, daß er ein solches Vorurteil hat. Ich habe eine Tatsache genannt, nicht aber ein Werturteil abgegeben. Aber Roxon würde sicherlich sagen, daß es einige gute und ausreichende Gründe geben müsse, warum Ihrer Welt nie die Mitgliedschaft im Galaktischen Bund angeboten wurde."

Das bedrückte Dane eine Minute lang; aber es war aussichtslos, sich jetzt in eine Diskussion darüber zu verstricken. Als Rianna sich von ihm abwandte, hielt er sie einen Augenblick zurück und sagte plötzlich; „Aus welchem Grund trauen *Sie* mir dann?"

Noch ein leichtes Schulterzucken. „Wer weiß? Vielleicht nur wegen Ihrer hübschen blauen Augen. Oder vielleicht benutze ich Dallith als Barometer. Und da wir gerade von Dallith sprechen – sie starrt Sie mit diesem sehnsüchtigen Blick an. Vielleicht kann sie nicht essen, wenn Sie nicht ihre Hand halten. Sie gehen besser hin und muntern sie auf, während ich mit Roxon spreche. Keiner von uns sollte sich irgendwie auffällig verhalten während unserer Verschwörung, sonst könnten die Mekhar etwas ahnen!"

Sie ging fort, und Dane schaute sich nach Dallith um; aber sie sah nicht zu ihm herüber, und Dane ging nicht gleich zu ihr, sondern folgte Rianna mit den Augen. Was fühlte diese Frau wirklich? Kannte er sie gut genug, um auch nur ihre elementarsten Gefühle beurteilen zu können?

Rianna kniete neben Roxon nieder. Er saß ein wenig abseits, das Essenstablett noch auf dem Schoß; sie legte ihren Kopf dicht an seinen, und Dane beobachtete sie gespannt. Das einzige, was nicht passieren durfte, war, daß einer von ihnen den Eindruck erweckte, zu intrigieren oder eine Verschwörung anzuzetteln. Oder würden die Mekhar das gar nicht bemerken? Aber es wäre sicherlich gefährlich, wenn Leute anfingen, sich in Gruppen zusammenzutun, sich heimlich zu unterhalten und zu flüstern, ohne daß jemand mithören konnte ...

Während er sie beobachtete, stellte Roxon das Essenstablett ab, legte seine Arme um Rianna und zog sie zu sich herunter. Dane dachte, plötzlich ein bißchen schokiert: *Einfach so? Vor allen anderen? In einem Käfig?* Dann sagte er sich streng, daß er seine eigenen Maßstäbe – von einer winzigen Ecke auf einem kleinen Planeten – nicht bei anderen anlegen dürfe; sogar in einigen Teilen der Erde würde dieses Verhalten ganz normal sein. Einige Südseeinsulaner liebten sich nicht nur öffentlich, sondern erwarteten, daß man es ihnen gleichtat, und waren beleidigt, wenn man dem nicht folgte. Er zwang sich wegzusehen, als sie enger zusammenrückten.

Dallith sagte leise in sein Ohr: „Es ist nicht, was du denkst. Macht es dir etwas aus?"

Er drehte sich um, überrascht und etwas abgestoßen, und sagte abwehrend: „Du weißt doch, ich bin der Junge von dem Hinterwäldlerplaneten, der die örtlichen Bräuche nicht kennt – oder besser, der nur seine eigenen Bräuche kennt."

„Es ist in meinem Volk auch nicht Brauch, aber du weißt, was ich bin. Ich kann Gefühle spüren, und ich sage dir noch einmal, es ist kein Begehren zwischen ihnen – wenn das für dich etwas bedeutet."

„Mir ist es völlig egal, was sie tun", murmelte Dane. Seine Ohren waren rot, und er war furchtbar wütend auf sich selbst, weil sie seine Verlegenheit lesen konnte. „Warum sollte es mir etwas ausmachen?"

„Wir fragen uns nie, warum andere Leute so sind wie sie sind", sagte Dallith kühl. „Da wir den Gefühlen nicht entrinnen können, die uns so handeln lassen, wie wir es tun, würde es nur zusätzlichen Kummer bereiten, uns zu fragen, warum. Ich bin nur verlegen, weil du es bist, aber es gibt keinen Grund dafür. Sie tun nur so als ob, und wenn du einen Augenblick nachdenkst, wirst du sicher den plausiblen Grund für ihr Verhalten finden."

„Nein. Ich kann das nicht verstehen. Warum sollten sie – oh, auf diese Weise werden die Mekhar nicht auf die Idee kommen, daß sie eine Verschwörung planen?"

„Natürlich. Rianna ist sehr klug", sagte Dallith. Ihre großen, dunklen Augen verweilten einen Augenblick lang auf den beiden eng umschlungenen, halb entkleideten Körpern, die Köpfe dicht beieinander, flüsternd, und sie lächelte. „Es ist natürlich die einzige Sache, die sie vorgeben können zu tun, ohne daß die Mekhar sich die Mühe machen würden, einen Verdacht zu schöpfen oder sie zu unterbrechen. Es ist Teil ihrer Arroganz, verstehst du. Das ist etwas, was du vielleicht nicht weißt, wie nämlich Protofelinen auf uns Protosimianer herabschauen, weil – wie kann ich das ausdrücken? Du bist verlegen, und ich kann nichts dagegen tun, da ich genauso fühle wie du."

Sie schaute zu Boden und scharrte unruhig mit dem Fuß. „Nun, um es ganz einfach auszudrücken: Wir Protosimianer werden für Sklaven unserer permanenten sexuellen Gelüste gehalten. Wenn du also Rianna und Roxon anschaust, und du denkst, sie unterhalten sich privat, und es ist vielleicht verdächtig – die Mekhar würden sie anschauen und denken: Natürlich, das sieht diesen Affenleuten ähnlich, was sonst könnten sie tun als alles andere stehen und liegen zu lassen und ... und zu vögeln. Siehst du? Rianna ist klug."

„Das ist sie", sagte Dane. „Ich hätte nie daran gedacht." Er fühlte sich unruhig und aufgebracht. Sogar Aratak hatte etwas Ähnliches gesagt: *Ihr Protosimianer seid so sehr euren Reproduktionsbedürfnissen unterworfen ...* Es war ein bißchen demütigend, wenn man zu einer Rasse gezählt wurde, die an nichts anderes als an Sex dachte.

Willkommen, Freund, im Affenhaus des Zoos – weibliche Affen immer läufig. Besuchen Sie die Show. Ach, zum Teufel, vermutlich war es anderen – anderen Rassen? – vollständig egal. Versetzte es *ihn* etwa in Aufregung, ein Hundepaar auf der Straße zu beobachten oder ein Taubenpaar, das auf der Fensterbank turtelte? Dane wandte seine Augen ab von dem allzu realistischen Schauspiel, das Rianna und Roxon zeigten. Niemand sonst schien ihnen auch nur die geringste Aufmerksamkeit zu schenken, auch die Menschen nicht.

Hoffentlich schildert ihm Rianna den genauen Ablauf unseres Plans – und hoffentlich gefällt ihm die Idee. Denn ohne ihn werde ich nicht wissen, wo ich beginnen soll. Aratak und ich können allein nicht viel erreichen. Und verdammt, ich habe genug um die Ohren – wie zum Beispiel einen Fluchtversuch – als daß ich mir um das Geschlechtsleben der anderen Sorgen machen könnte!

Als der Gedanke an die Flucht ihm wieder durch den Kopf ging, erinnerte er sich mit leichtem Unbehagen, daß er Angst gehabt hatte, es Dallith mitzuteilen. Nun schien es so, als wüßte sie davon – oder nicht? Es war schwer zu sagen, ob sie seine Gedanken las oder nur seine Gefühle widerspiegelte. Als würde sie seine eigene tiefe Unruhe spüren, tasteten ihre kleinen, schmalen Finger jetzt nach seinen und umklammerten sie. Ihre Hand fühlte sich kalt an. Dane drückte sie fest. Er versuchte dabei, gelassen und beruhigend zu wirken.

Er hatte sich immer als Abenteurer gesehen. Aber als einen einsamen. Er kannte seine eigenen Grenzen, seine Fähigkeiten; er wußte, was er sich zutrauen konnte und was nicht. Ihm war einmal vorgeworfen worden, Risiken einzugehen, und er hatte das standhaft verneint. „Ich tue gefährliche Dinge, sicher", hatte er gesagt, „aber wenn ich nicht vom Blitz erschlagen werde – und das kann auch passieren, wenn ich zu Hause im Bett liege –, weiß ich so genau, was ich mir zutrauen kann und was nicht, daß es kein Risiko mehr bedeutet, wenn ich mich einmal entschließe, es zu tun."

Aber das war nur dann wahr, wenn er sich auf seine eigenen bekannten Fähigkeiten verließ. Nun mußte er all seine Hoffnung auf Fremde setzen, von denen einige noch nicht einmal menschlich waren. Aratak hatte eine beruhigende Stärke und Festigkeit, und Riannas Tapferkeit und Findigkeit hatten ihm einiges Vertrauen eingeflößt. Aber die anderen? Sie waren alle unbekannte Größen, und die Gewohnheit, auf sich selbst gestellt zu sein, war überhaupt nicht hilfreich, wenn es darum ging, gefährliche Dinge mit anderen Leuten zu tun. Eher im Gegenteil.

Er ließ Dalliths Hand los, weil er wußte, daß ihre eigene Furcht wachsen würde, wenn sie die seine verspürte, und sagte: „Wir werden später darüber sprechen. Ich möchte sicher sein in dem, was ich denke."

Wie gewöhnlich protestierte sie nicht und drängte ihn auch nicht, sondern akzeptierte seine Laune ruhig, als sei es ihre eigene, und ging hinüber zu ihrer Pritsche. Rianna und Roxon hatten sich jetzt voneinander gelöst, und Dane fragte sich, was sie wohl zu ihm gesagt und was er geantwortet hatte. Es würde gefährlich sein, hinzugehen und zu fragen. Natürlich konnte er ebenfalls so tun, als hätte ihn die Lust überkommen – er ließ diesen Gedanken schnell wieder fallen. Es führte zu nichts und konnte ihm eine Menge Schwierigkeiten machen, die er nicht gebrauchen konnte. Hatte Dallith ihn nicht gefragt: Warum macht es dir etwas aus?

Er konnte diese Frage nicht beantworten und wollte es auch nicht versuchen.

4

Rianna näherte sich ihm nicht bis zur nächsten Mahlzeit, bei der sie, als alle ihre Tabletts holten, seines mit heraussuchte, es ihm brachte und dabei mit gedämpfter Stimme sagte: „Roxon ist einverstanden. Er kann dieses Schiff nicht alleine steuern, aber er kann mit der Kommunikationsausrüstung umgehen, und die Navigationszentrale wird ihm natürlich helfen. Er wird mit jemanden in der Nachbarzelle sprechen, den er kennt. Du kannst ihm vertrauen, er hat eine gute Menschenkenntnis. Er war überrascht, daß du es warst, der den Plan entwickelt hat, aber das hat mit seinem Vorurteil zu tun, und er gibt es auch zu."

„Ungeheuer nett von ihm", sagte Dane etwas mürrisch. Er merkte, wie unfair das von ihm war. Er war sich im klaren darüber gewesen, nicht alles allein machen zu können. Er sollte dankbar sein, daß Roxon damit einverstanden war, seinen Teil zu übernehmen.

Sie blieb nicht länger als einen Augenblick in seiner Nähe – er fühlte, daß sie jetzt aufpaßte, auch nicht den geringsten Anschein einer Verschwörung zu erwecken –, aber etwas später, als sie an ihm vorbeikam, murmelte sie: „Lege deine Arme um mich, versuche mich einen Augenblick zu halten – Dane, hast du Dallith schon etwas erzählt? Ich sah euch zusammen sprechen, aber ich hatte keine Gelegenheit, sie zu fragen."

Dane willigte ein. Sie fühlte sich weich und stark in seinen Armen an, rund und feminin, jedoch muskulös und alles andere als passiv. Er sagte: „Nein, noch nicht. Ich hatte ein bißchen Angst davor. Wir sind sowieso vom Thema abgekommen. Sie gab mir einige Erklärungen über ... äh ... Galaktische Bräuche und die Art, wie die Mekhar – das heißt, wie alle Protofelinen – über uns denken."

Erwartet sie von mir, daß ich so tue, als würde ich sie lieben?

Als ob sie seine Gedanken erraten hätte, befreite sie sich heftig aus seinen Armen und trat zurück. Leise sagte sie: „Erzähle es ihr, so schnell du kannst. Denk daran, sie ist eine Empathin. Wenn du zu unentschlossen bist, wird es sich auf sie übertragen, und die Mekhar könnten schlau genug sein, sie zu beobachten, um zu sehen, ob sie uns mißtrauen müssen. Es ist auch möglich – ich weiß zwar nicht sehr viel über Empathen, aber es wäre möglich –, daß sie sich in die Mekhar hineinversetzen und herausfinden kann, wie sie auf uns reagieren – wenn ihre Wachsamkeit nachläßt, wie nahe wir dem Ort sind, zu dem sie uns bringen, und so weiter."

„Das wäre fast zu schön, um wahr zu sein."

„Das wäre es. Aber ich habe Psi-Talenten noch nie über den Weg getraut. Doch wir können es uns nicht leisten, irgendeine Chance zu vergeben, wie klein sie auch sein mag", sagte Rianna. „Wie klein auch immer. Sprich also mit Dallith. Und bald."

Dane wußte, daß sie recht hatte, und er straffte sich in dem Bewußtsein, was er zu tun hatte. Aber was, wenn es sie wieder in die selbstmörderische Furcht und Hoffnungslosigkeit stürzte? Was dann?

Der Tagesablauf im Sklavenquartier war ihm jetzt vertraut, und er wartete dank dieser Kenntnis. Eine Stunde (nach seiner Schätzung, da er keinen Zeitmesser hatte) nach der letzten Tagesmahlzeit wurde der lange Zellengang – mit Ausnahme von gedämpften Nachtlampen in den langen Gängen und kleinen, fahlen Markierungen an den Türen der Toilettenräume – abgedunkelt. Dane ging zur Liege, die nun allgemein als seine betrachtet wurde. *Wie schnell wir uns an nahezu alles gewöhnen!* dachte er. *Jetzt ist bereits eine Liege „meine", und ich bin es gewöhnt, mich zu einer bestimmten und regelmäßigen Zeit darauf auszustrecken. Sind alle intelligenten Spezies solche Gewohnheitswesen, oder sind das nur wir Menschen – oder Protosimianer?*

Er wartete eine Stunde lang, bis es ruhig war und seine Zellengenossen schliefen. Über ihm schnaufte ein unbekannter Mann, dunkelhäutig und flachgesichtig, und schrie in unangenehmen Träumen auf. Auf der benachbarten Liege machte Aratak merkwürdig schnarchende Geräusche, und als sich Dane leise von seiner Pritsche herabgleiten ließ, bemerkte er, daß der Echsenmann in der Dunkelheit am ganzen Körper schwach glühte. In der entferntesten Ecke, auf beiden Seiten von leeren Pritschen umgeben, hockte die lange, dünngliedrige Spinnenkreatur mit riesigen, roten Augen, die das Licht reflektierten; die Augen verdrehten sich, um Dane zu folgen, und Dane duckte sich ungewollt ... war das ein hungriger Blick? Würden die Mekhar am Ende eine kannibalische Spezies mit ihrer natürlichen Beute zusammen einsperren?

Dallith lag auf der unteren Liege, das Gesicht von ihm abgewandt, so wie er sie das erste Mal hatte liegen sehen. Ihr Haar lag lose ausgebreitet. Sie schlief tief, und als Dane sich sanft neben ihr niederließ, um sich auf den Rand ihrer Liege zu setzen, wachte sie nicht sofort auf, sondern machte eine weiche, bejahende Bewegung und murmelte im Schlaf, ein schläfriger, friedvoller Ton.

Sie kannte ihn, sogar im Schlaf, und es war keine Angst mehr in ihr ... Eine Welle der Zärtlichkeit schlug über ihm zusammen; er berührte ihren kühlen Handrücken mit den Lippen. Sie wachte auf und lächelte in der Dunkelheit. Sie sah so friedlich aus, daß er einen Augenblick lang zögerte, sie zu stören. Sie schien nicht überrascht zu sein und stellte ihm keine Fragen über seine Anwesenheit. Dane schob von sich, was er zu sagen hatte, und fragte sie zum ersten Mal:

„Wie ist deine Welt, Dallith?“

„Wie kann ich dir darauf antworten, Marsh?“ Ihre Stimme war nur ein Flüstern, genau auf sein Ohr abgestimmt. „Es ist meine Heimat. Kannst du etwas anderes über deine Heimatwelt sagen, als daß sie schön ist? Meine Leute verlassen unsere Welt selten – und fast nie aus freien Stücken –, und so haben wir keine Möglichkeit, sie mit anderen zu vergleichen, außer durch das, was wir gelesen haben. – Ich denke es muß bei dir genauso sein.“

Ein Anfall von Heimweh durchfuhr Dane Marsh, so heftig, daß es ihn schmerzte. Niemals Hawaii wiedersehen oder den großen Bogen der Golden Gate Bridge oder die Skyline von New York mit den hochragenden Türmen oder eine Rhododendronblüte im Frühling ...

Ihre Hände streichelten ihn sanft. Sie sagte: „Ich wollte dich nicht traurig machen. Dane, warum bist du hierhergekommen? Du bist mir nur zu willkommen, aber ich kenne dich gut genug, um zu wissen, aus welchem Grund du *nicht* gekommen bist. Du hast mir etwas zu sagen?“

Er nickte stumm und streckte sich vorsichtig am Rande der Liege aus. Er sagte sich, daß die Mekharwächter ein- oder zweimal während der Nacht vorbeikommen würden, und wenn sie ihn hier liegen sahen, würden sie denken – was immer sie auch dachten, die verdammten Kerle. Und warum auch nicht? Er erzählte ihr mit gedämpfter Stimme, den Mund dicht an ihr Ohr gepreßt, von den Fluchtplänen. Sie hörte ihn schweigend an. Nur als er ihr sagte, daß die Mekhar wohl einige von ihnen töten könnten, zuckte sie leicht zusammen, schrie aber nicht auf. Schließlich sagte sie: „Ich wußte, daß es so etwas sein mußte. Ich habe dich mit Aratak zusammen gesehen, aber ich wußte nicht genau, was es war. Aber wenn es Körperkraft ist, die du benötigst – ich bin bestimmt nicht stark genug, einen Mekhar zu entwaffnen. Was kann ich tun?“

Ihre Stimme klang so ruhig, daß er fragte: „Hast du keine Angst? Ich dachte, du würdest erschrecken.“

„Warum? Mir geschah das Schlimmste, als sie mich von meiner Heimat und von meinem Volk trennten. Nun gibt es für mich nichts Schlimmeres zu befürchten. Sag mir, was ich für dich tun kann.“

„Ich weiß nicht viel über Empathen“, sagte Dane. Er erinnerte sich an Riannas Worte: *Ich habe Psi-Talenten nie getraut*... „Aber vielleicht kannst du für uns herausfinden, wie lange wir Zeit haben. Bereiten die Mekhar schon unsere Landung vor? Vielleicht kannst du herausfinden, mit welcher Verteidigung wir rechnen müssen. Solche Dinge.“

Ein Schatten des Unwillens glitt über ihr Gesicht. „Ich weiß es nicht. Ich habe noch nie versucht – die Gedanken oder Gefühle einer anderen Rasse zu lesen. Sie sind so wild – aber ich werde es versuchen. Erwarte nicht zuviel, aber ich werde es versuchen.“

„Das ist alles, worum ich dich bitte“, sagte er. Er richtete sich auf, um zu seinem Platz zurückzukehren, aber Dallith schlang ihren Arm um ihn. „Nein. Nein! Allein werde ich mich wieder fürchten. Bleib dicht bei mir.“

Er sagte mit schiefem Lächeln: „Du führst die menschliche Natur beträchtlich in Versuchung, Dallith.“ Aber er macht keine Anstalten zu gehen, und nach einer Weile schlief er, dicht neben dem Mädchen ausgestreckt, ein und fiel sofort in merkwürdige, verschwommene Träume von Löwen, von seltsamen Farben und Fallen, die hinter fremdartigen Mauerruinen lauerten. Dann wachte er wieder auf und hörte Dallith vor Angst und Protest in unruhigen Träumen wimmern, fiel wieder in den ruhelosen Traum von Jägern und Gejagten, von Hinterhalt und Furcht und den Gerüchen von Blut und Tod.

Einen oder zwei Tage später gesellte sich Dallith beim Essen zu ihm, Rianna, Roxon und Aratak, als der Mekhar mit dem Essenskarren den Korridor hinunter verschwand, und sagte mit gedämpfter Stimme: „Wir müssen uns beeilen. Wir müssen unsere Pläne schnell ausführen. Es ist schwer, sie zu durchschauen ...“ – ihr Gesicht verzerrte sich merkwürdig, und sie preßte die Hände zusammen – „... und es ist schwer, ihrer Arroganz zu entgehen. Ich hatte befürchtet, von ihren Gedanken beeinflußt zu werden. Aber wir müssen uns sehr beeilen.“

Aratak fragte freundlich: „Warum, Kind?“

„Weil sie uns irgendwohin bringen werden, wenn nicht ...“ – wieder dieser gequälte Blick – „... wenn nicht etwas passiert ... ich weiß nicht genau, was es ist, aber sie erwarten etwas und werden enttäuscht sein ... oh, ich weiß es nicht“, brach es aus ihr hervor. Dabei rang sie ihre schmalen Hände und biß sich auf die Lippen. „Ich weiß es nicht, ich weiß es nicht! Ich habe Angst, nahe genug zu kommen, um es zu erfahren ...“

Dane schaute sie mit tiefer Unruhe an. *Es ist, als würden sie wünschen, daß wir sie angreifen. Aber das ist lächerlich.*

Er fragte Roxon: „Hast du es schon weitergesagt? Auf wie viele können wir zählen, die sich uns anschließen? Wir könnten mit einem Dutzend auskommen, vermute ich, wenn wir sehr gut koordiniert handeln. Aber es wäre von Vorteil, mehr Leute zur Verfügung zu haben."

„Wir fünf hier", antwortete Roxon. „Drei in der nächsten Zelle. Sie sagen, daß in der darauffolgenden Zelle vier oder fünf sind, die mitmachen. Darüber hinaus ist alles Vermutung. Aber ich bin sicher, daß wir genug sind – und wenn andere sehen, daß es gut geplant ist, werden sie auch mitmachen."

„Was ist mit den Betäubungsfeldern?" fragte Rianna.

„Ein guter Einwand", sagte Aratak. „Die Wächter tragen diese Gürtel mit den Nervengewehren. Ich glaube, es gibt eine Kontrolle in den Gürteln, die es ihnen ermöglicht, sich in einem Betäubungsfeld zu bewegen. Wenn wir die Wächter entwaffnet haben, müssen wir uns ihre Gürtel aneignen. Die zwei oder drei körperlich kräftigsten von uns müssen bereit sein, sie anzulegen, bis jemand in den Kommandobereich vordringen und die Betäubungskontrollen ausschalten kann. Roxon, können Sie das tun?"

„Ich bin nicht sicher", sagte Roxon, „aber ich kann es versuchen."

„Roxon darf keine Gefahr eingehen", meinte Marsh. „Er weiß, wie man ein Raumschiff steuert. Laßt mich riskieren, was zu riskieren ist. Diese Art Risiko jedenfalls." Er wünschte, der Aufstand fände noch heute statt. Jetzt da die Pläne ausgereift waren, würden sie bei weiterem Aufschub nur herumsitzen, sich Sorgen machen und nervös werden. Außerdem konnte das Mekharschiff jeden Moment irgendwo Station machen und eine neue Ladung Sklaven aufnehmen, die zu ihnen hereingeworfen würden, neue, von der plötzlichen Gefangenschaft noch betäubte Leute, die durchdrehten oder ihre Fluchtpläne vereitelten. Er sagte: „Je eher, desto besser. Laßt es uns bei der nächsten Mahlzeit versuchen. Wir wissen jetzt alle, was wir zu tun haben."

Es fiel ihm schwer, das Essen zu schlucken; aber als er den Rest seiner Mahlzeit unberührt wegstellen wollte, schaute Rianna zu ihm herüber. Sie sagte leise und angespannt: „Iß alles auf. Wir müssen uns genauso verhalten wie immer, sonst wissen sie, daß etwas passiert."

Die Zeit bis zur nächsten Mahlzeit schien rückwärts zu kriechen. Dallith suchte Marsh, setzte sich neben ihn und hielt seine Hand. Roxon ging zu dem Gitter, das sie von der nächsten Zelle trennte und sprach mit gedämpfter Stimme zu seinem Gefährten dort. Rianna mißachtete ihre eigene Anweisung und ging unruhig hin und her, bis Dallith sie ärgerlich anblitzte. Daraufhin ging sie zu ihrer Pritsche und gab vor zu schlafen. Nur Aratak wirkte ruhig. Er hatte seine langen Beine gekreuzt. Die geschlossenen Kiemenspalten vibrierten leicht und glühten blau. Aber Marsh wußte nicht, ob dies mehr als nur äußerlicher Schein war; er konnte nicht sagen, ob Aratak so ruhig war, wie er aussah, ob er weiterhin über die Weisheit seines ewigen Göttlichen Eis meditierte oder ob die Unbewegtheit seines nichtmenschlichen Gesichtes nur an dessen Form und Gestalt gebunden war, während Aratak innerlich ebenso ruhelos, ebenso krampfhaft wie Rianna darauf bedacht war, nichts zu verraten.

Die Zeit schien dahinzukriechen, sich unendlich zu dehnen. Es war Dallith, die sie alle mit einem scharf eingesogenen Atemzug warnte. Ihre Augen glühten, und sie setzte sich abrupt aufrecht hin. Ihr Gesicht war angespannt und blaß. Rianna hatte sie offensichtlich unter halbgeschlossenen Lidern beobachtet; sie sprang von ihrer Liege auf und nahm ihren Platz bei dem Gitter ein. Aratak duckte sich erwartungsvoll. Das Wort lief im Flüsterton durch die Käfigreihen hinauf und hinunter, über eine Minute ehe der erste Klang anzeigte, daß am Gangende der Mekhar den Knopf betätigt hatte, der alle Zellenschlösser kontrollierte.

Während er sich langsam zur Tür hinbewegte, sah und fühlte Dane die Spannung, die in ihrem Zellenbereich in der Luft lag, und dachte: *Die anderen ... jeder muß spüren, daß etwas passiert. Wir können nicht verhindern, daß sie es jetzt merken, wir können nur noch hoffen, daß keiner die Mekhar alarmiert.*

Die beiden Mekharwächter kamen jetzt den Korridor herunter. Sie schafften die kodierten Essenspakete in eine Zelle nach der anderen und zogen sich wieder zurück. Nun waren sie im Begriff, die Nahrung in dem Bereich abzuladen, in dem Dane und seine Freunde, bis zum äußersten gespannt, warteten. Der Mekhar mit der Essenskarre bewegte sich genauso wie immer. Er rollte sie durch die unverschlossene Tür herein und begann die Tabletts abzuladen. Hinter ihm hielt sein Kollege mit einem Nervengewehr im Anschlag die Zelleninsassen in Schach. Der Mekhar mit dem Karren beendete das Abladen, drehte sich um, um ihn wieder hinauszurollen, und in dem Augenblick, als der Karren einen Moment lang die Tür blockierte, sprangen ihm Dane und Aratak in den Rücken.

Dane setzte einen kraftvollen Karateschlag in den Nacken des Löwenwesens. Er ging zu Boden, streckte die Beine gespreizt von sich und stieß ein ohrenbetäubendes Geheul aus, während der Mekhar hinter ihm das Nervengewehr abfeuerte; Dane spürte das Zischen des Blitzes hinter sich und duckte sich. Jemand schrie auf, aber zu diesem Zeitpunkt kam der Mekhar, den er niedergeschlagen hatte, wieder auf die Füße, und Dane nahm eine Kampfstellung ein, um ihn zu empfangen. Er holte zu einem mächtigen Tritt aus, der jedes menschliche Wesen gelähmt zu Boden geworfen hätte. Der Mekhar jedoch brüllte nur auf und ging mit entblößten Klauen auf ihn los. Hinter ihm sah er, daß Männer aus der nächsten Zelle herausstürmten und den Mekhar mit dem Nervengewehr überrannten. Sie ergriffen sein Gewehr und traten nach ihm. Besinnungslos lag er auf dem Boden. Arataks mächtiger Arm traf den zweiten Mekhar von hinten; er ging, um sich schlagend, zu Boden. Dallith sprang hinzu und zog das Nervengewehr aus seinem Gürtel, selbst gewandt wie eine Katze. Der Mekhar schlug wild um sich. Seine Klauen kratzten Dalliths Arm blutig, und das Mädchen verwandelte sich in eine beißende, tretende Furie. Sie warf Rianna das Gewehr zu und stürzte sich auf den am Boden liegenden Mekhar, schrie und kratzte nach seinen Augen.

Dane zog sie mit beiden Händen von ihm fort. „Es ist nicht notwendig, ihn zu töten“, sagte er. Unter seiner Berührung beruhigte sich Dallith und begann zu zittern. „Mach seinen Gürtel los. So ist es richtig. Aratak, du bist der stärkste, lege du ihn an; du kannst mehr ausrichten als wir anderen, wenn wir in ein Betäubungsfeld kommen.“ Dane legte den Gürtel des anderen Mekhar um seine

Hüften und dachte: *Zwei in unbewaffnetem Kampf geübte Leute sind nötig, um einen Mekhar zu entwaffnen. Hoffentlich werfen sie uns nicht achtzig Mann auf einmal entgegen.*

„Kommt weiter", sagte er mit zusammengebissenen Zähnen. „Alle raus hier. Heraus aus den Zellen. Wir wissen nicht, wie lange wir Zeit haben, bis jemand merkt, daß diese beiden hier nicht von der Tierfütterung zurückgekommen sind, und nachschaut, was sie aufhält."

Sie drängten aus dem Zellenbereich in den Korridor, und Dane blieb einen Moment völlig verwirrt stehen. Er war bewußtlos hereingebracht worden und hatte keine Ahnung, welchen Weg er zur Brücke einschlagen sollte, zu dem Bereich, wo die anderen Mannschaften waren, zum Kontrollraum des Raumschiffes. Er warf eine schnelle Frage zu Roxon hinüber, der die Gefangenen in die Halle führte und ihnen rasch leise Anweisungen gab.

„Wir sind alle bewußtlos hereingebracht worden", sagte Roxon. „Das ist ihre Taktik. Aber ich glaube, wir befinden uns in den unteren Ebenen. Wir müssen soweit aufwärts gehen wie möglich." Er führte sie eine lange Rampe entlang, die immer weiter anstieg und dabei von Zeit zu Zeit eine Kurve beschrieb. Die anderen Gefangenen drängten ihm nach, und Dane dachte besorgt: *Wir Anführer sollten zusammenbleiben! Die anderen, die sich nur angeschlossen haben, ohne zu wissen, was vorgeht, können ganz schön im Weg sein, wenn es losgeht!* Er stieß und drängte vorwärts zur Spitze hin. Dallith eilte an seine Seite. Rianna faßte Dalliths Arm.

„Schnell! In welcher Richtung befinden sich die Mekhar? Wo?"

Dallith schien sie kaum zu hören. Ihr Gesicht war aufgeregt und verzerrt. Plötzlich schrie sie vor Entsetzen auf, und gleichzeitig sah Dane Rianna stolpern. Sie versuchte sich hochzukämpfen. Die Gefangenen begannen zu fallen, einer nach dem anderen. Ihre Bewegungen wurden langsam, zäh. *Das Betäubungsfeld,* dachte Dane. Er selbst fühlte nichts dank dem Gürtel des Mekharwächters, aber Dallith klammerte sich an ihn und bemühte sich verzweifelt, sich hochzuziehen.

Dallith schrie auf: „Sie wissen es, sie wissen es, sie warten auf uns."

Die Tür am Ende der Rampe sprang auf. Ein halbes Dutzend Mekhar standen dort mit Nervengewehren im Anschlag. Bei diesem Anblick blieben die Gefangenen, von hinten vorwärts getrieben, stehen. Aratak, der wie Dane durch das Betäubungsfeld nicht behindert wurde, sprang vorwärts. Er schlug einen Mekhar nieder, der mit gebrochenem Rückgrat zu Boden stürzte, schaltete einen anderen aus, der ein dünnes, hohes Gewimmer ausstieß, bevor er selbst unter einem Schuß zusammenbrach. Roxon fiel unter Zukkungen und Krämpfen zu Boden.

Dane kämpfte weiter, schlug sich durch die Gefangenen, grimmig entschlossen, einen oder zwei der Mekhar zu töten, bevor sie ihn erreichten. Er sah Dallith wie eine Wildkatze zwischen zweien von ihnen kämpfen. Dann traf ihn ein gewaltiger Schlag auf den Kopf, und er fiel in Dunkelheit, während er noch dachte: *Ich hatte die ganze Zeit recht; sie erwarteten, daß wir sie angriffen, und sie waren froh darüber. Aber warum?*

Er schrie sein „Warum?“ in die Dunkelheit hinein, aber die Dunkelheit gab ihm keine Antwort, und nach einer Million Jahren hörte er auf, nach der Antwort zu lauschen ...

5

Sein Kopf schmerzte, und seine Arme fühlten sich an, als seien sie an den Handgelenken gebrochen. Dane Marsh öffnete die Augen und sah, daß er sich in einer Zelle befand, die er nie zuvor gesehen hatte. Ein Arm war über eine Handschelle und eine etwa zwei Meter lange Kette an die Mauer geschmiedet. Auf der anderen Seite der Zelle hockte Aratak. Er war in einer ähnlichen Vorrichtung gefesselt. Rianna lag schlafend auf dem Boden; Dallith saß vornüber gebeugt da, die Arme um die Knie geschlungen, und starrte ihn reglos an. Als er die Augen öffnete, sagte sie: „Du lebst!", und ihr Gesicht war von Überraschung und Freude bewegt. „Ich war nicht sicher, du warst so weit weg ..."

„Ich lebe, was auch immer mir das jetzt nützt", sagte Dane. „Ich sehe, du auch. Was ist mit den anderen passiert?" Rianna öffnete die Augen. „Roxon war der erste, den sie töteten", sagte sie. „Sie töteten auch noch ein weiteres halbes Dutzend, glaube ich. Was die anderen betrifft, so wurden sie vor drei Tagen ausgeladen – und ich hörte sie sagen, daß es auf dem Sklavenmarkt von Gorbahl war. Ich vermute, sie haben etwas Besonderes mit uns im Sinn, aber was das ist ..." – sie lächelte bitter – „... so ist deine Vermutung ebensoviel wert wie meine. Meine persönliche Meinung ist, daß sie uns zum Nachtisch aufheben. Wir haben zwei Mekhar getötet, und das ist etwas, was sie nicht gelassen akzeptieren werden."

„Es ist nicht so schlimm", sagte Dallith eigensinnig. „Es ist irgend etwas Hoffnungsvolles daran. Sie waren erfreut über das, was wir getan haben."

„Wie kannst du so etwas sagen?" rief Rianna. „Das ist alles deine Schuld. Wenn Dane nicht dein Leben gerettet hätte, wären wir alle zum Sklavenmarkt von Gorbahl gebracht worden, aber Roxon würde noch leben, und es hätte eine Chance für einige von uns geben können..."

Aratak sagte mit einem befehlenden Rasseln: „Still, Kind. Nichts davon ist Dalliths Schuld, nicht mehr als deine eigene. Du warst ebenfalls versessen darauf, an dem Fluchtversuch teilzunehmen, und was Roxon betrifft, so wollte er vielleicht auch lieber sterben als in Sklaverei zu leben. Auf jeden Fall ist er tot und jenseits deines Mitleids oder deiner Hilfe, und Dallith ist es nicht. Wir sind alle vier in denselben Schwierigkeiten, und wenn wir anfangen, uns zu streiten, haben wir wirklich keine Chance."

„Wir haben sowieso keine", sagte Rianna bitter, drehte sich weg und versteckte ihr Gesicht hinter dem hellen Haar.

„Rianna ..." sagte Dane, aber sie kehrte ihm den Rücken zu und sah ihn nicht an.

Sie macht mich verantwortlich für Roxons Tod und den Tod der anderen, dachte er.

Aber es gab nichts, was er dazu sagen konnte. Vielleicht war es wahr. Vielleicht war er gleichgültig gegenüber Leben oder Tod gewesen, weil er weniger zu verlieren hatte als die anderen – was auch immer geschah, *seine* Welt war unwiderruflich verloren.

Aratak sagte: „Ihr drei seid wenigsten von *einem* Volk, Kreaturen von *einem* Blut. Von meiner Art ist kein einziger auf dem Schiff geblieben. Müßte *ich* mich nicht allein fühlen?"

Dallith ging langsam auf ihn zu und ließ ihre kleine, zarte Hand in seine riesige Klauenpranke gleiten. Sie sagte freundlich: „Wir sind Brüder und Schwestern im Unglück, Aratak, unter dem Gesetz des Universums. Ich weiß das. Dane weiß es. Und Rianna wird es früher oder später wieder wissen."

Dane nickte. Er fühlte sich dem großen Echsenmann, an dessen Seite er beinahe getötet worden wäre, sehr nahe. „Wir haben ihnen jedenfalls einen guten Kampf geliefert", sagte er. „Jeder von uns konnte es mit ein paar von diesen verdammten Katzengesichtern aufnehmen! Was auch immer jetzt mit uns geschehen mag, das war die Sache wert." Aratak nickte nachdrücklich, und seine Kiemen glühten blau. Dane fragte sich: *Was nun?* und laut: „Geben sie uns etwas zu essen?"

Rianna setzte sich auf und warf ihr rotes Haar zurück: „Wenn überhaupt etwas, so ernähren sie uns besser denn je, obwohl sie unser Essen durch die Gitter hereinschieben. Niemand kommt mehr in unsere Nähe."

Dane sagte: „Dann werden sie uns sicher nicht zu Tode quälen, und wenn sie vorhätten, uns zu töten, hätten sie das sicher schon getan. Katzen sind keine subtilen Wesen. Sie hätten uns auf der Stelle in Stücke gerissen, wenn sie das vorgehabt hätten."

„Genau das habe ich versucht, euch zu erklären", meinte Dallith. „Ich weiß nicht, was uns erwartet – ich kann ihre Gedanken nicht lesen, ohne ... verrückt zu werden ... wie damals, als ich versuchte ... als ich versuchte ..." Sie schauderte plötzlich. „Für einen Augenblick war ich der Mekhar. Ich ging auf ihn los ... mit Klauen und Zähnen ..."

Sie schwieg. Dann sagte sie fest, indem sie den Gedanken beiseite schob: „Aber soviel weiß ich: Sie werden uns nicht töten, und wir sind sogar wertvoller für sie geworden. Darum sage ich es noch einmal: Denk nicht ans Sterben, Rianna. Bewahre dir deine Kraft und deine Hoffnungen. Wir werden jetzt sehr bald herausfinden, was geschehen wird. Wir leben und sind alle zusammen. Es gibt keinen Grund zu verzweifeln.

Es war zumindest offensichtlich, daß sich ihr Status geändert hatte und daß man sie jetzt für gefährlich hielt. Das Essen wurde aus sicherer Entfernung durch die Gitterstäbe hineingeworfen – von Mekhar, die niemals mit ihnen sprachen und sich sogar hüteten, zu nahe an das Gitter zu kommen. Dreimal täglich wurden Danes und Arataks Ketten verlängert, indem eine Klammer außerhalb der Zelle gelöst wurde, so daß sie einen kleinen Waschraum erreichen konnten. Zu allen anderen Zeiten waren sie ausschließlich sich selbst überlassen, mit allen Vorstellungen, Mutmaßungen oder Gedanken, die sie sich über ihr mögliches Schicksal machten.

Das ging, wie Dane später vermutete, ungefähr zwei Wochen so weiter. Für die Gefangenen gab es nichts weiter zu tun, als Lebensgeschichten auszutauschen, wenn sie wollten, sich gegenseitig von ihren Heimatwelten zu erzählen und einander kennenzulernen.

Dane erzählte ihnen alles, was er über die soziale und politische Geschichte der Erde wußte, obwohl vermutlich ein Teil ihres Interesses aus Verwunderung und Erstaunen darüber bestand, daß eine zumindest teilweise zivilisierte Welt so lange vom Galaktischen Bund übersehen worden war. Nur Rianna hatte eine vage Vermutung, was der Grund dafür sein konnte.

„Ihr habt einen gewissen Grad des wissenschaftlichen und technologischen Fortschritts erreicht“, stimmte sie zu, „aber auf anderen Gebieten hinkt ihr weit hinterher, vermutlich, weil ihr so abgeschnitten seid. Zum Beispiel sagst du, daß ihr in eurer überlieferten Geschichte niemals auch nur von Beobachtungs- oder Gastmannschaften von anderen Planeten besucht worden seid.“

„In unserer bekannten Geschichte nicht, nein. Obwohl manche Wissenschaftler vermuten, daß einige religiöse Mythen entstellte Überlieferungen solcher Besuche vor dem Zeitalter der Geschichtsschreibung sein könnten.“

„Das ist unwahrscheinlich“, protestierte Dallith. „Wissenschaftliche und beobachtende Teams des Bundes sind gewöhnlich sehr darauf bedacht, daß auf den Planeten, die sie besuchen, nicht solche Vorstellungen entstehen.“

„Aber es gibt keine Möglichkeit herauszufinden, ob die Besucher vom Bund waren ... wenn es solche Besucher gab“, sagte Rianna. „Sie können von überallher gekommen sein. Nein, die wahrscheinlichste Erklärung ist, daß sie euer Solarsystem einfach übersehen haben. Es gibt so furchtbar viele unbewohnte Welten, daß eine oder zwei oder zweihundert beim Katalogisieren einfach vergessen worden sein können. Hast du nicht gesagt, daß nur *eine* Welt eures Systems für normales, tierisches Leben bewohnbar ist? Das ist sehr ungewöhnlich; wahrscheinlich besuchten sie einen oder zwei Planeten, fanden sie unbewohnbar und ließen das ganze System links liegen. Schlampige, wissenschaftliche Arbeit natürlich, aber so etwas kommt vor.“

Dallith vermutete: „Vielleicht ist eure Erde besucht worden, bevor sich intelligentes Leben entwickelte. Oder als ihr Menschen noch in den Bäumen wohntet.“

Aratak rasselte: „Das würde sie nicht aufhalten. Meine Welt trat dem Bund bei, noch ehe das Göttliche Ei uns mit dem Rad beschenkt hatte!"

Das erinnerte Dane an eine bevorzugte Theorie der Science Fiction-Schriftsteller. „Manche Leute nahmen an, daß Besucher aus dem All uns wegen unserer Atomkriege und ähnlichem mieden oder unter eine Art kosmische Quarantäne stellten."

„Wenn absoluter und dauernder Frieden eine Qualifikation wären", sagte Rianna trocken, „würde der Galaktische Bund vermutlich aus nicht mehr als zwei Dutzend Welten bestehen, von denen die meisten von Empathen bewohnt wären. Der Bund tut alles, was in seiner Macht steht, um den Mitgliedplaneten bei der Lösung ihrer internen Auseinandersetzungen zu helfen, und manchmal trägt schon die Anwesenheit des Bundes dazu bei, daß die Bewohner eines Planeten ein Gefühl für Solidarität und innere Harmonie entwickeln. Aber auf die Weise, wie der Bund organisiert ist, dient er hauptsächlich als Barriere gegen interplanetarischen oder interstellaren Krieg. Die meisten Planeten lösten ihre Kriegsprobleme zu einem früheren Zeitpunkt in der Geschichte als ihr, aber eure Geschichte scheint von klimatischen Wechseln, Sintfluten und ähnlichem zerrissen zu sein, was typischerweise dazu führt, daß kleine Gruppen von Menschen von anderen kleinen Gruppen abgeschnitten werden und ihre ethnischen, kulturellen, sozialen und sprachlichen Unterschiede überbetonen. Das Ergebnis ist natürlich eine Verlängerung der Kriegsperiode in der Geschichte des Planeten. Obwohl ich zugeben muß, daß es ein bißchen ungewöhnlich ist, Kriege auf das Entwicklungsstadium nach der Industriellen Revolution auszudehnen."

Dane war froh, die Diskussion über seine „mißratene" Kultur zu beenden und etwas über die anderen zu erfahren. Dallith kam von einer weitgehend homogenen Welt, die – nach einer langen Eiszeitperiode, gefolgt von Perioden der Überflutungen und tropischen Wachstums –, um zu überleben, einen so hohen Wert auf Psi-Kräfte gelegt hatte, daß ESP und Hellseherei fest in die Gene der Rasse eingebaut wurden. Es war ein friedliches und, durch rigorose natürliche Auslese, kleines Volk mit beschränkter Technologie, aber hochentwickelten Wissenschaften der Philosophie und Kosmologie.

Riannas Volk war eher so, wie Dane sich immer die Erdenmenschen der Zukunft vorgestellt hatte – eine wissenschaftlich orientierte Zivilisation mit einer hochentwickelten Technologie und einer Tradition endloser Entdeckungen und wissenschaftlicher Neugier.

Arataks Welt hätte nicht gegensätzlicher sein können. Die dominierende Rasse, die von riesigen Sauriern und Amphibien abstammte, keine natürlichen Feinde hatte und vegetarisch lebte, hatte kurz mit Technologie experimentiert, herausgefunden, daß die Erkenntnisse sie nicht für die Mühen entschädigten, ihr friedfertig den Rücken gekehrt, um als Rasse ein beschauliches Leben in einer nahrungssammelnden Kultur zu führen. Sie importierten einige – nicht viele – Kunstgegenstände von ihrer Nachbarwelt, die von einer hochtechnologisierten Rasse bewohnt wurde, die sich mit einem Namen bezeichnete, den der in Danes Kehle eingebettete Übersetzungsapparat mit Salamander wiedergab. Als Gegenleistung versorgten die Saurier sie mit Rohstoffen, bestimmten Nahrungsmitteln und Philosophie, die offensichtlich als eine Handelsware wie jede andere betrachtet wurde. Tatsächlich erfuhr Dane, daß Männer von Arataks echsenähnlicher Rasse als Philosophielehrer durch die gesamte bekannte Galaxis reisten und hoch geachtet waren. Sie wurden mit verschwenderischer Gastfreundschaft behandelt; eine Gegenleistung für das Opfer, das sie brachten, indem sie ihre geliebten und friedlichen Sümpfe verließen.

Aber die Geschichten über ihre planetarische Entwicklung nahmen nur einen Teil der Zeit in Anspruch. Sie hatten mehr als genug Zeit, zu brüten und sich Sorgen über ihr mögliches Schicksal zu machen. Es schien, daß sich die Zeit endlos dahinzog. Manchmal schien es Dane, als sei er schon seit vielen Jahren ein Gefangener.

Plötzlich nahm das ein Ende.

Eines Morgens – oder wenigstens das, was Dane einen Morgen nannte, da es die erste Mahlzeit war, die auf eine Schlafperiode folgte – betraten drei Mekhar ihre Zelle mit gezogenen Nervengewehren und einem tragbaren Betäubungsfeld, das sie vorsichtigerweise auf volle Stärke gedreht hatten, bevor sie hereinkamen und Dane und Aratak losketteten.

Einer der Mekhar sagte kurz: „Macht keinen Fehler. Ihr werdet – jetzt – keine einzige Chance zur Flucht haben. Eine einzige unerlaubte Bewegung, und ihr werdet augenblicklich in totale Bewußtlosigkeit versetzt. Ihr werdet nicht getötet, und ihr werdet nicht gequält, aber wir werden euch nicht entfliehen lassen. Ihr könnt eure Energie also ebensogut sparen. Dies ist nur eine Warnung, also bewegt euch vorsichtig. Glaubt mir, wir werden euch nicht die Wohltat des Zweifels lassen."

Dane machte keine plötzlichen Bewegungen. Er hatte nicht den Wunsch, an sich selbst auszuprobieren, wie sich die Wirkung eines Nervengewehrs anfühlte; ihm waren die Schreie des Mannes, der gestorben war, immer noch in Erinnerung. Seine Neugier war von einem unerwarteten Satz gefesselt: *Ihr werdet – jetzt – keine einzige Chance zur Flucht haben.*

Hieß das, daß sie später eine einzige Chance bekommen würden?

Es lohnt sich, darüber nachzudenken. (Der mechanische Übersetzungsapparat war fast unglaublich wörtlich; bei einer Gelegenheit, als Rianna, erbost über Dalliths Gelassenheit, ihr eine mundartliche Beleidigung an den Kopf warf, hatte der Übersetzer diese wortgetreu wiedergegeben, indem er unterstellte, Dallith sei eine Nahrungsspenderin für Kinder. Was natürlich für Danes Begriffe keine Beleidigung war und wahrscheinlich, nach Dalliths Miene zu urteilen, auch für ihre Begriffe nicht – das hatte Rianna nicht gerade ruhiger gemacht!)

Offensichtlich waren die anderen drei Gefangenen zu demselben Schluß gekommen, denn sie gingen widerstandslos mit dem Mekhar den gewundenen Korridor entlang und die Rampe hinauf, bis sie einen Raum erreichten, der wie ein kleines Konferenzzimmer aussah, in dem ein halbes Dutzend Mekhar, uniformiert wie Schiffspersonal, warteten. Es gab Fernsehschirme und Empfänger, verschiedene andere Ausrüstungsgegenstände und eine Auswahl von Sitzgelegenheiten. Die Mekhar wiesen ihren vier Gefangenen Plätze an, die aussahen, wie eine Geschworenenbank oder eine Musikergalerie an einer Seite des Raumes. Sobald sie sich gesetzt hatten, griffen Klammern (automatisch gesteuert, vielleicht durch ihr Körpergewicht) um ihre Taillen und hielten sie fest.

Die Geschworenenbank war bereits von einem Mann besetzt; es war ein Mekhar, aber er wurde durch denselben Klammermechanismus festgehalten wie Dane und seine Gefährten. Für Dane sahen alle Mekhar ziemlich ähnlich aus, aber ihm schien, als sei ihm an diesem hier irgend etwas vertraut. Er war kaum zu dieser Feststellung gekommen, als Dallith, die neben ihm saß, sich herüberlehnte und flüsterte: „Es ist der Mekhar, den du entwaffnet hast – der Wächter aus der Zelle. Ich dachte, wir hätten ihn getötet."

„Offensichtlich hatte er kein Glück", flüsterte Dane zurück.

„Die Gefangenen haben zu schweigen", sagte einer der Mekhar unbewegt.

Dane schaute sich in dem Raum um, in dem er sich befand. Seine Aufmerksamkeit wurde augenblicklich auf etwas gezogen, was wie ein riesiger Bildschirm aussah. Der Empfang wurde von Wellen und, wie man es bei einem irdischen Fernseher genannt hätte, „Schnee" gestört, aber es war offensichtlich eine Direktübertragung. Das Bild auf dem Schirm war nicht sehr aufregend, denn keiner der anderen Gefangenen warf auch nur einen zweiten Blick darauf oder beobachtete es gar, aber für Dane war es ein unglaubliches Wunder. Man konnte nämlich auf diesem Bildschirm einen Planeten erkennen, verschwommen, ziegelrot, mit blau-grünen Gebieten, die wie Ozeane aussahen, und langweiligen braunen Flekken, die Bergketten oder Wüsten sein mochten. Am Himmel dahinter – oder, genauer gesagt, im dunklen, sterngefleckten Raum dahinter – hing ein riesiger Mond oder Satellit, gut halb so groß wie der Mutterplanet und teilweise durch ihn verdunkelt.

Einer der Mekhar in Uniform saß an einem prosaisch aussehenden Schaltpult und sprach leise in ein verborgenes Mikrophon. Es war nur ein monotones Hintergrundgeräusch, zu leise für Danes

Übersetzer, um es aufzunehmen. Das ging eine Weile so weiter; der Planet und sein halb verdunkelter Satellit zeigten sich auf dem Bildschirm größer und schärfer umrissen. Offensichtlich näherten sie sich irgendeinem Stern. Würden sie darauf landen, fragte sich Dane, und war es die Heimatwelt der Mekhar? Und was würde dort mit ihnen geschehen? Die extreme Vorsicht, mit der sie behandelt worden waren, schien ein gutes Zeichen zu sein – sie sollten anscheinend nicht sofort getötet werden –, aber würden sie für irgend etwas vor Gericht gestellt werden? Vielleicht weil sie einen Mekhar getötet hatten?

Abrupt hörte die monotone leise Stimme des Mekhar, der in das Schaltpult hineingesprochen hatte, auf – sie wurde durch ein Tuten von sanfter, aber hoher Tonlage, von Klicken und Murmeln unterbrochen. Der Mekhar betätigte verschiedene Wählscheiben und Hebel. Ein Lautsprecher an dem Schaltpult wurde aktiviert, und eine merkwürdig tiefe, gleichmäßige Stimme – fast eine *mechanische* Stimme, dachte Dane – bemerkte: „Zentralstation, Zweiter Kontinent. Ich spreche zu dem Mekharschiff. Wir bestätigen Ihre Botschaft und sind bereit, Ihr Angebot entgegenzunehmen."

Der Mekhar am Pult sagte, nun mit lauterer Stimme, denn er hatte offensichtlich einen Schalter betätigt, damit sie auch über den Lautsprecher zu hören war: „Wir haben fünf für euch, Jäger. Es sind besonders gefährliche Exemplare, und wir werden sie nicht billig verkaufen."

Die mechanische Stimme erwiderte in ihrem merkwürdig ausdrucklosen Ton: „Ihr Mekhar habt früher schon Geschäfte mit uns gemacht und kennt unsere Anforderungen. Sind diese hier auf die Probe gestellt worden?"

„Ja", sagte der Mekhar. „Es sind die vier Überlebenden von sechs Anführern des üblichen Testflucht-Mechanismus – diejenigen, die intelligent und erfinderisch genug waren, ein kleines Schlupfloch zu entdecken, das für die Flucht blieb, tapfer genug, es angesichts der Nervengewehre zu wagen, und stark genug weiterzukämpfen, nachdem wir ihnen gezeigt hatten, daß wir von dem

Ausbruch wußten. Ich werdet nicht von ihnen enttäuscht sein. Wir hatten gehofft, euch alle sechs bringen zu können, aber wir waren gezwungen, zwei zu töten, bevor sie überwältigt werden konnten.“

Die mechanische Stimme sagte: „Ihr spracht von fünf Beutetieren für uns.“

„Der fünfte ist einer aus unseren Reihen“, antwortete der Mekharkapitän. „Er ließ es zu, daß die Gefangenen ihn entwaffneten und seine Waffe erbeuteten. Der andere Wächter, dem wir die übliche Wahl ließen, zog es vor, Selbstmord zu begehen, anstatt sich einem Gerichtsverfahren auf Mekhar zu stellen. Dieser hier wählte den anderen Ausweg – er verkaufte sich selbst als Beute für die Jäger. Der Preis für ihn wird seinen Hinterbliebenen auf Mekhar übergeben, so daß er frei von Verpflichtungen ist und seine einzige legale Chance wahrnehmen kann zu überleben.“

„Wir nehmen jederzeit gerne einen Mekhar als Beutetier an“, sagte die mechanische Stimme. „Wir wiederholen das Angebot, das wir schon früher unterbreitet haben, euch eure verzweifelten Verbrecher als Beute abzunehmen.“

„Und wir wiederholen“, sagte der Mekhar am Funkgerät, „daß die Ehre unseres Volkes es eigentlich nicht zuläßt, daß wir in der Jagd durch Kriminelle vertreten werden; aber der Wächter wurde in einem ehrlichen Kampf besiegt, da wir den Gefangenen absichtlich eine Möglichkeit ließen zu entkommen. Er hat das verbriefte Recht, seine Todesart auszusuchen, und er hat das Recht, den ehrenhaften Tod durch eure Hand zu wählen, wenn er das möchte.“

„Wir beugen uns euren Ehrbegriffen“, sagte die mechanische Stimme.

„Wir schlagen einen Bonus von zehn Prozent über unseren üblichen Preis hinaus vor; wenn das annehmbar für euch ist, könnt ihr die Gefangenen sofort landen.“

„Das ist annehmbar für uns“, bestätigte der Mekhar, aber Danes Aufmerksamkeit wurde auf Rianna gelenkt, die keuchend aufgestöhnt hatte.

„Die Jäger“, flüsterte sie. „Dann sind sie keine bloße Legende!

Eine Chance zu entkommen – ja, eine Chance – aber, o Götter, was für eine Chance!“

Dane drehte sich in seinem Sitz, aber bevor er ein Wort der Erwiderung sagen konnte, näherte sich der Mekharkapitän.

„Gefangene“, sagte er ruhig. „Es liegt bei euch, ob ihr entkommt oder ehrenhaft sterbt. Ihr habt bewiesen, daß ihr zu tapfer, zu mutig seid, um als Sklaven verkauft zu werden; wir haben daher die Ehre und das Vergnügen, euch diese Alternative zu bieten. Habt keine Angst. Ihr werdet jetzt eine kleine Dosis eines milden Betäubungsgases bekommen, das keinerlei bleibende Nebenwirkung hat, damit ihr euch während des Transfers zur Welt der Jäger nicht durch unnötiges Kämpfen verletzt. Laßt mich euch gratulieren und euch allen eine ehrenvolle Flucht oder einen blutigen und ehrenvollen Tod wünschen.“

6

Als die Nebel des Betäubungsgases sich hoben und Danes Kopf wieder klar wurde, fand er sich auf einem niedrigen, weichen Bett liegend, zugedeckt mit einer seidenweichen Decke. Rianna lag bewußtlos neben ihm, Dallith auf einer ähnlichen Liege nahebei. Aratak war auf dem Fußboden ausgestreckt. Als Dane sich aufsetzte, reckte sich der große graue Echsenmann wie unter Schmerzen, stöhnte und setzte sich auch auf. Er sah sich um, und seine Augen trafen die von Dane.

„In einer Hinsicht sagten uns unsere Gegner wenigstens die Wahrheit", meinte er ruhig. „Wir sind nicht verletzt worden. Wie geht es den Frauen?"

Dane lehnte sich über Rianna; ihre Brust hob und senkte sich natürlich wie im Schlaf. Dallith begann, sich verschlafen zu strecken; sie setzte sich auf und blickte mit plötzlichem Schrecken um sich, erkannte die anderen und entspannte sich lächelnd.

„Da wären wir also alle wieder", sagte Dane.

Der Raum, in dem sie lagen, war sehr groß, besaß hohe Decken und Pfeiler und Säulen und war einmal mit einer Art Tonfarbe gestrichen worden; aber die Farbe wirkte verblaßt und alt, und in den Ecken hingen Spinnweben und Staub, obwohl der Raum sonst einigermaßen sauber aussah. Hohe Fenster ohne Scheiben, aber teilweise durch Rolläden aus schmalen, bambusartigen Leisten verdeckt, ließen ein seltsames rötliches Licht herein. Draußen vor den bogenförmigen Fenstern hörte man Stimmen und das plätschernde Geräusch von Wasser. Dane stand auf, ging zum Fenster und spähte durch die Ritzen.

Draußen sah er eine Gartenwildnis – blühende Büsche, lange Steinpfade, niedrige Bäume mit goldfarbenen Zapfen oder langen, roten Samenschoten; überall das überwältigende Grün, obwohl kein einziger Baum ihnen vertraut vorkam.

Unirdisch, dachte er, *und das ist eine sehr genaue Beschreibung.* Der Himmel senkte sich rötlich herab, bedeckt mit großen, grauen Wolkenmassen des Sonnenuntergangs, und am Horizont hing tief und rotglühend der riesige Mond, den er aus dem All gesehen hatte, und ergoß ein eigenartiges, feurig-rotes Licht über die Bäume, die Pfade, die Blumen und die Wasserfontänen, die überall in dem großen Garten zu fließen und zu murmeln schienen.

Auf den Pfaden bewegten sich Leute. Leute, so wie Dane sie seit seinen Tagen auf dem Sklavenschiff der Mekhar verstand; nicht ein Gemisch aus Leuten und seltsamen Tieren, sondern eben verschiedenartige Menschen. Sie alle trugen Tuniken vom gleichen Ziegelrot wie die Wände des Raumes, die menschlichen wie die nichtmenschlichen.

Es gab Wesen unter ihnen, die Dane alles andere als menschlich zu sein schienen, wenn er sich selbst als Maß nahm. Einige erinnerten ihn vage an die Mekhar; zumindest einer war mit feinem, wolligem Haar bedeckt und sah aus wie ein größerer und wachsamerer Gibbon oder Menschenaffe. Es waren zu viele, als daß er alle auf einmal sehen oder einordnen konnte. Doch ein Sklavenmarkt? Nein, der Mekhar hatte zuletzt gesagt, daß sie „zu tapfer und zu mutig für Sklaven“ seien, was auch immer das heißen mochte. Aber die einheitlichen, ziegelroten Tuniken und die feste Einzäunung des Gartens verrieten ihm, daß sie die Freiheit noch nicht erlangt hatten.

Die Vielzahl der Wesen im Garten erinnerte ihn daran, daß sie fünf an der Zahl gewesen waren, als sie das Raumschiff verlassen hatten; und er schaute sich nach dem Mekhar um, der zuletzt mit ihnen eingeschlossen gewesen war. Er entdeckte ihn, zusammengekauert, den Kopf zwischen den Händen versteckt, auf einer der weichen, seidigen Liegen, offensichtlich noch schlafend.

„Die Wirkung des Gases läßt bei meiner Art am schnellsten nach“, sagte Aratak von dem Fensterplatz, wo er kauerte. „Ich war schon wieder bei Bewußtsein, noch bevor die Landefähre hier aufsetzte. Ich vergalt es ihnen, indem ich keinen Widerstand leistete. Ich wollte nicht von euch getrennt werden, meine Gefährten. Jetzt seid ihr aufgewacht – und der Mekhar schläft noch. Offensichtlich unterscheidet sich ihr Stoffwechsel irgendwie von unserem. Ich hoffe, er ist nicht tot. Vielleicht sollten wir ihn untersuchen und sehen ...“

„Mir ist es egal, ob er tot ist oder nicht“, sagte Rianna. „Aber sicher haben wir nicht soviel Glück; die Mekhar müssen wissen, welche Dosierung des Betäubungsmittels auf ihre eigene Art wirkt.“

„Wie auch immer, er atmet“, sagte Dallith. Dane ging einen oder zwei Schritte auf die schlafende Katzengestalt zu. Sie schlief nicht nur, sie schnurrte sogar im Schlaf. Wenn es nicht so widersinnig gewesen wäre, hätte Dane gelacht; der große wilde Mekhar, schnurrend wie das Schoßkätzchen eines Kindes.

„Nun, er wird entweder aufwachen oder nicht“, sagte Dane. „Hoffentlich beginnt er seinen neuen Tag nicht damit, daß er versucht, sich an uns zu rächen, weil wir ihn hierhergebracht haben! Ich werde jedenfalls ein Auge auf ihn haben. Und sonst? Hier sind wir, aber wo ist hier? Rianna, bevor wir das Schiff verließen, hatte ich den Eindruck, du wüßtest etwas über die Jäger. Ich schlage vor, du erzählst es uns.“

Rianna richtete sich auf, schwang ihre nackten Beine über den Rand der Liege und kam zum Fenster. Das rötliche Licht ließ ihr flammendrotes Haar und die erhitzte Haut glühen. Sie sagte: „Die meisten Leute halten sie für eine Legende. Als ich Nachforschungen anstellte, fand ich heraus, daß das nicht zutrifft. Sie bezeichnen sich selbst mit einem Namen, der einfach *Jäger* bedeutet, und offensichtlich denken sie auch in dieser Weise von sich. Sie haben sich geweigert, sich dem Galaktischen Bund anzuschließen – nicht daß der Bund sie so, wie sie sind, aufgenommen hätte – versteht sich –, aber sie zogen es vor, lieber dem Bund fernzubleiben, als ihre Lebensart zu ändern.“

Dallith kam direkt zum Kern der Sache: „Warum werden sie Jäger genannt? Was jagen sie?“

Dumpf sagte Rianna: „Uns.“

Aratak richtete sich zu voller Größe auf. „Dieser Verdacht war mir schon gekommen. Dann sind wir ihnen also zu ihrem Jagdvergnügen verkauft worden?“

Rianna nickte. „Nach allem, was ich gehört und in den Bibliotheken des Bundes gesehen habe – und das ist nicht viel, weil sie sich geweigert haben, irgendwelche Außenstehende hier landen zu lassen –, ist die Jagd zu ihrem einzigen Zeitvertreib, ihrer Freude, ihrer Religion geworden. Sie hören niemals auf, nach Beutetieren zu suchen, die ihnen einen fairen Kampf liefern können. Wie ich hörte, haben sie seit Hunderten von Jahren keine anderen Geschäfte mit fremden Welten gemacht als dieses: Sie pflegten Beutetiere für ihre Jagden zu kaufen."

Dane sagte, während er den schlafenden Mekhar aus den Augenwinkeln beobachtete: „Ich hatte das eigenartige Gefühl, daß es fast zu leicht war; daß sie aus irgendeinem Grund wollten, daß wir einen Fluchtversuch unternahmen. Und das ist offensichtlich die Methode, wie sie die Sklaven von denjenigen trennen, die sie an die Jäger verkaufen können!"

Rianna lachte ein freudloses, dünnes Lachen. „Dann funktioniert ihr Test nicht besonders gut. Wenn ich etwas nicht habe, dann ist das Tapferkeit."

Dallith sagte ruhig: „Wahrscheinlich ist ihnen die Tapferkeit nicht so wichtig wie die Verwegenheit."

„Das erklärt also, warum sie von einer Chance des Entkommens sprachen", sagte Dane. „Aber was für eine Chance ist das?"

Der schlafende Mekhar streckte sich plötzlich mit einem lauten Gähnen und sprang im selben Moment auf. Als er die vier beim Fenster zusammenstehen sah, duckte er sich vorsichtig. Dane straffte sich zum Angriff. Aber der Mekhar ging einen Schritt zurück.

„Man würde uns hier nicht kämpfen lassen." Seine Stimme war wie ein tiefes, schnurrendes Rollen. „Unsere Geschicklichkeit und Kraft gehört jetzt den Jägern. Nun gut, wir waren Feinde. Vielleicht werden wir wieder Feinde sein. Aber für den Augenblick bitte ich um Waffenstillstand."

Dane warf Aratak einen Blick zu. Der große Echsenmann entspannte sich zu einer Art Verbeugung. Er sagte: „Zumindest sind wir Gefährten im Unglück. Ich bin mit einem Waffenstillstand einverstanden. Wenn du dasselbe tust, schwöre ich beim Göttlichen

Ei, daß ich dir, solange dieser Zustand gilt, kein Leid zufügen werde, weder im Wachen noch im Schlafen. Wirst du denselben Schwur ablegen?“

Der Mekhar knurrte: „Schwüre sind für diejenigen gut, die einen Wortbruch in Erwägung ziehen. Ich sage, daß ich euch kein Leid zufügen werde, und ich werde mein Wort nicht zurücknehmen, noch wird das einer von euch tun, der mir eine gleichbedeutende Bürgschaft gibt. Aber wenn einer unter euch ist, der mir sein Wort nicht geben will, werde ich ihn – oder sie – hier und jetzt bekämpfen, mit oder ohne Waffen, bis zum Tod oder zur Unterwerfung.“

Rianna und Dallith sahen Dane an. Er sagte: „Ich werde für uns alle sprechen. Wir sind alle in zu großen Schwierigkeiten, um uns untereinander zu bekämpfen. Ich liege nicht im Streit mit dir. Deine Leute hatten kein Recht, uns von unseren Heimatwelten zu entführen, aber wenn wir dich bekämpfen, würde das nichts wiedergutmachen. Deine eigenen Leute scheinen dir einen schlechten Streich gespielt zu haben – dich der gleichen Kategorie zuzuschreiben wie uns!“

„Wage es nicht, so etwas zu sagen“, sagte der Mekhar. „Ich habe mir aus eigenem, freien Willen ausgesucht, auf diese Weise meine Ehre wiederherzustellen!“ Seine langen, klauenartig gebogenen Fingernägel fuhren wütend aus und ein.

Dane sagte hastig: „Nun, wie auch immer, ich werde nicht mit dir über Ehrbegriffe diskutieren, da das Wort für uns sicherlich verschiedene Bedeutungen hat.“ Er sagte zu sich selbst, daß jemand, dessen Ehrenkodex es erlaubte, Sklaven zu fangen, jedenfalls keine sinnvolle Diskussion über dieses Thema mit ihm führen konnte, Übersetzungsapparat hin, Übersetzungsapparat her. „Trotzdem – wenn du uns in Ruhe läßt, werden wir dich in Ruhe lassen; und ich spreche auch für die Frauen.“

Der Mekhar beäugte sie vorsichtig. Seine gelben Augen verengten sich zu Schlitzen; dann entspannte er sich und ließ sich auf den Boden gleiten. „So sei es; solange unser Wort gilt, halten wir Waffenstillstand. Da ihr nicht länger Sklaven seid, sondern euren Mut bewiesen habt, werde ich eurem Wort Glauben schenken.“

Rianna sagte: „Ich weiß sehr wenig über die Jäger. Euer Volk handelt offensichtlich mit ihnen. Kannst du uns sagen, wie sie sind?"

Der Mekhar verzog seine Lippen aus Ärger oder Ironie. „Ihr wißt soviel wie ich; sie lassen sich niemals vor Außenstehenden blicken", sagte er. „Der Jäger wird nur von der Beute erblickt, die er im Begriff ist zu töten."

Rianna schauderte. Dallith trat dicht an Dane heran und ließ ihre Hand in seine gleiten. Sogar Aratak schien einen Augenblick lang erschrocken zu sein. „Heißt das, sie sind unsichtbar?"

„Sichtbar oder unsichtbar, ich weiß es nicht", sagte der Mekhar. „Ich weiß nur, daß noch niemals irgend jemand einen Jäger gesehen hat und überlebte, um es erzählen zu können."

Er schwieg einen Moment, und Dane dachte an Bratpfannen und Feuer. Er war glücklich, aus dem Sklavenschiff der Mekhar herausgekommen, aber es schien, daß er der Sklaverei nur entkommen war, um den sicheren Tod durch die Hand schrecklicher, unbekannter Jäger zu finden. Er dachte, daß sogar der Mann, der gesagt hatte: „Gebt mir die Freiheit, oder gebt mit den Tod", so freundlich gewesen war, dem die Erklärung vorauszuschicken, er wisse nicht, welchen Weg andere wählen mochten. Abgesehen davon hatte Dane nicht die Wahl zwischen Freiheit und Tod, sondern nur zwischen Sklaverei und etwas, was ohnehin wie der sichere Tod klang.

Dallith, mit ihrer jetzt vertrauten Methode, seine Stimmungen abzulesen, sagte ärgerlich: „Warum sprach der Mekharkapitän dann von einem ehrenvollen Entkommen als Alternative zum ehrenvollen und blutigen Tod?"

Der Mekhar blickte sie erstaunt an. „Ich dachte, ihr wüßtet das", sagte er. „Selbstverständlich würden wir kein tapferes Wesen zum sicheren Tode verurteilen! Die Jagd – wie alle wissen sollten, die Jäger kennen – dauert von Dunkelheit zu Dunkelheit des Roten Mondes. Diejenigen, die noch leben, wenn die Finsternis wieder heraufzieht, sind frei. Frei, und zwar mit einer großen Belohnung und großer Ehre. Warum wäre ich sonst hier?"

Der Mekhar drehte ihnen mit zuckenden Schnurrhaaren den

Rücken, und Dane stand da und beobachtete ihn und versuchte das Gesagte zu begreifen.

Eine Chance zu entkommen – aber einem wilden Volk, so wild, daß es keinen anderen Namen hatte, als den der Jäger, ein Volk, das sogar die Mekhar fürchteten. Ein Feind, den noch nie jemand gesehen hatte, außer in dem Moment, in dem er von ihm getötet wurde. Man mußte also kämpfen oder fliehen oder ihnen irgendwie entkommen, in der Zeitspanne zwischen zwei Dunkelheiten – wie lange das auch immer sein mochte – nicht wissend, welche Gestalt der Feind annehmen oder ob er unsichtbar aus der Luft kommen würde.

Für einen Augenblick wünschte er sich feige, wieder auf dem Sklavenschiff zu sein. Er hatte sein ganzes Leben lang nach Abenteuern Ausschau gehalten, aber eine Reise quer durch die Galaxis, selbst als Sklave, war genug Abenteuer für ein ganzes Leben.

Dann besserte sich seine Laune ohne rechten Grund. Wenn die Jäger ein quasi religiöses Ritual aus der Jagd machten, würde ein Teil ihres Vergnügens sicher schon in dem Risiko liegen. Jäger auf der Erde fanden es nicht gerade aufregend, hinauszugehen und Hasen zu schießen. Fuchsjäger machten ein großes Theater darum, den Fuchs *nicht* zu schießen. Das wahre Geheimnis der Jagd schien für die, die daran teilnahmen, auch auf der Erde, im Anschleichen, der Gefahr, dem Kitzel, dem Risiko zu liegen. Darum würden die Menschen, die daran teilnahmen – oder von welcher Rasse ihre Beute auch sein mochte – so etwas wie eine faire Chance bekommen.

Ich bin weichlich geworden, dachte Dane, *ich bin nicht in Form. Ich war in guter Kampfform – diese Unterrichtsstunden in Aikido und Karate in Japan, die rastlose Knochenarbeit des Einhandsegelns Tag und Nacht –, aber drei Wochen kompletter Untätigkeit haben mich verweichlicht. Aratak könnte es gelingen; er ist groß und stark. Die Frauen ... nun, wenn es auf Körperkraft ankam, mußte zumindest Dallith beschützt werden – obwohl sie wild genug gewesen war, als sie gegen den Mekhar gekämpft und ihn erschreckt hatte!* Aber die Mekhar hatten nicht ihre Körperkraft getestet, erinnerte sich Dane. Was die Mekhar geprüft hatten, war ihre Verwegenheit, ihr Mut, ihre Bereitschaft, Risiken einzugehen, und die Fähigkeit, das für die Flucht offen gelassene Schlupfloch zu finden. Das mußten also die Qualitäten sein, die die Jäger an ihrer Beute schätzten, damit sie ihnen einen guten Kampf lieferte. Er sagte laut: „Vielleicht haben wir trotzdem eine Chance. Keine gute. Aber eine Chance."

Dallith schnappte nach Luft und faßte nach seinem Arm, denn die Tür am gegenüberliegenden Ende des Raumes glitt auf. Dane drehte sich um und fragte sich, ob sie jetzt den ersten der mysteriösen Jäger zu Gesicht bekommen würden. Statt dessen sah er eine große, schmale Metallsäule, die wie auf unsichtbaren Rädern vorwärts zu gleiten schien. Das Ding hatte schmale, von einem Metallgeflecht bedeckte Schlitze und kleine blinkende Lichter oder Linsen, und nach einer Weile, noch ehe es mit derselben mechanischen Stimme zu sprechen begann, die er aus dem Schaltpult des Mekhar-Raumschiffes gehört hatte, stellte Dane fest, daß es eine Art Roboter sein mußte.

„Willkommen in diesem Hause des Heiligen Beutewildes", sagte er mit leiser, metallischer Stimme. „Euch wird Essen gebracht von der Art, die Ihr wünscht, wenn Ihr Eure bevorzugten Nahrungsbedürfnisse äußert. Wir haben auch für Euch ..." – die Metallsäule surrte, drehte sich ein wenig und fuhr einen langen, metallenen Arm aus – „... Gewänder, die der Ehrbarkeit Eures Standes entsprechen. Bitte badet in einem der Becken oder Brunnen, ganz wie Ihr es wünscht und wie es Euren Bräuchen entspricht, und bekleidet Euch damit." Die von dem metallenen Arm gehaltene Kleidung war von derselben ziegelroten Farbe, die Dane an den anderen in dem großen Garten gesehen hatte. Dann gehörten sie also auch zum – wie lautete das Wort, das der Roboter benutzt hatte – Heiligen Beutewild? *Sie alle?* Dane fragte sich plötzlich, ob die Jäger jeden von ihnen einzeln jagen würden oder alle zusammen.

Der Mekhar wandte sich an den Roboter und knurrte: „Du metallenes Nichts, es ist nicht Brauch in meinem Volk, andere als unsere eigene Kleidung zu tragen."

Der Roboter sagte ohne Gemütsbewegung: „Es ist unmöglich, eine Kreatur, die aus Metall gebaut ist, zu beleidigen, indem man sie als solche beschreibt, aber wir folgern, daß dies Eure Absicht war, und die beabsichtigte Beleidigung ist registriert und als solche erkannt."

Der Mekhar blickte finster drein und sagte: „Du meinst, wenn ich dich beleidige, werden es deine Herren, die Jäger, als eine Beleidigung ihnen gegenüber betrachten?"

„O nein." Die Stimmlage des Roboter blieb unverändert. „Wir sind jedoch davon unterrichtet worden, daß es frustrierend für ein intelligentes Wesen ist, eine andere Kreatur zu beleidigen, wenn der Beleidigte sich der Beleidigung nicht bewußt ist. Wir möchten unbedingt vermeiden, irgendeinem aus der Schar des Heiligen Beutewildes Grund zur Frustration zu geben, darum haben wir Euch versichert, daß wir die Absicht der Beleidigung verstanden haben. Bitte, seid nicht frustriert."

Dane brach in ein glucksendes Gelächter aus. Er konnte nicht anders. Der Roboter glitt auf ihn zu und fragte besorgt: „Habt Ihr irgendwelche Schwierigkeiten?"

Dane gelang es, Gesicht und Stimme unter Kontrolle zu bringen, und er versicherte dem gesichtslosen Roboter, daß mit ihm alles in Ordnung sei. Der Roboter kehrte zu dem Mekhar zurück, der ihm den Rücken kehrte, und glitt ruhig um ihn herum, um ihm wieder ins Gesicht sehen zu können. Der Mekhar schwieg seufzend; und als ob er niemals unterbrochen worden wäre, fuhr der Roboter fort: „Was Eure Ablehnung betrifft, die Kleidung der Heiligen Beute anzulegen, so ist es Brauch, sie zu tragen. Bekleidet mit der Farbe, die das Heilige Wild ausweist, werdet Ihr in jedem Teil des Jagdreservates zugelassen, und Ihr werdet weder durch einen Unfall noch aufgrund einer disziplinarischen Maßnahme getötet werden."

„Du wirst nicht gewinnen, alter Freund", sagte Dane zu dem Mekhar und versuchte vergebens, sein Gelächter zu zügeln. „Landesbräuche und so weiter. Hör mal, du ..." Er wandte sich an den Roboter, und die ausdruckslose Stimme sagte: „Ihr könnt uns mit Diener anreden."

„Gib mir die gebräuchlichen Kleider oder was auch immer; ich werde sie tragen."

Aratak sagte mit leiser Stimme zu Dane: „Wenn ich gejagt werden soll, möchte ich in anständiger Verfassung sein. Mal sehen, ob das ... Ahem, ich habe ein Problem. Diener ...“ sagte er zögernd.

Der Roboter, der sich selbst Diener nannte, rollte geräuschlos auf ihn zu. „Wir sind hier, um Euch zu bedienen.“

„Diener, deine Anwesenheit stellt ein Problem für mich dar“, sagte Aratak. „Bist du ein intelligentes Wesen?“

Diener stand regungslos vor dem gewaltigen Echsenmann. „Die Frage interessiert uns weder, noch ergibt sie einen Sinn für uns“, sagte er.

Aratak sagte: „Dann laß mich die Frage noch einmal formulieren: Bist du Teilhaber der Allumfassenden Weisheit? Soll ich dich als unabhängig denkendes Wesen betrachten? Es ist offensichtlich, daß deine Antwort sich auch auf unvorhergesehene und unprogrammierte Ereignisse beziehen. Für was soll ich dich also halten?“

„Es ist nicht nötig, uns als irgend etwas Spezielles zu betrachten“, sagte Diener. „Ihr seid Heiliges Wild und daher vergänglich, und wir stellen einen Dauerzustand dar. Aber verzeiht, Heiliges Wild, wenn wir vorschlagen, mögliche Diskussionen, Dispute und philosophische Fragen über das Wesen unserer Natur zurückzustellen, bis Eure materiellen Bedürfnisse befriedigt sind. Habt Ihr einen materiellen Wunsch, den wir Euch erfüllen können, oder sind wir frei, Eure Gefährten zu bedienen?“

„Ich habe einen materiellen Wunsch“, sagte Aratak. „Du sprachst vom Baden. Auf der Reise badet man, wie man kann oder muß, um der Hygiene Genüge zu tun, aber kannst du mir zur Wiederherstellung meiner Außenhaut ein warmes Schlammbad besorgen?“

Dieners Antwort kam augenblicklich. „Wenn Ihr durch die Tür neben dem Torbogen geht und weiter den Pfad entlang in Richtung auf die Schatten, werdet Ihr ein Becken mit Schlamm zum Baden finden. Wenn sich die Temperatur als unpassend für Eure Haut erweist, berichtet es uns heute abend, dann werden wir die Bedingungen herstellen, die Euch am genehmsten sind.“ Er rollte zu den anderen hin und sagte: „Es gibt heiße und kalte Bäder, Eisbäder,

Dampfbäder und trockene Sandbäder, je nachdem, was Ihr bevorzugt; macht freien Gebrauch davon. Wenn Ihr jetzt Eure Nahrungswünsche äußern würdet.“

Zufällig stand er in diesem Moment neben Rianna, und nach einem Augenblick des Nachdenkens sagte sie: „Ich wünsche eine bekömmliche Diät für Protosimianer, und ich bin eine Mischung gewöhnt, die ungefähr zu einem Drittel aus Proteinen, zur Hälfte aus gemischten Kohlehydraten und Pflanzenanteilen und ansonsten aus Fett besteht. Meine bevorzugten Geschmacksrichtungen sind entweder süß oder salzig, wobei ich nichts gegen leicht Saures habe. Ich mag kein stark saures oder bitteres Aroma. Ist das angemessen ausgedrückt?“

„Wir loben Eure Deutlichkeit“, sagte Diener, „und wir werden unser Bestes tun, dem zu entsprechen. Wird diese Kombination auch Eure anderen protosimianischen Gefährten angemessen ernähren?“

Dane sagte: „Für mich ist es recht.“ Nach Riannas wissenschaftlicher Analyse der menschlichen Diät wäre es ihm dumm vorgekommen, ein Steak zum Mittagessen zu verlangen, obwohl es ihn interessiert hätte, wie Diener auf eine solche Bitte reagieren würde.

Dallith sagte: „Für mich ist es auch in Ordnung, mit der Einschränkung, daß ich keinen salzigen Geschmack mag, aber nichts gegen einen leicht bitteren habe. Außerdem ist es in meiner Rasse nicht üblich, tierisches Fleisch zu essen.“

Diener nahm das mit einem leichten Augenblinzeln zur Kenntnis und wandte sich an den Mekhar, der barsch sagte: „Ich bin Fleischesser.“

„Ihr zieht eine Diät vor, die fast ausschließlich aus tierischen Proteinen und Entsprechendem besteht?“ fragte Diener. „Es wird Euch gebracht werden. Was Euch betrifft, verehrter Philosoph ...“ Arataks Kehllappen glühten schwach bläulich, als er sich vor der metallenen Kreatur verbeugte. Er sagte höflich: „Der philosophische Mensch konsumiert, was die Natur ihm über den Weg schickt. Glücklicherweise ist unser Stoffwechsel so weitgehend angepaßt, daß ich fast alles verdauen kann, vorausgesetzt, es ist genug da.

Ein Vorteil in einer harten Welt, wo das Überleben von der Anpassungsfähigkeit abhängt."

„Wir werden versuchen, nicht nur Eure Verdauung, sondern auch Euren Gaumen zufriedenzustellen", sagte Diener und rollte davon, während Dane darüber staunte, daß ein metallener Roboter – fast – mit Aratak in höflichem Philosophieren konkurrieren konnte!

Aratak war offensichtlich verwirrt. „Ich muß nachdenken über diesen Ort in der Allumfassenden Weisheit, der von intelligenten Wesen bewohnt ist, die aber eher künstlich zu sein scheinen als durch die Gnade des Göttlichen Eis entwickelt. Wenn Ihr mich entschuldigt, werde ich die gebräuchlichen Kleider an mich nehmen und mich in ein Becken mit heißem Schlamm begeben, um meine Außenhaut wiederherzustellen."

Er ging schwerfällig auf die Tür zu, die Diener ihm gezeigt hatte.

Rianna sagte zu Dallith: „Ein heißes Bad klingt herrlich. Sollen wir gehen und eins suchen?"

Dallith drehte sich zögernd zu Dane um. „Sollten wir nicht besser zusammenbleiben?"

„Ich vermute, hier sind wir ziemlich sicher. Geht nur und nehmt euer Bad vor dem Essen." Er wußte nicht, ob gemischte Bäder in den Welten der Frauen gebräuchlich waren, aber das war kein Thema, über das er gerade jetzt reden wollte. Allein gelassen mit dem Mekhar, fragte er: „Was für ein Bad benutzt du für gewöhnlich? Du – ich kann dich nicht immer nur ‚du' nennen – wie heißt du?"

Der Mekhar brummte: „Ich bin als Klippen-Kletterer bekannt; du kannst mich der Einfachheit halber Cliff nennen. Und ich ziehe ein Bad mit kühlem Wasser vor, am liebsten in stehendem Wasser, wo Schwimmen möglich ist."

Nun, dachte Dane, *es gibt diesen einen Berührungspunkt der Natur, der die ganze Welt miteinander verwandt macht. Ich hätte nie geglaubt, daß ich irgend etwas mit einer großen intelligenten Katze gemein habe.* Laut sagte er: „Schwimmen würde mir auch gefallen. Laß uns dort draußen ein Becken suchen."

7

Draußen war die Welt der Jäger kalt; der riesige, rote Mond, der einen großen Teil des Himmels bedeckt, warf ein feuriges Licht herab, das Wärme zu suggerieren schien, aber Dane war froh über die wollene Beschaffenheit der Tunika, und Cliff zitterte, noch ehe sie hundert Meter vom Gebäude entfernt waren. Katzen lieben Wärme, dachte Dane; ursprünglich waren sie alle Dschungeltiere gewesen. In dem Mekharschiff war es dampfend heiß gewesen.

Der Pfad führte zwischen grünen Rasenflächen und Gärten hindurch; es war anscheinend ein riesiges Park-, Garten- oder Waldreservat. Noch bevor sie weit gegangen waren, kamen sie an einem großen Becken vorbei, dessen Inhalt wie gelber Schlamm aussah und das weithin nach Schwefel stank; kleine Blasen und Strudel auf der Oberfläche verrieten Vulkantätigkeit am Grund, und kleine, übelriechende Dampfschwaden wurden in Stößen herübergeweht. Die lange Schnauze eines Reptils ragte aus dem Schlamm, darüber waren zwei merkwürdig bekannte Augen zu sehen; dann schob sich die Kreatur hoch, und Dane erkannte Aratak.

„Sehr angenehm“, rasselte er, „wollt ihr euch mir anschließen?“ Dane machte die Geste des Nasezuhaltens. „Wenn das deine Vorstellung von einem angenehmen Bad ist, alter Junge, wünsche ich dir viel Spaß damit, aber ich werde mir etwas suchen, das ein bißchen besser riecht.“

„Folgt eurem eigenen Geschmack, natürlich“, sagte Aratak, indem er sich genüßlich wieder bis zum Hals in den stinkenden, gelben Schlamm zurückgleiten ließ. „Aber ich kann mir nicht vorstellen, daß dieser köstliche Duft euch mißfällt. Nun, ich erfreue mich mit euch der Vielfalt der Schöpfung.“

Dane sah Cliff an: „Hab' keine Hemmungen, dich ihm anzuschließen, wenn dir danach ist!“

Der Mekhar verzog sein Gesicht mit deutlichem Ekel, und sie gingen weiter. Sie kamen an einer sprudelnden Quelle vorüber, deren Wasser so eisig war, daß Dane fröstelte, als er nur vorsichtig einen Zeh hineinstreckte, und gelangten dann zu einem Platz, wo eine natürliche heiße Quelle so umgeleitet worden war, daß das Wasser in ein großes Badebecken floß, das von einer Vielzahl kleiner, steingefaßter runder Becken und Wannen umgeben war. In einer davon lag die nackte Rianna. Ihr rotes Haar war vom Dampf gekräuselt und umgab ihren Körper in sanften Wellen. Sie hob eine Hand zum Gruß und schien kaum verlegen zu sein.

Sie ist wirklich schön. Ich hatte es nicht bemerkt; ich habe nie darüber nachgedacht. Aber sie ist eine wunderschöne Frau.

Im mittleren heißen Becken badeten oder schwammen eine Vielzahl Frauen und Männer; sieben oder acht, die ebenso menschlich aussahen wie er selbst, und fünf oder sechs andere von verschiedenen fremdartigen Spezies. Dane hatte sich auf dem Mekhar-Sklavenschiff daran gewöhnt und starrte nicht länger mit verwunderten Glotzaugen auf ihre Fremdheit.

Oh ja, ganz der blasierte, aufgeklärte galaktische Reisende ... sagte er säuerlich zu sich selbst. *Nur ein weiterer Spinnenmann, eine weitere Protokanine oder protofeline Spezies ... ich frage mich, wie zum Teufel die Jäger aussehen!*

Auf der gegenüberliegenden Seite des Beckens erkannte er zwei Wesen dicht beieinander, die ihn stark an den Mekhar an seiner Seite erinnerten. Cliff sah sie fast im selben Augenblick, und seine Klauen fuhren aufgeregt ein und aus.

„Ich muß hingehen und sehen, ob es Leute von meiner Welt sind“, sagte er und entfernte sich um das Becken herum in seinem schnellen, springenden Gang.

Dane war nicht traurig, ihn gehen zu sehen. Die dichte Nähe des Mekhar war verwirrend gewesen – Versprechen hin, Versprechen her. Das heiße Wasser sah gut aus, und da die Luft zu kalt zum Herumwandern war, entschloß er sich, ebenfalls in dieses Becken zu gehen.

Er zögerte einen Augenblick, bevor er seine Kleidung abwarf, aber offensichtlich gab es hier keine Sittentabus. *Wenn du in Rom bist, mach es wie die Römer,* sagte er sich, streifte seine warme Tunika ab und ließ sie auf den Steinrand fallen. Er tauchte einen Fuß ein und stellte fest, daß das Wasser so angenehm war wie in einem geheizten Schwimmbad zu Hause. Es wurde zur Mitte hin zum Schwimmen tiefer, obwohl es an den Rändern nicht mehr als knöcheltief war. Er ging bis zur Mitte, schwamm eine Weile herum und genoß die Wärme nach der kalten Luft.

Das warme Wasser linderte die Verkrampfung der Muskeln, die durch die lange Untätigkeit schmerzten und steif waren. *Ich bin nicht in Form,* dachte er. *Ich hoffe, ich bekomme eine Chance, mich vor der Jagd aufzumöbeln!*

Er drehte sich auf den Rücken und ließ sich gleiten, als neben ihm jemand seinen Namen nannte.

„Dane?"

Er wandte sich um und sah Dallith, die neben ihm dahinglitt.

„Ich dachte, du würdest dich in einer heißen Wanne räkeln wie Rianna."

„Das habe ich auch eine Zeitlang gemacht", sagte sie. „Das Wasser in den kleinen Becken ist viel wärmer als dieses hier und sehr..." – sie suchte nach einem Wort – „...sehr behaglich. Dann fühlte ich dich kommen und schwamm hierher, um mit dir zu reden."

Sie schwammen eine Weile Seite an Seite nebeneinander her, und Dane schaute zu dem riesigen roten Mond am Himmel auf.

„Es einen Mond zu nennen, ist nicht ganz richtig", sagte Dallith. „Es muß ein anderer Planet sein, und zwar fast ein Zwilling von diesem hier."

„Er sieht größer aus als die Sonne dieses Planeten", bestätigte Dane. Die Sonne war ein verschwommener, gelblich-orangefarbener Ball von der scheinbaren Größe eines Tellers; der Mond dagegen bedeckte fast ein Sechstel des sichtbaren Himmels. „Hier muß der Mann im Mond ein Riese sein", scherzte Dane, während er die seltsamen Markierungen auf der vollen roten Scheibe betrachtete.

Dallith sagte düster: „Wir werden bald die Männer und Frauen im Mond sein."

„Was willst du damit sagen, Dallith?" „Es gibt hier zwei Männer von einer Welt des Bundes", sagte sie. „Sie kennen meine Welt und wissen von meinem Volk, obwohl sie nie dagewesen sind. Sie waren natürlich sehr überrascht, einen von meiner Rasse entfernt von unserer Heimatwelt zu sehen – wenn wir reisen müssen, tun wir es in Gruppen, weil wir, wie du ja weißt, nicht allein sein können. Sie stellten mir viele Fragen und erzählten mir dafür, was sie von der Jagd wissen." Sie deutete mit einer Hand zu der großen, roten Scheibe über ihnen. „Die Jagd findet auf dem Mond statt."

Sie erzählte weiter. Der Planet der Jäger und der Rote Mond umkreisten einander auf einer festen Bahn, so daß es regelmäßig zu einer Sonnenfinsternis und fast ebensooft zu einer Mondfinsternis auf der Welt der Jäger kam. Während der nächsten Sonnenfinsternis – vom Mond aus gesehen – würde das Jagdwild auf den Mond gebracht werden und dort, wenn das Licht zurückkam, gejagt werden. Die einzige Aufgabe des Wildes war es, bis zum Einbruch der nächsten Finsternis zu überleben. Zu diesem Zeitpunkt würde die Jagd enden. Die Jäger, die erfolgreich waren und ihre Beute getötet hatten, brachten die Körper zurück zur Welt der Jäger, wo ein großes Fest und eine feierliche Zeremonie stattfand; das Wild, dem es gelungen war zu überleben, würde Ehrungen erfahren, reich belohnt werden und eine sichere Rückreise zu einem Ort seiner Wahl gewährt bekommen.

Dane fragte: „Wissen Sie, wie die Jäger aussehen?"

Dallith sagte: „Nein. Mir ist gesagt worden, keiner wisse dies. Sie sagten dasselbe wie der Mekhar: Der Jäger wird nur von der Beute gesehen, die er tötet."

„Das ist lächerlich", sagte Dane. „Einige Leute müssen doch gegen die Jäger gekämpft und so lange überlebt haben, daß sie etwas erzählen konnten."

„Vielleicht sind sie unverwundbar", vermutete Dallith, und sie meinte das ganz ernst. „Man sagt, daß manche Rassen es seien.

Wenn sie verwundet werden, regenerieren sich einfach ihre eigenen Körperteile."

„Das glaube ich nicht", sagte Dane langsam. „Wenn die Jagd praktisch ein religiöses Ritual ist für diese Leute, die Jäger, muß sie mit irgendeiner echten Gefahr und einem Risiko für sie verbunden sein. Die meisten Religionen messen – auf die eine oder andere Weise – dem Sieg über den Tod besondere Bedeutung zu. Ein Volk, das eine Religion aus der Jagd gemacht hat und solche Mühen auf sich nimmt, um wirklich gefährliches Wild zu bekommen, muß verwundbar sein. Wenn sie sich nur einen Spaß daraus machen würden, Wesen zu töten, könnten sie unter allen Sklavenrassen auswählen, aber sie zahlen enorme Summen und nehmen ungeheure Mühen auf sich, um tapfere und verwegene Leute als Beute zu bekommen. Es ergibt also kaum einen Sinn, wenn es ihnen um ein Massaker geht. Wir müssen irgendeine Chance haben – vielleicht keine gute Chance, aber eine Chance irgendeiner Art, sie zu töten."

Dallith antwortete nicht. Sie schwamm auf das Ufer zu; Dane folgte ihr. Nahe am Beckenrand überholte er sie. Sie stand bis zu den Knien im Wasser, und er sah sie zum ersten Mal völlig nackt, ohne das alles umhüllende, weite weiße Gewand ihres Heimatplaneten.

Sie ist ebenfalls schön, dachte er. *Als ich sie das erste Mal sah, schien sie für mich die vollkommene Schönheit, unvergleichlich, zu sein.* Aber er reagierte auf ihr Nacktheit nicht mit der direkten sinnlichen Zuwendung, die er bei Rianna gefühlt hatte. *Liegt das nur an der Gewohnheit, sie zu beschützen, für sie zu sorgen und ihr alle Ängste und Sorgen aus dem Weg zu räumen?* Er unterdrückte schnell die automatisch erfolgende Antwort, weil er wußte, daß sie sie – mit dieser wißbegierigen, empathischen Sensitivität – aus seinen Gedanken und Gefühlen ablesen würde.

Ich liebe sie. Und doch zieht sie mich – sexuell – nicht halb so sehr an wie Rianna. Ich schaue Rianna an, wie sie nackt in ihrem Bad liegt, und werde zum Barbaren – ich könnte auf der Stelle auf sie springen, genau wie alle Protosimianer es angeblich tun. Und dabei habe ich sie nicht einmal besonders gern!

Die Luft schlug ihm eiskalt entgegen nach dem warmen Wasser, und Dane beeilte sich, in seine warme Tunika zu kommen und sie um sich zu wickeln. Er sah auf seine nackten Beine hinunter und dachte: *Es ist lustig, wie sehr unser Selbstgefühl von unserer Kleidung abhängig ist. Wenn man mich, sagen wir, vor einem Jahr danach gefragt hätte, wäre meine Antwort gewesen, daß ich mich um Kleidung nicht im geringsten schere, daß sie nur dazu da sei, die Kälte abzuhalten und die Polizisten daran zu hindern, mir wegen Erregung öffentlichen Ärgernisses nachzurennen. Aber ohne Hosen zu sein ist eine merkwürdige Sache für einen Mann aus dem Westen. Wir definieren sogar unsere Männlichkeit auf diese Weise – wir sagen, daß der Mann die Hosen in der Familie anhat.*

Am Rande des Beckens gesellte er sich zu Dallith. Das Licht wurde schwächer, und die anderen Schwimmer verließen das Bad. In der langen, weiten, terrakottafarbenen Tunika, mit ihrem hellen, glatten Haar, das wie ein Vorhang über ihre Schultern und fast bis zur Taille fiel, sah sie schüchtern und wunderhübsch aus.

„Es ist eigenartig ... zu fühlen, daß Leute mich anschauen."

„Mir geht es genauso", sagte Dane. „In dem Teil der Welt, von wo ich komme, badet man gewöhnlich nicht nackt, obwohl ich natürlich schon in Länder gereist bin, wo es üblich ist, und es stört mich nicht. Wir haben ein Sprichwort, das heißt: ‚Wenn du in Rom bist' – Rom ist eine Stadt in meiner Welt, eine große Stadt – ‚mach es wie die Römer'."

Dallith sagte: „Wir haben ein ähnliches Sprichwort: ‚Wenn du nach Lughar reist, iß Fisch'."

„Sicher könnte Aratak einen Spruch von der Weisheit des Göttlichen Eis finden, um es abzurunden", sagte Dane trocken. „Die menschliche Natur scheint dieselben Wege zu gehen ... menschliche Natur?"

„Allumfassende Weisheit", korrigierte ihn Dallith freundlich. „Aber du hast recht; die meisten intelligenten Wesen entdecken dieselben Wahrheiten und halten sie in ihren Sprichwörtern fest..."

Danes Mund verzog sich: „Wie passen die Mekhar da hinein?" fragte er.

Dallith sagte langsam: „Sie sind gewiß intelligente Wesen. Sie scheinen ihre eigenen strengen ethischen Vorstellungen zu haben. Aber sie haben sich dem Galaktischen Bund noch nicht angeschlossen ..."

Ihre Worte erstarben, wie durch die Schwere ihrer Bedeutung, und sie schwieg. Dann sagte sie: „Bevor wir über Sprichwörter und Weisheit redeten, sagte ich, daß ich das Gefühl seltsam finde, wenn Leute mich anschauen."

„Dann bist du es also nicht gewohnt, nackt zu baden?"

„Aber nein. Das ist üblich bei uns – tatsächlich tragen wir überhaupt nur sehr selten Kleider in unserer Welt, außer es schneit, oder wir müssen in sehr nasse, dornige Wälder reisen – aber wir sehen uns nur selten gegenseitig an. Es ist leichter, auf Leute meiner eigenen Art zu reagieren, wenn ich darauf achte, wie sie auf meine Gefühle wirken. Es war seltsam zu fühlen, daß Leute über meinen Körper, meine äußere Erscheinung nachdenken, anstatt darüber, wie es in mir aussieht ... bin ich sehr häßlich, Dane?" Das klang ziemlich pathetisch, und Dane gab überrascht zurück: „Nein, nein. Ich finde dich wunderschön."

„Und – beurteilen die Männer auf deiner Welt die Frauen nach ihrer Schönheit?"

„Ich fürchte, ja. Manchmal. Die Vernünftigen versuchen natürlich, die Frauen nach ihren anderen Qualitäten zu beurteilen – Intelligenz, gutes Benehmen, Freundlichkeit, Sanftheit, guter Charakter –, aber ich fürchte, daß zu viele Männer die Frauen danach beurteilen, ob sie gut aussehen oder nicht."

„Und beurteilen Frauen die Männer auf die gleiche Weise?" Plötzlich errötete Dallith und wandte sich ab, aber Dane konnte sehen, daß sie fast ebenso rot war wie ihre Tunika. Sie sagte, immer noch ohne ihn anzusehen: „Laß uns gehen und Rianna suchen. Schau, die anderen kommen aus dem Wasser."

Dane folgte ihr. Er fühlte sich merkwürdig verwirrt und fragte sich, wieviel von seiner Unentschlossenheit und seinen sexuellen Gefühlen sie wahrgenommen hatte. Nach ein oder zwei Minuten gesellte sich Rianna zu ihnen. Ihr Haar trocknete in einer krausen, kupferfarbenen Wolke um ihren Kopf, und sie hatte ihre Tunika bis zu den Knien hochgerafft. „Aratak ist gegangen, um sich diesen scheußlichen gelben Schleim abzuwaschen“, sagte sie. „Ich glaube, er hält es für ein wertvolles Parfüm und wollte es zum Abendessen auf der Haut behalten, aber es ist mir gelungen, ihn davon zu überzeugen, daß wahrscheinlich keiner von uns viel essen könnte, wenn er den Schwefelgestank nicht ablegt. Wo ist der Mekhar?“

„Er hat ein paar Landsmänner getroffen und ist zu ihnen hingegangen.“

„Ich hoffe, er bleibt bei ihnen“, sagte Rianna nachdrücklich. „Ich traue ihm nicht. Ich konnte diese Protofelinen nie leiden. Sie sind heimtückische Schlangen, und man kann keinem von ihnen trauen, nicht mehr als man einem Mäusefänger als Haustier vertrauen kann.“

„Das ist eine sehr voreingenommene Haltung für eine Wissenschaftlerin“, sagte Dallith in ihrer ernsten Art. „Es ist genauso, als wenn du einem Protosimianer Vorwürfe machen würdest, weil er neugierig ist. Es ist ein Überlebensmechanismus. Protofelinen entwickelten sich aus jagenden Fleischfressern; Hinterhältigkeit ist für sie ebenfalls ein Überlebensmechanismus. Würde dein Hausmäusefänger zur Jagd taugen, wenn er sein Essen nicht ruhig fangen würde?“

Rianna zuckte die Schulter. „Nun ja, unser Mekhar scheint der Gesellschaft seiner eigenen Art willkommen zu sein – aber wir haben nicht soviel Glück, denn da kommt er schon.“

Als sie das Gebäude, in dem sie untergebracht waren, erreichten, gesellte sich Cliff zu ihnen. Aratak rumpelte schwerfällig hinterher. Der riesige Saurier sagte: „Ich habe den Gestank abgelegt, der so schädlich für deinen Stoffwechsel war, Rianna.“ Es gelang ihm, bemitleidenswert zu klingen.

Sie kicherte. „Danke, Aratak. Mir sind die Opfer bewußt, die ihr Philosophen auf euch nehmen müßt, wenn ihr mit uns hypersensiblen simianischen Typen reist.“

Cliff sah glatt und glänzend unter seiner ziegelroten Tunika aus; seine löwenähnliche Mähne und der Bart waren in weiche, vollkommen geformte Locken gekämmt. Dane sagte: „Ich hatte erwartet, daß du bei deiner Verwandtschaft bleiben würdest, Cliff."

„Meine Verwandtschaft?" Cliff ließ ein zischendes, spuckendes Geräusch höre, halb Hohn, halb Ärger. „Gewöhnliche Verbrecher! Gewöhnliche Diebe, die um eine Krallenlänge vor den Verfolgern von Mekharvin entkommen sind, hierher flohen und sich selbst verkauft haben, um den Preis für ihre Verbrechen nicht zahlen zu müssen! Das sind die Leute, die unseren Namen in der ganzen Galaxis in Verruf bringen!"

„Natürlich", sagte Rianna mit beißender Ironie, „werden Sklavenfänger nicht mit gewöhnlichen Dieben in einen Topf geworfen!"

Cliff nahm sie wörtlich. „Natürlich nicht. Ich könnte mich unmöglich mit solchen Leuten zusammentun. Erstens habe ich euch mein Wort gegeben, euch kein Leid zuzufügen, da ihr meine Gefährten seid. Und zweistens erlaubt mir meine Ehre nicht, mich mit solchen Wesen zusammenzutun. Ich ziehe es vor, meinen Zorn und meine Kampfeslust für die Jäger aufzuheben."

Ohne Sarkasmus, denn es interessierte ihn wirklich, fragte Dane: „Erlaubt deine Ehre es dir, dich mit Protosimianern und Sklaven zusammenzutun?"

„Normalerweise nicht", antwortete Cliff, als sie das Gebäude betraten, das ihr augenblickliches Quartier war. „Aber ihr seid Wesen mit bewiesener Tapferkeit, und darüber hinaus werdet ihr, wie es scheint, meine Kameraden in der Jagd sein. Darum ist es notwendig, daß ich ein Gefühl der Freundschaft zu euch entwickle, damit wir gegen unseren gemeinsamen Feind zusammenhalten können."

Dane murmelte: „Wir müssen zusammenhalten, sonst werden wir todsicher alle einzeln hängen."

„Laßt uns hoffen, daß uns nicht ein derart ehrloses Schicksal erwartet", meinte Cliff.

„Ist es euch gelungen, etwas darüber herauszufinden, welches Schicksal genau uns erwartet – und warum?" fragte Aratak.

„Ich habe etwas herausgefunden", sagte Dallith und wiederholte, was sie über die häufige Finsternis erfahren hatte und daß die

Jagd auf dem Satelliten dieses Planeten, dem Roten Mond, stattfinden würde. Cliff fügte hinzu: „Wir wurden zu spät am Tag hierhergebracht, um das andere Jagdwild in der Waffenkammer zu treffen. Aber mir wurde gesagt, daß wir morgen früh dorthin transportiert werden."

Sie wurden unterbrochen, als der Roboter, Diener, durch die hohe Tür am Ende der Halle zurückkam. Seine ausfahrbaren Arme – es waren diesmal fünf oder sechs – hielten mehrere bedeckte Tabletts mit Essen.

„Wenn Ihr es Euch bequem machen würdet, so wie Ihr es bevorzugt zu speisen", informierte sie Dieners mechanische Stimme, „wird es uns ein Vergnügen sein, Euch zu bedienen."

Der Mekhar holte ein Kissen von seiner Liege und legte es auf den Boden; nach einer Minute des Nachdenkens machte Dane es ihm nach, und alle anderen außer Aratak taten dasselbe. Der große Saurier streckte sich einfach, halb aufgestützt, auf dem Boden aus. „Es tut gut, wieder in zivilisierter Umgebung zu speisen", sagte er.

Diener rollte geräuschlos zu Dallith hinüber. „Verehrtes Wild, Ihr wart es, die eine Speise pflanzlicher Herkunft verlangt hat. Es ist uns ein Vergnügen, Euch mitzuteilen, daß die Proteine in diesem Mahl ausschließlich vegetarischer Herkunft sind, gebacken oder gekocht, und daß die Fette aus den Samen eines Baumes gewonnen wurden." Er streckte Dallith ein Tablett entgegen.

Dane und Rianna gab er ähnliche Tabletts, deren Inhalt ein Gemisch aus tierischer und pflanzlicher Nahrung war, wie er ihnen mitteilte. Als Dane es probierte, fand er, daß es nicht gerade das Steak war, an das er gedacht hatte, aber es war auch nicht schlecht. Es gab etwas Pilzähnliches, einen gemischten grünen Salat und eine Art Hackbraten. Außerdem einige gemischte Früchte, sehr süß. Dallith hatte dieselbe Art Früchte und Salat, aber anstelle des Hackbratens dunkelrote gebackene Körner. Cliffs Tablett roch seltsam und unangenehm, aber der Mekhar ließ ein weiches, schnurrendes Brummen der Anerkennung hören und begann, es mit den Klauen zu zerreißen. Aratak aß säuberlich mit den Spitzen seiner Klauen; sein Essen sah aus und roch für Dane fast ebenso schlimm wie der parfümierte Schlamm, der sein Entzücken war, aber Aratak glühte tatsächlich blau um die Kiemen und sagte zu Diener: „Du hast dein Versprechen gehalten, meinen Gaumen ebenso wie meinen Stoffwechsel zu erfreuen. Meinen innigsten Dank. Seit hundert Lichtjahren habe ich nicht so gut gegessen."

Dane murmelte: „Der Todeskandidat bekommt immer eine herzhafte Henkersmahlzeit."

Cliff zupfte an seinen Schnurrhaaren und sagte leise: „Was dem einen ein herzhaftes Mahl ist, ist Abfall für seinen Bruder." Dane lachte und sagte, als Rianna ihn fragend anblickte: „Des einen Mahl ist des anderen Gift. Wir redeten vorhin über Sprichwörter."

Aratak fragte Diener: „Bist du dieselbe Kreatur, die uns vorhin bedient hat?"

„Die Frage ist für uns weder von Interesse noch von Bedeutung."

Dallith – Dane saß auf Kissen zwischen ihr und Rianna – murmelte: „Er spricht von sich selbst immer im Plural."

„Ich hab es bemerkt", flüsterte Dane. „Benutzt er jetzt den Pluralis majestatis, den Pluralis modestiae oder das Wir von Leuten mit Bandwürmern?"

Dallith kicherte. „Kann ein Roboter einen Bandwurm haben?"

„Natürlich", sagte Rianna grinsend, „einen Parasiten, der Computerbänder frißt."

Aratak war nachdenklich, als Diener geräuschlos davonrollte. „Ich muß darüber nachdenken. Ich habe ihn gefragt, ob er Allumfassende Weisheit hat, und er konnte oder wollte nicht antworten. Es gibt viele von diesen Dienerkreaturen, denn ich habe mindestens vier im Parkbereich gesehen. Nun ist die Frage, die sich uns im Moment stellt, diese ..." Er hielt einen Moment inne, als wende er sich an ein philosophisches Seminar. „Kann ein Wesen ohne individuellen Sinn für seine Identität an der Allumfassenden Weisheit teilhaben?"

Dane war froh, über etwas anderes nachdenken zu können als über die bevorstehende Jagd. „Hängt die Weisheit notwendigerweise von einem Sinn für Identität ab?"

„Mir scheint, ja", sagte Aratak. „Denn Weisheit entfaltet sich, wie ich glaube, wenn eine Kreatur in sich selbst das Individuum sieht und nicht mehr nur den Gruppeninstinkten seines Spezies folgt. Kurz gesagt, wenn jemand aufhört, nur Teil der Allgemeinheit zu sein, und beginnt, sich als besonderes Einzelwesen zu betrachten."

„Ich bin nicht sicher, ob es darauf ankommt", sagte Rianna. „Wenn Diener nur Teil einer zentralen Intelligenz ist – würde dann nicht die zentrale Intelligenz, von der Diener ein Teil ist, an der Allumfassenden Weisheit teilhaben? Und wenn er für alle sprechen kann, ist dann nicht jeder beliebige von Dieners Teilen oder Körpern Teil einer solchen Weisheit?"

Aratak sah betrübt aus. „Ich habe Intelligenz immer als einen Sinn für die eigene, einzigartige Individualität definiert. Wie definierst du sie, Rianna?"

„Als die Fähigkeit zur Zeitbindung", antwortete sie prompt. „Wenn irgendeine Spezies den Punkt erreicht, an dem sie akkumuliertes Wissen an ihre Nachkommenschaft weitergeben kann, so daß nicht jede Generation die Erfahrung der ganzen Rasse wiederholen muß, sondern in der Geschichte fortschreiten kann, dann glaube ich, daß eine Rasse ab diesem Punkt intelligent ist."

„Hm, vielleicht", murmelte Aratak und stocherte an seinen enormen Zähnen herum. „Cliff, wie definiert deine Rasse Intelligenz?"

Der Mekhar zögerte nicht. „Als ein Gefühl für den ethischen Ehrbegriff. Wir betrachten jede Rasse ohne einen solchen Ehrbegriff als Tiere und jede Rasse, die ihn entfaltet, als intelligent." Er verneigte sich vor ihnen und sagte: „Natürlich betrachten wir euch alle so."

Aratak sagte: „Und ihr, Dallith? Wie definiert deine Rasse Intelligenz?"

„Als Einfühlungsvermögen, würde ich sagen. Ich meine nicht das entwickelte Psi-Talent, sondern die Fähigkeit, sich an die Stelle eines anderen zu versetzen. Vielleicht meine ich einfach Vorstellungskraft. Kein nichtintelligentes Tier hat sie, und jede intelligente Spezies verfügt darüber."

„Das sind alles sehr gute Antworten", sagte Aratak. „Dane, von dir haben wir noch nichts gehört, und da du von einem Planeten mit nur einer bekannten intelligenten Spezies kommst: Hat deine Rasse überhaupt ein Konzept dessen entwickelt, was die Intelligenz ausmacht?"

Dane sagte langsam: „Das ist ein ziemlich alltäglicher Gegenstand philosophischer Spekulation. Wir haben zwei oder drei Spezies – Delphine, große Menschenaffen –, die einige, wenn nicht alle Merkmale von Intelligenz besitzen, und manche haben darüber nachgedacht. Einige haben vorgeschlagen, daß die Fähigkeit, Kunst zu erschaffen, der Sinn für Ästhetik, als Kennzeichen der Intelligenz zu werten sei." In seinen kühnsten Träumen wäre ihm nicht eingefallen, daß er einmal mit einem Echsenmann, zwei Mädchen von fremden Sternen und einem Löwenmenschen beim Essen sitzen und die mögliche Intelligenz eines Roboters diskutieren würde.

Plötzlich war ihm spaßhaft und heiter zumute. „Wahrscheinlich ist das Kennzeichen der Intelligenz", sagte er, „nicht mehr und nicht weniger als die Fähigkeit, sich zu fragen, was das ist; kurz, die Fähigkeit, an Diskussionen über die Weisheit teilzunehmen. Das würde alles einschließen." Er hob sein Glas, das mit einem schwach bitteren alkoholischen Getränk gefüllt war.

„Ich werde darauf trinken!"

Als die Sonne untergegangen war, wurde der Himmel schnell dunkel, und da es keine künstlichen Beleuchtungen in den Quartieren gab, nur das rötliche Mondlicht, begaben sich die fünf Gefangenen zu ihren Betten. Eine Zeitlang konnte Dane nicht schlafen. Einmal ging er geräuschlos zur Tür und probierte sie aus, nur um sich eine Theorie zu bestätigen. Sie war nicht verschlossen. Aber wohin konnten sie gehen? In jedem Fall würde eine Flucht zum jetzigen Zeitpunkt nur bedeuten, daß die Jäger sie sofort hetzten, nicht erst später. Und später würden sie Waffen haben, das hatte jedenfalls Cliff angedeutet, als er von Waffenkammern sprach.

Auf dem Weg zu seinem Bett kam er an den beiden schlafenden Frauen vorbei. Rianna lag ausgestreckt auf dem Rücken, nackt, nur mit einer dünnen Decke zugedeckt. Dane wandte sich schnell ab. *Genau wie alle anderen Protosimianer. Ich habe wirklich genug andere Sorgen, gerade jetzt.*

Dallith schlief ruhig, ihr Gesicht halb in dem langen, fließenden Haar versteckt, und Dane blieb neben ihr stehen und schaute mit einem aus Liebe und Bedauern gemischten Gefühl auf sie nieder.

Ich habe dein Leben gerettet, Dallith – aber nur, um dich hierher zu bringen. Rianna hatte ganz recht. Er wandte sich hastig ab und stolperte zu seinem Bett. Aber es dauerte lange, bis er endlich einschlafen konnte.

8

Am nächsten Morgen, nach einem Frühstück, das dem Abendessen – was die Menge betraf – sehr ähnlich, aber völlig anders im Geschmack und der Zusammensetzung war, wurden die fünf Gefangenen von dem mechanischen Diener durch den großen Park oder das Reservat geführt, bis sie ein großes, fensterloses Gebäude erreichten. Es war aus denselben tonfarbenen Ziegeln gebaut wie alles andere in diesem Teil des Planeten.

„Dies ist die Waffenkammer", erklärte ihnen Diener, indem er sie über die Türschwelle führte. „Hier könnt Ihr jeden Tag mit der Waffe Eurer persönlichen Wahl üben."

Dieser Gedanke munterte Dane für kurze Zeit auf. Waffen, Waffenkammer. Ihm wurde bewußt, daß er, ungeachtet seiner mutigen Worte gestern abend, mehr oder weniger in Begriffen einer Großwildjagd oder einer Safari auf der Erde gedacht hatte, wo dem Wild keine andere Verteidigungsmöglichkeit blieb, als wegzulaufen und sich zu verstecken oder mit den natürlichen Waffen anzugreifen, die Klauen, Zähne oder Stoßzähne oder auch nur Größe und Gewicht ihnen verliehen. Während die Jäger auf der anderen Seite mit den modernsten und gefährlichsten Waffen ausgestattet waren, die die Wissenschaft ihnen in die Hand gab – Gewehre, Pfeile und Schießfahrzeuge mit Spezialfenstern. Wenn er von einem echten Risiko für die Jäger hier gesprochen hatte, so hatte er an die Wildgesetze der Erde gedacht, die mehr darauf abzielten, den Abschuß zu beschränken und die Fortpflanzung des Wildes zu gewährleisten, als den Tieren eine bessere Überlebenschance zu sichern. Solche Dinge wie die Gesetze gegen das Abschießen von Jungtieren oder säugenden weiblichen Tieren; Gesetze gegen Wilddieberei oder den Gebrauch von explosiven Kugeln zum Töten von Großwild.

Aber es war möglich, daß das, was er gesagt hatte, wortwörtlich stimmte; in diesem Fall würden die Jagdgesetze mehr dem formalisierten, quasi religiösen Sport des Stierkampfes entsprechen; eine Verherrlichung des Todes, die einen ernsthaften Kampf, ein Duell auf Leben und Tod voraussetzte ...

Er folgte Diener in das große Gebäude.

Innen war es gleichmäßig erleuchtet. Es hatte einen weichen Fußboden und war in sehr große Flächen eingeteilt. Es erinnerte Dane entfernt an eine große Turnhalle oder einen Übungsplatz auf der Erde. Vier oder fünf olympische Mannschaften hätten sich hier verausgaben können, ohne einander so nahe zu kommen, um den Stil des anderen studieren zu können.

Und entlang den Wänden waren überall, auf einer Fläche, die wie Hektar um Hektar von Raum wirkte, Waffen aufgereiht.

Waffen. Dane hatte nie so viele Waffen gesehen.

Da gab es Schwerter jeder Art, Form und Größe, darunter solche, von deren Existenz er sich nie etwas hätte träumen lassen – von großen zweihändigen Kreuzfahrer- und Wikingerschwertern über kurze, dünne Rapiere bis zu gebogenen persischen Säbeln. Einige waren so winzig und schmal, daß sie ein vierjähriges Kind hätte führen könnten, und Dane stellte neugierig Vermutungen darüber an, was für eine Rasse das sein mochte, die ihre kleinen Griffe fassen und halten konnte. Andere dagegen waren so riesig, daß er bezweifelte, daß Aratak sie mit beiden Händen hochheben konnte.

Neben den Schwertern gab es Dolche und Messer, auch sie in jeder nur denkbaren Form und Machart. Da gab es riesige Speere sowie kleinere und schmalere. Da gab es Schilde, große, viereckige, runde und dreieckige, kleine, runde, leichte aus Leder und Weidenzweigen, merkwürdig geformte, die offensichtlich nicht für die menschliche Anatomie bestimmt waren, da sie mindestens drei Griffe hatten und mit weniger Händen nicht bequem hochgehoben werden konnten. Da gab es Keulen und Schläger. Da gab es Waffen, die Dane noch nie zuvor gesehen hatte, und von denen er nicht wußte, wie er sie beschreiben sollte.

Aratak fragte Diener: „Wie lauten die Regeln der Jagd, was diese Waffen betrifft?"

„Ihr könnt Euch die Waffen aussuchen, die Euch gefallen, und mit ihnen von nun an bis zum Tage der Jagd trainieren", sagte Diener. „Dann könnt Ihr so viele Waffen mit Euch nehmen, wie Ihr tragen könnt."

Dallith legte ihre Hand in Danes. Sie stellte die Frage, an die er dachte.

„Welche Waffen tragen die Jäger?"

Dieners Stimme war ausdruckslos wie immer: „Einige haben die eine Waffe, andere haben die andere. Jeder Jäger hat seine Lieblingswaffe."

Rianna sagte: „Haben sie irgendwelche anderen Waffen? Nervengewehre zum Beispiel oder Waffen mit Explosiv-Antrieb?"

„Nein", sagte Diener. „Die Regeln der Jäger, die älter sein sollen als ihre Rasse selbst, verbieten es, Waffen zu tragen, die dem Heiligen Wild verwehrt sind."

Das, dachte Dane, ist eine großer Erleichterung. „Du willst damit sagen, daß keine andere Waffen gegen uns verwendet werden als jene, die hier vorrätig sind?"

„Keine einzige. Die Waffenkammer enthält eine komplette Sammlung aller erlaubten Waffen."

Er rollte auf eine andere Gruppe von Leuten in ziegelfarbenen Tuniken zu, die am anderen Ende der Waffenkammer trainierten. Dane glaubte, zwei Mekhar unter ihnen zu erkennen; er fragte sich, ob es dieselben waren, deren Gesellschaft Cliff am Tag zuvor arrogant abgelehnt hatte. Sie arbeiteten mit etwas, das aus dieser Entfernung wie Kendostäbe oder wie kurze, stumpfe Viertelstöcke aussah.

Er ging auf die Wände der Waffenkammer zu, um sich die stattliche Reihe von Waffen von Nahem anzusehen, die da ausgestellt waren. *Ein Waffensammler würde hier drinnen verrückt werden,* dachte er. *Ganz zu schweigen vom Kurator eines Waffenmuseums!*

„Ich frage mich, ob alle diese Waffen von den Jägern für ihre

Beute hergestellt worden sind“, sagte Rianna an seiner Seite, „oder ob sie aus allen Ecken der Galaxis zusammengesucht wurden.“

„Die Frage ist mir auch durch den Kopf gegangen“, rasselte Aratak, „aber ich nehme nicht an, daß wir das jemals erfahren werden.“

Dane lächelte grimmig. „Wie es der Zufall will – ich glaube, diese Frage kann ich beantworten“, sagte er, während er mit gebannter Aufmerksamkeit ein langes, gebogenes Schwert anstarrte, das in einer Scheide aus schwarzem, lackiertem Holz an der Wand hing. „Es ist anzunehmen, daß zumindest einige gesammelt oder hierbehalten worden sind in Erinnerung an ungewöhnlich gefährliches oder wagemutiges Jagdwild.“ Er griff hinauf und holte die Scheide herunter.

„Schaut her“, sagte er. „Dieses sonderbare Schwert zum Beispiel.“

„Es ist nicht einzigartig“, meinte Rianna. „Ich kann dir die Namen von vier Planeten nennen, wo diese Art Schwert verwendet wird – derselbe Typ jedenfalls; ich bin kein Waffenspezialist.“

„Aber was dieses betrifft, bin ich es“, sagte Dane, während er die Klinge mit anscheinend übertriebener Vorsicht aus ihrer Umhüllung zog und auf Armeslänge von sich hielt. Er folgte der glänzenden, hochpolierten Klinge mit den Augen. „Beachtet, daß die Kurve über die ganze Länge des Schwertes verläuft – es ist tatsächlich bogenförmig. Das mag in der ganzen Galaxis gebräuchlich sein – es ist sogar wahrscheinlich. Die Konstruktion ist ziemlich wirksam. Gekrümmte Schwerter sind sogar auf meinem Planeten üblich. Aber diese besondere Klinge – nun, schaut her. Sie ist aus zwei verschiedenen Metallen gefertigt; der Kern aus weichem Eisen, das sich biegen kann, ohne zu brechen, die Außenfläche aus gehärtetem Stahl. Seht ihr diese Wellenlinie?“ Vorsichtig deutete er auf die Linie, an der das Metall die Farbe wechselte. „Hier wurde der Stahl besonders gehärtet, so daß man ihn schärfen konnte wie die Schneide eines Rasiermessers – obwohl, um genau zu sein, ein gewöhnliches Rasiermesser stumpf dagegen ist. Ich habe einen Experten gesehen, der einen seidenen Kimono von einem menschlichen Körper geschnitten hat, ohne den Träger zu verletzen. Beachtet den spiegelglatten Schliff. Wie glänzend es poliert ist! Und selbstverständlich schmückt und vollendet jede Kultur ihre Schwerter in charakteristischer Weise, und diese eine ist unverwechselbar. Schaut euch das Heft an – den Griff aus Haifischhaut mit Seidenband in diesem besonderen Muster umwickelt. Dieses Schwert wurde auf der Erde gemacht", schloß er. „Das kann kein Zufall sein. Aber wenn ihr einen absolut sicheren Beweis haben wollt ..." Vorsichtig ließ er einen kleinen hölzernen Zapfen aus dem Knauf gleiten, und mit wenigen geschickten Griffen löste er den ganzen Griff und untersuchte den freigelegten Dorn. Er drehte die Klinge um, so daß sie die Zeichen sehen konnten. „Dies ist ein japanisches Samuraischwert, 1572 von Mataguchi hergestellt – und sicher eines der herrlichsten, die je gemacht wurden; ich habe schon andere Schwerter von Mataguchi gesehen, aber keines war so perfekt."

Dalliths Atem stockte. „Auf deiner Welt gemacht?"

„Auf meiner Welt", antwortete Dane grimmig, „vor vierhundert Jahren. Die Samurai waren der Stamm mit den wildesten Schwertkämpfern, die es je gab. Und irgend jemand – oder irgend etwas – muß auf der Erde gelandet sein und zumindest einen von ihnen hierhergebracht haben, um ihn mit den Jägern kämpfen zu lassen."

Er ließ seinen Blick liebkosend über die ganze Länge der Klinge gleiten, bevor er den Griff wieder befestigte; Rianna streckte ihre Hand aus, als wolle sie die Klinge berühren, und er faßte nach ihr, um sie daran zu hindern. „Tu das, und du kannst deinen Finger vom Boden aufheben", sagte er. „Ich habe es euch gesagt: Ein Rasiermesser ist stumpf dagegen. Dieses hier hat sicher lange hier gehangen. Es ist ein bißchen angelaufen ... aber trotzdem ... Diese Roboter – oder sonst jemand – haben gut darauf aufgepaßt."

Er ließ es vorsichtig in die lackierte Scheide gleiten.

„Ich beneide keinen Jäger – und es ist mir ganz gleichgültig, was für Wesen es sind –, der gegen einen Samurai mit diesem besonderen Schwert in der Hand anrennt. Mag sein, daß er getötet worden ist – wahrscheinlich *wurde* er getötet –, aber er verkaufte sein Leben sicher nicht billig."

„Vielleicht war er einer von denen, die entkamen“, vermutete Rianna, „und sie haben das Schwert zu seiner Ehre in der Waffenkammer aufgehängt.“

„Nicht, wenn das, was ich über die Samurai weiß, richtig ist“, entgegnete Dane ruhig. „Wenn er am Leben geblieben wäre, hätte er sein Schwert mit sich genommen, wo immer er auch anschließend hinging. ‚Das Schwert des Samurai ist die Seele des Samurai‘. Sie müssen ihn getötet haben, um es zu bekommen.“

Er stand einen Moment lang mit der Scheide in der Hand da. Das Mataguchi-Schwert – es wäre auf der Erde ein unbezahlbares Museumsstück oder das gehütete Erbstück einer alten japanischen Familie gewesen – war etwas länger und schwerer als alle Schwerter, mit denen er je geübt hatte. Und es war Jahre her, daß er den japanischen Fechtstil studiert hatte. Er müßte vermutlich ein halbes Dutzend Schwerter desselben Typs ausprobieren, bis er das eine fand, welches das perfekte Gewicht für seinen Arm hatte.

Aber er fühlte sich auf seltsame Weise zu dem namenlosen, unbekannten japanischen Schwertkämpfer aus dem sechzehnten Jahrhundert hingezogen, der in einem unvorstellbaren Augenblick in der Geschichte gekidnappt worden war, wie er selbst und wie er quer durch das bekannte Universum geschleppt wurde, um unglaubliche Gegner zu bekämpfen. „Ich glaube, ich habe meine Waffe gefunden“, sagte er. „Vielleicht ist es ein gutes Omen.“

Er drehte sich zu Cliff um und sagte: „Gibt es hier Waffen, die deinem Volk zusagen?“

Er gewöhnte sich langsam an das arrogante Kräuseln der Oberlippe des Mekhar. „Waffen? Ich benötige nur diese“, sagte der Löwenmann, indem er seine großen Pranken bog und die langen, gebogenen, messerscharfen Krallen herausschnellen ließ, die glitzerten, als ob ... nein – sie trugen künstliche Spitzen aus glänzendem Metall!

Wie eine Zahnkrone, dachte Dane, *nur viel gefährlicher.*

„Ich kann jeder lebenden Kreatur damit entgegentreten. Es wäre unter meiner Würde, geringere Waffen zu benutzen.“

Dane hob eine Augenbraue. „Euer Motto scheint zu sein: *Allzeit bereit.* Aber an Bord des Raumschiffes trugst du ein Nervengewehr, wenn ich mich richtig erinnere."

„Zum Tierehüten", sagte der Mekhar voller Verachtung. „Aber ich bin ein Mitglied der kämpfenden Kaste, und ich habe das Blut meiner Feinde in hundert Duellen vergossen. Diese hier ..." Mit einem einzigen spöttischen Nicken umfaßte er die gewaltige Sammlung von Waffen, die an den Wänden aufgereiht waren, „... sind für die Rassen, die keine eigenen Waffen von der Natur bekommen haben. Eure schwachen Klauen und Zähne entwickelten sich zurück, als ihr auf die Waffen der Natur verzichtet habt, und du siehst, eure Rasse muß dafür bezahlen."

Dane zuckte die Schulter.

„Jedem seine eigenen Waffen."

„Da wir gerade von Geschichte sprechen", sagte Rianna beißend, „Protosimianer waren nie, wie du es ausdrückst, mit den Waffen der Natur ausgestattet. Wir haben Gehirne bekommen, um unsere Verteidigung zu organisieren."

„Das ist natürlich eure eigene Version", entgegnete Cliff einigermaßen ungerührt.

„Nun, es geht mich ja nichts an", meinte Dane ernsthaft zu ihm, „aber angenommen, sie treten dir mit einem langen Speer oder etwas Ähnlichem entgegen?"

Cliff dachte einen Augenblick darüber nach. Er sagte: „Ich werde ihrem Ehrgefühl vertrauen – und ihrem Wunsch nach Sportlichkeit."

„Ich wollte, ich hätte dein Vertrauen", murmelte Dane. Aratak studierte die lange Reihe der Waffen und sah unzufrieden aus. „Wir sind ein friedliebendes Volk", sagte er. „Ich weiß nicht viel über Waffen. Ein Messer ist dazu da, Obst zu schälen oder Stachelfische zu schuppen. Ich muß darüber nachdenken." Er schaute den langen Raum hinunter zu der Stelle, wo die Fremden, die dem Mekhar entfernt ähnelten, ihre Stöcke aufgehängt hatten,, bevor sie gegangen waren. „Vielleicht sollte ich mich auf die schwerste Keule beschränken, die ich noch bequem heben kann. Mit meinem Gewicht dahinter müßte sie fast jeden greifbaren Angreifer zerschmettern. Wenn nicht, weiß ich, daß ich vom Kosmischen Ei dazu ausersehen worden bin, dieses Leben aufzugeben und mich mit seiner eigenen, unendlichen Weisheit zu vereinigen, und es wird sinnlos sein, mich damit abzumühen, fremde Waffen zu beherrschen."

Dane vermutete, daß er recht hatte. Der Gedanke an Aratak, wie er „die schwerste Keule, die er heben konnte", schwang, war wirklich furchterregend. Er vermutete, daß der große, kraftvolle Echsenmann ein Rhinozeros mit einem einzigen Schlag niederschmettern könnte, wenn es ihm gelänge, es genau auf der Stirn zwischen den Augenbrauen zu treffen. Und alles, was Aratak auf diese Weise nicht töten konnte, konnte wahrscheinlich nicht getötet werden.

Während er das Samuraischwert in den Armen wiegte, drehte sich Dane zu den Mädchen um. Er sagte: „Es erscheint mir unwirklich. Schwertkampf ist ein Sport, ein Spiel in unserer Welt. Niemand erwartet, daß er mit einem Schwert um sein Leben kämpfen muß in diesen Tagen."

„Ich dachte, deine Welt sei voller Kriege", gab Rianna zurück.

„Es gibt genug Kriege. Aber die meisten werden heute mit Bomben oder zumindest mit Gewehren ausgetragen. Sogar Bajonette sind aus der Mode gekommen. Und Polizisten tragen Gewehre, wenn ihre Polizeiknüppel nicht ausreichen, um den Frieden zu erhalten." Er runzelte unwillig die Stirn. „Darin bin ich sicher besser qualifiziert als der durchschnittliche Erdenmann, der nie mit etwas Tödlicherem umgegangen ist als mit dem *Wall Street Journal*."

Rianna schüttelte mißbilligend den Kopf und sagte: „In meiner Welt haben die Frauen nie viel gekämpft, auch nicht, bevor die Kriege abgeschafft wurden. Ich pflegte ein Messer bei mir zu haben für den Fall, daß ich bei einer archäologischen Ausgrabung angegriffen würde – in den wilderen Gebieten tauchen noch ab und zu Diebe und Vergewaltiger auf –, und ein oder zweimal mußte ich Gebrauch davon machen. Aber für gewöhnlich genügte es zu zeigen, daß ich es hatte; der durchschnittliche Vergewaltiger ist ein Feigling. Ich frage mich, ob ich eines finden kann, das leicht genug für mich ist."

Dane grinste ein bißchen. „Wenn nicht, dann existiert es sicher nicht. Sie haben Messer von sechs bis sechsunddreißig Zoll Länge und von jedem Gewicht zwischen fünfzig Gramm und zehn Pfund."

Rianna wählte schließlich einen langen, dünnen, blattförmigen Dolch und eine kleine zweite Klinge, die sie in ihrer Rocktasche verstecken konnte. Sie blinzelte, als sie den längeren Dolch an ihrer Taille befestigte und sagte: „Es braucht einige Zeit, sich daran zu gewöhnen. Der Gedanke, es gegen ein ... ein intelligentes Wesen anwenden zu müssen oder es gegen mich angewendet zu sehen..." Sie rieb sich heftig die Augen, aber Dane bemerkte, daß sie hinter ihrer stolzen Tapferkeit vor Angst zitterte.

„Wir wollen hoffen, daß es nicht dazu kommt, Rianna", sagte er. „Ich habe es so verstanden, daß wir einfach überleben müssen, und wenn wir das tun können, indem wir rennen, werde ich rennen und mich verstecken, so gut ich kann. Ich bin auch nicht versessen darauf, mit diesen Jägern zu kämpfen."

Er dachte, daß es gut war, wenn man ihnen einige Zeit ließ, um sich mit dem Gedanken an einen Kampf auf Leben und Tod vertraut zu machen. Das war keine Sache, die eine zivilisierte Person leicht verdauen konnte. Und obwohl manche Leute sagten, daß Zivilisation eine bloße Äußerlichkeit sei, war diese Äußerlichkeit bei manchen Leuten stabiler als bei anderen. Er hatte es während seines kurzen Armeedienstes gesehen – in Vietnam. Einige Rekruten gewöhnten sich leicht an den Gedanken zu töten. Die Zivilisation fiel augenblicklich von ihnen ab, wenn der Ausbilder ihnen ein Gewehr in die Hand gab und ihnen befahl anzugreifen. Zu viele von dieser Art in einer Division, und man hatte ein My-Lai-Massaker, bei dem das Töten sich verselbstständigte und nicht aufgehalten werden konnte, bevor Männer, Frauen, alte Menschen und kleine Kinder alle tot am Boden lagen. Anderen Rekruten konnte das Töten nicht beigebracht werden. Sie gingen in den Kampf und feuerten in die Luft oder drückten den Auslöser blindlings, weil sie zwar nicht sterben wollten, aber den Gedanken an ein tatsächliches menschliches Ziel nicht ertragen konnten.

Einer seiner Freunde, der bei der Polizei gewesen war, hatte ihm erzählt, daß es dort genauso war. Einige Männer töteten bereitwillig – vielleicht zu bereitwillig. Andere entdeckten ihre Fähigkeit zu töten erst, wenn ihr eigenes Leben davon abhing. Und manche konnten sich niemals überwinden, überhaupt zu schießen, und wenn sie nicht das Glück hatten, einen Schreibtischjob zugeteilt zu bekommen oder als Verkehrspolizist an einem Spielplatz eingesetzt zu werden, war es wahrscheinlich, daß sie während des Dienstes erschossen wurden, bevor sie sich überwinden konnten, ihre eigene Waffe zu ziehen.

Er hatte nie bewußt jemanden getötet. Er hatte die kriegerischen Künste – Kendo, Karate, Aikido – aus derselben geistigen Haltung heraus studiert, aus der heraus er Berge bestiegen und an Einhand-Segelregatten teilgenommen hatte: Um des Sports und der geforderten Geschicklichkeit willen. *Konnte* er töten? Er war nicht sicher. *Aber ich werde einen verdammt ernsten Vorstoß in diese Richtung machen müssen – es wird kein Spaß werden!*

Es blieben ihm jedenfalls ein paar Tage, sich selbst davon zu überzeugen. Er erinnerte sich an das eine Mal, als er – als Reserveteilnehmer, ohne Chance, in der Arena zu erscheinen – mit der olympischen Fechtmannschaft gereist war. Er hatte einen Langstreckenmeister kennengelernt, einen Goldmedaillengewinner aus England, der ihm gesagt hatte, daß alles – gewinnen, verlieren, teilnehmen – im Kopf stattfand. „Deine Psyche bestimmt das Gewinnen oder Verlieren“, hatte er gesagt, „du kannst dich selbst in das Gefühl versetzen, gleich tot umfallen zu müssen, oder du kannst tatsächlich tot umfallen. Einige Menschen haben das getan.“

Also konnte man seine Psyche sicherlich auch aufs Töten einstellen. Cliff brauchte das wahrscheinlich nicht, dachte er. Seine Rasse schien aus Killern zu bestehen. Er hatte davon gesprochen, daß sie Duelle ausfochten. Aratak? Ein friedfertiges Volk, aber wenn er gereizt wurde, konnte er fürchterlich werden. Er hatte Aratak gegen die Mekhar kämpfen sehen. Was Rianna betraf – ihr Volk war ziemlich zivilisiert, aber wenn sie das Messer gegen einen Dieb oder einen möglichen Vergewaltiger benutzen konnte, war sie sicher auch in der Lage, einen Angreifer zu töten, wenn es darauf ankam.

Aber Dallith?

Ihr Volk war friedliebend. Sie war sogar Vegetarierin. Sie würde vor Angst umkommen ...

Aber sie war wilder als irgendeiner von uns gegen die Mekhar. Aratak hatte Dallith mit seiner ganzen Körperkraft von einem Mekhar wegziehen müssen, um sie daran zu hindern, ihn an Ort und Stelle umzubringen ...

Er sah sich nach ihr um, aber sie untersuchte eine Reihe seltsam aussehender, offensichtlich nichtmenschlicher Waffen weit hinten im Raum, und etwas an der entschlossenen Art, wie sie ihm den Rücken zukehrte, hielt ihn davon ab, sich zu ihr zu gesellen.

Ich möchte sie beschützen, dachte er. *Und ich kann es nicht. Ich werde alle Hände voll zu tun haben, mich selbst am Leben zu erhalten.*

Er bot alle Selbstdisziplin auf, die er hatte, und strich diesen Gedanken streng aus seinem Kopf. Seine Ängste konnten bei Dallith nur eines bewirken, nämlich ihre eigenen zu verstärken. Cliff hatte die Hälfte des langen Raumes durchquert und führte eine vollendete Form des Schattenboxens gegen die Wand vor.

Er verschmäht Waffen. Aber diese anderen Mekhar haben etwas ähnliches wie Kendostäbe benutzt.

Dane fragte sich, ob die Jäger wie die Mekhar waren. Cliff schien sie ziemlich gut zu verstehen.

Es schien, daß es verschiedene Gruppen gab, die mit unterschiedlichen Waffen übten. Er fragte sich, ob es erlaubt war, andere zu beobachten, und als er Diener – oder einen anderen mechanischen Roboter, der ihm „aufs Haar" glich – auf ihre Gruppe zurollen sah, stellte er ihm diese Frage. Er erfuhr, daß das verehrte Heilige Wild innerhalb der Grenzen des Jagdreservats überall hingehen konnte. Er fragte sich, was passieren würde, wenn er hinausginge, aber er war nicht gerade versessen darauf, das herauszufinden. Sobald er seine Waffe endgültig ausgewählt hatte, erfuhr er weiter, würde sie für die Dauer der Jagd für ihn reserviert werden und durfte dann von keinem anderen mehr benutzt werden.

Dane zögerte nur einen Augenblick, bevor er sagte, daß er sich entschieden habe. Vielleicht war es Torheit, vielleicht gab es eine Waffe, die besser für seine Hand geeignet war, aber die Verlokkung eines Schwertes von seiner eigenen Welt war etwas, dem er nicht widerstehen konnte. Wenn es aus reiner Sentimentalität geschah, mußte er damit rechnen, daß er sein Leben dafür riskierte.

Er verbrachte den Rest des kurzen Tages damit, sich an das Gefühl des Heftes und des Schwertes in seiner Hand zu gewöhnen, an die Art, wie es in der Hand lag und wie es sich anfühlte. Als die Sonne unterging, kam Diener, um sie vor dem Abendessen wieder zu den Bädern zu führen.

Immer noch beschäftigt mit der Entdeckung des Samuraischwertes, trennte er sich von den anderen, ohne mit ihnen ein Wort zu wechseln, und streckte sich ungefähr eine halbe Stunde lang in einem der vulkanischen Becken aus, um nachzudenken. Seit undenkbaren Zeiten hatten Geschichten die Runde gemacht – Charles Fort hatte Tausende gesammelt –, die von mysteriösem Verschwinden berichteten. Leute, die mit „fliegenden Untertassen" in Berührung gekommen waren, erzählten alle möglichen Geschichten über Schiffe aus dem fernen Raum. Da war die alte Geschichte der *Mary Celeste.* Das Schiff wurde im Atlantik treibend gefunden, alle Rettungsboote in Ordnung, das Schiff in perfekter seetüchtiger Verfassung, das Frühstück der Mannschaft fertig in der Kombüse und der Kaffee noch warm – aber keine Seele an Bord, weder lebend noch tot. Nun hatte Dane Marsh den Beweis in seiner Hand gehalten, wo einige dieser auf geheimnisvolle Weise verschwundenen Menschen gelandet waren.

War das von Bedeutung? Niemand auf der Erde würde es je erfahren. Selbst wenn er die Jagd überlebte und die Jäger ihr Versprechen hielten, die Überlebenden freizulassen, war es jenseits aller Wahrscheinlichkeit, daß man ihn zur Erde zurückbringen würde oder könnte. Und wenn er tatsächlich irgendwie zurückkehren würde und versuchte, diese Geschichte zu erzählen – nun, kein

Mensch würde ihm glauben. Vielleicht war der Knabe, der behauptet hatte, an Bord eines Raumschiffes zur Venus gebracht worden zu sein, doch nicht so verrückt – aber vielleicht war es nicht die Venus gewesen.

Vor ihm lag, wie ein großes Tor, das jeden Blick in die Zukunft verbaute, die Jagd. In das kochendheiße Becken getaucht, zu dem großen, roten Mond aufblickend, der heute mehr als ein Viertel des Himmels bedeckte, wurde ihm klar, daß er nicht anfangen konnte, sich vorzustellen, wie das Leben sein würde, bevor dies nicht vorbei und bewältigt war. *Und wenn ich getötet werde, wird es egal sein,* dachte er grimmig. *Warum für eine Zukunft planen, die wahrscheinlich gar nicht kommen wird?*

Nein. Dieser Weg führte in die Verzweiflung und den sicheren Tod. Der einzige Weg, sich zu vergewissern, daß es eine Zukunft geben würde, für die er planen konnte, lag hinter der Barriere der Jagd, und er hatte die Absicht, sie zu überleben, wenn er konnte. Der unbekannte Samurai, dessen Schwert er trug, hatte sicher geglaubt, er sei hinter das Ende der Welt gebracht worden, um gegen Dämonen zu kämpfen. Aber was auch immer sie waren, die Jäger waren keine Dämonen, und sie würden ihm nicht mit irgendwelchen monströsen, unbekannten Waffen entgegentreten. Sie mußten schlagbar sein. Alle Ungleichheiten mochten zu ihrem Vorteil ausgerichtet sein – aber in einem Stierkampf lag der Vorteil auch auf der Seite des Torero, und trotzdem tötete der Stier manchmal den Mann.

Das heiße Wasser war in jede Pore seines Körpers gedrungen, und Dane fühlte sich geschmeidig, behaglich und entspannt. Er schnitt eine Grimasse zum Roten Mond hinauf und verließ das heiße Becken. Dann tauchte er schnell in das kältere Schwimmbecken, bevor die kalte Luft ihn abkühlen konnte.

Er schwamm eine Zeitlang umher, bis sein ganzer Körper sich lebendig anfühlte und prickelte. Dann zog er sich hinauf, trocknete sich flüchtig mit der ziegelfarbenen Tunika ab und begann, nackt auf dem Beckenrand, die Kata-Übungen durchzugehen.

„Du machst das schon den ganzen Tag“, sagte Rianna an seiner

Seite. „Es sieht aus wie ein heiliger Tanz. Ich wußte nicht, daß du einer Religion mit Ritualen anhängst.“

Dane lachte, ohne seinen Rhythmus zu unterbrechen, und fuhr in seinen schnellen, tanzähnlichen Bewegungen fort, die Angriffs- und Verteidigungspositionen nachahmten; rhythmisch ging er von einer zur anderen über. „Ich lockere mich nur ein bißchen auf“, sagte er. „Nach dem heutigen Training und einem langen heißen Bad könnte ich leicht steif werden.“

Er beendete die Übung, bückte sich und zog seine Tunika an, bewußt, daß Rianna ihn beobachtete, als er sie festband. „Du scheinst ein paar unerwartete Fähigkeiten zu besitzen, die du nie erwähnt hast“, sagte sie.

„Ich haben nie gedacht, daß es mir das geringste nützen würde. Ich habe die kriegerischen Künste in derselben Art studiert, wie ein Mädchen den Tanz studieren könnte, auch wenn sie nicht die Absicht hat, zur Bühne zu gehen.“

„Es ist sehr schön anzusehen“, sagte Rianna mit einem Lächeln. „Ist es eine Kunst an sich?“

Dane schüttelte den Kopf. „Nein. Die Übungen stammen vom Karatesport – einer Form des waffenlosen Zweikampfs; ich habe sie auf dem Mekharschiff angewendet.“ Er trat näher an sie heran, erheitert und erregt. Er war sich der Art sehr bewußt, wie sie ihn anschaute, gerötet, die Augen geweitet, das Haar eine schäumende Kupferwolke um ihr Gesicht, die eine Schulter von der Tunika entblößt. Ohne irgendeine Vorwarnung griff er nach ihr und zog sie fest in seine Arme, und er spürte, wie sie seine Umarmung erwiderte und sich dicht an ihn schmiegte.

Er dachte, der bloße Hauch eines Gedanken in der hintersten Ecke seines Gehirns: *Dies ist keine Liebe, es ist keine Zärtlichkeit, es ist nur Triebverhalten. Es ist Instinkt, sich angesichts des drohenden Todes ... zu vermehren, um etwas von sich selbst zu hinterlassen ...* Aber in diesem Augenblick hätte Dane die Stimme seiner Vernunft nicht gleichgültiger sein können. Er schaute schnell am Becken entlang (*Habe ich das im Unterbewußtsein schon vorher bemerkt? Habe ich es geplant?),* wo kleine, eingezäunte Gehölze und Baumdickichte fast bis zum Erdboden herunterhingen und den Einblick verwehrten.

„Hier entlang“, sagte er zu Rianna. Seine Stimme klang rauh und drängend, und er zog sie in ein Gehölz. Er ergriff sie und drückte sie mit seinem Gewicht ins Gras.

Es war reiner Instinkt, und ebenso war ihre Erwiderung. Irgendwann, irgendwo, hörte er sich selbst zu ihr stammeln: „Ich sollte nicht ... nicht so ...“

Sie zog ihn näher zu sich heran und flüsterte an seinem Mund: „Was macht es schon aus? Was haben wir zu verlieren?“

Es schien geraume Zeit vergangen zu sein. Das Licht des Roten Mondes war beträchtlich stärker geworden, so daß Rianna wie in einem karmesinroten Leuchten gebadet dalag, als sie sich mit einem sanften Lachen tief in ihrer Kehle bewegte.

„Wie unser lieber Aratak sagen würde – ohne Zweifel sein geliebtes Kosmisches Ei zitierend: Was kann man von einem protosimianischen Paar schon erwarten? Sie hängen so fest in den Klauen ihrer Geschlechtstriebe.“ Sie beugte sich über ihn und küßte ihn flüchtig. „Dane, Dane, schau nicht so jämmerlich verteidigend drein! Es ist eine normale Reaktion – selbstverständlich ist es das. Warum sollten wir, du und ich, davon ausgenommen sein?“

Er setzte sich auf, drapierte seine Tunika und lächelte die Frau an.

„Ich glaube es ist besser, wir gehen zurück zum Abendessen. Sonst kommt noch dieser verdammte Roboter – oder einer seiner computergelenkten Brüder – und schaut nach uns, und ich würde es hassen, irgendeinem verfluchten Servomechanikus erklären zu müssen, was uns zurückgehalten hat!“

Sie entgegnete heiter: „Ich bin sicher, er ist es gewöhnt.“

Es war jetzt so dunkel, daß die Lichter aus dem Inneren des Hauses leuchteten, das ihr augenblickliches Heim war, und als Rianna und Dane eintraten, hatten die anderen schon mit dem Essen begonnen. Cliff schaute mit einem satirischen Kräuseln seiner bärtigen Lippen kurz auf und wandte sich dann wieder seinem Essen zu. Dallith, sehr klein und zerbrechlich, saß über ihren Teller gebeugt. Als sie hereinkamen, hob sie den Kopf und lächelte Dane an (Erleichterung über sein Zurückkommen – hatte sie ihn vermißt?), und es traf Dane wie ein Fuder Backsteine.

Dallith! O Gott! Sie wird es wissen. Ich liebe sie, ich liebe sie und treibe mich mit Rianna in den Büschen herum ... Verflucht seien alle protosimianischen Instinkte ...

Das Lächeln gefror plötzlich auf Dalliths Gesicht; sie errötete tief und beugte sich wieder über ihren Teller, und Riannas Lächeln verzerrte sich, aber sie ergriff Danes Hand fast schmerzhaft, und Dane konnte vor Scham seine Hand nicht wegziehen. Statt dessen legte er seinen Arm um ihre Taille und zog sie beruhigend an sich.

Sie verdient nichts als Freundlichkeit! Aber, o Gott, Dallith ... Habe ich sie verletzt? Tief unglücklich sah er ihren gesenkten Kopf.

Aratak, der die Spannung im Raum spürte, schaute mit freundlich fragenden Augen auf, und Rianna sagte herb, verteidigend: „Nun, hat das Göttliche Ei keine Weisheit für diesen Augenblick?"

Aratak grummelte: „Es gibt Zeiten, in denen Weisheit fehl am Platz scheint, Kind. Die einzige Weisheit, der ich im Moment meine Zunge leihen kann, ist die, daß es gut ist, wenn alles andere versagt, den Magen zu beruhigen. Iß dein Abendessen, Rianna, bevor es kalt wird."

„Das klingt wie eine verdammt gute Idee", sagte Dane. Er wollte zu seinem gewohnten Platz neben Dallith gehen, aber Rianna hielt immer noch seine Hand, und er konnte es nicht über sich bringen, sich von ihr zu lösen. Er bückte sich, um sein Tablett aufzunehmen und ließ sich neben Rianna auf der Erde nieder.

Während sie aßen, hob er immer wieder die Augen und schaute hinüber durch den Kreis, den sie bildeten, um Dalliths Blick aufzufangen, aber jedesmal, wenn er sie anschaute, saß sie über ihren Teller gebeugt und aß verbissen irgend etwas, was wie Reis mit Soße aussah, ober sie schälte eine große hellgelbe Frucht, das Gesicht in den lockeren Wellen ihrer blonden Haare halb versteckt. Bevor Dane halb aufgegessen hatte, legte sie ihr Tablett beiseite und ging zu ihrem Bett, wo sie ihnen allen den Rücken zukehrte und bewegungslos dalag, schlafend oder es nur vortäuschend. Einmal während des Abends ging Rianna zu ihr hin und beugte sich über sie, wie um mit ihr zu sprechen, aber Dallith lag mit geschlossenen Augen da. Weder bewegte sie sich, noch nahm sie sonst irgendwie Notiz von ihr.

Sie hatten, halb unbewußt, die Schlafordnung beibehalten, in der sie sich befunden hatten, als sie das erste Mal hierhergebracht worden waren: Dane schlief an Riannas Seite auf einem breiten Bett, Dallith ihnen gegenüber. Aratak hatte es sich auf den Steinen bequem gemacht, der Mekhar hatte sich wie eine Katze auf dem weichsten Bett zusammengerollt. Dane hatte am Abend zuvor daran gedacht, die Frauen zu fragen, ob sie es vorziehen würden, sich das breite Bett zu teilen und ihm das andere zu lassen, aber die Ruhe, mit der sie die Anordnung akzeptiert hatten, hatte ihn davon zurückgehalten. Jetzt kam ihm der Gedanke, daß vielleicht der Geschlechtsunterschied zwischen männlichen Menschen und weiblichen Menschen für die Jäger völlig ohne Bedeutung war.

Als sie sich zum Schlafen niederlegten, legte Rianna ihren Kopf in seine Armbeuge. Sie sagte weich: „Dane, Dallith ist so unglücklich. Kann sie eifersüchtig sein?“

Dane hatte verbissen versucht, gerade diesen Schluß zu vermeiden. Welches Recht hatte er zu denken, daß es Dallith etwas ausmachte? „Ich weiß es nicht, Rianna. Vielleicht ist sie einfach ... verlegen, weil ich es war. Ich habe dir ein bißchen über die ... nun, die sexuellen Gebräuche meiner Welt erzählt. Sie fühlte meine Verlegenheit, als du und Roxon ... auf dem Mekharschiff ...“

„Aber damals wußte sie, daß Roxon und ich nur so taten“, sagte sie klug. „Dane, tut es dir leid?“

„Wie könnte es?“ Er legte seine Arme um sie und hielt sie fest an sich gedrückt. Sie war großzügig seinen Bedürfnissen gegenüber gewesen – hatte sie geteilt –, und wie auch immer er ihr gegenüber fühlte, es knüpfte ein Band. Und er hatte kein Recht, es ihr vorzuwerfen. Sie rückte näher zu ihm heran, und nach einigen Minuten fiel sie in tiefen Schlaf.

Aber Dane lag wach und wußte, ohne es zu sehen oder zu hören, von Dalliths unglücklicher Stille und Zurückgezogenheit. Es erinnerte ihn nur zu lebhaft daran, wie sie ausgesehen und gehandelt hatte, als sie auf dem Sklavenschiff der Mekhar sterben wollte.

Denkt sie, ich habe mich von ihr zurückgezogen? Fühlt sie sich zu allein?

Hör auf, dir selbst zu schmeicheln, Marsh. Es gibt kein einziges Mädchen, das hingeht und stirbt, weil du mit einer anderen Frau schläfst. Nicht einmal Dallith, so anders sie auch ist.

Aber sie hat sonst niemanden. Und das ist der Grund, warum sie schon einmal sterben wollte. O Himmel, ich wünschte, sie würde sich im Schlaf umdrehen oder irgend etwas ...

Schließlich konnte er die Stille nicht länger ertragen. Er erhob sich und ging leise durch den Raum. Aratak, blauglühend wie immer, wenn er schlief, bewegte sich, öffnete ein Auge und nickte, als würde er zustimmen, und Dane merkte, wie er wieder vor Verlegenheit errötete, aber er zögerte nicht.

Das rötliche Licht warf farbige Muster durch die geschlossenen Jalousien und fiel in Streifen über Dalliths ausgebreitetes blondes Haar. Dane ließ sich an ihrer Seite nieder und beugte sich über das Mädchen.

„Dallith", sagte er sanft. „Schau mich an. Bitte, Liebling, schau mich an."

Einen Augenblick lang war sie still, und Danes Herz wurde schwer – hatte sie sich wieder jenseits seiner Reichweite zurückgezogen? – aber dann, als hätte sie seine Angst gespürt und wollte sie beantworten, rollte sie sich herum, die Augen groß und unergründlich, und sah entschlossen zu ihm auf.

„Schmeichle dir nicht", sagte sie ruhig. „Es ist nicht so wichtig, oder?"

Er fühlte eine Welle unvernünftigen Ärgers in sich aufsteigen, halb auf Rianna gerichtet, halb auf Dallith und auf Grund einer unbegreiflichen Arithmetik auch auf sich selbst, seine eigene Ungeschicklichkeit. Er sagte: „Vielleicht nicht. Ich dachte, *du* würdest es denken, und ich wollte sicher sein ..." Seine Stimme stockte plötzlich. Er war das Produkt einer Gesellschaft, in der Männer nicht weinten; aber plötzlich stiegen ihm Tränen in die Augen und fluteten über, und er wußte, in hilfloser Wut, daß er anfangen würde zu schluchzen. Er beugte sich dicht zu dem Mädchen herab, zog sie an sich und preßte sein Gesicht in ihre weiche Tunika.

Für einen Augenblick wurde sie weich und hielt ihn umschlungen; dann löste sie die Hände und sagte mit freundlichem Spott: „Ich auch?"

Es war wie eine kalte Dusche. (Er hörte nicht auf zu glauben, daß sie schließlich doch auf schmerzhafte Weise lernen würde, ihre eigene Verletzbarkeit zu beschützen.) Er sagte ungeschickt: „Dallith, ich ... ich hatte Angst ... oh, was soll ich dir sagen? Du scheinst alles zu wissen. Du bist dir jetzt deiner selbst so verdammt sicher."

„Ist es das, was du denkst?" Sie lehnte sich zurück, ihre großen Augen hoben sich wie die eines verwundeten Rehs dunkel ab gegen die Helligkeit ihrer Wangen und Haare.

Dane stammelte: „Ich liebe dich. Ich begehre dich. Du weißt, was ich fühle, du weißt, daß du es weißt. Und doch – was kann ich dir sagen? Du darfst Rianna keinen Vorwurf machen, nicht wahr? Es ist nicht ihre Schuld, und du hast sie auch geängstigt."

„Es tut mir leid wegen Rianna", sagte Dallith sanft. „Sie war auch freundlich zu mir. Ich habe mich sehr schlecht benommen. Ich weiß das. Dane, es ..." Zum ersten Mal klang sie ein bißchen unsicher. „... es macht mir nichts aus – nicht *das*. Ich wußte es. Ich ... ich glaube, ich habe es sogar erwartet."

Er legte seinen Arm um sie und sagte unglücklich, indem er das Gesicht an sie drückte: „Ich ... ich wollte, du wärest es gewesen ..."

Sie hob sein Gesicht hoch, so daß ihre Augen sich trafen und sagte sehr ruhig: „Nein. Es war ein Reflex, Dane. Du weißt das, ich weiß das – Rianna weiß es. Der Unterschied ist, daß ich es auch spürte und dagegen ankämpfte, weil ich meinem Volk ... ich hätte es nicht so gewollt, ein gedankenloses Umklammern im Angesicht des Todes, blind, instinktiv ..."

Dann brach die Verzweiflung hervor, und Dallith begann leise zu weinen.

„Aber wenn du nicht dagegen ankamst ... wenn du nicht anders konntest ... kann ich es doch nicht ertragen, daß du nicht zu mir gekommen bist ...“

Er hielt sie fest, hilflos gegenüber der Heftigkeit ihres Kummers, und wußte, daß jede Bewegung, die er jetzt machte, falsch sein mußte. Nach einer langen Zeit beruhigte sie sich. Sie lachte sogar und tröstete ihn, sagte ihm, daß es ihr nichts ausmache und schickte ihn zurück an Riannas Seite. „Ich will sie nicht wieder verletzen; ich will nicht, daß du sie verletzt.“ Sie küßte ihn, bevor sie ihn gehen ließ, warm und liebevoll. Aber da war immer noch irgend etwas falsch, und sie wußten es beide.

9

„Dieser Ort“, sagte Dane halb zu den anderen gerichtet, „ist unglaublich.“

„Glaubwürdigkeit ist kein Begriff, den man auf irgendwelche tatsächlichen Ereignisse anwenden kann, sondern nur auf spekulative“, rasselte Aratak ihm zu. Sie standen in der Waffenkammer im düsteren rötlichen Vormittagslicht; der Rote Mond schien jetzt ein gutes Viertel des Himmels zu verdunkeln. „Wenn ein Ereignis tatsächlich eingetreten ist, so ist es durch sein Eintreten allein schon glaubwürdig.“

Dane kicherte. Er fragte sich nicht zum ersten Mal, wie genau seine Frage durch die Translatorscheibe bei Aratak angekommen war. Er sagte: „Ich glaube, es wäre schwer, dir vorzuschlagen, man solle versuchen, vor dem Frühstück an sechs unmögliche Dinge auf einmal zu glauben?“

„Selbstverständlich ist es das Wesen einer unmöglichen Sache, daß sie sich nicht zum Glauben eignet“, begann Aratak. Dann brach er in ein rasselndes Gelächter aus. „Welches Ereignis hat deine Gläubigkeit denn jetzt auf die Probe gestellt, Marsh?“

Dane deutete auf den Rücken des Dienerroboters, der zur Tür der Waffenkammer hinrollte, und zeigte, was er in den Händen hielt. „Vor ein paar Minuten“, sagte er, „kam mir der Gedanke, ich müßte die geeigneten Dinge haben, um die Schneide des Schwertes zu pflegen. Ich sagte Diener, daß ich nicht annähme, er habe genau die Dinge, die ich benötigte, aber daß ich dankbar wäre, wenn er etwas ungefähr Vergleichbares finden würde. Kurzum, ich wollte etwas fein zerstoßenen Kalkstein – nur ein paar Unzen –, einen weichen Lappen, einen locker gewebten Lappen, einen kurzen Stock und ein Stück Seil haben. Ich erwartete, er käme mit irgendwelchem merkwürdigen Notbehelf an, aber er rollte einfach davon und kehrte mit genau diesen Dingen zurück. Mit allem, Stück für Stück." Dane schüttelte den Kopf. „Man sollte meinen, er würde solche Wünsche jeden Tag oder zumindest jeden zweiten hören."

„Vielleicht tut er das", sagte Cliff. „Es kann nicht mehr als ein paar Metoden geben, etwas zu pflegen, was im großen und ganzen lediglich aus einem Stück Stahl besteht, das zufällig eine Schneidkante hat. Das Hirn der Barbaren sucht selten eigene Wege und ist nicht besonders erfinderisch."

Dane beachtete den Mekhar nicht. Darin bekam er immer mehr Übung. Er setzte sich mit gekreuzten Beinen nieder und begann einen der Lappen zu etwas zusammenzuwickeln, was wie eine Puderquaste auf einer Stockspitze aussah. Cliff schaute ihm einen Augenblick zu, dann ging er davon und begann, seinen Schattentanz vor einem schmalen Spiegelstreifen zu üben. (Als er nach dem Sinn gefragt worden war, erzählte er ihnen, es habe einen legendären Mekharkämpfer gegeben, der so beweglich geworden war, daß er sein Spiegelbild erdrosseln konnte, noch ehe es den Arm heben konnte.)

„Wenn du fertig bist" sagte Aratak, „wäre ich dir dankbar, wenn du mir ein bißchen von deinen Fähigkeiten im unbewaffneten Zweikampf zeigen würdest. Nachdem, was du mir erzählt hast, bist du ein Experte auf dem Gebiet."

„Weit davon entfernt", sagte Dane. „Ich habe nie den Schwarzen Gürtel beim Karate erreicht – was bedeutet, daß ich ein gutes Stück von einem Experten entfernt bin. Aber ich kann dir einige der Grundlagen zeigen. Wir werden keine Zeit für allzuviel haben, aber ich kann einen Anfang machen." *Schon ein paar Karate-Grundlagen,* dachte er, *werden unseren schuppigen Freund hier zu einem furchterregenden Gegner machen.*

„Rianna hat mir etwas beigebracht", sagte Aratak. „Ich glaube, daß Frauen auf ihrer Welt, um gegen mögliche Diebe und Vergewaltiger gewappnet zu sein, routinemäßig etwas lernen, das sie bei einem Namen nennt, der soviel bedeutet wie ‚Die Kunst einen Angreifer dazu zu bringen, sich selbst zu schlagen'. Nach dem, was sie mir gezeigt hat, ist es sehr nützlich und basiert auf einer Philosophie, die ich höchst moralisch finde: daß die Kraft eines gewalttätigen Angreifers gegen ihn selbst gewendet wird." Er fuhr fort, die wesentlichen Züge des Judo in seiner eigenen unnachahmlichen Art zu erklären, während Dane dachte: *Natürlich ist es eine normale Entdeckung. Aber es ist ein verdammtes Glück, daß Rianna dieses Training hat. Ich würde zum Himmel flehen, daß Dallith es könnte.*

Durch diesen Gedanken beunruhigt, beendete er die Pflege seines Schwertes, hängte es an seinen Platz an der Wand zurück und ging Dallith zu suchen. Er fand sie damit beschäftigt, lustlos eine Sammlung unbegreiflicher und sicherlich nicht menschlicher Waffen zu betrachten. Sie nahm keine Notiz von ihm, und Dane fühlte wieder die Mischung aus Ärger und unerklärlichen Schuldgefühlen.

Irgend etwas war falsch. Etwas war von Grund auf falsch zwischen ihnen ...

„Dallith", sagte er, „hast du deine Waffe gewählt? Du mußt etwas haben, um dich zu beschützen ..."

Sie drehte sich fast wütend zu ihm um und sagte: „Glaubst du, ich erwarte, daß du mich beschützt?"

Ich wünschte nur, ich könnte glauben, daß ich dazu in der Lage bin, dachte Dane, und Angst stieg in ihm hoch. Er sagte düster: „Ob du es nun erwartest oder nicht, Dallith, ich werde es tun, so gut ich kann. Aber ich bin nicht sicher. Nach allem, was ich weiß, werden sie kommen und uns, einen nach dem anderen, holen, und jeder von uns wird den Jägern allein gegenüberstehen." Bis zu diesem Augenblick war ihm nicht klargewesen, wie sehr die Analogie des Stierkampfes seine Gedanken beherrschte – das Bild der Arena, die Vorstellung von schreienden Zuschauern, die die Kämpfenden anfeuerten, gesichtslose Kreaturen, deren evolutionäre Abstammung er nicht einmal erraten konnte ...

Als ob das Bild in seinen Gedanken sie erreicht hätte, wurde Dallith blaß. „Werden wir wirklich allein hinausgehen?"

„Ich weiß es nicht. Ich flehe zu Gott, daß wir zusammenbleiben können", sagte er. *Ich könnte aus uns vieren – nein, aus uns fünfen – eine einigermaßen schlagkräftige Kampfeinheit machen.* „Wir müssen das Beste hoffen, aber auch auf das Schlimmste vorbereitet sein."

Diese Narren, Dallith als Jagdwild auszuwählen, nur weil sie in wilder Panik wie ein Tiger kämpfte... aber wenn sie allein kämpfen müßte, würden sie sie in Stücke reißen. Schmerzerfüllt schaute er den zerbrechlichen, mädchenhaften Körper an, die blassen Wangen, die schmalen Gelenke, den Nacken, so zart, daß ihr ebenmäßiger Kopf wie eine Blume auf einem dünnen Stengel aussah. Wie konnte er sie beschützen? *Sie sieht aus wie eine der Christinnen, die den Löwen vorgeworfen wurden,* dachte er, doch dann schob er diese Gedanken streng beiseite – das konnte ihre Hilfslosigkeit nur verstärken.

„Über die meisten dieser Waffen weiß ich nur sehr wenig", sagte sie mit einer müden Geste zu den ausgestellten Stücken an der Wand, den Schwertern und Schildern, Messern und Speeren. „Meine Leute kämpfen nicht miteinander, außer hier und da bei sportlichen Wettkämpfen oder Kraftproben. Aber sogar dann sind wir... vorsichtig. Weißt du, derjenige, der einen anderen getötet hat – oder auch nur eine Verletzung in einer Kraftprobe verursacht hat –, würde die Erfahrung des Todes oder des Schmerzes mit seinem Opfer teilen ..."

Die Gabe – oder der Fluch – des Einfühlens mußte natürlich verschiedene Nebeneffekte haben, und das war sicher der wichtigste. Sie hatte eine furchtsame Kultur geschaffen, zumindest was das Verursachen selbst der geringsten Schmerzen oder Leiden betraf, da der Schmerz eines jeden anderen ebenso wichtig und greifbar wie der eigene wurde ...

Sie nahm eine Schleuder von der Wand und drehte sie leicht um ihren Kopf. „Ich dachte", sagte sie zögernd, „daß ich die hier benutzen könnte. Mein Volk wendet sie manchmal an, um Schädlinge aus den Feldern und Blumengärten zu vertreiben. Manchmal schießen wir damit auch in Wettkämpfen um Preise auf bestimmte Ziele. Es ist nicht wichtig, jetzt, da meine Welt weit weg ist ..." Ihre Augen füllten sich mit Tränen.

Dane legte seine Arme um sie und sagte leise: „Was ist los, Dallith?"

Die Schleuder hing locker in ihrer Hand. Sie sagte: „Es ist nur gerecht; ich nehme an, es ist mein Schicksal ... wegen einer Waffe wie dieser bin ich hier ...

Er sah sie mit fragender Verwunderung an.

Dallith sagte mit erstickter Stimme: „Ich galt als guter Schütze; zweimal hatte ich in Wettkämpfen einen seidenen Schal gewonnen. Ich war stolz auf meine Geschicklichkeit und wollte meinen ... meinen Namen nicht verlieren. Einige Tage vorher übte ich mit meiner Schleuder in einem abgelegenen Teil des Gartens und war so in meine Übung vertieft, daß ich nicht merkte, wie jemand näher gekommen war. Dann hörte ich einen Schrei und fühlte ... oh, solch ein Schmerz ... Ich sah meine beste Freundin bewußtlos am Boden liegen." Sie zitterte und weinte. „Ich wußte ... ich wußte, daß die Schleuder töten konnte; ich war nicht vorsichtig genug gewesen. Nein, sie starb nicht, aber sie erlitt einen Schock und eine Gehirnerschütterung und war tagelang bewußtlos, und wir dachten alle, sie würde sterben. Ich liebte sie. Ich hätte mich lieber selbst getötet als sie. Sie war meines eigenen Vaters Tochter ... und darum wurde ich, als sie außer Gefahr war, dazu verurteilt, für ein Jahr ins Exil zu gehen, weit weg von allen Plätzen, wo Menschen lebten."

„Mir scheint", sagte Dane, indem er sie liebevoll an sich drückte, „daß du schon genug bestraft worden bist."

„Man kann nie *genug* bestraft werden für einen derartigen Fehltritt", sagte Dallith zurechtweisend. „Aber da sie nicht starb und für mich sprach – sie sagte, sie sei ebenfalls unvorsichtig gewesen, da sie nicht bemerkte, daß ich mir ihrer Anwesenheit nicht bewußt war –, wurde ich nur für die Dauer einer Jahreszeit und nicht ein volles Jahr verbannt. Und während ich mich alleine am Ort meines Exils befand ... kam das Sklavenschiff der Mekhar und nahm mich mit. Den Rest kennst du."

Entschlossen trocknete sie ihre Tränen. „Und darum scheint mir", sagte sie, „wenn eine Schleuder fast meine liebe Freundin und Schwester töten konnte, sie auch gegen die Jäger nützlich sein sollte. Da ich mich entschlossen habe zu leben, ergibt es keinen Sinn, wenn ich mich jetzt von ihnen umbringen lasse."

„Es müßte gehen", sagte Dane nachdenklich. War nicht die Attraktion in der römischen Arena der Anblick eines Schleuderwerfers von den Balearischen Inseln gewesen, der einem Mann mit Netz und Dreizack gegenüberstand? Natürlich hatten sich die Römer, die die Gladiatorenkämpfe ausrichteten, nicht immer Mühe gegeben, besonders gerecht zu sein – die Hauptsache schien das Blutvergießen zu sein – aber die meisten von ihnen wollten auch keine Massaker. Es waren Leute, denen es mehr Spaß machte, einen Kampf zu sehen, in dem die Teilnehmer einigermaßen zusammenpaßten, wenn auch nur, damit das Spiel länger dauerte und man mehr Blut fließen sehen konnte. Und dann gab es noch die Geschichte von David und Goliath. „Aber wie genau *kann* man mit einer Schleuder schießen? Ich bin nicht sehr vertraut damit."

Dallith hob die Schleuder auf und paßte eine kleine, runde Kugel ein. Sie sah aus wie ein gewöhnlicher Kieselstein. „Schau her", sagte sie und zeigte auf eine kleine, blasse Markierung an der Wand der Waffenkammer, ein vorspringendes Stück Mauerwerk. Es war nur acht oder zehn Quadratzentimeter groß und ungefähr hundertzwanzig Meter entfernt. Sie wirbelte die Schleuder um ihren Kopf und ließ sie los; fast gleichzeitig traf etwas die helle Markierung mit einem Laut wie ein Gewehrschuß, und das vorstehende Stück Stein brach ab und bröckelte zu Boden.

„Wenn das der Kopf eines Mekhar gewesen wäre", meinte Dallith, „hätte er, glaube ich, nicht mehr viel herumzuschnurren gehabt."

Dane wußte, daß sie recht hatte. Sie konnte sich besser verteidigen, als er es für möglich gehalten hätte. Natürlich wußten sie nicht, wie die Jäger aussahen; wenn es große, stumpfsinnige Kreaturen wie manche Saurier waren, würde ihr Kügelchen nicht viel nützen, aber das war nur einer der Zufälle, mit denen sie alle rechnen mußten, und Dallith wußte das wahrscheinlich genauso gut wie er.

„Trotzdem", sagte er grimmig, „glaube ich, daß du etwas über die Anwendung eines Messers lernen solltest. Für den Fall ... nun, für den Fall, daß du etwas für den Nahkampf benötigst."

Eine Grimasse der Abwehr glitt über ihr Gesicht, aber sie sagte düster: „Ich vermute, du hast recht. Rianna hat sich entschlossen, Messer zu benutzen, und vielleicht passen solche Techniken besser zu einer Frau."

„Wahrscheinlich. Und sie hat ernsthaft trainiert", sagte Dane. In jedem Fall würde es Riannas Technik verbessern, wenn sie Dallith unterrichtete, und er würde ein verdammt sorgsames Auge auf beide haben.

Wenn sie nur zusammenbleiben konnten ...

Er verbrachte den größten Teil dieses Tages damit, zu beobachten, wie Rianna Dallith die Art der Ausbildung demonstrierte, die sie im Nahkampf mit dem Messer genossen hatte. (Dallith war ein bißchen erschrocken bei dem Gedanken an einen Vergewaltiger, und Dane überlegte, daß dies für eine Frau auf einer Welt von Empathen kein Problem war.)

Er erinnerte sich daran, was Aratak über Riannas Fertigkeit im unbewaffneten Kampf gesagt hatte. Dane hatte sich nie recht dafür interessiert, obwohl er einiges darüber wußte, wie die meisten Leute, die Karate ausübten, und er fragte sich, wie gut sie darin war. Aber als er sie danach fragte, zeigte sie ihm ihr hinterhältiges Grinsen und sagte: „Versuch es, wenn du willst."

Er hob einen der Kendostäbe auf – er hatte Diener gebeten, ihm einen von ungefähr dem gleichen Gewicht wie das Samuraischwert zu bringen, und Diener hatte ihn so sehr beim Wort genommen, daß wahrscheinlich weniger als eine Unze Gewichtsunterschied zwischen dem Stab und dem Schwert bestand – und sagte: „Jeder, der dich angreift, wird mit Sicherheit bewaffnet sein, Rianna. Du glaubst doch nicht, daß du es mit mir aufnehmen kannst, wenn ich ein Schwert habe, oder?"

„Wahrscheinlich nicht", entgegnete sie. „Dein großes Rasiermesser da könnte mir die Hand abhauen, noch ehe ich mein Messer herausgezogen hätte. Aber mit einem Stab werde ich sicherlich fertig. Oder mit einer Keule. Oder einem kurzen Messer. Komm her. Versuch es."

Er sagte: „Ich möchte dir nicht weh tun. Aber du hast darum gebeten." *Nimm ihr jetzt ein bißchen von ihrer Selbstgefälligkeit und erspare ihr späteren schlimmeren Ärger,* dachte er und war überrascht über seine eigene Empfindlichkeit. Er hob den Stab – er war aus einem leichten Holz gemacht, nicht unähnlich dem Bambus – und griff sie an.

Er fand nie genau heraus, was passierte, aber er wurde abrupt zurückgestoßen. Der Stab wurde fest genug in seinen Magen gerammt, um alle Luft aus ihm herauszupressen. Er erholte sich sofort, zog den Stock mit einem Ruck frei – und fand sich schon wieder dabei, ihn Riannas Händen zu entwinden. Ihr Fuß traf seinen Knöchel, und er ging fast zu Boden.

Sie trat schnell einen Schritt zurück und sagte: „Ich will *dir* nicht weh tun, Dane. Aber wie du sehen kannst, bin ich nicht wirklich besorgt, außer sie greifen mich mit etwas Ähnlichem wie deiner Rasiermesserschneide an."

Dane schüttelte reumütig den Kopf; aber durch das Experiment hatte er in einer kurzen Unterrichtsstunde eine Menge gelernt. Dennoch konnte er sich nicht darauf verlassen, daß die Jäger eine bekannte Waffe oder Technik anwendeten. Es war buchstäblich notwendig, auf *alles* vorbereitet zu sein. Nach einigem Nachdenken fügte er seinem Schwert ein kurzes gebogenes Messer hinzu. Es war dem Dolch nicht sehr ähnlich, den ein Samurai als normale Begleitausrüstung zu seinem Schwert mit sich tragen würde – er fragte sich flüchtig, was mit dem Messer und der übrigen Ausrüstung des Samurai geschehen war –, aber im Nahkampf würde es sehr nützlich sein.

Als Dane an diesem Abend das Schwert putzte, bevor er es weglegte – er betupfte es entlang der ganzen Schneide leicht mit seiner Puderquaste mit Kalksteinstaub und rieb es vorsichtig mit dem Lappen ab –, betrachtete er die Blutflecken am gebogenen Ende der Klinge und überlegte. War es auf der Erde dazu gekommen? Oder hier ...? Und das Blut welcher seltsamen Kreatur hatte dann wohl den Stahl verfärbt?

Während der nächsten paar Tage konzentrierte Dane sich darauf, alte Geschicklichkeiten und Reflexe zurückzugewinnen, und verbrachte einige Zeit damit, darüber nachzudenken, wie er sie zu einer homogenen Gruppe zusammenschweißen könnte. Natürlich war es nicht sehr sinnvoll, sich darauf zu konzentrieren, solange er nicht sicher wußte, ob man ihnen erlauben würde, zusammen hinauszugehen. Jeder von ihnen mußte zuerst die optimale Grundlage zum individuellen Überleben erreichen.

Die Aufgabe, Dallith im Nahkampf zu unterrichten, war alles andere als einfach. Sie hatte furchtbare Angst davor, einem von ihnen weh zu tun und zog sich einen Sekundenbruchteil, bevor sie einen Stoß machte, zurück, sogar mit dem zerbrechlichen Bambusstock, den sie gesucht hatten, um ihr das Kämpfen mit dem Messer beizubringen. Aber als er sich daran erinnerte, wie sie plötzlich wild geworden war, als sie dem Mekhar gegenübergestanden hatte, nahm er an, sie würde wieder genauso wie damals reagieren, wenn jemand sie mit Mordgedanken angreifen würde – indem sie die Mordlust des Angreifers übernahm. Und so konzentrierte er sich darauf, ihr die Grundlagen des Angriffs einzutrichtern.

Ich kann ihr nicht die verwundbaren Punkte zeigen. Wir wissen nicht, welche verbundbaren Punkte die Jäger haben – oder ob sie überhaupt welche haben!

Während all dieser Zeit berührte es ihn seltsam, daß sie niemals nahe genug an andere Gruppen des „Heiligen Wildes“ herankamen, um mit ihnen üben zu können. Ob es nun ein ungeschriebenes Gesetz der Jäger war, das dies verhinderte, oder purer Zufall, darüber war Dane sich nicht im klaren. Er vermutete jedoch, daß die Jäger jeden solchen Zusammenschluß von Überlebensfähigkeiten entmutigten, und das weckte in ihm die Hoffnung, daß ihre Fünfergruppe zusammen hinausgeschickt würde, da man sie nicht getrennt und gezwungen hatte, einzeln auf die Jagd zu warten.

Manchmal hatte er den Verdacht, daß Diener – oder die Gesamtheit des Robotermechanismus, der unter diesem Namen lief – sie aus der Ferne beobachteten, daß sie zu neugierig auf andere Gefangene waren. Nach fünf oder sechs Tagen dieser unauffälligen

Überwachung stellte er fest, daß er nicht einmal eine Ahnung hatte, wie viele andere Gefangene in dem riesigen Parkkomplex weilten. Er konnte nur schätzen, wie er es am ersten Tag getan hatte, indem er die anderen aus der Ferne beobachtete oder aufgrund von kurzen, unterbrochenen Begegnungen in der Waffenkammer oder den Bädern Rückschlüsse anstellte. Er kam zu dem Ergebnis, daß es zwischen einem Dutzend und dreißig menschliche Wesen sein mochten und ungefähr genauso viele zusammengewürfelte Fremde anderer biologischer Gattungen.

Es war ein paar Tage später in der Waffenkammer, als er wieder zwei Protofelinen bemerkte, die dem Mekhar sehr ähnelten (zumindest aus der Ferne und für Dane), die wieder mit einem Paar kendostabähnlichen Stöcken übten. Er fragte Cliff nach ihnen.

„Sind das die beiden, die du gewöhnliche Kriminelle genannt hast? Du sagtest doch, es sei unter der Würde deiner Art, Waffen zu benutzen. Machen diese beiden davon Gebrauch, weil sie deine Grundsätze nicht teilen?"

Cliff schaute neugierig zu ihnen hinüber. „Das sind nicht dieselben", sagte er. „Ich glaube, ich werde hingehen und nachsehen. Wenn Mitglieder meiner eigenen Sippe hier sein sollten ..."

Er sprang in seinen merkwürdig großen Schritten davon, kam aber kurze Zeit später zurück und sah erstaunt aus. Auf Danes Frage hin antwortete er: „Ich habe sie weder getroffen noch mit ihnen gesprochen." Er schaute rasch zum anderen Ende der Waffenkammer, mit einer dieser Bewegungen, die Dane an einen gefangenen Tiger erinnerten, und sagte ärgerlich: „Dieser Raum macht mich verrückt. Spiegel, Reflexionen und Leute, die verschwinden und durch Wände gehen, wenn man versucht, sich ihnen zu nähern!" Er stolzierte davon und vermittelte Dane den Eindruck, daß er, wenn er einen Schwanz hätte (er hatte keinen), ihn ärgerlich von einer Seite zur anderen peitschen würde.

Nicht viel später jedoch kam er zu Dane und trug einen der Kendostäbe. Er sagte: „Ich habe bemerkt, daß du sie nicht ernsthaft als Waffen benutzt. Aber für die Fußarbeit und die Geschmeidigkeit scheinen sie eine sinnvolle Übungshilfe zu sein." Mehr sagte er nicht, und Dane, der plötzlich und ziemlich unerwartet eine seltsame Art der Zuneigung für die Fremdheit des Mekhar empfand, sagte: „Willst du versuchen, mit ihnen zu arbeiten?“

„Es scheint eine sinnvolle Vorsichtsmaßnahme zu sein“, entgegnete Cliff steif, „mich emotional an den Gedanken zu gewöhnen, daß ich einem Gegner gegenüberstehen werde, der von anderer biologischer Abstammung ist als ich. Darum wärest du sicher die geeignetste Person als Gegner, um mich selbst zu testen.“ „Verdammt richtig“, stimmte Dane zu. „Für mich gilt das gleiche.“ Nach allem, was er wußte, war es möglich, daß er bald einem Wesen gegenüberstand, gegen das sich zu schützen es schwerer sein würde als gegen Cliff mit seinen künstlichen Stahlspitzen auf den Klauen! Es war ein wichtiger Teil der Aufgabe, sich selbst psychologisch zu wappnen, sich selbst zum Töten zu bringen.

Dane fand die Beinarbeit Cliffs erschreckend schnell, aber dadurch kamen seine alten Karatereflexe bald wieder zurück. Es machte ihm auch klar, daß Aratak – oder ein anderer von seiner protosaurischen Spezies – ein furchterregender Gegner sein würde, und an diesem Abend überredete er zusammen mit Cliff den riesigen Saurier, abwechselnd mit ihnen beiden zu trainieren. Am Ende dieser Übungen hatte Dane Schrammen und Kratzer, die lange in den heißen vulkanischen Becken eingeweicht werden mußten – er nahm sogar Arataks Angebot an, einen Breiumschlag aus heißem, nach Schwefel riechendem Schlamm zu machen, und entdeckte, daß die Masse trotz ihres Gestanks bemerkenswerte Heilqualitäten hatte –, aber er fühlte sich wesentlich besser auf das Treffen mit den unsichtbaren Gegnern vorbereitet.

Sie regten dann eine ganze Serie von Übungskämpfen an; Rianna begrüßte die Gelegenheit, ihre Fähigkeiten im unbewaffneten Zweikampf gegen den Mekhar auszuprobieren, und der folgende Kampf erinnerte Dane an nichts so sehr wie an eine alte Abenteuerserie auf der Erde, in der die furchterregende Emma Peel mit einer Vielzahl von Gegnern, von Tigerkatzen bis zu Robotern, gekämpft hatte. Als beide eine Verschnaufpause brauchten, entschuldigte sich Cliff bei Rianna (die er mit Verwunderung und Respekt ansah) für die blutigen Kratzer an ihrem Arm. „Ich habe mich vergessen", sagte er, indem er die Klauen mit den scharfen Stahlspitzen dehnte. „Aber ich glaube, du hast mir den Fuß verrenkt – wir sind also quitt."

Rianna und Aratak zuzusehen, war ebenfalls eine Art Offenbarung. Obwohl der riesige Protosaurier allein durch sein Gewicht und seine Größe im Vorteil war und gelegentlich demonstrierte, daß er Rianna ein Bein stellen und sich auf sie setzen konnte, wenn alles andere versagte, war sie doch keineswegs hilflos.

Dallith war nicht zu überreden teilzunehmen, und schließlich, als er sich daran erinnerte, wie instinktiv Gewalttätigkeiten in ihr durchgebrochen waren, wurde ihm klar, daß es das war, was sie fürchtete; dies oder einen von denen zu verletzen, die sie jetzt für ihre Freunde und Verbündete hielt.

Schließlich nahm Dane Arataks Rat an, sie in Ruhe zu lassen. „Sie weiß am besten, was für sie gut ist", sagte er. Dane befürchtete, daß es aufs neue ein Rückzug in den Wunsch zu sterben sei; aber wenn es so war, so konnte er nichts daran ändern.

10

Sogar während des Tages war das rote Licht des Mondes heller als das der Sonne. Der Rote Mond schien jetzt die Hälfte des Himmels zu bedecken, als Rianna eines Abends nahe den Bädern zu Dane sagte: „Es gibt Männer hier, ich meine menschliche, Protosimianer, die nicht zum Galaktischen Bund gehören."

„Natürlich. Hier bin ich. Warum glaubst du, daß die Jäger sich darauf beschränken würden, gerade eure Gruppe von Welten im Bund zu plündern?"

„Das meine ich nicht. Ich ging hin und begrüßte sie, und sie wollten nicht – oder konnten nicht – antworten. Sie hatten offensichtlich keine Translatorscheiben."

„Arme Teufel", sagte Dane. „Sie müssen ganz schön verwirrt sein." „Falls sie es sind, haben sie sich auf keinen Fall so verhalten. Ich ging hin, um mit ihnen zu sprechen", erzählte Rianna. „Ich bin in nichtverbalen Kommunikationstechniken unterrichtet worden. Aber sie verschwanden, bevor ich ihnen zu nahe kommen konnte. Ich weiß nicht, wohin sie gingen – natürlich ist dieser Ort verwirrend – aber trotzdem ... es war, als hätte es etwas mit Spiegeln zu tun gehabt." Cliff hatte etwas Ähnliches erfahren.

„Ich frage mich, ob dir je die Vermutung gekommen ist", meinte Dane düster, „daß es Jäger gewesen sein könnten – oder ihre Diener." „Sicher keine Diener, solange Diener und seine Kumpane hier sind. Dane! Glaubst du, daß die Jäger – menschlich sein könnten?" Er nickte. „Es erscheint zumindest sinnvoll", sagte er. „Hier scheint es ebenso viele Menschen zu geben wie alle anderen biologischen Typen zusamengenommen."

„Würden Menschen Menschen jagen?" „Sie tun es", gab er mit einem Schulterzucken zurück und erklärte seine Theorie, daß die

Jäger wahrscheinlich Jagdwild bevorzugen würden, welches ihnen einen guten, gleichwertigen Kampf liefern konnte. „Und es wäre eine gute Methode, uns abzuschätzen, uns bei den Vorbereitungen auf die Jagd zu überwachen, zu erraten, welche Waffen wir tragen werden. Vielleicht greifen sie sogar hier und da einen von uns für einen Übungskampf heraus, obwohl dazu noch keiner von uns nah genug herangekommen ist."

Oder suchen diejenigen von uns heraus, die die besten Trophäen abgeben ... Sein Verstand weigerte sich, ein schauerliches Bild zu unterdrücken, das ihm eines Nachts in einem Alptaum erschienen war: der Kopf eines japanischen Samurai, noch in seiner Rüstung, durch irgendeine unvorstellbare Technik vierhundert Jahre lang konserviert, an der Wohnzimmerwand eines Jägers aufgehängt ... Ungewollt schauderte Dane, und Rianna faßte nach ihm und hielt ihn ganz fest. Er zog sie in seine Arme und spürte ihre Wärme und Nähe als einzigen Trost in dieser seltsamen, kalten, roten, geheimnisvollen Welt.

Es war ein Band. Ungewollt. Unerwünscht. Aber ein Band. Wenn er überlebte, würden er und Rianna immer zueinander gehören ...

An diesem Abend brachte Rianna während des Essens das Thema noch einmal zur Sprache und sah dabei zu Aratak hinüber.

„Wenn die Jäger menschlich sind, würden sie es wirklich mit jemandem von der Größe und ... Wildheit von Aratak aufnehmen wollen?" „Sogar auf meiner Welt wird die Großwildjagd mehr als Sport betrachtet als das Hasenschießen", meinte Dane. „Ein Mann, der einen Tiger tötet, wird für mutiger gehalten als einer, der ein Reh tötet." Wieder einmal fragte er sich, wie die Worte durch die Übersetzungsplatte bei den anderen ankamen.

Neugierig fragte er Rianna, und sie entgegnete mit einem Schulterzucken: „Auf meiner Welt gibt es, wie auf den meisten anderen auch, große, wilde Raubtiere und kleine, zahme Tiere, die hauptsächlich als Nahrungsquelle betrachtet werden. Wenn du den wissenschaftlichen Namen der Kreaturen genannt hättest, wäre er wahrscheinlich als ein seltsamer Laut angekommen, und du hättest ihn erklären müssen. Aber normalerweise gibt der Übersetzer das genaueste Äquivalent in der jeweiligen Sprache wieder."

Dane akzeptierte das so, wie sie es sagte. Ihm blieb nichts anderes übrig. Die Technologie, die in der Lage war, solche Erfindungen zu entwickeln, war der irdischen Technologie so weit überlegen wie ein Microcomputer einem Spinnrad. Cliff sagte rauh: „Ich glaube nicht, daß eine Rasse einen solch legendären Ruf in bezug auf Grausamkeit haben könnte, wenn sie protosimianisch wäre. Es ist wahrscheinlicher, daß sie Protofelinen sind, den Mekhar nicht sehr unähnlich. Es gibt auch eine ganze Menge Mitglieder meiner eigenen Art hier – oder von biologischen Typen, die sich nicht völlig von meiner Art unterscheiden, würde ich sagen."

„Das beweist gar nichts", brauste Rianna auf, „außer daß wir beide Mitglieder einer gefährlichen Spezies sind!"

Aratak grübelte: „Was du gesagt hast, ist interessant. Meine eigene Spezies hat friedliche Bräuche, und es würde mich überraschen, wenn einer von uns Protosauriern für seine Wildheit bekannt wäre, aber dennoch ..."

Dane unterbrach ihn: „Ich finde das nicht so schwer zu glauben. Das schrecklichste Raubtier in der Geschichte meines Planeten – der Tyrannosaurus Rex – war von saurischer Herkunft."

Aratak hatte keine Augenbrauen, vermittelte aber den Eindruck, sie trotzdem zu heben. „Aber war es intelligent?"

„Nein", gab Dane zu, „es hatte kein nennenswertes Hirn."

„Nun gut. Tierische Spezies des protosimianischen Typs sind oft wild", meinte Aratak, „und die wilden Arten sind ausgestorben, was die Weisheit des Göttlichen Eis beweist, weil nämlich die, die blutrünstig sind, auch eines blutigen Todes sterben. Aber wenn Saurier Intelligenz entwickeln, entfalten sie für gewöhnlich eine friedfertige Lebensweise. Ich kann dir nur philosophische Gründe nennen, warum das so ist, aber ich versichere dir, ich kenne zumindest innerhalb des Galaktischen Bundes keine Ausnahmen."

„Er hat recht, Dane", sagte Rianna. „Soweit man weiß, gibt es keine, außer in alten Legenden."

Aratak verbeugte sich. „Um es zusammenzufassen: Wie ich

schon erwähnte, sind wir friedfertige Naturen; ich bin fast durch Zufall hier, wie man sagen könnte, und doch – als ich bei den Übungen zuschaute, sah ich jemanden von meiner Art, und als ich hinging, um ihn im Namen des Göttlichen Eis zu begrüßen, verschwand er ziemlich plötzlich, und ich konnte ihn nicht wiederfinden. Für einen Augenblick kam es mir so vor, als sei ich das Opfer irgendeiner optischen Täuschung geworden, aber jetzt habe ich eine andere Theorie."

„Laß hören", sagte Dane. Er hielt die größten Stücke auf die Intelligenz des riesigen Sauriers.

„Folgendes: Daß die Jäger keine einzelne Rasse sind, sondern eine Sippe oder ein Konglomerat; daß sie die Renegaten, die Geächteten, die Ausgestoßenen, die gewalttätigen Einzelgänger aller Völker um sich sammeln. Ein Verrückter aus meinem Volk oder ein Geächteter könnte sich hier wiederfinden, auf die eine oder andere Art. Die meisten von uns sind friedliche Leute, und einer, der es nicht ist, würde sich überall ausgestoßen fühlen. Wie ich schon sagte, ich habe mindestens einen gesehen, der vermutlich wie wir auf Verwegenheit und Mut getestet worden ist, aber wenn es ein Mitgefangener gewesen wäre, hätte er nicht versucht, mir aus dem Weg zu gehen."

„Das ist keine notwendige Folgerung", erwiderte Dallith unerwartet. „Er könnte ... beschämt sein, hier gesehen zu werden. Eine friedliche Kreatur, die, als sie getestet wurde, eine seltsame und beängstigende Wildheit in sich entdeckte. Sie würde kaum jemandem gegenübertreten wollen, der weiß, wie sie sein sollte..."

Dane wurde klar, daß Dallith von sich selbst sprach; ihm kam zum ersten Mal in den Sinn, daß sie vielleicht ihren Ausbruch wilder Raserei auf dem Raumschiff der Mekhar zutiefst bedauerte.

Aratak zog Dalliths Theorie einen Augenblick lang höflich in Betracht, dann schüttelte er den Kopf. „Nein", sagte er, „denn er würde wissen, daß ich in derselben Lage bin und kommen, um mir sein Beileid auszusprechen. Daher komme ich zu dem Schluß, daß es einer der Jäger war, der mich beobachtete, und daß die Jäger nicht einer Spezies angehören, sondern mehreren. Das würde auch erklären, warum sie Wild von so unterschiedlichen Formen auswählen."

Es war eine gute Therorie, dachte Dane. Sie verdiente es, in Erwägung gezogen zu werden. Es würde erkären, warum die Jäger in den Legenden keine erkennbare Form hatten; es würde auch erklären, warum sie sich ihrer Beute nicht zeigten, sondern alle Kontakte, sogar jene mit den Sklavenschiffen, die ihre Jagdbeute brachten, durch die Roboter erledigen ließen. Auf diese Weise konnten sie sicher sein, daß kein Hinweis auf ihr Geheimnis sich verbreitete.

Und doch ... er war nicht völlig überzeugt. Konnte ein Konglomerat von Renegaten eine so formalisierte, so ritualisierte Einstellung zur Jagd entwickeln? Und darüber hinaus: Würde nicht irgendein Hinweis auf ihre Abstammung unbemerkt in die Galaxis gelangen? Sie diskutierten noch bis tief in die Nacht, gingen dann aber schlafen, ohne zu einer Überzeugung gekommen zu sein.

Die Gestalt und Form der Jäger! Das quälte ihn jetzt Tag und Nacht. Als der Mond am Himmel zu seiner vollen Größe anwuchs, nahmen sie Gestalt um Gestalt an, erschreckend und formlos. In verwirrten Momenten wiederholte sich ein Nonsensgedicht von der Erde wieder und wieder in seinen Gedanken:

Ich treffe den Snark nachts in jedem Park in einem traumhaften,
irrsinnigen Kampf...

Aber anstatt daß *er* den Snark jagte, jagte dieser *ihn* ... und die Wahrscheinlichkeit war groß, daß er tatsächlich sanft und leise verschwand, und nie wieder ward von ihm noch etwas gehört. In solchen Momenten pflegte Dane das Samuraischwert zu ziehen und seine Schneide grimmig zu betrachten, bevor er es wieder weglegte. *Nicht so sanft und nicht so leise,* versprach er sich selbst.

Später dachte er, wenn diese Phase der Unsicherheit noch länger angedauert hätte, wäre er wahrscheinlich verrückt geworden. Tatsächlich rüttelte Rianna ihn jede Nacht ein- oder zweimal aus Alpträumen auf. Aber sie litten alle unter Alpträumen. Einmal weckte Dallith sie alle, als sie mit einem lauten Schrei aufwachte; und einmal taumelte Cliff im Schlaf auf, brüllte und schlug um sich, und als es ihnen endlich gelungen war, ihn aufzuwecken, hatten beide, Aratak und Dane, lange, blutige Schrammen von seinen geschärften Klauen davongetragen.

Die Wartezeit wurde abrupt beendet.

Der Rote Mond war jeden Tag größer geworden; als er fast voll war, hing er tief und mit einem blutigen Licht über ihnen und schnitt sie fast völlig vom normalen Sonnenschein ab, geisterhaft und glühend und so groß, daß Dane es haßte, zu ihm hinaufzuschauen. Es war, als lebe man unter einer großen, schwebenden Scheibe, die an unsichtbaren Fäden aufgehängt war. Es verursachte Dane Klaustrophobie; und obwohl er wußte, daß es lächerlich war, konnte er doch das Bild des Mondes nicht aus seinen Gedanken verbannen ... wie er rutschte, herunterstürzte und sie alle unter sich begrub... Dane hatte sich gefragt, was geschehen würde, wenn Vollmond wäre, und in dieser Nacht, als sie von den Bädern zurückkehrten, schaute er auf und sah, wie der Schatten anfing, über die große rote Scheibe zu kriechen. Natürlich, der Mond war halb so groß wie der Mutterplanet; wenn die Welt der Jäger zwischen Mond und Sonne trat, würde der Rote Mond völlig verfinstert, dunkel sein...

Mit überraschender Geschwindigkeit kroch der Schatten über die Scheibe, wischte die rote, leuchtende Kugel aus, indem er mehr und mehr von dem riesigen roten Gesicht abdeckte. Um sie herum veränderte sich die Farbe der gesamten Landschaft, wurde dunkler und merkwürdiger; seltsame Schatten tauchten auf, und von irgendwoher kam ein stürmischer Wind auf.

Die fünf Gefangenen standen dicht beieinander, Dane, zwischen Dallith und Rianna, wußte, daß beide sich an ihn klammerten in der gespenstischen Dunkelheit, als der Mond langsam zum Halbmond, zu einer schmalen Sichel, zu einem bleichen roten Schimmer an einer Seite schwand. Und dann war es zum ersten Mal auf dieser Welt völlig dunkel. Hinter dem großen Fleck am Himmel tauchten blasse Sterne auf.

„Die Jagd ist vorbei“, flüsterte Dallith. „Mit der Mondfinsternis ist die Jagd vorbei.“

In der Dunkelheit murmelte Cliffs rauhe Stimme: „Es gibt dort tote Jäger und totes Wild. Und bald ist die Reihe an uns."

„Aber wann?" fragte Rianna in der Dunkelheit. Niemand antwortete ihr. Sie standen stundenlang so da und beobachteten, wie der Mond langsam aus der Dunkelheit auftauchte und die Sterne wieder vor dem Hintergrund des karmesinroten Lichts verblaßten. Schließlich, als er wieder von seiner gewohnten Position aus herabschien, gingen sie still in ihr Quartier, aber keiner von ihnen aß viel, und Dane zumindest schlief wenig.

Waren sie als nächste an der Reihe?

Am nächsten Morgen, als Diener ihr Frühstück brachte, sagte er zu ihnen: „Die letzte Nacht war die Nacht der Mondfinsternis; letzte Nacht endete die Jagd. Heute wird das Heilige Wild, das die Jagd überlebt hat – sofern es welches gibt – belohnt und freigelassen. Und ihr seid zu der Feier eingeladen."

Keiner von ihnen hatte danach viel Appetit auf das Frühstück. Als die Sonne höher am Himmel stand – eine merkwürdig helle Sonne, der Rote Mond dagegen unsichtbar, weit weg auf der anderen Seite des Planeten – gingen sie kurz zu der Waffenkammer und zu den Bädern. Keiner von ihnen trainierte aber viel.

Irgendwann sagte Dane: „Manchmal stelle ich mir eine Frage. Die Überlebenden der Jagd – wir werden sehen, wie sie gefeiert und belohnt und angeblich freigelassen werden. Aber ich frage mich, ob sie *wirklich* freigelassen werden oder ob die Feiern und Belohnungen nur zu unserer moralischen Aufrüstung stattfinden. Vielleicht werden die Gefeierten hinterher unauffällig aus dem Weg geräumt."

„Das ist ja etwas Nettes, was du da zur Sprache bringst", sagte Rianna mit Abscheu. „Was hast du mit uns vor, Dane?"

Aratak sagte düster: „Die Möglichkeit ist mir auch schon in den Sinn gekommen."

Cliff wandte sich von seinem Schattentanz vor dem Spiegel ab. Er sagte: „Nein, sie werden freigelassen, das ist wirklich wahr. Es gibt einen Mann auf meiner Welt – er ist ein entfernter Verwandter meiner Sippe –, der von der Welt der Jäger reich und erfolgreich zurückkehrte. Er gründete ein Waffenmuseum mit dem Geld, das er gewonnen hatte. Ich habe das Museum gesehen, obwohl der Mann starb, als ich noch jung war."

„Aber erzählte er nichts über die Jäger? Hinterließ er kein Wort über sie?" fragte Rianna ungläubig. „Wissenschaftler haben jahrhundertelang nach verläßlichem Wissen über die Jäger gesucht; die meisten Leute halten sie für eine Legende! Er hätte einen Bericht über seine Erfahrungen niederschreiben sollen!"

Cliff entgegnete gleichgültig: „Warum? Warum sollte das irgend jemanden interessieren?"

Rianna schaute ihn aufgebracht an, aber Dane nickte. Er gewöhnte sich langsam an Cliffs Mangel an dem, was die meisten Leute wissenschaftliche Neugier nennen würden. Er sagte zu Rianna: „In einem alten Sprichwort meiner Welt heißt es: *Die Neugier tötet die Katze.* Cliffs Leute scheinen sich das zu Herzen genommen zu haben. Wir müssen uns damit abfinden: Wissenschaftliche Forschung ist ein protosimianisches Charakteristikum – oder wenigstens die Neugier um ihrer selbst willen. Selbst gewöhnliche Katzen zeigen selten viel Neugier für irgend etwas, außer sie können es essen, damit spielen, oder sie halten es für eine Gefahr."

Dallith sagte friedfertig: „Die Hauptsache ist, daß die Überlebenden freigelassen *werden.*" Sie suchte sich eine Sammlung kleiner, runder, völlig glatter Steine für ihr Schleuder aus und verstaute sie in einem Beutel an ihrer Taille. Sie überprüften alle ihre Waffen, denn sie wußten, daß die Stunde nahe war. Rianna hatte das eine Messer so geschärft, daß es eine scharfe Schnittfläche hatte, das andere zum Stechen mit einer Spitze versehen, Dane hob einen langen Speer von der Wand und gab ihn ihr. Er sagte: „Nimm das. Es ist nicht so sicher, daß *du* ihn benutzen mußt, aber wir brauchen wenigstens eine Waffe, die nicht nur im Nahkampf zu verwenden ist." Sie hob ihn, wog ihn in der Hand und sagte: „Dieser ist zu lang für mich." Sie wählte einen kürzeren. Dane, der sie beobachtete, wie sie völlig in die Waffe vertieft war, spürte keine besondere Besorgnis um sie. Seine Anstrengungen, aus ihr eine Kampfmaschine zu machen, waren erfolgreicher gewesen, als er zu hoffen gewagt hatte.

Kurz erklärte er ihnen seinen Plan für den Fall, wenn sich herausstellte, daß sie zusammenbleiben und zusammen kämpfen konnten anstatt einzeln. Rianna mit ihrem langen Speer in der Mitte eines Keiles würde einem Angreifer eine furchterregende Front bieten. Sie hatte die Messer für den Nahkampf, und dann kam Cliff mit seinen geschärften Krallen. Dane und Aratak besetzten je eine Seite, Dane mit dem Samuraischwert, Aratak mit seiner großen Keule und der kurzen Axt, die er an seinem Gürtel befestigt hatte. Dallith sollte mit ihrer Schleuder die Nachhut bilden und jeden abschießen, der versuchte, sie von hinten anzugreifen.

Cliff runzelte die Stirn, und Dane wußte, daß der Mekhar das schwächste Glied war. Der Mekhar zog es vor, die Jagd als eine Reihe von Duellen gegen individuelle Angreifer zu sehen.

„Begreifst du denn nicht", sagte Dallith geduldig, „daß es genau das ist, was die Jäger erwarten – daß wir einzeln kämpfen? Wenn wir als Einheit zusammenbleiben und uns gegenseitig Rückendekkung geben, könnten wir alle eine bessere Chance haben."

Cliff runzelte wieder die Stirn, als ahne er etwas Böses, und Dane wünschte, Dallith hätte Rianna sprechen lassen.

Der Mekhar hatte Rianna als Kämpferin akzeptieren gelernt, bei der man sich ernsthaft in acht nehmen mußte; Dallith war dagegen ein Nichts für ihn. Der Katzenmann sah jetzt zu Rianna hinüber, als würde er von ihr Unterstützung erwarten, aber sie sagte fest: „Dallith hat recht", und er zuckte die Schultern.

„Ich habe euch mein Wort gegeben; keiner von euch hat mir Grund geboten, es zu brechen, darum werde ich es jetzt nicht zurückziehen. Ich warne euch jedoch, weil ich es ablehne, meine Ehre zu kompromittieren."

Damit mußten sie sich zufrieden geben.

Dane hielt das Samuraischwert einige Zeit auf seinen Knien und dachte über den unbekannten, schon lange verblichenen Erdenmann nach. Er wußte nicht, wie der Samuraikrieger gestorben war, aber er wußte, daß er tapfer dabei gewesen sein mußte. Aber Dane stammte aus einem anderen Jahrhundert und einem anderen Leben, und er wollte hauptsächlich überleben. Der Samurai hätte

Cliff sicherlich besser verstanden als Dane. Dem Mekhar kam es darauf an, ehrenvoll zu sterben. Dane hatte die Absicht, wenn er schon sterben mußte, sein Leben so teuer wie möglich zu verkaufen, aber in erster Linie hatte er die Absicht, am Leben zu bleiben – er wollte, daß alle von ihnen lebten!

Der freundliche Tag neigte sich dem Abend zu, und die Sonne sank tiefer, als Rianna nach Danes Arm faßte und mit gespannter, leiser Stimme sagte: „Schau!"

Am gegenüberliegenden Ende der Waffenkammer traf eine kleine Prozession ein, und zwar eine höchst seltsame. Eine ganze Armee von mechanischen Dienern umringte ein einziges lebendiges Wesen. Es trug die ziegelfarbene Tunika des Heiligen Wildes und war üppig mit Girlanden aus grünen Blättern und Blumen behängt. Diener trugen Waffen – einen langen Speer und einen runden, nagelbesetzten Schild – feierlich auf Tabletts aus wertvollem Metall, und während die Gefangenen noch zuschauten, hängten sie die Waffen an einen besonderen Platz an der Wand der Waffenkammer.

Cliff sagte mit leiser Stimme: „Er muß der Überlebende der Jagd sein."

„Ein einziger Überlebender", brummte Aratak grimmig, und seine Kehllappen glühten blau.

Dane rief überrascht: „Ein Spinnenmensch." Es hatte einen dieser Art an Bord des Sklavenschiffes der Mekhar gegeben, und er hatte die ganze Zeit zusammengekauert und zischend in einer Ecke gesessen. Die Spinnenwesen waren mit Sicherheit die letzte Rasse, die Dane für wild genug gehalten hätte, die Jagd zu überleben! Und doch hatte einer von ihnen es geschafft, denn hier war er und wurde geehrt...

Er sagte halb zu sich selbst: „Er hat die Jäger gesehen und es überlebt. Ich würde gerne ein Wort mit ihm wechseln..." Aber als die Waffen aufgehängt waren, wurde der siegreiche Überlebende sorgsam wieder aus der Waffenkammer geleitet, eingekreist von seiner Wache von aufmerksamen und besorgten Roboterdienern.

Ja, ja, dachte Dane. *Man kann nie wissen. Wenn dieses Ding elf*

Tage der Jagd überleben konnte, dann gibt es eine Menge Chancen für uns.

„Das ist überhaupt nicht sicher", flüsterte Dallith dicht an seinem Ohr; und Dane bemerkte, daß sie seine Gedanken wieder aufnahm. „Vielleicht hatte er Glück oder vielleicht gelang es ihm, alle elf Tage in einem Versteck zu verbringen."

Dane nickte. „Vielleicht." Aber das würde heißen, daß es keine Arena war, es würde bedeuten, daß es Deckung gab und Plätze, an denen man sich, wenn nötig, verstecken konnte.

Es bedeutete, daß es Dane auf die eine oder andere Weise gelingen mußte, unbeobachtet ein Wort mit dem Sieger zu wechseln...

Die Sonne sank bereits, als Diener zurück kam, um sie zu den Bädern zu begleiten. Er brachte frische Kleider für sie alle – dieselben ziegelfarbenen, die für das Heilige Wild bestimmt waren, aber dies war ohne Zweifel die Kampfausrüstung. Die Tuniken für die Frauen waren kurz und könnten sogar noch höher gerafft werden. Für Dane, Dallith und Rianna gab es neue Sandalen mit starken Sohlen, während weder Cliff noch Aratak einen Schutz für ihre Füße benötigten.

„Ihr sollt Euch für die Belohnungs- und Siegesfeier schmücken, damit Ihr sehen könnt, was Euch vielleicht erwartet", sagte Diener. „Legt Eure gewählten Waffen an, denn Ihr werdet direkt von der Feier zum Ort der Jagd gebracht."

Dane sagte zu dem Roboter, indem er einen Gedanken aussprach, der ihm schon mehr als eimal als schwacher Verdacht gekommen war: „Du scheinst an all dem ein starkes Interesse zu haben, Diener. Beantworte mir eine Frage, ja?"

„Ein Dutzend, wenn es nötig ist", sagte der Servomechanismus mit seiner flachen, mechanischen Stimme. „Wir sind hier, um Euch zu bedienen, Euch Anweisungen zu geben und Euch beizustehen."

„Seid ihr Leute – ihr Roboter –, seid ihr selbst die Jäger?"

Es würde so vieles erklären. Es würde die Tatsache erklären, daß sie die einzigen waren, die Kontakt zu dem Raumschiff der Mekhar aufgenommen hatten. Es würde die Art und Weise erklären, wie sie für ihr Wild sorgten. Es würde die Art erklären, wie sie herumschwärmten, um den Sieger zu beschützen und zu ehren.

Aber die Idee, einer Gruppe abnormal programmierter Servomechanismen gegenüberzustehen, war entsetzlich... Diese Gedanken jagten Dane durch den Kopf, während er auf Dieners Antwort wartete. Es schien tatsächlich, falls ein gesichtsloser, metallener Mechanismus ohne Gesichtszüge, abgesehen von kleinen, metallbespannten Öffnungen, überhaupt etwas ausdrücken konnte, als ob Diener jede andere Frage erwartet hätte, nur nicht diese, und daß Dane vielleicht sogar endlich eine Frage gefunden hatte, die zu beantworten der Roboter nicht programmiert worden war!

Schließlich sagte Diener jedoch mit derselben gleichmäßigen ausdruckslos mechanischen Stimme: „Wie wir Euch gesagt haben, sind wir Diener. Ihr werdet die Jäger zur angekündigten Zeit treffen. Dürfen wir Euch jetzt zum Bad begleiten?"

Dane folgte ihm. Ihm blieb nichts anderes übrig. *Er hat nicht wirklich geantwortet,* dachte er grimmig. *Er sagte, ‚wir sind Diener', er sagte nicht, ‚wir sind keine Jäger'.*

Er holte Dallith und Rianna ein, als sie sich von Cliff und Aratak trennten, und sagte hastig: „Gebt mir Deckung, falls das metallene Monster kommt, um herzumzuschnüffeln. Ich gehe nachsehen, ob ich eine Spur finden kann, wo sie den Sieger bis zu seiner Triumphfeier versteckt halten. Wenn ich zehn Minuten hätte, in denen er nicht umzingelt ist, würden sich unsere Überlebenschancen schätzungsweise verdoppeln."

Rianna nickte. „Wenn sie kommen und hier nach dir suchen, werde ich ihnen sagen, daß du mit Aratak ein Schlammbad nimmst. Und du Aratak, erzählst ihnen, wenn sie dort nach ihm suchen, er sei Schwimmen gegangen."

Dane eilte durch die Gartenanlage davon. Er hatte sich die Richtung gemerkt, in der die Prozession von Dienern mit dem girlandenbehangenen Spinnenmann verschwunden war.

Ich bete zum Himmel, daß er eine Übersetzungsplatte hat; Rianna sagte, daß einige von ihnen keine haben, dachte Dane, als er vorsichtig an den Beeten und dichtgedrängten blühenden Büschen vorbeischlich. Die Sonne ging schnell unter, und am Horizont erschien ein seltsames blutrotes Licht, das ihm zeigte, wo der volle Rote Mond wieder aufging.

Am Morgen werde ich dort oben sein, dachte er. *Das ist die Belohnung.* Seine Kehle war wie zugeschnürt, und er griff in der Dämmerung nach dem Heft des Samuraischwertes, das an seiner Seite angegürtet war.

Neben der hohen Zierhecke, die die äußersten Grenzen des Wildreservates oder Parks bezeichnete, der für die Heilige Jagdbeute bestimmt war, hatte er bei einer früheren Gelegenheit ein Gebäude bemerkt, das kleiner war als die meisten anderen, und nachdem er den Überlebenden mit den Blumengirlanden gesehen hatte, ahnte er nun, was es war, denn die Tür dieses kleinen Gebäudes war mit denselben Blumen geschmückt. Vorsichtig glitt Dane zu einem der mit Bambusläden verschlossenen Fenster und blickte hinein.

Der Spinnenmann saß geduckt auf dem Boden und sah besorgt und entmutigt aus. Er war in lange Gewänder gekleidet und noch immer mit Girlanden behängt. Dane pfiff leise und hoffte, damit seine Aufmerksamkeit erregen zu können. Er mußte den Laut zweimal wiederholen, ehe der Spinnenmann den Kopf drehte und sich umschaute.

„Hier drüben", flüsterte Dane heiser. „Ich bin auch ein Gefangener. Komm herüber zum Fenster; ich kann nicht hineinkommen."
Der Spinnenmann erhob sich auf die Füße. Er bewegte sich mit einer quirligen Agilität, warf schnelle Blicke von einer Seite zur anderen, und Dane, der seine phantastische Lebhaftigkeit beobachtete, dachte: *Es sind ein paar Jäger notwendig, nur um ihm nahe zu kommen! Vielleicht ist es nicht so erstaunlich, daß er überlebte...*

Seine Stimme klang rostig und zischend. „Wer issst da? Wer essspricht da?"

Dane preßte sich in die Schatten des Gebäudes.

„Ich bin morgen gegen die Jäger an der Reihe, Freund. Wie sehen sie aus? Welche Waffen haben sie?"

Aber bevor er die Frage noch ganz ausgesprochen hatte, wurde er mit hartem Griff von hinten gefaßt und zurückgestoßen. Dane griff nach seinem Schwert und riß es zur Hälfte aus der Scheide. Sein Handgelenk wurde mit stählernem Griff gefaßt – ganz wortwörtlich; Metall umklammerte es, und Dieners ausdruckslose Stimme sagte: „Es wäre ein Jammer, Euere exzellente Klinge zerbrechen zu müssen. Es ist dem Wild untersagt, hierherzukommen. Bitte erlaubt uns, Euch zum Fest zurückzubegleiten, Ehrwürdiges Jagdwild. Ihr werdet dort erwartet."

„Später", sagte Dane zu Rianna und Dallith, als er zwischen den beiden an einem langen Tisch saß, während eine große Zahl von Robotern – alle genau wie Diener, und jeder einzelne von ihnen beantwortete jede Frage und erfüllte jeden Wunsch, als sei er persönlich es gewesen, der zuletzt mit dem Fragenden gesprochen hätte – das Essen herumreichten: „Ich hatte halbwegs erwartet, daß sie mich nicht in die Nähe des Siegers lassen würden. Es ist etwas verdammt Komisches an diesen Jägern – verdammt komisch."

„Ich finde es alles andere als amüsant", rasselte Aratak. Dane wiederholte seine Theorie, daß die Diener in Wahrheit die Jäger waren.

„In diesem Fall", sagte Cliff rauh und drehte den Kopf zu ihnen um, „bin ich auf eurer Seite, und ich bleibe auf eurer Seite für die Dauer der Jagd! Ich habe mich der Jagd verkauft, gewillt, jeder Kreatur aus Fleich und Blut im Zweikampf gegenüberzutreten! Aber ich habe mich nicht freiwillig gemeldet, um gegen Nicht-Männer zu kämpfen, die sich hinter einem Metallschutz verbergen!"

Das ist auch ein Gedanke, schoß es Dane durch den Kopf. *Vielleicht sind es riesige Amöben oder so etwas, die sich hinter all dem Metall verstecken; vielleicht sind es überhaupt keine Roboter. Ich habe nie an diese Möglichkeit gedacht.* Aber wenigstens hatte es Cliff wieder in ihre Reihen zurückgebracht.

Er schaute sich um und fragte sich, ob sich die vermeintlichen Jäger – wie in der Waffenkammer – unter die Beute gemischt hatten. Es war schwer zu sagen; der Festsaal war nicht besonders hell erleuchtet.

„Es sieht fast so aus", sagte Dallith, „als wollten sie nicht, daß wir uns unsere Mitkämpfer zu genau anschauen." „Oder als ob sie befürchteten, wir könnten uns mit ihnen verbünden", vermutete Rianna. „Ich frage mich, ob das schon einmal vorgekommen ist. In dem Falle wollen sie uns nun keine Gelegenheit mehr dazu geben."

Er sah eine oder zwei Gestalten, die wie Mekhar aussahen, dazu eine riesige bärenartige Kreatur mit einem haarigen und zottigen Pelz. Wenn es überhaupt weitere Protosaurier von Arataks Art gab, dann waren sie in der Dunkelheit versteckt. Wieder befanden sich Menschen seines eigenen Typs – Menschen, wie sie fast auf der Erde hätten auftauchen können – etwa im Verhältnis zwei zu eins in der Mehrzahl gegenüber allen anderen Arten. Sie waren bei dem Dämmerlicht in einiger Entfernung untergebracht – während sie alle fünf an einen Tisch gesetzt worden waren –, aber er bemerkte, daß ihre Typen vom hochgewachsenen Hellhäutigen bis zum riesigen Negroiden reichten, während einige von ethnischer Herkunft waren, zu der ihm auf der Erde nichts Vergleichbares bekannt war: zwei große, dünne Männer mit roter Haut, nicht vom rötlichen Braun der amerikanischen Indianer, sondern genau der Farbe eines Sonnenbrandes, ferner ein kleines Wesen mit bläulichgrauer Haut und langen, weißen, flaumigen Haaren, dessen Geschlecht unbestimmbar war. Sie trugen alle Arten von Waffen, von denen er je gehört hatte, und einige, von denen er noch nie gehört hatte.

Das Essen war unglaublich gut, und es gab eine Unmenge davon. Dane aß viel, stopfte sich aber nicht voll; er wußte weder, welche Anordnungen getroffen waren, um sie während der Jagd zu ernähren, noch woher seine nächste anständige Mahlzeit kommen würde, aber auf der anderen Seite wollte er sich nicht überfressen und benommen sein, wenn es losging – und es hatte den Anschein, als würde das ziemlich bald sein. Er riet den anderen, es genauso zu machen.

Sie waren zum Ende der Mahlzeit gekommen – das allem Anschein noch mit etwas wie einer süßen Suppe und Bergen von Früchten, Nüssen und verschiedenem Konfekt begangen wurde –, als eine der vielen Inkarnationen von ‚Diener' zur Mitte des Bankettsaales rollte und das mit Girlanden und Gewändern behängte Spinnenwesen hereinführte. „Erweist den Herren der Jagd die Ehre!“ rief Diener aus, und zum ersten Mal schien so etwas wie Rührung in seiner Stimme zu beben.

Dane sagte nichts. Erwarteten sie, daß man applaudiert? Die andern Gefangenen – Heiliges Wild – in der Halle reagierten offensichtlich mit einer ähnlichen Haltung, denn obwohl es ein leises Scharren und Rascheln rundherum gab, war keine besondere Reaktion zu bemerken.

„Erweist den Jägern die Ehre! Während der neunhundertvierundsechzigsten Jagd unserer glanzvollen Geschichte jagten siebenundvierzig Individuen kühn von Finsternis zu Finsternis, und neunzehn sind heimgegangen zu ihren berühmten Vorfahren!“

„Dem würde ich gerne Beifall spenden“, flüsterte Dallith zornig. Dane hielt ihre Hand. „Aber sie würden die Pointe sowieso nicht begreifen.“

„Erweist der Heiligen Beute die Ehre! Vierundsiebzig bekämpften uns tapfer und lieferten uns eine glänzende Jagd, und zum dreihundertachtundneunzigsten Mal gab es zumindest einen Überlebenden, der hierhergebracht wurde, damit Ihr die Belohnungen sehen könnt, die das erfolgreiche Wild erwarten!“

Der Spinnenmann trat vor. Er sah immer noch unbeholfen aus in seinen langen herabfallenden Gewändern, und seine Erscheinung war demütig und furchtsam.

Wie zum Teufel hat dieses Ding all dies überlebt? Danes Gedanken griffen die statistischen Zahlen auf: Vierundsiebzig kämpften tapfer (und einige, die es vielleicht nicht getan hatten), einer hatte überlebt. Es gab siebenundvierzig Jäger – grob geschätzt zwei Gejagte auf einen Jäger. Und es gab *einen* Überlebenden. *Was für eine Art von Wesen sind sie überhaupt?*

Er schenkte den Dienern wenig Beachtung, als sie das Spinnending mit Edelsteinen und wertvollen Metallen überhäuften und verkündeten, er werde von einem Mekharraumschiff an Bord genommen, das die Auflage habe, ihn in einem Umkreis von hundert Lichtjahren dorthin zu bringen, wo er wollte.

Rianna sagte grimmg: „Das bringt ihn innerhalb des Bundes überallhin. Ich weiß zufällig, von welchem Planet er kommt." Dallith murmelte: „Das bedeutet, daß ich – wenn wir leben – zu meiner eigenen Welt zurückkehren kann..."

Sie bebte vor Erregung. Dane faßte nach ihrer Hand. Es gab viele Wenn und Aber, doch der Anreiz war da. Sie konnte nach Hause gehen... ebenso Rianna, Aratak und Cliff.

Konnte Dane es auch? Wollte er es überhaupt?

Er schob den Gedanken beiseite. Es war ein langer Weg, und der Weg nach Hause, wenn es einen gab, lag jenseits der Jagd... jenseits der Jagd, der Finsternis und des Roten Mondes.

11

Die Vielzahl der Diener hatte Dane auf einen hohen Stand der Technologie vorbereitet; als sie in die Nacht hinausgingen, war er daher auf das kleine Raumschiff gefaßt, das bereitstand, um sie an Bord zu nehmen. Wie die Dinge auch lagen, sogar der Erdenmond war schon vor langer Zeit erreicht worden. Dieser Mond war jedoch offensichtlich kein atmosphäreloser Brocken, sondern ein Planet, auf dem Lebensbedingungen für dieses buntgemischte Wild herrschten.

Dane konnte nicht sehen, wer am Steuer des kleinen Raumschiffes saß. Aber er hatte sehr stark den Eindruck, als ob es Diener – oder einer von seiner Art – war. Er saß zwischen Dallith und Rianna und hielt von jeder eine Hand, aber sie sprachen nicht. Es war entweder zu spät oder zu früh dazu. Er versuchte, zumindest teilweise um Dalliths willen, Ruhe und Zuversicht zu bewahren; sie würde seine Verfassung übernehmen. Auf der anderen Seite war es sinnlos, eine völlige Ruhe vorzutäuschen, die er nicht besaß. Sie würde merken, daß es nicht echt war.

Aratak faßte seine Gedanken in Worte, wie es manchmal seine Gewohnheit war. „Der Mann, der sich ohne Grund fürchtet, ist ein Narr; aber ein doppelter Narr ist, wer sich nicht fürchtet, wenn es Grund dazu gibt."

„Das mag alles wahr sein", murmelte Cliff, „aber oft gibt das Sprechen von der Angst ihr erst Gestalt und Inhalt." Rianna sagte verbissen: „Es sieht so aus, als hätte diese hier schon jede Menge Gestalt und Inhalt."

Dane fragte sich, ob die Jäger sich in dem Schiff befanden; er sah Dallith fragend an, aber sie schüttelte den Kopf. „Ich spüre so oder so nichts. Aber ... es sind so viele Fremdartige anwesend, und die meisten sind uns feindlich gesinnt – es wäre schwer zu sagen."

Dane sah sich in der halbdunklen Kabine um und fragte sich ein bißchen grimmig, ob dies alles Gefangene waren oder ob einige von ihnen, unter sie gemischt, Jäger waren, die ihre Beute von nahem beobachteten; aber er mochte den Gedanken nicht noch einmal aussprechen.

Es schien eine lange Zeit des Wartens vergangen zu sein – obwohl er vermutete, daß es nicht mehr als eine Stunde war –, bevor der Bildschirm mit einem Bild des Roten Mondes zum Leben erwachte. Der Mond wurde größer und größer und prallte scheinbar genau auf sie. Etwa zur selben Zeit ertönten ein paar metallische, einleitend kratzende Töne aus dem Lautsprecher am vorderen Ende der Kabine. Dallith umklammerte Danes Hand schmerzhaft in der Dunkelheit.

„Ehrenwertes und Heiliges Wild." Die Stimme war der Dieners nicht unähnlich, hatte aber eine andere Qualität ... vielleicht das Original, nach der die Stimme der Diener entwickelt worden war? Dane fühlte eine verrückte, atavistische Erregung in sich aufsteigen und wußte, daß die Haare an seinen Armen sich aufrichteten. Cliff fuhr wachsam auf. Seine Schnurrhaare und der vollendet gelockte Bart, den er sich für das Fest gebürstet hatte, sträubten sich.

„Ehrenwertes und Heiliges Wild! Wir begrüßen Euch zu dem neunhundertfünfundsiebzigsten Jagdzyklus dieser überlieferten Ära", sagte die seltsame Stimme. „Ihr werdet nun sehr bald in den Jagdgründen freigelassen, die seit Anbeginn der überlieferten Zeit der Jagd geweiht sind. Euch wird die Zeitspanne bis zur Dämmerung bleiben, um Euch zu zerstreuen und Euch die vorteilhafteste Stellung zu suchen. Ihr habt unser Wort, das seit siebenhundertdreizehn Jagdzyklen nicht gebrochen worden ist, daß ihr nicht verfolgt werdet, bis die Sonne vollkommen über dem Horizont steht."

Dane flüsterte: „Ich möchte wissen, was vor siebenhundertdreizehn Zyklen passiert ist."

Rianne sagte drängend: „Pst!"

„Die Jagd wird jeden Abend bei Einbruch der Dunkelheit unterbrochen, damit Jäger und Gejagte sich stärken und erfrischen können. Die Bereiche die mit gelben Lichtern erleuchtet und von Dienern bewacht sind, gelten als neutrale Gebiete, und von der Dämmerung bis Mitternacht darf kein Jäger näher als viertausend Meter an sie herankommen."

Danes Translatorscheibe hatte ihm offenbar die genaueste Entsprechung gegeben; auch alle anderen schienen die Abmessung zu begreifen. „Andere Bereiche sind den Jägern vorbehalten, und kein Wild wird sie betreten dürfen unter Androhung des sofortigen und unehrenhaften Todes."

Das war etwas. Es wies darauf hin, daß die Jagd in einem Maße formalisiert und ritualisiert war, daß es unwahrscheinlich schien, daß die Jäger außerhalb der neutralen Zonen auf sie warten und einen nach dem anderen aufgreifen würden.

Die Stimme hielt einen Moment inne und fuhr dann fort: „In Kürze wird das Schiff landen. Die Jagd beginnt in der Morgendämmerung. Bis wir dann in tödlichem Zweikampf auf Euch treffen, grüßen und ehren wir Euch, unser Heiliges Wild. Diejenigen, die am Leben bleiben, werden sehen, wie großzügig wir die Tapferen unter Euch belohnen. Wir wünschen Euch allen ein ehrenvolles Überleben und Belohnungen – oder einen blutigen und ehrenvollen Tod."

Knackend erstarb die Stimme; und im selben Moment gab es einen leichten Ruck, als ob das Schiff völlig zum Stehen gekommen sei. Es war ein kurzes Zischen wie von Druckkammern zu hören, dazu ein tiefes Rumpeln, als die Türen langsam aufglitten.

Dane faßte nach dem Griff seines Schwertes und bewegte sich zur Tür hin, indem er Aratak auf den Fersen folgte. Er konnte die große bärenartige Kreatur auf die Tür zutapsen sehen. Dallith hielt sich an seinem Ellenbogen, Rianna und Cliff folgten ihnen dicht auf. Dallith sagte mit zitternder Stimme: „Panik ... jede einzelne Identität geht ihre eigenen Wege ... halt mich ganz fest, Dane. Ich ... ich möchte rennen, mich verstecken ..."

„Ruhig." Er hielt ihre Hand fest in der seinen. „Das bist nicht du. Du hast keinen Grund zur Panik. Du übernimmst es von den anderen.“ „Aber angenommen ... angenommen, ich kann mich nicht davon freimachen ...?“

Sie drangen durch einen engen Korridor zum Ende einer Treppenflucht vor. Dane blieb einen Moment stehen, bevor der Ansturm der anderen in seinem Rücken ihn hinunterschob, und blickte hinunter auf die Oberfläche des Roten Mondes.

Er stand ein Stück über einer dunklen, ruinenhaften Landschaft, zerklüftet und hügelig und, in der fast völligen Dunkelheit, mit dichtem, schwärzlichem Unterholz bedeckt. Hinter ihm erhoben sich dunkle Hügel, und über ihm hing ein dunkelblauer Himmel mit dünn gesäten, blassen Wolken, die durch das Gesicht des riesigen Himmelskörpers, der darüber hing, kaum zu sehen waren: die Welt der Jäger, ziegelrot glühend am Himmel und größer, roter und gewaltiger als der Rote Mond selbst, auf dem sie standen. In dem brennend roten Weltlicht, heller als das hellste irdische Mondlicht, sah Dane dunkle Gestalten, die von einer Ecke der Landschaft in die andere flohen. Dallith machte einen stolpernden Schritt vom Schiff weg, und Dane ergriff ihre Hand; seine andere Hand umfaßte Cliffs behaarten Unterarm. Er sagte eindringlich: „Nicht rennen! Es liegt kein Vorteil *darin*! Bleibt stehen und denkt nach! *Denkt nach!* Denkt daran, was wir beschlossen haben!“

Aratak glühte am ganzen Körper schwachblau in der Dunkelheit. Ruhig führte Dane seine Fünfergruppe in langsamem und ruhigem Tempo, bis sie ungefähr eine Viertelmeile vom Schiff der Jäger entfernt waren.

„Es ist eine gute Idee, dort wegzukommen“, sagte er ruhig. „Wenn es wieder startet – nun, ich weiß nicht, was für eine Art Treibstoff ihre Schiffe benutzen, aber es ist nicht anzunehmen, daß es besonders gesund ist, ihn einzuatmen. Jetzt laßt uns hier rasten und beraten, was zu tun ist. Wir haben bis zur Morgendämmerung Zeit, unsere Jagdstrategie auszuarbeiten; nach der Art zu urteilen, wie die anderen sofort in allen Richtungen davongelaufen sind, würde ich sagen, wir haben schon einen guten Start gehabt. Wir sind fünf, nicht einer. Jeder Jäger, der uns entgegentritt, wird sich in Schwierigkeiten begeben. Dallith...“

Ihre Stimme zitterte, aber sie antwortete fest: „Hier bin ich, Dane. Was kann ich tun?“

„Auf dem Mekharschiff merkten wir zu spät, daß es eine Falle war. Wenn ich auf dich gehört hätte, hätte ich es vielleicht gewußt. Du bestandest darauf, daß sie aus irgendeinem Grund *wollten*, wir würden sie angreifen. Ich glaube, deine Hauptwaffe wird für uns dein Einfühlungsvermögen sein. Glaubst du, daß es dir möglich sein wird, uns zu warnen, wenn jemand uns beschleicht und uns angreifen will?“ „Ich werde es versuchen“, sagte sie.

„Sag mir: hast du jemals irgend etwas ... irgendeine Art von Gefühl oder persönlichem Bewußtsein ... bei einem der Diener gespürt?“ Wenn sie tatsächlich die Jäger waren, hätte Dallith in der Lage sein müssen, es zu entdecken, dachte er.

Sie schüttelte den Kopf. „Ich fühlte sie genauso, wie irgendwelche anderen Roboter. Der Gedanke an telepathischen oder empathischen Kontakt mit einem Roboter...“ Sie schüttelte den Kopf. „Ich kann es mir nicht einmal im entferntesten vorstellen, also *versuchte* ich nicht, irgend etwas aufzunehmen.“

Es war jetzt wahrscheinlich sowieso zu spät, darum ließ Dane es auf sich beruhen und sagte: „Also gut – Dallith ist unser frühzeitiges Warnsignal und unser Bote auf weite Entfernungen. Dallith, wenn du jemanden wahrnimmst, der uns definitiv angreifen will, dann zögere nicht! Nimm sie mit deiner Schleuder unter Beschuß. Mach sie kampfunfähig, wenn du sie nicht töten kannst.“

„Aratak, du bist der Schwergewichtskämpfer; versuche jeden, der Dalliths Reichweite durchbricht, durch dein pures Gewicht zu zerschmettern. Und ich habe das Schwert, um jeden niederzuschlagen, der näher herankommt. Rianna und Cliff werden Hand in Hand den hautnahen Nahkampf bestreiten. Zusammen sollten wir fast allem gewachsen sein, was sie uns entgegenwerfen. Habt ihr euch alle mit etwas Essen versorgt während der Feier?“ Dane hatte einige Süßigkeiten in die geräumigen Taschen gesteckt, die er in seiner Tunika entdeckt hatte; er hatte den anderen geraten, dasselbe zu tun.

Plötzlich gab es ein Brüllen und einen roten Flammenstoß, und das kleine Schiff, das sie hierhergebracht hatte, raste aufwärts und war verschwunden. Sie waren kurze Zeit geblendet, aber dann, als ihre Augen sich angepaßt hatten, betrachteten sie die hell erleuchtete Landschaft. Hügel, Unterholz, Täler; am Rande des Gesichtskreises ein Wasserfall, auf dem Lichter funkelten, als er hinunterrauschte; und weit hinten am Horizont einige dunkle und merkwürdig regelmäßige Umrisse. Dane fragte sich, ob es Gebäude waren oder die Gebiete der Jäger, in die unter Androhung eines „sofortigen und unehrenhaften Todes“ kein Wild eindringen durfte. Eigenartig, daß sie diesen Satz der Mekhar wörtlich übernommen hatten, dachte Dane. (Oder war das völlig egal?) Jedenfalls – wenn diese Jäger eine Vorstellung von ehrenhaftem und unehrenhaftem Tod hatten, dann bestand für sie vielleicht mehr Hoffnung, als er dachte.

Aratak sagte: „Warten wir hier bis zur Morgendämmerung?“

„Ich wüßte nicht, warum ein Ort einem anderen vorzuziehen wäre“, sagte Dane langsam. „Ich vermute, daß alle *offensichtlichen* Verstecke die Stellen sind, an denen die Jäger warten, um das weniger vorsichtige Wild zu empfangen. Das ist auch ein Test, denkt daran. Sie werden wahrscheinlich die leichtere Beute zuerst töten und Zeit und Energie für ein vollendetes Duell der Kraft – oder der Intelligenz – mit den Gefährlicheren aufsparen. Vergeßt nicht, sie haben für uns mehr bezahlt, weil wir schon vorgetestet und als definitiv gefährlich bestätigt waren. Sogar auf der Erde gehen die Jäger auf verschiedene Weise an die Sache heran. Sicher gibt es einige hier, die nur eine leichte Beute machen und mit einer Trophäe nach Hause kommen wollen.“ Wild und abwegig ging ihm die Frage durch den Kopf, wie die Jagdgesetze aussehen mochten und ob es eine Art Beutebeschränkung für jeden Jäger gab. „Laßt mich nachdenken. Aratak, was ist dein Vorschlag?“

Der große Saurier sagte: „Es liegt keine Weisheit in der Müdigkeit. Ich schlage vor, wir schlafen oder ruhen uns aus bis ungefähr eine Stunde vor der Morgendämmerung und halten abwechselnd Wache, damit uns das Tageslicht nicht im Schlaf überrascht. Wenn das Licht heller wird – aber lange vor Sonnenaufgang –, können wir uns mit Verstand nach einem Versteck umsehen, das keine offenkundige Falle ist."

Das leuchtete ihnen allen ein. Aratak stellte sich freiwillig für die erste Wache zur Verfügung. „Es ist ohnehin eine reine Formalität", sagte er, „der Jagdbeginn liegt noch Stunden vor uns."

„Und ich werde mit ihm wachen", fügte Cliff hinzu, „da meine Spezies zumindest teilweise ein Nachtleben führt und ich jetzt wach bin."

Dane, Rianna und Dallith wickelten sich in die warmen Umhänge, die ihnen mit den Kampftuniken übergeben worden waren, und legten sich nieder. Der Boden unter ihnen war an dieser Stelle mit einem Gemisch aus Felsen und weichem Moos bedeckt, mehr Steine als Moos, und es dauerte eine Weile, bis sie bequeme Ruheplätze gefunden hatten. Aber schließlich streckten sie sich Seite an Seite aus, Dane zwischen den Frauen. Rianna schlief schnell ein, entspannte sich und atmete tief, aber Dane war zu erregt, um gleich schlafen zu können. Er vertraute Aratak völlig – es gab Zeiten, da vergaß er, daß der riesige Saurier kein Mensch in jedem Sinn des Wortes war –, aber Cliff, der Mekhar, war ein anderer Fall.

Nach einiger Zeit glitt er in einen dunklen, unwirklichen Dämmerzustand, der von Alpträumen durchzogen war. Es war aber nie tiefer als ein Halbschlaf. Es mußte ein paar Stunden später sein, als Dane wieder wach wurde (der Kopf eines Samurai, auf dem ein schreckliches Alptraumgrinsen festgefroren war, schaute von der Wand eines Frankensteinlaboratoriums herunter; Jäger in tausend wechselnden Gestalten, die ineinander flossen wie Wasser, grüßten ihn mit erhobenen Kelchen) und spürte, wie Dallith zitterte, als sei ihr kalt. Er zog eine Ecke seines Umhangs um sie, vorsichtig, um ihren Schlaf nicht zu stören, aber sie drehte sich um und murmelte: „Ich bin wach", und er zog sie beschützend an seine Schulter.

„Du solltest dich ausruhen", sagte er sanft. „Morgen wird es einen harten Tag geben." Er war sich der lächerlichen Untertreibung seiner Worte in dem Augenblick, als er sie aussprach, bewußt und fühlte von irgendwoher ein idiotisches Lachen in sich aufsteigen, das er als Hysterie erkannte und schnell unterdrückte. „Ich bin froh, daß Rianna schlafen kann“, sagte sie, dann waren sie still. Dane lag ruhig. Rasende Bilder gingen ihm durch den Kopf, und er nahm den weichen Körper des Mädchens wahr, der in dem Umgang warm gegen seinen geschmiegt lag. *Ich begehre sie. Ich liebe sie. Dies ist eine verteufelt schlechte Zeit, darüber nachzudenken. Was hat Rianna gesagt? Blinder Instinkt im Angesicht des Todes. Warum sollte ich anders sein als alle anderen Protosimianer? Dallith würde nicht wollen, daß es so geschieht. Sie hat es mir gesagt ... sich wie die Tiere im Angesicht des Todes aneinanderklammern!“*

Ihre Arme legten sich in der Dunkelheit um ihn, sanft und mit unendlichem Mitgefühl. „Ich will, was du willst“, flüsterte sie. „Ich kann nichs dagegen tun. Vielleicht ist es nicht, was ich selbst wollen würde. Aber es ist wahr, Dane, es ist wahr.“

Er zog sie dicht an sich und entspannte sich in ihrer nachgiebigen Zustimmung, und für kurze Zeit, zum ersten Mal seit Tagen, vergaß er den großen, ziegelroten Himmelskörper, die Welt der Jäger, vergaß das Samuraischwert und den Todesschatten und die Jäger selbst. Später bettete sie seinen Kopf an ihrer kleinen Brust und flüsterte zärtlich: „Schlaf jetzt ein bißchen, Dane. Schlaf solange du kannst“, und er fiel in einen gedankenlosen, bodenlosen Abgrund von Ruhe und Schlaf.

Die Dunkelheit hatte sich beträchtlich vertieft, und die rote Welt der Jäger stand tief am Horizont, als Arataks Hand auf seiner Schulter ihn weckte. „Entschuldige, daß ich dich störe, Dane“, murmelte er, „aber ich bin halb eingeschlafen. Cliff schläft schon seit ein paar Stunden.“

Er setzte sich auf, machte sich sanft von Dallith los, die in seinen Armen ruhig weiterschlief, und nickte Aratak zu, während er sie mit ihrem Umhang zudeckte. „Gut. Ruh dich ein bißchen aus.“

Er nahm Arataks Platz auf dem höchsten Punkt des Abhanges ein; der große Saurier legte sich hin, bedeckte seinen Kopf mit dem Umhang und war still. Cliff lag zusammengerollt da, nur ein dunkler schnarchender Ball. Nach ein paar Minuten bewegte sich eine dunkle Gestalt in den Schatten. Dane war sofort hellwach, aber

Rianna flüsterte: „Ich habe genug geruht. Laß Dallith schlafen; ich glaube, sie war fast die ganze Nacht wach..."

Er nickte, und das Mädchen ließ sich an seiner Seite nieder und saß still da. Kurz danach stahl sich ihr Hand – klein und fest und ein wenig schwielig – herüber und faßte nach seiner; er erwiderte den Druck leicht, und sie saßen da in der sich lichtenden Dunkelheit und hielten nach dem Schimmer am Horizont Ausschau, der die heraufsteigende Dämmerung ankündigen würde. Einmal sagte Rianna, während sie zu Aratak hinübersah, der seinen Umhang beiseite geworfen hatte und in der Dunkelheit über und über blau glühte: „Das könnte gefährlich werden. Bevor es dunkel wird heute abend, müssen wir etwas dagegen tun", und Dane nickte. Aber die meiste Zeit saßen sie still Seite an Seite und waren wachsam."

„Es ist eigenartig", sagte sie einmal in die völlige Dunkelheit und Stille, als die Welt der Jäger hinter einem fernen Hügel versank. „Ich bin Wissenschaftlerin. Ich habe die meiste Zeit meines Lebens damit verbracht, Überbleibsel vom Leben anderer Völker zu studieren, und ich war glücklich dabei. Es wäre mir nie in den Sinn gekommen, daß ich je so sehr in ... in einen Kampf um mein bloßes Leben verwickelt sein könnte. Der Gedanke hätte mich zu Tode erschreckt. Ich frage mich, ob ich weniger zivilisiert bin als ich dachte?"

„Jemand von meinem Volk hat gesagt, die Zivilisation sei nur ein dünnes Furnier über dem Uraffen."

„Ich fürchte, in meinem Fall ist die Auflage ziemlich dünn. Ich bin nicht wirklich unglücklich über all dies, Dane. Nicht...nicht in der Art, wie Dallith es ist. Sie ist *wirklich* zivilisiert."

Dallith. Dane spürte sie immer noch auf seiner Haut. Er sagte: „Das ist die Frage. Sie reagiert so stark auf alles, was sie umgibt. Vielleicht ist sie zivilisiert, weil sie mit zivilisierten Leuten zusammen ist..."

„Vielleicht. Dane, was hälst du von alldem?"

„Von der Jagd?" Er machte eine Pause, um nachzudenken. Ihm wurde klar, daß er noch nicht wirklich darüber nachgedacht hatte. Er war ärgerlich gewesen, ängstlich, hatte widerstrebend Notwendigkeiten eingeräumt. Und doch, tief auf dem Grund, unter allem anderen, wurde er sich bewußt, daß vom ersten Moment an ein Kern tiefer Bejahung dagewesen war... Sein ganzes Leben lang war er ein Abenteurer gewesen, der die Zivilisationen hinter sich ließ, um in ein abwegiges Interesse nach dem anderen zu tauchen. Die Kriegskünste. Einsames Bergsteigen. Einhandsegeln um die Welt. Und war dies hier nicht das endgültige Abenteuer, das letzte Risiko, ein Spiel, das mit tödlichem Ernst gespielt wurde, mit seinem Leben als Preis und einem Gegner, der nicht blind und unbewußt wie die Stürme auf See waren, sondern gewandt, lebendig und wachsam und auf der anderen Seite – ein Gegner, der seiner würdig war?

„Ich vermute", sagte er langsam, „ich bin auch nicht sehr zivilisiert."

Dann schwiegen sie wieder.

Eine weitere Stunde verging, bis das heller werdende Licht am Himmel – sie konnten jetzt ihre Gesichter klar erkennen – Dane widerstrebend sagen ließ: „Wir sollten die anderen besser aufwekken." Auf seltsame Weise tat es ihm leid, dieses Intervall der Ruhe zu unterbrechen, nicht nur wegen der würgenden Angst vor der Jagd, sondern auch, weil er in den letzten paar Stunden im wachsenden Bewußtsein seiner eigenen Gefühle und durch Riannas Zugeständnis ihrer völligen, inneren Bejahung der Jagd festgestellt hatte, daß sie eine tiefere Vertraulichkeit teilten als den sexuellen Kontakt der letzten paar Wochen.

Rianna hatte recht, dachte er, *und Dallith ebenso; es ist menschlich im Angesicht des Todes, es ist natürlich und sogar unvermeidlich und darum kein Grund, sich schuldig zu fühlen. Ich war ein Narr, was das betrifft. Aber es ist auch nicht so wichtig.*

Nicht jetzt.

Jetzt existiert nichts mehr, außer – der Jagd!

Cliff streckte sich mit einem tiefen Schnurren in der Kehle und wachte auf. Er spreizte seine Klauen, sprang auf und fiel kurz in eine Kampfpose. Dann entspannte er sich und schaute mit wildem Grinsen um sich.

„Dort gibt es Wasser“, sagte er. „Ich werde mich schnell waschen und etwas trinken und dann – bringt mir die Jäger! „Er hüpfte in Richtung des rauschenden Wasserfalls davon, und Dane fühlte, als er ihm langsam folgte und beim Zurückschauen Dallith sah, wie sie sich erhob und ihre Tunika und ihren Mantel umband, eine tiefe Welle der Vertrautheit. Es war gut, auch einen wie Cliff auf seiner Seite zu haben.

Dane hielt seinen Kopf unter den Wasserfall, fühlte die schneidende Kälte des Wasses wie einen Schock und bemerkte, daß sein Kreislauf mit Adrenalin überflutet war. *Gut, ich werde es brauchen.* Er sah Aratak mit Zuneigung an, als der drei Meter große Saurier sich zu ihnen gesellte. Alles sah sehr klar und scharf umrissen aus in dem heller werdenden Licht, prägte sich hart ins Bewußtsein, mit sauberen, deutlichen Kanten, als ob alles neu sei aus der Hand der Schöpfung, er selbst eingeschlossen; neu und nur ein bißchen unwirklich.

Dane sah alle seine Kameraden an, erfüllt mit etwas, was der Liebe sehr ähnlich war, bevor er aufmunternd sagte: „Es bleibt uns noch eine Stunde bis zum vollen Sonnenaufgang. Laßt uns anfangen, über eine Deckung nachzudenken.“

12

Der Tag brach langsam an; das Licht wuchs am Horizont, und die orangefarbene Sonne glitt hinter einer Wolkenbank hervor. Das heller werdende Licht breitete eine zerklüftete und trostlose Landschaft vor ihnen aus. Scharfe, baumlose Felswände stiegen aus Tälern auf, die dicht mit verfilztem, dornigem Unterholz bewachsen waren; felsübersäte Abhänge mündeten hier und da in Höhleneingängen. Weit weg am Horizont sah man die dunklen, gleichmäßigen Schatten, die Dane im Mondlicht als Gebäude identifiziert hatte. Aber jetzt bei Tag konnte er sehen, daß es eine Ruinenstadt war: die hohen Türme zerfallen, die Dächer gähnend zum Himmel geöffnet.

Es wäre leicht genug, Deckung zu nehmen, dachte Dane; schwer würde es sein, *nicht* in eine Falle zu geraten, welche Deckung sie auch wählten. Aus diesem Grund legte er sofort sein Veto gegen Riannas Vorschlag ein, daß ein Höhleneingang ihnen Schutz in der Dunkelheit bieten würde und daß der enge Gang leicht zu verteidigen wäre.

Nach neunhundertsoundsoviel Jagden, sagte er ihr grimmig, würde er sogar Geld darauf wetten, daß die Jäger die Höhlen wie ihre eigenen Westentaschen kannten. Die meisten Höhlen hatten mehr als einen Eingang – und mehr als einen Ausgang. Vielleicht konnten sie den Höhleneingang verteidigen, in dem sie sich befanden – aber sie würden einem Angriff von hinten völlig ausgeliefert sein. Dasselbe galt für die zerfallenen Gebäude. Sie waren nicht besser als Fallen.

Vom Wasserfall aus bewegten sie sich vorsichtig in das Tal hinab, wobei sie sich an die Verteidigungstaktik hielten, die Dane ausgearbeitet hatte; Aratak vorneweg mit seiner großen, knotigen

Keule und der kurzen Axt – *er* nannte es eine kurze Axt, Dane nicht – an seinem Gürtel. Dane nannte sie Rübezahls Pfadfinderbeil; der Schaft war so dick, daß Dane ihn kaum mit beiden Händen hätte umfassen können, und die Waffe insgesamt war so schwer, daß Dane lediglich imstande gewesen wäre, sie über den Kopf zu heben und fallen zu lassen. Obwohl alles, worauf es landete, nicht wieder aufstehen würde. Dane ging vorsichtig ein paar Schritte von ihm entfernt, das Schwert locker in der Scheide. Hinter ihnen hielt Rianna die Mitte mit ihrem langen Speer und ihren Messern. Genau hinter ihrer rechten Schulter bewegte sich Cliff mit der üblichen Geschmeidigkeit, wachsam nach beiden Seiten sichernd; und zur Linken bildete Dallith die Nachhut mit ihrer Schleuder. Er hatte ihnen allen geraten, das dichteste Gebüsch zu vermeiden; nur Rianna und Mekhar waren für einen wirklichen Nahkampf ausgerüstet. „Aratak und ich brauchen Schlagraum; und Dallith braucht ein freies Feld für einen Schuß. Aber wenn sie uns entgegentreten, müssen wir auf alles vorbereitet sein."

So bewegten sie sich mit griffbereiten Waffen durch das verlassene Land, die Nerven zum Zerreißen gespannt, und hielten nach einer erhobenen Stelle Ausschau – möglicherweise die Spitze eines steilen Hanges –, wo nichts unbemerkt an sie herankommen konnte. Dane hatte halbwegs erwartet, daß mit dem Sonnenaufgang das Land in Gewalt, Kampfgeschrei und Blutvergießen explodieren würe; statt dessen bewegten sie sich durch ein Land, das noch nie zuvor die Spuren einer lebenden Kreatur gesehen haben mochte.

Die Jagd dauert elf Tage, sagte Dane zu sich selbst. *Das ist das verteufelte. Wir können uns keine Minute lang ausruhen!*

Im Gegenteil. Je länger wir unbehelligt so gehen, desto größer ist die Gefahr, daß sie unser Verteidigungskonzept durchschauen und sich vorbereiten es zu zerschlagen.

Stunde um Stunde verging. Die Sonne erreichte den Zenit, und der Winkel wurde schon wieder kleiner; der kurze Tag neigte sich seinem Ende zu, und bis jetzt gab es noch keinen Hinweis auf Jäger oder auf anderes Wild. Um die Mitte des Nachmittages machten sie eine Rast nahe einem Felsenhaufen, wo eine Quelle aus einer Felsspalte sprudelte, und aßen die Süßigkeiten und das Konfekt, das sie mitgebracht hatten. Rianna wollte hinter die Felsen gehen, doch Dane sagte: „Nein. Wir bleiben alle zusammen."

Sie hob die Augenbrauen und sagte: „Mir ist dein Standpunkt vollkommen klar, aber was fängt man an mit dem, was man bescheiden einen Ruf der Natur nennen könnte?"

„Nimm Dallith mit dir", entgegnete Dane kurz, „und bleibt in Rufnähe. Bis die Sonne untergeht und wir einen der neutralen Eßbereiche finden, ruhen wir uns nicht aus und legen auch unsere Waffen nicht ab – auch nicht für fünf Minuten."

Cliff sagte mit wildem Grinsen: „Das ist es, wo wir im Vorteil sind gegenüber euch Protosimianern. *Ich* habe meine Waffen immer zur Hand." Trotzdem bemerkte Dane, als er sich von der Gruppe entfernte, um seine Notdurft zu verrichten, daß die große Katze gespannt und wachsam stehenblieb und zu der Stelle schaute, an der Aratak sie mit seiner Keule erwartete.

Die Jäger könnten uns natürlich sogar jetzt beobachten; während sie uns verfolgen. Sie könnten versuchen, sich eine Vorstellung von unseren Waffen und unserem Kampfstil zu machen, dachte Dane. Als er fertig war und seine Kleider zusammenband, schaute er sich um und beschloß, ein bißchen weiter zu kundschaften. Sie befanden sich in einem langen, tiefen Tal, das ungefähr in nördlicher Richtung auf die lange Hügelkette am Rande der Ruinenstadt zeigte. *Wir sollten die Hänge hinaufsteigen,* dachte er. *Sie könnten uns zum Ende des Tales treiben und dort einschließen. Abgesehen davon müssen wir gegen Sonnenuntergang eine Bergspitze ausmachen und nach diesen Gebieten mit gelben Lichtern Ausschau halten. Natürlich ist es möglich, daß die Jäger unsere Äsungsplätze ausnutzen, sich draußen aufstellen und uns einsammeln, wenn wir herauskommen, aber wir können nicht elf Tage ohne Nahrung und Schlaf auskommen.* Er hatte sich ein gutes Stück von den anderen entfernt, obwohl er sie immer noch unter sich sehen konnte; die Frauen hatten sich wieder zu Aratak gesellt und standen, wachsam um sich schauend, auf einem Felsen. Cliff sprang den Hang herauf auf ihn zu. Dane erreichte einen ebenen Vorsprung und wartete auf den Mekhar. Er machte einen Schritt auf ihn zu.

Es war nicht Cliff! Diese Tatsache wurde ihm in einem Sekundenbruchteil der Erkenntnis klar. *Dieser hat ein Schwert!*

Fast ehe der Gedanke sein Bewußtsein erreicht hatte, glitt sein eigenes Schwert aus der Scheide; er machte automatisch einen Schritt zurück in Kampfstellung und starrte auf die Kehle des Mekhar hinter der Spitze seiner Klinge. Der Löwenmann blieb stehen und zückte seine Waffe.

Danes Hals war trocken, und sein Herzschlag klang ihm laut in den Ohren. *Das war es!* – aber sein Training zahlte sich aus, und er konnte mit entschlossener Ruhe dem Hämmern seines Herzens lauschen.

Aber war dies ein Jäger oder Wild?

Vielleicht gibt es gar keine wirklichen Jäger. Vielleicht liegt ihr Genuß darin, uns zu beobachten, wir wir uns gegenseitig abschlachten...

„Wer bist du", rief er und war erstaunt, daß seine Stimme nicht zitterte. „Was willst du? Bist du hinter mir her?"

Mit einem katzenhaften Wutschrei sprang der Mekhar nach vorn, und Dane hatte kaum Zeit, einen gewaltigen Schlag gegen seinen Kopf zu parieren. Der Körper der Kreatur drehte sich im Sprung, und Danes Schlag kam zu kurz, als der Katzenmann leicht auf seinen Füßen landete und außer Reichweite zurücksprang.

Dane hielt die Stellung und beobachtete seinen Gegner.

Seine Position ist fast wie eine Säbelkampfstellung, dachte er; aber die Klinge des Mekhar war lang und gerade, viel leichter als seine eigene. Er zwang sich, die rechte Hand locker und die linke das Hauptgewicht tragen zu lassen. *Er wird mich erreichen,* dachte er. *Diese Stellung müßte ihm fast die Reichweite eines Rapierfechters geben. Und diese Sprünge! Aber natürlich ist die Schwerkraft hier geringer; der Mond ist nur etwa halb so groß wie seine eigene Welt...*

Aber es war keine Zeit mehr, um nachzudenken. Die lange, gerade Klinge drang in einem weiten Ausfall gegen Danes Brust. Er parierte und machte seinerseits einen Ausfall, als das Schwert des Mekhar ungefährlich über seiner rechten Schulter spielte. Danes Arme schwangen im Schlag nach oben.

Der Löwenmann drehte sich weg, zog dabei das Schwert über seinen Kopf, und mit stählerner Kraft trieb Danes Schlag die Rückseite der geraden Klinge in den Skalp des Mekhar.

Nun war es an Dane zurückzuspringen, weg von einem tief geschwenkten Schlag gegen seine Beine. Der Mekhar knurrte wortlos, ein tiefer, rauher Laut.

Die beiden standen sich auf einer Entfernung von ungefähr drei Schritten gegenüber. Der Katzenmann duckte sich, die Klinge vor sich ausgestreckt. Blut tropfte von der leichten Kopfwunde. Aber Danes Klinge war nicht lange auf die Kehle des Jägers gerichtet; Statt dessen hielt er sie nach oben gerichtet mit beiden Händen fest über seinem Kopf. *Chudan no Kamae, Jodan no Kamae.* Technische Ausdrücke und Erklärungen schossen in sinnlosem Strom durch seinen Kopf, aber sein Körper spielte unerschütterlich seine eigene Rolle, fiel anmutig in die perfekte tänzerische Position, drehte das Schwert vorsichtig in den genauen Winkel ... Der Katzenmann hieb nach seinem ungeschützten Bauch. Dane machte einen Ausfallschritt, und die alte Samuraiklinge hieb den Arm des Jägers am Ellenbogen ab. Hand und Schwert fielen zu Boden.

Der Katzenmann schrie, ein gräßliches Geräusch, weder katzenhaft noch menschlich, das zu einem würgenden Gurgeln wurde, als Danes Schwertspitze in seine Kehle drang. Aber das Wesen beugte sich weit nach vorn, über die Spitze hinaus, zu seinem abgetrennten Arm hinunter, ergriff ihn, machte sich mit einem Ruck von Danes Schwert frei und rannte, Haken schlagend, von einer Seite zur anderen springend, den Berg hinauf.

Überraschung – Bestürzung – lähmte Dane eine Sekunde lang, bevor er ihm folgen konnte. Allein von der Armwunde her, müßte die Kreatur verbluten! Und der Stich in die Kehle – es war überhaupt keine Frage. Das hätte ihr den Rest geben müssen. Das *hat-*

te ihr den Rest gegeben. Und doch...und doch...da war das Wesen, rannte den Abhang hinauf und wurde nicht einmal langsamer.

Die Kreatur – der Jäger? – duckte sich hinter einen Felsen. Vorsichtig, das Schwert immer noch blank gezogen in der Hand, folgte ihm Dane, immer auf der Hut vor einem Hinterhalt.

Aber da war nichts hinter dem Felsen. Nichts. Keine Katzenkreatur. Kein abgetrennter Arm. *Nichts.*

Kein Blut. Nicht ein einziger Blutfleck auf dem Boden. Dane ging zurück zum Ort des Kampfes, die Lippen gekräuselt, und stieß einen leisen Pfiff der Verwunderung und des Erstaunens aus. Er hatte das Ding am Kopf bluten sehen. Blut – Blut, das genauso aussah, wie normales Blut – war aus dem abgetrennten Arm geströmt.

Es gab hier auch Blut auf dem Boden. Aber nicht viel. Weniger als zwei Meter von dem Ort entfernt, an dem Dane den Arm des Wesens abgetrennt hatte, verringerten sich die Bluflecke bis auf ein paar Tropfen und hörten dann ganz auf.

Nachdenklich steckte Dane sein Schwert in die Scheide zurück. Das erste Blut, dachte er. Was *war* das für ein Ding gewesen? Es war so sicher wie das Amen in der Kirche kein Mekhar. Er hatte Cliff bluten sehen. Aber ebenso sicher hatte es ausgesehen wie ein Mekhar.

Eine Abart der Protofelinen?

War es das, was die Jäger waren, nur abgewandelte Protofelinen? Na sicher. Protofelinen. Intelligente Katzen, die ihren Arm aufheben konnten, den man ihnen abgetrennt hatte – nach dem sie einen Schwertstoß genau in die Halsschlagader bekommen hatten – und mit ihm wegrannten und sich dann in Luft auflösten.

Er begann langsam den Abhang hinunterzusteigen zu der Stelle, wo er seine Freunde zurückgelassen hatte. Aratak und Rianna rannten auf ihn zu; offensichtlich hatten sie den letzten Schrei des Wesens gehört. Mit einem benommenen Gefühl stellte er fest, daß er sie vor weniger als fünf Minuten verlassen hatte.

Rianna fragte: „Was war los? Ein Jäger? Ich dachte einen Augenblick lang, es sei Cliff..."

„Das dachte ich auch zuerst", antwortete Dane grimmig, „bis ich sah, daß er ein Schwert hatte."

„Und ich sah, daß der Mekhar noch bei uns war. Wir rannten los – Dane, hast du ihn getötet?"

„Eigentlich ja." Dane erzählte ihnen die Geschichte. Einer nach dem anderen kamen sie herauf, um das Blut zu sehen; aber keiner von ihnen hatte eine Erklärung. Cliff zeigte offenes Mißtrauen; es war offensichtlich, daß er kein Wort von Danes Geschichte glaubte.

„Dein letzter Schlag hat ihn offensichtlich nicht getroffen", sagte er, „und er rannte einfach hinter den Felsen und..."

„Und ging geradewegs durch die Bergwand hindurch?"

„Wahrscheinlich hat er sich hinter Büschen versteckt. Es könnte irgendwo einen Höhleneingang geben, und er hat sich seinen Weg hinunter gebahnt, als du ihn nicht beobachtet hast."

Dane sah den Mekhar böse an. „Könntest *du* deinen Arm aufheben und damit wegrennen, wenn ich ihn dir abgetrennt hätte, Cliff?" Cliff schüttelte den Kopf. „Vielleicht dachtest du nur, du hättest ihm die Hand abgeschlagen. Es war dein erster Kampf. Vielleicht warst du zu sehr erregt", sagte er gönnerhaft. „Wenn du ihn getötet hättest, wäre sein Körper hier. So einfach ist das."

Dane antwortete nicht. Er konnte es sich nicht leisten, mit der Katze zu streiten, und er wußte, wenn er ihm diesmal antwortete, würde er es tun. Ruhig drehte er sich um und bedeutete ihnen, ihm zu folgen. „In jedem Fall halte ich es für besser, wenn wir aus diesem Tal herauskommen", sagte er. „Wenn einer der Jäger sich hier befindet, ist anzunehmen, daß es noch andere hier gibt."

Aber sie sahen kein weiteres Lebewesen, als sie sich zum Rande des Tales hinaufquälten und eine lange, mit Steinen übersäte Ebene erreichten. Die Sonne ging hinter den Ruinen der Stadt unter, und die schattenhaften Umrisse erhoben sich gegen das Licht wie gezackte Zähne, die aus einem zerbrochenen Schädelknochen hervortreten. „Was ist das?" fragte Dallith und deutete auf ein Licht am Horizont.

„Der Mond – Verzeihung, die Welt der Jäger – geht auf", sagte Rianna.

Dane schüttelte den Kopf. „Nein, das Licht ist gelb", sagte er. „Neutrales Gebiet, und die Sonne ist untergegangen. Die Jagd ist vorüber bis Mitternacht. Wir sollten besser dort hinuntergehen und sehen, was wir zu essen bekommen können."

Am Ende ihrer Kräfte, hielten sie auf die Lichter zu. Dane war sehr müde, und Rianna taumelte vor Erschöpfung; sogar Aratak zog seine Keule hinter sich her, anstatt sie kraftvoll über der Schulter zu tragen. Die Lichter schienen sehr weit entfernt zu sein, und selbst das Wissen, daß jenseits dieser Lichter die Sicherheit winkte, hielt Dane kaum in Bewegung. Er fragte sich, ob sie sie erreichen würden, bevor er auf dem Wege zusammenbrach.

Die große, ziegelrote Scheibe der Welt der Jäger stand hoch über der Ruinenstadt, bevor sie das erste Licht erreichten. Das ganze Gebiet war von großen, runden Kugeln, die an hohen Metallpfählen aufgehängt waren, hell erleuchtet. Innerhalb des großen Kreises – hundert bis hundertfünfzig Ar mindestens –, der mit den Pfählen abgegrenzt war, bewegten sich gleichmütige Diener. Sie glitten hier zwischen Steinen, Moos und Unterholz so glatt vor und zurück wie in der Waffenkammer. In dem Lichterkreis gab es kein anderes Lebewesen außer einer riesigen protoursinen Kreatur, die in einem Fellknäuel schlief, die Reste eine reichhaltigen Mahlzeit neben sich.

Natürlich. Es gibt noch andere neutrale Gebiete; andere Gefangene müssen sie gefunden haben. Wir werden sie auch finden, wenn wir lange genug leben, dachte Dane.

Genau in der Mitte des Lichterkreises gab es ein Angebot an Nahrungsmitteln in großen Kästen – mit den gleichen Farbschlüsseln, wie das Essen auf dem Sklavenschiff der Mekhar bezeichnet war.

Dane hielt es für ein Symbol dafür, wie sehr dieser Tag der Not sie zusammengeschweißt hatte, als sie sich alle zu ihm umwandten, ehe sie das Essen anrührten. Er sagte: „Eßt soviel ihr könnt und schlaft eine Weile. Aber nicht zu lange. Ich möchte vor Mitternacht ein gutes Stück von hier entfernt sein – und das ist der Zeitpunkt, zu dem die Jagd fortgesetzt wird." „Ich brauche Schlaf noch dringender als Essen", sagte Dallith, aber sie ging pflichtbewußt hin und aß einige Früchte, bevor sie sich in ihren Umhang wickelte und auf das dicke Moos niederlegte. Die anderen folgten ihrem Beispiel. Dane sagte zu Aratak: „Schlaf ein paar Stunden, und dann bleibst du wach, während ich schlafe."

„Glaubst du nicht, daß wir hier in Sicherheit sind? Du traust den Jägern nicht?"

„Ich traue ihnen zu, daß sie Jäger sind", entgegnete Dane. „Ich glaube, daß wir hier sicher sind. Aber ich will draußen nicht genau in ihre Arme laufen. Schlaf ein bißchen, Aratak. Danach werde ich mit dir darüber sprechen."

Der riesige Saurier legte sich nieder und glühte bald über und über blau, als er schlief. Dane betrachtete ihn und dachte mißmutig über seine Pläne nach. Er ließ Aratak ein paar Stunden schlafen, dann weckte er ihn und legte sich selbst hin um auszuruhen. Als sei sein Plan im Schlaf gereift, wußte er genau, als er aufwachte, was zu tun war. Ruhig weckte er Cliff und die Frauen.

„Jeder von euch macht sich ein kleines, tragbares Paket mit Nahrung für zwei oder drei Tage", wies er sie an. „Vielleicht unterbrechen sie die Jagd wirklich jede Nacht bei Sonnenuntergang; möglich, daß sie den Schlaf der Ungerechten schlafen – oder sich an einem Lagerfeuer mit Singsang unterhalten –, drüben in ihren eigenen Ruhebereichen. Aber denkt daran, wie die Mekhar uns in dem Raumschiff darauf testeten, ob wir vorauszudenken in der Lage waren. Ich möchte wetten, daß es hier genauso ist. Vielleicht ist es in der ersten Nacht oder in den ersten zwei oder drei Nächten sicher, bis Mitternacht zu schlafen und dann hinauszugehen, aber ich wette, daß früher oder später, jeder, der sich an diese nette, sichere Routine gewöhnt und ihr *vertraut*, niedergeschlagen und zu Jägersuppe gemacht wird. Von jetzt an lagern wir im Freien – wobei wir abwechselnd Wache stehen – und kommen nur sehr kurz direkt nach Sonnenuntergang hier herein, und zwar einmal in zwei oder drei Tagen, um Nahrung zu holen." „Das ergibt einen Sinn", stimmte der Mekhar zu. „Ich habe auch ungefähr in diese Richtung gedacht."

„Gut." Dane begann, Nahrungsmittel auszuwählen, die haltbar

waren – Nüsse, getrocknete Früchte, harte Waffeln aus irgendeinem getrockneten Korn. Als er diese Dinge zwischen den verderblicheren Nahrungsmitteln ausgelegt gesehen hatte (und, wie er annahm, gab es Entsprechendes für nichtmenschliche Wesen), war ihm klargeworden, daß das ein weiterer Test war. Wenn die Jäger die Absicht hatten, ihnen jede Nacht zur Essenszeit Sicherheit zu gewähren, hätten sie nur für Essen gesorgt, das sofort verzehrt werden mußte. Wieder lasen sie die Intelligenteren und Wachsameren unter ihrer Beute heraus und versorgten sie mit Gelegenheiten – wenn sie intelligent genug waren, die Gelegenheiten zu ergreifen –, ihr Leben zu verlängern und vielleicht sogar solange dem Gestelltwerden zu entgehen, bis die Jagd beendet war.

Ich habe nicht den Eindruck, daß sie es zu unseren Gunsten tun, dachte Dane, *oder auch nur aus einem übertriebenen Sinn für Fairneß heraus. Sie wollen die Jagd verlängern – uns länger nachpirschen. Und wenn wir ihnen wirklich zu einem schönen Jagderlebnis verhelfen, macht es ihnen nichts aus, einen oder zwei von uns laufen zu lassen.*

Seine Gedanken machten einen Sprung. *Wenn ich uns alle fünf durchbringen könnte...*Nein. Das war zu weit voraus gedacht. Er mußte sich darauf konzentrieren, den Tag zu überleben – durch diese Nacht zu kommen.

Er sah, wie Dallith ihren Umhang um sich wickelte und das Säckchen mit getrockneten Früchten und Nüssen vorn in ihrer Tunika befestigte. Sie hatte ihr Haar zu einem einzigen langen Zopf geflochten. Er trat neben sie und sagte ruhig: „Hast du eine Haarnadel oder irgend etwas anderes, um das Haar auf deinem Kopf festzustecken? So wie es jetzt herunterhängt, wird jeder, der dich verfolgt, finden, daß dieser Zopf gerade richtig ist, um dich daran festzuhalten."

Sie lächelte unentschlossen. „Ich habe nie daran gedacht. Man vergißt so etwas. Ich werde ihn abschneiden, wenn du willst." Er berührte ihn mit der Spitze seines Fingers, eine sanfte, bedauernde Berührung. „Es ist wundervolles Haar", sagte er und, einem plötzlichen Impuls folgend, küßte er die feinen Spitzen des Zopfes.

„Aber wenn wir überleben, wird es wieder wachsen, und ich würde mich wohler fühlen, wenn du keine... Haltegriffe hättest, an denen man dich leicht festhalten kann."

Sie zog ihr Messer aus der leichten ledernen Scheide. Mit einer raschen Bewegung trennte sie die helle Flechte ab und ließ sie zu Boden fallen. Sie lächelte ihn an und ging davon. Dane blieb noch einen Augenblick stehen und sah ihr nach. Dann bückte er sich aus einer seltsamen Laune heraus und hob den langen, seidigen Zopf auf. Er lag fein und weich und elastisch in seiner Hand. Er rollte ihn zusammen und befestigte ihn in seiner Tunika auf der Haut. *Ein Gunstbeweis meiner Dame,* dachte er.

Als er sah, daß die anderen gegürtet und bereit waren, gab er ihnen ein Zeichen und führte seine kleine Gruppe in die Dunkelheit hinaus. Lange bevor die Welt der Jäger im Zenit stand, waren die gelben Lichter des neutralen Gebietes zu einem Blinken verblaßt und verschwanden dann weit hinter ihnen.

Sie schliefen noch einmal abwechselnd ein paar Stunden in einer Senke zwischen den Hügeln versteckt. Bei Tagesanbruch gingen sie weiter durch die Vorberge, ungefähr in Richtung auf die Ruinenstadt zu. Einmal, kurz nachdem es hell geworden war, hörten sie von weit her ein scharfes Klirren wie von Schwertern und Schildern und ein hohes, heulendes Gebrüll: einen Todesschrei. Aber der Schrei wurde immer leiser, bis die Landschaft wieder still war, so still wie der Tod.

So still wie der Tod. So still wie all die Toten, die sie gesehen hat. Wie wahr diese alten Klischees doch sein können...

Es war wieder später Nachmittag, als sie einen langgestreckten, mit Felsen übersäten Berg erreichten, wo sie Rast machten, um einige Bissen zu essen und von einem Wasserlauf zu trinken, der die felsigen Klippen herunterfloß.

Es war die Ungewißheit und die Erregung, die ihn verrückt machte, stellte Dane fest. Niemand konnte es aushalten, den Bogen für endlose Tage in voller Spannung zu halten. Das Spiel war also manipuliert, und zwar zugunsten der Jäger manipuliert, dachte er, denn sie konnten ihr Wild beschleichen, es ermüden und es dann in aller Ruhe angreifen. Sie konnten sich gefahrlos ausruhen; es war unwahrscheinlich, daß die Gejagten unerwartet über sie herfallen oder sie überrumpeln könnten. Rianna, die auf etwas herumkaute, was wie Streifen getrockneten Pökelfleisches aussah, es aber sicher nicht war, sagte zu Dane: „Wenn ich das überlebe, werde ich nie wieder einen Sport aus der Jagd machen."

Dane empfand es genauso. Nicht daß er jemals ein begeisterter Jäger gewesen wäre, außer mit der Kamera, aber er hatte immer etwas für die Mystifizierung der Jagd übrig gehabt.

Er sah Rianna an, die sich, den Kopf auf die Arme gelegt, ausruhte. Dallith hatte ihr Mahl beendet und stand auf einem Felsen, den kurzhaarigen Kopf geneigt, als lausche sie einem entfernten Geräusch. Er rief ihr leise zu: „Hast du etwas gehört?"

„Nein ... ich glaube nicht ... ich bin nicht sicher", antwortete sie, und ihr schmales Gesicht sah angestrengt und verwirrt aus.

Wenn sie am zweiten Tag der Jagd schon so aussieht, wie wird sie sich dann am Ende fühlen? Wie lange kann sie sich halten?

Er ließ alle eine weitere halbe Stunde ausruhen, bevor er sie zusammenrief und sie den Hang hinaufzusteigen begannen. Die Bergspitze konnte ein guter Ort sein, die Nacht dort zu verbringen, wenn sie im Freien bleiben wollten. Sie konnten den ersten Teil der Nacht ohne Furcht schlafen und den Rest hindurch Wache halten, ohne befürchten zu müssen, daß jemand sich an sie heranschlich.

„Seid vorsichtig am Gipfel des Berges", warnte er, als sie anfingen hinaufzusteigen. „Es ist ungefähr dieselbe Tageszeit, zu der uns der Jäger gestern angegriffen hat. Vielleicht bevorzugen sie die Zeit kurz vor Sonnenuntergang zum Angreifen."

Er wollte seinen Platz in der Reihe einnehmen, aber Cliff drängte an ihm vorbei. „Ich beanspruche das Recht, euch zu führen", sagte er stolz. „Gestern warst du die Vorhut, und du hast das erste Blut vergossen. Jetzt bin ich an der Reihe! Willst du allen Ruhm für dich?"

Zum Teufel mit dem Ruhm, Freund, dachte Dane, aber er sprach die Worte nicht aus. Er fing langsam an, ein wenig zu verstehen, wie das Gehirn des Mekhar arbeitete. Ein menschlicher

Stratege legte Wert auf Schlagkraft. Aber der Protofeline war nicht menschlich, und ihn interessierte die Schlagkraft nicht mehr als der technische Fortschritt. Im allgemeinen arbeitete er fast unglaublich gut mit ihnen zusammen; aber wenn seine Moral absank, würde er das nicht mehr tun. Wenn es ihn glücklich machte, die Führung und das Risiko manchmal zu übernehmen, hatte Dane das Gefühl, daß er nicht mit ihm darüber streiten sollte.

Cliff sagte eifrig: „In jedem Fall sind meine Ohren die schärfsten. Laßt mich ein bißchen vorauskundschaften." Dane zuckte die Schultern. „Geh voran, Murr. Aber gib ihm Rückendeckung mit dem Speer, Rianna."

Während sie begannen, den felsigen Hang hinaufzuklettern, sprang der Mekhar eifrig vor ihnen her. Der Pfad war steil, und Rianna fiel immer mehr zurück; der Katzenmann hüpfte leichtfüßig über denselben Boden, der unter Danes Füßen wegglitt und schlitterte und kleine Steinregen unter ihm auslöste. Riannas Füße rutschten aus, und sie fiel, wobei sich ihr Fuß fast in dem Speer verfangen hätte; Dane faßte sie stützend unter dem Ellenbogen. Sie kam schnell wieder auf die Füße und sagte: „Hilf Dallith" und suchte sich gewandt ihren Weg über die Steine.

Dane blieb stehen, um Dallith die Hand zu geben und bemerkte, daß Aratak zurückfiel. *Wir sind eine schöne Kampfgruppe,* dachte er, *über den ganzen Berghang verteilt.* Er hob den Kopf, um Cliff zuzurufen, daß er warten solle.

Dallith stieß einen erstickten Laut aus; einen Moment lang fragte Dane sich, ob sie seine Angst übernommen hatte, aber zur selben Zeit zischte der Mekhar scharf, warf sich hinter einen Felsblock und bedeutete den anderen mit dem Arm, in Deckung zu gehen.

Dane zog erst Dallith, dann Rianna halb in den Schatten eines nahe gelegenen riesigen Felsens, dann preßte er sich selbst an ihre Seite. Aratak hatte sich flach auf den Boden geworfen. Es gab keine Deckung in der Nähe, hinter der er sich hätte verstecken können, aber wenn er sich nicht regte, fügte er sich in die felsige Landschaft ein wie ein weiterer Stein.

Über sich sah Dane, wie Cliff, der Klippenkletterer, seitlich von seinem Felsen schnell, ruhig und geduckt zur Bergspitze hinaufschlich, katzenhafter denn je. *Sie haben ihm sicherlich den richtigen Namen gegeben,* dachte Dane. An seiner Seite hörte er Dalliths tiefes Stöhnen, und über sich sah er den Katzenmann erstarren. *Was es auch immer ist, es kommt,* wußte Dane.

Dann sah er es. Ein Protofeline wie der Mekhar. Dane dachte an den Katzenmann, den er getötet hatte – oder fast getötet hatte – und seine Hand legte sich um den Griff des Schwertes. Er spannte sich, bereit zu ziehen.

Er hörte eine plötzliche, eigenartige Veränderung in Dalliths Atmung, aber bevor er es analysieren oder verstehen konnte, sah er den Mekhar auf die Füße springen, auf der Spitze des Felsens stehen, wo er sich gegen den Himmel abhob und weit sichtbar war für den Neuankömmling.

Dieser verrückte Mekhar! Er will ihn zum Zweikampf herausfordern! Der Katzenmann hatte nicht angehalten, als er der anderen Katze ansichtig wurde, sondern kam geradewegs den Berg hinunter auf ihn zu. Und dann drehte sich Cliff irrsinnigerweise zu ihnen um und winkte.

„Es ist in Ordnung", rief er ihnen zu, und es lag Freude in seiner Stimme. „Er trägt die Barttracht meiner Sippe. Er ist aus meiner Verwandtschaft!" Er sprang vom Felsen hinunter und lief auf den anderen zu, während er ihm etwas zurief, was wie eine rituelle Begrüßung klang: „Heimteiler und Jagdhelfer..."

Dallith sprang auf die Füße und schrie: „Nein! Nein! Cliff ... nein, nein es ist..." Sie umklammerte Danes Arm, ihre Fingernägel gruben sich schmerzhaft in seinen Unterarm. „Halt ihn auf! Hilf ihm! Es ist ein Trick, eine Falle..." Plötzlich bückte sie sich zum Boden herab und legte hastig einen Stein in ihre Schleuder.

Verwirrt sah Dane den Hügel hinauf und sah, wie der Mekhar mit allen Anzeichen der Freude und des Vertrauens zu dem anderen Mekhar hinaufging und wie die Stahlklauen in der Sonne aufblitzten, als sie nach Cliffs ungeschützter Kehle schlugen. Dann schrie Dane und riß sein Schwert heraus, und Schmutz und kleine Steine spritzten unter seinen Füßen auf, als er ohne Rücksicht den

Berg hinaufhetzte und jeden Moment darauf gefaßt war, hinzufallen und sich in seinem eigenen Schwert aufzuspießen. Über sich sah er den Klippenkletterer zurücktaumeln, während Blut aus einer Wunde an seinem Hals strömte, und dann stolpernd im Handgemenge mit seinem Angreifer.

Von unten kam ein tiefes, rasselndes Gebrüll. Das konnte nur Aratak sein. Dane schrie wieder und kämpfte um sein Gleichgewicht auf dem abschüssigen Hang.

Die zwei großen Katzen rollten den Berg hinunter auf ihn zu, in tödlichem Kampf ineinander verkeilt, beide in Blut gebadet: Rotes Blut strömte aus Cliffs Kehle und beschmierte die Krallen seines Gegners; die Klauen des Mekhar suchten die Augen, die Weichteile. Aber Cliff wurde schwächer und als Dane keuchend den Felsblock erreichte, hinter den der Mekhar sich geduckt hatte, zitterte der Klippenkletterer plötzlich krampfhaft und lag dann still, während das Blut weiter aus seiner aufgerissenen Kehle sprudelte.

Der andere Protofeline, der über den Körper geduckt stand, hob die Augen und starrte Dane an. Eine von Cliffs Pranken war immer noch in seinen Kehlbart verkrallt – *nein!* Gebannt sah Dane, daß die Klauen des toten Mekhar immer noch tief in der Kehle seines Mörders steckten, wie im Todesgriff festgefroren.

Wenigstens hat er ebenso viel ausgeteilt, wie er einstecken mußte, dachte Dane. *Er hat den Bastard mit sich genommen!*

Und dann geschah das Unglaubliche: Der Katzenmann ergriff Cliffs leblose Pfote mit beiden Händen und bäumte sich zurück. Dane sah, wie die steif werdenden Klauen des Mekhar durch den Hals des anderen gezogen wurden. Blut quoll kurz hervor und versiegte dann. Der Katzenmann erhob sich, augenscheinlich unverwundet, und stand Dane in Kampfstellung geduckt gegenüber, als der Erdenmann auf ihn zustürmte.

Irgend etwas traf den Jäger an der Schulter und wirbelte ihn herum. Es war eines von Dalliths Schleudergeschossen, bemerkte Dane. Und hinter sich hörte er ein solches Krachen und Schmettern von Steinen, daß es nur Aratak sein konnte, der seine enorme Masse den Berg hinaufkämpfte.

Ein weiterer Stein prallte gegen den Felsen hinter dem Jäger, und einen Augenblick lang zögerte er, während er nach Cliffs Körper griff, als ob er ihn wegtragen wolle. Aber als Dane auf Schlagweite herankam, kehrte die Kreatur um und sprang den Abhang hinauf, in einer Geschwindigkeit, mit der Dane nicht Schritt halten konnte. Er blieb auf dem Gipfel stehen, und ein großer Felsblock löste sich aus seinem Bett und krachte hinunter, so daß Aratak gezwungen war, zur Seite zu springen. Dann verschwand er über den Rand des Berges.

Dane kletterte schwerfällig weiter, bis er den Gipfel erreicht hatte. Aber, wie er es schon halb erwartet hatte, war Cliffs Mörder nirgends zu sehen.

Er verschwand auf dieselbe Weise wie der andere. Und er ist diesen Berg mit aufgerissener Kehle hinaufgeklettert!

Das heißt vermutlich, daß der, den ich getötet habe, auch nicht tot ist...

Er stieg den Hang wieder hinunter. Dallith beugte sich über den Körper des Mekhar. Dane dachte einen Augenblick lang, sie würde weinen, aber sie hob ein weißes, tränenloses Gesicht zu ihm empor. „Das war ein Jäger?"

„Das", antwortete Dane grimmig, „war ein Jäger, Gott steh uns bei." Rianna beugte sich über Cliffs blutüberströmten Körper. Tränen fielen auf sein mattes Fell, als sie sanft seine starren gelben Augen zudrückte.

„Sein Kapitän wünschte ihm ein ehrenhaftes Entkommen oder einen blutigen und ehrenhaften Tod", flüsterte sie. „Nun, er hat es bekommen. Ruhe in Frieden, Freund."

Dane schaute auf den Körper ihres toten Verbündeten hinunter, und seine Gedanken waren bitter. „Willst du allen Ruhm für dich?" hatte der Mekhar gefragt, und statt dessen hatte er den Tod gefunden, war der erste im Sterben. Kopfüber war er in den Tod gerannt. „Das hätte eigentlich ich sein sollen", sagte Dane laut. Aber es war keine Zeit zu klagen, nicht einmal Zeit, ihren toten Freund zu begraben.

Auf diesem Berghang sind wir wie lahme Enten, wenn der Jäger irgendwelche Freunde in der Nähe hat, dachte Dane, und grimmig befahl er weiterzugehen. Rianna protestierte schluchzend und er sagte freundlich: „Wir tun ihm keinen Gefallen, wenn wir uns mit ihm töten lassen, Rianna. Laß uns hoffen, daß der Jäger für heute sein Jagdlimit erreicht hat und nicht in der nächsten Sekunde zurückkommt."

Aratak fügte hinzu, während er Rianna freundlich am Arm nahm und sie wegführte: „Er ist jetzt vereint mit aller Weisheit, Rianna – oder anders, er ist Staub, der zum Staub zurückkehrt. Wie auch immer, deine Pflicht gehört jetzt uns, wie unsere dir gehört. Komm, mein Kind."

Sie ließ sich von dem riesigen Saurier wegführen, aber sie war immer noch vom Weinen geschüttelt. Dane fühlte sich ebenfalls traurig. Er hatte nicht bemerkt, wie sehr der Mekhar zu einem Teil ihrer Gruppe geworden war. Es war nicht nur die Lücke, die es in ihre Verteidigungsreihen riß, es war Cliff selbst, den er vermissen würde. Sein Mut, seine Fröhlichkeit in der Gefahr – sogar seine nicht zu unterdrückende Arroganz, seine scharfen, offensichtlichen Beleidigungen.

Einer weniger. Vier übrig, und sie begannen zu ahnen, wie die Jäger waren – und das Bild war nicht angenehm.

Kann man diese verdammten Dinger überhaupt töten?

13

Das Schlimmste an der Jagd, dachte Dane, war die Art, wie man die Zeit aus den Augen zu verlieren begann.

Er war nicht sicher, ob es der fünfte oder der sechste Tag der Jagd war. Die Zeit schien in endlosen Abschnitten zu verschwimmen, immer auf Angriffe und Töten gefaßt. Sie waren immer auf der Hut vor dem plötzlichen Auftauchen von irgend jemandem – oder irgend etwas – auf dem Schlachtfeld. Aber seit dem Tod des Klippenkletterers – war es nun drei oder vier oder sogar fünf Tage her? – waren sie auf keinen weiteren Jäger mehr gestoßen oder zumindest von keinem angegriffen worden. Einmal allerdings hatte Dallith sie mit einer rauhen Warnung zum Halten gebracht. Sie hatten Deckung im Unterholz gesucht und weit entfernt das Aufeinanderprallen von Stahl und etwas anderem gehört, einen dünnen Todesschrei von irgendwoher. Geduckt, im ansteigenden roten Mondlicht versteckt – oder besser, im Weltlicht von der gewölbten Welt der Jäger über ihnen – warteten sie auf einen Angriff; aber es geschah nichts, und nach einer langen Zeit entspannte sich Dallith und ließ ihre Schleuder zu Boden fallen.

„Es ist weg", sagte sie. „Wirklich weg."

„Tot?" fragte Rianna, und Dallith seufzte und sagte: „Wie soll ich das wissen?"

Jetzt, bei Tageslicht, konnt Dane sehen, daß die Jagd bei Dallith die deutlichsten Spuren hinterließ. Sie waren alle sonnenverbrannt und staubig, aber unter ihrer Sonnenbräune sah Dallith jeden Tag ein bißchen bleicher und mitgenommener aus; jeden Tag sanken ihre dunklen Augen tiefer in die Höhlen. Rianna weinte manchmal vor Erschöpfung; Dallith weinte weder, noch beklagte sie sich, aber jeden Tag wirkte sie abgezehrter und hagerer.

Sie braucht Ruhe, dachte Dane, *und ungestörten Schlaf und Befreiung von der Angst.*

Wir alle brauchen das, aber Dallith braucht es am bittersten von uns allen. Sie scheint diese verdammten Dinger sogar im Schlaf spüren zu können, und das hat uns bis jetzt wahrscheinlich alle am Leben erhalten.

Sie ruhten sich im Schutze der Hügelkette aus, die sie am Fuße der Ruinenstadt von weitem in der ersten Nacht gesehen hatten. Die Stadt lag weit oben über den Klippen, und die abgetragenen und verwitterten Hänge, die hinaufführten, waren mit dunklen Höhlenöffnungen und hohen, verfallenen Treppen und Verbindungswegen übersät.

Rianna schaute zu den Gebäuden hinauf und sagte: „Ich würde sie gerne eines Tages erforschen. Unter angenehmeren Umständen."

„Ich nicht", meinte Dane. „Wenn wir lebend von diesem verdammten Mond herunterkommen, habe ich für die Dauer von zwei oder drei Leben davon genug."

„Du verstehst mich nicht", sagte Rianna. „Wenn die Jagd hier schon seit Jahrhunderten stattfindet, ist es sogar möglich, daß die Jäger diese Stadt erbaut haben."

„Oder, was wahrscheinlicher ist, sie haben die Erbauer, wer auch immer sie waren, gejagt und getötet", vermutete Aratak. „Und als alle tot waren, konnten sie nicht aufhören zu jagen..."

„Es sind schon seltsamere Dinge geschehen", sagte Dane und dachte an die Geschichte der Erde und den langen Irrsinn der Kreuzzüge. Aratak schien am wenigsten von diesen Tagen der Entbehrungen und der Angst gezeichnet zu sein; aber Dane konnte sehen, daß sogar er erschöpft aussah. Er war von Kopf bis Fuß mit grauem Schlamm beschmiert. Da sie schon zu Beginn der Jagd festgestellt hatten, daß in den langen Phasen zwischen Mitternacht und Sonnenaufgang, wenn sie im Freien lagerten, Arataks Gewohnheit, im Schlaf blau zu glühen, die Jäger auf ihre Spur bringen konnte, hatten sie sich seine Methode, sein indiskretes Leuchten zu kontrollieren, zu eigen gemacht. Glücklicherweise mochte

Aratak Schlamm; aber er hatte zugegeben, daß ein großer Unterschied zwischen der angenehmen Wärme von nassem Schlamm und dem Tragen von getrocknetem Schlamm bestand. Nun kratzte er abwesend an dem grauen Geschmier und sagte: „Ich denke mit Vergnügen an die Badebecken des Wildreservates. Ich hoffe, in den Ruinen gibt es irgendwo Wasser. Die Stimme des Eis, mag seine Weisheit ewig dauern, hat einst bemerkt, daß ein Festmahl angenehm für den Hungernden sei, aber daß der wirklich weise Mann, außer wenn er kurz vor dem Verhungern steht, ein Festmahl für ein Bad zurückweist. Leider haben sich nur zu viele seiner göttlichen Weisheiten in der Not der letzten Tage bewahrheitet."

„Ich beneide dich um deine Philosophie, Freund", sagte Dane und zog sich müde auf die Füße. „Ich glaube, wir werden in die Ruinen gehen müssen, um Wasser zu suchen; wir haben noch Nahrung für einen Tag oder so, aber wir brauchen Trinkwasser, und du brauchst ein Bad."

„Ich dachte, du seist besorgt, daß wir dort in eine Falle laufen", entgegnete Rianna.

„Das bin ich auch. Aber zwischen Sonnenuntergang und Mitternacht könnten wir es riskieren. Der Mond – zur Hölle, es ist ein Mond für *uns* –, die Welt da oben gibt uns genug Licht, so daß wir unseren Weg gut genug *dafür* finden können. Aber um Mitternacht sollten wir weit weg sein. Ich nehme an, den Jägern bereitet es eine große Freude, da drinnen Verstecken zu spielen, wenn eines der Beutetiere glaubt, es sei ein guter Ort, um sich zu verbergen."

Rianna sah zum Himmel hinauf. „Bald Sonnenuntergang. Gott sei Dank." Dallith nickte grimmig. „Aber wir sind überfällig für einen Angriff. Ich vermute, sie lieben es, direkt vor Sonnenuntergang anzugreifen, weil dann ihre Beute müde ist vom Herumlaufen und bereit, die Wachsamkeit fallenzulassen."

„Ich glaube, du hast recht", sagte Dane, „was bedeutet, daß es die beste Zeit ist, unsere Wachsamkeit auf der Höhe zu halten. Nun, laßt uns gehen. Ich würde die Ruinen gerne genau *nach* Sonnenuntergang erreichen – und vermeiden, daß wir uns den Weg hinein erkämpfen müssen."

Tage des Umherziehens, immer auf der Hut vor Angriffen, hatten ihr Anordnung vervollkommnet; aber jedesmal, wenn sie sich zum Aufbruch formierten, vermißte Dane noch immer Cliffs Wachsamkeit. Nun, als sie den Gipfel eines kleinen Hügels erklommen, sah Dane eine Bewegung unter sich im Unterholz und das Aufblitzen von bräunlichem Gold. Ein Mekhar – oder eine von den katzenähnlichen Gestalten, gegen die sie jetzt schon zweimal gekämpft hatten.

Er machte den anderen hinter sich ein Zeichen. Sie hielten an und nahmen ihre Verteidigungsstellung ein. Rianna kniete nieder und stützte den Schaft ihres Speeres gegen einen Felsblock hinter sich. Aratak und Dane stellten sich auf beiden Seiten auf. Dallith sprang auf die Spitze des Felsens, die Schleuder schußbereit.

Der Löwenmann schaute einen Moment zu ihnen herüber, dann drehte er sich um, rannte los und verschwand im Gebüsch. Dane stieß einen Seufzer der Erleichterung aus und senkte seine Klinge.

„Ich glaube nicht, daß das ein Jäger war", sagte Dallith hinter ihm. „Er schien sich auch zu fürchten. Ich glaube, es war ein Beutetier, wie wir selbst."

„Wir können uns dessen nicht sicher sein", sagte Dane. *Fast jeder,* dachte er, *würde sich beim Anblick von Arataks Riesenkeule fürchten. Sogar ein Jäger könnte leichtere Beute vorziehen.* Der Knoten am Ende der Keule war fast zweimal so groß wie Danes Kopf.

Dallith sprang vom Felsen herunter. „Er fühlte sich nicht so an wie das Wesen, das den armen Klippenkletterer getötet hat", beharrte sie. „Ich fühlte ihn..." Sie zögerte, suchte nach Worten, „...ein bißchen wie Cliff selbst. Nur nicht so tapfer."

„Wahrscheinlich einer von den Mekhar – die beiden, die er gewöhnliche Kriminelle oder Diebe genannt hat", sagte Dane und spürte eine seltsame, geteilte Reaktion in sich: Auf der einen Seite war der Wunsch, den armen, verängstigten Mekhar zu finden, der trotz allem von Cliffs Art war, wenn auch nicht von seiner Klasse; auf der anderen Seite eine merkwürdige Abneigung dagegen, sich mit jemandem zusammenzutun, den der Klippenkletterer offenbar für unter seiner Würde befunden hatte. „Aber wir könnten die Augen und Ohren eines Mekhar jetzt gebrauchen“, sagte er, „und wenn nur, um dir ein bißchen Ruhe zu verschaffen, Dallith.“

Rianna ließ ihren Speer fallen. „Ich habe keine Veranlassung, die Mekhar zu lieben“, sagte sie grimmig; „sie haben uns schließlich hierhergebracht. Was mich betrifft, können die Jäger sie haben, und zwar gerne. Sie sind sich alle ziemlich gleich, finde ich.“

Dane sagte nichts mehr. *Darüber hinaus,* dachte er, *konnte es immer noch ein Jäger sein. Dallith konnte sich geirrt haben.*

Ich habe es satt, das Jagdwild zu sein, dachte er. *Am liebsten würde ich anfangen, sie zu hetzen.* Aber das war albern und er wußte es. Vor allem wußten sie ja nicht einmal, ob die Jäger getötet werden konnten. Jemand, der mit aufgerissener Kehle wegrennen konnte, war kein gewöhnlicher Protofeline. *Das nächste Mal werde ich ihm den Kopf abschlagen und sehen, ob der Krüppel dann auch noch so munter ist!*

„Sollen wir weitergehen?“ schlug Aratak vor. „Auch wenn dieses Katzenwesen Jagdwild war, könnte ein Jäger hinter ihm her sein.“

Langsam stiegen sie den Hang hinunter und folgten dann dem Tallauf, wobei sie den leichtesten Weg nahmen, um sich nicht zu ermüden. Trotzdem hielten sie immer wachsam nach Möglichkeiten eines Hinterhaltes Ausschau.

Dane dachte über die verschiedenen Begegnungen nach, die sie gehabt hatten. „Auch wenn wir einigen unserer Mitgejagten unrecht tun“, sagte er schließlich, „so wissen wir doch jetzt einigermaßen genau, welche Art Kreaturen wir um jeden Preis vermeiden sollten. Beide Jäger, denen wir tatsächlich gegenüberstanden, waren Mekhar – oder wenigstens Protofelinen und dem Typus der Mekhar so ähnlich, daß sie Cliff vortäuschen konnten, es sei einer von seiner eigenen Sippe. Wenn wir alles meiden, was auch nur entfernt wie ein Mekhar aussieht, sollten wir sicher sein.“

„Ich bin immer noch nicht überzeugt“, meinte Aratak eigensinnig. „Erinnert euch an den anderen Protosaurier in der Waffenkammer, der denselben Verschwindetrick vorführte wie der nachgemachte Mekhar. Ich glaube immer noch, daß die Jäger aus mehr als einer Spezies bestehen."

Die Sonne sank herab. Verstohlene Gestalten beobachteten sie manchmal aus der Entfernung, und einmal sagte Dallith, sie fühle, daß einer der Verfolger in der Nähe sei, aber niemand näherte sich ihnen.

„Die Tatsache allein, daß wie gemeinsam umherziehen, bietet vielleicht einigen Schutz", sagte Aratak. „Die meisten anderen Beutetiere könnten denken, daß jede organisierte Gruppe Jäger sein müssen."

„Und die Jäger", sagte Dane, „suchen sich wahrscheinlich zuerst die leichteren Opfer heraus. Oder die, die sie täuschen können – wie den armen Klippenkletterer."

Aratak sagte grimmig: „Wenn ich recht habe und es mehr als eine Spezies gibt, dann würde ich mich sehr in acht nehmen vor allem, was wie ein Mensch aussieht und sich mir zu nähern versucht, wenn ich du wäre, Dane."

„Verdammt", sagte Rianna plötzlich. „Ich habe das Gefühl, daß ich die Antwort wissen müßte. Aber ich kann es nicht zu fassen kriegen. Es juckt mir im Kopf."

„Spare deinen Atem", sagte Dane freundlich. „Erzähl es uns später. Es ist nur noch etwa eine Stunde bis Sonnenuntergang, dann können wir uns ausruhen."

Sie gingen eine Zeitlang schweigend weiter; plötzlich, als sie aus dem länger werdenden Schatten eines Felsens heraustraten, blieb Dallith, wie von der Tarantel gestochen, stehen und rief ihnen leise zu, sie möchten warten.

Sie standen still und gespannt, wie Rehe, die den Wind wittern, bis sie sagte: „Einer von *ihnen* ist sehr nahe, und er schleicht ... er ist auf einer Fährte ... aber ich glaube, er ist hinter jemand anders her ... ich kann spüren ..."

Sie hielt inne, als in der Nähe ein Aufschrei zu hören war, dann das Geräusch von Metall, das auf Metall prallt. „Sie kämpfen ... dort drüben, hinter dem Paß ..."

Sie zeigte nach vorn, wo zwei steinerne Säulen sich erhoben und eine schmale, torartige Spalte bildeten. Dane riß hastig sein Schwert heraus.

„Zum Teufel damit! Sie warten nur darauf, ein paar andere arme Deppen zu erledigen, bevor sie auf uns losgehen! Sie wollen uns einen nach dem anderen töten, und wir machen nicht mit, also heben sie sich uns bis zuletzt auf. Laßt uns den Spieß umdrehen, wenn wir können – und damit beginnen, daß wir dem armen Teufel dort drinnen helfen!"

„Du bist verrückt", zischte Rianna leise, aber Aratak schulterte seine riesige Keule und ging auf die Felsspalte zu. „Es liegt Weisheit im Zusammenhalten", sagte er. „Wenn wir rechtzeitig hinkommen, um zu helfen – und wenn wir die Jäger von den Gejagten unterscheiden können." Er fiel in sein stolperndes Rennen; Dane eilte ihm nach. Dallith stand einen Moment wie erstarrt und rannte dann hinter ihnen her, und Rianna bildete widerstrebend die Nachhut. Aber als er sich seinen Weg durch die Spalte suchte, begann Danes Wut abzukühlen. Vielleicht war es verrückt! Sein ganzes Wesen wehrte sich dagegen, daneben zu stehen und sich nicht einzumischen, während eine Mitkreatur fast in Hörweite zu Tode gequält wurde; aber er setzte auch Arataks Leben aufs Spiel und die Leben der beiden Frauen, um jemandem zu helfen, den sie nicht kannten, dem sie nicht trauen konnten und den sie vielleicht nicht einmal retten konnten, und um jemanden töten zu wollen, der möglicherweise gar nicht getötet werden konnte... *Wir müssen immer noch vier oder fünf Tage durchhalten; wir sollten unsere Kräfte schonen,* dachte er.

Er drängte sich durch die Spalte und sah auf ein kleines, rundes natürliches Amphitheater unter sich. Hinter ihm stieß Rianna einen leisen Schreckensruf aus.

Einer der Katzenmänner lag offensichtlich tot auf der Seite. Ein anderer, der etwas wie ein europäisches Zweihandschwert schwang, stand einem Spinnenmann gegenüber – von der gleichen Rasse wie der Überlebende der letzten Jagd, wie jener eine, den sie im Wildreservat auf der Welt der Jäger gefeiert und geehrt gesehen hatten. Und jetzt war ihm klar, wie es dem spindeldürren, zerbrechlich aussehenden Wesen gelungen war, allein eine ganze Jagd zu überleben.

Das Spinnenwesen eilte auf vieren seiner eigenartig unterteilten Glieder vor und zurück und vermied dabei geschickt die aufblitzenden Schläge des Katzenmannes, während die anderen vier Glieder ... Dane starrte ihn an: ein Arm war immer damit beschäftigt, den kleinen Metallschild zu halten, mit dem er die Angriffe des Mekhar oder des Pseudo-Mekhar parierte. Die anderen drei Glieder *wirbelten* eine lange, scharfschneidige Lanze, deren Spitze fast die Länge eines Schwertes hatte. Und wenigstens einmal sah Dane, wie die Kreatur den Schild mit unglaublicher Behendigkeit von einem Arm zum andern wechselte. Das Wesen jonglierte mit seinen Waffen!

Und wie tödlich dieser Stil war, merkten sie fast im selben Augenblick. Noch ehe sie ganz aus dem Felsentor herausgetreten waren, sahen sie den Schaft des Speeres herunterschwingen, um den Pseudo-Mekhar hinter den Beinen zu erwischen und ihn zum Straucheln zu bringen. Als er fiel, zielte die Speerspitze schon auf seinen Kopf. Der Löwenmann fing den Schlag mit seinem schweren Schild ab, aber nur mit Mühe, und taumelte auf die Füße. Dann kam der Schaft wieder herab, und diesmal sah Dane das Katzenwesen zusammensacken, als das Holz es in der Körpermitte traf. Das Schild krachte gegen das Zweihandschwert und stieß es zur Seite, und dann schwenkte die Speerspitze herum, und der Löwenkopf rollte plötzlich über den Boden. Der Körper schwankte eine Augenblick – Blut quoll aus dem durchtrennten Hals – und fiel dann zu Boden, zuckte kurz und blieb dann still.

Hinter sich hörte er Dallith vor Entsetzen keuchen, aber Dane konnte ein Gefühl wilder Begeisterung nicht unterdrücken.

Er hat einen von den Teufeln erledigt – nein! Zwei von ihnen! Ich möchte wissen, welchen Preis die Mekhar für diese Spinnenwesen bekommen...

Laut sagte er: „Wenn wir ihn dazu kriegen, sich mit uns zu verbünden, wären wir nahezu unbesiegbar.“ Er schaute hinunter und sah, wie der Spinnenmann seine Waffe abwischte. „Laßt uns hinuntergehen.“

„Denk daran, wie scheu diese Wesen sind", sagte Aratak. „Laß mich erst allein hinuntergehen und ihn im Namen der Allumfassenden Weisheit begrüßen. Vielleicht fürchtet er sich nicht vor mir."

Der riesige Echsenmann senkte seine Keule und begann, den Hügel hinabzusteigen, die Hände offen und leer vor sich ausgestreckt. Dane steckte sein Schwert in die Scheide. Rianna folgte ihm und stützte Dallith, die unter einem Schock zu stehen schien. Natürlich – sie hatte den Tod des Jägers gespürt. Er drehte sich besorgt zu ihr um und nahm ihre Hände in die seinen. Sie waren kalt und kraftlos, und eine Minute lang dachte er, sie würde das Bewußtsein verlieren.

Während er sich um Dallith kümmerte, hörte er Arataks tiefe, rasselnde Stimme, und als er einen schnellen Blick über die Schulter warf, sah er, wie der Spinnenmann zurückwich, den Schild und die lange Lanze drohend erhoben.

„Hab keine Angst. Ich bin kein Jäger, sondern Wild wie du selbst", hörten sie Aratak sagen. Dallith schüttelte ihren kurzgeschorenen Kopf und schien wieder etwas zu sich zu kommen. Sie lauschte gespannt und aufmerksam seinen Worten.

„Ich begrüße dich im Namen der Allumfassenden Weisheit und des Friedens", sagte Aratak. „Wenn wir uns gegen unsere Feinde verbünden können, wird unsere Überlebensschance erheblich größer sein. Kannst du verstehen, was ich sage? Kannst du mir antworten?" Dallith kam in Bewegung. „Was tut er da unten?" fragte sie mit schwacher Stimme, und dann weiteten sich ihre Augen plötzlich. Sie machte sich von Dane und Rianna los und griff nach ihrer Schleuder.

„Aratak, paß auf!" schrie sie. *„Das ist der Jäger!"* Dane wirbelte herum und sah den Spinnenmann vorschnellen. Sein Speer zielte auf die ungeschützte Brust des Sauriers.

Dane rief ihm zu durchzuhalten und zog sein Schwert, während er den Hügel hinunterjagte. Arataks linker Arm fuhr in einer Karate-Blockierung, die ihm Dane gezeigt hatte, nach oben, und er schlug den Speer zur Seite, während seine andere Hand nach der Axt an seinem Gürtel griff.

Einer von Dalliths Schleudersteinen zischte durch die Luft und traf mit einem hörbaren Schlag auf den Unterleib des Spinnenwesens.

Der Spinnenmann wich zurück, unverletzt, aber überrascht. Er erholte sich sofort, aber Aratak hatte schon seine Axt in der Hand. Er brüllte, ein gewaltiges Donnern, das die Erde zittern ließ, und die monströse Axt krachte herunter, um unbeirrbar von dem Schild aufgefangen zu werden. Was für ein Metall es auch immer sein mochte, es war hart. Aber Aratak mußte zurückweichen, um einem Konterstoß mit dem Speer zu entgehen, und Dane wurde klar, daß der Schild allein dem Spinnenmann schon einen großen Vorteil verschaffte, auch ohne die tödliche Effizienz des dreiarmig wirbelnden Speeres. Es war, als wollte man versuchen, in die drehenden Propellerblätter eines Hubschraubers zu laufen. *Durch das Drehen allein wäre die Waffe schon tödlich genug; sie könnte die Knochen eines jeden normalen Lebewesens brechen. Aber sie hat noch diese lange Klinge am Ende...* Dane rannte weiter den Hügel hinunter, nicht sicher, welche wirkliche Hilfe er seinem Freund leisten konnte, außer mit ihm zu sterben.

Mit seiner Keule hätte Aratak eine Chance haben können. Zumindest hätte er den Gegner erreichen können. So wie die Dinge lagen, gab die Länge des Speeres dem Jäger alle Vorteile in die Hand; der Echsenmann konnte mit seiner Axt nichts anfangen, wenn er nicht auf Armeslänge an seinen Feind herankam, aber überall im Umkreis von fünf Metern wäre er in der Reichweite des tödlich wirbelnden Speeres gewesen. Eine normale Lanzentechnik, die aus geraden Stößen besteht, hätte für Aratak einen Vorteil bedeutet, wenn er in den Stoßkreis des Speeres hätte vordringen können; aber mit all diesen Händen konnte die Spinne den Speer wahrscheinlich so herumdrehen, daß sie eine Fliege von ihrer Nase schneiden konnte, wenn sie wollte.

Ein weiterer Schleuderstein sauste durch die Luft und traf den Spinnenmann in der Mitte, auf dem grauen, haarigen Brustkasten. Die Spinne stolperte mit einem klagenden Schrei, nur für einen Augenblick, aber es unterbrach das gleichmäßige Drehen des Speeres.

Er wirbelte herunter und versetzte Aratak einen Schlag, der ihn zurücktaumeln ließ – und jedem anderen als einem Protosaurier den Schädelknochen zertrümmert hätte –, aber es gelang Aratak, sich außer Reichweite zu rollen, bevor der Spinnenmann wieder die volle Kontrolle über seine Waffe gewonnen hatte. Dane hatte die beiden jetzt erreicht und schnellte auf eine Seite, um dem Spinnenmann in den Rücken zu fallen.

Der Jäger sah ihn. Die Lanze drehte sich bedrohlich in seine Richtung, und nur ein weiteres Geschoß gegen einen der grauen, zottigen Arme bewahrte Dane davor, ausgelöscht zu werden. Er tänzelte gerade noch rechtzeitig aus dem Weg. Seine Bewegung war ein reines Ablenkungsmanöver gewesen, von keinerlei Wert für einen Angriff. Aber es hatte diesmal funktioniert, denn Aratak kam unter Schmerzen auf die Füße.

Aber Ausweichen nützte nichts. Das Ding war zu schnell.

Ein weiterer Stein aus Dalliths Schlinge traf das Ding in die Seite. Diesmal mußte sie ihn verletzt haben, den er sprang zurück, von dem Stoß überrascht, und Dane eilte dicht heran und schlitzte dem Wesen die graue, zottige Haut des Unterleibes auf.

Es war, als würde er Käse schneiden. Die Klinge glitt leicht hindurch, aber es floß kein Blut. Die einzige Reaktion war der plötzliche Speerstoß, der in den Boden drang, als Dane, nur durch die geringere Schwerkraft gerettet, zur Seite sprang. Etwas Graues und Klebriges hing an Danes Klinge. Ein weiterer Stein schlug gegen die Seite der Kreatur, als Dane hastig vor einem zweiten Stoß zurückwich. Er rief Aratak zu: „Jetzt, während er betäubt ist – bevor er wieder anfängt, den Speer herumzuwirbeln..." Aber der große Saurier schwankte von einer Seite zur anderen, während er versuchte, seine Axt herauszuziehen, noch immer benommen von dem Schlag, den er eingesteckt hatte.

Und plötzlich sah Dane Rianna, den Speer gesenkt und im Bajonettstil vor sich ausgestreckt, auf sich zurennen. *Bravo, Mädchen, vielleicht ist das die Antwort – o Gott, nein, ihr Speer ist nicht lang genug, und er hat den Schild! Sie ist verloren, wenn ich ihn nicht ablenke – schnell!*

Er rannte schreiend auf das Wesen zu, die Klinge in klassischem Schutz gegen Speerangriffe gegen die Schulter gedrückt. *Was es gegen diesen verdammten Flugzeugpropeller nützen soll, weiß ich allerdings nicht.* Und im selben Augenblick brüllte Aratak wieder auf und griff ein. Der wirbelnde Speer sah aus wie eine Scheide. Er zog eine rote Linie quer über Arataks Brust, schlug Rianna den Speer geringschätzig aus den Händen – er flog zerbrochen in die Dunkelheit – und senkte sich dann gegen ihre Beine.

Dane hörte durch die sich verfinsternde Scheibe ihren Schmerzensschrei. Er sprang auf eines der Beine des Spinnenwesens zu und hieb mit aller Kraft darauf ein.

Das half. Er hätte früher daran denken sollen. Der große Brokken brach nach hinten zusammen. Das Ding wandte seinen Speer gegen Dane und schlug mit seinen zwei hinteren Armen auf ihn ein, aber Dane konnte diesen Schlag parieren. Sein Schwert peitschte mit der vollen Kraft seiner Schultern gegen die grauen Glieder, und als der Speer unschädlich nach hinten glitt, schwenkte er es gegen das andere Bein auf dieser Seite. *Mach ihn so zum Krüppel, daß er das Weite sucht ...* Aber das Bein zog sich vor seinem Hieb mit blitzartiger Geschwindigkeit zurück. Über den zusammengekauerten Körper der Kreatur hinweg sah er plötzlich Aratak, die Axt gehoben für einen fürchterlichen Schlag gegen den Leib des Wesens.

Der Speer schnellte zurück. Der Schaft traf Aratak an der Schulter und stieß ihn zurück. Die Kreatur sprang auf ihren drei gesunden Beinen hoch in die Luft, landete in einiger Entfernung als Kugel und kam in einem geduckten, pulsierenden Knäuel auf die Füße. Große, rote Augen verdrehten sich, um sie zu beobachten.

Dane warf einen schnellen Blick zurück zu der Stelle, wo Rianna stöhnend am Boden lag. Sie war noch am Leben, aber ein Arm lag verdreht unter ihr, und die Seite ihrer Tunika war vom Blut rot gefärbt. Aratak schien unverletzt zu sein, obwohl er sich die Schulter hielt, wo der Lanzenschaft ihn getroffen hatte.

Wird es wegrennen? Oder wieder angreifen?

Das Spinnenwesen ließ ein hohes Klagen hören – fast wie der Laut, den das Katzenwesen von sich gegeben hatte, als Dane seinen

Arm erwischt hatte –, dem fast augenblicklich ein Aufschrei Dalliths vom Hügel folgte.

„Lauft weg, schnell! Er ruft um Hilfe...Paßt auf!"

Und der Spinnenmann griff an.

Er hatte einen seiner „Arme" zu Boden gelassen, der ihm jetzt das verwundete Bein ersetzte, und besaß damit vier Gliedermaßen, auf denen er gehen konnte. Er trippelte mit alarmierender Schnelligkeit auf sie zu und wirbelte den Speer mit zwei Armen, während er mit dem dritten den Kopf und den Oberkörper deckte. Aratak und Dane hatten zu nichts anderem Zeit, als mit gezogenen Waffen zusammenzurücken. Ein Schleudergeschoß traf ein Bein der Spinne; ein zweites fing er mit einer geschickten Bewegung seines Schildes ab. *Aber sein Kopf muß verwundbar sein, sonst würde er das Schild nicht benötigen!* dachte Dane. Dann war er über ihnen, und die wirbelnde Lanzenspitze zwang sie, ihm Boden zu lassen. Aber Dane zählte die Schläge und versuchte, die Umdrehungen abzuschätzen. Wenn er schnell genug hineinspringen und an den Kopf der Spinne gelangen konnte, ehe der Schaft ihn erwischte... Dalliths Schleudersteine sausten immer noch um den Kopf der Kreatur, obwohl die meisten von ihnen mit einem metallenen Klang auf den Schild prallten.

Sie hat das mit dem Kopf begriffen...oh, gutes Mädchen, dachte Dane.

Plötzlich gab es ein hartes Krachen! Das Ding erbebte, und seine Arme hingen schlaff herunter. Der Speerwirbel ließ nach und geriet außer Kontrolle.

Dane sprang.

Aber der lange, zottige Arm stieß ihm den Schild entgegen, und plötzlich wurde Danes Klinge gegen seinen Körper gedrückt, festgeklemmt durch den Druck des Schildes. Hilflos sah er, wie die Lanzenspitze sich seinem Hals näherte.

Und dann explodierte der Kopf des Spinnenwesens in einer Fontäne herausschießenden Blutes, als einer der Schleudersteine direkt auf seinen Schädel krachte; im selben Moment hackte Arataks Axt den Arm ab, der den Speer hielt. Das Wesen brach zusammen, Blut strömte immer noch aus seinem zerschmetterten Kopf.

Dane taumelte zurück. *War es wirklich tot?* Aratak teilte offensichtlich seine Zweifel, denn er hob die große Axt und trennte die Verbindung zwischen dem Oberkörper und dem Unterleib durch. Noch mehr Blut quoll heraus, wurde zu einem Rinnsal, dann zu einem Tröpfchen und versiegte schließlich ganz.

„Beeilt euch!“ schrie Dallith ihnen zu. „Sie kommen! Hier entlang, schnell!“ Und tatsächlich erschienen Gestalten über dem entfernten Berggipfel.

Während er sein Schwert in die Scheide steckte, rannte Dane zu Rianna hinüber. Sie schrie auf vor Schmerz, als er sie hochhob, legte aber ihren unverletzten Arm um seine Schulter. Er sah, daß sie sich auf die Lippen biß, um nicht laut aufzuschreien, als er sie aufhob und mit ihr zu der Felsspalte rannte, Aratak dicht auf seinen Fersen.

Sie rannten auf den Durchgang zu, wo Dallith sie erwartete. Die Schleuder wirbelte immer noch um ihren Kopf, ein über das andere Mal zum Einlegen eines neuen Steins verharrend. Aratak bückte sich, um seine Keule aufzuheben, und Dane sah, daß er auch den Speer des toten Jägers mitgenommen hatte.

„Wohin jetzt?“

„Die Ruinen. Wir haben keine andere Wahl. Wir können nicht weit laufen und Rianna tragen“, sagte Dane, nach Luft ringend, „aber wir können uns dort verstecken.“ Rianna war eine zierliche Frau, aber sie schien eine Tonne zu wiegen; er vermutete, daß er sie bei normaler Schwerkraft gar nicht hätte tragen können.

„Hier.“ Aratak schwang die Keule über seine Schulter und beugte sich herunter, um Rianna von Danes Armen zu nehmen. „Nimm den Speer“, sagte er und fiel mit Rianna in den Armen, in einen schwerfälligen Trab, Dane und Dallith dicht hinter ihm. Er schaute kurz zurück, als sie unter den Schatten der Stadtmauern ankamen. Aratak hatte offenichtlich recht gehabt. Eine Anzahl Jäger – es mußten Jäger sein – kletterten hinter ihnen den Hang hinauf. Es war ein Katzenmann vom Mekhartypus dabei. Dann gab es eine oder zwei Gestalten, die menschlich aussahen. Und Dane hatte das Gefühl, als stünden seine Haare senkrecht zu Berge, als er eine der Spinnenkreaturen sah.

Mein Gott, wir haben diesen einen getötet! Ich war mir sicher, daß wir ihn getötet haben! Oder gab es noch einen anderen? Ich dachte, sie seien selten...

Die Beutegruppe wurde durch Riannas Transport aufgehalten, und hinter ihnen holten die Jäger auf. Aratak lief an den zerfallenen Mauern entlang und hielt nach einem Durchschlupf Ausschau. Rianna lag schlaff in seinen Armen – tot oder bewußtlos, Dane konnte es nicht einmal erraten –, und Dallith taumelte.

„Hier", sagte Aratak. Sein Atem ging in keuchenden Stößen. Er legte Rianna auf den Boden und warf sich gegen einen heruntergefallenen Stein, der ein Loch in der Mauer versperrte. Dallith stolperte hindurch. Dane hob Riannas anscheinend leblosen Körper auf und folgte Dallith in das Halbdunkel. Hinter ihnen wuchtete Aratak den Stein an seinen Platz zurück. Und hinter ihnen ging die Sonne unter und war verschwunden.

Aratak ließ sich hechelnd zu Boden fallen. „Sonnenuntergang", sagte er grimmig. „Schau. Sie entfernen sich." „Mit dem Glockenschlag gerettet, könnte man sagen", stimmte Dane zu. Dallith murmelte: „Ich bin überrascht. Ich dachte, sie werden uns folgen ... so nah ..." Jetzt, als alles vorüber war, weinte sie.

Dane war ebenfalls überrascht – es schien, daß die Jäger nahe genug waren, um sie zu erledigen, Sonnenuntergang oder nicht. Ihm war grimmig zumute. Er beugte sich über Rianna und war darauf gefaßt festzustellen, daß sie tot war.

Aber sie atmete, und er untersuchte ihre Wunden, während Dallith an seiner Seite kniete.

Ihr Arm hing schlaff herunter, und sie stöhnte, als er ihre Schulter berührte. Er vermutete, daß der Arm gebrochen oder zumindest verrenkt war. Das Blut auf ihrer Tunika stammte von einem langen, schlimmen Schnitt, der hoch an der Hüfte begann und bis zum Schenkel verlief. Er war fast bis auf den Knochen gedrungen, aber als Dane ihn im verblassenden Licht untersuchte, schien es hauptsächlich eine Fleischwunde zu sein, denn das Blut war bereits dickflüssig geronnen.

Aratak riß einige lange Streifen von seiner Tunika ab und sagte ruhig: „Ich kann sie besser entbehren. Meine Haut hat weniger Schutz nötig als eure.“ Das war so einleuchtend, daß weder Dane noch Dallith etwas dagegen einwandten. Aratak trug normalerweise überhaupt keine Kleidung, und er hatte die Tunika nur angezogen, weil Diener darauf bestanden hatte. Er verband Riannas Beinwunde und untersuchte den verletzten Arm. „Eine Sehne in der Schuler ist gezerrt“, sagte er. „Sie wird ihren Arm für eine Weile nicht gebrauchen können. Aber besser der Arm als das Bein. Sie kann immer noch laufen, wenn sie muß.“

Dallith entfernte sich, um Wasser zu suchen, und sagte, als sie zurückkam, daß in der Nähe ein Steinbecken mit fließendem Wasser gäbe, das offensichtlich früher einmal ein Brunnen gewesen sei. Sie trugen Rianna im letzten Tageslicht dorthin und legten sie auf ihren eigenen und Arataks Umhang. Dann setzten sie sich auf den Rand des Steinbeckens, ruhten sich aus und aßen einen Teil ihres übriggebliebenen Proviants.

„Bis Mitternacht sind wir in Sicherheit“, sagte Dane, „aber danach gibt es nichts, was sie daran hindern kann, diese Mauer einzureißen und über uns herzufallen. Ich weiß nicht, warum sie es nicht schon getan haben.“

Aratak sagte nachdenklich: „Ich glaube, ich weiß es. Denkt daran, welchen großen Wert sie auf Mut und Geschicklichkeit legen. Wir sind offensichtlich etwas Besonderes, und sie werden sich gerade darum an die Regeln halten. Denkt auch daran, daß sie wahrscheinlich glauben, sie hätten Rianna getötet.“

„Wir scheinen auch ein bißchen getötet zu haben“, sagte Dane. „Wenn diese Dinger überhaupt getötet werden können“, fügte er hinzu. „Erwachen sie wieder zum Leben? Ich schaute zurück und sah dasselbe Spinnending oder seinen Zwillingsbruder, wie es uns folgte.“

„Wir können die Möglichkeit nicht ausschließen“, sagte Aratak. „Sie haben ganz sicher keine mir bekannte Lebensform.“

Dane dachte darüber nach. Er hatte einen Jäger getötet, der wie ein Mekhar aussah, und das Ding war mit aufgerissener Kehle davongelaufen. Sie hätten den Kopf des Spinnenmannes vom Körper abtrennen müssen, um ihn zu töten. „Du sagtest, daß es mehr als eine Spezies sei", grübelte er. „Haben die Jäger vielleicht gelernt, ihren Rekruten die Macht zu geben, verlorene Körperteile zu regenerieren?"

Aratak sagte grimmig: „Vielleicht ist dies der Ewige Jagdgrund. Es gibt eine Legende in der Überlieferung der Salamander – wie bei den meisten kriegerischen Rassen –, daß es irgendwo einen Jagdgrund gibt, in den jeder gute Jäger nach seinem Tode kommt, um in ewiger Schlacht zu leben – jeden Tag zu kämpfen und in der Nacht zu feiern, während die Wunden wieder heilen für den Kampf am nächsten Tag. Überflüssig zu sagen, daß es nicht meine Vorstellung vom Himmel ist, aber die Salamander schienen damit zufrieden zu sein."

Dane sagte: „Bei uns gibt es diese Legende auch. Wir nennen den Ort Walhalla." Seine Haut prickelte, aber er sagte fest: „Ich weigere mich zu glauben, daß alle toten Helden der Galaxis hierherkommen, um sich hier in alle Ewigkeit am Kämpfen zu erfreuen."

„Ich habe nicht gesagt, daß ich es glaube", entgegnete Aratak. „Aber wir scheinen einer ähnlichen Situation gegenüberzustehen. Vielleicht ist es Hypnose – die Jäger sind alle von einer Gestalt, können aber unsere Vorstellung so beeinflussen, daß wir sie in der Form sehen, die wir am meisten fürchten."

Dallith sagte: „Das glaube ich nicht. Wenn sie Furcht in unsere Gedanken übertragen, um uns in der einen oder anderen Art zu erscheinen, warum sehen wir sie dann alle genauso? Cliff hatte keine Angst vor dem Mekhar – im Gegenteil, er freute sich, ihn zu sehen. *Er hat diese Gestalt angenommen, um Cliff eine Falle zu stellen!*"

Dane fragte: „Willst du mir ernsthaft erzählen, du glaubst, diese Dinger ändern ihre Erscheinung?"

„Ich kann es nicht beweisen", entgegnete sie. Sie kaute auf einem Stück Trockenfrucht, schluckte es hinunter und spuckte den Kern aus. „Aber ich glaube es."

„Es ist möglich", sagte Aratak, „daß sie überhaupt nicht getötet werden können...daß am Ende das Spiel für uns einfach darin besteht, sie weiter zu bekämpfen, bis die Finstenis uns erlöst. Wenn wir dann noch am Leben sind, haben wir das Spiel gewonnen."

„Nein. Man kann sie töten", sagte Dane. „Erinnert ihr euch an das Fest? *Neunzehn sind heimgegangen zu ihren berühmten Vorfahren...* Es ist nicht leicht, sie zu töten, aber ich wette, daß einer, gegen den wir gekämpft haben, tot ist."

Dallith sagte zögernd: „Als sie uns folgten, hatte ich das Gefühl, daß eine furchtbare Katastrophe abgewendet worden ist – für sie, meine ich. Daß sie irgendwie schreckliche Angst vor *etwas* hatten, das wir ihnen antun könnten."

„Zum Teufel, ich wünschte, ich wüßte, was es ist", sagte Dane mürrisch. „Ich würde es liebend gerne tun." Aber bevor sie weiterreden konnten, stöhnte Rianna leise, öffnete die Augen und versuchte, sich aufzusetzen. Dallith ging schnell zu ihr.

„Beweg dich nicht", sagte sie. „Es wird alles wieder gut. Aber versuche, dich auszuruhen, solange du kannst."

Riannas Stimme klang leise und benommen. „Ich war sicher, daß ihr alle tot sein würdet", sagte sie, „und daß ich allein aufwachen würde mit euren Leichen um mich herum... was ist geschehen? Habt ihr das Ding getötet?"

Gemeinsam gaben sie ihr eine knappe Schilderung des Kampfausgangs. Sie sah sich in den schattenhaften Ruinen um. Die ziegelrote Welt der Jäger ging gerade über ihnen auf.

„Hier bin ich nun in der Stadt", sagte sie. „Ich wollte mehr darüber wissen. Und ich bin überhaupt nicht in der Verfassung, auf Entdeckungsreise zu gehen. Pech!" Vorsichig bewegte sie ihren Arm und das Bein. „Ich scheine noch einigermaßen intakt zu sein, bin aber halb tot vor Durst. Ich höre Wasser fließen; kann ich etwas zu trinken haben?"

14

Um Mitternacht war nicht daran zu denken, die Stadt zu verlassen, denn Riannas verletztes Bein war geschwollen, so daß es ihr Gewicht nicht tragen konnte. Ihr Gesicht war heiß, und Dane fragte sich, ob sie Fieber bekommen hatte oder ob sich die Wunde durch den unhygienischen Verband infiziert hatte, den sie in Ermangelung von Besserem hatten anlegen müssen. Es gab keinen Weg, das herauszufinden, aber was auch geschehen mochte, sie konnte sich im Moment nicht bewegen. Sie konnten sie vielleicht ein kleines Stückchen tragen, aber ganz sicher nicht den ganzen Weg bis zu einer neutralen Zone. Auch wären sie, wenn sie an den Toren der Stadt angegriffen wurden – und nach dem letzten Abend war anzunehmen, daß dies geschehen würde – nicht imstande, sich gegen einen Angreifer zur Wehr setzen, solange sie die hilflose Rianna beschützen mußten.

„Es sieht ziemlich schlecht aus", sagte Dane zu Aratak, nachdem er sich außer Höhrweite der Frauen begeben hatte – warum, wußte er eigentlich nicht, denn Rianna war zu schwach, um ihn zu beobachten, und Dallith wußte ohnehin, wie er sich fühlte.

Der Saurier nickte zustimmend. Er hatte den getrockneten Schlamm vom Körper abgewaschen und leuchtete wieder im Dunkeln, und Dane war klar, daß dies Jäger anziehen würde, falls welche in der Nähe waren. Nun, in letzterem Fall würden sie wahrscheinlich ohnehin gefunden; es gab keinen Grund, Aratak eine Unbequemlichkeit aufzubürden, wenn vielleicht ihrer aller Leben von seiner Kampfform abhing.

Sie blieben bis zur Dämmerung auf dem offenen Platz nahe bei dem Becken und dem verfallenen Brunnen. Dane schlief nur wenig, drängte aber Aratak, sich niederzulegen und auszuruhen. Obwohl Dallith mit ihm Wache halten wollte, sagte er düster, sie solle sich neben Rianna legen und versuchen, sie warm zu halten. Es war das einzige, was sie jetzt für Rianna tun konnten. Er dachte daran, den Verband aus dem Teil schlammsteifem Stoff, den sie aus Arataks Tunika gemacht hatten, zu wechseln, aber Dallith war dagegen. Sie meinte, man könne ganz sicher sein, daß keine Bakterien oder Pilze, die sich in Arataks Kleidung eingenistet hatten, in Riannas Wunden gelangen konnten, um sie zu infizieren. „Es gibt fast nie Infektionen zwischen verschiedenen biologischen Arten", sagte sie. „Und Aratak ist nicht einmal warmblütig. Schädlinge, die ihm gefährlich werden können, sind wahrscheinlich völlig harmlos in der Blutbahn von Protosimianern, während alles, was wir mit uns herumtragen, ganz leicht von uns auf Rianna übertragen werden könnte."

Während seine Kamaraden schliefen, saß Dane mit dem Rücken zu dem verfallenen Brunnen und schaute zu der seltsamen Welt hinauf, die hoch am Himmel leuchtete und mindestens ein Viertel davon zu bedecken schien. Merkwürdig, merkwürdig zu denken, daß er vor drei Monaten noch friedlich mit der *Seadrift* gesegelt war, allein und auch zufrieden mit diesem Zustand; tatsächlich hätte er auf eine entsprechende Frage antworten müssen, daß er keinem anderen menschlichen Wesen auf der Erde verbunden war. Jetzt befand er sich nicht mehr auf der Erde, aber er war ganz sicher nicht nur mit einer, sondern mit zwei Frauen verbunden, deren Schicksal von seiner Sorge und Unterstützung abhing. Und zum ersten Mal in seinem Leben hatte er einen innig geliebten Freund seines eigenen Geschlechts, und es war kein Mann, sondern ein drei Meter großer Saurier!

Er sah die rote Welt untergehen, als der Himmel schon in der Morgendämmerung aufglühte, und er dachte bei sich, daß der Mond auf der Erde in ein paar Tagen voll sein würde. Und die Monate waren kürzer hier. Aber würden sie noch drei oder vier Tage überstehen können? Sie hatten zur Not genug Nahrung – nach dem letzten hastigen Besuch einer neutralen Zone ein paar Tage zuvor –, um für den Rest der Jagd durchzuhalten. Dane war schon einmal in den Bergen auf der Erde fünf oder sechs Tage lang ohne Essen ausgekommen. Sie hatten auch genug Trinkwasser. Könnte es ihnen irgendwie gelingen, sich in den Ruinen zu verstecken, bis Rianna wieder in der Lage war zu laufen?

Zum Teufel! Ob sie konnten oder nicht, sie mußten.

So ließ er, als der Morgen heraufdämmerte, die Frauen weiterschlafen, bis die Sonne hoch am Himmel stand, da alles ruhig schien. Dann trug Aratak Rianna in eines der größeren Gebäude, und Dallith kümmerte sich um sie. Gegen Sonnenuntergang, wenn die Gefahr eines Angriffs am größten war, konnte Dallith vielleicht auf das Dach klettern und Ausschau halten und jeden Angreifer mit ihrer Schleuder empfangen. Inzwischen würden er und Aratak abwechselnd Wachgänge machen.

Das Gebäude, in das sie Rianna brachten, war groß genug, um ein Amphitheater zu sein, mit langen Säulenreihen, die alle aus seltsamen sonnengetrockneten Ziegelsteinen gebaut waren, und den Überresten von Steinbänken und Plattformen, die in eigenartigen Abständen verstreut waren. Sie alle wiesen merkwürdige scheibenförmige Vertiefungen im Stein auf, und Dane fragte sich, welche unvorstellbare fremdartigen Gestalten sie wohl gebaut hatten. Rianna mochte es wissen, aber sie war nicht in der Verfassung, um gefragt werden zu können. Das brachte seine Gedanken unvermeidlich auf Vermutungen über die Jäger zurück. Doch das führte zu nichts. Obwohl er inzwischen eine verteufelt bedrohliche Lehre gezogen hatte: Ein Jäger konnte in jeder beliebigen Gestalt erscheinen.

Wenn du Zweifel hast, ist es sicherlich ein Jäger. Dann töte ihn.

Das würde ihr Motto sein müssen, wenn sie überleben wollten. Pfeif auf die Moral, vielleicht ein unschuldiges Wild zu töten. Im Laufe des Vormittages schlief Dane etwa eine Stunde, da Dallith berichtete, die Stadt sei ruhig, und es gäbe keine Spuren von fremden Wesen in der Nähe. Er gestattete es sich kaum zu hoffen, sie seien hier in Sicherheit, aber vielleicht war dies ein verbotener Ort für die Jäger, ein unbezeichneter, sicherer Punkt in diesem verrückten Spiel, der für die anderen vielleicht tabu war.

Später ging er hinaus, um einen vorsichtigen Blick von den Mauern hinunterzuwerfen. Wenn sich Jäger der Stadt näherten, konnte er sie vielleicht von hier kommen sehen. Er ließ die Frauen mit Aratak zurück, ging vorsichtig um das Brunnenviereck herum und stieg dann eine lange, breite Straße hinauf, die sich zwischen Ruinen und teilweise eingefallenen Gebäuden entlangwand.

Das merkwürdigste war für Dane, wie *wenig* fremd ihm diese Stadt erschien. Es schien ihm nicht fremdartiger, nicht entfernter als damals, als er durch Stonehenge gelaufen war, oder als die Nacht, die er im Tal der Könige verbracht hatte, bevor es für den großen Damm überflutet wurde. Jene Stätten waren durch die Zeit von ihm entfernt; diese Stadt nur durch den Raum. Aber hier waren unverwechselbar Häuser, und was machte es schon für einen Unterschied, welche Art die Geschöpfe gewesen waren, die sie erbaut hatten? Protosimianer, Protofelinen, Protosaurier – oder welche seltsamen Rassen auch immer – hatten hier gelebt und gelitten und sich gefreut und waren dann gestorben, und nicht nur die menschliche Natur, sondern auch das, was Aratak die Allumfassende Weisheit nannte, änderte sich nie... Dane bemerkte plötzlich, daß er unbewußt die Hand an sein Schwert gelegt hatte. Welches Geräusch, jenseits der Schwelle seines normalen Bewußtseins, hatte seine Aufmerksamkeit erregt? Es war leise, wie von einer Katze, die zwischen Steinen herumstreicht.

Ein dunkler Schatten schoß am Rande seines Gesichtsfeldes vorbei und fiel ihn von hinten an; aber Dane hielt sein Samuraischwert bereit. Er wirbelte herum, schlug zu und sah erst jetzt den zusammenbrechenden, zuckenden Körper eines Mekhar, der, halb in der Mitte gespalten, hinfiel und reglos liegenblieb.

Dane sah ihn mit einem leichten Gefühl von Bedauern an, als er sein Schwert zurücksteckte. *Kein Jäger also. Sie sind nicht so leicht zu töten.*

Aber offensichtlich war etwas hinter dem Mekhar her, und wenn es ihn verfolgte, würde es ihm nichts ausmachen, ein bißchen die Richtung zu wechseln und Dane statt dessen zu töten. Oder vielleicht jagten sie auch Dane und hatten den Mekhar dabei aus seinem Versteck vertrieben.

Oder vielleicht hatte der arme Teufel sogar gedacht, hier sei ein gutes Versteck, und hatte Dane für einen Jäger gehalten? *Aber wenn es hier Jäger gibt, die entweder hinter ihm oder hinter uns herschleichen, sollten wir lieber einen sicheren Platz suchen, um einen guten Stand zu haben. Dieses Gebäude, in dem ich die Frauen zurückgelassen habe, ist nicht sicher.*

Dane drehte sich um und wollte gerade zurückgehen, als er den halb erwarteten schrillen Aufschrei Dalliths hörte.

Er fiel in Laufschritt, sprang in langen Sätzen durch die ziegelgepflasterte Straße, hastete über die zerbrochenen Steine. Das Schwert hatte er wieder gezogen; er eilte vom Ende der Straße auf den Brunnenplatz zu und sah sie. Und am gegenüberliegenden Rand des Brunnens, wo das fließende Wasser noch von der zerbrochenen Einfassung tröpfelte, stand schwankend ein Mann, wie er selbst in eine ziegelrote Tunika gekleidet, und fiel mit blutüberströmten Gesicht zu Boden. Aber Danes erste Sorge galt ihr.

Sie stand mit der leeren Schleuder in der Hand, und auf ihrem Gesicht lag ein Ausdruck blanken Entsetzens; aber als sie Dane sah, stieß sie einen Schrei der Erleichterung aus und warf sich weinend in seine Arme.

„Es war nicht dein Körper...oh, Dane, Dane, ich hatte Angst, ich hätte auch dich getötet..." Er konnte ihre Worte durch ihr wildes, unkontrolliertes Schluchzen kaum verstehen.

„Erzähl es mir, Liebling", drängte er und hielt sie dicht an sich gedrückt. Dann ließ er sie los und fuhr herum, das Schwert wieder in der Hand, und stieß sie heftig von sich, weil er ein plötzliches Geräusch hörte; aber es waren nur Aratak, der mit erhobener Keule müde in den Hof kam, und Rianna, die an seiner Seite hing und sich auf den Speer stützte, den sie dem Spinnenmann abgenommen hatten.

Er wandte seine Aufmerksamkeit wieder Dallith zu, die sich erschrocken an ihn preßte.

Wenn sie anfängt aufzugeben, dachte er, *sind wir sicher alle so gut wie tot. Bis jetzt hat sie nicht geweint, aber nun...* Ihr hysterisches Weinen beruhigte sich endlich ein bißchen, und ihre Schluchzer wurden zu verständlichen Worten. „Ich kam hierher, um Wasser zu holen ... um Riannas Wunden zu waschen. Sie wollte mit mir kommen, aber ich sagte ihr, ich hätte ja meine Schleuder. Wenn es Gefahr gäbe, könnte ich besser damit fertig werden als sie. Ich kam zu dem Platz hier am Brunnen, blickte auf und sah *dich*, Dane. Nur eine Minute, natürlich, dann wußte ich, daß du es nicht *warst* – es war dasselbe *Wesen*, das den Klippenkletterer getötet hat. Und dieser Jäger hatte vor, mit mir dasselbe zu tun. Nur ... nur hatte ich keine Angst. *Ich spürte dasselbe Gefühl wie er!* Verstehst du? Er stand da, versuchte, mich wegzulocken und zu töten, und ich überlegte mir, wie ich ihm eine Falle stellen könnte! Oh, ich fühlte mich so schlau...und so grausam!" Sie schauderte in der Erinnerung daran. „Ich winkte und lächelte, als würde ich wirklich glauben, du seist es, und die ganze Zeit drehte ich mich halb um, so daß ich meine Schleuder unbemerkt laden konnte. Und ich gab ihm ein Zeichen, näher zu kommen, und wartete, während er den Platz überquerte. Ich lächelte ihn süß an...und dann, als ich ihn genau dort hatte, wo ich ihn haben wollte, als ich einen absolut sicheren Teffer landen konnte, gab ich es ihm genau zwischen die Augen!" Der Ausdruck von Entsetzen auf ihrem Gesicht vertiefte sich. „Er sah die Schleuder natürlich in der letzten Sekunde, als es zu spät war. Und das war das Schlimmste daran. *Ich wollte, daß er sie sieht!* Ich wollte ihn wissen lassen, daß ich ihn an Schlauheit übertroffen hatte, gerissener und hinterhältiger als er war... Er sollte wissen, daß ich gewonnen hatte. Ich war stolz darauf!" Sie lehnte sich an Dane und weinte heftiger denn je. „Oh, Dane ich *mag* diese Leute nicht; ich will nie wieder Teil von so etwas sein, nie wieder so denken und fühlen. Es ist nicht nur, daß sie mich töten wollen. Das kann ich aushalten. Die Mekhar waren wild und grausam, aber es war ... oh, wie kann ich das ausdrücken...es war anständig – verglichen hiermit! Cliff – ich habe ihn wirklich gemocht am Schluß; er kämpfte immer so ehrlich und aufrichtig. Er hätte niemals etwas Ähnliches getan...er hätte es feige und ehrlos genannt..." Noch einmal erstickte Schluchzen ihre Worte. Durch ihr Weinen hindurch hörte Dane Arataks Stimme.

„Dane“, sagte der große Echsenmann ruhig, „wenn du kannst, wenn sie dich läßt, dann komm für eine Minute hierher. Hier drüben ist etwas, was du sehen solltest – und was Dallith auf keinen Fall sehen sollte.“ Und Dane hörte deutlich das Geräusch von reißendem Stoff.

Dalliths Schluchzen hatte nachgelassen, und es war klar, daß sie gehört hatte, was Aratak gesagt hatte. Ihre Stimme klang leise und erstickt. „Nachdem das ... das Ding tot war, war alles vorbei“, sagte sie. „Ich fühlte mich nicht mehr so wie vorher. Das war der Augenblick, als ich schrie. Weil ich fürchtete, daß irgendein...ein körperloses Ding in *deinen* Körper geschlüpft war, deinen Geist übernommen hatte, und ich *dich* tötete, als ich *es* umbrachte ... ich wäre gestorben, wenn das passiert wäre.“ Und Dane wußte, daß sie buchstäblich die Wahrheit sprach.

„Komm, ich werde mich um sie kümmern, Dane“, sagte Rianna freundlich, und löste Dalliths Arme von seinem Nacken. Dallith kam etwas zu sich und erwiderte: „Es ist schon in Ordnung, Rianna ... ich sollte mich um *dich* kümmern...“ Aber sie ließ zu, daß Rianna sie festhielt. Dane ließ sie los und ging zu der Stelle, wo Aratak ihn erwartete. Der Saurier schaute, auf seine Keule gelehnt, auf den toten Jäger hinunter.

Das Ding hatte die Gestalt eines Mannes gehabt. Danes eigene Gestalt. Aber jetzt, als er auf das, was da unter der Tunika, die Aratak aufgerissen hatte, auf den Pflastersteinen lag, hinuntersah, entdeckte Dane in einem einzigen Moment des Erstaunens und Begreifens das Geheimnis der Jäger.

Das Ding, welches da auf dem Pflaster lag, war annähernd kugelförmig. Nur kleine, schrumpfende Ausbuchtungen, Tentakeln ähnlich, zeigten, wo es Arme und Beine gehabt hatte, die nun nicht einmal mehr entfernt menschlich waren. Der Kopf war rund, eingebettet in einen gewölbten Schädelknochen, den Dalliths Schleuderstein aufgebrochen hatte, und das Entsetzliche war, daß Danes Haar und seine Gesichtszüge immer noch wie eine dünne Haut über der Vorderseite des grauen, zerfließenden Gehirns lagen. Als er es beobachtete, wurden die Züge flacher und glätteten sich, und übrig blieb nur der runde, zerschmetterte Schädel mit seltsamen flachen, schwarzen Augenhöhlen, die leblos in den Himmel starrten. Eine pulsierende Kugel fast transparenten Fleisches, die große Blutgefäße und eigenartig gefärbte Organe umschloß, gerade noch sichtbar durch die dünne Haut, die das Ding umgab, war durch einen dünnen Stengel mit dem Kopf und dem gebrochenen Schädel verbunden. Dane pfiff leise. Aratak hatte die Tunika offensichtlich aufgerissen, um zu beobachten, wie der tote Jäger sich in das verwandelte, was seine ursprüngliche Form gewesen sein mußte.

Sie benutzten also keine Hypnose. Sie erwachten nicht wieder zum Leben, nachdem sie getötet worden waren, und sie beseelten nicht die Körper ihrer gefallenen Feinde zu neuem Leben. Mit diesen Organen mußten sie schwer zu töten sein, aber wenn sie einmal richtig getroffen waren, dann waren sie auch tot. Aber wenn man nicht die tödliche Stelle traf – das Gehirn, das große, pulsierende innere System, das auch Herz und Lunge der Kreatur sein mußte –, wenn man nur die Organe traf, die sich unter dem transparenten Fleisch abhoben, dann konnte das *Ding* einfach seine ursprüngliche Form wieder herstellen.

Er hätte es wissen müssen. Das Ding war mit einem abgetrennten Arm weggerannt und dann mit einer aufgerissenen Kehle. Das Spinnenwesen konnte mit abgeschnittenen Beinen fertig werden, aber als Dallith seinen Kopf traf, war es tot, und nur die Ankunft der anderen Jäger hatte sie daran gehindert, zu sehen, wie sich sein Körper wie dieser hier veränderte.

Dann hatten sie also einen Jäger schwer verletzt und mindestens zwei getötet. Und die Tatsache, daß sie nun die verwundbare Stelle der Kreaturen kannten, bedeutete, daß sie eine gute Chance hatten, mehr von ihnen umzubringen. Und dennoch – *der Jäger wird von niemandem gesehen, außer von dem Wild, das er tötet.* Es waren also keine Gerüchte durchgedrungen, daß die Jäger ihre Gestalt veränderten. Vielleicht waren die einzigen Überlebenden der meisten Jagden diejenigen, die nie auf wirkliche Jäger getroffen waren, sondern sich versteckt gehalten oder nur andere Beutetiere getötet hatten.

Und würden die Jäger sie am Leben lassen, um diese Geschichte weiterzutragen?

O Gott. Angenommen, sie hatten ein Gruppenbewußtsein wie die Diener? Sie hatten die Diener programmiert; vielleicht hatten sie kein Gefühl für Individualität? Was einer wußte, wußten vielleicht alle, und in diesem Fall, wenn einer von ihnen herausfand, daß sie ihre wahre Gestalt kannten ... *Wir werden die Hauptzielscheibe für jeden Jäger auf dem Roten Mond sein,* dachte Dane.

Er sagte etwas in dieser Art zu Aratak, aber der große Echsenmann meinte nur: „Warum sollten wir uns künstlich Sorgen machen? Wir wissen nicht, ob sie ein Gruppenbewußtsein haben. Und wenn sie es hätten, wie könnten sie dann so eine wildes, individuelles Gefühl des Triumpfes in der Jagd entwickeln? Denk daran, was Dallith dir erzählt hat." Das stimmte, aber Dane war nicht überzeugt, Wespen und Bienen konnten individuell stechen, obwohl es genügend Beweise dafür gab, daß ihr Bewußtsein das einer Gruppe war.

Aber Wespen und Bienen waren nicht intelligent. Aratak schien zu glauben, daß Intelligenz von einem Gefühl für Individualität abhängig war, und wer konnte sagen, daß er unrecht hatte? Und die Jäger waren ganz bestimmt intelligent. *Aratak hat recht. Warum sich künstlich Sorgen machen? Wir haben genügend Probleme, mit denen wir zurechtkommen müssen.*

„Rianna, kannst du laufen? Wir müssen aus der Stadt heraus, bevor sie uns alle auf einmal überfallen. Wenn sie wissen, daß wir hier sind – und ich bin sicher, sie wissen es, wie hätten sie sonst Danes Form annehmen können? –, wird das hier zu einer Falle!"

Rianna entgegnete: „Ich kann alles tun, was sein muß." Ihr Gesicht war blaß, aber sie sah entschlossen aus.

Es gab nicht viel zu tragen, nur die Waffen und ein kleiner Rest Essen. Aratak sagte: „Wir sollten heute nacht eine neutrale Zone erreichen und unsere Vorräte auffüllen."

Dane meinte nur: „Na ja, wir werden sehen." Er befestigte seinen Umhang über den Schultern. „Ich traue den Dienern nicht so recht – und sie *haben* ein Gruppenbewußtsein, so daß alles, was ein Diener weiß, der ganzen Bande bekannt ist. Und wer weiß? Vielleicht erzählen sie den Jägern, wo ihr Wild sich befindet?"

„Würde das in ihre Vorstellung von Ehre passen?" fragte Rianna. „Woher, zum Teufel, soll ich das wissen?" schrie Dane, und sie schwieg erschrocken. „Laßt uns endlich gehen!"

Schweigend gingen sie auf die Tore zu. Dane sagte kurz: „Dallith, halte Ausschau. Du hast die Psychogabe. Sag uns, wenn diese *Dinger* sich nähern."

Sie wirbelte zu ihm herum, ihr Gesicht war angespannt und rebellisch. „Nein!" erwiderte sie rauh. „Ich will nicht. Ich kann nicht. Ich kann es nicht ertragen! Ich kann es nicht ertragen, mit diesen ... diesen Dingern in *Berührung* zu kommen."

Dane spürte ihre Angst, aber er wagte es nicht, sich Mitleid mit dem Mädchen zuzugestehen, sonst würde er sich zerreißen. Er ging ärgerlich auf sie zu und sah zu ihr hinunter, sein Gesicht war hart wie Stein.

„Du willst doch leben, oder nicht?" Ihre Stimme klang traurig und monoton. „Eigentlich nicht. Aber ich will, daß *du* lebst – ihr alle. In Ordnung, Dane; ich werde tun, was ich kann. Aber wenn ich ihnen zu nahe komme, wenn ich ein *Teil* von ihnen werde, könnte ich euch... nicht von ihnen fort, sondern *in sie hinein* führen."

Danes Gesicht verzerrte sich krampfhaft. Er hatte nie an diese Möglichkeit gedacht...daß Dallith nicht nur die Angst der Gejagten übernehmen konnte, sondern auch die Verschlagenheit der Jäger. Er berührte sanft ihre Schulter. „Tu, was das beste ist", sagte er. „Aber versuche, uns ein paar Sekunden bevor wir angegriffen werden, zu warnen." Er wandte sich ab, ohne sie noch einmal zu berühren. Er wagte es nicht. „Laßt uns gehen", sagte er und schritt ungefähr in Richtung der Stadttore davon.

Sie mußten noch einmal den Brunnenplatz überqueren, und Dane spürte eine Gänsehaut. Er wußte, er *wußte*, jemand beobachtete sie ... Der Angriff kam plötzlich und so unorganisiert, daß sich

Dane bis zum Tage seines Todes an nichts anderes erinnern konnte als an dunkle Gestalten – drei oder vier davon –, die plötzlich alle um sie herum waren. Dallith schrie wild auf. Rianna taumelte zurück, stützte sich dabei auf ihren Speer und zog mit dem gesunden Arm ihr Messer heraus. Arataks riesige Keule krachte herunter. Dane schlug mit seinem Schwert zu. Er zielte auf den Bauch eines Wesens, das der Bluthund von Baskerville hätte sein können. Es heulte, spuckte Blut und stürzte nieder. Dallith hob hastig Riannas heruntergefallenen Speer auf und stieß ihn jemandem durch die Brust. Er sah Rianna in die Dunkelheit eines Gebäudes fliehen. An einem Punkt des Kampfes lag Dane auf dem Boden und schlug nach etwas, was zwischen ihm und dem Licht stand.

Dann lagen überall tote, sich auflösende Gestalten auf dem Boden verstreut, in Stücke geschlagen, und die Jäger waren verschwunden.

Und ebenso Rianna.

15

Sie durchsuchten die ganze Ruinenstadt nach ihr, bis die Dunkelheit hereinbrach. Sie ließen alle Vorsicht außer acht, riefen ihren Namen laut und schrien nach ihr, durchsuchten die näherliegenden Gebäude und fanden nur verschüttete Wege und Sackgassen, aber keine Spur von Rianna. Die Sonne ging unter. Dane erinnerte sich vage, daß sie die Absicht gehabt hatten, jetzt in einer neutralen Zone zu sein, aber es schien keine Rolle zu spielen. Sie aßen während der Suche den Rest ihrer Verpflegung auf und ruhten sich vor Mondaufgang ein paar Stunden aus, aber Dane konnte nicht schlafen, und seine Gedanken waren bitter.

Er hatte gehofft, seine ganze Gruppe lebend durchbringen zu können. *Ich habe Cliff verloren und jetzt Rianna.* Dallith lag dicht bei ihm und hielt ihn umfangen. Sie weinte auch, und Dane wußte, daß sie seine eigenen verzweifelten Sorgen und das Gefühl des Verlustes mit ihm teilte, als seien es ihre eigenen. Dane klammerte sich an das Wissen, daß sie Riannas Körper nicht gefunden hatten und auch nicht einen einzigen Tropfen Blut. *Aber wohin kann sie gehen, verwundet, allein, ohne Nahrung oder Wasser, wahrscheinlich sterbend? Vielleicht stirbt sie irgendwo allein, während wir hier liegen und warten,* dachte er. Da er nicht schlafen konnte, stand er schließlich auf, sobald Dallith und Aratak sich ein wenig ausgeruht hatten, und sie durchsuchten bei Mondlicht die Ruinen.

Das wäre eine günstige Zeit für sie, uns zu überfallen. Wen kümmert es?

Als die Sonne aufging und die Ruinen mit hellem Licht überströmte, bat Aratak ihn endlich einzuhalten. „Dane, mein lieber, mein sehr lieber Freund", sagte er freundlich, „wir können nicht jedes alte Gebäude dieser Stadt durchsuchen. Wenn sie uns hören könnte, hätte sie uns geantwortet. Wenn sie sich bewegen könnte, wäre sie zu uns zurückgekommen. Dallith sagt, sie spürt nirgends Riannas Anwesenheit. Ich fürchte, mein lieber Freund, wir müssen uns dem Unvermeidlichen beugen. Rianna ist tot, und die Toten sind jenseits unseres Mitleids und unserer Hilfe. Wir müssen unsere Kraft jetzt für uns selbst bewahren."

„Ich kann nicht so aufgeben", sagte Dane verzweifelt. „Wir sollten alle leben oder alle zusammen sterben!" Dallith war in Tränen aufgelöst. Aratak kam auf sie zu und umarmte sie beide, je ein riesiger Arm um ihre Schultern gelegt, als seien sie zwei kleine Kinder, die sich an einem Erwachsenen festhielten. Er sagte in seiner tiefsten Stimme: „Glaubt mir, ich teile euren Kummer. Aber würde Rianna wollen, daß ihr sterbt?"

„Nein", sagte Dallith und trocknete die Tränen mit einem Zipfel ihres Umhangs. „Rianna würde sagen, ich solle leben und mich um euch beide kümmern. Es tut mir leid, Aratak. Wir werden gehen." Dane nahm grimmig alle seine Kraft zusammen. Rianna war tot – vielleicht. Aber Dallith lebte, und sie brauchte immer noch seinen Schutz. „Laßt uns nicht über den Brunnenplatz zurückgehen", sagte er. „Laßt uns an irgendeiner anderen Stelle durch die verfallene Mauer schlüpfen." „Das bedeutet, daß wir die hohe Klippe hinunterklettern müssen..." wandte Aratak ein.

„Um so besser", entgegnete Dane. „Sie ist zu steil, als daß uns jemand unbemerkt überfallen kann. Wenn sie sich uns von unten nähern, können wir den Hang halten. Wenn sie von oben auf uns zukommen, können wir sie hinunterstoßen."

Aber weder Angriff noch Verteidigung erwiesen sich als notwendig. Die Sonne schien leuchtend über den eingefallenen Mauern, den verlassenen Gebäuden und dem Hang unterhalb der Stadt, aber außer ihnen selbst bewegten sich dort keine lebendigen Wesen.

Wir müssen vier von ihnen getötet haben letzte Nacht. Ich möchte wissen, wie viele Beutetiere jemals sechs Jäger auf einen Schlag erledigt haben, dachte Dane.

Es ist kein Preis für Rianna. Aber es ist besser als nichts.

Bei der letzten Jagd gab es siebenundvierzig Jäger und achtzig oder neunzig Gejagte. Und neunzehn Jäger wurden getötet, ein Beutetier überlebte.

Wir sind gar nicht so schlecht. Aber sie sagten, es sei zur Zeit schwer, gefährliche Wesen zu bekommen. Ich vermute, wir sind ihnen ihr Geld wert.

Dane fiel ein, daß in einer Zeit der Allumfassenden Weisheit und allem, was dazu gehörte, ein Barbar von einer Welt mit einer kriegerischen Geschichte eine bessere Chance hatte. Die Jäger wollten vielleicht einen fairen Kampf und kein bloßes Abschlachten. Aber eine Rasse, die buchstäblich jede Gestalt annehmen konnte ... Ja, es würde schwer sein, Wild zu finden, das verwegen genug war, um ihnen einen guten Kampf zu liefern...Vielleicht hatte es ein paar hundert Jahre früher mehr Kämpfer in der Galaxis gegeben. Nun schien es außer den Mekhar und den Spinnenmännern kaum Wesen zu geben, die ausdauernd und mutig kämpfen konnten. Ohne seine Hilfe wären Dallith und Rianna wahrscheinlich als erste getötet worden. Dane hatte ihre Verteidigung organisiert. Zum Teufel – ohne seine Hilfe wären die anderen vielleicht alle friedlich zum Sklavenmarkt von Gorbahl gebracht worden ... und Dallith wäre in Ruhe gestorben.

Vielleicht wäre das besser gewesen. Für uns alle.

Aber was geschehen ist, ist geschehen.

Am Fuße des hohen Berges, wo Felsbrocken wie gewaltige herabgefallene Köpfe von Riesen verstreut lagen, gab Dane das Zeichen für besondere Vorsicht; dies war ein zu günstiger Ort für einen Angriff. Er warf einen schnellen Blick über die Schulter und sah die Stadt ein letztes Mal lange an. Rianna hatte sie erforschen wollen; nun würde sie dort für immer ruhen.

Am Rande seines Gesichtsfeldes fiel ihm eine einsame Figur ins Auge; klein, schmal, stark, von einer Wolke gelockten, roten Haares gekrönt. Danes Kummer und Verzweiflung explodierten in wilder Wut, und er rannte vorwärts und riß sein Schwert heraus, bereit, den Jäger zu überrennen, das falsche Ding, das Riannas Gestalt angenommen hatte, wie einer von ihnen seine eigene vor Dallith angenommen hatte. Er rannte los, das Schwert schwingend, bis Dalliths Schrei ihn erreichte.

„Dane! Nein, nein, nein, es ist Rianna, es ist Rianna, es ist *wirklich* Rianna..." Der Schwung trieb Dane weiter, so daß er sich nur noch im letzten Augenblick keuchend zur Seite werfen konnte. Er senkte das Schwert, drehte sich um und sah Rianna mit argwöhnischem, mißtrauischem Erstaunen an.

„Ich bin es wirklich", sagte Rianna heiser. „Renn mich nicht über den Haufen, Dane."

Jetzt glaubte er ihr. Noch niemals hatte er einen Jäger einen anderen Laut ausstoßen hören als das charakteristische klagende Heulen, wenn sie verwundet wurden. Dallith kam herbeigerannt und schlang die Arme um das andere Mädchen.

„Ich dachte, wir hätten dich für immer verloren", sagte sie zittern, und Rianna erwiderte: „Das dachte ich auch. Ich war sicher, daß ihr um Mitternacht längst fort wäret; ich hatte nur noch die Hoffnung, euch in einer der neutralen Zonen zu finden. Was ist geschehen? Was ist geschehen?" Dane zog sie überrascht und erleichtert dicht an sich. *Zu schön, um wahr zu sein, zu schön...Aber stelle keine Fragen, akzeptiere es, dieses wunderbare Geschenk des Glückes.* Es war wirklich Rianna, wider alle Hoffnung zu ihnen zurückgekehrt.

„Ich werde es euch erzählen, aber laßt uns weitergehen", sagte sie ernst. „Ich denke, daß wahrscheinlich nicht viele Jäger hier in der Gegend sind. Es ist etwas sehr Seltsames an diesem Ort..."

Sie blieben dicht beieinander, als sie die felsenübersäte Ebene überquerten und durch den Spalt schlüpften, hinter dem sie mit dem Spinnenmann gekämpft hatten. Dallith hielt wachsam Ausschau nach hinten, aber keiner von ihnen wollte Rianna weit von sich fort lassen. „Ich rannte in das Gebäude", erzählte sie. „Ich hörte einen von ihnen hinter mir – das dachte ich jedenfalls. Ich versuchte, mich umzudrehen und die Stellung zu halten, aber ich konnte nichts sehen; ich hatte das Tageslicht hinter mir gelassen. Ich lief im Dunkeln weiter und versuchte, den Weg hinaus zu finden, verlor mich aber immer mehr in der Dunkelheit, und dann kamen sie."

„*Sie* kamen? Wer sind *sie*?“

„Ich weiß es nicht. Ich habe sie nie deutlich gesehen“, erwiderte sie, und in ihrem Gesicht und ihrer Stimme lag Erstaunen. „Es konnten keine Jäger sein. Zuerst – ich habe euch erzählt, daß ich nichtverbale Kommunikationstechniken für Leute ohne Übersetzungsplatte gelernt habe – machten sie mir klar, daß sie es gut mit mir meinten. Sie gaben mir zu essen ... es war nicht wohlschmekkend, eine Art Pilze, aber offensichtlich wußten sie, daß ich es ohne Gefahr essen konnte. Und sie verbanden meine Wunden neu, säuberten sie und richteten meinen Ellenbogen; er war nicht gebrochen, nur ausgerenkt. Seht her.“ Sie zeigte ihnen ihren Arm, der sorgsam in eine Schlinge aus dunkelrotem Stoff gelegt war, ganz anders als das ziegelfarbene Material der Tuniken. „Selbst wenn es heller wurde, war es nur halbdunkel. Unter der Stadt existieren Meilen um Meilen von Höhlen und Tunnels. Es gibt nicht viele von ihnen...von den Leuten, meine ich; es müssen die ehemaligen Bewohner der Stadt sein. Aber ich vermute, daß dies der Grund ist, warum so viele die Jagd überleben. Anscheinend ist es für diese Wesen nichts Neues, den Gejagten zu helfen.“

Sie schwieg und zerbrach sich den Kopf darüber. Schließlich sagte sie: „Am Morgen führten sie mich herab durch die Höhlen und zeigten mir einen Eingang – einen Ausgang, müßte ich besser sagen – am Fuße der Klippe unterhalb der Stadt. Aber ich konnte keinen einzigen Blick auf sie werfen.“

Sie gingen eine Zeitlang schweigend weiter. Jeder von ihnen dachte über diesen neuen Faktor in der Jagd nach. Wenn es nur einen Weg gab herauszufinden, was sie tun konnten...aber wahrscheinlich hatten die Jäger schon vor Jahrhunderten fast das Ziel erreicht, sie auszurotten... Aratak sagte ruhig: „Auf dem Satelliten meines eigenen Planeten – dem Zwilling unserer Welt, so wie dies der Zwilling der Welt der Jäger ist – hatten wir eine ähnliche Zivilisation, und sie waren nahe daran, uns auszulöschen. Aber am Ende hatten sie genug von unserer Philosophie gelernt, daß ihnen klar wurde, daß eine Hand nicht ohne die andere klatschen kann, und jetzt sind sie unsere Brüder. Dies hier zeigt mir wieder, was aus unserer Welt hätte werden können..." Sie verließen die steinige Ebene und begannen wieder das hügelige Land zu durchqueren, das von Strömen und Unterholz durchschnitten war. Dane schätzte, daß die nächste neutrale Zone jetzt ungefähr sechs Meilen entfernt war. Wenn sie nicht durch Kämpfe aufgehalten wurden, konnten sie sie vor der Dämmerung erreichen. Da die Jäger gerne gegen Sonnenuntergang angriffen, war anzunehmen, daß sie einen Vorteil daraus schlugen und hier auf das Wild warteten, das sich ausruhen oder erfrichen wollte – aber das war eine Möglichkeit, mit der sie rechnen mußten. Vielleicht konnten sie ihnen wieder bis Sonnenuntergang standhalten. Wann, wann, *wann* kam diese verdammte Finsternis? Dane versuchte zu schätzen, wie viele Tage sie schon hier waren, aber er stellte fest, daß er unwiderruflich das Zeitgefühl verloren hatte. Er versuchte immer wieder, Tage und Nächte zusammenzuzählen, kam aber immer zu verschiedenen Ergebnissen.

Laß mal sehen... war das die Nacht, als wir in der neutralen Zone schliefen? Passierte das, bevor wir Cliff verloren oder danach? War es am siebenten oder am neunten Tag, als wir gegen den Spinnenmann kämpften.

Es ist fast Nachmittag, und die Welt der Jäger ist noch nicht am Himmel erschienen. Das heißt, daß sie bald voll sichtbar ist, und wenn sie voll ist, kommt die Finsternis; sie ist nah, aber, lieber Gott, wie nah? Die Finsternis könnte morgen nacht kommen oder sogar heute nacht – wenn es so ist, könnten wir...könnten wir es gerade noch schaffen...Ist es heute nacht? Und wieder fing das unvermeidliche Zählen an. *Die erste Nacht? Als wir hier schliefen und die Jagd in der Morgendämmerung begann und Dallith und ich zusammen waren. Dann verbrachten wir eine, oder waren es zwei Nächte in der Stadt... Die Nacht, als wir den Strom durchwateten...*

Es hatte keinen Sinn. Sein Gehirn, das durch Müdigkeit, Anstrengung und Gefühlsbewegungen halb betäubt war, weigerte sich vollkommen, sich auf eine Zeit einzustellen. *Die Jagd war alles, was es gab, und er konnte sie an überhaupt keine Zeit binden.*

Die letzte Meile ist immer die Schwerste! An Bord der *Seadrift* war das härteste Stadium der Reise immer der Zeitpunkt gewesen, wenn tatsächlich Land in Sicht kam.

Dallith berührte ihn am Arm. Sie sagte mit leiser Stimme: „Jäger. Entlang diese Anhöhe und dahinter...im Unterholz."

Verdammt, dachte Dane, *diesen Weg wollte ich nehmen.* Er nickte mit zusammengepreßten Lippen und sagte: „Gut. Bleib nicht länger in Kontakt als notwendig." Er bedeutete Aratak, die Richtung zu wechseln. Es würde ein langer Umweg sein, aber sie konnten die neutrale Zone immer noch bei Einbruch der Nacht erreichen. *Noch besser, direkt danach. Ich würde uns nicht gerne den Weg freikämpfen müssen.*

Nach einer Weile nickte Dallith zustimmend, und Dane entspannte sich ein bißchen, denn er wußte, daß sie zumindest für den Moment außer Reichweite waren.

Gott, wann ist diese verdammte Finsternis?

Rianna konnte jetzt wieder besser gehen. Anscheinend hatten Nahrung und Ruhe und die Pflege ihrer Wunden ihr sehr gut getan. *Ich wünschte nur, Dallith würde auch so gut aussehen, armes Kind!* Riannas Arm hing immer noch in der Schlinge, aber es war nicht ihr Kampfarm.

Das neutrale Gebiet kann nicht viel weiter als ein paar Meilen hinter diesem Grat sein...

„Jäger", flüsterte Dallith zitternd. „Sie jagen uns. O Dane, Dane sie haben ein *Bild* von uns...ich habe es *gesehen...*"

„Ruhig. Ruhig." Er legte seinen freien Arm um sie. „Zieh dich zurück, so schnell du kannst. Hier. Halt dich an mir fest, wenn du willst. Diesen Weg hinunter..."

Rianna sagte leise: „Ich glaube, sie wollen uns zusammentreiben, Dane. Sie versuchen, uns in der Bergsenke einzukesseln. Schau her..." Sie zeichnete rasch ein Diagramm mit der Speerspitze. „Berge zur Rechten, Berge zur Linken. Die neutrale Zone hier unten Richtung Sonne, aber sie treiben uns davon weg."

Dane dachte eine Minute darüber nach. Inzwischen mußten die Jäger sicher wissen, daß sie in einer Gruppe herumzogen, und früher oder später würden sie sich ganz bestimmt zusammenschließen und sie gemeinsam angreifen. „Wir werden ihnen aus dem Weg gehen, so lange wir können", sagte er. „Aber wenn wir uns eine Stellung suchen müssen, ist es besser, das vor Sonnenutnergang als nach Mitternacht zu tun. Ich bin nicht scharf darauf, im Dunkeln mit diesen Bestien zu kämpfen – nicht einmal im Mondenschein."

„Das Göttliche Ei hat es uns gesagt: Es ist gut, seinen Feind bei Tageslicht zu sehen", sagte Aratak.

Dane meinte mißmutig: „Ich wette, du wirst das Göttliche Ei noch auf deinem Totenbett zitieren."

„Wenn ich so glücklich bin, eines zu haben, welchen besseren Ort könnte es dafür geben?" erwiderte Aratak. Und das war so unbestreitbar wahr, daß Dane nur sagte: „Laßt uns nach einem Platz Ausschau halten, an dem wir in Stellung gehen können."

Während die Jäger sie vor sich hertrieben, überrollten sie ein oder zwei andere Beutetiere. Einmal sah Dane in weiter Entfernung eine fliehende Gestalt. Eine andere, unbeschreiblich merkwürdige Gestalt verfolgte sie; ein entferntes Triumph- oder Wutgeheul, das Klirren von Schwertern, als sich die Wesen einander zuwandten. Eins wurde getötet und blieb reglos liegen, und da der Überlebende nicht floh, sondern sich ruhig wieder im Unterholz versteckte, schloß Dane, daß ein weiterer Jäger seine Tagesbeute erlegt hatte.

„Dallith, kannst du sagen, ob sie uns noch folgen?"

Sie nickte wortlos. Er dachte: *Wenn sie auf uns treffen, ist sie erschöpft.* Und er fällte schließlich eine Entscheidung.

Sie kamen endlich aus den mit Gestrüpp bewachsenen Hügeln, durch die sie den ganzen Tag gezogen waren, in die Talsohle. Zu ihrer Linken floß ein tiefer Strom und vielleicht aber auch ein seichter Fluß; darüber ragte eine dunkle Klippe, die mit Höhlen durchzogen war.

„Wir wollen nicht zwischen der Klippe und dem Strom eingeschlossen werden", sagte Dane. „Laßt uns den Strom überqueren, bevor er tiefer wird, und uns dann ins Unterholz schlagen. Die neutrale Zone liegt auf diesem Weg. Wenn wir sie uns vom Halse halten können, bis es dunkel wird..." Rianna hielt ihn zurück und deutete hinüber. Auf der anderen Seite des Stromes stand eine hohe Gestalt. Danes erste Reaktion war: „Ist das ein Bär oder ein Russe oder was?“ Rianna, sachlich wie immer, antwortete: „Es ist ein Jäger...in protoursiner Gestalt – er hat wahrscheinlich den Protoursinen getötet, den wir im Raumschiff gesehen haben.“ Dane zog sein Schwert. Dallith fragte widerstrebend: „Warum greift er nicht an?“ Sie hatte ihre Schleuder bereit, aber der Jäger war außer Reichweite. „Er will nur nicht, daß wir den Srom überqueren...“ Dane sagte grimmig: „Vielleicht hat er schon seinen eigenen Kampfplatz gewählt. Oder vielleicht wartet er auf Verstärkung.“ Er dachte: *Wenn das Ende so nahe bevorsteht, wie ich glaube, ist vielleicht kein anderes Wild mehr am Leben* – und sie sind alle frei, sich auf uns zu konzentrieren. *Ein Überlebender das letzte Mal...Ein Überlebender das Letzte Mal,* hämmerte es in seinem Kopf. *Hauptzielscheiben, das sind wir. Ein guter Sport.*

Dane blickte sich um. Zur Linken floß der Strom; in ihrem Rükken bot die Klippe Schutz durch den Überhang, und rechter Hand lag ein flacher, harter und steiniger Platz. Danes krisenerprobtes Gehirn dachte: *Raum zum Kämpfen.*

„Wir werden hier warten“, sagte er. „Wir sind alle müde von dem Gewaltmarsch. Wenn sie uns weiterhetzen, spielen wir ihnen genau in die Hände – erst uns ermüden, dann ein Angriff. Wenn wir hierbleiben, bis seine Verstärkung ankommt, können wir uns ein bißchen ausruhen.“

Rianna widersprach: „Ich habe ein ungutes Gefühl. Wir sind eingeschlossen.“ „Wir könnten enger eingekreist sein“, sagte Dane, „wenn wir zulassen würden, daß er uns in seine eigenen bevorzugten Jagdgründe treibt.“ Ihm gefiel die Art nicht, wie der Jäger sie beobachtete. Dane bekam eine Gänsehaut. *Begutachtet er mich für einen Platz an seiner Wand? Hegt er einen Groll? Ist es vielleicht der eine, den ich schon früher zweimal in Gestalt eines Mekhar bekämpft und verjagt habe?* Es bedurfte nicht Dalliths halb unbewußten zustimmenden Nickens, um zu wissen, daß er recht hatte: Dies mußte der Anführer der Jäger sein, wenn es einen Anführer gab.

Zumindest konnten sie, während sie hier warteten, wieder Atem schöpfen. Dane merkte, daß er eine gute Mahlzeit vertragen konnte, aber statt dessen kniete er am Ufer des Stroms und schöpfte Wasser, um zu trinken. Seine Haut prickelte, als würde er einen Schlag oder einen Pfeil erwarten, aber nichts geschah, und er dachte: *Vielleicht benutzen sie keine Pfeile und Bogen. Vielleicht lieben sie das Gefühl, wenn die Klinge ins Fleisch stößt?* Das Wasser schmeckte kühl und erstaunlich gut.

Heute abend, wenn ich zur neutralen Zone komme, werde ich den guten Diener um ein Steak bitten und sehen, was er dazu sagt.

Er wiederholte das, an Rianna gewandt, und sie lächelte schwach. „Ich habe auch gerade daran gedacht. Dieses Siegermahl, wenn wir so weit kommen, wird uns verdammt gut schmekken."

Dallith rang nervös die Hände. „Warum greifen sie nicht an? Er will angreifen, er will..." Aratak legte seine riesige Pranke auf ihre Schulter. „Ruhig, mein Liebes, ruhig. Jede Minute, in der sie nicht angreifen, ist eine Minute, in der wir unsere Kräfte sammeln können. Ich bitte dich, ruh dich aus, soviel du kannst."

„Ich glaube, das mache ich auch", meinte Rianna mit leiser Stimme. „Mein Bein könnte es gebrauchen." Sie setzte sich nieder, hielt aber vorsorglich den Speer in der Hand.

Dane sah sich ihr verbundenes Bein an, aber es schien nicht allzusehr geschwollen zu sein, und sie hatte keine Anzeichen von Fieber. *Bald wird alles vorbei sein, und wir können uns ausruhen. Ich frage mich, ob sie die Absicht haben, uns als letzten Leckerbissen vor der Verfinsterung zu erledigen?*

Wir können ihnen sicher nicht standhalten. Es ist die Hoffnung, die weh tut.

Er ruhte zwischen Dallith und Rianna, das Schwert in der Hand und wachsam, aber sein Körper war entspannt. *Was immer jetzt passiert, ich habe sie beide geliebt.* Sein Verstand bestand darauf, hinter seinem Rücken darüber zu grinsen. *Typisch protosimianisch, jetzt daran zu denken.* Noch einmal verfügte sein Verstand über das geätzte und durch Müdigkeit geschärfte Bewußtsein von

Realität, das er am ersten Morgen der Jagd gehabt hatte. Er dachte: *Welcher Zeitpunkt könnte besser sein?*

Ich dachte mein ganzes Leben lang, ich sei auf der Suche nach Abenteuern, und jetzt, am Rande des Todes, habe ich herausgefunden, was ich wirklich gesucht habe. Ich habe die Realität gesucht – die beiden Realitäten, die man in der Zivilisation des zwanzigsten Jahrhunderts mit ihrer Betonung auf Sex und Grausamkeit anstatt Liebe und Tod nicht mehr findet.

Und hier habe ich sie gefunden – vielleicht zu spät, aber ich habe die beiden Dinge gefunden, die als einzige es wert sind, daß man mit ihnen fertig wird: Liebe und Tod. Wenn du sie einmal begriffen hast, weißt du, was das Leben ist. Alles andere sind nur Beiläufigkeiten. Liebe – Rianna und Dallith an seiner Seite. Und Aratak.

Und der Tod – dieser Jäger hinter dem Hügel und alle seine kleinen Brüder in jeder Form und Gestalt. Einen Augenblick lang, halb im Traum, strahlte eine irre Liebe auch dem Jäger entgegen, dem Jäger, der ihn den Tod gelehrt hatte, wie Rianna und Dallith ihn die Liebe gelehrt hatten... Er wußte, es war verrückt, und er versuchte bewußt, die Realität zu erfassen, die körperliche Situation. Die Klippe. Das Kampffeld. Die Steine. Der Schwertgriff in seiner Hand. Aber irgendein wahnsinniges Atom in seinem Gehirn bestand darauf, ihm vorzugaukeln, daß *das* die Realität war. *Jeder Mensch tötet das, was er liebt...*

Liebt jeder Mensch das, was er nicht töten würde...

Liebe deine Feinde...

Liebestod...

Dallith schlang plötzlich die Arme um ihn und küßte ihn. Ihr Mund war glühend heiß und das Gesicht gerötet, und er zog sie dicht an sich heran, aber seine Stimme blieb leise und ruhig unter der hervorbrechenden Erregung.

„Nimm es leicht. Es wird wieder gut werden.“ Aber er war überrascht. Phantasierte auch sie?

Riannas Hand lag schwer auf seiner. Sie atmete tief.

„Dane – wenn irgend etwas passiert...“

„Nein", unterbrach er sie. „Sag es nicht! Sag es nicht! Sag es hinterher!"

Und in diesem Augenblick schrie Dallith eine wortlose Warnung, und dann waren die Jäger schon bei ihnen.

Es war unmöglich zu sagen, wie viele es waren. Sie kamen plötzlich von allen Seiten, brachen so überraschend aus dem Unterholz hervor, daß kaum Zeit war, die Verteidigungslinie zu bilden. Dallith erlegte einen, dann noch einen mit ihrer Schleuder. Während sie auf eine kleine Steinsäule zurannte, die gegen den Überhang lehnte, um darauf ihre Stellung einzunehmen. Aratak lief mit erhobener Keule auf den Strom zu.

Dane sprang auf die Füße, und im selben Moment, als seine Finger den Schwertgriff fanden, kam ein Mekhar – *Nein! Ein Jäger in der Gestalt eines Mekhar!* – mit erhobenem Schwert aus den Felsen zu ihrer Rechten auf sie zu; hinter ihm folgten drei menschliche Gestalten... Einem Impuls gehorchend, wartete Dane, bis sein Feind fast über ihm war, und riß dann mit einem Schwung, der zwischen die Augen des Gegners traf, die Klinge aus der Scheide. Bevor das Katzenwesen sich erholen konnte, legte er auch die linke Hand an den Griff und ließ die Klinge beidhändig zu einem Schlag niedersauen, der den Löwenkopf wie eine Frucht spaltete. Blut sprudelte heraus, und der Mekhar fiel nach zwei Seiten auseinander. Dane zerrte die Klinge frei und trat einen Schritt vor, um sich der ersten menschlichen Gestalt zu stellen... Und starrte in ein unbestreitbar japanisches Gesicht: ein hageres Gesicht mit Hakennase und flinken, wachsamen dunklen Augen, ein kurzer, sehniger Körper im Gewand eines Samurai vor vierhundert Jahren. Seine lange, gebogene Klinge war in der klassischen *Men*-Haltung über den Kopf erhoben, und Dane wußte in dieser Sekunde, daß dies das Gesicht des Mannes war, dessen Schwert er trug. Für einen Moment ließ ihn die Erkenntnis auf der Stelle erstarren, aber dann tauchte dasselbe Gesicht in perfekter Verdoppelung hinter der Schulter des anderen auf und zeigte ihm, daß er keinem Geist gegenüberstand. Ein Jäger hatte einfach beschlossen, wie ein Ritter zuweilen die Rüstung eines tapferen gefallenen Gegners trug, das

Gesicht eines Mannes anzunehmen, der seit vier Jahrhunderten tot war.

Das Schwert des Pseudo-Samurai war hoch über den Kopf erhoben. Als es niederfiel, schnellte Danes alte Samuraiklinge – die ursprüngliche? – hoch, um sie aufzufangen. Die beiden Klingen streiften einander, so daß der nach unten gerichtete Schlag abgelenkt wurde und harmlos an Danes Ellenbogen vorbeipfiff. Dann sauste Danes Schwert scharf herab. Eine halbe Sekunde lang dachte er, sein Schlag hätte das Ziel verfehlt, aber dann erschien eine feine rote Linie auf der Stirn, wo die rasiermesserscharfe Klinge getroffen hatte. Blut quoll hervor, und die Menschengestalt schwankte und fiel auf ihr geliehenes Gesicht.

Leben sie so lange? ging es Dane durch den Kopf. *Oder filmen sie die Jagden; haben sie irgendwo vierhundert Jahre alte Filme, die zeigen, wie ein tapferer, einsamer Erdenmann starb?* Hinter sich hörte er platschende Geräusche und Arataks tiefes, knurrendes Brüllen, aber er war zu sehr in Bedrängnis, um sich umzudrehen. Als er sein Schwert hob, um auf den zweiten falschen Samurai zu treffen, sah er die Schwächen in der Technik des Pseudo-Mannes, die leichte Unsicherheit in Haltung und Griff. *Sie kopieren Bewegungen, die sie gesehen haben,* dachte er, *und nur die einfachsten. Mit meinem Training bin ich eine bessere Imitation eines Samurai als sie.*

Der Jäger griff an, die Klinge über dem Kopf schwingend, genau wie es der andere getan hatte. Dane machte einen langen Ausfallschritt nach rechts, zog das Schwert im klassischen *Doh*-Schnitt an seinem Körper vorbei, und die rasiermesserscharfe Spitze traf den Körper des anderen genau unter den Rippen. Helles Arterienblut schoß hervor, und das schwere Atmen endete in einem erstickten Keuchen; der Jäger fiel ohne einen Schrei. *Ein Mensch hätte Stunden gebraucht, um an diesem Schnitt zu sterben. Ich muß das getroffen haben, was bei ihm die Funktion des Herzens hat.*

Dane spürte plötzlich ein wildes Frohlocken, einen fast schmerzhaften Hoffnungsstich. *Sie sind verwundbar. Verdammt noch mal, sie sind doch verwundbar. Sie sind sogar leicht zu töten, wenn man weiß, wie. Aber, lieber Gott! Es ist schwer, das zu erfahren!*

Noch während seine Klinge den Schwung des Schlages abfing, taxierte Dane seinen vierten Gegner und sah sich ohne Überraschung seinem eigenen Gesicht gegenüber. Was auch immer für einen Effekt es vorher auf ihn gehabt hätte, jetzt schien es ihm nur folgerichtig, sogar offenkundig. *Vielleicht dachten sie, daß dieser Rianna oder Aratak erwischen könnte, während die Samuraiimitationen mich abservierten. Wie es der eine getan hatte, der Cliff überraschte.*

Aber als Dane dieser Gedanke durch den Kopf ging, unterbrach sein Körper doch nicht für einen Augenblick seine fließende Bewegung. Mit einem scharfen Beugen der Gelenke kehrte er die Richtung der Schneide um. Der Pseudo-Dane kam vorsichtig näher, hielt die Klinge vor der Körpermitte, ungefähr in Danes Position; aber die Spitze war zu niedrig angesetzt. Danes Schwert peitschte im *Priestergewand*-Schlag nieder, fuhr durch die linke Schulter tief in die Brust; und als der Jäger zu Boden fiel, drehte sich Dane auf den Fersen um und rannte zurück zu den anderen. Die Jäger, die er getötet hatte, erlangten schon wieder ihre ursprüngliche Erscheinungsform: Fleisch, das wie Wasser zerfloß. *Wird jemals einer überleben, um davon zu erzählen?* fragte er sich. *Ist das der Grund, warum sie am liebsten kurz vor der Dunkelheit angreifen?*

Aratak stand am Ufer des Stromes, Speer und Keule waren beide blutbefleckt; Blutlachen waren auch auf der Uferböschung zu sehen, und formlose Körper trieben schon im Strom und zeigten, wo sie gewütet hatten. Ein paar Gestalten in Menschen- und Mekhargestalt wateten mit gezogenen Waffen im Wasser, wahrten aber im Moment ihren Abstand. Einer der toten Körper im Wasser war viel größer als die anderen; er löste sich bereits auf, aber Dane konnte sehen, daß er riesig und behaart gewesen war. Er fragte sich, wie sie das Problem der Größe lösten.

Am gegenüberliegenden Ufer stand triefend, als ob er begonnen hätte, hinüberzuwaten und dann seine Meinung geändert hätte, eine Miniaturausgabe von Aratak, nur zweimeterfünfzig groß, aber mit einer Keule und einer Axt bewaffnet, die fast ebenso groß waren wie die des richtigen Aratak, außerdem trug er noch einen

Schild. Neben ihm stand, ebenfalls triefend, der riesige Protoursine, den Dane augenblicklich als den Anführer der Jäger identifiziert hatte.

Es gab, wie es schien, ein Dutzend – vielleicht mehr – Pseudo-Menschen und etwa ebenso viele Pseudo-Mekhar. Er bemerkte, daß einige der Katzenmänner Schwänze hatten – ebenso einige des humanoiden Typus. Möglicherweise Kopien einer leicht abgewandelten Spezies? Aber Menschen und Mekhar waren immer noch in der Mehrzahl. Aus den Augenwinkeln sah er ein paar Wesen, die aussahen, als seien ihre Vorfahren Wölfe oder Waschbären gewesen, und eine Kreatur, die einem mannsgroßen Oktopus glich, nur daß sie zehn Fangarme hatte statt acht, und jeder Arm schwang eine andere Waffe. Und ganz hinten in der Masse der Jäger in allen möglichen Gestalten sah Dane einen riesigen Spinnenmann, der seinen tödlichen Speer wirbelte. Ein Schauder erfaßte ihn. Der andere Spinnenmann hätte ganz allein sie alle beinahe getötet, und nun mußten sie gegen so viele kämpfen. Aber dann sah er, wie der Spinnenmann sich in seinem Speer verhedderte und ihn fallen ließ. Der erste falsche Spinnenmann mußte ein Naturtalent gewesen sein, oder er hatte länger geübt, aber selbst er war langsamer gewesen als der echte Spinnenmann an Bord des Sklavenschiffes der Mekhar.

Aratak und er hatten alle getötet, die beim ersten Ansturm beteiligt gewesen waren, und der Rest hatte den Strom noch nicht überquert. Er hielt einen Moment inne, um sich nach den Mädchen umzuschauen. Körper im Wasser zeigten, wo Dallith am Werk gewesen war; Rianna lehnte wieder mit dem Rücken gegen die Klippe auf ihrem Speer. Zwei zerfließende Jägerkörper lagen zu ihren Füßen.

*Aber kein Blutgeruch. Ihr Blut muß fast ebenso schnell verdunsten, wie es vergossen wird...*Dane schöpfte Atem und bereitete sich auf den nächsten Angriff vor. *Es ist nur eine Frage der Zeit,* dachte er, *Sie müssen uns töten. Sie können nicht vier Überlebende zurücklassen, um die Kunde von ihrer wahren Gestalt zu verbreiten – oder vom Fehlen dieser Gestalt.*

Nicht mehr lange bis Sonnenuntergang. Wird sie das jetzt überhaupt noch aufhalten? Sie konzentrieren alle Kräfte auf uns.

Er bemerkte, daß sie neben dem Pseudo-Aratak und dem Pseudo-Dane, den er getötet hatte, eine falsche Dallith und eine nachgemachte Rianna hatten. „Dallith" trug sogar eine Schleuder. Plötzlich jagte ihm das furchtbare Angst ein.

Sie müssen einst, wie manche Insekten, mit Hilfe von Mimikry ihre Feinde gefangen oder sich vor ihnen versteckt haben. Wäre er während der ersten Angriffswelle auf eine von ihnen anstatt auf Samurai gestoßen, hätte er vielleicht entmutigt gerade lange genug gezögert, um getötet zu werden. Er versuchte sich zu dem Gedanken durchzuringen, „Dalliths" lieblichen Kopf abzuschlagen oder „Riannas" weichen Körper zu durchbohren – einen Körper, den er so oft in den Armen gehalten hatte –, aber während er sich in Erinnerung rief, daß es nur Jäger waren, wuchs sein Entsetzen, und er wußte, daß ihm die Nerven duchgehen würden. *Ich bin kein Empath, ich könnte nie sicher sein, daß es nicht die echte ist...*

Sein Kummer und seine Verzweiflung mußten Dallith erreicht haben, denn einen Augenblick später hörte er ihren Stein durch die Luft zischen; die falsche Rianna brach mit blutüberströmtem Gesicht zusammen. Die falsche Dallith wirbelte ihre eigene Schleuder, vielleicht ahnte sie, was geschah, aber ihr Stein flog zu weit – so weit, daß man nicht sagen konnte, auf wen sie gezielt hatte, obwohl Dane vermutete, daß er selbst es gewesen war. Der Antwortstein der echten Dallith traf sie an der Schläfe, und Dane schloß schnell die Augen, um sie nicht fallen zu sehen.

Er öffnete sie sofort wieder, denn er wußte, daß jetzt die anderen über den Strom kommen würden, um anzugreifen; und schon sprangen sie in das seichte Wasser. Eines von den menschenartigen Wesen (wie eine Frau mit ziegelroter Haut und langen blau-schwarzen Haaren) wand sich die Uferböschung hoch; Riannas Speer durchbohrte den tödlichen Punkt von hinten. Das Ding spuckte Blut und blieb still liegen. Einer der Pseudo-Mekhar hatte das Ufer halb erklommen, als Arataks Keule niederkrachte und seinen Schädel zerschmetterte. Dane wartete mit erhobenem Schwert, aber keiner versuchte mehr, das Ufer hinaufzuklettern. Der riesige Protoursine stieß den klagenden Schrei aus, den Dane schon vorher gehört hatte. Darauf fielen sie zurück und blieben wartend zusammen in der Mitte des Flusses stehen. Dalliths Stein zerschlug einen ungeschützten Schädel, und sie zogen sich ein Stück zurück.

Dane warf einen erstaunten Blick auf den großen Anführer. *Er hält sie zurück. Warum? Sicher weiß er, daß wir das Ufer nicht halten könnten, wenn sie alle auf einmal heraufstürmen würden...*

Ein Pfeil flog über den Fluß und blieb zitternd im Boden stekken, gefolgt von einem weiteren; beide flogen zu weit. Dane macht den Bogenschützen aus, ein großes, grauhäutiges Wesen mit einem zum Greifen dienenden Schwanz, der die Pfeile einlegte, während es den Bogen mit beiden Händen hielt. *Das könnte ein mittelmäßiger Schütze sein, aber ich vermute, sie haben nicht viel Übung mit Geschossen, oder diese Pseudo-Glieder können irgendwie nicht richtig damit umgehen. Vielleicht verlieren sie das Interesse, wenn sie den Kitzel nicht erleben, wie die Klinge hineinsticht...*

Einer von Dalliths Steinen schlug einen Krater in den Schlamm am anderen Ufer; ein anderer landete zwischen dem Bogenschützen und einem anderen Mann. *Was ist los? Sie schießt normalerweise besser...* Dane drehte sich schnell um, um nachzusehen. Dalliths Gesicht war kreidebleich, und die Augen waren blind von Tränen; die Lippe blutete, wo sie sie durchgebissen hatte. Ihre Hände zitterten. *O Gott! Ich wußte, daß das kommen würde. Sie bricht zusammen. Das Ding mit ihrem eigenen Gesicht zu töten, muß ihr den Rest gegeben haben...*Er wollte gerade zu ihr hinlaufen, um sie zu trösten, wenn auch nur, indem er neben ihr Stellung bezog, als er im Unterholz etwas aufblitzen sah. *Darauf warten sie also...*

Schnell rannte er zurück zu Rianna. „Zieh dich zur Klippe zurück", befahl er. „Aratak, halte das Ufer, so lange du kannst, aber warte nicht zu lange; weiche zur Klippe zurück, wenn du mußt. Dallith wird uns vielleicht nicht viel helfen können..." Er erhob seine Stimme und rief mit einer Munterkeit, von der er eigentlich weit entfernt war: „Dallith, hebe deine Steine für den Spinnenmann auf! Mit dem Rest werden wir fertig!"

In diesem Moment gab der Anführer einen weiteren dieser seltsamen Klagelaute von sich. Dane sah sie vorwärts stürmen und warf sich der Horde Jäger entgegen, die vom Pfad neben dem Strom auf sie zubrausten. *Wenn ich noch eine Minute länger herumgestanden hätte, hätten sie uns von der Klippe abgeschnitten...uns von Dallith...*

O Gott, Dallith, Armer, gequälter Liebling...

Zwei Pseudo-Mekhar waren vor ihn gesprungen; er duckte sich, als einer nach ihm schlug, wich vor dem anderen zurück, senkte sein Schwert zum *Doh*-Schlag und schnitt den Körper des Jägers entzwei. Der fallende Körper hielt den Stich des zweiten Katzenwesens gerade lange genug auf, daß Dane seinen Schädel spalten und weiterrennen konnte. Obwohl er jetzt mit absoluter Sicherheit wußte, daß sie alle sterben würden, daß nichts sie retten konnte, war Dane von einer Welle des Stolzes und einem merkwürdigen, beschwingenden Schwindelgefühl erfüllt. *Ist das die Kampfbegeisterung, von der in den Wikingersagen die Rede ist?* Dann sah er den zweiten Spinnenmann. Pseudo-Menschen mit langen Speeren umgaben ihn, und seine lange Lanze flimmerte und wirbelte im schrägen Sonnenlicht. Er ragte verhängnisvoll groß über seine Artgenossen in Menschengestalt hinaus.

Als sie aus dem schmalen Weg hervorbrachen, warf sich Dane ihnen entgegen, denn er sah keinen anderen Ausweg als den schnellen Angriff. Es waren immer noch platschende Geräusche vom Fluß her zu hören und das *Krach-krach-krach* von Arataks großer Keule. Er hatte keine Ahnung, wie lange Aratak die Stellung am Strom halten konnte; er wußte, er sollte sich zur Klippe zurückziehen, damit er und Rianna sich gegenseitig Deckung geben konnten, aber zuerst mußte er noch einige töten. Gott, es war befriedigend anzugreifen, anstatt wegzulaufen; er würde jeden töten, der in Reichweite seines Schwertes kam. Die Jäger sollten sich in acht nehmen! Bevor sie *seinen* Kopf an die Wand hängten, würde er, so viele er konnte, zu ihren gottverdammten ruhmreichen Vorfahren schicken, damit sie ihnen erzählen konnten, daß sie den Preis für Menschen in diesen Tagen anheben mußten, denn das Jagdwild wurde gefährlicher. Und wenn er und der alte Samurai an der Wand desselben Jägers hingen, konnte er seinem Gefährten von der Erde erzählen, daß er sein Schwert in Bewegung gehalten hatte, solange es in seiner Obhut war!

Die zwei vorderen Speermänner zielten auf Danes Brust; mit einer Drehung der Schulter stieß er eine Lanze beiseite, so daß sie die andere behinderte; sein Schwert sauste auf das Rückgrat seines Vordermannes nieder, und als das Blut aus dem verletzten Hals des ersten quoll, reckte sich Dane über den fallenden Körper, um den anderen Speerträger mit einem Schlag auf den Kopf zu töten. Und dann war das Spinnenwesen über ihm, sein Schild preßte sich gegen sein Schwert, und er sah die tödliche Lanze herunterwirbeln.

Es schien, als habe die Zeit aufgehört zu existieren, als habe sie sich in endlos aufeinanderfolgende Bruchstücke gestreckt. Er warf sich langsam zu Boden – aber in seinem Zustand der Verwirrung schien er sich in Zeitlupentempo zu bewegen –, und irgendwo gelang es ihm, beim Abrollen die messerscharfe Seite seines Schwertes von sich fernzuhalten. Die rotierende Lanze verfehlte ihn zweimal nur um Zentimeter und schlug Funken vom Felsen. Irgendwann zu diesem Zeitpunkt nahm er Jäger in menschlicher Gestalt wahr, die mit langen Speeren auf ihn einstachen; er zog die Beine über dem Bauch zusammen und war erstaunt, als er feststellte, daß er die Speere aus dieser Position leicht abwehren konnte, indem er das Schwert quer vor seinem Körper entlangzog. Dann kam einer der Speermänner zu nahe, und Dane zerschmetterte ihm die Kniescheibe mit einem Karatetritt; der Speerträger fiel über zwei Lanzen seiner eigenen Leute, und in der Verwirrung – der Jäger mit dem zerschmetterten Knie war vom Speer seines Gefährten aufgespießt worden – rollte Dane auf die Füße.

Er hieb einem die Kehle durch, erinnerte sich aber gerade noch rechtzeitig daran, daß er ihn so nicht töten konnte, und trieb die Klinge in seinen Kopf. *Neun, mein Gott, neun, oder waren es zehn? Wer zählte hier noch?*

Er schlug einen Speer den Bruchteil einer Sekunde zu spät beiseite, und der Stoff seiner Tunika riß; Schmerz durchfuhr seinen

Arm, und das Stechen ließ seinen Kopf wieder klar werden – *Gott im Himmel! Was geschah mit den anderen? Der Spinnenmann war genau an ihm vorbeigegangen.* Er hob sein Schwert und schrie, und als die restlichen Speerträger sich erneut zum Angriff sammelten, rannte er wie der Teufel zur Klippe.

Aratak fiel vom Strom zurück, während seine Keule immer wieder auf den Schild niederschmetterte, der das Oktopuswesen schützte, während es am Ufer entlangkroch und mit seinen verschiedenen Waffen nach Arataks ungeschützten Fußgelenken schlug. Das ungedeckte Ufer wurde jetzt von einer Welle von Jägern überschwemmt, die von dem großen Protoursinen, dem Pseudo-Aratak und dem größeren der Spinnenwesen angeführt wurden.

Der andere Spinnenmann stand in der Mitte zwischen Aratak und der Klippe; die lange Lanze rotierte bedrohlich, während die großen roten Augen sich von Aratak zu den Mädchen und wieder zurück bewegten. Arroganz sprach aus jeder Linie seines dürren, grauen Körpers, ganz im Gegensatz zu der demütigen, gebückten Haltung des echten Spinnenmannes, den er gesehen hatte. Ein Schleuderstein zischte an seinem Kopf vorbei; er drehte sich nicht einmal um. *Aratak wird zwischen dem Spinnenmann und diesem Oktopusbiest eingeschlossen werden!* Dane öffnete den Mund, um ihm eine Warnung zuzurufen, aber seine Stimme drang nicht so weit.

Ein weiterer Stein traf den Spinnenmann an der Verbindungsstelle zwischen Ober- und Unterkörper. Der Jäger fuhr blitzartig herum und trippelte auf Dallith und Rianna zu.

Dane rannte los, obwohl er wußte, daß er mit der Geschwindigkeit dieses Wesens nicht Schritt halten konnte. Er sah, wie Rianna ihren Speer umklammerte, um das Wesen zu empfangen, und er sah deutlicher denn je, scharf umrissen, wie mit Säure geätzt, Dalliths weißes, in Tränen aufgelöstes Gesicht, während Stein um Stein ohne Pause aus ihrer Schleuder flog. Aus den Augenwinkeln sah er, wie Aratak plötzlich zusammensank, seine Masse dann plötzlich in die Luft schleuderte, über die Waffen, die nach seinen

Füßen schlugen, hinaus, und auf dem Oktopus landete. Eine große Pranke ergriff den Schild; Schild und Tentakel wurden dem Jäger vom Körper gerissen und flogen durch die Luft; die Keule krachte nieder und zerquetschte den Oktopus zu einer formlosen Masse. Der Echsenmann drehte sich um und rannte auf die Klippe zu.

Dallith straffte sich, warf die Schleuder weg und starrte entsetzt vor sich hin. Dann schlug sie die Hände vor das Gesicht. Der Spinnenmann hatte die Klippe jetzt erreicht; Rianna stieß mit dem Speer nach ihm, aber der Schild des Jägers wischte ihn beiseite, und im selben Moment schnellte sein Speer in einem direkten Stoß über Riannas vorgeneigten Kopf hinweg und durchbohrte Dalliths schlanken Körper zwischen den Brüsten.

Dane schrie ihren Namen; sein einziger Gedanke war jetzt, dieses Ding zu töten, das Schwert wegzuwerfen und sie in seine Arme zu nehmen.

Aber Aratak war schneller als er, und bevor das Spinnenwesen noch seine Lanze aus Dalliths Körper zielen konnte, ergriff Arataks große Pranke zwei seiner dürren Arme und warf die Kreatur um. Die fürchterliche Keule hieb einmal zu, und aus beiden lebenswichtigen Punkten spritzte Blut meterweit; der kraftvolle Echsenmann hob den toten Jäger hoch in seine Arme und schleuderte den großen Körper in den anstürmenden Haufen.

Danes Kopf war leer. *Dallith! Es konnte nicht wahr sein! Dallith...* Wieder schrie er ihren Namen, ohne einen bewußten Gedanken; ein Katzenwesen mit Schwert versuchte einen Ausfall gegen ihn, und er tötete es. Es geschah automatisch. Er konnte nicht mehr denken. Er war nur noch eine schreiende, tötende Maschine. Aratak und Rianna kämpften verzweifelt über Dalliths gefallenem Körper, und ein kleiner Teil von ihm kam in Bewegung und wachte auf. *Ihr Körper gehört mir. Nicht ihnen, damit sie ihn essen, ausstopfen oder an die Wand hängen. Tot oder lebendig, sie gehört mir; sie werden sie nicht bekommen, und wenn ich dafür jeden einzelnen Jäger auf diesem verfluchten Mond töten muß...* ein winziger Teil seines Gehirns wußte, daß er vollkommen verrückt war, aber sein Körper, unberührt von jedem Gedanken, explodierte in einem tödlichen Ballett. Der nächste Speerträger ging mit aufgeschlitzter Brust zu Boden; ein Schwertkämpfer vom Mekhartypus verlor seinen Kopf. Er war sich halb bewußt, daß Aratak an seiner Seite kämpfte und Axt und Keule in tödlichem Rhythmus wechselte. Lange Speere wurden zur Seite gefegt oder zerschmettert, und ihre Träger starben; Schwertmänner sanken nieder, bevor sie in seine Reichweite kamen. Rianna stand hinter ihnen gegen die Wand geduckt, und ihre Lanze stieß aus Arataks Kniehöhe zu. Die mannsgroßen Jäger drängten sich um Dane und traten sich gegenseitig auf die Füße; er schlug ein paar von ihnen nieder. Alles geschah jetzt automatisch. Über Arataks Kopf hinweg sah er, daß die Sonnenscheibe den Horizont berührte. *Wen interessierte das jetzt noch? Töte sie alle oder stirb wenigstens bei dem Versuch!*

Eine bärtige Menschengestalt rannte auf Dane zu. Sie hielt einen runden Metallschild vor dem Körper erhoben und wirbelte ein schweres, gerades Schwert über dem Kopf. Eine flüchtige Erinnerung daran, wie der Spinnenmann sein Schwert eingeklemmt hatte, ließ Dane zur Seite springen und seine Klinge vom Schild wegziehen. Er machte eine Drehung, während sein eigenes Schwert einen weiten Kreis beschrieb und durch die rechte Schulter des Mannes in seine Brust drang.

Die nächsten Augenblicke waren ein einziges Durcheinander. Es war unmöglich, den Überblick zu behalten. Aratak ließ irgendwie den bärenartigen Anführer der Jagd durch die Luft fliegen, seine Klinge war von einem Schlag mit der Keule des Echsenmannes zerbrochen; Der Protoursine bückte sich und begann, zwischen den kugelförmigen, sich auflösenden Körpern seiner Toten nach einer anderen Waffe zu suchen. Dane und Aratak stürmten gemeinsam auf ihn zu, und der falsche Echsenmann, der herbeigeeilt kam, um in den Kampf einzugreifen, traf Aratak mit einer Nachahmung seiner eigenen großen Keule am Knie. Dieser ging mit einem Seufzer zu Boden aber seine Axt wirbelte durch die Luft, und als der Schild des Jägers herunterkam, um sie aufzufangen, trieb Rianna ihre Lanze in seine Seite, und der falsche Aratak fiel. Einen Augenblick lang dachte Dane, es sei sein Freund, der gefallen war; der echte und der falsche Aratak lagen nebeneinander auf dem Boden. Der große Protoursine hatte eine Lanze, ähnlich der von Rianna, aufgehoben und stürmte auf sie zu, stolperte aber über einen seiner eigenen Männer, den rauhhäutigen Bogenschützen. Um ihn herum fielen die Jäger zurück zum Strom, und als Dane sich durch einen Nebel von Blut über seinen Augen umschaute, bemerkte er, daß der letzte Sonnenstrahl verschwunden war. *Sonnenuntergang. Die Schlacht war vorüber...* Die Jäger, die noch am Leben waren – es konnten kaum mehr als ein Dutzend übrig sein, dachte Dane in traumartiger Verzweiflung –, eilten durch das Wasser zurück. Das große Bärenwesen schrie ihnen etwas nach, als wolle es sie zum Stehen bringen. Es erhob seine Keule, wie um sie zu einem letzten Angriff zu bewegen; einer oder zwei der Jäger hielten inne und griffen nach ihren Waffen, aber die anderen hasteten weiter, und nach einer Minute drehte sich der riesige Protoursine entmutigt um, hob seine Waffe in einer letzten drohenden Gebärde und zog sich zurück.

Aratak und ich müssen mehr als die Hälfte von ihnen getötet haben. Ich wette, jeder Jäger auf diesem Planeten war hier – bei der letzten Jagd waren es insgesamt nur siebenundvierzig.

Er wandte sich um und rannte zu der Stelle, wo Dallith zwischen den Felsen lag. Hinter ihm erhob sich jemand auf die Füße, den er für den Pseudo-Aratak hielt, aber das interessierte ihn im Augenblick nicht. Dann merkte er, daß es der echte war, und das interessierte ihn im Moment ebenfalls nicht.

Dallith lag auf dem Rücken über dem Steinhaufen, auf dem sie ihre letzte Stellung bezogen hatte. Die Arme waren nach beiden Seiten weit ausgebreitet, die dunklen Augen – die Augen eines verwundeten Rehs – starrten blind in den dunkler werdenden Himmel.

Leben und Tod. Liebe und Tod.

Er wiegte ihren erkalteten Körper in seinen Armen; dann ließ er sich niedergleiten und blieb bewegungslos, halb bewußtlos liegen, den Kopf gegen ihre leblose Brust gelehnt.

16

Die Welt der Jäger stand hoch am Himmel, rund und voll und ziegelrot glühend, und nahm den größten Teil des Himmels ein. Wieder hatte Dane das Gefühl von Klaustrophobie, das Gefühl, sich unter einer sinkenen Helligkeit zu bewegen, die auf ihn herunterfallen würde. *(Wen kümmert es? Laß den Himmel herunterfallen; Chicken Little hatte immer recht gehabt...)*

Er hatte Dalliths Leichnam nicht zurücklassen wollen. Aber weder Aratak noch Rianna konnten ihm beim Tragen helfen, und ihm war schließlich zu Bewußtsein gekommen, daß es nicht am fehlenden guten Willen lag, als er sie angeschrien hatte. („Ihr wollt sie hier zurücklassen, damit irgendein verdammter Jäger sie zu einer obszönen Trophäe ausstopfen kann!") Erst dann hatte er gemerkt, daß sie beide verwundet waren. Riannas Wunde war wieder aufgebrochen, und Arataks Bein war so sehr verdreht, daß er sich schwer auf seine Keule stützen mußte. Benommen und apathisch wanderte Dane mit ihnen auf die neutrale Zone zu. Er hörte Rianna etwas über Schlachtmüdigkeit sagen und wußte mit einem Bruchteil seiner selbst, daß sie recht hatte, hörte Aratak sagen, daß die Finsternis nun nicht mehr fern sein konnte (aber wann immer sie kam, es würde zu spät sein). Aber er war benommen von dem dumpfen, alptraumhaften Wissen von Dalliths Tod, und nichts anderes zählte mehr.

Ihr Haarschopf steckt noch in meiner Tunika, dachte er. In einer Welle des Schmerzes griff er danach und merkte erst jetzt, daß er aus einer Wunde am Unterarm und aus einer weiteren leichten Wunde an der Kopfhaut blutete.

Er ging wie in einem dunklen Traum, bis Rianna mit einem leisen Stöhnen zusammenbrach. Das verwundete Bein lag verdreht unter ihr, und Dane zwang sich dazu, sich um sie zu kümmern, hob sie wieder auf, riß einen Streifen Stoff von seiner eigenen Tunika und verband die Wunde mit der Effizienz eines Roboters. Er ließ sie sich an seine Schulter lehnen; er hätte sie aufgehoben und getragen, wenn sie nicht protestiert hätte. Dane selbst wäre am liebsten auf der Stelle zusammengebrochen und eingeschlafen, aber wie aus weiter Ferne und ohne zu wissen, daß es etwa mit ihm zu tun hatte, war ihm klar, daß das Mädchen Nahrung und Ruhe an einem sicheren Ort brauchte. Sie konnten nicht viel mehr als eine halbe Stunde gegangen sein, als sie die Lichter einer neutralen Zone erreichten, aber für Dane war es eine lange, lange Zeitspanne, länger als der Kampf zuvor, länger als die Jagd, ein Abgrund, der sein Leben in zwei Teile spaltete. Er war noch am Leben. Aber was hatte das jetzt noch für einen Wert?

In der neutralen Zone roch es nach Essen, aber sein Magen drehte sich von dem Geruch um. Rianna brachte ihm einen Teller voll, doch Dane sagte: „Ich habe keinen Hunger, ich kann nichts essen." Als sie ihm den Teller in die Hand schob, begann er jedoch automatisch, es in den Mund zu schieben, ohne es zu schmecken. Er aß alles auf, und sie brachte ihm mehr, und plötzlich wurde sein Kopf wieder klar. Der dunkle Alptraum war verschwunden, aber gleichzeitig war er wirklicher geworden. Dallith war tot, und er saß hier und aß das Steak-Menü, um das er hatte bitten wollen. In plötzlichem Entsetzen stellte er die Reste des zweiten Tellers weg. Es war nicht viel übrig geblieben. Ihm war zum Speien übel. Mit einer Art benommener Verwunderung sagte er: „Wie kann ich hier sitzen und essen..." Rianna blieb stumm. Sie legte nur wortlos ihre kleine, harte Hand über seine, und er sah, daß ihre Augen tränenüberströmt waren. Sie hatte nicht geschluchzt, sie wischte die Tränen nicht weg, sie saß nur da, aß und weinte gleichzeitig, und Danes Verstand und seine Gefühle erwachten mit einem schmerzhaften Ruck. Er nahm ihr den Teller fort, legte seinen Arm um sie, trocknete ihr Gesicht mit seiner Tunika und sagte: „Liebling, wenn du dich weiter so vollstopfst, wird dir schlecht werden."

Was bin ich nur für ein Schwein, dachte er. *Sie ist verwundet und muß sich auch noch um mich kümmern.* Mit Erstaunen sah er, wieviel sie verschlungen hatten. Natürlich, nach so einem Kampf ... *Wie viele habe ich überhaupt getötet? Ich werde es wohl nie wissen, aber ich bezweifle, daß der alte Samurai sich meiner schämen würde. Er muß selbst einen verdammt guten Kampf geliefert haben, wenn sie sich nach vierhundert Jahren immer noch so gut an ihn erinnern, daß sie sein Gesicht tragen.*

Wieder trocknete er sanft Riannas Gesicht. Dallith war tot, und es schien nichts mehr in der Welt zu geben, für das zu leben sich lohnte, aber Rianna war noch da, und sie brauchte ihn ...

Sie sagte, während sie endlich zu schluchzen begann: „Ich habe sie auch geliebt, Dane. Aber sie konnte nicht weiterleben mit dieser Erinnerung. Die Jagd hatte sie zerstört, das war schlimmer als der Tod für sie ..."

Aratak rückte nahe zu ihnen heran. Er sagte in seinem freundlichen Rasseln: „Sie fürchtete sich davor weiterzuleben, als ihr ganzes Wesen einen Teil von den Jägern absorbiert hatte. Rianna hatte recht, Dane: Empathen von Spika Vier sterben *immer*, wenn sie allein von ihrer Welt getrennt werden. Sie begann zu sterben, als sie ihre Welt verließ, aber sie blieb bei dir, so lange sie konnte, weil du sie so verzweifelt brauchtest und sie das wußte ..."

Dane senkte den Kopf. Er war überzeugt gewesen, Dallith habe weitergelebt, weil er sie gelehrt hatte, es zu wollen. Vielleicht hatte sie für kurze Zeit seinen eigenen Lebenswillen geteilt, wie sie so vieles in dieser kurzen Zeit mit ihm geteilt hatte. Aber ihm wurde klar, daß Aratak recht hatte. Er hatte Dalliths Leben nicht um ihretwillen gerettet, sondern um seiner selbst willen; während er ihren Lebenswillen genährt hatte, hatte er seine eigene Furcht, mit ihrem Tod konfrontiert zu werden, in Schach gehalten.

Leben und Tod, Liebe und Tod – ich dachte, ich hätte es begriffen. Aber vielleicht wird nie jemand alles darüber wissen ...

Sie waren die einzigen in der neutralen Zone – wahrscheinlich, dachte Dane, das einzige noch lebende Wild überhaupt. Die Diener, die sich leise und wortlos durch das Gelände bewegten, schienen ihnen immerhin eine gewisse Ehrfurcht entgegenzubringen.

Wir sind immer noch das Heilige Wild, dachte er.

Dane und Rinna legten sich endlich todmüde nieder, eingewikkelt in einen einzigen Umhang; Kurz flackerte Verlangen in seinem Körper auf, aber bei dem bloßen Gedanken daran überfiel ihn die Erschöpfung, und sein ausgelaugter Körper und seine müde Seele fielen in den bodenlosen Abgrund eines dem Tod ähnlichen Schlafes.

Als er erwachte, war die Morgendämmerung bereits aufgezogen, und die Sonne ging auf, und als er feststellte, daß sie lange über die sichere Zeit hinaus geschlafen hatten, wunderte er sich einen Moment lang, warum sie nicht im Schlaf abgeschlachtet worden waren. Als er dann die Diener um sie herum aufgestellt sah, ferner ein knappes halbes Dutzend Jäger, die sich innerhalb der neutralen Zone befanden, begriff er es. Nach einem Kampf wie diesem respektierte man den Schlaf eines tapferen Kämpfers. Rianna erwachte im selben Moment und hielt sich beim Anblick der Jäger erschrocken an ihm fest. Aratak griff nach seiner Keule und zuckte zusammen, als er versuchte, sein Gewicht auf den verletzten Fuß zu verlagern.

Und im selben Augenblick bemerkte Dane, daß am Himmel über der Sonne die große rotglühende Welt der Jäger stand, eine runde, unberührte Scheibe, und daß die Sonne schnell stieg, um auf sie zu treffen...

Der große protoursine Anführer schritt auf ihn zu. Dane sprang auf die Füße und griff instinktiv nach seinem Schwert.

Der Jäger bedeutete ihm, die Waffe stecken zu lassen, aber Dane zog sie dennoch. Das Bärenwesen selbst war unbewaffnet, aber sein Schwert lag in den Händen eines der metallenen Diener, und der große, gesichtslose Roboter rollte schnell auf Dane zu.

Der Protoursine sprach. Dane konnte ihn nicht verstehen, doch dann ertönte die flache, ausdruckslose Stimme des Dieners. „Unser Anführer hat ein persönliches Anliegen mit Euch zu regeln. Ihr habt fünf Brüder aus seinem Schwarm getötet, aber ein so tapferes Wild, das die Jagd zum größten Ereignis der letzten siebenhundertachtzehn Zyklen gemacht hat, verdient bis zum Ende besondere

Aufmerksamkeit. Die Stunde der Finsternis steht bevor. Wenn Ihr einwilligt, werden wir Euren beiden Begleitern das Leben schenken, da sie verwundet sind und auch mit wahrhaft Heiliger Tapferkeit gekämpft haben; hättet Ihr nicht seine fünf Stammesbrüder erschlagen, würde er auch Euch das Leben anbieten und für Eure Belohnung sorgen. So aber bittet er Euch um einen letzen Einzelkampf. Wenn Ihr überlebt, werdet ihr alle frei sein; wenn Ihr sterbt, werden Eure Begleiter im Gedenken an Euch freigelassen werden."

„Wir kämpfen auf Leben und Tod?" fragte Dane.

„Wenn die Stunde der Finsternis uns nicht vorher befreit", sagte der Diener.

Dane sah zu Rianna und Aratak hinüber. Ohne sie um Rat zu fragen, sagte er: „Ich werde es tun."

„Dane..." protestierte Rianna, und Aratak sagte: „Sei kein Narr. Sie müssen uns töten. Sie werden uns nicht leben lassen, damit wir ihr Geheimnis weitererzählen – wie leicht es ist, sie zu töten."

Aber seltsamerweise traute Dane ihren Worten noch immer. Vielleicht weil er keine andere Wahl hatte. Er sagte zu Diener: „Sag ihm, daß ich einverstanden bin."

Vielleicht war die Kommunikation telepathisch, denn Diener sagte nichts Hörbares, und trotzdem nahm der Anführer seinen gewaltigen Schild und das Schwert, und Dane zog das seine. Die linke Seite des Anführers war ihm zugewandt, die zottige Brust fast ganz von seinem Schild verdeckt; durch die tief gebeugten Beine war auch der untere Teil seines Körpers geschützt. Das Schwert war hinter seinem Körper versteckt, wahrscheinlich waagerecht ausgestreckt.

Es ist eine umgekehrte Fechthaltung, dachte Dane; *Er kann zur selben Zeit schlagen und sich verteidigen. Das kann ich nicht.*

Aber er muß den Schild bewegen, wenn er schlagen will. Ziele auf seine Schulter...

Sei vorsichtig, Marsh, warnte er sich selbst. *Sei nicht zu selbstgefällig. Jedesmal, wenn du bisher vor einem Schild standest, hattest du Freunde, die dir geholfen haben. Dies ist ein Einzelkampf.*

Der Jäger näherte sich mit vorsichtigen, schleichenden Schritten, sein zur Seite gedrehter Körper war durch den Schild geschützt. Es hatte den Anschein, als sei der Jäger auch nicht allzu selbstsicher und wolle Dane nicht den Gefallen tun, sich dabei zu beeilen, sein Schwert einzuklemmen. Dann hätte Dane Gelegenheit gehabt, jenen Seitwärtsschritt zu machen, der den anderen Kampf für ihn entschieden hatte. Dane stürmte vorwärts und sprang in die Luft, um nach dem Kopf zu schlagen. Der Jäger machte einen Ausfall, um den Angriff abzuwehren, der Schild schnellte vor, um das Schwert abzufangen und zurückzudrücken, und als Dane zurücksprang, sah er die Spitze des geraden Schwertes an seinen Beinen vorbeisausen. Der Schlag, der sein Bein abgetrennt hätte, ritzte nur seine Haut. Der Schild drückte gegen sein Schwert, als sei er dort festgeklebt, und behinderte Danes Bewegungen; das Breitschwert pfiff auf Danes Schläfe zu, und er sprang schnell zur Seite.

Danes langer Ausfallschritt nach hinten und zur Linken brachten ihn unter dem Schlag des Gegners hindurch, obwohl die Waffe so dicht an ihm vorbeisauste, daß sein Haar davon zu Berge stand, und endlich konnte Dane sein Schwert von dem Schild befreien. Er wirbelte herum und zielte nach der Schulter des anderen, aber der Bärenmann drehte ihm die Vorderseite zu und hob seinen Schild, um den Schlag abzufangen. Danes Schwert wurde an seine linke Schulter zurückgepreßt, und die Klinge des Jägers fuhr wieder auf seinen Kopf zu.

Wie der Blitz ließ Dane sein linkes Knie unter sich wegknicken, und es gelang ihm, sein Schwert hochzureißen; er fing den Stoß in den Handgelenken auf, als die Klinge des anderen niederfuhr. Der kalte Stahl seines eigenen Schwertes streifte ihn leicht und schnellte zurück. Er schlug nach den dicken, zottigen Knien des Riesen.

Es gibt keine Möglichkeit, an seinen Kopf oder seine Brust heranzukommen – mit diesem riesigen Schild. Eine Verletzung am Bein wird ihn nicht töten, ihn aber jedenfalls schwächen – der Pseudo-Mekhar heulte und rannte davon, als ich seinen Arm abschlug. Wenn er mein Schwert noch einmal einklemmt, bin ich verloren. Er ist verdammt gut – zu gut. Aber er weiß, daß ein Schlag gegen sein Bein ihn nicht töten kann, vielleicht ist er darum unvorsichtig ...

Sie umkreisten einander langsam und bedächtig ungefähr eine Minute lang. Dann stieß Dane einen Schrei aus und sprang vorwärts. Die Klinge hielt er weit hinter seinem Kopf zwischen den Schulterblättern. Der Schild des Bären fuhr nach oben; Dane warf sich nach links, sein Schwert fiel in einem großen, kreisenden Schlag nach rechts herunter, trennte das Bein am Knie durch und wurde ohne Unterbrechung wieder hochgerissen, um den Schlag abzuwehren, den Dane halb erwartet hatte. Aber er erfolgte nicht. Dane wirbelte mit erhobener Klinge herum, aber der Jäger war in eine sitzende Position zusammengesunken, hielt sich mit Hilfe des gesunden Beins im Gleichgewicht und streckte das Schild über sich, während der Schwertarm zum Schlag erhoben war.

Guter Gott! Alles, was ihm jetzt zu tun übrigbleibt, ist, seinen Kopf und seine Brust zu schützen. Es ist ein Rückzug. Ich kann ihn nicht verletzten, aber er kann auch nicht angreifen. Ich muß nur außerhalb seiner Reichweite bleiben, bis ...

Rianna rief etwas, und Dane bemerkte, als er einen schnellen Blick nach oben warf, daß der Schatten bereits über das Land zog; die Sonnenscheibe, die jetzt winzig aussah, war schon halb hinter der riesigen Masse der Jägerwelt verschwunden. Unter seinem erstaunten Blick krümmte sich der Jäger, brach zusammen, und das verletzte Bein zerfloß in Formlosigkeit; das Schwert entfiel seiner Pranke, die es nicht länger halten konnte. Als das Licht nachließ und es dunkler wurde, kam ein Wind auf, und der Schild fiel auf den schnell flüssig werdenden Körper des Jägers nieder.

Natürlich, dachte Dane, *das ist das Geheimnis. Sie verwandeln sich in ihre eigene Gestalt zurück, wenn sie sterben – oder bei Anbruch der Dunkelheit. In hellem Mondlicht können sie angreifen. Aber die Sonnenfinsternis beendet die Jagd. Sie werden alle wieder zu Kugelwesen...*

Zwei Diener rollten heran, die einen dritten zwischen sich schoben, und während Dane und Rianna im schwindenen Licht zusahen, hoben sie die kugelförmige, durchsichtige Gestalt des Jägers sanft auf ihre ausfahrbaren Arme. Sie ließen ihn weich in die Metallhülle gleiten und schlossen den Deckel, und sofort klang die seltsam metallische Stimme eines Dieners daraus hervor.

„Mein höchst tapferer Gegner. In diesen letzten Augenblicken, bevor ich zu dem Schwarmbewußtsein meines restlichen Lebens zurückkehre, gelobe ich Euch, daß Ihr und Eure Gefährten frei sein werdet, koste es, was es wolle. Auch wenn ich weitere tausend Jagdzyklen erleben sollte, wird es keine solche Jagd mehr geben. Ich muß nun ein weiteres halbes Jahr im ruhenden Zustand verbringen, ohne individuelles Bewußtsein meiner selbst, bevor ich wieder hervortrete, aber ich schwöre, daß ich in Erinnerung an Euch die nächsten hundert Zyklen nur in Eurer Gestalt kämpfen werde..."

O Gott, sie verbrachten die Hälfte ihres Lebens als Diener in diesen Blechdosen. Es waren überhaupt keine Roboter! Kein Wunder, daß die Diener das Wild pflegten und aufmunterten...sie stellen das einzige individuelle Leben und Bewußtsein dar, das die Jäger kannten...Nur während der Jagd waren sie als Einzelwesen lebendig, und vielleicht waren sie zu keiner anderen Zeit wirklich intelligent. Konnte ein Schwarmbewußtsein intelligent sein? Dane wußte es nicht. „Ich grüße Euch noch einmal in den letzten Augenblicken, während ich, ich selbst bin, ich ... wir ..."

Die Stimme des Anführers verstummte; ein anderer Diener fuhr ohne Unterbrechung fort: „Wir erweisen Euch die Ehre. Obwohl es möglich ist, daß Ihr unsere Jagd für alle Zeiten beendet habt, wenn wir Euch, wie es die Ehre gebietet, freilassen und Ihr unser Geheimnis in der ganzen Galaxis verbreitet."

„Aber nicht im Geringsten", sagte Dane und steckte sein Schwert in die Scheide. „Erinnert ihr euch, daß die Mekhar weggerannt sind, um sich freiwillig hier zu melden? Wenn erst einmal bekannt ist, daß ihr existiert, daß es kein sinnloses Abschlachten ist, sondern ein Duell, und daß ihr die Überlebenden reich belohnt, werden die zähesten Bürger der Galaxis an eurer Schwelle Schlange stehen; ihr könnt euch euer Wild aussuchen, anstatt es kaufen oder stehlen zu müssen! Wundert es euch, daß viele nicht weiterleben wollen, wenn sie sich nur formloser Bedrohung gegenüber sehen? Aber gebt ihnen eine Chance – dann werdet ihr so viele Freiwillige haben, daß ihr sie auf eine Warteliste setzen müßt!"

Dieners tonlose Stimme gelang es irgendwie, Freude zum Ausdruck zu bringen. „Vielleicht wird es so sein. Erlaubt uns nun, Ehrenwertes und Heiliges Wild, Euch zu bedienen und zu erfrischen. Das nächste Wild erwartet Euer Siegesbankett, damit Ihr ihnen Mut und Hoffnung macht, und unsere Brüder, die sich im vergangenen Mond auf die Jagd vorbereitet haben, besteigen jetzt schon das Raumschiff, um hierherzukommen und alles vorzubereiten." Die Diener konnten gar nicht genug für sie tun. Sie wurden zu den Bädern geführt und noch einmal verschwenderisch gespeist, frisch gekleidet und mit Blumengirlanden behängt. Rianna hatte sich bei Dane eingehängt, und es schien ihm alles wie ein Traum.

„Reichtümer", flüsterte sie, „genug, um eine wissenschaftliche Stiftung zu gründen – vielleicht hierher zurückzukommen und die Ruinen-Stadt zu erforschen und etwas über die alte Rasse herauszufinden, die mir das Leben gerettet hat..." Aratak sagte ruhig: „Dem Göttlichen Ei hat es gefallen, mir das Leben zu erhalten; es muß irgendwo innerhalb des Galaktischen Bundes etwas für mich zu tun geben. Aber bevor ich hingehe und es tue, werde ich zu Spika Vier reisen und Dalliths Volk erzählen, wie sie starb – und auch zu Cliffs Planeten. Ich habe keine andere Verwendung für den Reichtum."

Dane strich über die Scheide des Samuraischwertes. War der alte Samurai der einzige Überlebende, der je *Seppuku* begangen hatte, als ihm klar wurde, daß er das Schwert seinen Besiegern übergeben mußte? *Ich würde es gerne behalten, aber ich werde nie wieder ernsthaft ein Schwert benutzen.*

Rianna sagte: „Dane, du kannst nach Hause zurückkehren!"

„Wie – und für den Rest meines Lebens herumlaufen wie einer, der den fliegenden Untertassen begegnet ist?" fragte er und zog sie fest in seine Arme.

Zuerst zu Dalliths Welt, um ihrem Volk zu erzählen, wie sie gestorben war, Und dann ... nun, die Galaxis war groß, und er hatte noch lange Zeit zu leben, und das würde das größte aller Abenteuer werden.

Er umarmte Rianna überschwenglich und lachte laut.

Liebe und Tod. Für den Rest seines Lebens würde er Dallith im tiefsten Inneren seines Herzens tragen, so wie er ihre Haarflechte auf der Haut trug; aber er hatte keine Angst mehr vor der Liebe oder vor dem Tod.

Er hatte sie beide gemeistert und war lebend daraus hervorgegangen. Und er würde immer mehr darüber lernen, bis er eines Tages seinen eigenen Tod zu meistern hatte.

MARION ZIMMER BRADLEY

Die Flüchtlinge des Roten Mondes

ROMAN

1

Ein ganzes Universum wartet auf mich, sagte Dane Marsh zu sich selber. *Eine Galaxis zu meinen Füßen. Und wo bin ich gelandet? In Ödstadt auf dem Planeten Käfig.*

Stille herrschte in der Lebenskapsel. Es war zu still. Nur das kontrollierte Summen der Klimaanlage war zu hören, die die Luft genau richtig abstimmte, säuberte und mit einem leichten Duft von Tang und salziger Meeresluft würzte. Man hätte es auf Wunsch schnell nach Bergkiefern riechen lassen, den zarten Duft eines Blumengartens in der Sonne oder den Geruch eines Strandes bei Ebbe einstellen können. Das einzige Geräusch, welches das schwache Summen der Anlage übertönte, war das entfernte, kaum hörbare Aufschlagen von Brandung... so künstlich wie die Meeresluft, aber beruhigend. Das Licht konnte mit einer leichten Berührung eines Knopfes verändert werden, von Mondlicht, das auf einen Strand fiel, bis zur grellen Sonne – einfach alles, was man wollte. Und nichts davon war real. Es war alles künstlich. Bequem, ja luxuriös. Aber immer noch künstlich.

Dane blickte auf zu dem Wandschmuck, der den Raum, in dem er saß, dominierte: ein Samuraischwert. Irgendwie war ihm dieser Anblick inmitten all des Luxus peinlich.

Das war real. Schrecklich, aber real. Richtige, eindringliche Leben-und-Tod-Realität. Und dann sieh mich an...

Es war nicht das gleiche Samuraischwert, mit dem er elf Tage lang auf dieser Welt der Jäger unter der roten Sonne gekämpft hatte und am Ende Reichtümer und die Freiheit gewonnen hatte. Dieses Schwert hing im Waffenmuseum auf der Welt der Jäger. Doch das erste, was Dane mit dem dort erworbenen Reichtum angefangen hatte – oder doch fast das erste –, war gewesen, ein Duplikat eben dieses Schwertes, mit dem er dort gefochten hatte, anfertigen zu lassen. Ein Telepath, ein sonderbares kleines Wesen der Protosaurierrasse, ähnlich einem menschengroßen Gilamonster der

Erde, hatte Danes Gedanken und Erinnerung nach jedem Detail durchforscht, nicht nur nach dem Aussehen, sondern auch dem Gefühl in der Hand, seinem Gewicht, dem Zischen beim Sausen durch die Luft, der Spannung seiner Armmuskeln, all den Einzelheiten, die Dane nur unbewußt registriert hatte. Dann hatte es ein ausgezeichneter Handwerker geschmiedet, bis nichts außer seinem Verstand Dane daran erinnern konnte, daß das originale Mataguchi-Schwert im Waffenmuseum auf der Welt der Jäger hing. Dies hier war *sein* Schwert...

Eine alberne Tat, sicher. Sentimental – so sentimental wie der lange, helle Zopf von Dalliths Haar, den er in einem Geheimfach seines Zimmers aufbewahrte. Romantisch und künstlich, so künstlich wie die Meeresluft in seinem Zimmer und die entfernte Brandung in dem Geräuschsystem. Dieser Teil seines Lebens war vorbei, und rational wußte Dane, daß er es nicht bedauerte. Zuerst war ihm der Friede dieser zivilisierten, mechanischen Utopiawelt willkommen gewesen nach dem langen Alptraum der Jagd und dem Roten Mond. Eine lange Zeit danach war er schweißgebadet aus Alpträumen aufgewacht, in denen alle Arten der vielgestaltigen Wesen dieser zivilisierten Welt in der Nähe des Zentrums des Bundes zu versteckten, verkleideten Jägern wurden, zu den gestaltverändernden Wesen des Roten Mondes, die wieder auf seiner Spur waren. Viele Male war er um sich schlagend, schreiend aufgewacht und hatte ein imaginäres Schwert umklammert, das er eigentlich nicht mehr brauchte, hatte Rianna mit seinen Schreien aufgeweckt. Sie schien nicht überrascht zu sein. Auch sie wurde von Alpträumen heimgesucht, und Dane dachte manchmal, sie seien schlimmer als seine eigenen. Oder war das nur ein Rest seiner irdischen Einstellung aus der Zeit, bevor ihn das Mekharschiff von seiner einsamen Yacht mitten im Pazifik hinweggefegt hatte, ein Überrest, der ihn entgegen der Anschauung im Bund denken ließ, Rianna als Frau sei schwächer als er und müsse geschützt werden? Er wußte, daß es sich in Wirklichkeit anders verhielt. Rianna war keine schwache Frau, sondern hatte an seiner Seite auf der Jägerwelt mitgekämpft, war seine Begleiterin gewesen, sein Waffenbruder, seine Freundin. Und er war freiwillig mit ihr hierhergekommen, wo sie die Aufzeichnungen ihrer langen Mission auf der Welt der Jäger für den zentralen Geheimdienst des Bundes anfertigte. Freiwillig. Zunächst jedenfalls...

Rianna... bald würde sie nach Hause kommen. Beim Galaktischen Bund, hier in der Zentrale, gab es so etwas wie Heirat nicht, doch er hielt ihre Beziehung in allen wichtigen Punkten für so, daß man sie auf der Erde Ehe genannt hätte. Immerhin hatte noch keiner von ihnen beiden daran gedacht, sich vom anderen zu trennen. Sie hatten zusammen zuviel durchgemacht, um sich nun voneinander zu lösen.

Dane ging zu der Stelle, wo eigentlich ein Fenster hätte sein sollen, wenn es in der zentralen Lebenseinheit solche anachronistischen Einrichtungen gegeben hätte, berührte einen Schalter, und die Wand wurde durchsichtig. Aus einer Perspektive, die auf der Erde die aus einer zweiten Etage gewesen wäre (in Wirklichkeit befand er sich einen halben Kilometer hoch, und der Ausblick war eine Illusion, wie man sie von jeder Lebenseinheit in dieser Struktur aus hatte), blickte er herab auf den Trubel in den Straßen einer Stadt, die einen halben Planeten einnahm, eine Stadt, die nur Dane Ödstadt nannte, auf einer Welt, die nur für Dane Käfig hieß – aber die Namen trafen zu.

Es hatte eine Zeit gegeben, da dachte Dane, er würde sich niemals an den Mengen satt sehen, die diese Straßen bevölkerten: Eidechsenmenschen, Katzenmenschen, Vogelmenschen – oder, mit den Begriffen des Galaktischen Bundes, die vielfältige galaktische Zivilisation aus Protosauriern, Protofelinen, Protoavianen und den anderen, Wesen von jeder vorstellbaren Art der Gattung Sapiens. Das Phänomen unter dem Begriff Universaler Sapiens kannte viele Erscheinungsformen. Es gab einige hundert Planeten innerhalb des Galaktischen Bundes – und fast ebenso viele außerhalb –, die intelligentes Leben kannten, und über hundert von ihnen waren dort unten vertreten.

Eine beträchtliche Anzahl der Wesen waren sogenannte Protosimianer. Dane hätte sie Humanoide genannt. Einige sahen so menschlich aus wie er selber und hätten in jeder Stadt auf der Erde herumlaufen können, ohne Aufmerksamkeit zu erregen. Andere hätten Aufstände oder Panik verursacht. Sie trugen glattes Fell, einen langen Greifschwanz (er dachte immer noch an die bizarre Schönheit einer protosimianischen Frau, die sich ihr Haar mit einem juwelenbesetzten Kamm mit Hilfe ihres Greifschwanzes kämmte) oder zählten an Händen oder Füßen oder beiden bis zu vierzehn Finger beziehungsweise Zehen. Hier und dort in der Menge tauchten einige Touristen aus anderen Welten auf, die so anders sein mußten, daß sie in schützenden Anzügen oder sogar Klimakabinen umherliefen. Er hatte geglaubt, niemals würde er dieser Vielgestaltigkeit müde werden. Wie besessen hatte er sie beobachtet, wenn er auch wußte, daß dies Alpträume bei ihm hervorrief, in denen diese Fremden protoische Jäger würden, die ihre Gestalten wechselten und herumflossen, um ihn in einem unvorsichtigen Augenblick zu überwältigen, hatten protosaurische, protosimianische, protoursine Formen angenommen und manchmal seine eigene Gestalt oder die der verlorenen schönen Dallith, und dann wachte er schreiend auf...

Aber nun träumte er, er befände sich in einer Gummizelle.

Auf der Erde hatte ihn ein atavistischer Drang, Abenteuer zu erleben, dazu gebracht, Berge zu besteigen, sich schwarze Gürtel in Karate, Judo und verschiedenen anderen Kampfkünsten zu erwerben, jeden versteckten Winkel einer Welt zu erforschen, die kaum noch leere Stellen auf ihren Landkarten kannte. Schließlich hatte es ihn hinaus in den Ozean getrieben, allein in einem kleinen Boot, eine leichte Beute für das Sklavenjägerschiff der Mekhar, das ihn entführt hatte. Zuerst war er auch hier auf Abenteuerjagd gegangen, in der Vorstellung, daß es in den Weiten des Galaktischen Bundes neue und aufregende Erlebnisse geben müsse.

Aber wenn man hier einen Berg bestieg, kletterte ein kleiner Roboter mit einem Kraftfeld hinter einem her, um einen bei einem Sturz – oder auch dann, wenn es nur so aussah, als würde man stürzen – aufzufangen. Dane hatte gelernt, die kleinen Luftschiffe zu fliegen, mit denen die Leute hier herumsausten, und hatte den Planeten dreimal umrundet, hatte sich in Geschwindigkeit verloren – bis er an diesem verdammten Ding so viele Sicherheitsvorkehrungen entdeckte, daß er sich genausogut in einem der Klimabehälter hätte aufhalten können, die die Methan-Atmer benutzten. Man konnte damit nicht abstürzen, selbst wenn er gewollt hätte. Und wenn, was unvorstellbar war, alle drei Sicherheitssysteme auf einmal versagten, würde eine automatische Überwachungsmaschine innerhalb von Sekunden eine Rettungsmannschaft herbeibringen, wo immer auf dem Planeten man sich auch befand.

Er hatte auch die hiesige Art des Segelfliegens betrieben, wenn es auch hieß, die Protosimianer hätten nicht die entsprechenden Reflexe (es war ein Sport der Protofelinen), und das Gefühl genossen, auf den tückischen oberen Luftströmungen zu gleiten, die durch Raumfahrzeuge und Düsenflugzeuge aufgewühlt waren. Er war auf den Jetströmen mit einer Sauerstoffmaske geritten, was ihm ein kurzes Gefühl von Erregung vermittelt hatte – bis er merkte, daß jeder Gleiter ein elektronisches Sicherheitsnetz besaß, das derlei Aktivitäten so sicher wie ein Kinderauto machte. Da hatte er es aufgegeben. So machte es keinen Spaß.

Rianna konnte das nicht verstehen.

„Willst du dir etwa den Hals brechen?“ hatte sie ihn gefragt, und er versicherte ihr mit Nachdruck, das habe er nicht vor.

„Aber was macht es dann für dich für einen Unterschied? Du hast doch immer noch das aufregende Gefühl, auf den Strömungen gleiten und dich von den Wirbeln treiben lassen zu können, und der Blick ist auch der gleiche. Wenn deine Reflexe wirklich gut genug dafür sind, brauchst du doch niemals zu erfahren, ob die Sicherheitsnetze wirklich da sind. Und wenn du sie doch brauchst, würdest du wenigstens nicht wegen eines einzigen unbedachten Augenblicks sterben.“

Dane hatte verzweifelt versucht, es ihr begreiflich zu machen. Sie hatte natürlich recht. Angesichts des unmittelbar bevorstehenden Todes hatte er gekämpft wie ein Teufel, um zu überleben, und er war so entsetzt und verzweifelt wie sie gewesen. Er wollte nicht sterben.

„Aber es verdirbt es mir, wenn ich weiß, daß ich nicht bestraft werde, wenn ich versage. Es gibt auch keine Belohnung für Fähigkeit oder Mut. Ich könnte es ebenso tun, wenn ich ein fetter, unbeholfener Tölpel oder ein kränkliches Kind wäre.“

„Dane“, sagte sie sanft und verständnisvoll, „du hast doch deinen Mut schon unter Beweis gestellt. Du brauchst das nicht immer wieder zu tun. Ich weiß, daß du mutig bist. Du mußt dich nicht immer bestätigen, auch nicht dir selber gegenüber.“

Dane hatte sie fast geschlagen. Damals waren sie dicht vor einem ernsten Streit gewesen, und danach hatte er gemerkt, daß sie von ihrem Blickwinkel aus wahrscheinlich recht hatte. Wie konnte er ihr erklären, daß er nicht seinen Mut unter Beweis stellen wollte, sondern seine Fähigkeiten und Reserven, daß er einfach so war und ständig richtige, keine vorgetäuschten Herausforderungen brauchte. Jetzt redeten sie einfach nicht mehr darüber.

Auf Riannas Vorschlag hin hatte er all jene modischen Studios aufgesucht, in denen man außerweltliche Künste lehrte, darunter etwa ein halbes Dutzend von exotischen Kampfarten. Er hatte die Schwerttechniken von mehreren Planeten und viele neue Tricks gelernt, und seine Fähigkeiten zur Vollendung ausgebildet. Seine einzige, ihn bestätigende Tätigkeit war zur Zeit der Fechtkampf gegen ein riesiges, vogelähnliches Wesen, das mit einem Schwert kämpfte, welches man fast einen Speer nennen konnte, und das gut genug war, um als Gegner etwa gleichwertig zu sein – doch Dane gewann immer häufiger.

Manchmal hatte er schon in Erwägung gezogen, selber ein Studio für verschiedene Kampftechniken zu eröffnen, aber dann müßte er auch hierbleiben, und er wollte jederzeit gehen können, wenn Rianna ihre Arbeit mit den Aufzeichnungen und Berichten abgeschlossen hatte. Mit den Reichtümern von der Jägerwelt wäre es möglich, ein kleines Raumschiff mit einem erfahrenen Piloten zu mieten, und es gab immer noch Welten in der Galaxis, die noch nicht erforscht waren.

Wenn sie Glück hatten, würde die Findergebühr oder das Geld für die Aufzeichnungen, die Rianna für den archäologischen oder anthroposophischen Forschungsdienst anfertigte, die Unkosten wieder wettmachen, und glücklicherweise hatte Rianna daran ebenso starkes Interesse wie er selber. Aber ihre jetzige Arbeit zog sich endlos hin. Jedes Mal, wenn sie daran dachte, bald fertig zu sein, wollte irgendeine andere Dienststelle oder Verwaltungseinheit einen neuen Bericht oder weitere Informationen. Seiner Meinung nach hatte sie alles schon ein paar Dutzend Male wiederholt, doch die Informationsanforderungen schienen kein Ende zu nehmen.

Und während sie auf den Abschluß warteten, litt Dane unter Langeweile, tödlicher Langeweile. Das Samuraischwert an der Wand, in seiner schwarzlackierten Aufhängung, die er extra dafür hatte anfertigen lassen, schien ihn zu verspotten.

Eine alberne, nutzlose Geste, ein Schrein für irgend etwas, an das ich eigentlich nicht glaube. Es sah fast aus wie ein Shintoschrein, und verlieh dem Schwert etwas Ehrwürdiges. In gewissem Sinne, einem sehr realen Sinn, war es das Zentrum seines Lebens.

Doch werde ich für den Rest meines Lebens auf diese Zeit zurückblicken, anstatt mich neuen Herausforderungen zu stellen? Er sagte sich, dies sei albern und morbide. Wenn Riannas Arbeit erst einmal beendet sein würde...

Sie war das Äquivalent dessen, was auf seiner Welt ein ordentlicher Professor einer Wissenschaft gewesen wäre, die man übersetzt durch eine Translatorscheibe, von allen zivilisierten Sapiens in der Kehle oder dem Vokalmechanismus getragen, als ‚Studium vergangener und gegenwärtiger Sapiens-Kulturen' bezeichnet hätte. Das Fach war in Danes Augen eine Mischung aus Anthropologie und Archäologie. Und wenn Rianna ihre Berichte abgeschlossen hatte, würde sie originäre, individuelle Forschung betreiben können.

Die meisten Wissenschaftler ihrer Qualität schlossen sich irgendeiner Stiftung an, und die meisten dieser Stiftungen waren entweder protosaurisch oder protokanin. Den Protosimianern oder Humanoiden traute man nicht die entsprechenden Fähigkeiten der Hartnäckigkeit und Reflektion für diese Art von Wissenschaft zu. Daher brachten die Reichtümer von der Jägerwelt auch für Rianna die Erfüllung eines Traums und eine Herausforderung. Es war genügend Geld für jene Art von Forschung, die sie wirklich anstrebte, – ohne diese endlose Jagd nach einer Finanzierung, den lästigen diplomatischen Kratzfüßen, bei denen man seine Integrität kaum wahren konnte, wenn man sich bei den wichtigen Leuten einschmeicheln mußte, die den Zutritt zu den gewünschten Forschungsgebieten kontrollierten.

In allen Kulturen und Zivilisationen scheint es einige gemeinsame Dinge zu geben. Es hört sich hier genauso an, als handle es sich um Forschungs- und Regierungsprogramme auf der Erde. Als Dane dies sagte, zerstörte er eine von Riannas Illusionen – irgendwie hatte sie gern dem Gedanken nachgehangen, Danes Welt, die Erde, sei ein romantisches, primitives Paradies.

Er wandte sich von dem breiten Panorama ab, griff nach dem schillernden Knopf an der Wand – und dann registrierte er etwas, was er schon vorher einmal wahrgenommen hatte, hielt inne und suchte in der Menge noch einmal nach diesem Punkt, den er gerade erblickt hatte. Eine ziemlich kräftige Frau mit leuchtend-rotem Haar und neben ihr...

Er hatte die beiden unzählige Male zusammen gesehen... aber dann lange Zeit nicht mehr, nicht seit sie auf diese Welt gekommen waren. Neben Rianna ging ein riesiger Protosaurier von graugrüner Farbe durch die brodelnde Menge auf den Eingang der riesigen Lebenseinheit zu – und wenn die meisten Protosaurier für Dane auch kaum voneinander unterscheidbar waren, so würde er diesen hier stets wiedererkennen.

Aratak! Aratak, der riesige Echsenmensch, der an ihrer Seite bei der Jagd gekämpft, mit ihnen überlebt hatte und zu Freiheit und Reichtum gelangt war... Aratak, *hier!*

Aber Aratak, der Philosoph und Kämpfer, sollte eigentlich am anderen Ende des Galaktischen Bundes sein! Nachdem sie zusammen auf Dalliths Welt gelandet waren und die Empathen auf Spika IV von ihrem Tod in Kenntnis gesetzt hatten, war Aratak zu seinen eigenen Leuten und der friedlichen, klosterartigen Disziplin eines Gläubigen des Kosmischen Eies zurückgekehrt.

Wenn Dane an Aratak dachte, stellte er ihn sich immer Lichtjahre entfernt vor, in einem der Sümpfe, die er so schätzte, bis zu den Nasenlöchern im Schlamm, wie es seine Haut brauchte, in stiller Meditation über die philosophischen Implikationen des Eis.

Was tat Aratak hier, in der sybaritischen Atmosphäre von Festival, der Zentralwelt des Bundes? Was hatte Aratak veranlaßt, seine friedliche Meditation zu verlassen?

Wahrscheinlich irgendeine Forderung der galaxisweiten Bürokratie. Dane hatte nie erfahren, welche Position Aratak innerhalb seiner eigenen Gesellschaft einnahm – wenn Dane auch annahm, es sei irgendeine hohe Stellung –, doch er hatte geglaubt, Aratak würde sich mit den Reichtümern der Jäger die Freiheit erkaufen und sein Leben in angenehmer, friedlicher Meditation verbringen. Er hatte nicht erwartet, Aratak in den nächsten Jahren oder Jahrzehnten wiederzusehen, wenn überhaupt noch einmal! Was immer auch der Grund für sein Auftauchen war, Dane war entzückt bei dem Gedanken, den riesigen Protosaurier, seinen Freund und Kameraden der langen Jagd, begrüßen zu können.

Sie waren jetzt außer Sichtweite, offensichtlich schon innerhalb der Wohnstruktur (sie war zu riesig, um sie einfach ein Gebäude zu nennen) und bereits in den langen Fluren und Aufzugschächten. Dann klang die Warnglocke am Eingang. Geräuschlos glitt eine Tür zurück. Rianna trat ein, und hinter ihr zwängte Aratak seinen riesigen Schuppenrücken durch die Tür, die für Menschen von normaler Größe gemacht war. Zuerst kamen die Klauen, dann folgte die große Schnauze mit den riesigen Fangzähnen, und schließlich der ledrige Bauch von Aratak.

2

Als Aratak endlich mit der langwierigen und schwierigen Sache fertig war, drei Meter grauer, feuchtklammer Haut durch die kleine Tür zu zwängen – Dane dachte dabei an einen Mann, der in eine Hundehütte kriecht –, war der weitläufige Raum plötzlich klein. Dane dachte verlegen an das Zimmer in der Nähe des Raumhafens, das er fast gemietet hätte und das fast jedes vorstellbare Wesen hätte beherbergen können. Doch hier war es ihm bequemer erschienen, weil alles für Menschen oder Wesen von Menschengröße ausgelegt war.

Der Türmechanismus drohte Aratak einzuklemmen. Schließlich mußten Rianna und Dane die Tür mit den Händen festhalten, und trotzdem bekam Aratak ein paar Kratzer auf seiner Lederhaut ab. Schließlich zog er das letzte Glied seines Schwanzes hinein, und Dane versuchte eine Art von angemessener Entschuldigung, doch ihm fiel lediglich ein: „Was sagt das Göttliche Ei über die Schwierigkeiten, wenn man Freunde in einem Mauseloch besucht?"

Aratak rollte mit den Augen, merkte, daß er nicht aufstehen konnte, ohne mit dem Kopf gegen die Decke zu stoßen, und legte sich in eine bequeme kniende Position auf den Boden. Seine tiefe, sanfte Stimme vibrierte durch die Translatorscheibe in Danes Kehle.

„Das Göttliche Ei, dessen Weisheit auch dann fortdauern möge, wenn die letzte Sonne in Dunkelheit versinkt, hat gesagt: Wo immer man Freunde trifft, ist das Haus groß und voller Freude." Dane hatte sich inzwischen an die Translatorscheibe gewöhnt und hätte schon sehr aufmerksam zuhören müssen, um die gezischten Silben von Arataks Muttersprache vernehmen zu können. „Es macht meine Leber froh, euch beide zu sehen. Ich hoffe, euer Leben hier ist glücklich und reich erfüllt!“

„Nun ja“, sagte Dane ohne Begeisterung.

„Überarbeitet“, sagte Rianna lachend.

„Dann seid ihr also mit der Lebensweise auf diesem Planeten zufrieden?“ fragte Aratak. Sein Gesicht trug einen sonderbaren Ausdruck, den Dane immer noch nicht richtig deuten konnte.

„Nun“, meinte Dane, der seinem Freund gegenüber ehrlich, wenn auch nicht nörgelig sein wollte – würden sich Klagen nicht ziemlich albern und undankbar anhören? „Ich denke, ich bin lange genug hiergewesen. Wir haben daran gedacht, ein kleines Raumschiff zu mieten und uns die Galaxis noch ein bißchen anzusehen. Es gibt unentdeckte Welten, – Welten, die man nicht einmal verzeichnet hat... hier ist es zwar wunderschön, aber...“

„Um die Wahrheit zu sagen“, unterbrach ihn Rianna heftig, „er ist zu Tode gelangweilt.“

„Oh, komm, Rianna...“

„Zu Tode“, wiederholte Rianna und gab keinen Millimeter nach. „Er denkt, ich weiß es nicht, aber ich weiß es sehr gut. Mich selber hat man mit Berichten und Informationsbehörden geradezu überschüttet. Ich mache einen Forschungsbericht über die Jäger und über das Projekt, das ich noch nicht beendet hatte, als mich das Sklavenschiff der Mekhar schnappte. Ich glaube, wenn ich noch einen einzigen Karteikasten oder einen Stimmenaufzeichner sehe, werde ich explodieren! Ich kann es kaum abwarten, wieder Feldstudien zu betreiben!“

„Ist das so?“

„Ja,“, bestätigte Rianna. „Aratak, darf ich dir eine Erfrischung anbieten?“

„Etwas zu trinken wäre ganz schön“, stimmte er zu. „Dieser Planet ist so unangenehm trocken, und darunter leidet mein Stoffwechsel.“

Sie ging zu einer Schalttafel, von der aus in jede Wohnung Nahrungsmittel geordert wurden, und begann in den Computer einzuspeisen, Erfrischungsgetränke nach dem Geschmack der Protosimianer zu bringen.

„Dane – Wein oder Tee?"

Er kam zu ihr und half ihr, die Getränke herüberzutragen. Arataks Größe machte es Dane unmöglich, die anderen Räume der Wohnung zu betreten, ohne die meisten Möbel umzuwerfen. Daher zogen sie jeder ein Kissen herbei und lehnten sich gegen den Rücken des riesigen Protosauriers.

„Du willst also gern wieder Feldstudien betreiben, Rianna. Sag, wo möchtest du anfangen? Oder hat Dane einen besonderen Wunsch?"

Rianna sagte: „Ich hatte gehofft, eine Expedition zu dem Nachbarplaneten der Jägerwelt zusammenzubringen, jenen, den wir den Roten Mond genannt haben – und dort die Ruinen und diese... Wesen, was immer sie auch sein mögen, zu untersuchen."

Während der Jagd war Rianna eine Nacht und einen Tag fortgewesen, und sie hatten sie für tot gehalten. Doch sie war mit einer Geschichte wiederaufgetaucht, der zufolge sie unterirdisch verborgen gewesen war. Wesen hatten ihr geholfen, Wesen, die in der Dunkelheit lebten und die sie nicht zu Gesicht bekommen hatte, Überreste einer uralten, unbekannten Zivilisation. „Ich sterbe vor Neugier – aber ich glaube, dieses Mal wird jemand anders die Berichte darüber schreiben müssen."

Dane kicherte. Aratak fragte: „Habt ihr alles schon so weit vorbereitet, daß es nicht mehr geändert oder aufgeschoben werden kann?"

„Wir haben nicht einmal richtig angefangen", gab Dane zu. „Ich habe herausgefunden, wo ich ein Raumschiff mieten kann und wo ich einen erfahrenen Piloten finde, aber alles andere hat zu warten, bis Rianna ihre Arbeit beendet hat. Sag mir nicht, du würdest mitkommen!"

„Wärest du sehr wütend, wenn ich das sagen würde?" fragte Aratak, und Dane lachte – er hatte vergessen, wie wörtlich die Translatorscheiben sein konnten. Ironie, Sarkasmus oder Übertreibungen wurden nicht wahrgenommen.

Er sagte: „Wenn du das sagen würdest, Aratak glaube mir, wir beide gerieten außer uns vor Freude, nicht wahr, Liebling?" fügte er hinzu und sah Rianna liebevoll an.

„Aber sicher", bestätigte sie. „Und es wäre gut möglich, ein Raumschiff zu besorgen mit genug Platz für dich und einer Ausstattung für Protosaurier. Aratak, denkst du wirklich daran, mit uns zu kommen?"

Auch durch die Neutralität der Translatorscheibe klang Arataks Bedauern durch. „Ich fürchte, das ist nicht möglich", sagte er, „aber wenn eure Pläne noch nicht so weit gediehen sind, daß man sie nicht ändern könnte, schiebt ihr dieses Projekt vielleicht für einige Zeit auf, um euch für einen anderen Vorschlag zu interessieren, den ich euch unterbreiten möchte."

Dane spürte ein fast körperliches Prickeln vor Interesse und Neugier. Intuition? Er hätte sich denken können, daß Aratak ihnen keinen gewöhnlichen Höflichkeitsbesuch abstattete.

Aratak nippte ausgiebig an dem ‚Wein', den der Computer ausgeschenkt hatte. Für Danes Nase roch er eher wie ein gegorenes Wurzelbier an der Grenze zur Fäulnis, doch Aratak schluckte ihn mit offensichtlichem Vergnügen.

„Kürzlich hat mich ein Mitglied des Protektionsrates kontaktiert", erzählte er. „Es scheint, sie haben ein Problem und glauben, wir können ihnen helfen."

Dane hatte noch nie vom Protektionsrat gehört. Es überraschte ihn nicht, denn der Bund enthielt eine so ungeheure Fülle von Organisationen, Zusammenschlüssen und Splittergruppen von Verbindungen, die innerhalb der riesigen Sternenföderation einander überlappten. Es war absolut zuviel für einen Kopf, dies alles aufzunehmen.

Zuerst hatte er sich darum Sorgen gemacht, bis er merkte, daß auch Rianna lediglich die Namen und Funktionen der Institutionen kannte, mit denen sie zu tun hatte. Der Galaktische Bund war natürlich keine Regierung, sondern eine Art philosophisches Konstrukt, um innerhalb des verstreuten Sternensystems den Frieden zu wahren und Handel zu ermöglichen.

Aratak sagte: „Der Protektionsrat hat die Kultur auf einer geschlossenen Welt studiert, einem kürzlich entdeckten Planeten..." Dane begriff natürlich, daß ‚kürzlich entdeckt' ein Begriff des Bundes war, der wahrscheinlich einen längeren Zeitraum andeutete, als ihre Lebensjahre zusammengenommen darstellten. „Ein Planet noch im barbarischen Zustand. Wie immer versucht der Rat, sich ein vollständiges Bild der gesellschaftlichen und kulturellen Strukturen zu machen, bevor wir uns dort zeigen oder versuchen, diese Welt in den Bund zu bringen. Es ist ein sonderbarer Ort – mit einigen Details, die dich interessieren werden, Rianna. Zum Beispiel gibt es dort zwei intelligente Lebewesenarten auf gleicher Intelligenzstufe; eine ist eine Protosaurierrasse, die der meinigen nicht unähnlich ist, die andere besteht aus protosimianischen Sapiens…"

„Was?" sagte Rianna mit vor Aufregung leicht schrill klingender Stimme, „ist das vielleicht Belsar IV, Aratak?"

„Ja, das stimmt. Kennst du ihn, Rianna? Das macht meine Aufgabe erheblich leichter."

„Ich habe die Kontroverse um die Theorie Delm Veloks' über das verlorene Raumschiff verfolgt. Anadrigos Kommentare hellen die Sache kaum auf. Parallele Evolution kann nicht…"

„Warte, warte", sagte Dane. „Warte noch… ich meine ein bißchen, und gib mir ein paar Informationen, bevor ich völlig den Faden verliere!"

Rianna lachte. „Ich sage dir, was ich weiß, und dann kann Aratak für uns beide weitermachen. Belsar ist für die Wissenschaftler in meinem Fachgebiet ein Rätsel. Normalerweise paßt eine intelligente Rasse in ihre Umwelt. Die meisten protosaurischen Arten haben sich auf Planeten entwickelt, wo es niemals Säugetiere gab oder wo diese sehr klein und unwichtig blieben. Wenn die Protosaurier intelligent waren, rotteten sie alle anderen Säugetiere in einem sehr frühen Entwicklungsstadium als Konkurrenten aus, während unter anderen Bedingungen – du hast mir einmal erzählt, Dane, daß die protosaurischen Giganten bei euch nicht intelligent waren. Sie hatten kleine Gehirne und konnten sich nicht den Veränderungen des Klimas und der planetarischen Ökologie anpassen. Stimmt's?"

„Richtig. Ein Dinosaurier …äh… ein Saurier von Arataks Größe hatte ein Gehirn ungefähr von der Größe meines Fingernagels, keine Großhirnrinde und von daher keine Möglichkeit zur Entwicklung von Intelligenz. Einer unserer Wissenschaftler – John Lilly – hat die Theorie aufgestellt, Intelligenz sei unvermeidliche Begleiterscheinung einer bestimmten kritischen Größe der Hirnrinde."

„Eine elementare Erkenntnis", sagte Rianna. „Wir nennen es Methwycks Axiom, und es ist das erste, was ein Biologe über die Sapientologie lernt. Jedenfalls", fuhr sie fort, „hat Belsar IV eine hochentwickelte Protosaurierrasse, und desgleichen ein ausgebildetes Säugetiersystem, ohne andere konkurrierende saurische oder reptilische Lebewesen – überhaupt keine anderen Reptilien, jedenfalls keine von besonderer Größe oder Komplexität. Delm Velocks Hypothese lautet, daß die Protosaurier von Belsar IV von einem verlorenen, dort niedergegangenen Raumschiff, wahrscheinlich von der Sh'fejj Konföderation, abstammen – das ist eine der ältesten Rassen des Bundes, die Raumfahrt betrieben haben, wahrscheinlich der gesamten Galaxis. Die Protosaurier von Belsar IV sind dem Grundtyp Sh'fejj sehr ähnlich."

„Es gibt nur wenige Unterschiede zwischen intelligenten Sauriern", brummte Aratak, „viel weniger als zwischen den verschiedenen Arten und ethnischen Typen der Protosimianer. Die Schwerkraft eines Planeten bestimmt unsere Größe – einige sind nicht größer als Protosimianer, und es gibt ein paar protosaurische Zwergrassen, die ihren Mangel an Kraft mit anderen Fähigkeiten wie Telepathie kompensieren –, doch im allgemeinen sind meine protosaurischen Brüder von mir kaum zu unterscheiden. Mit bestimmten kosmetischen Operationen würde ich auf Planeten, die von Abkömmlingen der Sh'fejj bewohnt würden, kaum Aufregung verursachen, und ihre Weibchen würden mich als Partner durchaus akzeptieren."

„Aber es gibt noch einen Gelehrten, Andrigo", fuhr Rianna fort, „der eine lange Liste physischer Unterschiede aufgestellt hat – wenn er auch zugesteht, diese könnten durch Mutationen oder Akklimatisierung entstanden sein. Er hat eine linguistische Analyse angefertigt, die beweist, daß es in keiner der bislang untersuchten Sprachen von Belsar IV Elemente der Sh'fejj-Sprache gibt, weder in der Grammatik noch im Vokabular. Er zitiert auch dortige Aufzeichnungen und alte epische Dichtungen, die darauf schließen lassen, daß die protosaurische Rasse dort schon seit Zeiten existiert, in denen es unmöglich Raumschiffe der Sh'fejj gegeben haben kann. Seine Theorie lautet, daß diese Rasse Intelligenz entwickelte, um, was immer auch für eine Katastrophe ihre ursprüngliche Umwelt zerstörte, diese Katastrophe zu vermeiden. Aber beide Theorien sind nicht sonderlich überzeugend. Noch nicht. Der Planet wurde erst – gewiß nicht zeit meines Lebens, aber sicher zu Zeiten meiner Großeltern entdeckt. Und bisher ist erst die allererste Forschungsarbeit geleistet worden. Daher haben wir nur Theorien, keine festen, schlüssigen Beweise."

„Es scheint naheliegend, Tochter, daß wir niemals solche Beweise erlangen werden", sagte Aratak nüchtern. „Ungefähr vor zehn Standardeinheiten..." (Die Standardeinheit war eine Zeiteinheit, die innerhalb des gesamten Bundes galt. Man hatte sie offensichtlich aus allen Normalzeiten aller größeren Planeten ermittelt. Dane verstand nicht ganz, wie, aber er dachte in dieser Kategorie. Nach seiner Schätzung waren es etwa fünf Wochen.) „...hat der Stützpunkt des Bundes auf Belsar aufgehört zu berichten, und die letzte Botschaft war merkwürdig und unvollständig, als wenn..." Einen Moment dachte er nach. „Als wenn man den Sender plötzlich unterbrochen hätte – vielleicht durch Gewalt. Die Botschaft enthielt irgend etwas über Ureinwohner innerhalb des Perimeters."

Rianna fragte: „Weiß man schon, was mit ihnen geschehen ist?"

„Man hat natürlich sogleich eine Expedition nach Belsar IV geschickt, um der Sache nachzugehen. Die Botschaft der persönlichen Kommunikatoren besagten, daß der Stützpunkt vollständig verlassen war – und das Kräftefeld und einige der Notfalleinrichtungen waren eingeschaltet. Aber es gab keine Toten und keine offensichtlichen Zeichen von Gewalt. Ihre vorletzte Botschaft hatte gelautet, daß sie versuchen wollten, den nächsten Stadtstaat zu erreichen, um dort vielleicht etwas zu erfahren." Aratak hielt inne und fuhr dann traurig fort: „Die letzte Botschaft lautete, sie seien von Eingeborenen in den Bergen umzingelt. Es gab nur einen Überlebenden, und seitdem hat man nichts mehr von ihnen gehört."

Er blickte sie mit einem langen Seufzer an.

„Ihr beide wißt ja zur Genüge, daß nur sehr wenige Agenten des Bundes in direktem Kampf ausgebildet sind oder mit primitiven Waffen umgehen können. Ein oder zwei Leute des Belsar-Stützpunktes sollen einige Fertigkeiten gehabt haben, doch sie waren wohl alle auf dem Stützpunkt, als geschah, was dort offenbar geschehen ist. Oder sie waren alle außerhalb des Stützpunktes – und wandern dort noch umher, ohne die Möglichkeit, den Bund zu kontaktieren."

Dane blickte den riesigen Protosaurier mit einem wilden Verdacht an. Er begann die Absicht von Arataks Bemerkungen zu ahnen.

Wollten sie Waffenexperten? Männer, die im Nahkampf ausgebildet waren? Arataks nächste Sätze bestätigten diese Vermutung.

„Der Protektionsrat versucht also, einen Waffenexperten zu finden. Offensichtlich ist man der Meinung, daß jemand, der die Jagd überlebt hat..." – Arataks Schuppengesicht war verschlossen, doch ein paar Zuckungen verrieten Dane, daß dem Echsenmann unbehaglich zumute war – „...ein solcher Experte sein muß. Sie glauben, daß zum Beispiel ich ohne große Schwierigkeiten so zurechtgemacht werden kann, um als einer der protosaurischen Rasse von Belsar durchgehen zu können, als Eingeborener, und auch die protosimianische Rasse ist der euren nicht unähnlich. Aber wenn euch euer Leben hier so sehr zufriedenstellt..."

„Sie wollen, daß *wir* gehen?" Es war fast ein Freudenschrei, die erste Aufregung, seit Dane das Segelfliegen aufgegeben hatte. Dann runzelte er die Stirn. „Aber warte... das hört sich eher nach einem Job für die Raumelite an oder, wenn es das gibt, für einen forschenden Psychologen. Wir kennen weder die Gebräuche, noch die Sprachen dieses Planeten, und da dieser als Barbarenwelt nicht dem Bund angehört, tragen die Ureinwohner auch keine Translatorscheiben, oder? Und barbarische Stämme – wir hatten ein paar davon auf meiner Heimatwelt – können sehr ungemütlich werden, wenn jemand ihre Gebräuche und Sitten beobachtet. Es ist nicht wie in der Galaktischen Einheit, wo alles möglich ist. Es sei denn, man treibt es auf der Straße und blockiert den Verkehr."

„Der Rat scheint der Meinung zu sein, man könne uns einweisen, uns wie Eingeborene zu benehmen und mindestens eine ihrer Sprachen zu reden", sagte Aratak, „und ich habe keinen Grund, daran zu zweifeln. Sie wissen nämlich nicht, ob die Personen oder Ereignisse, die für den Angriff auf den Stützpunkt verantwortlich sind, auch die Attacke auf die Untersuchungskommission verübt haben. Es ist ein gefährlicher Planet, sicher. Räubereien sind an der Tagesordnung. Es gibt auch wilde Tiere. Was sie brauchen, ist einfach jemand, der lange genug überlebt, um an die Informationen zu gelangen, die sie benötigen. Und sie wissen nicht einmal, wie die aussehen. Wir wissen nicht einmal, ob die Ureinwohner von Belsar dafür verantwortlich waren."

Rianna ging sogleich darauf ein. „Ich halte es auch für möglich, daß die Leute auf dem Stützpunkt von einem Sklavenschiff der Mekhar gekidnappt wurden."

„Sicher möglich", bestätigte sie Aratak. „Es hat dort Mekhar-Schiffe gegeben, und auch Kirgon-Schiffe, wenn wir auch keine eigentlichen Berichte über unerlaubte Landungen besitzen."

Dane sagte: „Wenn das Kraftfeld auf dem Stützpunkt eingeschaltet war, wie konnten die Eingeborenen dann hineingelangen? Braucht man nicht ohnehin so etwas wie ein Raumschiff der Mekhar, um durch ein solches Kraftfeld zu gelangen?"

„Möglicherweise hast du recht", sagte Aratak, „aber wir wissen es natürlich nicht genau. Die Eingeborenen können aber auch hineingelangt sein, als das Kraftfeld ausgeschaltet war, oder sie haben die Schlüssel von dem Stützpunktpersonal genommen, das sie draußen überfielen. Dann besteht noch die Möglichkeit, daß auf Belsar jemand ist, der nicht dort sein dürfte. Das ist die Funktion des Protektionsrates – die Ausbeutung unerforschter Welten durch die Mekhar oder Kirgon zu verhindern."

Ein Teil von Danes Gedanken schrie immer noch aufgeregt: *Welch ein Abenteuer! Ich will dorthin!,* doch seine Vernunft mäßigte ihn, und er überdachte die Geschichte genau. „Ich hatte gedacht, wo es eine ganze Galaxis gibt, in der man Schwertkämpfer... äh... Waffenexperten rekrutieren kann, gäbe es genug davon."

„Es gibt nur wenige in diesem Sektor", sagte Rianna und fügte freiheraus hinzu: „Und die meisten, die sich damit befassen, sind Dilettanten und würden sich eher verkriechen und sterben, als Waffen zu gebrauchen, ernsthaft, meine ich, in einem Kampf um Leben und Tod. Einige denken vielleicht anders, aber der Bund möchte es lieber nicht dem Zufall überlassen. Von uns wissen sie, daß wir in der Lage sind, um unser Leben zu kämpfen, wenn wir müssen."

„Noch etwas", fügte Aratak hinzu, „die Spezies muß auch stimmen. Protofelinen sind manchmal auch so stark genug – aber die Mekhar gehören nicht zum Bund, und in jedem Fall sind Protofelinen auf Belsar eine solche Rarität, daß die Eingeborenen sie töten – oder zu Göttern erheben würden. Sicher wären sie nicht geeignet für eine unauffällige Untersuchung. Es ist sehr wichtig, daß sie einen Protosaurier und zwei Protosimianer finden, die daran gewöhnt sind, zusammen zu arbeiten.“

Zwei? Danes Kopf zuckte hoch, doch Rianna hatte schon das Wort ergriffen.

„Hört sich kaum wie eine Vergnügungsreise an. Aber verdammt, es ist verlockend. Obwohl ich wahrscheinlich auch wieder mit dem Bericht anschließend zu kämpfen haben werde. Aber ich wollte immer schon einen Blick auf Belsar werfen, und ich weiß, ich würde in meinem ganzen Leben dazu nicht die Erlaubnis bekommen.“

„Hört sich zu gefährlich an“, sagte Dane und fühlte sich insgeheim erleichtert, daß Rianna sich nicht blindlings hineinstürzte, in absoluter Begeisterung von der Vorstellung, noch ein paar Ruinen irgendwelcher alter Sowiesos auszugraben. Bei sich selber entdeckte er – zu seiner Überraschung –, daß er die Sache noch ein wenig überdenken wollte.

Rianna starrte ihn ungläubig an. „Zu gefährlich? Das von *dir,* Dane? Und ich habe die ganze Zeit von dir nichts anderes gehört, als daß du hier in dieser superzivilisierten Welt erstickst?“

„Das tue ich auch“, sagte Dane mit Würde, „und ich denke ernsthaft darüber nach, dorthin zu gehen. Ich versuche, alle Unwägbarkeiten in Betracht zu ziehen, was mir vernünftiger erscheint als das, was du tust. Und nach Arataks Worten war es schon ein sehr gefährlicher Planet, bevor die Leute dort aus dem Kraftfeld zu verschwinden begannen.“ *Zu gefährlich für eine Frau,* hatte er sagen wollen. Aber er unterließ es. Das hatte er inzwischen gelernt. Statt dessen sagte er: „Hört sich nicht an wie ein passender Ort für eine... eine friedliche Archäologin und Wissenschaftlerin.“

„Mein lieber Dane, absolut jede Welt, die ein Wissenschaftler des Galaktischen Bundes besucht, ist eine gefährliche Welt!“ Riannas Augen blitzten wütend. Sie war ein richtiger Feuerkopf – so hätte man sie auf Danes Welt genannt –, doch, um ehrlich zu sein, er hatte sie schon lange nicht mehr so gesehen. „Auch vor der Jagd war ich an gefährliche Welten gewöhnt – ich mußte nicht mit Schwertern herumspielen und mit kleinen Booten hinaus aufs Meer fahren, um einen Hauch von Gefahr zu spüren! Fast jede Welt, bei der es sich für einen Anthropologen lohnt, birgt Gefahren, die du dir nicht einmal vorstellen kannst! Willst du vielleicht andeuten, du wolltest dich mit Aratak aufmachen und mich hier den

Aufzeichnungsgeräten überlassen?“ Sie sprang auf die Füße und blickte ihn wütend an. „Das entscheidet alles, Aratak. Ich komme mit dir, ob dieser ausgewachsene Baumdachs hier nun mitkommt oder nicht!“

Baumdachs? Dane öffnete den Mund, um eine Erklärung zu verlangen, merkte dann aber, daß ihm seine Translatorscheibe wieder einmal einen Streich spielte. Wie würde Rianna es aufnehmen, wenn er sie ein Hasenkaninchen nannte? Offensichtlich handelte es sich um ein Wesen von Riannas Welt, mit dem sie Dane gerade verglichen hatte. Er hätte gerne gewußt, warum...

„Rianna“, sagte er sanft, entschlossen, es noch einmal zu versuchen, „das mag für einen Barbaren aus einer abgelegenen Welt wie mich zutreffen. Aber du bist kultiviert...“

„Wie zivilisiert war ich denn auf der Welt der Jäger?“

In seinem Kopf formte sich ein Bild: Dunkelheit, der Rote Mond hing wie ein Neonlicht am Himmel, die dunklen Umrisse der schlafenden Kameraden – *Dallith, die Verlorene, die Geliebte, Dallith, tot, weil er in Raserei geraten war und seine Pflicht gegenüber den anderen Teilnehmern der Jagd vernachlässigt hatte, Dallith, lebendig, während er und Rianna Wache hielten, Dallith, im letzten friedlichen Schlummer ihres Lebens, und Riannas Stimme in der Dunkelheit: Ich bin viel weniger zivilisiert, als ich jemals gedacht habe...*

„Du hast doch erst drei, vielleicht vier Planeten in deinem ganzen Leben gesehen!“ flammte Rianna. „Ich bin schon auf so vielen gefährlichen Planeten gewesen, noch ehe ich in die Pubertät kam!“ Ihre Stimme, ihre Gegenwart schien sehr weit entfernt, irgendwie weniger real als die buschwerküberzogenen Berge unter dem Roten Mond, die ziegelrote Scheibe der Jägerwelt über ihnen. Durch Danes Gedanken zuckte der Spinnenmann und schleuderte seinen todbringenden Speer. Cliff, der Mekhar, bewegt sich katzengleich in seinem Rücken, und Dallith, *Dallith...*

Dane schüttelte den Kopf, als müßte er Spinnweben abstreifen. Hölle, dieser Planet – wie hieß er? – Belsar... wie gefährlich er auch immer war, es würde wahrscheinlich im Vergleich mit dem Roten Mond und der Jagd wie ein Sonntagsfrühstück werden! Mit einer einzigen, flüssigen Bewegung glitt er durch den Raum auf das Schwert zu und kniete nieder. Seine Hand umschloß die gebogene

Scheide. Sein Kopf beugte sich kaum wahrnehmbar. Dann stand er rasch auf und wandte sich zu ihnen um. Er hielt das Schwert mit der Scheide wie eine Aktentasche unter dem Arm; sein Daumen war über dem Heft abgeknickt, als wolle er sichergehen, daß die Klinge nicht herausglitt.

Wir werden zusammen gehen, dachte er, doch seine Gedanken waren nicht bei seinen Kameraden, sondern beim Schwert. Laut sagte er lediglich: „In Ordnung, wann ziehen wir los?"

3

„Um Himmels willen", rief Dane aus, „der Planet hat ja Windpocken!"

Auch mit Hilfe der Translatorscheibe hatten diese Worte für Aratak keine Bedeutung, doch er kicherte über Danes Tonfall und trat zu ihm an den Bildschirm.

„Die Außenhaut scheint in der Tat unter irgend etwas wie Insektenbefall zu leiden", meinte er. „Sieht wirklich eher wie ein toter Satellit aus, den man mit Meteoriten bombardiert hat, als eine lebendige Welt mit einer Atmosphäre, die solche Einwirkungen verglühen läßt. Es ist ein Rätsel, mein Freund, das ich nicht deuten kann, doch das Göttliche Ei bemerkt dazu, wenn wir alle Dinge wüßten, gäbe es keine Herausforderung mehr für intelligente Wesen, und wir würden rasch aus Langeweile sterben oder bis zu den Nüstern in den Sümpfen versinken und nichts anderes mehr bedenken als das Bekannte und die Langeweile."

„Das Göttliche Ei scheint zu allem etwas zu sagen zu haben", murmelte Dane, doch Arataks unsichtbare, aber scharfe Ohren fingen das Gemurmel auf.

Mit äußerster Höflichkeit, die er an den Tag legte, wenn man ihn zurückgewiesen hatte, sagte er: „Es ist Sache der Philosophen, Bemerkungen über die Dinge anzustellen, für die wir, die wir in weltlichen Dingen verhaftet sind, weder die Zeit noch die Muße haben nachzudenken."

„Das war flapsig von mir", entschuldigte sich Dane. „Ich hätte sagen sollen, daß die Weisheit des Göttlichen Eis eher der eines alten, ehrwürdigen Weisen entspricht als der einer embryonischen Form.“

„Das Göttliche Ei“, bemerkte Aratak, „war auf ewig, während der tausendjährigen Spanne seiner Weisheit, damit gesegnet und bewahrte sich auf alle Zeit das Erstaunen des eben erst Ausgeschlüpften, was auch alle intelligenten Lebewesen tun sollten, wenn sie der unendlichen Vielfalt der Schöpfung teilhaftig werden wollen. Man sagt auch“, fügte er mit einem seiner seltenen sarkastischen Seitenhiebe hinzu, „seine Weisheit sei so groß, daß es sich sogar vorstellen konnte, protosimianische Wesen besäßen Verstand, da der Schöpfer des Alls seiner Meinung nach nicht etwas geschaffen haben kann, was nicht aus irgendeinem Grund und für irgendeinen Zweck seiner eigenen Göttlichkeit wert sei.“

„Ich bin sicher, es läßt uns große Ehre angedeihen“, sagte Dane mit schiefem Lächeln, doch dann lenkte er ab, weil er wußte, es führte zu nichts, wenn er mit einem saurischen Philosophen Gedanken austauschte. Bei diesem Spiel verlor Dane stets, noch bevor er richtig begann. „Mal ernsthaft, Aratak, wie kann ein Planet mit Ozeanen und einer Atmosphäre solche Krater, wie Sie bei einem toten Planeten üblich sind, entwickeln?“

„Ehrlich gesagt, habe ich nicht die leiseste Ahnung“, gab Aratak zurück. „Es liegt nicht innerhalb meiner Kompetenz. Wenn es nicht ein Planet im Urzustand des Lebens ist, mit einer jungen, barabarischen Kultur... aber es führt zu nichts, nonexistente Zufälle zu diskutieren. Es ist wohl kaum möglich, daß sich erst später Leben auf diesen Planeten entwickelt hat, nach einer Zeitspanne als toter Satellit irgendeiner anderen Sonne – Sonnen fangen bei ihrer Bildung manchmal Satelliten von anderen Sonnen ein, besonders hier, so tief im Sternenhaufen, und dann entwickelt sich dort Leben unter dem neuen Bombardement kosmischer Strahlungen. Es ist selten, aber es passiert manchmal“, schloß er und blickte auf den sonderbar zernarbten Planeten namens Belsar IV auf dem Bildschirm.

Von ihrer Kreisbahn konnte Dane blaue Ozeane mit Streifen von Wolkenbändern sehen, einen einzigen, riesigen Kontinent in der von seinem Blickwinkel aus nördlichen Hemisphäre – nördlich, weil dieser Teil in dem Sichtfeld oben lag – und einen kleineren, der ein bißchen wie ein auf die Seite gekipptes Südamerika aussah.

Rianna trat zu ihnen und zeigte ihnen eine Computeraufzeichnung der Oberfläche unter ihnen. Sie deutete auf einen Fleck.

„Die Fähre wird uns hier absetzen. Aratak, dein Freund Dravash möchte noch einmal mit dir im Kommandostand reden. Dieser namenlose Freund von ihm hat darauf bestanden." Sie schüttelte sich. „Huh, dieser Typ verursacht mir Gänsehaut."

„Dravash?" Aratak starrte sie unwillig an. „Ekelt dich der Anblick eines Sh'fejj? Ich finde es nicht gut, daß auch ich dir in dieser Verkleidung Unbehagen verschaffe, Liebes."

„Oh, nein, nicht Dravash", sagte Rianna, „und jetzt, wo ich mich daran gewöhnt habe, siehst du für mich fast normal aus. Ich finde sogar", fügte sie langsam hinzu, „es steht dir gut."

Danc mußte ein Grinsen verbergen. Er hatte den großen Eidechsenmenschen niemals für eitel gehalten, doch seit der Transformation in einen Sh'fejj dieses Planeten war Aratak, wie die Menschen gesagt hätten, empfindlich geworden.

Man hatte Arataks grünlich-graue Außenhaut mit Chemikalien seidig blauschwarz gefärbt, die Farbe der meisten Sh'fejj, einer protosaurischen Rasse, die schon früh Raumfahrt betrieben hatte. Sie gehörten immer noch zu den verbreitetsten Sauriern des Bundes. Aratak war größer als die meisten Sh'fejj – nur wenige davon überragten zwei Meter, und Aratak war ausgestreckt fast drei Meter hoch –, aber man nahm ihm die Verkleidung ab. Die Transformation war notwendig gewesen, um auf Belsar IV als Angehöriger einer normalen Rasse durchzugehen, wenn es dort auch keine richtigen Sh'fejj mehr gab. Die Ärzte des Raumschiffes hatten ihn auch davon unterrichtet, daß die Transformation seine Außenhaut weicher und feuchter halten würde, was ihm helfen würde, die Schäden durch das Klima auf Belsar auszugleichen.

Aratak hatte die Notwendigkeit der Umwandlung akzeptiert – aber er mißtraute allen Protofelinen, und die Ärzte auf dem Schiff (wie fast alle Ärzte des Bundes) waren Protofelinen. Aber unablässig hatte er über die Transformation gegrummelt. Viel schlimmer war die Notwendigkeit, seine Kiemenspalten zu verdecken. Bei den Sh'fejj waren sie an der Bauchseite, und die Ärzte hatten eine kosmetische Operation vorgeschlagen, was Aratak strikt abgelehnt hatte. Als Rianna versucht hatte, ihn zu überreden, hatte er sie scharf gefragt, ob sie zustimmen würde, wenn man ihr die Ohrmuscheln wegoperieren wollte.

Er trug ein schmückendes lockeres Halstuch, das wie ein Kragen wirkte und so die Kiemen verdeckte. Dane hoffte, es würde reichen. Wenn das Klima auf Belsar wirklich so heiß war, wie man ihnen gesagt hatte, würde er auffallen wie jemand mit einem Parka in einem südamerikanischen Regenwald.

Aratak wechselte das Thema und sagte: „Wenn dich die Erscheinungsform eines Sh'fejj nicht anekelt, Rianna, und auch nicht die von Dravash, warum bekommst du dann eine Gänsehaut?"

„Dieser namenlose Typ, der mit Dravash zusammen ist", antwortete Rianna und zog eine Grimasse. „Der Weitsprecher oder wie auch immer er sich nennt."

Aratak zuckte die Achseln. „Wenn wir von diesem Schiff herunter sind, Rianna, wird der Weitsprecher unser einziges Kommunikationsmittel mit der Zivilisation sein. Das Göttliche Ei hat den weisen Spruch getan, daß es schlecht ist, eine Brücke zur Sicherheit zu beleidigen, wenn sie auch Splitter in die Füße jagt. Ich finde den Weitsprecher auch nicht sehr anziehend, weder im Charakter noch von der Persönlichkeit her. Doch seine Fehler, und meine Offenheit verleitet mich zu dem Bekenntnis, daß es derer viele gibt, scheinen unvermeidliche Begleiterscheinung seiner unzähligen Talente zu sein. Hättest du es lieber, wir verfügten über gar keinen Kontakt, wie auf der Welt der Jäger, meine Liebe?"

„Ich habe den Eindruck, daß es dort unten nicht viel besser ist", sagte Rianna dumpf. „Es ist auch nicht so, daß sie kommen und uns herausholen können, wenn wir in Schwierigkeiten geraten."

„Nein", gab Aratak zu, „aber wenn uns ein Unglück zustoßen sollte, werden sie zumindest durch den Weitsprecher erfahren, was mit uns geschehen ist, und vielleicht können dann jene, die man nach uns hierherschickt, die schlimmsten Fehler vermeiden, und sie können dort ansetzen, wo wir versagt haben."

Rianna schauderte. „Du wirkst ja sehr tröstend, Aratak! Kommt, wir sollten den Kapitän nicht warten lassen, sonst denken sie, Dane und ich seien zu dem gewöhnlichen protosimianischen Hokuspokus verschwunden."

Sie wandte sich entschlossen zur Tür der Kabine, und Dane folgte ihr grinsend. In den Welten des Galaktischen Bundes galten Protosimianer – oder Wesen, die Dane als Menschen bezeichnen würde – als die instabilsten und am wenigsten vertrauenswürdigsten Wesen, dem Sexualtrieb ausgeliefert, den die meisten Bewohner des Bundes bei ihnen für gefährlich dominant hielten. Die meisten anderen Rassen hatten einen strikten jahreszeitlichen Fruchtbarkeitszyklus und konnten sich zu allen anderen Zeiten ausschließlich auf ihre Arbeit konzentrieren. Auf Raumschiffen des Bundes bestand das Personal aus Protofelinen, und den weiblichen Vertretern gab man Pillen, die die Fruchtbarkeitsperiode aussetzen ließ, damit die Besatzungen nicht auseinanderbrachen. Zu fruchtbaren Weibchen wurden sie nur auf ihren Heimatplaneten, und sie zeigten lästige Neugier über die Tatsache, daß Dane und Rianna gemeinsam eine Kabine bewohnten.

Dane hatte sich bis zu einem gewissen Grade daran gewöhnt. Es war einer der Späße, die alle intelligenten Wesen der Galaxis teilten: der permanente Sexualtrieb der Protosimianer, die kein anständiges Gefühl für Zeit und Ort hatten. Aber er fand es immer noch von Zeit zu Zeit komisch. Er mußte es als einen Scherz betrachten, andernfalls würde er verrückt werden.

Jetzt folgte er Rianna durch den langen, gewundenen Flur des Raumschiffes. Die Besatzung bestand fast ausschließlich aus Prrzetz, den protofelinen Katzenmenschen. Sie waren zwar eine Wissenschaftlerrasse mit hohem ethischen Standard, doch ähnelten sie den Mekhar, die Dane vor einiger Zeit von der Erde gekidnappt hatten. Dane hatte sich angewöhnt, nicht vor ihnen zurückzuzucken, doch irgend etwas in seinem Innern – der Uraffe, dachte er trocken – duckte sich ein wenig, wenn ein Prrzetz gutmütig die Zähne bleckte.

Im Kartenraum des Schiffes – wenn es dort auch eigentlich keine Karten gab, sondern nur computerisierte Aufzeichnungen, die sich während der Reise des Schiffes durch den Raum hinter durchsichtigen Scheiben bewegten – warteten der Prrzetz-Kapitän und Dravash auf sie.

Dravash war ein Sh'fejj, seidig-schwarz, nur im Vergleich mit Aratak klein. Er erinnerte Dane eher an einen Leguan, der irgendwie zwei Meter groß geworden war und sprechen gelernt hatte.

„Ich sehe, es ist dir gelungen, deine protosimianischen Freunde hierherzulotsen", sagte er zu Aratak. Auch durch die Translatorscheibe klang die Stimme rauh und gebrochen. „Ich meine eigentlich immer noch, es war unklug. Eine Abteilung von Sh'fejj wäre für dich vertrauenswürdiger gewesen."

Aratak brummte: „Für Rianna und Dane stehe ich ein. Sie haben sich auf der Jägerwelt bewährt."

„Möglich." Aber Dravash sah Dane unfreundlich an. „Ich meine immer noch, ein wirklicher Kämpfer wäre ohne seinen Partner gekommen. Und von protosimianischen Weibchen weiß man ja..."

Rianna knurrte verhalten etwas, was in Danes Translatorscheibe klang wie: „Mögest du daran ersticken!" Laut sagte sie mit schmeichelnd süßer Stimme: „Würde sich der geschätzte Gesandte des Protektionsrates die Mühe geben, mit meiner Wenigkeit ein oder zwei Kämpfchen zu wagen? Wenn er immer noch glauben sollte, ich würde besser zu Hause meine Eier ausbrüten, könnte ihn das vielleicht überzeugen, daß ich auf dieser Reise andere Funktionen habe."

Dane blieb stumm. Eines der ersten Dinge, die er im Bund gelernt hatte, war, daß Rianna sehr wohl in der Lage war, ihre eigenen Angelegenheiten durchzufechten, und daß er keinesfalls den Mund zu ihrer Verteidigung öffnen durfte.

Protosaurische Gesichter waren nicht so leicht zu lesen wie menschliche, doch Dane kannte Aratak lange genug, um zu wissen, daß dieser amüsiert war und Dravash nicht. Dennoch wich Dravash aus. Er sagte: „Erspart Euch Euren Stolz für Eure Feinde, weiblicher Kollege." Durch den Übersetzer konnte Dane immerhin das besondere Grummeln in der Sprache wahrnehmen, das nur hinsichtlich einer anderen intelligenten Rasse respektvoll eingesetzt wurde. Auch Rianna merkte es und war besänftigt.

„Da wir nun die entsprechenden Höflichkeiten und Komplimente ausgetauscht haben", sagte der Prrzetz-Kapitän scharf, „würden sich meine geschätzten Passagiere bitte an ihre Aufgaben begeben? Dravash, du hast uns die Koordinaten des Stützpunktes des Bundes da unten gegeben. Möchtest du bei Tageslicht landen? Wenn nicht, müssen wir so rasch wie möglich herunter gehen."

„Gut", antwortete Dravash, „aber warte bitte noch einen Augenblick, bis der Weitsprecher kommt."

Dane versteifte sich. Nur ein einziges Mal während der Reise hatte er Dravash' Genossen gesehen, den ‚Weitsprecher', von dem

Rianna geredet hatte. Jetzt hörte er ein gedämpftes, schlurfendes Geräusch auf dem Flur und wußte, daß der Weitsprecher ungerufen zu ihnen kam.

Wieso erweckte das Wesen einen solchen Abscheu? Ein Albinokrokodil hätte ihn nicht sonderlich aufgeregt. Der Weitsprecher war ein Sh'fejj, aber seine Lederhaut war von einem stumpfen Weiß, und die Kiemenspalten, bei diesem Exemplar nicht an der Bauchseite, waren rosa und am Rand scharlachrot gezackt. Tief in dem Reptilienschädel saßen stumpfrote Augen. Er schleppte sich schwerfällig in einem Gehgerät herein. Eine mechanische Stütze hielt ihn teilweise aufrecht; sein Oberkörper hing darüber, und den schuppigen schmutzigweißen Stachelrücken und – schwanz zog er schlapp hinterher. Als er in den Kartenraum kam, blickte er weder nach rechts noch nach links, und auch durch die Translatorscheibe klang seine Stimme gleichförmiger und mechanischer als bei den meisten anderen.

„Meine höflichste Begrüßung allen hier." Doch seinem Tonfall nach hätten es auch die schlimmsten Obszönitäten sein können. „Dravash, ist deine Gesellschaft beisammen?"

Der Albino-Weitsprecher zog das Gehgerät näher an sich heran, damit er sich darauf stützen konnte. Dennoch schien er leicht zu schwanken, so daß Dane ihn mit entsetzter Faszination betrachtete. Sicher würde das ekelhafte Wesen zu weit nach einer Seite kippen und auf den Boden stürzen.

„Welchen Nutzen soll es bringen, sich mit Protosimianern zu verbünden?" Die Stimme des Weitsprechers klickte mit unheimlicher Präzision.

Dravash entgegnete verteidigend: „Die Eingeborenen auf Belsar IV..." „Sind dir gewiß unterlegen und brauchen nicht um Rat gefragt zu werden."

„Respekt, Geweihter, aber in dem begrenzten Zeitraum konnte man keinen Sh'fejj finden, der über das ausreichende Überlebenstraining und Waffentechniken verfügte..."

Weitsprecher machte eine wegwerfende Handbewegung. Seine dröhnende Stimme fuhr tonlos und mechanisch fort. „Ich habe meine Surrogate davon informiert, daß ihr exakt eine Standardeinheit vor Sonnenaufgang auf diesem absolut ekelhaften Planeten abgesetzt werdet. Das wird euch genügend Zeit geben, um Unterschlupf zu suchen und euer nutzloses Leben so zu retten. Haben sich deine abscheuerregenden Kameraden den Umwandlungen unterzogen, die sie ebenso entsetzlich aussehen lassen wie die Eingeborenen dieses üblen, schmutzigen Planeten unter uns?"

„Wie der Geweihte sicher erkennen kann."

„Mit solchen Trivialitäten beschäftige ich mich nicht", unterbrach ihn der Weitsprecher scharf. „Da du ein perverses Vergnügen darin findest, diese ekelhaften Wesen zu kontaktieren, komme bitte deiner unwichtigen Aufgabe unmittelbar nach, wenn du ein einziges Mal während deiner nutzlosen Existenz zu so einer unendlich wichtigen Handlung fähig bist."

Dane fühlte, wie Wut in ihm hochstieg.

Diese ausgebleichte Eidechse benimmt sich, als hätte sie die gesamte Schöpfung in der Hand, und kommt hier herein wie der König von allem, was er sieht. Wo gibt es denn das, daß uns ein solches Ekel beschimpft?

Dravash sprach demütig und ehrfürchtig weiter, war nicht mehr der stolze Sh'fejj, der die Expedition leiten sollte. „Aratak, Geweihter, hat man eine den Sh'fejj entsprechende Farbe gegeben. Man kann seine außerordentliche Größe und Länge nicht verbergen, aber er geht als Riese durch – eine Mißgeburt oder ein Monster von ungewöhnlicher Größe und Stärke."

Aratak blinzelte wütend, zuckte dann wie ein Philosoph die Schultern und blieb still.

„Was die Protosimianer angeht – auch ihnen hat man die Hautfarbe und das Fell gefärbt, um sie den Eingeborenen auf Belsar IV ähnlicher zu machen."

„Es macht sie noch ekelhafter", tönte der Weitsprecher, „dient aber vielleicht dazu, ihr nutzloses Leben zu verlängern, während der Bund die Informationen bekommt, deretwegen man euch hergeschickt hat."

Das ist aber nett von dir, Kerlchen, dachte Dane, sprach es aber nicht aus. Er und Rianna hatten sich beide das Haar rostbraun und die Haut einige Schattierungen dunkler gefärbt; er wußte, daß nur die kühleren Planeten der Sterne der Gruppe G so hellhäutigen Typen wie Rianna und ihm Lebensmöglichkeiten boten. Rothaarige wie Rianna waren eine Seltenheit; hellhäutige, blonde Typen wie Dane gab es nur etwa auf einem halben Dutzend Planeten von

Hunderten, so daß Dane selbst in einem Schmelztiegel wie der Verwaltungsstadt, wo er mit Rianna gelebt hatte, Blicke bekommen hatte, höfliche, verborgene Blicke, aber immerhin, und auf einer weniger zivilisierten Welt hätte er einen Auflauf verursacht.

„Ich finde sie so besser", sagte der Prrzetz-Kapitän, indem er Riannas dunkle Haut und ihr staubfarbenes Haar ansah. „Sie sind jetzt nicht mehr den Kirgon so ähnlich, was bei mir Furcht vor ihnen auslöste. Entschuldigt, ehrenwerte Wesen", fügte er höflich zu Dane und Rianna hinzu, „aber wenn ich auch weiß, daß Ihr und Euer männlicher Partner keine Kirgon seid, ruft doch die helle Haut reflexartig eine innere Furcht bei mir hervor, die ich kaum kontrollieren kann. Es ist für mich sehr erleichternd, Euch nun ansehen zu können, ohne vor Furcht und Ekel mein Essen wieder ausspucken zu müssen."

Das war ein Schock für Dane – daß der protofeline Prrzetz vor *ihnen* Angst gehabt hatte. Er flüsterte Rianna zu: „Eine Rasse von Sklavenjägern außerhalb des Bundes; *Hölle* wäre der richtige Ausdruck. Dagegen wirken die Mekhar wie Schoßtiere."

Jetzt betrachtete Dane seine Umwandlung mit anderen Augen. Er hatte es nicht eigentlich abgelehnt; er wußte, daß die Behandlung mit Melanin, das seine Haut und sein Haar dunkler machte, ihn schützen würde, und daß er ohne diesen Schutz unter der Sonne von Belsar IV bei lebendigem Leib geröstet würde, und Rianna würde es auch nicht besser ergehen. Aber er fühlte sich merkwürdig, wenn er seine dunkle Haut betrachtete, und es war noch merkwürdiger, die normalerweise rothaarige, hellhäutige Rianna anzusehen, die jetzt so dunkel wie er selbst war. Ihre grünen Augen wirkten fremdartig im Kontrast zu der dunklen Haut.

Dravash sagte: „Selbst wenn es auch nicht für ihr körperliches Wohlbefinden auf Belsar IV sowie für ihre Tarnung unter den Eingeborenen notwendig gewesen wäre, würde man die weiße Hautfarbe dort mit einem abergläubischen Tabu belegt haben, wenn man den wenigen Berichten von dort Glauben schenken darf. Nicht einmal unter Kleidern versteckt ist sie erlaubt. Aber unsere protosimianischen Kollegen haben sich dankenswerterweise der Behandlung unterzogen und sind nun bereit, uns zu begleiten."

Der Weitsprecher ignorierte dies und sagte: „Unser Kontakt ist fest, Dravash, aber falls du getötet oder gefangen wirst, dürfen wir uns nicht allein auf diesen Kontakt verlassen. Ich muß diese beiden nacheinander anrühren, so daß ich sie im Fall von Bedrängnis erreichen kann."

Dane versteifte sich. *Das* war nicht Teil ihres Abkommens gewesen. Er hatte von der telepathischen Verbindung zwischen Dravash und dem Weitsprecher gewußt, doch der Gedanke, selbst eine solche Verbindung herzustellen – mit einem so ekelerregenden Wesen wie dem Weitsprecher –, drehte ihm den Magen um. Ein Blick auf Rianna verriet ihm, daß sie ebensowenig dazu bereit war.

„Warum ist das notwendig?" wandte sie sich an den Prrzetz. „Wir haben im Fall von Schwierigkeiten die Kommunikatoren..." Sie berührte den winzigen, aufs äußerste verkleinerten Transmitter an ihrem Hals, der als ein aufwendiges Schmuckstück getarnt war. Man hatte es wie die Schmuckstücke von Belsar IV gestaltet, die von früheren Wissenschaftlern herausgeschmuggelt worden waren.

Der Weitsprecher schnalzte mit der Zunge. „Mechanische Kommunikationsgeräte sind unzuverlässig. Sie können gestohlen werden. Kann sein, daß ihr eure Hände verliert, eure Sprechorgane oder euren Verstand. Das verschwundene Team war mit solchen Geräten ausgestattet, und man hat nichts mehr von ihnen gehört. Auf meine Art kann ich kontrollieren, was mit euch geschieht, und die Ergebnisse an eure Vorgesetzten weiterleiten. Was protestiert ihr, wenn *ich* einem so ekelhaften Kontakt zugestimmt habe?" Die Ablehnung in seiner Stimme war das erste echte Gefühl, das er zeigte.

„Geweihter, unsere ehrenwerte Kollegin wollte nicht respektlos sein – Rianna versichere ihm, daß du nicht respektlos sein wolltest!"

„Ich wollte nicht unhöflich sein", sagte Rianna tonlos für die Translatorscheibe. Verhalten flüsterte sie in der Sprache, die Dane und sie mittlerweile gemeinsam benutzten: „Nicht unhöflich – angeekelt."

Dane flüsterte zurück, wohl wissend, daß die Saurier ihnen keine Beachtung schenkten: „Es ist wahrscheinlich gegenseitig, Schätzchen."

Dravashs gelbe Augen blitzten Rianna an, doch er blieb stumm und stand ruhig abwartend vor seinem Albinopartner.

„Aratak." Der Weitsprecher lenkte seine stumpfroten Augen auf den riesigen Eidechsenmann. Nach einem Augenblick sagte er angeekelt: „Deine Gedanken sind so langweilig wie die eines Insekts über einem Sumpf, das auf die Kröte wartet, die es verschluckt."

Arataks Stimme blieb ruhig. „Das Göttliche Ei sagt uns in seiner Weisheit, daß friedliche Gedanken ein Juwel sind, so wertvoll wie die Krone des Lebens."

„Dein Göttliches Ei war ein ebensolcher Dummkopf wie du", sagte der Weitsprecher mit einem Tonfall zwischen Spott und Verachtung, und Dane riß die Augen auf – würde Aratak diese Blasphemie gegenüber dem großen Philosophen seiner Rasse unwidersprochen hinnehmen? Doch Aratak, dessen Augen funkelten, bemerkte lediglich: „Das Göttliche Ei ist, was es ist, Weitsprecher, jetzt und für alle Ewigkeit."

Er bewegte sich von seinem Befrager fort. „Ich danke Euch, Weitsprecher, für eine vollständige neuartige Erfahrung. Kein Philosoph würde sich freiwillig einem solchen Geschehen unterziehen."

Weitsprecher blickte Rianna und Dane an. Nach einem Augenblick fühlte Dane etwas Merkwürdiges. Eine Sekunde lang konnte er es nicht bestimmen, dann drängte sich ihm langsam die Überzeugung auf, daß das Universum ein krank machender, feindseliger Ort, daß jedes seiner vielen Wesen häßlicher als das andere war, daß ein jedes von ihnen verschiedene Grade von Ablehnung und Ekel hervorrief und sie alle ihn wiederum mit ähnlichen Gefühlen belegten. In den Wellen dieses üblen Selbsthasses befangen merkte Dane, daß er auf ein lächerliches, affenartiges, aufrecht stehendes Wesen von ekelhafter, braungoldener Farbe blickte, dessen Haar flüchtig dunkel gefärbt war, an seiner Seite ein Weibchen der gleichen abscheuerregenden Spezies, der Körper entstellt mit den abstoßenden sekundären Geschlechtsmerkmalen eines protosimianischen Weibchens. Er spürte den hassenswerten, entsetzten Blick auf seinem Gesicht und Wellen von Emotionen, Ekel, Ablehnung...

Der Kontakt brach ab. Schwitzend realisierte Dane, daß er einen Moment lang in totalem geistigen Kontakt mit dem Albinotelepathen gestanden hatte, sich selber durch die Augen des Protosauriers gesehen hatte. Ihm schoß eine Zeile eines terranischen Dichters durch den Kopf: *Oh, würde uns die Hexe die Macht verleihen, uns selbst zu seh'n wie die andren uns...* Wie viele Wesen konnten es wohl häufiger als einmal ertragen? Wenn die Welt dieser armen Kreatur so erscheint – kein Wunder, daß es alles und jeden haßt!

„Dein Mitleid ist ebenso abstoßend wie dein Äußeres", sagte der Weitsprecher grob, „doch jetzt kann ich ausmachen, was euch passieren würde, wenn die unzureichenden Kommunikatoren vollständig versagen oder eure Dummheit es euch verbietet, angemessene Informationen weiterzugeben." Erschöpft schwankte er in dem Gehgerät. „Ich muß mich jetzt zurückziehen, um mich von eurer vergiftenden Anwesenheit wieder zu reinigen."

Keiner sagte ein Wort, während sich die zitternde Kreatur mühselig und unter Schmerzen aus der Kabine schleppte. Doch Rianna trat näher zu Dane, streckte ihm ihre Hand entgegen, und seine Finger umschlossen die ihren. Die Berührung, das rasche, mitfühlende Lächeln verminderten irgendwie den abstoßenden Selbsthaß, den der Kontakt mit dem Weitsprecher bei ihm ausgelöst hatte.

Dravashs Stimme war noch sanfter als gewöhnlich. „Der arme Bursche ist nicht so schlimm wie es scheint. Eigentlich ist er sehr gutmütig. Er würde keiner Fliege etwas zuleide tun, ehrlich."

Aratak sagte rätselhaft: „Ich bin glücklich, daß Intelligenz so viele Formen kennt. Ohne Zweifel ist es gut für euch beide, den Weitsprecher und dich, daß zwischen euch Kontakt möglich ist. Ich bin ebenso froh, daß der Bund kein ebensolches Band zwischen ihm und mir fordert." Er schüttelte sich wie ein großer Hund, der aus einem Sumpf auftaucht, und sagte zu dem Prrzetz-Kapitän, der die ganze Zeit über starr auf die Bildschirme und Computerausdrucke geblickt hatte: „Zeigt uns bitte, wo wir landen werden."

Der katzenhafte Prrzetz drückte ein paar Knöpfe, und die verschwommenen Bilder des unter ihnen liegenden Landes vergrößerten sich um das Zehnfache, das Hundertfache, das Tausendfache, schienen aus dem Bildschirm zu springen, als fielen sie mit hoher Geschwindigkeit auf den unter ihnen liegenden Planeten herab: eine Illusion, das wußte Dane, aber eine so vollständige, daß er und selbst Rianna nach Luft schnappten.

„Hier", sagte der Kapitän, „in der Nähe des Nordostrandes des großen Hauptkontinents. Wenn ihr Glück habt, wird euch die Fähre nur ein paar Meter von der kleinen Station entfernt absetzen, die man für das verlorengegangene Beobachterteam erbaut hat. Dort werdet ihr bis zum Tagesanbruch sicher und ungesehen sein."

„Und Ihr glaubt, wir können unbemerkt dort niedergehen?" fragte Dane.

„Ich glaube schon", sagt Dravash. „Wenn wir dann weiterziehen wollen, werden wir uns als Reisende ausgeben, die von Raife kommen, das, wie Ihr wißt, weit weg an der Westküste liegt."

Das stimmte, dachte Dane, als ihn eine Erinnerungswelle aus dem Intensivkurs mit Lerneinheiten und Hypnoprogrammen überspülte. Den Eingeborenen von Kharam dort unten würden Reisende aus Raife so exotisch und seltsam vorkommen wie – er suchte nach einem passenden Vergleich für die Erde – ein Chinese in Venedig zur Zeit Marco Polos. Raife liegt für sie so weit entfernt und ist außerdem durch eine gewaltige Schlucht abgetrennt, die den Kontinent fast in zwei Hälften spaltet, daß kleinere Fehler in Sprache und Verhalten der Entfernung zugeschrieben werden.

Rianna dachte ähnlich, doch sie gelangte zu anderen Schlußfolgerungen. „Macht uns das nicht noch verdächtiger als wir ohnehin schon sind, Dane – mit Aratak dabei?"

Dravash sagte scharf: „Wir können uns einfach nicht so perfekt verkleiden oder die Sprache so exakt sprechen, um nicht irgendwie fremd zu wirken. Es gibt keine Möglichkeit, wie die Eingeborenen des Regenwaldes von Kharam auszusehen. Da wir nicht unverdächtig sein und uns nicht in die Landschaft einpassen können wie eine Tarnkatze..." – Dane erschauderte bei dem Gedanken, was die Translatorscheibe aus dem wildesten Raubtier des Regenwaldes von Kharam machte – ...können wir uns auch so verdächtig geben wie irgend möglich, und niemand wird glauben, wir hätten etwas zu verbergen."

Dane hielt das für einen wichtigen psychologischen Punkt, doch es verschaffte ihm immer noch eine Gänsehaut. Plötzlich erkannte er das Gefühl. Es war ungefähr das gleiche wie am Abend vor ihrer Landung auf der Welt der Jäger: Aufregung und eine sonderbar angespannte Furcht, die ihn überwältigten, ihn für die kleinen Dinge sehr empfänglich werden ließen. Es war keineswegs unangenehm, eher im Gegenteil.

Er fragte sich: *Bin ich adrenalinsüchtig? Werde ich durch Gefahren irgendwie high?*

Rianna hat mir das vorgeworfen ... Ungeduldig schob er den Gedanken beiseite, während ihn Dravash in einen kleinen Nebenraum des Übergangs zur Fähre wies, die sie absetzen würde. Er sagte: „Hier sind unsere Waffen und Rucksäcke, schon bereit für die Landung."

Still streifte sich Dane seine Sachen über und beobachtete dabei Rianna, die das gleiche tat. An ihrer Hüfte hing in einer Scheide ein kurzes, schweres Messer. Ihr Oberkörper war mit einem enganliegenden Strickanzug bedeckt – ähnlich einem Skianzug. Daneben trug sie einen gewickelten Umhang, der zweimal um sie herumreichte. Man konnte damit, wenn man wollte, den Kopf bedecken oder ihn wie ein Cape von den Schultern herabhängen lassen, wenn es zu warm wurde. Ihr lockiges, schwarz gefärbtes Haar – Dane vermißte die fröhlichen Flammen ihres normalerweise roten Schopfes – war zu einer kurzen Pagenkopffrisur zurechtgeschnitten. Ein leuchtend blaues Tuch war darum herum gewunden. Um ihren Hals baumelten eine Unzahl Schmuckstücke und Amulette wie bei einer Zigeunerin und verbargen den kleinen Mikrokommunikator.

Danes Kleidung war ähnlich. Sein Lederkilt war etwas länger, reichte aber nur bis zum Knie. Das Klappern und Klirren der Amulette und Steine um seinen Hals regte ihn auf, aber wahrscheinlich würde er sich bald daran gewöhnen. Er holte tief Luft, gürtete sein Samuraischwert und schnallte den Gürtel zu der von ihm bevorzugten Höhe, wo er den Schwertknauf leicht erreichen konnte. Wiederholt berührte er ihn, ohne seine Kameraden anzusehen.

Aratak trug ein langes, dünnes Messer, das in der gleichen schmalen Umhüllung getragen wurde wie seine Eßinstrumente und die Bürste für seine langen Zähne. Dravash hatte ein langes, häßliches Messer, fast wie eine Machete.

„Scheint mir nicht die beste Vorbereitung", sagte Aratak gedankenvoll, „nur ein einziges Team zu schicken. Man könnte meinen, wenn eine Mannschaft schon spurlos verschwunden ist, wäre es klüger, zwei oder drei Untersuchungsabteilungen zu senden, um herauszufinden, was dort vor sich geht."

Dravash sagte beunruhigt: „Natürlich wäre das besser gewesen! Aber wir konnten nicht genügend Leute finden – zumindest nicht genügend Leute, die entsprechend in den Überlebenstechniken unter derart primitiven Bedingungen ausgebildet sind. Wenn man noch bedenkt, daß wir auf Protosaurier und Protosimianer beschränkt sind und uns nicht unter den abenteuerlustigen Rassen umsehen konnten...“ fügte er mit einem Blick auf den Prrzetz-Kapitän hinzu. „Glaubst du wirklich...?“

Er brach ab, aber Dane war sich sicher, er hatte eine taktlose Bemerkung im Sinn gehabt, etwa wie: Glaubst du wirklich, wir hätten sonst eine so wichtige Mission den Protosimianern anvertraut?

Dane fragte sich, wie eine Galaktische Zivilisation jeglichen Abenteuersinn verloren haben konnte.

Es lag an der Zivilisation selbst, dachte er. Vielleicht war das die Antwort. Die Leute waren von Anfang an Komfort und Bequemlichkeit gewöhnt. Jetzt, da jeder hatte, was er brauchte, um sich das Leben zu erleichtern, gab es einfach zuviel zu riskieren. Wenn das Leben ausschließlich aus Gefahr besteht und sowieso schwer zu ertragen ist, stellt das Todesrisiko nur eine weitere Art dar zu sterben, da der Tod ohnehin immer in der Luft liegt. Aber in einer Gesellschaft wie der jetzigen war das Leben einfach zu wertvoll, um es zu riskieren.

Dieser Gedanke erschien Dane unendlich deprimierend. Wenn das Leben besser, glücklicher, sicherer wurde – verlor es dann nicht gleichzeitig an der Schärfe, die es erst lebenswert machte?

Oder kennen die meisten Menschen diesen Grat einfach nicht? Ist es etwas, was den primitiven Nostalgikern wie mir vorbehalten bleibt? Sicher, auch auf der Erde mußte ich mich immer weiter von der Zivilisation entfernen, um etwas so Aufregendes zu finden, daß ich überhaupt das Gefühl bekam, am Leben zu sein...

Nun, jedenfalls befand er sich im Moment an der Schwelle zu einem Abenteuer. Wieder berührte er die Scheide des Samuraischwertes mit unruhigen Fingern, wollte Rianna an sich ziehen, Schulter an Schulter, um diesen Augenblick mit ihr zu teilen. Aber er wußte, es würde die Protosaurier ärgern und verlegen machen: sie würden es lediglich wieder als ein Zeichen der groben und unangemessen häufig ausgeübten Sexualität der Protosimianer verstehen. Daher lächelte er sie nur an und wartete ab.

Eines nach dem anderen stellte er sich die möglichen vor ihm liegenden Abenteuer vor. Die riesigen tigerartigen Bestien, von Dravash Tarnkatzen genannt, die sich irgendwo im Regenwald versteckt hielten und sich ohne Vorwarnung auf sie stürzen würden. Die Existenz dieses nicht sonderlich intelligenten Protofelinen auf Belsar IV. Es lebte von Affen und Halbaffen – von denen es aus irgendeinem Grund jede Menge gab – und hatte nichts dagegen, von Zeit zu Zeit ein Mitglied der obersten Gattung der Protosimianer zu verspeisen, nämlich einen Menschen, wenn es dessen habhaft werden konnte.

Ein Schwert, dachte Dane, *würde mit den Tarnkatzen recht gut fertig werden.* Aber er wünschte sich, Riannas Messer wäre länger.

Dravash hatte gesagt, sie besäßen die unangenehme Eigenschaft, von Bäumen auf einen herabzuspringen...

Dann gab es noch eine Raubtierart, vor der sie in den Informationslektionen gewarnt wurden: eine schleichende, geräuschlose Kreatur, nicht unähnlich den Vielfraßen des Polarkreises auf der Erde. Diese Spezies kämpfte bis zur Verzweiflung, und auch ein letzter Biß konnte noch töten. Glücklicherweise waren sie selten...

Dravash fragte den Prrzetz-Kapitän: „Haben die Experten die metallischen Relikte analysiert, die man hier vor zwei Umdrehungen gefunden hat? Wenn es ein Teil eines Mekhar- oder eines Kirgon-Raumschiffes gewesen ist..."

Der Prrzetz schüttelte den Kopf. Die Barthaare flogen dabei zur Seite. „Keine Angst, Dravash. Die Strahlungsdaten haben gezeigt, daß es alt, sehr alt ist...wahrscheinlich älter als die gesamte Zivilisation auf Belsar IV. Es muß vor Tausenden von Generationen von irgendeinem Raumschiff des Bundes abgestoßen worden und seitdem durch den Raum getrieben sein. Wahrscheinlich finden es die Historiker interessant. Ich habe empfohlen, es an ein Museum zu schicken." Er gab ein sonderbares, schnurrendes Geräusch von sich. „Ich schlage vor, Freunde, daß ihr euch darauf vorbereitet, die Fähre zu besteigen, wenn ihr noch vor Sonnenaufgang auf der Beobachterstation landen wollt. An der Ostküste des Kontinents zieht schon die Dämmerung herauf." Er deutete auf die vorwärts rückenden Lichtstreifen über dem Planeten, die auf den Bildschirmen hinter der durchsichtigen Wand zu sehen waren.

Dane griff nach Riannas Hand, als sie sich in das kleine Transferschiff begaben. Sie sagte: „Was ist, wenn wir bei der Landung beobachtet werden?"

„Was dann?" fragte Aratak. „Auf einem derart primitiven Planeten wird jeder uns, auch wenn wir bei hellem Tag landen, glauben, er habe eine Illusion oder einen Tagtraum gehabt, oder mystische Götter besuchten ihn. Denk daran, was uns Dane von Landungen auf seiner Welt erzählt hat."

Das Landungsschiff war klein, kaum zehn Meter im Durchmesser und fast scheibenförmig. Das war, wie Rianna Dane einmal gesagt hatte, die günstigste Form, um auf den Schwerkraftfeldern eines Planeten gleiten zu können. Rianna und Dane kletterten durch die Luke; Dravash folgte ihnen, und schließlich zwängte Aratak seinen riesigen Körper durch die Tür, die nicht auf jemanden seiner Größe zugeschnitten war. Auch er trug gestrickte Schals und Tücher sowie eine Reihe von Amuletts und Schmucksteinen um seinen mächtigen Hals. Darunter verborgen war, neben dem Gegenstück zu den Kommunikatoren, wie sie Rianna und Dane trugen, ein auf das Kräftefeld der Beobachterbasis abgestimmter Resonator, der es für Nichtbeteiligte unsichtbar machte. Innerhalb der Landefähre gab es keine Sitzplätze, die Aratak aufnehmen konnten, ohne daß er sich zusammengerollt hätte. Dane hatte beobachtet, wie er versucht hatte, sich auf die normalen Möbelstücke in der Kabine des Prrzetz zu setzen. Am ersten Tag in der Kabine hatte er einiges zerbrochen. Daher rollte sich der Echsenmann auf dem Boden zusammen.

Rianna sagte: „Wenn ich doch nur einen Recorder oder einen Schreiber dabei hätte. Es muß hier faszinierende Dinge geben..." Doch sie seufzte, denn sie wußte, daß sie sichtbare Geräte, die offensichtlich von einer anderen Welt stammten, nicht mitführen durfte. „Und der Mikroverkleinerung sind eben Grenzen gesetzt. Es wäre himmlisch, wenn man eines Tages einen Recorder entwikkelte, den ich in einem Armreifen verstecken könnte."

Dane sagte: „Du mußt einfach dein Tagebuch sehr genau führen." Doch sie blickte ihn verständnislos an, und Dane fiel plötzlich ein, daß er Rianna noch niemals hatte schreiben sehen. Ihre Notizen und Unterlagen wurden auf winzigen Spulen aus dünnstem Draht festgehalten, einem hochentwickelten „Erinnerungsaufzeichner", der trotz seiner minimalen Größe die Spur hielt und sich niemals verhedderte. Er konnte nicht nur ihre Stimme aufzeichnen, sondern in irgendeinem Prozeß, den Dane nicht begriff, auch Bilder wiedergebeben, wenn man ihn an die entsprechenden Abspielgeräte anschloß. Er war klein – Taschenformat –, doch das war zur Zeit offensichtlich die äußerste Grenze an Verkleinerung, und für diesen Trip war es einfach zu groß.

Das wäre aber sonderbar, wenn sie *wirklich* nicht schreiben könnte, dachte Dane. Er mußte sie danach fragen... dann vergaß er es wieder, als sich auf dem Sichtschirm vor ihnen die Wolken und Bänder der Kontinente langsam in Wasser- und Landflecken aufteilten, in sanfte Berge und dichte Vegetation, eine Schlucht, die bei flüchtigem Hinsehen mindestens zweimal so tief wie der Grand Canon aussah – aber mehr als einen raschen Blick konnte er auch nicht erhaschen. Langsam entwickelte sich alles zu einer Landschaft. Sie schwebten ein paar tausend Meter über einer dichtbewaldeten Gegend, in der sie schwach die grün gesäumte, sich windende Linie eines Flusses erkannten.

Der Pilot der Landefähre, ein junger Prrzetz mit gestreiftem Haar, das wie dichtes Fell über seiner Stirn wuchs, handhabte die Meßinstrumente und Schalter mit eleganten langen Krallen. „Ich kann euch so dicht wie möglich bei der Basis des Bundes absetzen", sagte es – Dane hatte keine Ahnung, ob es weiblich oder männlich war. Protosimianer konnten das auf einen Blick schwer erkennen. „Das Ortungsgerät funktioniert noch. Was kann wohl mit den Leuten dort geschehen sein?"

„Genau das", sagte Dravash grimmig, „müssen wir herausfinden."

Sanft und ruhig landete das Schiff. Dravash sagte mit einem raschen Blick, der sie alle vier einschloß: „Wenn wir gelandet sind, werden wir ab sofort die Eingeborenensprache von Kharam sprechen. Ihr alle habt sie von den Tonbändern perfekt gelernt, und es kann sein, daß man uns belauscht. Ich möchte kein Wort mehr in einer Sprache des Bundes hören, auch nicht, wenn wir alleine sind, sonst werden wir unvorsichtig. Verstanden, Kollegen?"

Aratak sagte: „Eine kluge Vorsichtsmaßnahme."

„In Ordnung", meinte Dane. Nur Rianna murrte.

„Ich sehe dafür keinen Grund. Wenn wir eine unvertraute Sprache benutzen, werden dann die Eingeborenen von Kharam nicht vermuten, es sei jene, die in Raife gesprochen wird?"

„Wir können aber nicht voraussetzen, daß irgend jemand die Sprache von Raife nicht besser als wir selber beherrscht“, sagte Dravash nüchtern. „Außerdem, verehrte Kollegin, besteht eine meiner Pflichten darin, herauszufinden, ob es auf dieser Welt Invasoren gibt, Mekhar, Kirgon oder Unbekannte, die nicht hier sein sollten. Ich brauche wohl nicht zu erwähnen, daß unsere Leben keinen Pfifferling mehr wert sind, wenn wir ein Wort in einer der Sprachen des Bundes reden. Und es gibt solche illegalen Fremden hier.“ Er klappte die Zähne aufeinander, als habe er nach einer Fliege geschnappt.

Rianna zuckte beim Anblick der riesigen Zähne zusammen.

„Das verstehe ich. Gut, Dravash, du bist hier der Boß.“ Sie duzten sich jetzt. Dane berührte wieder den Knauf des Samuraischwertes. Es fühlte sich fest an, ja, lebendig.

Man wird leicht abergläubisch, wenn man denkt: So lange ich dieses Schwert bei mir trage wird es mir gutgehen...

Er schulterte den Rucksack und schnallte ihn fest. Die anderen folgten seinem Beispiel, wobei die beiden Protosaurier ihn sich um die Hüften schnallten – oder dort, wo nach menschlichem Verständnis die Hüften waren.

Nicht gerade viel, um einem seltsamen und gefährlichen Planeten zu begegnen...

„Laß mich zuerst gehen“, sagte Aratak mit schiefem Gesicht, als man die Luke öffnete. Dabei gab er einen leisen, heulenden Ton von sich. „Wenn ich steckenbleibe, könnt ihr mich schieben.“

Sein Körper füllte die Tür vollständig aus. Dane wurde ungeduldig, als der Protosaurier sich abmühte, seinen Schuppenkörper hindurchzuzwängen. Eine neue Welt wartete auf ihn...er wußte, niemals würde er dieses sonderbare Gefühl von Erstaunen und Verwunderung verlieren. Rianna würde es niemals so empfinden. Von Kindestagen an war sie mit der galaktischen Zivilisation aufgewachsen, mit neuen Welten um sie herum. Aber Dane war in einer Welt groß geworden, in der man nicht glaubte, daß es auf anderen Planeten intelligente Wesen gab. Er würde es niemals für selbstverständlich halten.

Mit einem angestrengten Grunzen zwängte sich Aratak durch die Luke und betrat den Boden. Durch die Öffnung drang der dumpfe, süßliche Geruch von dichter, feuchter, halb verfaulter Vegetation.

Dane kletterte durch die Luke, ließ sich zwei oder drei Meter tief auf den Boden fallen und landete auf weichem, feuchten Torf.

Es war dunkel, die undurchdringliche Dunkelheit vor der Morgendämmerung. Er befand sich auf einer kleinen Lichtung, die einen Durchmesser von kaum hundert Metern hatte. Am Rande erhoben sich dicke Stämme. Dane hörte aus dieser Richtung leises Scharren und andere, unerklärliche Geräusche, Rufe von Vögeln im Halbschlaf, fühlte die feuchte Luft auf seinem Gesicht. Es regnete leicht, ein weiches, warmes Tröpfeln. Gerade noch konnte er die dunklen Baumkronen erkennen; dahinter lag eine Dunkelheit, in der alles lauern konnte...Rianna landete neben ihm. Seine Hand fand den Schwertknauf, und er spürte, ohne es sehen zu können, daß ihre Hand das Messer umklammerte. Neben ihnen war Dravash als dunkler Fleck zu erkennen, und er spürte sehr schwach den sonderbaren, eidechsenartigen Moschusduft des Sh'fejjs.

Dravash sagte in der Sprache der Kharam: „Wir müssen hier weg. Die Landefähre braucht Platz, um abheben zu können." Mit ruhiger Präzision streckte er die Pfote aus und faßte sie an. Seine trockenen Klauen berührten Riannas Finger und Danes Schulter. Rianna spürte, daß seine andere Pfote Aratak im Dunkeln gefunden hatte.

„Hier entlang."

„Hier entlang", kam ein geisterhaftes Echo.

„Du bist der Anführer", sagte Rianna in der Sprache der Kharam, doch Dane hörte wieder das geisterhafte Echo: *Du bist es, der das Recht hat, Befehle zu erteilen...* Er wußte, was geschah. Riannas Translatorscheibe tief in ihrer Kehle fing alles auf, was sie sagte, und übersetzte fortlaufend. Danes Translator fing dies auf. Was er mit den Ohren hörte, waren Dravash oder Rianna, die die rauhe Sprache von Kharam sprachen, die er mit Hilfe der Tonbandlektionen gelernt hatte. Aber was er durch den Translator – der so sehr zu einem Teil von ihm geworden war, daß er vergessen hatte, wie es ohne ihn gewesen war – unterschwellig spürte, waren Riannas Worte in ihrer eigenen Sprache oder wie sie die Translatorscheibe wiedergab.

Gespenstisch. Er würde sich daran gewöhnen, doch es war das erste Mal seit der Implantation der Scheibe, daß er sich dessen bewußt wurde. Das Gerät funktionierte nicht durch Telepathie – die

Technologie war völlig jenseits von Danes Verständnis, wenn ihm Rianna auch mehrere Male das Prinzip zu erklären versucht und sich aufgeregt hatte, als er es nicht begriff. „Es ist *absolut* simpel", hatte sie gesagt – aber es war keine Telepathie, und Dane war darüber froh. Seine einzige Erfahrung mit einem Telepathen, mit dem Weitsprecher, hatte ihm klargemacht, daß Telepathie für normale Spezies wahrscheinlich unerträglich war. Die wenigen Rassen, die diese Fähigkeit hatten, waren so fremdartig, daß wiederum nur wenige andere Gattungen mit ihnen kommunizieren konnten.

Nein, das stimmt nicht. Dallith war Telepathin gewesen, eine Empathin von Spika IV – wir haben mit ihr interagiert, wir haben sie geliebt... Dane schnitt diesen Gedanken ab. Er wurde wütend, weil er sich so gehenließ. Er durfte nicht an Dallith denken, die wunderschöne, verlorene Dallith, die er geliebt hatte und die während des letzten Kampfes auf dem Roten Mond gefallen war.

Die vier Mitglieder der Expedition bewegten sich langsam auf den Rand der Lichtung und damit den Schutz der tropfenden Bäume zu. Es war so dunkel, daß sie von dem Abheben der Landefähre lediglich das Brummen vernahmen, die Fähre selbst aber nicht sehen konnten. Doch sie spürten den Hitzeschub, den sie hinterließ, und die Vibration ließ Danes Zähne und sein Trommelfell zittern.

Rianna sagte verhalten: „Wenn es wirklich Kirgon oder Mekhar auf diesem Planeten gibt, dann haben sie Infrarotsucher..." Sie mußte das Wort in der Sprache des Bundes sagen, und Dravash runzelte die Stirn, schwieg jedoch, weil er wußte, es gab kein entsprechendes Wort in der Belsar-Sprache. „...Wir haben dann für sie eine Spur hinterlassen, die sie selbst von den Polen aus erkennen können."

Und wieder kam das geisterhafte Echo ihrer Stimme durch Danes Translatorscheibe.

Er bekam eine Gänsehaut, als sie die Bäume erreichten. Die Informationsbänder hatten nicht nur von den Tarnkatzen berichtet, die sich von den Bäumen auf leichtsinnige Beute herabstürzen, sondern auch von Schlangen, giftigen und solchen, die ihre Opfer erwürgten. Auch sie konnten von den Bäumen herabhängen...

„Der Stützpunkt des Bundes liegt in dieser Richtung", sagte Dravash in Kharam – und wieder der mitlaufende Kommentar von seinem Translator: *Hier entlang* ...Dane versuchte, es auszublenden. Es lenkte ihn sehr ab. Langsam und mit verschränkten Händen bewegten sie sich zwischen den Bäumen dahin. Danes Hand umklammerte den Schwertknauf. Der sonderbare Geruch eines fremden Dschungels überflutete Nase und Gehirn, und er hatte das Gefühl, das Zittern eines jeden einzelnen Nervs zu spüren.

Aratak fingerte an seinen Ketten und Anhängern herum. Es rasselte metallisch. Eine hielt er hoch, und Dane erkannte unter der verzierenden Schnitzerei den Kraftfeldschlüssel, der so wie ein Amulett aussah.

„Dravash, paß auf. Das Kraftfeld ist noch eingeschaltet, arbeitet in voller Stärke und ungestört. Eigentlich hätte nichts hindurchkommen können. Es gibt kein technisches Gerät auf diesem Planeten, das ein Kraftfeld Stufe eins durchbrechen könnte, ganz zu schweigen eines der Stufe drei, das wir vor uns haben. Daher müssen sie den Ort freiwillig verlassen haben. Anstatt von der anderen Seite des Feldes her, von eingeborenen Eindringlingen angegriffen worden zu sein, ist ihnen draußen etwas zugestoßen."

„*Vorausgesetzt,* es gibt wirklich kein technisches Gerät dieser Art", erinnerte sie Dravash.

Im Osten wurde es hell. Blitze und Streifen weißlicher Helle erleuchteten den Himmel, und von einem hohen Zweig herab ließ ein Vogel seinen hellen Ruf ertönen. Irgendwo in der Ferne hörte man schweren Flügelschlag. Der Regen hörte auf, und vom Boden stieg dampfende Hitze auf. Dane fühlte sich klamm und feucht, doch Aratak reckte sich wohlig und schien Wärme und Feuchtigkeit zu genießen.

„Da ist der Stützpunkt", sagte Dravash und hielt den Kraftfeldschlüssel hoch. Dane sah nichts außer widergespiegelten Dschungel, aber plötzlich, als Aratak einen Schalter betätigte, der wie eine grobe Schnitzerei wirkte, verschwamm das Bild, bewegte sich, und der reflektierte Regenwald hob sich ein wenig, zuckte und enthüllte eine Linie sorgfältig angebauter Pflanzen, grün und scharlachrot, mit Chlorophyll und Zyanophyll. Man erkannte dahinter flüchtig niedrige Hütten, die zu schwanken schienen und schnell wieder verschwunden waren.

„Nehmt eure Schlüssel", erinnerte sie Dravash. Dane drehte den Kraftfeldschlüssel mit der Hand, und der wogende Dschungel war verschwunden. Er ging auf die Häuser zu. Rianna verschwand hinter dem wogenden Dschungelvorhang und tauchte dann ebenso plötzlich auf, als ihr Schlüssel das Vibrationsfeld herabsetzte. Jeder ohne einen solchen Schlüssel würde, mit leicht verdrehtem Ortssinn durch die Vibration des Feldes, einfach um den versteckten Stützpunkt herum gehen und ihn überhaupt nicht erblicken, gar nicht wissen, daß er sich dort befand. Er würde das Gefühl haben, vollständig geradeaus gegangen zu sein.

Jetzt befanden sie sich alle innerhalb des Feldes. Jenseits des Kreises war Leere. Auch der Dschungel war nicht mehr zu sehen, und Dane hörte, wie Rianna tief Luft holte, sah sie den Griff um das Messer lockern. Ihre Knöchel waren weiß vor Spannung. Er legte ihr eine Hand auf die Schulter, weil er wußte, was sie fühlte. Hier waren sie sicher. Keine wilden Tiere oder Raubvögel konnten durch das Kraftfeld gelangen.

Sie waren in Sicherheit.

Eine Zeitlang. Bis das, was hereingelangt war, um die Originalbesatzung des Stützpunktes zu schnappen, hindurchbrechen würde...

„Da ist das Hauptgebäude“, sagte Aratak. „Laßt uns hineingehen und nach irgendwelchen Spuren suchen, die darauf hindeuten, was geschehen ist – ob sie nun freiwillig hinausgegangen sind, einfach den Stützpunkt verlassen haben, um niemals zurückzukehren, oder ob sie entführt wurden. Wenn etwas dergleichen geschehen ist, muß es Anhaltspunkte dafür geben. Vielleicht liegen ihre Leichen auch noch dort drinnen.“

„Das tun sie nicht“, sagte Dravash. „Das hat das erste Team schon herausgefunden.“

Dane hörte, wie Rianna den Atem anhielt. Es wurde jetzt hell. Doch sie sagte nichts. Er griff nach ihrer Hand und erinnerte sich. Die erste Mannschaft war wie die Originalbesatzung spurlos verschwunden...

Nun, um dieses Geheimnis zu lüften, waren sie hier.

„Bevor wir die Gebäude betreten“, sagte Aratak, „laßt uns den Prrzetz-Kapitän davon informieren, daß wir sicher hier im Stützpunkt angekommen sind.“

„Ein guter Gedanke“, meinte Dravash und zog seinen Kommunikator heraus. Er sprach hinein. Seine breite, dunkle Stirn legte sich in Falten, und seine Augen blitzten verärgert.

„Was ist denn das?“ Er schüttelte das Gerät, sprach noch einmal hinein und sagte schließlich: „Was ist das? Aratak, gib mir deinen Kommunikator.“ Er nahm ihn von dem Riesen entgegen und wiederholte den Prozeß. Dann nahm er stirnrunzelnd Danes und schließlich Riannas Gerät. Zuletzt seufzte er.

„Vielleicht ist es die Feuchtigkeit oder irgendeine elektrische Strömung in der Atmosphäre. Alle Kommunikatoren scheinen jedenfalls die gleichen Störungen aufzuweisen. Ich muß auf den Kontakt des Weitsprechers warten und ihm meine Gedanken übermitteln.“

„Das Göttliche Ei – möge seine Weisheit andauern – hat zu Recht gesagt, daß alles, was die Klauen der Menschheit produziert haben, versagen kann, denn allein der intelligente Geist ist vertrauenswürdig.“ Aratak zog eine Grimasse und fügte hinzu: „Ich hätte es vorgezogen, diese Maxime nicht so bald bestätigt zu sehen.“

Das war also der Nutzen, den ihnen die ausgefeilten Kommunikationsgeräte brachten, dachte Dane. Sie waren allein auf Belsar, ohne Kontakt zum Galaktischen Bund – außer durch einen Telepathen, der sie aus tiefster Seele haßte.

„Kommt“, sagte er grob, „laßt uns hineingehen und nachsehen, was für nette Überraschungen sonst noch auf uns warten!“

4

Das Hauptgebäude war vorn offen, eine Art riesige Veranda voller rätselhafter Formen. Eine offene Tür, groß genug für Dravash, aber zu klein für Aratak, führte sie in den dunklen Innenraum. Rianna befand sich schon auf der Veranda, und Dravash fingerte nach einem Lichtschalter, doch Dane sagte: „Wartet.“ Er ging zurück zum Rand der Umfriedung, wo das Kraftfeld seine unsichtbaren Vibrationen abstrahlte.

Er hatte sich während der Reise hierher immer wieder die rätselhafte letzte Botschaft von diesem Stützpunkt angehört. Der Großteil des Bandes bestand, ähnlich einem Schiffslogbuch, aus langweiligen Bemerkungen über das Wetter – nach dem Motto ‚Glasen acht, alles bedacht‘ –, Routineberichten über Sonnenflecken und kleine Abweichungen der Sonneneinstrahlung, alles von geringem Interesse für Leute, die nicht Astronomen waren, und selbst für diese recht langweilig. Dann kam die plötzliche Unterbrechung durch eine zweite Stimme, die eine Frage stellte. Nicht einmal eine angstvolle, sondern einfach eine neugierige Stimme: *„Sieh mal! Sind das Eingeborene? Wie sind denn die hier hereingekommen? Stimmt etwas nicht mit dem Kraftfeld?"*

„Nein, Eingeborene können es nicht sein. Es sind..."

Dann Stille. Keine Unterbrechung. Keine Schreie. Nicht einmal das Klicken eines Schalters. Nur das leise Zischen der Aufzeichnungsmaschine, die bis zum Bandende arbeitete.

Nicht ein einziger Hinweis. Dane schauderte, weil er wußte, er stand genau auf dem Fleck, wo ‚sie', die keine Eingeborenen waren, die Aufmerksamkeit des Beobachters innerhalb des Stützpunktes auf sich gelenkt hatten. Eine Sekunde lang beugte er sich dummerweise nieder, um nach Spuren zu suchen, dann verdrängte sein Verstand diesen Gedanken. Regen und das Wetter in den letzten drei Monaten würden jedwede Spur der Eindringlinge fortgewaschen haben. Er ging zurück zu der Veranda – es war eher eine Art Gang um das Haus in Erdgeschoßhöhe. Der Boden war festgestampft und trug spärliches, verdorrtes Gras, das dünner wurde, als sie sich den bedeckten Maschinen näherten, die an der Außenwand aufgereiht waren. Dane fragte sich, warum man sie nicht nach innen gestellt hatte, wo man die Vorteile der Klimaanlage hatte.

Aber weder Aratak noch Dravash schien die Hitze etwas auszumachen, und die Beobachter des Bundes waren ebenfalls größtenteils Sh'fejj oder andere Protosaurier gewesen.

Wenn es hier so kurz nach Sonnenaufgang schon so heiß ist, fragte er sich, *wie werden wir dann die Mittagszeit überstehen können?*

Dravash ging nun an den Maschinen entlang und blickte vorsichtig um sich. Sein riesiger Körper war angespannt wie zum Sprung. Dane dachte bei seinem Anblick an einen hungrigen Tyrannosarus Rex.

Aratak blickte hinter die dunkle Tür. Von jedem Schaltpult der Maschinen dort blitzten Lichter auf. „Was immer ihnen auch zugestoßen ist", sagte er, „sie hatten immerhin Zeit, die Lichter auszuschalten."

Dravash sagte ungeduldig: „Das hat die erste Untersuchungskommission gemacht." Seine Stimme hatte ein sonderbares Echo in Danes Übersetzungsgerät. „Erinnere dich an ihren Bericht, der besagte, daß in einigen Lebenseinheiten das Licht und die Klimaanlage eingeschaltet waren, wenn ich auch nicht einsehe, wozu sie in diesem phantastischen Klima eine Klimaregulierung gebraucht haben."

„Sollen wir ihren Kommunikator versuchen?" fragte Rianna und deutete auf das Gerät. „Das erste Untersuchungsteam hat ihn benutzt."

Dravash machte eine kaum wahrnehmbare, erstaunte Bewegung. Er wirkte so überrascht, wie Dane es wohl gewesen wäre, wenn ihn seine Hauskatze plötzlich angeredet und ihn an etwas erinnert hätte. „Sicher", grunzte er und trat zu einem Gerät an der Außenwand des Gebäudes, das wie ein geschlossenes Klavier aussah. „Ich danke dir, Felishtara."

Danke meiner Kollegin, echote Danes Scheibe die Worte, und er schüttelte verwirrt den Kopf. *Felishtara* war eine Ehrenanrede der Kahram, die er für gleichbedeutend mit Lady gehalten hatte.

Dravash öffnete eine Schalttafel vorn an der Maschine und enthüllte einen tiefliegenden konkaven Schirm. Dann hob er den Deckel, wo man die Tastatur vermutet hätte, wenn es ein Klavier gewesen wäre. Darunter befand sich eine Reihe erstaunlicher Knöpfe, doch selbst Dane erkannte den kleinen, beweglichen Gegenstand als eine Art Mikrofon.

„Du wirst dich erinnern", begann er nachdenklich, „daß in der letzten Botschaft der ersten Untersuchungsmannschaft, die sie nach...Ha! Was haben wir denn hier?"

Hier war ein kleiner schwarzer Kristallwürfel, der auf der Schalttafel zwischen zwei Reihen von bunten Knöpfen steckte. Darauf befand sich eine Karte, auf die ein mechanischer Schreiber einige Hieroglyphen gedruckt hatte, die als universell verständliche, geschriebene Zeichen innerhalb der vielgestaltigen Kultur des Bundes dienten. Jedes Symbol stand für einen *Gedanken* und war vollständig unabhängig von einem linguistischen Lautsystem. Es war für Danes Denkweise ungeheuer komplex und viel schwieriger, als dies jedes mögliche universelle phonetische System hätte sein können. Er begann, es zu entschlüsseln, wobei er nur etwa ein halbes

Dutzend der Elementarsymbole kannte – ausreichend, um Fahrstühle, Treppenhäuser, Ruheräume oder protosimianische Restaurants in der Stadt des Bundes finden zu können –, aber Dravash ersparte ihm die Mühe.

„Dringender...Bericht...sorgfältig lesen", las er vor. „Aber jetzt frage ich mich, ist das nur ein Transskript oder das Original?" Er drückte einen Knopf an der Seite des Würfels. Man hörte keinen Ton, aber plötzlich vibrierte Danes Scheibe in der Kehle, nicht stimmhaft, nur als ein krächzendes Geflüster.

Sh'fejj – Kalender acht – vier – null – neun – sieben – drei. Ausbrüten der... Es folgte eine unverständliche Zahlenreihe. Dane vermutete, es handle sich um Zeitpunkt der Ankunft auf dem Stützpunkt auf Belsar IV, eine Annahme, die bestätigt wurde, als die Zahlenreihe endete.

„Fanden bei Ankunft auf Belsar Stützpunkt vollständig verlassen vor. Kraftfeld eingeschaltet. Licht eingeschaltet innerhalb der Gebäude. Keine Antwort auf jede Art von Signalen. Untersucher fanden keine Leichen, keine Anzeichen von Gewalt. Ein paar persönliche Dinge in den Lebenseinheiten waren in Unordnung, dies schien aber eher auf schnelles Verlassen als auf einen Kampf hinzudeuten. Dies sowie andere Anzeichen führten uns zu der vorläufigen Einschätzung, daß sämtliches Personal den Stützpunkt übereilt verlassen hat..."

„Das haben wir schon einmal gehört", flüsterte Rianna. Es war die Übertragung des erstaunlich kurzen Berichts der Untersuchungsmannschaft. Dies mußte das Original sein, von dem das Transskript angefertigt worden war. Dane bekam eine Gänsehaut, als die körperlose, mechanische Stimme ohne Laut direkt in die Scheibe in seiner Kehle hinein flüsterte. *Gespenstisch!*

„Schaltpult der Kommunikationseinheit offen, Schallbox eingeschaltet, Mikrofon an der Leitung. Einige der Verteidigungsmechanismen eingeschaltet." Plötzlich änderte sich der Tonfall des Berichts: „Kurz gesagt, es sieht aus, als habe jeder seine jeweilige Arbeit stehen und liegen lassen und sei spazierengegangen. In einer Lebenseinheit wurde gerade Essen vorbereitet. Es war kalt geworden und verdorben. Auf dem Boden lagen Kleidungsstücke. Im Labor fehlten sämtliche Tiere für Experimente, und die Käfigtüren standen offen, was darauf hindeutete, daß man die Tiere freiließ, bevor das Personal die Einheit verließ, oder man sie mitgenommen hat.“

Dann gab es eine lange Pause, und die vier scharten sich um den Würfel und dachten, die Botschaft sei beendet. Dann begann die Stimme wieder leise in Danes Kehle zu vibrieren.

„Wir verkleiden uns als Eingeborene und machen uns auf den Weg zur Stadt Rahnalor in Kahram. Wir werden versuchen, von dort einen Bericht zu senden. Expeditionsleiter Vilkish F'Thansa.“

Die Stimme brach ab. Danes Haut überzog eine Gänsehaut, während sich das Schweigen in die Länge zog. Eine zweite Mannschaft war spurlos verschwunden – in mechanischer Stille. Niemals würde man von beiden Teams wieder etwas hören... Dravash wollte gerade den Würfel abschalten, als das Flüstern erneut begann, und Dravash wich erstaunt zurück. Seine vorstehenden Augen zwinkerten überrascht. An dieser Stelle hatte nämlich der andere Bericht geendet, war verstummt.

„Vilkish F'Thansa: wahrscheinlich letzter Bericht. Ich zeichne dies hier für das Untersuchungsteam auf, das möglicherweise nach uns hierherkommt. Ich werde den Stimmenwürfel in der Kommunikationseinheit verstecken, die vollständig in Ordnung war, abgesehen von einer einzigen Störperiode. Jetzt arbeitet sie überhaupt nicht mehr. Der Cheftechniker M'Kash Valsaa hat den Apparat eingehend untersucht und gelangte zu dem Schluß, er müsse in Ordnung sein, jedoch könnten wir nicht empfangen. Es ist möglich, das er noch sendet. Falls dies zutrifft, bitte ich Kapitän Javgash, jemanden herunterzuschicken. Aber das kann ich nur hoffen. Mein eigener Kommunikator, den ich eingeschaltet habe, um diesen Bericht aufzuzeichnen, empfängt nicht, und M'Kash und ich können nicht einmal miteinander über die Geräte kommunizieren. Eine gründlichere Inspektion der Lebenseinheiten hat einige merkwürdige Dinge zutage gefördert. Dort stand ein offener Kasten mit Nahrungsmitteln, Eßgerätschaften lagen daneben. Der Schimmel läßt darauf schließen, daß der Esser mitten in seiner Mahlzeit unterbrochen wurde und nie zurückkam. Ich habe das Inventar an Eingeborenentarnungen gecheckt und herausgefunden, daß lediglich drei Männer in dieser Verkleidung den Stützpunkt haben verlassen können, bevor wir kamen. Und dennoch fehlen über zwanzig Mann der ersten Besatzung. Ich habe meine Leute ausgeschickt, die unmittelbare Umgebung abzusuchen, ehe wir nach Rahnalor aufbrechen. Aber ich habe noch keinen Bericht bekommen. Ich kann nur annehmen, daß ihre Kommunikatoren den gleichen Störungen unterliegen wie meiner und der M'Kashs. Ich habe ohne Erfolg versucht, sie zurückzurufen. Offensichtlich funktionieren auf diesem Planeten keine Kommunikatoren – oder falls doch, dann kann ich ihre Signale nicht empfangen."

Kurze, zischende Stille, dann wieder die Stimme des unglücklichen Vilkish F'Thansa – warum, fragte sich Dane automatisch, nahm er ohne Zweifel an, der Leiter der Untersuchungskommission sei unglücklich? Dieses Mal begann die Botschaft mitten im Satz. Was fehlte wohl? Was war herausgeschnitten worden?

„...ohne Anzeichen eines Kampfes und, was am wichtigsten ist, keine Aufzeichnungen von gelandeten Raumschiffen auf den Monitoren und himmelsbeobachtenden Instrumenten. Die einleuchtendste Erklärung, die mir zuerst durch den Kopf ging: daß ein Raumschiff der Mekhar gelandet und die Besatzung vom Stützpunkt gekidnappt habe. Ich habe allerdings alle automatischen Aufzeichnungsgeräte überprüft, und sie zeigen nichts von einem gelandeten Raumschiff, das nahe genug an den Stützpunkt herangekommen wäre, um das Personal der Basis in Gefahr zu bringen, und es gibt auch sonst keinerlei Anzeichen für einen solchen Versuch. Außerdem hätten die Mekhar bei einer solchen Kidnapping-Aktion wohl kaum die Labortiere freigelassen oder mitgenommen. Sie hätten sie dem Hungertod überlassen, weil sie für sie keine Verwendung haben. Ich habe beschlossen, wie geplant nach Rahnalor zu gehen. Vielleicht hole ich meine Mannschaft ein, vielleicht auch nicht. Vielleicht finde ich heraus, was ihnen zugestoßen ist, oder aber ich werde ihr Schicksal teilen. Für diese Entscheidung gebührt mir kein Lob. Hierzubleiben würde mir die gleichen Ängste verschaffen. Ich werde M'Kash zurücklassen, dessen Wunde noch nicht richtig verheilt ist, damit er berichten kann, wenn der Kommunikator wieder zu arbeiten beginnt, und um diesem Bericht nach meiner Abreise noch etwas hinzuzufügen. Mögen die Mütter meines Stammes Gnade mit mir haben! Wenn ich nicht zurückkomme, möchte ich respektvoll darum bitten, daß die Nachricht meines Todes innerhalb der Mauern von F'Thansa aufgezeichnet wird..."

Wie eine Unterbrechung kam ein anderer Sprecher – wenngleich Dane keine Ahnung hatte, wie er wissen konnte, dies sei nur ein anderer Sprecher und nicht mehr das stimmlose mechanische Geflüster von F'Thansa. Vielleicht war es irgendwie ein anderer Rhythmus?

„Kapitän, ist das ein Mensch?"

„Ich weiß es nicht, M'Kash. Es ist ein großes, weißes Wesen, aber größer als jeder Mensch, es sei denn, er hätte ein wahrhaft erstaunlich hohes Alter erreicht!"

Dane blickte Dravash an und erinnerte sich, daß F'Thansa mit ‚Mensch' einen Protosaurier wie sich selbst gemeint haben mußte. Um den zweiten Teil des Satzes zu verstehen, mußte man wissen, daß Saurier nicht im Erwachsenenalter zu wachsen aufhören, sondern bis ins hohe Alter hinein weiter wachsen. Ihre Größe war daher, innerhalb bestimmter Grenzen natürlich, ein Indikator für das Alter.

„Aber weiß? Kapitän, die Einwohner dieses Planeten sind menschenähnlich, aber sie haben unsere Farbe! Ist es eine Erscheinung, eine Illusion, eine deformierte Kreatur wie der Weitsprecher?"

„Bleib hier, M'Kash. Ich werde nachsehen."

Und Stille. So lange Stille, daß Dane die Haare zu Berge standen. Schließlich hörte man:

„M'Kash Valsaa: Normale Verdauungsphase vorüber. Keine weiteren Berichte."

Ein schwaches, surrendes Geräusch deutete das Ende der Übertragung an.

„M'Kash Valsaa: Zwei normale Verdauungsphasen vorüber. Keine weiteren Berichte."

Summen.

Das war alles. Dieses Mal war es wirklich alles. Die Stille dehnte sich aus, und schließlich hörte man auch nicht mehr das leiseste mechanische Zischen von dem Band. Dravash drückte den Knopf. Seine eigene Vorschrift vergessend, grummelte er irgend etwas in Sh'fejj-Sprache, was Danes Translatorscheibe ihm als „Armes, verlorenes Ei!" übertrug. Dann reckte er sich und schüttelte sich und sah noch mehr wie ein lebhafter Tyrannosaurus Rex aus.

„Ich möchte die raumbeobachtenden Instrumente selber überprüfen! Und dann möchte ich, soweit es irgend geht, von diesem Ort weg!“

Dane stimmte ihm eifrig zu, dachte aber, daß er die Instrumente nicht mehr checken würde, wenn er diese Gruppe leitete.

„Das Göttliche Ei...“ begann Aratak, doch Dravash schnitt ihm mit einem ungeduldigen Schnauben das Wort ab.

„Bitte keine Sprüche, Kollege. Bitte. Ich habe zu tun!“

Er ging hinüber zu einer der geheimnisvollen, riesigen Apparaturen an der Wand und begann sie zu untersuchen.

Dane zwang sich zur Entspannung und blickte sich um. Der Regen war in einen feinen Sprühregen übergegangen und auf dem Dach kaum noch vernehmbar. Dane wandte dem Gebäude den Rücken zu – fort von der Tür, in der Hoffnung, das würde das Gefühl verjagen, irgend etwas könnte in der nächsten Sekunde zwischen seinen Schulterblättern landen. Er hatte das unangenehme Gefühl, beobachtet zu werden. Nach dem Abhören des Aufzeichnungswürfels hatte er gehofft, sie würden gar nicht in das Innere des Stützpunktes gehen müssen. Er hielt sich dicht an Rianna, was nicht schwierig war. Die Nähe zu einem anderen menschlichen Wesen gab ihm ein wenig ein Gefühl der Sicherheit. Er hoffte, seine Vernunft würde ihm nicht ständig vorhalten, dies sei eine Illusion. Einigen Instinkten folgte man besser...

Unter dem Vordach wuchs spärliches Gras, das aber in der Nähe der eingelassenen Blöcke heller und noch dünner wurde. Die Blökke waren wahrscheinlich aus Beton und trugen die schweren Apparate. Weiter nach innen bestand der Boden lediglich aus gestampftem Lehm. Plötzlich straffte sich Dane. Spuren! Hier gab es keinen Regen, der sie hätte fortwaschen können, und nichts hatte sie verwischen können, seit das erste Untersuchungsteam dem Stützpunktpersonal in die Schwierigkeiten gefolgt war.

„Bleib hier“, sagte er zu Rianna und kniete sich nahe dem Rand der überdachten Fläche auf den Boden. Aratak hob lebhaft und neugierig den Kopf, aber als er sich Dane nähern wollte, winkte dieser ihn zurück. Dane bewegte sich am Rand der überdeckten Fläche entlang und untersuchte genau den festgestampften Boden. Er schenkte ihren eigenen frischen Spuren genaueste Beachtung, besonders denen der beiden Protosaurier.

Die Erde war trocken und krümelig. Natürlich hatte Wind sie aufgeweht und die Ränder der Spuren verwischt. Schließlich reckte sich Dane und kniete aufrecht an der Ecke.

„Kapitän“, bat er Dravash, „die Leute, die hier gearbeitet haben – waren das alles Saurier! Sie waren doch Sh'fejj, oder?“

„Was sonst?“ fragte Dravash abwesend und blickte nicht von dem Gerät auf.

„Und die Mitglieder der Untersuchungsmannschaft ebenfalls?“

„Ja, sicher.“ Dieses Mal hob sich der schwarze Leguankopf von der leeren bläulichen Scheibe eines unbekannten Instruments, wo sich obskure grüne Linien in bedeutungslosen Kurven schlängelten – jedenfalls erschien dies Dane so. „Hast du irgend etwas gefunden?“

„Ich bin mir nicht sicher.“ Dane runzelte die Stirn über den schwach sichtbaren Spuren vor sich. Er erinnerte sich an eine Zeit, lange, lange her, in Australien, als er einen sehr alten Ureinwohner gesprochen hatte, der noch auf alte Weise Spuren lesen konnte und es Dane beibrachte. Dane hatte zuvor länger als ein halbes Jahr draußen in der Wüste zugebracht. Natürlich hatte er nie auch nur annähernd über die Fähigkeiten des Australiers beim Spurenlesen verfügt, aber dennoch...

„Weißt du etwas Persönliches über sie? Zum Beispiel, ob einer von ihnen so groß wie du oder Aratak war?“

Der Kapitän stieß einen erstaunten, fragenden Ton aus.

„Die meisten, könnte ich mir denken, waren ein gutes Stück kleiner. Das hier ist normalerweise eine Angelegenheit junger Leute. Warum willst du das wissen?“

„Es ist zu lange her, um sicher sein zu können, aber diese Spuren – hier an der Ecke, im Schlamm, wo es einmal hereingeregnet hat und es dann wieder trocknete – deuten darauf hin, daß wenigstens ein Saurier dabei war, der ungefähr Arataks Größe gehabt haben muß. Vielleicht war er sogar größer.“

„Ich verstehe nicht, wovon du redest.“ Dravash verließ das Gerät und kam herüber. Dane deutete auf die Spur, die er entdeckt hatte. Dravash starrte erstaunt auf den Boden, und plötzlich zuckte sein Kopf beiseite. „Warte eine Minute“, sagte er. „Meinst du den Abdruck, den ein Fuß im Boden hinterläßt?“

„Natürlich“, gab Dane zurück.

„Ah", rief Dravash aus. „Jetzt verstehe ich. Ich war mal bei einer gemeinsamen Expedition mit Prrzetz, und einer von denen konnte immer bestimmen, welche Tiere in der Nähe gewesen waren. Er schnüffelte immer über den Boden und roch daran. Mir war es einfach ein Rätsel, wie er das feststellen konnte, aber er hatte immer recht. Er hat versucht, es mir beizubringen, aber ich schien es nicht zu begreifen. Können das die Protosimianer auch?" Durch seine Stimme klang echtes Erstaunen.

Rianna sagte: „Die meisten Jagdwesen entwickeln diese Fähigkeit auf einer primitiven Stufe, Dravash. Wenn man den alten Aufzeichnungen glaubt, konnten es die Leute meiner Gattung auch einmal, aber es ist schon lange verlorengegangen."

Dane verstand unterschwellig, daß sie sagen wollte, er sei primitiver als sie, doch das spielte jetzt keine Rolle. Dravash blickte mit plötzlichem Respekt auf Dane herab.

„Das ist ja wunderbar. Was kannst du uns über dieses Wesen sagen?"

„Nur sehr wenig, Kapitän. Nur daß es ungefähr Arataks Größe und Gewicht gehabt haben muß. Dieser Fußabdruck ist ziemlich alt, aber man kann erkennen, wie tief er war, als er noch frisch war."

Dravash bückte sich wirklich hinab und fühlte mit seiner langen Eidechsenzunge über den Boden. Er versuchte, es zu erkennen. Schließlich richtete er sich mit einem kleinen Zucken wieder auf, dem Gegenstück eines bedauernden Kopfschüttelns.

„Tut mir leid, ich fürchte, Dreck ist Dreck. Das mußte ich schließlich vor Jahren auch meinem Prrzetsfreund sagen. Sag mal, könntest du das Wesen wiedererkennen, wenn du es noch einmal riechen könntest? R'R'sais konnte das."

Dane schüttelte den Kopf. „Meine Leute benutzen lediglich ihre Augen, nicht die Nase."

„Und du kannst wirklich erkennen..." Die Falten über Dravashs Nase zogen sich hoch.

„Sieh mal", meinte Dane und winkte Aratak herbei. „Sieh doch diesen Abdruck und wie lang der Fuß gewesen sein muß. Sieh dir jetzt einmal Arataks Fuß an – die Länge. Hat irgend jemand von deiner Größe oder jemand, der kleiner ist, einen so langen Fuß?"

„Wenn er das hätte, gehörte er in ein Museum für Monster", sagte Dravash.

Rianna fragte: „Bist du ganz sicher, daß nicht Aratak diesen Abdruck hinterlassen hat?" Sie kniete nieder und untersuchte die Spur.

„Dessen bin ich sicher", meinte Aratak und lockerte sein Halstuch, das die großen Kiemenspalten bedeckte. „Ich bin vom Weg hier herübergegangen, direkt zu den Geräten."

„Es ist mit Sicherheit eine alte Spur", sagte Dane. „Sieh doch mal, wie die Ränder zerkrümelt sind."

„Du hast recht", gab sie zu. „Und jetzt sehe ich auch einige Unterschiede in den Zehen – Klauen – was auch immer", endete sie ungeduldig.

„Was bedeutet", schloß Dane, „daß ein Saurier von Arataks Größe oder noch größer – oder das Monster, von dem Dravash redete – zumindest einmal hier gestanden hat, nachdem man den Stützpunkt errichtete."

Dravash murmelte: „Aber jetzt frage ich mich..." und ging zurück zu seinen Maschinen. Aratak trat unter dem Dach hervor und stellte sich in den warmen Sprühregen. Offensichtlich erfrischte er ihn. Rianna kniete immer noch neben dem Fußabdruck.

„Jetzt erkenne ich, wovon du redest", sagte sie, und Dane nickte. „Ich verstehe bloß nicht, warum Dravash das nicht konnte."

„Seine Spezies gehörte niemals zu den Jagdtieren", meinte Rianna. „Vielleicht kann er seine Augen nicht richtig koordinieren, um sie darauf zu zentrieren. Die Sh'fejj brauchten niemals..."

Dravash selber unterbrach sie. Er war von der Maschine mit den erstaunlichen grünen Linien zurückgekommen. Er hatte sie geöffnet und fingerte darin herum. Jetzt hob er ruckartig den Kopf, und er sah fröhlicher aus, als habe er etwas gefunden, was ihm gefiel.

„Ich kann vielleicht mit den Spuren im Schmutz nicht viel anfangen", dröhnte seine tiefe Stimme, „aber ich kann mit einem Aufzeichnungsgerät umgehen! Der arme F'Thansa lag falsch. Vielleicht hatte er keine Zeit mehr für die notwendige umfangreiche Überprüfung oder ging nicht weit genug zurück. Es ist durchaus möglich, daß ein Schiff von einer anderen Welt hier gelandet ist. Ungefähr zehn Standardeinheiten vor dem letzten Bericht des Stützpunktes gibt es Fluktuationen in den Strahlungsaufzeichnungen, die durch kosmische Strahlungen entstanden sein können, ja – aber sie können auch auf die Energieströme eines gelandeten Raumschiffes hinweisen, das ein paar tausend Maßeinheiten von hier entfernt niedergegangen ist. Und der Himmelsschreiber hat etwas aufgefangen, was Ionenablagerungen sein könnten."

Rianna fragte: „Aber wenn es ein Raumschiff gab..."

Wieder zwinkerte Dravash mit den Augen. „Nein, darin hatte er recht. Es gab weder ein Raumschiff noch ein Flugzeug, noch etwas ähnliches, was innerhalb einer meßbaren Distanz dieses Stützpunktes gelandet ist, zumindest nicht bis zu diesem Zeitpunkt, bis die Besatzung hier verschwand – wohin auch immer. Aber das bedeutet, daß sie über Land kamen."

Aratak sagte: „Es fällt schwer, sich vorzustellen, daß die Mekhar das gemacht haben – und auch die Kirgon."

Wieder zogen sich die Augenfalten in die Höhe. „Ich glaube inzwischen, daß dieser Planet von irgendeiner anderen Raumfahrt betreibenden Rasse entdeckt worden ist – eine, die wir noch nie gesehen haben und deren Gebräuche wir nicht kennen. Dieses Sonnensystem befindet sich am Rand der erforschten Gebiete, und da draußen gibt es noch eine Menge Sterne. Es könnte gut sein, daß schlimmere Wesen als die Mekhar sich hier herumtreiben."

Dane fing Riannas Blick auf und fragte sich, ob ihr der gleiche Schauder den Rücken hinabjagte wie ihm. Wenn es eine Raumfahrt betreibende Rasse gab, die schlimmer als die Mekhar war, jene interstellaren Sklavenhändler, die ihn und Rianna gefangen und auf dem Roten Mond abgesetzt hatten, damit sie dort um ihr Leben kämpften, wollte er ihnen niemals begegnen.

Die Mekhar waren Protofelinen. Sie würden auf dieser Welt auffallen wie...wie riesige Ameisenbären mit Kleidern in den Straßen von Danes ehemaliger terranischer Heimatstadt!

Aber vielleicht waren es keine Mekhar. Wieder starrte er auf den riesigen Fußabdruck eines Sauriers, der in Monaten durch Wind und Regen verwischt worden war. Plötzlich erschauderte er, und unfreiwillig fuhr seine Hand an den Knauf des Samuraischwertes an seiner Hüfte. „All dies bedeutet", sagte Dravash und ging zielstrebig auf das Hauptgebäude zu, „je eher wir diesen Stützpunkt verlassen, desto froher können wir darüber sein. Offensichtlich wird er auf irgendeine Weise überwacht. Aber sie haben zwei oder drei

Stunden gebraucht, nachdem Vilkish F'Thansa gegangen ist, und wenn *wir* erst im Dschungel sind, kann man uns nicht so leicht finden. Seid ihr bereit zum Aufbruch? Möchtet ihr noch irgend etwas überprüfen, Aratak?"

Er fragte weder Rianna noch Dane, und Dane runzelte leicht die Stirn. Langsam ging es ihm auf die Nerven. Er war bereit zuzugestehen, daß Dravash diese Expedition leitete. Aber wenn er fortfahren wollte so zu tun, als ob Rianna und Dane nicht anwesend seien...

Aratak trat einen Moment lang in das Hausinnere und ging dort umher. Dane hörte, wie er an ein Möbelstück stieß und schwach brummte. Dann rief er:

„Rianna? Dane?"

Sie folgten ihm hinein. Sein Kopf und ein Teil seiner riesigen vorderen Gliedmaßen steckten in einer Art Wandschrank. Heraus zog er einen langen, blattförmigen Speer.

„Da es hier Tarnkatzen geben kann..." Er benutzte das eingeborene Wort dafür, *Rashas,* doch Dane spürte, wie die Scheibe in seiner Kehle gespenstisch echote: *Tarnkatzen.* „Es wäre mir lieb, wenn ihr dies hier mitnehmen würdet. Es ist nicht so lang wie der, den du auf der Jägerwelt hattest, aber ohne Zweifel wirst du ebensogut damit fertig."

Rianna nahm den Speer, wog ihn und überprüfte seine Ausgewogenheit. „Fühlt sich gut an", meinte sie, und Dane bemerkte ihren zusammengekniffenen Mund. „Danke, Aratak."

Aratak wühlte schon wieder in dem Schrank herum. Mit gedämpfter Stimme sagte er: „Hier sind – ich erinnerte mich an einen früheren Bericht – Gegenstände, die die Eingeborenen hergestellt haben. Unglücklicherweise gibt es nur einen Speer, aber ich weiß, daß dies Riannas liebste Waffe ist. Auch die anderen Gegenstände könnten von Nutzen sein." Er zog ein paar von den macheteähnlichen kurzen Eingeborenenmessern hervor. „Vielleicht sollte sich jeder so eines mitnehmen." Er schnallte sich eines an die Hüfte. Es sah merkwürdig aus. „Dravash?"

Der Sh'fejj zuckte die Achseln. „Könnte nützlich sein, um uns den Weg durch das Unterholz zu schlagen, wenn es sein muß. Und da sie von hier stammen, ist es auch sicher, wenn Dane eines mitnähme. Er könnte dann seine sonderbare Waffe hierlassen."

„Kommt nicht in Frage“, antwortete Dane, und seine Hand umklammerte den Knauf des Samuraischwertes. „Dies hier geht überall mit mir.“ Er führte es nicht weiter aus. Das hatte er schon einmal mit dem Sh'fejj beredet.

Aratak sagte: „Hier scheint es auch ein optisches Gerät der Einheimischen zu geben...“ Er reichte Rianna ein kleines, zusammensteckbares Teleskop.

„Das muß von Dalass oder Sharna sein“, meinte Dravash, womit er zwei Belsar-Städte, nicht weit entfernt von Rahnalor, meinte. „Die Protosaurier dort schleifen Linsen. Ich gebe zu, daß dies und die Waffen von Nutzen sein können, aber ich hoffe, ihr beladet euch nicht mit allzuviel Nutzlosem.“

Aratak zog seine ungeheuren Vordertatzen aus dem Schrank. „Ich glaube, sonst gibt es nichts mehr, was wir gebrauchen könnten. Hauptsächlich Kleider und Schmuck. Aber das Göttliche Ei sagt, daß nur ein Dummkopf etwas unternimmt, ohne sich angemessen auszustatten.“

„Wenn die Sterne so dicht beieinander liegen würden wie deine Sprichwörter“, meinte Dravash, „würden wir keine Raumschiffe benötigen. Und wenn deine Sprüche so weit auseinander lägen wie die Sterne, könnte ich mich in Ruhe auf die notwendigen Einzelheiten dieser Unternehmung vorbereiten. Kommt. Wir müssen hier weg!“

5

Die dichte Vegetation um den Stützpunkt herum war eigentlich eine abschirmende Hecke, die das Kraftfeld umgab. Sie war durch die ursprüngliche Besatzung des Stützpunktes gepflanzt worden, um die leichten Unregelmäßigkeiten durch das Kraftfeld zu verdekken. Dane nahm an, daß das Pflanzen einer Hecke auf einem Dschungelplaneten wie diesem lediglich darin bestand, ein paar Wurzeln in die Erde zu stecken und rasch einen Schritt zurückzutreten, ehe der emporschießende Dschungel einen umgarnte.

Dravash schob einen Zweig beiseite und trat in das helle Tageslicht. Seine schwarzen Schuppen glitzerten. Vor ihm erkannte

Dane eine niedrige Natursteinmauer mit glasartiger Oberfläche. In der Mauer war ein Spalt, durch den Dravash hindurchging. Die anderen folgten ihm. Dane blickte zurück und sah hinter sich augenscheinlich unberührten Dschungel. Wieder verbarg das Kraftfeld den Stützpunkt, und er fragte sich, ob ein Beobachter – es mußten intelligente Wesen sein, innerhalb von nur wenigen Meilen Entfernung – sie offensichtlich aus dem Nirgendwo hatte auftauchen sehen. Doch er hoffte inbrünstig, daß niemand um ihre Existenz hier wußte.

Ein Hauch würziger, heißer Luft schlug Dane ins Gesicht, und er starrte einen langen Hang hinab, der mit von der Hitze verdorrtem Gras bedeckt war. Dunkle, verkrüppelte Bäume, die ihn ein wenig an Apfelbäume erinnerten, rauschten bei jeder Bö des heißen Windes. Kleine, eulenartige braune Vögel starrten sie aus den Zweigen eines Baumes an und erhoben sich, mit den kurzen Flügeln flatternd, mit sonderbar traurigen Rufen in die Luft und glitten den Hang herab. Auf den Zweigen hatten sie wie kleine Eulen ausgesehen. Im Flug erinnerten sie an Rebhühner. Er starrte ihnen nach und spürte, wie sich ein Gefühl von Heimweh um sein Herz krampfte.

Eulen und Rebhühner. Aber das waren sie nicht. Apfelbäume und Tannen, Sonnenuntergang hinter der Golden Gate Bridge, die leuchtend roten Ahornblätter im Herbst, Flüsse, in denen man angeln konnte, der Fujiyama, Tahiti, der Rio Grande, der Hudson... vorbei! Auf immer verloren, irgendwo im interstellaren Raum! Seine Finger krampften sich um den Rand der Schwertscheide. Der Daumen drückte den Verschluß. So wie jetzt spürte er es selten... Er blickte auf seine Füße hinab, die sich den Weg über die fremde Erde suchten.

Ein kleines Tier, fast wie ein Kaninchen, schoß aus dem Gras und hoppelte den Berg hinunter.

Schweiß rann über Danes Stirn. Mit jedem Schritt abwärts wurde die Hitze stärker. Das Gras war goldfarben, von der Sonne versengt. Die Hitze war höllisch und von klammer Feuchtigkeit.

Der Hang war länger, als er ausgesehen hatte. Weit unten deutete ein fernes Glitzern auf einen kleinen Strom am Grunde des Tales hin – doch Dane erinnerte sich an die Karte. Dieses Flüßchen mußte zu einem gehörig großen Strom anschwellen. Sie begannen den langen Abstieg hinab. Dahiner hob sich eine üppige grüne Masse, die wie ein Moosbett wirkte.

Als Belsar im Zenit stand, hatte Dane in der prallen Hitze Kopfschmerzen bekommen, und die Sonnenstrahlen schienen den ganzen Himmel zu erfüllen. Seine Augen brannten, und er wünschte sich, daß unter den Eingeborenensachen eine Sonnenbrille gewesen wäre. Getrockneter Schweiß klebte ihm am Körper. Gut, daß die anderen im Gegenwind gingen.

Wenn es hier nur ab und zu einmal schneite, würden wir besser damit fertig. Es gab, wie er sich erinnerte, um die Pole eine Schneeschicht, und die erste Untersuchungsgruppe hatte Anzeichen von Vergletscherungen gefunden, die vor ein paar Millionen Jahren einmal den ganzen Planeten bedeckt hatten. Nun, auch bei den Zwischeneiszeiten der Erde hatte es Hitzeperioden gegeben. Damals hatte es in England Nilpferde, und Elefanten in Nordamerika gegeben. Planeten hatten eben kalte und heiße Perioden, und es war sein Pech, daß er diesen in einer Hitzeperiode betrat.

Und sie waren immer noch hoch in den Bergen. Er erinnerte sich an die Karten, die er auf der Reise hierher studiert hatte. Sie mußten einige tausend Meter hinabsteigen, ehe sie die Stadt erreichten. Wie heiß würde es dort erst sein?

„Wann machen wir eine Pause?“ fragte Rianna. Dravash drehte sich überrascht um. Seine Rasse hatte sich auf einem noch heißeren Planeten als diesem entwickelt. Aber Aratak blieb stehen und kauerte sich neben sie.

„Sie stammen aus kalten Welten, Kapitän“, erklärte er. „Fühlst du dich wohl, Rianna? Ich habe nicht daran gedacht, wie schwierig das Klima für euch sein würde.“

„So schlimm ist es nicht“, meinte sie, „aber ohne Pause kann ich nicht mehr lange in dieser Hitze weitergehen – und Dane auch nicht.“

Eine schwarze, schuppige Pranke wies den Abhang hinab. „Da unten gibt es Wasser“, sagte Dravash. „Könnt ihr noch bis dahin durchhalten? Ich denke, wir könnten auch hier rasten – jedenfalls ein bißchen. Aber wenn uns jemand auf den Fersen ist...“

Wir sind ihm eine Last, dachte Dane und trottete weiter den Berg hinab. So schlimm war es auch nicht, gemessen an Temperaturen auf der Erde, wenn er nur in guter Kondition gewesen wäre. Und das war er nicht, mußte er reumütig bemerken. Zu bequemes Leben in Ödstadt.

„Ich schaffe es“, sagte Rianna. „Nur eine Minute.“ Sie wühlte in ihrem Beutel und streckte Dane eine Hand entgegen, auf der kleine, weiße Pillen lagen.

„Salz. Das brauchst du in dieser Hitze.“

„Richtig.“ Daran hätte er auch selber denken können. Er war oft genug in den Tropen gewesen, um diese Gefahr zu kennen. Ein Sonnenstich befand sich nämlich nicht unter den Risiken, um derentwillen er auf diesen Planeten gekommen war (weshalb war er eigentlich gekommen?), doch wenn dieser Tag hier typisch war – oder noch schlimmer, wenn es ein kühler Tag war –, würde das zu einer der größten Gefahren.

Bisher wirkte alles ganz friedlich...

Sie gingen weiter. Eines dieser Eulenwesen segelte über ihnen und schnalzte traurig. Ein Tier von der ungefähren Erscheinungsform eines Rehs graste friedlich neben dem Wasser. Es blickte auf, als sie sich näherten, sah sie und flüchtete in anmutigen Sprüngen.

Jenseits des Flusses wucherte das verfilzte Grün zu einem Wald aus, so dicht, daß Dane ihn für einen Dschungel hielt. Als sie die letzte ebene Strecke diesseits des Flusses überquerten, vernahmen sie mehrere beunruhigende Geräusche: ein Hupen und sonderbare, entfernte, stöhnendklagende Schreie. Die apfelbaumartigen Bäume wurden dicker, als sie sich dem Fluß näherten, und wechselten in eine andere Baumart mit fedrigen Blättern und weich wirkenden bräunlichen Stämmen über, die Riesensumachs glichen. Über dem Wald wedelten palmenartige Zweige, die in Dane plötzlich ein Gefühl von Heimweh nach einer Kokospalme oder einem Bananenbaum wachriefen.

Auch war das Gras hier dicker, und er suchte unbehaglich seinen Weg, weil er Angst vor Schlangen hatte. Nach einer Weile hob er einen Stock auf und tastete den Boden vor jedem Schritt ab. Rianna beobachtete ihn eine Zeitlang neugierig und fragte dann: „Was suchst du?“

„Schlangen.“

„Schlangen? Wozu? Interessierst du dich dafür?“

„Nein, natürlich nicht. Aber auf dieser Welt kann es giftige Exemplare geben, von denen wir nichts wissen.“

„Giftig? Schlangen?" Dieser Gedanke erstaunte sie. „Du meinst, auf deiner Welt sind Schlangen giftig? Was machen sie denn? Haben sie Stacheln am Schwanz wie ein Fischkiller? Wie merkwürdig!" Der Gedanke allein schien sie zu belustigen, und nach einem Moment kicherte auch Dane.

„Aber du würdest nicht lachen, wenn du einmal gesehen hättest, wie jemand an einem Klapperschlangenbiß gestorben ist", sagte er, plötzlich wieder ernst.

„Biß? Eine Schlange? Du meinst, Schlangen haben auf deiner Welt Zähne und beißen auch?"

„Fangzähne", antwortete er, „hohle Zähne mit Giftdrüsen."

„Oh, wie ein Todesvogel", sagte sie. „Aha."

Der Gedanke an die Existenz eines Todesvogels schockierte Dane, und noch lange Zeit später blickte er ab und zu mißtrauisch zum Himmel auf. Aber warum eigentlich nicht? Auf seiner Welt hatten Vögel und Schlangen gemeinsame Ahnen, die Reptilien.

Aber diese kurze Unterhaltung machte ihn nachdenklich. Die der Erde ähnliche Erscheinungsform dieses Planeten konnte tödliche Fallen verbergen. Die Schlangen brauchten nicht giftig zu sein – aber alles andere. Die Vögel. Die Rehe. Alles...

Ein Insekt von der Größe eines Kolibris flog vorbei. Ein weiteres, sogar noch größer, schwebte auf netzartigen Flügeln über den Fluß. Als sie sich dem Wasser näherten, löste sich ein Schwarm der Vögel, die Dane insgeheim Knackeulen nannte, aus den Bäumen.

Dravash trank nur wenig, während Dane und Rianna das süße Naß aus der raschen Strömung in sich einsaugten und sich gegenseitig mit Wasser bespritzten. Aratak bewegte sich flußabwärts, bis er eine tiefe Stelle fand, in der er bis zu den Augen versinken konnte. Aus dem Teich schossen einige kleine nagetierartige Wesen, die sich entsetzt und aufgescheucht im Dschungel versteckten.

Dravash schnaubte, setzte sich ans Ufer und beobachtete sie mißmutig. Dane hätte sich nicht gewundert, wenn Dravash sich eine Pfeife angesteckt hätte – wenn ihn auch die Vorstellung eines drei Meter großen Drachens, der friedlich ein Pfeifchen raucht, zum Lachen brachte. Der Kapitän erinnerte ihn an einen alten norwegischen Skipper, den er einst getroffen hatte: die gleiche geschäftige Art, die gleiche grobe Art zu sprechen und die gezügelte

Ungeduld gegenüber den Fehlern anderer. Aber auch die gleiche präzise Kompetenz. Das gab ihm ein besseres Gefühl.

„Der arme Dravash", meinte er zu Rianna. „Er ist nicht gerne mit Protosimianern gesattelt."

Er hatte in der Kahramsprache geredet, die sie von Tonbändern gelernt hatten, und Rianna sah leicht verdutzt aus. Sie wiederholte es.

Dane hörte die Übersetzung von ihrer Translatorscheibe und verbesserte sich: „Belastet."

„Nun, du mußt zugeben, wir sind für ihn ein Ärgernis gewesen. Nach dem, was ich über die Heimat der Sh'fejj gehört habe, muß dies für ihn heute ein angenehmer, kühler Tag sein. Und natürlich erwartet er von uns jede Sekunde, daß wir in unser Paarungsritual verfallen." Ihre Augen trafen sich und blitzten ein wenig spöttisch. „Wenn es nicht so heiß wäre, würde es mich schon locken, nur um ihn zu ärgern."

„Vielleicht schwimmen wir statt dessen lieber", meinte Dane, der auf das Wasser geblickt hatte. „Aratak scheint es da drinnen recht gutzugehen."

Sie nickte und sah ihn leicht kichernd an, während Dravash ihnen beim Auskleiden zusah. Seine dicken Augenfalten zuckten.

Ich weiß, was Rianna meint. Es ist verlockend, ihm eine Show vorzuführen. Aber Rianna hat recht. Es ist zu heiß. Er ließ sich kopfüber in den kleinen See fallen, in dem Aratak lag. Nach einer Weile alberten die drei durch das Wasser, während ihnen Dravash leicht verärgert zusah. Aratak schleuderte fröhlich große Wasserwellen über seine Freunde hinweg und schoß mit erstaunlicher Geschwindigkeit um sie herum. Dane fand das etwas beunruhigend, wenn er es auch nicht sagte. Er war an Arataks Erscheinung an Land schon lange gewöhnt, doch seine eleganten Schwimmbewegungen rührten unbewußt etwas in ihm an, vielleicht instinktive Furcht. Er sah einfach einem Krokodil zu ähnlich. Dane mußte innehalten und sich ins Gedächtnis rufen, daß dies Aratak war, dem er vollständig vertraute und den – ja, den er auch liebte.

Dravash stampfte wirklich ungeduldig mit dem Fuß auf, als sie das Wasser verließen, und wenn es auch unter seiner Würde war, weder Dane noch Rianna Vorwürfe zu machen, so blickte er doch Aratak vorwurfsvoll, mit den Augäpfeln rollend an.

„Hast du dich lange genug mit deinen protosimianischen Kollegen amüsiert?“ fragte er, als beschuldigte er einen Kollegen, er habe seine Zeit beim Herumbalgen mit einem Rudel Hunden vergeudet.

Wie immer gab sich Aratak ungerührt.

„Das Göttliche Ei bemerkt zu Recht, daß Baden wie auch Essen und Schlafen zu den wenigen unschuldigen Vergnügungen der Menschheit gehören, niemandem Schaden zufügen und allen Lust bereiten.“

Dravash rollte die Augen und runzelte flehend die Stirnfalten. „Gott möge mir Geduld schenken!“

Doch er sagte lediglich: „Wenn ich mich recht erinnere, gibt es im nächsten Tal einen Lagerplatz, der bestimmt sicher ist. Wenn wir mit Protosimianern durch den Wald gehen, müssen wir auf Rashas in den Bäumen achten.“

Tarnkatzen. Der Übersetzer echote auf gespenstische Weise.

Dane fragte sich, ob die Rashas wirklich so gefährlich waren, wie die Berichte behaupteten. Der Leopard der Erde – und soweit er wußte, waren die Rashas oder Tarnkatzen Leoparden ähnlich, wenn auch größer und tückischer – verzehrte normalerweise Affen und Halbaffen, darunter den nächsten Verwandten des Menschen, den Schimpansen. Wenn sie die Gelegenheit bekämen, würden sie ebenso rasch auch auf Menschenkinder losgehen. Aber meistens ließen sie erwachsene, gesunde Menschen in Ruhe, weil sie klug genug waren, um zu merken, wie gefährlich dieser Affe sein konnte. Hatten die Rashas von Belsar IV diese Lektion noch nicht mitbekommen?

Vielleicht hatten die Sh'fejj, die auf ihrer Welt kein vergleichbares Raubtier kannten, übertrieben.

„Ich gehe voran“, sagte Dravash. „Du bildest den Schluß, Aratak. Wenn wir die Protosimianer zwischen uns nehmen, sind sie nicht so gefährdet.“

Ich hatte gedacht, wir würden auf sie aufpassen bei diesem Trip, nicht andersherum! Dane war heimlich darüber wütend, bis ihn sein unerschütterlicher Humor zum Grinsen brachte. Was wäre, wenn man Rianna und ihn gebeten hätte, ein Paar, sagen wir, drei Meter großer Abkömmlinge von Hühnern durch einen Wald zu begleiten, der von wilden, riesigen Füchsen nur so wimmelte? Die

Tiere könnten mutig und sehr intelligent sein – aber er hätte doch Bedenken.

Im Wald waren sie nicht mehr der direkten Sonneneinstrahlung ausgesetzt, daher war es irgendwie kühler, doch immer noch erstickte sie fast die stille, feuchte Luft. Sie gingen einer nach dem anderen und folgten einem, wie Dane es nannte, Wildwechsel. In Wirklichkeit hatte jemand vom Stützpunkt unauffällig die niedrigen Zweige gestutzt, so daß Dravash und die beiden Menschen aufrecht gehen konnten. Aratak mußte sich immer noch die meiste Zeit bücken, doch Dravash schritt unbehelligt voran. Der Weg war auf Sh'fejj-Größe ausgerichtet.

Über ihren Köpfen wurde das Laub dichter, und abseits von dem deutlich bezeichneten Weg waren die Baumstämme von Ranken und dichtem Gebüsch verborgen. Trockene Blätter raschelten unter ihren schlurfenden Füßen. Unsichtbare Wesen stießen geheimnisvolle Schreie aus. Doch nach einigem Nachdenken erschienen Dane diese geheimnisvollen Schreie größtenteils als Versionen des Satzes: Ich brauche etwas zu essen! Ein großer Vogel glitt mit schwerem Flügelschlag von einem Ast. Die bunten Federn verschwanden in der Dunkelheit. Mit gespenstischem Heulen verschwand er zwischen den Blättern, einem Ton, der Dane beim ersten Hören hatte zusammenzucken lassen.

Später brach eine Gruppe kleiner Affen keckernd durch die Zweige über ihnen. Sie kreischten die Reisenden trotzig an und schwärmten zurück in die tiefen Schatten des Waldes. Dane blickte überrascht hinter ihnen her. Sie hatten nicht nur wie Affen in Wildreservaten auf der Erde ausgesehen, sondern sich auch so verhalten. Er war kein Affenexperte und vermochte nicht zu sagen, ob sie mit einer terrestrischen Art identisch waren, doch sein vorherrschender Eindruck war, daß diese Affenherde aus Borneos Dschungeln hätte importiert sein können. Niemand hätte den Unterschied herausgefunden – außer vielleicht ein Fachmann.

Aber wenn sich grundsätzlich dem Menschen ähnliche Wesen auf anderen Planeten entwickelt hatten – warum sollte dies nicht auch für die niederen Verwandten gelten? Und er und Rianna waren sich, wenn sie sich auch Lichtjahre voneinander entfernt entwickelt hatten, ähnlich genug, um sich lieben und paaren zu können. Er sah Rianna an, die auf dem Weg direkt vor ihm ging, und dachte, daß sie in den neuen Farben für ihn fast eine Fremde war, eine staubige Prinzessin, exotisch und verführerisch. Seltsam. Er grinste insgeheim und dachte, ob es Dravash wohl irritieren würde, wenn er erfuhr, daß seine protosimianischen Kollegen sich auch wie richtige Protosimianer benahmen und Zeit an solche Gedanken verschwendeten. Im Moment an Gedanken über den Paarungstanz.

Nun, er und Rianna würden den Protosaurier von Zeit zu Zeit schockieren müssen. Vielleicht heute nacht, wenn sie ein Lager aufschlugen. Wenn man nun einmal Protosimianer war und wenn ein bestimmtes Verhalten von einem erwartet wurde, dann war Nomen auch Omen...

Ein heftiges Rascheln und ein unvermittelt losbrechendes wildes Heulen ließ ihn den Kopf hochreißen. Er sah ausgebreitete Tatzen und glühende Augen über sich.

Dane ließ sich auf ein Knie fallen. Das Schwert fuhr aus der Scheide und schwang über seinen Kopf hinaus. Er spürte, wie die Klinge Fleisch durchschnitt, weil sich die Muskeln seines Unterarms anspannten. Etwas Nasses, Klebriges rann ihm in die Augen, und ein schweres Gewicht drückte ihn zu Boden. Steine und Zweige gruben sich in seinen Rücken.

Er erstickte in Fell. Rianna schrie seinen Namen. Dann war das Gewicht plötzlich verschwunden, und er erblickte wieder das Licht des Tages und Riannas vor Schrecken bleiches Gesicht.

„Er ist voller Blut! Dane! Dane!"

„Ist aber nicht mein Blut." Dane setzte sich auf und wischte sich dicken Schleim aus den Augen. Aratak hielt das Katzenwesen am ausgestreckten Arm, wie ein Mensch ein Kätzchen am Nackenfell hält. Blut schoß aus dem Leib hervor. Danes Schwert hatte es fast in zwei Hälften zerschnitten, und der Hinterleib hing schlaff herab. Die Vordertatzen kämpften immer noch verzweifelt. Dann, mit einem kleinen miauenden Ton, verebbte das Leben, und Aratak ließ das Tier mit einem überheblichen Achselzucken neben dem Weg fallen.

Danes Hände zitterten noch, als er die Klinge säuberte und wieder in die Scheide steckte. Es war knapp gewesen. Er hatte sich gerade rechtzeitig auf das Knie fallen lassen. Die Vordertatzen der Tarnkatze hatten ihn um Haaresbreite verfehlt und die Luft über seiner Schulter gepeitscht, als ihm die Brust der Rasha auf das Gesicht fiel und ihn umwarf. Wenn sein erster Hieb ihr nicht das Rückgrat zerschmettert hätte, hätten ihn die Hinterpfoten zerrissen.

Ein Stück oberhalb der Stelle, wo sein Kopf auf den Boden aufgeschlagen war, waren Erde und Laub aufgewühlt; dort hatten die großen Pranken im Todeskampf den Boden zerfetzt... Dane erschauderte. Gut, daß er nicht zu den Leuten gehörte, denen beim Anblick von Blut übel wurde. Gesicht und Schultern waren davon bedeckt. Von seinem Haar ganz zu schweigen. Er zog eine angeekelte Grimasse und hoffte, im Lager würde es genügend Wasser geben, um den Blutgestank fortzuwaschen.

Tot sah die Rasha klein und fast harmlos aus. Das Fell war gelb und braun gefleckt, mit schwarzen Streifen wie bei einem Tiger, um die Umrisse des Tieres schwer erkennbar zu machen. Kein Wunder, daß das verdammte Biest bis zum Sprung fast unsichtbar gewesen war! Tarnkatze war ein guter Name für die Bestie.

Und Menschen, so schien es, waren ihre Lieblingsspeise. Er fragte sich, wie wohl die Chancen stünden, am ersten Tag in Afrika von einem Leoparden angegriffen zu werden.

Er blickte auf und sah direkt in Dravashs Augen, und der schwarze Drachenkopf nickte, als wolle er seine Anerkennung ausdrücken. Dane dachte: *Wie findest du das für einen Protosimianer, mein Freund?* Doch laut sagte er lediglich: „Wir sollten Wasser finden, damit ich den Dreck abwaschen kann. In einem solchen Fall bedeutet ein Bad wohl keinen Luxus – der Blutgeruch wird jedes wilde Tier in diesem Dschungel auf unsere Fährte locken, und mir wäre es lieber, sie labten sich an den Überresten dieser Katze hier."

6

Fünf Tage lang zogen sie durch die Berge und folgten dem Pfad über eine Kuppe nach der anderen, jede niedriger als die letzte. Je tiefer sie gelangten, desto heißer wurde es und desto dichter wurde der Dschungel. Die Art der Bäume wechselte, begleitet von einer unendlichen Vielzahl von Büschen, Ranken und Hecken. Besonders Dornenbüsche. Dane überraschte es nicht mehr, daß die Kleidung, die man Rianna und ihm gegeben hatte, aus Leder war. Stoffhosen oder Röcke wären am Ende des ersten Tages zerfetzt gewesen, und am Ende des dritten Tages wären sie nackt gewesen. Selbst die Protosaurier mit ihrer dicken Lederhaut trugen Kratzer und kleine Wunden davon.

Noch zweimal wurden sie von Rashas angegriffen. Eine hatte sich säuberlich auf Riannas Speer aufgespießt, bis ein schneller Hieb von Danes Schwert ihr den Kopf vom Rumpf trennte. Die andere wurde mitten im Sprung von Arataks riesiger Klaue aufgefangen. Einen Moment lang hatte der riesige Eidechsenmensch die kämpfende, rasende Kreatur unbewegt angesehen, um sie dann mitten in einen Dornbusch zu schleudern. Die Bestie kämpfte sich panisch wieder frei und trollte sich zurück in den Dschungel, wobei sie Danes Meinung nach aussah wie eine Katze, die man auf einer Festtafel erwischt hatte.

Am vierten oder fünften Tage bemerkte Dane zu Rianna, der Kapitän mache nun einen glücklicheren Eindruck über die Tatsache, daß Aratak seine Lieblingsaffen mitgenommen hatte, wo er sie jetzt in Aktion gesehen hatte.

Und sicher erwärmte sich Dravash langsam für die Menschen. In den Nächten, wenn der Dschungel um sie herum von gespenstischen Schreien widerhallte und Dutzende von Augen den Schein des kleinen Feuers reflektierten, erzählte Dravash Dane Geschichten von fremden Welten, die er besucht hatte oder unterhielt sich mit ihnen über die sonderbaren Menschen, mit denen sie es bald zu tun haben würden. Denn Dravash war vor langer Zeit, in seiner Jugend, bei den heimlichen Untersuchungsteams auf diesem Planeten gewesen.

Aber immer noch zuckte er bei jedem Spruch Arataks zusammen.

Und ihre Kommunikatoren schwiegen. Sie waren vollständig ohne Verbindung mit dem Bund, abgesehen von dem Kontakt, in den sich Dravash nach Danes Einschätzung von Zeit zu Zeit mit dem Weitsprecher versenkte.

Während sie den Stützpunkt weiter und weiter hinter sich ließen, wurde der Pfad immer überwucherter, und manchmal mußten sie sich den Weg regelrecht freikämpfen und mit den Macheten freihauen.

Es war wohl am sechsten Tag, als der Pfad sie in ein tiefes Tal führte und plötzlich in eine große, natürliche Lichtung einmündete. Rehartige Tiere sprangen fort, als sie sich näherten, und Dravash deutete zum anderen Rand der Lichtung, wo entlang einem Fluß ein grauweißer Streifen von Steinen verlief.

„Unser erstes Ziel", sagte er. „Ich hatte es richtig in Erinnerung. Die alte Karawanenstraße."

Der Fluß war breit und verschlammt und führte Niedrigwasser. Am anderen Ufer erhob sich die gerade Wand des Dschungels. Insekten von Vogelgröße glitten auf durchsichtigen Flügeln durch die Luft. Mitten im Fluß schwamm etwas Großes: ein riesiger nagetierartiger Kopf, gefolgt von V-förmigen Wellen, doch er tauchte unter, als sie sich dem Ufer näherten, noch bevor Dane sich das Tier genauer ansehen konnte. Dane hielt es für ein Aporra, ein in Größe, Gewicht und ökologischer Funktion dem Flußpferd nicht unähnliches Tier. Es ernährte sich von Gras und Süßwasserschilf auf Flußgründen und wurde von den Eingeborenen wegen seines Fleisches sehr geschätzt. Dane hätte nichts gegen frisches Fleisch gehabt, doch er und Rianna hätten ein Tier von dieser Größe niemals allein bewältigen können, und es wäre Verschwendung, ein Tier unter diesen Umständen zu töten und die Überreste Raubtieren zu überlassen.

Eines der Rieseninsekten flog auf Aratak zu. Mit erstaunlicher Geschwindigkeit fuhr seine riesige Hand hoch und schnappte das Tier aus der Luft. Dane wandte die Augen ab und schauderte, als sich der Eidechsenmann den Käfer in den Mund stopfte und auf ihm herumkaute. Als er Aratak zum ersten Mal dabei gesehen hatte, hatte er sich fast übergeben.

„Köstlich!" rief Aratak. „Also wirklich, auf diesem Planeten gibt es Essen in Hülle und Fülle!"

Das reichte. Dane beschloß, heute abend eine von diesen Knackeulen vom Baum zu holen und zu probieren. Vielleicht schmeckten sie wirklich wie Rebhühner.

Dravash, dessen Eßgewohnheiten denen Arataks nicht unähnlich waren, nickte in ungeduldiger Zustimmung – wenn auch seine eigenen Augen nach anderen Insekten umherspähten –, doch der Sh'fejj zuckte zusammen, als Aratak sagte: „Das Göttliche Ei hat zu Recht bemerkt, daß jener, der mit geringer Speise zufrieden ist, wenig Unglück zu fürchten hat, denn die Natur sorgt überreichlich für ihn vor, und ein voller Bauch wird bald die Antwort auf die anderen Probleme hervorbringen und die unruhigen Geister der Menschen besiegen.“

Dane sah förmlich, wie Dravash über eine sarkastische Entgegnung nachdachte. Doch er sagte nichts. Offensichtlich hatte er bereits begriffen, daß es eine Verschwendung von Energie bedeutete. Solange Aratak lebte und atmete, würde er immerfort über die Weisheit des Göttlichen Eies laut nachdenken, und damit hatte es sich. Dravash sagte lediglich milde: „Schade, daß man von Philosophie nicht satt wird wie von Essen und Trinken, denn dann würden wir nie Hunger leiden.“

Aratak pulte sich ein Chitinstück von dem Insekt aus seinen langen Zähnen und bemerkte: „Oh, die Philosophie allein ohne Essen und Trinken ist keine gute Nahrung, doch Essen und Trinken allein, ohne die Würze der Philosophie, können kein intelligentes Wesen ernähren.“

Dane hielt es für günstig, daß die Reptilien bereits dazu übergegangen waren, einheimische Nahrung zu sich zu nehmen, ein Zwang, dem sie sich alle unterziehen mußten und der absolut würde, wenn sie sich unter Eingeborenen bewegten. Bislang hatten er und Rianna nur von den wilden Früchten und Wurzeln gekostet – sehr vorsichtig. Sie hatten keine Zeit zum Jagen und hatten die Notrationen vom Grunde ihrer Rucksäcke aufgebraucht. Doch wenn sie auf die ersten Karawanen stießen, würden sie sich vollständig von der einheimischen Kost ernähren müssen.

Dane blickte auf den Wasserstrudel, wo das Aporra untergetaucht war, und dachte an Pfeil und Bogen. Die Eingeborenen hatten aus irgendeinem Grund diese Waffe niemals entwickelt und jagten ausschließlich mit Speeren. Eines Abends, noch im Wald, hatte er begonnen, sich einen Bogen anzufertigen, doch der Saurier hatte so entsetzt reagiert, als habe Dane vorgeschlagen, die Eingeborenenstadt mit Raumanzügen und Laserpistolen zu betreten.

„Hast du denn gar nichts von den Tonbändern und Instruktionen gelernt? Die Protosimianer hier benutzen keine Bogen – und auch keine anderen Schleuderwaffen! Niemand würde einen Speer schleudern, es sei denn ein Gesetzesbrecher!“

Als Dane protestierte, hatte Dravash ihn wütend und verächtlich angesehen, als würde Dane seine sämtlichen Vorurteile über Protosimianer und ihre Dummheit bestätigen.

„Sie wissen überhaupt nicht, was Bogen sind. Hast du nicht die Reproduktion der Wandbilder von Kisjlov gesehen?" Dane hatte sie gesehen, aber offensichtlich nicht aufmerksam genug studiert, und Dravash hatte brummend und mit wütendem Nachdruck wiederholt: „Sie benutzen keinerlei Schleuderwaffen! Das ist ihr stärkstes Tabu... selbst den Kindern bringt man bei, daß es unehrenhaft und niedrig ist, einen Stein zu werfen!"

Es war das erste Mal, daß Dane von einem Tabu gegenüber einer effektiven Waffe hörte. Es verwirrte ihn, aber er hatte noch eine Menge zu lernen, und dessen war er sich auch bewußt.

Sie wandten sich der Straße zu. Man hatte große, weißliche Steinblöcke ohne jeden Mörtel zusammengefügt, aber so eng, daß Dane meinte, es passe wohl kaum eine Messerklinge in die Zwischenräume. Er erinnerte sich daran, wie man ihm erzählt hatte, daß die Straße zu irgendeinem Zeitpunkt der Geschichte des Planeten konstruiert wurde, indem man Mauern in Gräben baute. Die äußeren Erdwälle waren schon lange abgetragen, und die unzähligen Füße von Generationen hatten den Stein zu einer sanften Rundung getreten. Der vor kurzem gefallene Regen hatte etwas Wasser am Grunde des Kanals hinterlassen – nicht genug, um durch die Öffnungen abzufließen, die man hineingehauen hatte, um das Wasser abzuleiten. Sie waren zwar schon vor langer Zeit angelegt worden, waren aber nicht so alt wie die Straßen selber. Die beiden Protosaurier spritzten durch das Wasser und genossen offensichtlich den Schlamm an den Lederfüßen, ebenso wie ein Stadtbewohner es genoß, wieder auf Gras zu laufen. Dane und Rianna gingen jedoch am Rande der Steine entlang, wo sie ihren Weg über breiter werdende Ritzen suchten, wo sich der Dschungel vorfraß und Ranken sich ihren Weg in die einst engen Zwischenräume zwischen den Steinen gebahnt hatten. Doch waren die Übergriffe des Dschungels vor kurzem zurückgestutzt worden – Dane vermutete, dies sei die gemeinsame Aufgabe der verschiedenen Stämme und Städte, deren Karawanen diese Straße benützten. Jeder Transport erledigte seine Aufgabe, indem er den wuchernden Dschungel zurückdrängte.

Entlang des Flusses war der Rand frei, und Dane trat von der Straße und untersuchte den schlammigen Boden nach Spuren. Seit er wußte, daß sonst niemand in der Gruppe Spuren wahrnehmen konnte, hatte er sich daran begeben, die Abdrücke der einheimischen Tiere unterscheiden zu lernen. Die Ähnlichkeiten mit der irdischen Fauna halfen ihm dabei, doch mehr noch stimulierte diese Beschäftigung mit örtlicher Ökologie seine Erinnerung an die Informationsflut, die man hypnotisch in seinen Kopf gestopft hatte. Das war vernünftig. Wenn man eine Fähigkeit einsetzt, verbessert sie sich.

Jedoch würde es sicher Menschen auf der Erde geben, die über seine geringen Fähigkeiten, Spuren zu lesen, gelacht hätten, Menschen, die eine Spur fortlaufend lesen konnten, wo er nur formlose Kratzer im Schmutz erkannte. Doch einige Abdrücke im Schlamm am Ufer waren deutlich. Hier gab es eine Reihe von dreizehigen, netzartigen Eindrücken, die er dem Aporra zuschrieb, und er hatte überhaupt keine Schwierigkeiten, die Tatzenabdrücke der Rasha zu erkennen und ihre Geschichte zu verstehen. Das Tier war aus dem Dschungel getreten, war am Ufer stehengeblieben, um zu trinken, und kurz hinauf auf die Straße geklettert. Dane sah die nassen Flecken am Rand der Steine, wo er – oder sie; die weiblichen Rasha waren ebenso groß und noch gefährlicher – Wasser über die Steine verbreitet hatten. Die schwach erkennbaren Spuren führten über die Straße und in den Dschungel vor ihnen. Dane fragte sich beunruhigt, ob die Tarnkatze vor ihnen auf sie wartete, und vergewisserte sich, ob sein Schwert locker saß. Er öffnete den Mund, um die anderen zu warnen – jetzt, da sie sich auf einer von Menschen erbauten Straße befanden, mochten sie denken, sie hätten nun den Dschungel hinter sich gelassen und –, als Rianna stehenblieb und sich zu ihm umwandte.

„Hör mal“, sagte sie. „Was ist das für ein Geräusch?“

Dane lauschte und vernahm ein fernes, melodisches Klingeln wie von Schlittenglocken. *Nikolaus, komm in unser Haus* ... Das Geräusch war lächerlich unter der glühenden Sonne, die ihm den Schweiß auf die Stirn trieb. Die von den Steinen zurückgeworfene Sonne stieg unter seinem Rock hoch, und er fühlte sich, als stünde er über einem brennenden Kohlenbecken.

Die muschellosen Ohren der Protosaurier konnten entfernte Geräusche nicht so gut aufnehmen. Erst einige Minuten später hob Dravash den Kopf und hörte die lauter werdenden Glockentöne.

„Ganjir-Glocken“, sagte Dravash. „Da kommt eine Karawane. Überlaßt besser mir das Reden.“ Er hatte ihnen gegenüber die Sprache gewechselt, vom regionalen Dialekt der Kahram zur sogenannten Hochsprache, einer alten Protosauriersprache, die leicht verändert war, indem einige Worte ausgelassen oder durch einige Laute ersetzt waren, die für Protosimianer zu schwierig waren. Sie war – wieder erinnerte sich Dane an die Lerneinheiten –, ähnlich dem Latein des Mittelalters, einer Handelssprache, die weit voneinander entfernte Kulturen verband.

Das Läuten wurde lauter, und dort, wo sich die Straße vor ihnen bog, konnte Dane undeutliche Gestalten durch die Bäume hindurch erkennen. Aratak legte seine riesige Pranke auf Riannas Schulter und sagte etwas, was Dane nicht verstand. Sie lachte.

Die vier standen beieinander in der Mitte der Straße. Dane versuchte zwischen den Bäumen hindurchzusehen, trat unbewußt etwas zurück, näher an den Dschungel heran, erinnerte sich dann und warf einen raschen Blick über die Schulter. Nichts: Das Laubwerk war dicht und ruhig.

Hölle, diese Katze ist wahrscheinlich schon meilenweit weg. Katzen sind nervöse Tiere. Unwahrscheinlich, daß sie losspringt, wenn sich ein Transport nähert, der soviel Lärm macht. Er fragte sich, ob sie deswegen die Glocken hatten. Wenn man genug Lärm machte, vertrieb man fast alle Tiere des Dschungels.

Brennende Hitze, Schlittenglocken, durchschwitzte Kleider und Weihnachtslieder im Kopf, vermischt mit dem Geklingel... *Es schneit, es schneit.* Bah! Humbug!

Noch ein Schritt, und Dane erkannte große Gestalten, schwarze, graue und braune. Das Glockengeklingel wurde lauter. Plötzlich bogen sie um die Kurve, und er konnte sie deutlich erkennen: große, schwarzweiß gefleckte Tiere mit langen Beinen wie Kamele, aber ohne Höcker, die unter mit bunten Bändern festgezurrten Lasten schwankten. Winzige Glöckchen baumelten an dem Ledergeschirr. Menschen – jedenfalls Protosimianer – in grauen Mänteln, mit Federkopfschmuck und jeder Menge Halsketten und Amuletten wie die von Rianna und Dane führten die Tiere an Seilen, die an den Halftern der traurigen, sanften, kuhartigen Köpfe der Ganjir befestigt waren. Lange Hälse schwankten; dicke Muskeln, bedeckt mit einem wunderschönen Fell. Dane konnte sich schwach erinnern, daß die wilden Ganjir Geweihe wie Elche trugen. Bei diesen gezähmten Exemplaren waren lediglich kleine Beulen am Kopf übriggeblieben. Wahrscheinlich nahm man den Jungtieren das Gehörn ab.

Der Mann an der Spitze der Karawane erblickte sie, sprach etwas zu seinem Ganjir und zog das Tier so herum, daß es seitlich stehenblieb und die Straße versperrte. Er rief etwas. Dravash, der den anderen voranging, wandte sich zu Dane um. Sein Gesicht zeigte Verärgerung.

Und nun? fragte sich Danc. *Will er, daß ich für ihn übersetze?*

Dravash, der die Hand gehoben hatte, erstarrte plötzlich, und Dane merkte, wie sein Blick dem Wald hinter ihm zugewandt war. Dort raschelte etwas, kaum vernehmbar bei dem Geräusch der Glocken und des Laubes.

Dane sprang nach vorn und zog mit vermeintlich tödlicher Langsamkeit sein Schwert. Bevor er Dravashs Warnruf vernahm, hörte er das vertraute Blätterrascheln. Das Schwert schien ihm so plump wie eine Eisenstange in der Hand zu liegen, als er es zückte, die Klinge über den Kopf hob und sah, wie die Rasha in geducktem Sprung herabkam. Die Klinge fuhr herab, durchstieß Knochen, als sich die riesigen Fänge eine Handbreit vor seinem Gesicht öffneten und wieder schlossen. Es riß ihm fast das Schwert aus der Hand. Mit durchbohrtem Schädel rollte sich die Katze zusammen.

Rufe übertönten die Glocken.

Dane zerrte an der Klinge, den Fuß auf dem Kopf der immer noch zuckenden Rasha. Er brauchte beide Hände, um es freizubekommen. Dann kamen berittene Männer auf Tieren, die anders als die Ganjir aussahen. Sie waren pferdeähnlich, trugen aber Hörner und hatten kurze Schwänze. Ihr Anführer zügelte sein weinrotes Tier in der Mitte der Straße, wo Dravash und Aratak standen. Er stellte sich aufrecht in die Steigbügel und pfiff ein schrilles, komplexes Zeichen. Zwei seiner Kameraden spornten ihre Reittiere an und lenkten sie über den Straßenrand in den Dschungel. Dane wischte das Schwert am Fell der toten Rasha ab und zwinkerte vor Erstaunen darüber, wie die Reiter sich ihren Weg durch das Gestrüpp bahnten, das er für undurchdringlich gehalten hatte. Ein halbes Dutzend Männer folgten ihnen zu Fuß und rannten mit gezückten Speeren hinterher.

Der Anführer setzte sich wieder in den Sattel und blickte mit nicht unfreundlicher Miene auf die vier. Seine Haut war tief mahagonifarben unter schwarzem, graugesprenkeltem Haar. Er trug einen kurzen, grauen Bart. Seinen Kopf schmückte eine hohe, grüne Feder.

Dravash, der ruhig abgewartet hatte, bis der Anführer seine Leute ausgeschickt hatte, um zu prüfen, ob dort verborgen Banditen oder weitere Rashas lauerten, redete sie plötzlich in Hochsprache an.

„Eine sichere Straße und gutes Geschäft, Treckführer. Mögen die Heiligen und die Gesegneten über Euch wachen. Wir sind Reisende aus Raife, Händler, die ihre armseligen Juwelen gegen die Reichtümer dieser fremden Lande tauschen wollen. Infolge der Verwirrung bei einem Angriff durch Banditen wurden wir voneinander getrennt und sind tagelang durch den Wald gewandert, bis wir zu dieser Straße kamen. Ich bin Thrava'ash Effiyim aus Borchan, und das ist mein geliebter Stammesbruder A-arat-akha aus der gleichen Stadt."

Dane lauschte aufmerksam und versuchte, sich die genauen Laute von Dravashs und Arataks Namen in der Hochsprache zu merken. Das würde der erste und richtige Test für ihre Tarnung werden. Diese Männer waren Händler und Reisende, die weiter im Westen gewesen waren als jeder andere, den sie vermutlich auf dieser Welt antreffen würden. Nicht unwahrscheinlich, daß sie auch in Raife gewesen oder zumindest mit Menschen und Protosauriern aus Raife auf den Märkten der westlichen Provinzen zusammengekommen waren. Sie würden über dieses halblegendäre Land mehr wissen als all das zurückgezogene Volk von Rahnalor selber.

Dane spürte, wie die Spannung seine Schultern verkrampfte, als der Händler sie der Reihe nach anblickte.

„Aus Raife", sagte der Anführer schließlich. „Ihr seid weit gereist, Edler, aber wir werden bei uns einen Platz für Euch und auch für Eure Diener finden. In der Tat", fügte er hinzu, und seine Augen wanderten zu Dane, „Euren Leibwächter dort werden wir gern bei uns sehen, da er die Rasha mit einer Schnelligkeit tötete, wie ich es nicht oft gesehen habe. Aber wir haben nichts von einem Banditenüberfall in dieser Gegend gehört. Wo ist es passiert?"

„O weh...!" Dravash deutete unsicher auf den Dschungel, aus dem sie gekommen waren. „Ich kann es nicht sagen, denn hier sieht mir alles gleich und alles gleich fremd aus! Noch nie bin ich östlich von Tivilish gewesen. Die letzte Stadt, die wir hinter uns gelassen haben, war, glaube ich, Vish... oder so ähnlich. Ich kann den Namen nicht richtig aussprechen", schloß er mit einem echten Zucken seiner Augenfalten. „Aber wir wandern schon seit sieben oder acht Sonnenaufgängen durch diesen Wald. Ich habe keine Ahnung, wo wir uns jetzt befinden!"

Der Anführer runzelte die Stirn. „Wir sind etwa sieben oder acht Tagesmärsche westlich von Vashilor und zwanzig Tage nördlich von Kishlor", sagte er. „Es ist möglich..."

Er unterbrach sich, als ein Mann aus dem Dschungel gelaufen kam. Er trug eine kurze blaue Tunika und einen langen Speer. Drei weitere folgten ihm. Sie trugen kurze graue Überwürfe – nicht unähnlich Judo-*Gis,* dachte Dane – die sie um ihre Lederkilts geschlungen hatten.

„Banditen vor uns, Anführer", sagte er und fügte dann rasch hinzu: „Sie haben aber nichts mit diesen Leuten zu tun. Ich glaube, sie haben uns nicht gesehen. Ich habe Odhai und Jandhra zurückgelassen, damit sie das Lager beobachten."

Hinter sich hörte Dane Hufschläge, und schnell drehte er sich um, in der Ahnung, eine wilde Herde von Halsabschneidern zu erblicken, doch es war nur einer der berittenen Vorposten, der zur Berichterstattung zurückkam.

„Da ist Jandhra", sagte der Anführer und wandte sich wieder an Dravash. „Ihr und Eure Leute geht besser mit den anderen zurück. Sieht aus, als ob wir Schwierigkeiten bekämen. Mein Sohn wird euch den Weg weisen..." Er hob sich in den Steigbügeln, starrte um sich und brüllte dann: „Joda! Joda! Wo ist diese sternenverfluchte Brut geblieben! Wo ist er... Joda!" brüllte er wieder wütend, und der Mann in der blauen Tunika rührte sich.

„Es wird mir eine Ehre sein, mich der Reisenden anzunehmen, Anführer."

„Was? Was?" Der Anführer zwinkerte. Seine Wut verwandelte sich in stirnrunzelndes Mißvergnügen. „Oh... danke, Speermeister.

Dann geht mit Meister Rhomda, Edle, und er begleitet Euch sicher zu Euren Leuten. Und wenn ich diesen Balg erwische..." Er wandte sich mit unruhigem Kopfzucken ab, um zu dem Vorposten zu sprechen, und der blaugekleidete Mann hob seinen Speer mit einer derart geschickten Handbewegung auf die Schulter, daß Dane vor Erstaunen zwinkerte. Er hatte dunkle Haut und war sehr muskulös. Zu der kurzen blauen Tunika, die ihn von den anderen graugewandten Männern unterschied, trug er kurze Stiefel, die wie Wildleder aussahen, und darüber Beinschutz, die seine nackten Beine vor dem Unterholz und giftigen Kratzern schützten. Er war nicht mehr sehr jung – ganz offensichtlich sich selbst und seiner Umgebung sehr bewußt –, doch sein Haar war von gleichmäßiger Schwärze ohne die geringste Spur von Grau, und er bewegte sich wie ein durchtrainierter Jüngling.

„Wenn die Edlen bitte mit mir kommen wollen", sagte er und führte die Gesellschaft zurück zu der Reihe der Ganjir. Dane hatte bemerkt, wie Meister Rhomda sein Schwert betrachtet hatte und wie sein Blick eine Sekunde lang bewundernd auf Riannas Speer ruhte. Doch äußerlich beschränkte sich seine Aufmerksamkeit lediglich auf Dravash und Aratak. Sie waren die Anführer.

Rianna und ich sind bloß Diener. Leibwächter.

Irgendwo in Danes Hinterkopf, unter den Massen von Informationen, die in sich aufzunehmen man ihn gezwungen hatte, rief irgend etwas seine Aufmerksamkeit hervor, etwas, was mit der blauen Tunika zu tun hatte. Aber er konnte sich nicht erinnern.

Männer in blauen Tuniken... sie waren irgend etwas Wichtiges. Nun, er wollte schon glauben, daß Meister Rhomda wichtig war, höhergestellt als jemand, der lediglich die Leibwächter einer Karawane überwacht. Er sah wie jemand aus, der Einfluß hatte.

Auf ihn müssen wir aufpassen. Er könnte unsere Geschichte durchschauen, wenn das überhaupt jemand kann!

7

Aus der Nähe rochen die Ganjir wie Schafe, ein schwerer Geruch nach Wolle und Lanolin. Ihre langen Nasen waren eigentlich kleine, vorstehende Rüssel wie beim Tapir oder der Elefantenrobbe. Sie streckten sie zu einer Länge von einigen Zentimetern aus, wenn sie schnupperten, und zuckten nervös wie der Mann, der sie führte. Die Männer scharten sich um Meister Rhomda und bedrängten ihn mit Fragen.

„Speermeister, was ist geschehen?"

„Was ist los? Werden wir von Banditen angegriffen?"

„Wer sind diese Fremden? Habt ihr die Banditen gefangen?"

„Seid nicht albern. Wenn es Banditen wären, würde ihnen Meister Rhomda nicht die Waffen gelassen haben! He, eine ist ein Mädchen. Die da mit dem langen Speer!"

„Hat da nicht eine Rasha geschrien?"

„Speermeister, Speermeister, sag uns, was los ist!"

„Wartet", sagte Meister Rhomda und wies die sich zusammendrängenden Männer zurück. „Alles zu seiner Zeit."

Ein junger Mann, eigentlich noch ein Junge von vierzehn oder fünfzehn Jahren, drängte sich durch die Menge. Sein Gesicht wirkte ärgerlich und ziemlich furchterregend. Im starken Gegensatz zu der dunklen Haut zog sich eine weiße, wulstige Narbe von der Braue bis zum Haaransatz und bildete im Haar selbst eine dünne, kahle Linie. Der Mann in der blauen Tunika bewegte sich auf ihn zu.

„Dein Vater sucht dich, Joda. Ich fürchte, er ist wütend."

Trotzig zuckte der Junge die Schultern. „Das ist nichts Neues. Werden wir angegriffen, Speermeister? Wer sind diese Fremden?"

„Reisende aus Raife", gab der Speerwerfer zurück, und Dane hörte die erstaunten Rufe der Männer, die sich immer dichter um sie herum drängten.

„Dein Vater wollte, daß du dich um sie kümmerst. Ja, es stimmt, wir sehen uns Banditen gegenüber", fuhr er mit freundlicher Stimme fort, „doch unsere Vorposten wissen, wo sie sind, und sie werden vielleicht keine so große Gruppe angreifen. Jedenfalls werden sie uns nicht überraschen können."

Angesichts seiner überlegten Sicherheit waren die meisten Männer, die sich um den Speermeister gedrängt hatten, zurückgegangen, sich um die Ganjirn zu kümmern. Aber nicht alle.

„Komm, Kleine, bleib ein bißchen hier und unterhalte dich mit uns", hörte Dane eine einschmeichelnde Stimme hinter sich, wo Rianna stand. „Ich habe etwas Hübsches für dich..." Die Stimme brach mit einem keuchenden Laut, der fast wie ein Schrei klang. Dane wirbelte herum, gerade rechtzeitig, um zu sehen, wie der Mann mit der einschmeichelnden Stimme zu Boden ging. Rianna umfaßte immer noch seinen Arm. Sie zerrte mit einer leichten Drehung an Handgelenk und Fingern, und als der Mann sich wieder erhob, stieß er einen gedämpften Schrei aus. Die Bewegung drückte gegen sein Handgelenk.

„Ich lasse mich nicht anfassen", sagte Rianna. Leicht drückte sie auf die Finger, rieb die Knöchel gegeneinander und dehnte die Sehnen, bis er schrie. „Ich möchte, daß das ganz klar ist. Also!"

„Ich habe das doch nicht so gemeint!" Er stöhnte unter den Schmerzen und wand sich. „Laß mich los! Ich tue es auch nicht wieder!"

Einige Männer ließen ihre Ganjir wieder stehen und bewegten sich neugierig auf sie zu. Und einer murmelte nicht weit von Dane entfernt: „Die muß man zähmen. Wie ist es, sollen wir es ihr zeigen!"

„Hm", meinte sein Kollege, „das wäre ein Spaß. Vier oder fünf würden bestimmt mit ihr fertig."

Danes Hand berührte den Schwertknauf, doch er hörte die ruhige Stimme von Meister Rhomda:

„Vier oder fünf absolute Dummköpfe. Habt ihr ihren Freund in Aktion gesehen, Dando? Den mit dem Schwert"

Einer der Treiber, ein untersetzter, muskulöser Mann mit einer gebrochenen Nase und Blumenkohlohren, verzog sein kaputtes Gesicht zu einer Grimasse. „Du wirst uns doch beschützen, nicht wahr, Speermeister?"

„Ich?" Rhomda schüttelte lächelnd den Kopf. „Mir ist meine Gesundheit lieber, als daß ich einen Dummkopf beschütze, der die

Frau eines anderen belästigt. Es gibt in der Karawane genug Frauen. Warum suchst du dir auch eine aus, die sich so gut verteidigen kann?“

Rianna hatte den tölpelhaften Treiber losgelassen. Er saß auf dem Boden und hielt sein beschädigtes Handgelenk. Sie nahm den Speer, den sie fallen lassen hatte, und ging zu den anderen. Dravash beobachtete sie mit einem in Zornesfalten gelegten Gesicht, und Dane konnte fast seine Gedanken lesen: *Diese Protosimianer, schon wieder!* Aratak sah ihnen mit verdutzter Sorge zu. Der Junge Joda hatte seine Augen die ganze Zeit nicht von Rianna abgewandt.

„Folgt mir“, sagte Rhomda kurz. Die Episode war vorüber.

Dane ging hinter dem Speermeister her. Seine Gedanken waren verwirrt von der Masse an Informationen in seinem Hirn. Speermeister. Aber alle trugen Speere, genau wie Rianna. Selbst einige der Treiber hatten Speere in das Geschirr ihrer Tiere gesteckt. Warum gab man nur dem Mann in der blauen Tunika diesen Titel?

Rianna fing seinen Blick auf, und er fragte leise: „Alles in Ordnung. Liebling?“

Sie nickte und lächelte. „Damit bin ich schon fertig geworden, noch ehe ich zehn war.“ Sie bedeutete ihm zu schweigen. „Still. Ich glaube, das hier ist der wirkliche Anführer der Karawane. Der Wagenmeister ist bloß der Anführer der Wachen.“

Sie näherten sich vier Ganjir, die keine Lasten trugen, sondern an einen großen Karren mit Holzrädern angepflockt waren. Der Wagen war mit bunten, abstrakten Mustern bemalt, war muschelförmig und riesig. Dane starrte die Diener an, die sich um ihn scharten. Menschen, sicher, aber gewiß nicht von der gleichen Rasse wie Rianna oder er, anders als alle Protosimianer, die er bisher gesehen hatte. Gewiß nicht von der gleichen Rasse wie die Treiber, Rhomda oder der Junge Joda. Sie hatten kaum ein Kinn, kleine Köpfe und vorgewölbte Brauen, die Dane an Rekonstruktionen der Pithecanthropoiden von Java und Peking erinnerten. Dichte Strähnen tiefroten Haares bedeckten die Köpfe und Teile von Schultern und Rücken wie Mähnen.

Auf der Erde hatte der Mensch im Verlauf seiner Evolution sämtliche niederen Verwandten getötet. Hier hatte die dominante Protosaurierrasse zumindest zwei verschiedene Spezies von Protosimianern erhalten.

In dem Wagen saß zusammengerollt ein seidig schwarzer, reich gekleideter Protosaurier. Dane erkannte ihn an dem Kamm aus netzartigen Knochen auf dem Kopf als ein Weibchen und registrierte aufgrund von Rhomdas Ehrfurcht, daß es jemand Wichtiges sein mußte. Der Speermeister verbeugte sich fast bis zum Boden.

„Edle, ich bringe hier Reisende aus Raife", sagte er und wandte sich dann Dravash zu. „Ihr seht die Karosse der Ehrwürdigen Mutter OOa-nisha des Hauses Thefrassha aus Rahnilor." Mit einer weiteren tiefen Verbeugung trat er zurück und erlaubte Dravash und Aratak, sich der Karosse zu nähern.

„Glücklicher Zufall, Ehrwürdige", sagte Dravash und stellte sich vor. Die Saurierdame verbeugte sich und redete Aratak als „Ehrenwerter Herr" an, ein Titel, zu dem ihn seine Größe berechtigte. Auf ihre Einladung hin bestiegen die beiden Saurier den Wagen und wiesen mit einer flüchtigen Handbewegung auf ihre beiden ‚Diener'. Die Edle und Ehrwürdige Mutter machte eine kaum wahrnehmbare Geste der Begrüßung, was Dane so interpretierte, daß sie ihnen die Erlaubnis erteilte, unter der gleichen Sonne mit ihr zu verweilen. Dane spürte eine Berührung am Arm.

„Hungrig?" fragte Meister Rhomda. „Eure Herren werden euch eine Weile nicht benötigen. Kommt mit. Ich werde euch etwas besorgen..."

In diesem Augenblick hörte man scharfen Galopp neben den anderen Geräuschen, desgleichen eine Reihenfolge schriller Pfiffe, die befehlend klangen.

„Nichts mit Essen", sagte Rhomda und kicherte, als die pferdeähnlichen, gehörnten Tiere über die Straße eilten. „Sieht aus, als habe sich der Alte entschlossen, das Banditenlager anzugreifen. Das ist auch gut so, denn von ihnen gibt es in diesem zivilisierten Teil viel zu viele. Kommt. Auch du, Joda", fügte er, zu dem Jungen gewandt, hinzu. „Wenn du dieses Mal, wenn dein Vater dich ruft, nicht da bist, weißt du, was passieren wird – und dann kann ich nichts mehr für dich tun."

Rhomda machte noch einmal eine von diesen eiskalten, präzisen Bewegungen mit dem Speer, als er sich umwandte, und plötzlich entdeckte Dane die Information wieder, die er die ganze Zeit über gesucht hatte, nämlich die, was es mit der blauen Robe auf sich hatte. Es war das Zeichen des Anka'an-Ordens, einer asketischen Bruderschaft von Elitespeerkämpfern, deren Philosophie und Disziplin Dane manchmal an die Samurai seiner eigenen Welt erinnert hatte.

Überall um sie herum liefen die dunklen Männer, die Speere in der Hand und die macheteähnlichen Messer an der Hüfte. Dane spürte auch in sich die Spannung, die sie zum Rennen zwang. Er blickte zu Rianna, doch sie bemerkte es nicht. Ihr Gesicht war verschlossen, wie er es zuerst auf der Jägerwelt kennengelernt hatte. Er spürte das kitzelnde Prickeln in jedem Nerv, ein sonderbares hohles Knurren in der Magengrube.

Der Wagenmeister glitt von seinem braunen Reittier. Danes Kopf gab ihm unwichtigerweise den Eingeborenennamen für das Tier ein: *Khostli.* Er beobachtete die Augen des Wagenmeisters, die rasch über die versammelten Männer glitten, sah, wie sie beim Anblick Jodas schmal wurden und ein wütendes Erröten sein Gesicht überzog. Offensichtlich hatte der Junge etwas getan, worüber sein Vater wütend war – wütend und auch besorgt. Aber der Wagenmeister hatte im Moment keine Zeit, sich um einen Sohn auf Abwegen zu kümmern.

„Hört zu Männer", sagte er. „Wir haben das Lager der Banditen entdeckt. Wir könnten sie angreifen und überraschen – sie wissen noch nicht einmal, daß wir kommen, und das Lager selbst ist zu stark, um angegriffen zu werden. Aber sie haben Posten unterwegs, die die Straße überwachen. Und wenn sie sehen, daß die Karawane kommt, werden sie das Lager verlassen und uns angreifen. Und ich werde im Dschungel hinter ihnen sein."

Er machte eine Pause, damit sie seinen Plan verarbeiten konnten. Dane sah auf den Gesichtern um ihn her die verschiedensten Ausdrücke: Furcht, Bewunderung, Aufregung. Hier und dort überragten die Gruppe die riesigen Rücken von Sauriern. Ihre schwarzen Schuppen glitzerten bläulich in der Sonne. Die Mienen der Reptile waren undurchdringlich.

„Alles, was ihr zu tun habt, ist, in die Falle zu laufen und so zu tun, als wüßtet ihr von nichts. Sie werden sich auf den Überraschungseffekt verlassen und erwarten, daß ihr verwirrt herumrennt. Was sie nicht erwarten ist eine solide Verteidigung. Und wenn wir sie dann von hinten angreifen, werden wir ihre Linien durchbrechen und sie zerstreuen." Rasch glitt sein Blick über die Männer. „Meister Rhomda, Ihr seid für die Verteidigung der Karawane verantwortlich. Macht die Ganjir bereit und erwartet sie jede Minute. Schickt ein paar von den Wachen zur Karosse der Edlen Mutter. Mögen uns die Gesegneten einen glücklichen Ausgang wünschen." Er sprang zurück in den Sattel seines Khostli und ritt hinüber zu der Stelle, wo Dane und Rianna neben Meister Rhomda und Joda standen. Er beugte sich aus dem Sattel und zischte mit leiser Stimme: „Bleib bei Meister Rhomda, Junge... und versuche dieses Mal, wie ein Mann zu kämpfen. Wenn du mir weitere Schande bereitest, dann sei lieber tot, wenn wir uns wiedersehen."

Er setzte sich aufrecht hin und blickte Rhomda grimmig und trotzig an. „Ich überlasse die Verteidigung Euren Händen, Speermeister. Und ich befehle Euch, die Verantwortung..." Er brach ab und schluckte herunter, was immer auch er sagen wollte, doch eine Sekunde lang sah Dane, wie ein schreckliches Flehen das alte, zornige Gesicht weich machte. Dann wusch die Wut es fort. Wut und dummer Stolz. „Kümmert Euch um die Ehrwürdige Mutter und ihre Ehrengäste, und sorgt dafür, daß die Männer nicht in Panik geraten!" Seine Augen spritzten Gift über seinen Sohn, er wandte das Khostli und rief seine Männer zu sich. Hufe hämmerten über die Steinstraße.

Joda hielt den Kopf gesenkt und starrte trotzig auf die Steine. Meister Rhomda berührte ihn sanft am Arm.

„Joda, dein Vater..." begann er, zuckte aber dann die Achseln. „Dafür haben wir nun keine Zeit, Junge. Kommt!" Der knappe Befehl schloß sowohl Dane als auch Rianna mit ein. *Immerhin akzeptiert er sie, wenn ich auch keine anderen kämpfenden Frauen in dieser Karawane sehe!* Rhomda sprach zu den Männern, die sich in einer langen Reihe aufgestellt hatten, und schickte Joda fort, mit den anderen zu reden. Nach wenigen Augenblicken begannen die Ganjirglocken leise zu klingeln, als sich die lange Reihe der Tiere in Bewegung setzte. Sie schwankten unter der schweren Last der Bündel und Packen.

Lauft in eine Falle und tut so, als wüßtet ihr von nichts. Dane versuchte zu pfeifen, doch sein Mund war zu trocken. Er befeuchtete die Lippen und versuchte es noch einmal. Ein paar Augenblikke später lachte er und merkte, daß er die ‚Petersburger Schlittenfahrt' pfiff.

Er rollte die Schultern und versuchte, sie zu lockern. Er dachte an die kurzen, tückischen Klingen, die diese Menschen trugen, und fragte sich, wie sie sie wohl einsetzten. Dravash hatte Dane alles gezeigt, an was er sich erinnerte, aber er konnte Dane nichts über die Feinheiten einer ganzen Welt mit unterschiedlichen Stilen und Waffenschulen verraten, der er gegenüberstehen würde.

Er erinnerte sich an die Erzählungen von Freunden, die sich in Mittelamerika niedergelassen hatten, wonach die Mayas niemals den Versuch unternahmen, Fliegen totzuschlagen. Sie zerteilten sie einfach mit ihren Macheten in der Luft.

Nun, Fliegen gab es hier genug, und er hatte noch nicht gesehen, daß einer dieser Burschen sie mit einer Machete tötete.

Durch das Glockengeklingel hindurch hörte Dane Riannas Stimme an seiner Seite. Sie sprach rasch und leise.

„Glaubst du, der Plan wird klappen?"

„Wäre gut", antwortete er kurz und unwillig. Er wollte nicht reden. Sie spürte es, lächelte ihm kurz zu und wandte sich ab.

Ein langer Schatten erstreckte sich neben dem seinen auf dem Boden. Er blickte auf und sah Aratak neben sich hergehen. Beide sagten kein Wort, doch alle drei schien ein tröstender Strom zu durchziehen. Sie waren wieder zusammen...

„Macht euch bereit!" Rhomdas Warnung lief die Reihe entlang. Die Ganjir spürten das Unbehagen ihrer Treiber, und die Glocken klangen heftiger, als die Tiere sich schüttelten oder sich gegen die Leitseile wehrten.

Jodas Finger glitten nervös über die helle, vorstehende Narbe. Ein weißer Hieb auf seiner schwarzen Haut. Er biß die Zähne aufeinander.

„Wie bist du daran gekommen?" fragte Rianna plötzlich.

Der Junge blickte sie mit blanker Wut an.

„Was glaubst du denn?" knurrte er sie an. „Ich habe mir das Haar gekämmt, und der Kamm hat mich gebissen!"

Empfindlicher Knabe, dachte Dane und wandte den Blick ab. *Aber stolz ist er auf die Narbe nicht. Einige Jungen in seinem Alter wären das sehr wohl in einer solchen Kultur. Ich frage mich, wie er sie sich zugezogen hat.*

Dann riß wildes Geschrei aus dem Dschungel den Gedanken fort und zerrte an seinen Nerven. Das Gebüsch knackte, als Männer mit Speeren und Macheten schrill schreiend aus dem dichten Unterholz hervorbrachen.

Rhomda brüllte irgend etwas und rannte auf die Banditen zu. Joda rannte mit entschlossenem und wütenden Gesicht hinter ihm her.

Macheten zischten aus ihren Scheiden. Speerspitzen glitzerten in der Sonne, als die Treiber ihre Ganjir stehenließen und sich rasch in einer Verteidigungslinie aufstellten.

Auch Dane rannte los, hatte das Schwert aber noch nicht gezückt. Er sah, wie ein halbes Dutzend Männer auf den blaugekleideten Speermeister zustürzten, sah Rhomdas Lanze gegen einen Körper zucken, dann zur Seite schlagen, wobei er die anderen Speere abwehrte, und wieder zustechen.

Ein Mann mit einem Schwert rannte auf Joda zu. Die kurze Klinge wirbelte in seiner Hand. Der Junge zögerte, hielt seinen Speer vor sich hin und versuchte, den Angreifer aufzuhalten. Die Klinge glitzerte hell. Silbern zuckte es auf. Der Speer traf, doch die kurze Klinge hieb den Schaft kurz vor der Spitze ab, und der Junge wich zurück und versuchte, mit dem geköpften Speer weiterzukämpfen.

Rhomda, der vergeblich versuchte, sich seiner Angreifer zu entledigen, stieß mit dem Speerschaft die eine Klinge beiseite und trieb die Spitze mit einem tänzelnden Schritt zur Seite in Fleisch, zog sie wieder heraus, wirbelte herum und hieb durch die Luft, um den Schlag von hinten abzuwehren.

Ein Speer zielte auf Danes Kehle. Er sprang zur Seite, und die Spitze sauste vorbei. Das Samuraischwert fuhr zischend aus der Scheide, und seine Spitze zog unter dem Ohr des Banditen eine blutrote Linie. Aus der Arterie schoß Blut, und der Leichnam sank zu Boden und vergrub den Speer unter sich.

Danes Linke vereinte sich nun am Schwertknauf mit der rechten Hand, und hinter sich sah er Riannas Speer zustoßen. Als sie sich bückte, um den Speer aus dem Körper des Gegners herauszuziehen, sah er, wie Aratak weit ausholte und drei Banditen enthauptet zu seinen Füßen niedersanken. Überall um sie herum schrien die Menschen und starben.

Flüchtig nahm er Rhomdas blaue Tunika wahr, sah, wie Joda zurückstolperte und unbeholfen eine Lanze abwehrte, was ihm mit der Klinge seiner Machete jedoch gelang. Dann kämpfte Dane um sein Leben, als sich eine Schneide auf sein Gesicht zu bewegte. Sein Schwert zuckte hoch, hieb sie beiseite und schnellte wieder herab, um ihr blutiges Geschäft zu erledigen. Darauf zerrte er es frei und warf es mit aller Kraft gegen einen Speerschaft, der auf seine Brust zielte. Er machte einen Ausfall an der Speerspitze vorbei und schlug kurz und heftig zu, durchtrennte etwas, und begrub die Spitze in dem Körper des Banditen.

Dessen Schrei verwandelte sich in ersticktes Gurgeln.

Als er zurücksprang und seine Klinge aus dem Körper des Angreifers zog, sah er Joda zurückstolpern. Er hörte ihn schreien und sah, wie Blut aus einem Loch in dem weißen Umhang, in dem etwas aufblitzte, schoß. Schreiend brach der Junge zusammen. Sein Schwert wirbelte nutzlos durch die Luft. Der Bandit hob das Schwert zum Todesstreich, doch Rianna, der das leuchtendblaue Halstuch herabgeglitten war, sprang dazwischen und bohrte ihre Lanze in die Brust des Mannes. Seine Augen quollen hervor, als er sie über die Klinge hinweg anstarrte. Blut tröpfelte aus seinem Mund, und er fiel über Joda zu Boden.

Dann war Dane an Riannas Seite, und sein Schwert wehrte eine Lanze ab, die auf sie zielte. Sie befreite ihren Speer und tötete den Angreifer. Eine kleine Gruppe der Banditen wich vor Arataks Riesengestalt zurück – und zögerte, als Hufschläge den Schlachtlärm übertönten.

Reiter auf Khostlis brachen laut rufend aus dem Buschwerk. Die Banditen hielten inne, gerieten in Panik und liefen davon.

Braune und schwarze Khostlis verfolgten sie. Mit Triumphgeschrei rannten die Ganjirtreiber hinter ihnen her. Rianna ließ den Speer fallen und begann den Leichnam des Banditen von Jodas Körper zu ziehen. Aratak bückte sich, hob ihn auf und warf den Toten ins Gebüsch.

Dann sprang ein weinrotes Khostli herbei. Der grauhaarige Wagenmeister sprang herab und lief auf sie zu. Joda stöhnte, setzte sich auf und umklammerte seine blutende Schulter. Rianna zog das auf die Schultern herabgefallene Halstuch ab, wickelte es zusammen und drückte das Bündel fest gegen Jodas blutenden Rücken.

Das Gesicht des alten Mannes, verzerrt aus Sorge und Entsetzen, verzog sich voller Wut und Verachtung.

„Wir haben genug Heilkundige, *Felishtara*", spottete er. „Ihr braucht Euch nicht um diesen Waschlappen zu kümmern!" Wütend starrte er seinen Sohn an. „Schon wieder verwundet also! Und dieses Mal ohne Zweifel im Rücken!"

„Er hat sich verteidigt und gekämpft, Wagenmeister." Das war Rhomdas tiefe Stimme. Der Speermeister des Anka'an-Ordens wirkte so ruhig, als habe er an einem Picknick teilgenommen und nicht an einem Kampf, wenn das blaue Hemd auch blutverkrustet war. „Er ist nicht der einzige Verwundete dieses Kampfes. Und der Speerkämpferin aus Raife habt Ihr zu danken, daß Ihr einen lebendigen Sohn, dem ihr Vorwürfe machen könnt, und keinen Leichnam zu bestatten habt."

Die Augen des Alten zogen sich zu Schlitzen zusammen. „So! Selbst eine Frau kämpft besser als du, mein Sohn!" Der Spott in seiner Stimme war scharf. Er drehte sich halb herum und verbeugte sich vor Rianna, wobei er in dem formellen Singsang offizieller Sprache redete.

„Edle Kriegsheldin, würdet Ihr mein Haus beehren und meinen nutzlosen Sohn unter Eure Fittiche nehmen, um ihn in der Kunst der Waffen zu unterrichten, damit er unter Eurer Leitung zu einem ehrenhaften Mann wird?"

Dane merkte, daß es spöttisch gemeint war. Noch eine Prise Salz in die Wunde des Jungen. Die erwartete Ablehnung – denn an sich hätte eine Frau für einen solchen Schwächling noch mehr Verachtung als jeder Mann übrig haben müssen – war ein weiterer Peitschenhieb für den Jungen, den er bis zum Ende seines Lebens nicht vergessen würde.

„Gut", antwortete Rianna ruhig. „Ich nehme an."

Das erschütterte den Alten. Dane sah, wie der Zorn aus dem faltigen Gesicht wegschmolz, und sein spöttisches Grinsen verschwand, als ihm Riannas Worte schockartig bewußt wurden. Plötzlich tat der Alte Dane leid, wenn der Wagenmeister auch kein Mitleid verdiente. Sicher war das Angebot und seine Annahme oder Verweigerung in dieser Kultur eine ernsthafte Angelegenheit, vielleicht das wichtigste, was jemals zwischen einem Jungen und seinem Vater geschah, und ein unpassender Spott konnte das Glück eines Hauses ernsthaft beeinträchtigen.

„Felishtara ...?" Die Stimme des Alten klang plötzlich flehend, zitterte, doch Riannas Worte kamen bestimmt.

„Ich akzeptiere Euren Sohn als Pflegesohn, um ihn in der Kunst der Waffenführung zu unterrichten. Ich bin eine Fremde aus Raife. Ich beherrsche Eure Sprache nur unzureichend. Gibt es eine offizielle Erklärung dafür, daß ich dies übernehme, die ich nicht kenne? Etwas, das ich sagen muß, damit Ihr es auch akzeptiert?"

Der alte Mann schluckte schwer und schien zurückzuweichen. Lange Minuten vergingen, während Rianna sich über die Wunde des Jungen beugte und den Alten ignorierte.

„Gut", meinte der Wagenmeister endlich und zwang sich, aufrecht zu stehen. „Euch wünsche ich mehr Glück, als ich hatte, *Felishtara.*" Er blickte auf Joda herab, der mit geschlossenen Augen und zusammengebissenen Zähnen dalag, während Rianna sich mit der klaffenden Wunde an seiner Schulter beschäftigte. Der unterdrückte Zorn des Alten brannte durch seine Worte hindurch.

„Hast du das gehört, Junge? Sie ist jetzt deine Herrin! Von ihr wirst du lernen, ein Mann zu sein – etwas, was ich dir nicht beibringen konnte!" Wütend schritt er fort, doch als er sich ein wenig entfernt hatte, sackten seine Schultern herab, als trüge er eine schwere Last auf den Schultern.

„Gut", sagte Meister Rhomda mit zustimmendem Nicken und ging fort.

„Sehr merkwürdig", meinte Aratak, der still zugehört hatte. „Gehe ich recht in der Annahme, daß der Wagenmeister von diesem Kind hier..." Er zögerte bei dem Kahram-Wort und sprach es nicht ganz korrekt aus. „...der Vater ist?"

In Danes Kehle echote die Translatorscheibe leise und gespenstisch *„Männliche Mutter?"*

Rianna nickte. Ein riesiger Protosaurier, offensichtlich ein Arzt, trat hinzu und übernahm die Aufgabe, die Wunde zu säubern und zu behandeln.

„Sehr, sehr merkwürdig", wiederholte Aratak. „Darüber muß ich meditieren. Bist du sicher, daß dies klug gehandelt war, meine Liebe?"

„Jawohl", sagte Dane. „Warum hast du dich da eingemischt?" Er sah auf Joda herab, der bewußtlos geworden war. „Ich gebe ja zu, auch mir hat der Junge leid getan, aber das scheint mir doch ein wenig zu weit zu gehen.“

Rianna lächelte schwach. „Das hatte nichts damit zu tun“, sagte sie, und zwar so leise, daß man es einen Schritt weiter nicht mehr gehört hätte. „Jetzt haben wir einen eingeborenen Führer, der durch seine Ehre verpflichtet ist, mir in allen Angelegenheiten zur Seite zu stehen und das Wissen um meine Handlungen für sich zu behalten, wie merkwürdig sie ihm auch immer erscheinen mögen. Erinnerst du dich...“ Sie hielt inne und blickte sich um. Niemand stand in ihrer Nähe, dennoch vermied sie den Ausdruck in der Sprache des Bunde. „Erinnerst du dich, daß dies hier als heiligere und festere Verpflichtung gilt als die Stammes- und Familienbande? Selbst wenn er die Wahrheit über uns herausfindet – von mir wird er sie nicht erfahren –, wird er mit seiner Ehre verpflichtet sein, uns gegenüber loyal zu bleiben. Und ich bin sicher, er wird uns nützen.“

Dane zuckte die Achseln. Dieser Junge konnte schließlich durchaus Zugang zu wichtigen Informationen haben; es mußte eben nur gelingen, ihm die richtigen Fragen zu stellen. Aber sicher würde er nur eine Last sein, wenn sie kämpfen mußten. Und er war kein besonders liebenswürdiger Typ.

Der alte Wagenmeister hielt sich eine Zeitlang von ihnen fern. Gewiß, er hatte zu tun – die Leichen mußten bestattet werden, und wenn sie weiterzögen, erforderte zweifelsohne vieles seine Aufmerksamkeit.

Erst am Abend, als die Karawane ein Lager aufgeschlagen hatte, sprach er wieder mit ihnen.

Belsar ging hinter einer Dschungelwand unter. Sie waren gerade fertig, den Dienern der Ehrwürdigen Mutter OOa-nisha beim Aufschlagen des Pavillions zu helfen, der die Größe eines kleinen Zirkuszelts besaß. Man hatte die vier Reisenden und Joda eingeladen, sich ihnen anzuschließen. Dane fragte sich, was Dravash ihr wohl erzählt haben mochte. Die Diener hatten ihm berichtet, daß sie und der fremde Sh'fejj während der ganzen Schlacht in der Karosse gesessen und miteinander geredet hatten.

Dane dachte über seinen eigenen Versuch nach, eine Unterhaltung mit den Affenmenschen zu beginnen. Die Wesen wirkten ein wenig intelligenter als Schimpansen, fand Dane, aber nicht viel.

Aber vielleicht tat er dem Affenstamm auch Unrecht.

Dane hätte lieber unter freiem Himmel geschlafen – aber das wäre wahrscheinlich als merkwürdiges Betragen aufgefallen. Die Eingeborenen dieses Planeten waren einer Information von den Lerneinheiten zufolge des festen Glaubens, der Nachthimmel sei mit Millionen von Dämonen bevölkert, die alle hungrig und bösartig seien.

Dane dachte, wahrscheinlich sei es auf einem so dicht bewaldeten Planeten, wo der Nachthimmel durch die Bäume kaum sichtbar war, unvermeidlich, daß die Eingeborenen die Sterne ebenso empfanden wie die Augen, die sich durch die Nacht bohrten und ihre Feuer beobachteten.

Außerdem hielt ein Zelt die Rashas ab.

Das Abendessen stand auf den Feuern, getrennt für Menschen und Saurier. Dane stand am Zelteingang neben Rianna und schnupperte gierig den Duft eines gebratenen Ganjirschenkels ein, der sich über einem Feuer drehte, und versuchte angestrengt, *nicht* das unglaubliche Zeug zu riechen, das man für die Ehrwürdige Mutter und die beiden Reisenden, die ihre Gäste waren, zubereitete. Dane war der Überzeugung, man hatte sämtlichen Abfall der Karawane ein paar Wochen lang liegenlassen und kochte ihn nun zu einem köstlichen insektoiden Leckerbissen zusammen – so roch es nämlich. Als der Geruch Aratak in die Nase stieg, leuchteten seine Augen erwartungsvoll auf. So wünschte er Dravash und Ararak einen guten Appetit – roher Käfer hätte kaum schlimmer sein können – und beeilte sich, um so rasch wie möglich der Dunstwolke zu entfliehen.

Er hörte ein Husten und sah, wie der Wagenmeister auf ihn zukam. Dane war überrascht. Er hatte eher damit gerechnet, daß der Alte sie fortan meiden würde.

„Entschuldigung", murmelte der alte Mann. Sein Blick fiel von Rianna ab. „Aber... ihr seid weitgereist. Habt Ihr vielleicht zufällig schon einmal eine solche Klinge gesehen? Das ist für mich eine völlig neue Waffe. Ich dachte vielleicht... bei Euren Reisen..."

Er streckte ihnen ein langes Messer entgegen. Eine solche Waffe hatte Dane noch nie zu Gesicht bekommen. Als er sie entgegennahm und versuchte, sich die Wunde vorzustellen, die sie reißen würde, überfielen ihn Ablehnung und Abscheu gegen jeden, der eine solche Waffe auch nur bei der Jagd benutzen würde, geschweige denn in einem Kampf gegen ein lebendes Wesen.

Es war eher eine Schaufel als ein Messer, im Querschnitt wie ein V geformt, ein offenes gleichschenkliges Dreieck mit drei scharfen Seiten. An den Spitzen trugen die Schneiden winzige Sägezähne. Und noch schlimmer war, daß die Oberfläche geraffelt wie bei einer Reibe war.

Das war keine saubere Waffe, um zu töten. Das war ein Folterinstrument, geschaffen, um lebendiges Fleisch in Fetzen zu zerreißen. Oh, töten würde es schon – aber die Zähne, die Riefelung, die Spitzen, die waren bei einer Waffe nicht nötig. Sie waren ausschließlich dazu da, Schmerzen zu bereiten.

„Laß mich mal sehen", sagte Rianna scharf, und Dane gab ihr die Waffe. Ihr Gesicht verzog sich in Ablehnung. Sein Blick fiel auf den Griff. Er war weder aus Holz noch aus Knochen und gewiß nicht aus irgendeinem Dane bekannten Metall. Vielleicht war er aus Plastik oder einer Art Porzellan...nichts jedenfalls, was man auf einer barbarischen Welt erwartet hätte!

„Kirgon!" flüsterte Rianna halblaut. „Dane, das muß Dravash sehen, und zwar sofort!" Sie rief in das Zelt hinein, und der Kapitän und Aratak kamen heraus. Sie wandte sich wieder dem Wagenmeister zu.

„Wo habt Ihr das her?" fragte sie ihn. Ihre Stimme klang scharf und wütend, und er verteidigte sich.

„Von einem der toten Banditen. Woher sonst? Macht man solche Klingen in Raife? Wenn das stimmt, dann habe ich dafür keine Bewunderung."

Rianna schüttelte verneinend den Kopf. „Nicht in Raife. Weiter weg, noch viel weiter. Aber ich habe einmal eine solche Klinge gesehen, ein einziges Mal."

Feuer blitzte auf Dravashs nadelspitzen Fangzähnen, als er aufblickte.

„Kirgon, da gibt es keinen Zweifel."

Rianna fragte: „Aber wie kommt sie hierher? Wie gelangte sie in die Hände eines gemeinen Banditen?"

Der Wagenmeister fragte: „Kennt Ihr das Land, wo die Waffe herkommt?"

Dravash dachte lange Zeit über die Antwort nach, bevor er redete.

„Das kann Euch niemand sagen, edler Herr. Aber ich habe von Räubern gehört, die von weit her kommen und die solche Waffen tragen. Ich kann Euch den Namen des Landes nicht nennen, noch es Euch auf irgendeiner Karte zeigen. Ich kann Euch nur sagen, daß sie über alle Vorstellung hinaus böse sind."

„Wenn man sich das Ding ansieht, fällt es einem leicht zu glauben", sagte der Wagenmeister. „Und wenn ich es mir ansehe, frage ich mich, wie die Gesegneten es zulassen können, daß solche Wesen existieren."

„Die Wege der Gesegneten sind unermeßlich", sagte Aratak, und der Wagenmeister nickte.

„Das ist gewiß. Wenn auch alles in Zweifel zu ziehen ist – ihre Wege sind für uns unerforschlich und nicht zu hinterfragen." Er schüttelte den Kopf, als ihm Dravash die fremde Klinge zurückgeben wollte. „Die Heiligen mögen verhüten, daß ich meine Ehre beflecke, indem ich ein solches Ding bei mir führe. Behaltet es, Edler Herr, und bringt es denen zur Kenntnis, deren Aufgabe es ist, über das Unheil auf dieser Welt Bescheid zu wissen. Edler Herr, *Felishtara...*" Er verbeugte sich vor Rianna und Dane. „Ich wünsche Euch eine sichere und angenehme Nacht." Er hielt inne und blickte zum Himmel, der noch ein wenig hell war, sich aber schnell zuzog. „Ich werde froh sein, wenn ich die heutige Nacht in meinem Zelt verbringen kann. Es heißt, daß in diesen Landen die Macht der Sternendämonen zugenommen hat."

„Wie meint Ihr das?" fragte Dravash scharf, und der alte Mann zwinkerte mit den Augen.

„Es ist vielleicht Unsinn, Geschwätz von Narren, die über jeden Schatten stolpern, doch ich habe merkwürdige Geschichten über Ungeheuer gehört, die hier ihr Unwesen treiben sollen und die niemand mit einem ehrlichen Speer erwischen kann. Wahrscheinlich hat irgendein betrunkener Dummkopf im Mondlicht einen Baumstamm gesehen und geglaubt, er sei hinter ihm her, und er hatte Angst, es zuzugeben. Oder er lief vor einer Rasha davon, die er sich nicht zu töten getraute, und erfand ein Ungeheuer, um seine Feigheit zu vertuschen. Aber man weiß nie, was geschieht, wenn die Sternendämonen umherziehen."

Sie beobachteten, wie sich der Wagenmeister in die Dunkelheit davonmachte. Die Feder auf seinem Kopf nickte mit entmutigender Zustimmung.

„Nun", sagte Dane schließlich, „eine Frage können wir Joda immerhin stellen."

Man hatte die Pritsche des Jungen neben denen von Dane und Rianna aufgestellt. Dane dachte, wie unangenehm das werden würde. Aber Kulturen dieser Art konnten sich so etwas wie Intimität vielleicht nicht leisten. Es war wahrscheinlich, daß Joda dem, was sie taten, nicht die leiseste Aufmerksamkeit schenkte – nur Dane mußte sich daran gewöhnen. Und es Rianna einreden...

Die Schulterwunde verheilte gut. So barbarisch wie dieser Planet war, hing doch der medizinische Standard keineswegs zurück. Vielleicht konnten sie denen vom Bund sogar einiges beibringen. Dane war kein Experte, aber er erinnerte sich, daß man dies als das wichtigste Zeichen für ein verlorengegangenes Raumschiff angesehen hatte, wenn auch Anadrigo darauf hinwies, daß medizinischer Fortschritt nicht von einem fortgeschrittenen Stadium in anderen Bereichen abhängig war. Auf dieser Welt hatte man schon früh Linsen geschliffen, was natürlicherweise zu der Entdeckung von Bakterien und dies wiederum zu Asepsis und Bakteriziden geführt hatte.

Joda schlief, und man würde ihm für einige Zeit keine Fragen stellen können. Dane kroch auf seine Pritsche und merkte, daß es im Moment keine Rolle spielen würde, ob sie nun ungestört sein würden oder nicht. Heute nacht würde er sich nicht wie ein Protosimianer verhalten. Er war verdammt noch mal zu müde. Er spürte schon, wie ihm der Schlaf über die Stirn kroch, als sein Kopf die zusammengerollte Decke berührte, die er sich als Kissen zurechtgemacht hatte. Er würde schlafen, schlafen, schlafen, und er fragte sich, ob er jemals wieder aufwachen würde.

Aber er erwachte wieder und hörte draußen vor dem Zelt nackte Füße über Gras gehen. In der Dunkelheit griff er nach dem Schwert und lauschte.

Jemand bewegte sich im Schatten des Zeltes. Rianna lag zusammengerollt dicht neben Dane und atmete ruhig und tief. Dann erschien am Zelteingang eine Silhouette, die vor dem Feuerschein sichtbar wurde. Als die Plane zur Seite fuhr, erblickte man flüchtig Joda, der in die Nacht hinein verschwand.

Vorsichtig löste sich Dane von Rianna. Sie murmelte verschlafen etwas, wachte aber nicht auf. Mit dem Schwert in der Hand folgte er dem Schatten.

Draußen glitzerten die Sterne herab, eine Armee von Lichtern am samtenen Himmel. Es schien kein Mond, und es war auch keiner nötig. Belsar lag mitten in der Galaxis, und die Sterne standen so dicht und hell am Himmel, daß er vielfarbig blitzte. Ehrfürchtig blickte Dane einige Minuten lang zum Himmel. Dann erinnerte er sich wieder an Joda und sein geheimnisvolles Weggehen. Er biß die Zähne aufeinander in Erwartung eines Verrats – er konnte sich nicht vorstellen, weswegen oder wofür – und blickte sich auf dem Platz um.

Joda war in einiger Entfernung von ihm stehengeblieben. Er stand einfach da. Eine Hand lag auf der verwundeten Schulter, als habe er Schmerzen. Er starrte zum Himmel hinauf. Stand einfach da und sah hinauf.

Dane schüttelte den Kopf und unterdrückte ein Gähnen. Plötzlich kam er sich sehr albern vor. Was, zum Teufel, fiel ihm eigentlich ein, diesem Kind nachzuspionieren? Warum lag er nicht im Bett und erholte sich von den Strapazen des Tages und für die des vor ihm liegenden? Joda war also beeindruckt, wenn er die Sterne ansah. Warum auch nicht? Nach einer alten Redensart von seiner verlorenen Erde war das weder illegal noch unmoralisch, noch machte es dick. Dane wandte sich um, und sein nackter Fuß stieß gegen einen Stein. Joda drehte sich um und erblickte ihn.

„Habt Ihr keine Angst, Reisender aus Raife?“ fragte er, und seine Stimme, sein Gesicht, sein ganzer Körper waren der reine Spott. „Die Sternendämonen werden Euch den Mut rauben und Eure Vernunft zerstören. Wenn ihnen danach zumute ist, können sie eines Nachts einfach niederfahren und Euch in den Himmel schleppen, um Euch zu verspeisen! Wißt Ihr denn nicht, daß Euch die Sternendämonen die Knochen vereisen, Euch das Haar ausfallen lassen, Euch Zahnschmerzen bereiten und die Milch Eures Lieblingskhostlis sauer werden lassen können? Wenn die Gesegneten nicht so tugendhaft wären, würden sie wahrscheinlich die Welt verbrennen. Geht lieber wieder in Euer sicheres Zelt, ehe sie Euch in kleine Stücke zerreißen.“

Dane starrte ihn an. Schließlich sagte er: „Und das alles glaubst du, Joda?“

Im Sternenschein erkannte Dane, daß kein Spott mehr in den Zügen des Jungen lag, sondern nur noch Erstaunen.

„Nein“, antwortete Joda, „Ihr denn? Alle glauben es.“

Dane zuckte die Achseln und lächelte ihn an. „Ich habe mich nie viel darum gekümmert, was die anderen Leute glaubten.“

„Und Ihr habt wirklich keine Angst vor den Sternen?“ fragte Joda. Es klang fast wütend.

Dane schüttelte den Kopf. „Nein, mir ist noch nie ein Sternendämon begegnet, und wenn ich vor etwas Angst habe, dann nur vor etwas, was ich kenne, etwas, von dem ich weiß, es könnte mir weh tun.“

„Das ist komisch“, sagte Joda ruhig. „Ich bin ein ziemlicher Feigling, Reisender aus Raife. Mein Vater sagt, ich würde eines Tages im Bauch einer Rasha enden, und wahrscheinlich hat er recht. Ich bin dumm und unbeholfen, und deine Speerwerferin ist soviel besser, daß ich Angst vor ihr habe. Wenn ich vor einem Kampf stehe, denke ich immer, ich werde vor Angst sterben, bevor mir ein Feind auch nur nahe kommt. Ich habe sogar vor den Ganjir Angst, und das ist ziemlich albern. Ich bin in ihrer Nähe aufgewachsen. Meine kleine Schwester kann sie einfach so auf die Felder führen. Aber vor den Sternen habe ich noch nie Angst gehabt. Ich bin ein solcher Feigling, daß ich kaum in der Lage sein werde, überhaupt erwachsen zu werden, aber aus irgendeinem Grund habe ich vor den Sternen keine Angst. Und Ihr seid die einzige Person, die ich kenne, die so denkt wie ich und keine Angst vor ihnen hat.“

Er hielt inne. In dem hellen Sternenschein sah Dane, wie sich sein Gesicht wütend zusammenzog.

„Im Dorf sagen sie, daß in den Sternen Dämonen leben und daß die Heiligen und Gesegneten im Boden sind, um uns zu beschützen. Aber ich glaube das alles nicht! Das sind Märchen, wie sie uns die Großmütter erzählen, über den Zwerg, der den Kindern die Milchzähne stiehlt und sie einpflanzt, damit daraus Felsen wachsen. Märchen! Ich glaube nicht, daß es Götter, Heilige oder Gesegnete gibt und auch keine Dämonen in den Sternen. Und wenn ich es glaubte...“ Wieder blickte er in den funkelnden Himmel und sagte mit ernster Stimme: „Wenn ich es glaubte, würde ich es andersherum glauben, nämlich, daß der Himmel der Ort der Heiligen und Gesegneten sei. Seht doch, Reisender aus Raife, kann etwas so Wunderschönes unheilvoll sein?“

Dane antwortete: „Du hast recht, weißt du. Da gibt es nichts zu fürchten." Und er fragte sich, ob es richtig war, den Jungen gegen die Tabus seiner Kultur aufzubringen.

„Ist das, weil Ihr aus Raife seid? Glaubt man in Raife nicht an Sternendämonen, Fremder?"

„Ich heiße Dane", sagte dieser, „und ehe ich hierherkam, habe ich noch niemals von Sternendämonen gehört." Nun, das stimmte auch. „Aber ich habe vor kurzem etwas über Sternendämonen gehört, die wirklich erschienen sein sollen – die die Leute erschreckt und verschleppt haben. Ich bin weit weg von zu Hause, und an merkwürdigen Dingen bin ich immer interessiert. Merkwürdige Vorgänge."

„Abergläubischer Unsinn", schnappte Joda. „Märchen, um die Kinder zu erschrecken. Leute, die von Sternendämonen fortgetragen und gezwungen wurden, für sie zu arbeiten. Geheimnisvolle Waffen, die keine Menschenhand schmieden kann. Dämonen, die als Tierungeheuer durch den Wald stolzieren. Die Heiligen, die die Dämonen vertreiben – alles Unsinn und widersprüchlich!"

Vielleicht, dachte Dane, dem die Kirgon-Waffe einfiel, *vielleicht lassen die Wesen, die diese Waffen benutzen, jeden Dämonen vergleichsweise harmlos erscheinen. Wenn du davon einen triffst, Junge, brauchst du keinen Dämonen mehr.*

Und was, fragte er sich, würden diese Menschen uns antun, auch der Junge Joda, wenn sie nur erahnten, wo wir wirklich herkommen? Wenn die Sterne böse sind – was würde mit uns, die wir von den Sternen kommen, geschehen, wenn sie die Wahrheit entdeckten?

„Es gibt keinen Grund, vor den Sternen Angst zu haben", sagte er, „aber die Nachtkühle ist für eine frische Wunde nicht gut. Geh doch zurück ins Zelt und schlaf dich aus, ja?"

„Ihr seid nicht mein Herr." Der Junge spuckte ihn an. „Das ist *sie*!"

Danes Nachgiebigkeit gegenüber Joda verschwand plötzlich wieder. *Verwöhntes, faules Kind! Kein Wunder, daß sein eigener Vater seinen Anblick nicht ertragen kann.*

„O Hölle", sagte er. „Dann bleib doch hier, hol dir den Tod, und mir soll es egal sein!" Kochend ging er zurück in das Zelt. *Sternendämonen, aber wirklich!*

8

„Aber es war weiß. Ich schwöre es!“

Dane setzte den Becher mit dem süßlichen Bier der Eingeborenen ab, von dem er getrunken hatte. Ein Schauder rann ihm den Rükken herab. Die Stimme war aus dem Hintergrund des großen schattigen Raums, der den Zweck einer Schenke erfüllte, an sein Ohr gedrungen.

„Weiß? Du bist zu lange in der Mittagssonne gewesen“, antwortete die andere Stimme entschieden. „Wie kann ein Dämon von den Sternen weiß sein? Vielleicht hast du eine Vision der Gesegneten oder der Heiligen gehabt...“

„Es war kein Heiliger und keiner aus dem Reich der Gesegneten“, beharrte die Stimme. „Ich habe das Ding gesehen, und es war weiß!“

Ein Chor von Gelächter antwortete ihm. „Gesehen! Ha, wenn du einen Sternendämon gesehen hättest, würdest du nicht mehr hier sitzen können und erzählen, daß er weiß gewesen ist!“ Eine Stimme übertönte die anderen, und Dane stand still auf und ging, die Schale vorsichtig in der Hand tragend, an der Wand entlang und suchte sich einen Weg zwischen den Tischen hindurch. In seinem Kopf klang die Stimme aus dem Informationswürfel, den Vilkish F’Thansa kurz vor seinem geheimnisvollen Tod oder Verschwinden besprochen hatte: *Eine sonderbare weiße Gestalt.* Zum ersten Male schien es, seine normale Gewohnheit, in der Mittagszeit, wenn fast jeder in Rahnalor Schatten und Erholung suchte, die Schenke aufzusuchen, würde Erfolg haben. Seit Wochen lebten er und seine Kameraden nun in Rahnalor und verfolgten vorsichtig die geringsten Anzeichen darauf, was mit dem verschwundenen Team von Sh’fejj des Bundes geschehen sein könnte. Doch bislang hatte es nicht einmal Gerüchte gegeben. Als wenn sich die Erde aufgetan und sie alle verschluckt hätte.

Doch jetzt war es auch die geringste Spur wert, verfolgt zu werden. Auch ein so geheimnisvolles Geschwätz wie von einem Betrunkenen, der über eine unerklärliche weiße Gestalt faselte. Er blieb stehen und lauschte der Stimme und den anderen, die sie unterbrochen hatten. Dann sah er den Sprecher, einen querköpfigen alten Mann mit weißem Haar über einem faltigen, nußbraunen Gesicht.

„Wie hast du denn dieses Wunder bemerkt – und warst du auch nüchtern, als du es gehört hast?"

„Nüchtern, durstig und fleißig bei der Arbeit", sagte der erste Sprecher. Es war ein hochgewachsener, stämmiger Mann mit arbeitserprobten Muskeln und einem verbissenen Gesichtsausdruck. Er war wie ein Khostlitreiber gekleidet. „Ich habe auf meinem Feld das Unkraut für die nächste Einsaat beseitigt, und dieses... dieses Ding kommt über den Zaun, greift sich ein Kalb und ist wieder verschwunden, noch ehe ich schreien kann. Es war schrecklich. Nichts kann sich so schnell bewegen. Keine Rasha. Kein Granth. Kein Vogel. Und es war weiß! Weiß wie dein Haar, weißer als ein Augapfel!" Er warf den Kopf zurück, nahm einen langen Schluck aus seiner Schale, wischte sich den Mund ab und starrte sie kämpferisch an.

Der alte Mann sagte: „Und woher weißt du, daß es ein Sternendämon war?"

„Was soll es denn sonst gewesen sein. Kannst du mir das sagen?"

„Weiß ist die Farbe der Reinheit, die Farbe des Reichs der Gesegneten", meinte der dritte Mann am Tisch. Er war klein und flink, trug eine bestickte Jacke und einen Federschmuck aus grünen und roten Federn. „Es kann kein Sternendämon gewesen sein. Manchmal werden Tiere weiß geboren. Wieso glaubst du, daß es ein Sternendämon war?"

„Weil es sich so rasch bewegte", beharrte der andere hartnäckig. „Kein Tier und keine Mißgeburt bewegt sich so rasch. Ich habe Jahre damit zugebracht, die Rashas von meiner Herde fernzuhalten. Ich weiß, wie die sich bewegen. Und wenn es kein Sternendämon war, was war es dann? *Es hatte sechs Beine!*"

„Oh, das ist zuviel", meinte der alte Mann. „Jetzt übertreibst du aber. Du hast etwas gesehen, und weil du nicht zugeben willst, daß du es nicht töten konntest, nennst du es einen Sternendämon.

Wenn Tiere weiß geboren werden, sind sie ungewöhnlich mutig. Das muß so sein, andernfalls würden sie nicht lange leben, weil sie im Dschungel jeder erkennt. Du hast eine mißgestaltete Rasha gesehen."

„Dann zeig mir mal eine Rasha mit sechs Beinen! Oder einen Granth! Ich sage dir, es war keine Rasha. Bewegte sich eher wie ein Granth..." – Dane erinnerte sich, daß dies das aggressive, hochintelligente wieselähnliche Raubtier war – „...nur schneller, schneller sogar als ein Granth. *Und es hatte sechs Beine!*" Er starrte trotzig vor sich hin.

„Aber wenn es sich so schnell bewegt hat, wie konntest du da die Beine zählen?" fragte der Alte, doch der dritte sagte ruhig: „Nein, hört mal zu. Das hat mir der Speermeister erzählt. Er sagte, er sei der Spur meilenweit gefolgt, und es waren mehr Abdrükke, als vier Füße machen können, und sie waren alle irgendwie anders. Vielleicht hat er das Wesen gesehen, das der Speermeister verfolgt hat. Aber das war bei der Großen Schlucht. Du sagst, das Ding hatte sechs Beine? Und es war groß genug, um ein Kalb fortzuschleppen? Das einzige Lebewesen mit sechs Beinen, das ich jemals gesehen habe, war ein Käfer von dieser Größe..." Er zeigte es mit der Hand auf dem Tisch. „Irgendein komischer Riesenkäfer aus der Großen Schlucht vielleicht? Da unten kommt alles mögliche vor."

„Es war nicht wie ein Käfer", sagte der Bauer. „Eher wie ein Granth, nur hatte es einen langen, niedrigen Körper, ungefähr so hoch..." – er deutete die Höhe über dem Boden an – „...und einen langen Schwanz. Und es bewegte sich schnell und geradeaus. Ihr wißt doch, wie sich ein Granth bewegt. Er kommt auf einmal seitlich und schnüffelt mit gesenktem Kopf. Aber dieser griff direkt an, schnappte sich das ganze Kalb und machte sich damit davon, so schnell, wie man es sich kaum denken kann. Ihr wißt doch, wie ein Granth tötet. Kopf nach unten, zerrt und beißt, schlägt dich mit seiner großen Tatze nieder und beißt dann die Kehle durch. Aber dieses hat sich nicht so verhalten, kam direkt wie ein angreifendes Ganjir, bäumte sich auf, schnappte sich das Kalb und schleuderte es noch blökend fort. Ein großes Kalb war das, und das Ding wurde nicht einmal langsamer dabei!" Er schüttelte den Kopf vor Erstaunen und winkte nach einem weiteren Bier. „Wenn sich das nicht nach einem Dämon anhört, weiß ich nicht, wie ihr es nennen wollt."

„Hört sich an, als wärest du zu lange in der Sonne gewesen", meinte der Alte höhnisch, doch der schlanke Mann mit dem Federschmuck schüttelte den Kopf, daß die Federn auf und ab nickten.

„Vielleicht auch nicht, Großvater, da draußen in der Großen Schlucht sollen Sternendämonen am hellichten Tag Leute fortgeschleppt haben. Aber das habe ich nie geglaubt, denn ich dachte, Sternendämonen kämen nur des Nachts, oder stimmt das alles nicht mehr in dieser Welt?"

„Entschuldigung, ihr guten Leute", sagte Dane und rückte näher an den Tisch heran, wobei er dem Kellner, der zwischen den Tischen herging, zuwinkte, mehr Bier zu bringen. „Ich konnte nicht umhin, euer Gespräch mit anzuhören. Ich bin ein Reisender von weither..." – bewußt sprach er das Kahram weniger gut als er eigentlich konnte – „...aber auf der Straße hierher habe ich von Leuten gehört, die vollständig verschwunden sind, nachdem sie... eine merkwürdige weiße Gestalt gesehen haben, die sie für einen Dämon hielten. Stimmt es... daß man noch andere gesehen hat?"

Drei Paar Augen musterten ihn, während der schlanke Mann mit den Federn sagte: „Ihr? Ihr seid doch einer von den Leibwächtern dieser Juwelenhändler aus Raife – der Riese und sein Partner. Nein, in Raife habt Ihr davon nichts gehört, glaube ich. Aber da unten in der Großen Schlucht in der Nähe von Peshilor gab es einen Ausbruch von Sternendämonen, die bei hellichtem Tag Menschen und Vieh fortschleppten. Sie haben nach einer Ank'an-Streife geschickt, und mit Hilfe der Gesegneten Heiligen ist es ihnen gelungen, einige zu töten. Die anderen sind wieder verschwunden. Aber einer muß übriggeblieben sein, der nun die Bauern erschreckt, wie unseren Freund hier, und ihre Kälber fortschleppt. Seit zwei Monden sind sie auf der Jagd nach ihm. Man hat dort schreckliche Geschichten erzählt – wie Menschen verbrannt sind durch das Feuer, das die Dämonen auf sie geschleudert haben, und wie man ganze Dörfer in den Bäuchen von großen Metallkarren fortgebracht hat."

„Das hat der Speermeister mir auch erzählt", sagte der Bauer. „Sagt, ich hätte Glück gehabt, daß es nur ein Kalb und nicht eines meiner Kinder genommen hat." Er schüttelte sich. „Hoffentlich spüren sie es auf und bringen es um. Meister Prithvai kann sagen, was er will, aber wir Leute in den Dörfern müssen gegen genug Dinge ankämpfen – Rashas und Granths und wenn das Futter in trockenen Jahren auf den Feldern verbrennt –, als daß wir auch noch von Sternendämonen heimgesucht werden müßten. Wo sind die Priester, damit *sie* mit den Dämonen fertig werden?"

„Dämonen, Dämonen, ich will nichts mehr über Dämonen hören", sagte der Alte mit schriller, zitternder Stimme. „Ich sage dir, das war eine weiße Rasha, eine, die so geboren wurde – und Meister Prithvai redet von Dämonen, um zu rechtfertigen, was die Anka'an-Streife von uns nimmt, damit sie uns bewacht! Warum verschwenden sie nicht ihre Energie darauf, Rashas zu jagen, wie die, die vor zehn Jahren meinen Sohn getötet hat? Damals hat man nicht die Anka'ans geholt, nicht einmal einen einzigen Speermeister! Wenn man eine Rasha tötet, so sagen sie, kommen dafür viele zurück."

„Da hat er auch recht", sagte der dünne Mann. „Es gibt zu viele Rashas, um alle töten zu können. Man kann es doch den Anka'ans nicht vorwerfen, daß es so viele Rashas gibt."

„Ha!" rief der Alte wütend. „Vielleicht können sie nicht alle töten, aber wenn man den ganzen Orden daran setzt, zusammen mit jedem, der schon ein Kind durch eine Rasha verloren hat, könnte man sie soweit ausrotten, daß es wenigstens in der Nähe der Städte sicher ist. Wenn wir es wirklich unternähmen, könnten wir jede Rasha im Tal töten und die anderen in die Berge oder in die Große Schlucht treiben. Den Anka'an-Orden mit seinem Gewäsch über die Heiligen, die den Rashas das Recht zu töten gegeben haben – bringt sie alle um, sage ich, bis zur letzten Tatze. Wir könnten es schaffen, wenn wir es richtig anpacken."

„Und wer würde dann die wilden Ganjir und die Rehe von den Feldern fernhalten?" fragte der Dünne. „Die Rashas töten sie, und wir töten die Rashas, und alles ist am Ende gleich, wie Meister Prithvai sagt."

„Ihr Stadtleute", knurrte der Alte. „Ihr lebt hinter Mauern, und wenn eine Rasha ein Bauernkind tötet, zuckt ihr die Achseln und jammert über das Böse in der Welt, aber ihr verliert eure Kinder nicht an die Rashas! Und die Ersten Wesen sind genauso schlimm, wenn sie über die Große Kette des Lebens predigen – wo doch jeder weiß, daß die Rashas *sie* nicht essen und auch nicht ihre Eier.“

Dane überließ sie ihrem Streit. Er wußte, wenn er sie unterbrach, würde es zu nichts führen. Er wußte von der Landkarte her, daß die Stadt Peshilor flußabwärts von Rahnalor lag, jenseits der Großen Schlucht, wo die Donnerfälle zu der Stelle flossen, die man das Auge der Welt nannte... das große Binnenmeer, umgeben von Bergen, einer der riesigen Krater, die Dane so erstaunt hatten, als er den Planeten zum ersten Mal aus dem Raum gesehen hatte.

Er ging auf die Straße und spürte die Hitze selbst hinter den Lidern, als sei er in einen Brennofen getreten. Dünne weiße Markisen erstreckten sich zwischen den Häusern, um die schlimmste Sonneneinstrahlung und die Sterne bei Nacht abzuhalten und die Menschen vor deren unheilvollem Einfluß zu beschützen. Einige der schmaleren Straßen waren aus diesem Grunde vollständig überdacht. Dane wunderte sich nicht mehr darüber, daß die Menschen den Himmel fürchteten. Als er eine kurze unüberdachte Strecke überquerte, merkte er, daß er den offenen Himmel über sich inzwischen ebenso mied wie die Eingeborenen.

Es war nicht nur die schreckliche Hitze von oben, die Kopf und Schultern verbrannte, wenn das allein auch schon schlimm genug war. Die Hitze durchströmte ihn auch durch die Schuhsohlen hindurch. Die gestampfte Erde unter seinen Füßen fühlte sich an, als liefe er über einen heißen Grill.

Rahnalor bestand in Wirklichkeit aus zwei Städten. Das Gasthaus lag im Sektor für Menschen. Über ihm, auf der Höhe, erhob sich die Stadt der Ersten Wesen mit ihren Flachdachgebäuden. Sie dienten dazu, die Hitze zu konzentrieren, die die Menschen nur schwer aushalten konnten, und die daher *ihre* Stadt so gebaut hatten, daß die Hitze vermindert wurde. Dane zog den Kopf zwischen die Schultern und eilte unter die nächste Plane.

Zuerst hatte es die protosaurische Stadt der Ersten Wesen gegeben, umgeben von den vereinzelten Dörfern derjenigen, die für sie arbeiteten, sowie von weiten Feldern mit Pflanzen, die sie nicht essen konnten. Später war die Unterstadt von Rahnalor im Tal entstanden, Heimat eines friedlichen, Ackerbau betreibenden Stammes, der mit Fellen handelte und für das saurische Monopol der Eisen- und Schmiedeindustrie arbeitete. Dann hatte es die Invasion der Barbaren gegeben und den Heiligen A'assioo.

Am Ende der überdachten Straße gelangte Dane auf einen offenen Marktplatz. Die von den Steinen reflektierte Hitze versengte seine Beine. Er zog die Kapuze der Jacke über den Kopf, um ihn vor der Sonne zu schützen, wenn er es auch nicht schätzte, auf diese Art nicht mehr richtig zur Seite sehen zu können. Unablässig klingelten die Ganjirglöckchen, wenn sich die großen Tiere in der Hitze bewegten. Falkner priesen ihre Waren an, und die Stimmen von Tausenden von Händlern summten, heulten, stritten über Preise.

Dane zog gegen das grelle Licht, das vom Pflaster abstrahlte, die Augen zu Schlitzen zusammen. Er wünschte sich, die Protosimianer hier hätten Sonnenbrillen erfunden. Er begann, durch die leuchtendbunten Stände und Teppiche, auf denen die Händler ihre Waren ausgebreitet hatten, hindurchzugehen. Bauern feilschten um ihre Waren, Juweliere priesen ihr Handwerk an. Als Dane an einem der Schmuckstände vorbeikam, sah er einige Stücke, die aus den exotischen ‚Juwelen aus Raife' angefertigt waren, ihrem vorgeblichen Grund hierherzukommen. Zuerst waren sie vor einigen Tagen hier gewesen, er und Aratak, Dane hatte als bezahlter Leibwächter hinter ihm gestanden und demonstrativ die vorbeiziehende Menge gemustert, während sich Aratak mit den örtlichen Händlern stritt. Dann hatte Aratak die restlichen Juwelen zusammengepackt – und eine hübsche Menge des hier gültigen Geldes – und hatte Dane entlassen, wobei er ihm noch ein paar Münzen zuwarf, so daß Dane nun seinen eigentlichen Geschäften nachgehen konnte, nämlich innerhalb des Menschenghettos Gerüchten nachzugehen.

Dane kam an Schwertschmieden, Webern, Sandalenmachern und Jägern mit allen Arten von Pelzen vorbei – darunter war auch ein seltenes weißes Granthfell, das Dane an den streitbaren Bauern erinnerte, dem man ein Kalb gestohlen hatte –, an Bildhauern und Schnitzern, Musikanten und Geschichtenerzählern, die Menschenmengen um sich versammelten, die unter den Zelteingängen Kühle suchten, an Reisenden mit Gewürzen, Kräutern und Parfüm, Wahrsagern, die Amulette, Fetische, Glücksbringer und Liebestränke verkauften, und Dutzenden von anderen Kaufleuten, deren Waren Dane nicht einmal annähernd erkannte.

Und über alldem Lärm und der Lebhaftigkeit des Marktes thronte die leuchtendweiße Statue des Heiligen A'assioo mit ausgestreckten Vordergliedmaßen und blinden Marmoraugen. Unter der Kapuze des langen Gewandes, das die restliche Gestalt verhüllte, sah die flache protosaurische Schnauze hervor. Das Gewand verhüllte alles außer den segnenden Vorderfüßen und Händen.

Die Statue war alt. So alt wie die Stadt. Vor Tausenden von Jahren war eine Nomadenhorde den Fluß herabgestürmt und hatte das friedliche Menschendorf überfallen. Damals war der Heilige A'assioo erschienen und hatte den Kriegern den Frieden gepredigt und ein Gemetzel vermieden. Der Stamm hatte sich im Tal niedergelassen und die riesige Menschenstadt errichtet, die dort nach und nach entstand, als die Karawanenstraßen, die hier die Furt überquerten, Zivilisation und Handel mit sich brachten. Die Ersten Wesen der Stadt auf dem Hügel verehrten ebenfalls den Heiligen A'assioo. Die Mythologie von Belsar IV war voll von solchen protosaurischen Heiligen, Lehrern und Friedensbringern, die aus einem unbekannten Reich gekommen waren, um unter den Menschen zu leben und ihnen Weisheit und Zivilisation zu bringen. Rahnalor war nicht die einzige Stadt, die von einem solchen Heiligen gegründet worden war.

Dane erinnerte sich an eine der Lerneinheiten:

Der Einfluß der Protosaurier auf die protosimianische Kultur von Belsar war tiefgehend und durchaus fördernd. Die Legende von dem Heiligen A'assioo, der bei der Invasion von Rahnalor die barbarischen Horden entwaffnete, und von dem Heiligen Ioayaho, der die Bogenschützen des Eroberers Ashraku entwaffnete, waren für die Entwicklung der Zivilisation in diesen Regionen fundamental. Predigten, die diesen und anderen Heiligen zugeschrieben wurden, ihre beispielhafte Lebensführung und ihr schrecklicher Tod stellten den Schlüssel der moralischen und philosophischen Kultur ganz Belsars dar. Wenn auch vieles ihrer früheren Leben offensichtlich mythologisiert wurde, um sie mit der Unterwelt, dem ‚Gesegneten Reich' in Verbindung bringen zu können, sind beide eindeutig historische Gestalten. Es ist erwähnenswert, daß es selbst innerhalb der protosimianischen Kultur auf Belsar niemals einen protosimianischen Heiligen gegeben hat.

Natürlich hatten Aratak die Philosophen-Heiligen von Belsar besonders interessiert, und er hatte viele der Sprüche von A'assioo und anderen Heiligen auswendig gelernt, besonders von dem Heiligen Ziyamoay des fernen Raife. Diese Zitate hatten – zumindest in der Öffentlichkeit – die Aussprüche des Göttlichen Eies ersetzt. „Alle Weisheit ist eins", hatte Aratak angemerkt, als Dravash ihn damit aufzog. „Und das wird durch die Tatsache bewiesen, daß nicht allein das Göttliche Ei, sondern auch der Heilige Ziyamoay und der Heilige Ioayaho das gleiche gesagt haben."

Wie jedesmal blieb Dane trotz der brennenden Hitze stehen, um zu der eindrucksvollen Marmorstatue hinaufzusehen.

Inmitten der Hitze, des Lärms und der Grelle lag in der ruhigen, gutmütigen Gestalt etwas Tröstendes, Starkes und Beruhigendes. Selbst wenn er nicht gewußt hätte, daß sich um die Statue des Heiligen A'assioo handelte, hätte er den Dargestellten für irgendeinen Heiligen gehalten. Wenn man sich die Saurierschnauze nicht allzu genau ansah, erinnerte ihn die Statue an eine hypermodernistische Darstellung des Heiligen Franziskus, die er einmal in San Francisco gesehen hatte: Ein Heiliger, der die Hände unter der Mönchsrobe ausstreckte, um den Hafen zu segnen. Kurz dachte er an einen Vers aus einer belsarischen Dichtung, den Aratak zitiert hatte: *Die Heiligen leiden mit uns in der Sonne, obwohl das Reich der Gesegneten im kühlen Schatten liegt.*

Nun, die Heiligen hatten ihre Mission, und er hatte seine. Er schüttelte die nachdenkliche Stimmung ab, ging durch die vielköpfige, lärmende Menge des Marktes und dachte an die Gerüchte, die er im Wirtshaus gehört hatte.

Weiß. Schneller als ein Granth. Sechs Beine – und das war selten, selbst auf den Welten des Bundes. Sicher kein einheimisches Tier. Dämonen von den Sternen, die Feuer schleuderten und Menschen in den Bäuchen ihrer Metallfahrzeuge forttrugen. Das war etwas für Dravashs Ohren.

Er sah die vertraute blaue Tunika aufblitzen und erhob grüßend den Arm. Dann erkannte er, daß es nicht Meister Rhomda war, sondern ein anderer Angehöriger des Anka'an-Ordens, ein schlanker Mann, breitschultrig, eine Vogelscheuche mit der Anmut eines Tänzers. Sein Gesicht war schmal und hakennasig. Er erwiderte Danes Gruß mit einer gleichgültigen, höflichen Geste, schob den todbringenden Speer mit der gleichen bestechenden Präzision auf die andere Seite, die Dane inzwischen vertraut geworden war, und schritt über den Platz. Dane zögerte, wollte ihm schon nacheilen und ihn nach den Sternendämonen fragen, gegen die man offensichtlich den Anka'an-Orden zu Hilfe gerufen hatte. Aber der fremde Speermeister war schon außer Sichtweite, und es wäre wohl leichter, Meister Rhomda aufzuspüren – der ein freundschaftliches Interesse an dem Jungen Joda hegte und ein- oder zweimal zu dem Haus, in dem Aratak und Dravash lebten, gekommen war.

Dane erreichte die andere Seite des Marktplatzes und stürzte sich in die angenehme Dunkelheit der Straße der Fremden – eine Gegend, wo es jederzeit für Reisende und Fremde Häuser gab. Dane hätte es Vermietung auf Zeit genannt. Dravash und Aratak hatten sich zusammen ein Haus genommen und ein weiteres für ihre ‚Diener' – Dane, Rianna und Joda – angemietet, und niemandem war es in den Sinn gekommen, sich zu fragen, ob sie wirklich Schmuckhändler aus dem fernen Raife waren. Wenn sie allerdings wirklich Händler gewesen wären, hätten sie eine erfolgreiche Geschäftsreise absolviert. Der Protektionsrat hatte ihnen von der Zentrale des Bundes eine riesige Kollektion von großen und kleinen Edelsteinen mitgegeben, die überall innerhalb des Bundes häufig vorkamen und billig waren, jedoch auf Belsar als selten und teuer galten. Sie hätten vom Ertrag ihrer Verkäufe den Rest ihres Lebens in bescheidenem Luxus verbringen können. Dane hoffte, daß sie dazu nicht gezwungen sein würden.

Das Haus, das Dravash für sie gefunden hatte, war groß, flach und breit angelegt und aus Holz und Ziegeln um einen Innenhof herum gebaut. Es gab eine Sektion für höhere Menschen und eine für Submenschen, die Dravash eingestellt hatte, um die Arbeiten für sie zu verrichten. Dane, Rianna und Joda teilten sich eine Abteilung des Hauses mit einem flachen Schilfdach, das ständig mit einer Bewässerungsanlage feucht gehalten wurde, um drinnen Kühle zu schaffen. Die Fenster waren mit dünnem, rauhem Tuch verhangen, das nachts die Insekten abhielt. Dane empfand das Haus als feucht, und die Submenschen, die vorher hier gewohnt hatten, waren nicht die saubersten gewesen, doch es war angenehm kühl und ruhig.

Die Sonne stand jetzt so tief, daß ein Teil des Hofes nicht mehr in der Sonne lag. Rianna und Joda übten dort im Schatten der Mauer. Rianna nahm ihre Aufgabe sehr ernst. Stundenlang hatte sie dem Jungen die Grundbegriffe der merkwürdigen Judoart ihrer Welt beizubringen versucht, die sie ‚eine Kampfart' nannte, ‚die den Angreifer sich verteidigen läßt'. Zusätzlich hatte sie Dane veranlaßt, dem Jungen die Grundbegriffe von Karate beizubringen und ihn schließlich im Fechten zu unterrichten.

Er wird besser, dachte Dane, als er Joda und Rianna bei der Übung dieser Verteidigungskunst beobachtete. Vielleicht lag es daran, daß er vor Rianna nicht soviel Angst hatte wie vor seinem Vater, und daß sie ihn nie geschlagen oder lächerlich gemacht hatte. Seine Miene drückte nicht mehr diese Mischung aus Unterwürfigkeit, Mißmut und Aufsässigkeit aus, die Dane so gegen ihn aufgebracht hatte. Intensives Training ließ die Unbeholfenheit seines Körpers langsam verschwinden.

„Nein, nein", sagte Rianna, die ihn genau beobachtete. „Du weichst immer noch zurück, und zwar gerade in dem Moment, in dem du angreifen solltest. So..." Sie trat mit einer raschen Bewegung auf ihn zu, und unfreiwillig zuckte er zurück.

Man muß ihn ständig geschlagen haben. Das macht manche Kinder trotzig. Aber manche macht es furchtsamer. Schläge sind nichts gegen Feigheit, aber genauso muß ihn sein Vater behandelt haben.

Rianna blieb mitten in der Bewegung stehen. Mit einer Sanftheit, die Dane überraschte, sagte sie: „Joda, weißt du denn immer noch nicht, daß ich dir nicht weh tue? Meine Verteidigung stand offen – sieh. Alles, was du zu tun hattest, war, mich so zu schnappen..." Und sie griff nach seinem Arm und zeigte ihm den Griff, den sie hatte provozieren wollen, doch wieder zuckte er zusammen und trat außer Reichweite.

„Ihr habt mir aber neulich weh getan", verteidigte er sich. „Hier, man sieht es immer noch."

Riannas Wut flammte auf. Sie öffnete den Mund für eine scharfe Entgegnung.

„Eines Tages wirst du auf jemanden treffen, der dir wirklich weh tun will, und wenn du dann nicht darauf vorbereitet bist..." begann sie, dann beherrschte sie sichtlich ihre Gereiztheit und sagte ruhiger: „Geh doch lieber da rüber in den Sand und übe, dich fallen zu lassen, bis du weißt, daß Hinfallen nicht so weh tut, wie du denkst. Dein schlimmster Feind sind nicht die Hiebe, die du abbekommst, sondern die Angst, die du vor ihnen hast."

Unterwürfig und mißmutig ging der Junge zur anderen Seite des Hofes, und Rianna kam auf Dane zu, wobei sie sich mit einem ihrer zigeunerhaften Kopftücher den Schweiß von der Stirn wischte.

Dane sah hinter Joda her und meinte: „Ziemlich hoffnungsloser Fall, nicht wahr?"

„Es geht", verteidigte sich Rianna, „aber er paßt keineswegs in diese Kultur."

„Ich glaube", sagte Dane und senkte die Stimme, damit der Junge ihn nicht hören konnte – pflichtgemäß führte er die Grundübungen der Entspannung aus und versuchte, so schlaff wie möglich in die Sandgrube zu fallen –, „er wäre auf jeder Welt ein Unglücksrabe."

„Warum magst du ihn nicht, Dane?"

„Ich weiß es nicht. Er ist..." – Dane suchte nach dem richtigen Wort – „...er ist ungezogen. Gemein. Sarkastisch. Ein Feigling. Ich kann ihn einfach nicht sehen, das ist nun mal so."

Rianna zuckte die Achseln. „Diese Welt ist feindselig gegenüber jedem, der nicht über den Mut oder die Kampftechnik verfügt, ihr entgegenzutreten. Wie würdest du dich fühlen, wenn dir dein ganzes Leben lang nur Feindseligkeit entgegenschlägt? Auch du wärest wahrscheinlich auf gemeine, miese Weise aggressiv."

Dane hatte seine Zweifel, ob ihn irgend etwas so widerspenstig machen würde, und sagte es auch.

„Das Problem bei dir ist", gab Rianna scharf zurück, „daß du keine Vorstellungskraft besitzt. Eigentlich hast du viel Ähnlichkeit mit dem Vater des Kleinen. Du verachtest ihn, weil er nicht so mutig ist wie du. Wenn er auf einer zivilisierten Welt groß geworden wäre, säße er jetzt in irgendeiner Universität und würde Wissenschaftler, Astronom oder irgend etwas anderes, was seiner Begabung entspräche. Und er wäre ein anderer Mensch! Ich versuche lediglich, ihm beim Überleben zu helfen! Warum kannst du mir nicht dabei helfen, anstatt dich so ablehnend zu verhalten? Es klappte gut mit ihm, bis du gekommen bist, und dann ist er wieder erstarrt, weil er weiß, daß du ihn verachtest und unfreundlich behandelst."

Dane sagte stirnrunzelnd: „Vielleicht gehe ich ihm besser aus dem Weg!" Warum, zum Teufel, war Rianna diesem Jungen gegenüber so unverschämt beschützend geworden? Er hatte bei ihr niemals einen mütterlichen Instinkt vermutet, und es paßte auch nicht zu ihr! Er sagte: „Mir scheint, wir verbringen unsere Tage hier ausschließlich damit, über diesen Jungen zu streiten."

Ihre Miene wurde weicher. „Das stimmt. Das tut mir auch leid, Dane." Ihr Arm glitt unter seinen. „Du bist doch nicht etwa eifersüchtig, oder? Mein Gott, er ist doch noch ein Kind!"

Eifersüchtig? Dane prüfte sich selbst. Nein, so nicht, wenn er auch eine ganze Menge dagegen einzuwenden hatte, wieviel Zeit und Energie Rianna an den Jungen verschwendete, und natürlich hatte sie dadurch weniger Zeit für ihn. Er drückte ihren Arm fest an sich, wandte sich ihr zu, um seine Wange an ihre zu legen, und sagte: „Aber du mußt auch zugeben, daß uns einiges abgeht, wenn wir ihn die ganze Zeit um uns haben, stimmt's, Liebling?"

Sie lächelte zu ihm hoch, in der alten, vertrauten Art und Weise, und murmelte: „Wir müssen uns etwas einfallen lassen, wie wir das regeln können."

Aber Joda hatte sie offensichtlich aus den Augenwinkeln beobachtet. Als er sah, wie sich Riannas Aufmerksamkeit Dane zuwandte, kam er auf sie zu.

„Würdet Ihr mir diesen Angriff noch einmal zeigen? Ich versuche es noch einmal, ohne zurückzuzucken."

Rianna berührte Danes Lippen sanft mit den Fingerspitzen, und ihr Mund formte flüsternd das Wort „später", was er als gespenstisches Echo aus seiner Scheibe in der Kehle vernahm. An manchen Tagen vergaß er es für längere Zeit. Dann lächelte sie Joda resigniert an, nahm die geschnitzte Waffe, die den kurzen Klingen der Eingeborenen ähnelte und die sie zu Übungszwecken benutzten, und ging in die schattige, weicherdige Ecke, wo sie immer übten.

Als er die Verteidigungsposition einnahm, ging sie auf ihn zu, um ihn zu korrigieren.

„Nein", sagte sie. „Deine Füße müssen weiter auseinander stehen. Erinnere dich immer daran, daß du dein Balancezentrum finden mußt. Wenn du meine Position nachahmst, klappt es nicht, weil ich eine Frau bin und mein Gewicht anders verteilt ist. Finde heraus, wo dein eigenes Körperzentrum liegt. Und jetzt komme ich auf dich zu…" Sie machte einen Ausfall und senkte dabei langsam die Waffe. „Bück dich und laß mich durch meine Bewegung davontragen und darüber…" Sie gestattete ihm, über sie zu treten und fing sich mitten in der Bewegung auf. „Und jetzt versuchen wir es in normaler Geschwindigkeit."

Ihr Holzschwert sauste auf seinen Kopf zu. Er fuhr zur Seite, wie sie es ihm gezeigt hatte, griff nach dem Handgelenk, schien jedoch mitten in der Bewegung zu erstarren. Schmerzhaft schlug das Schwert auf seinen Arm, und der Junge schrie auf und umklammerte den verletzten Arm.

„Ich kann es nicht!" jammerte er. „Ich bin einfach zu tolpatschig. Ich werde es nie schaffen!"

„Unsinn!" rief Rianna und fügte dann mit einem geduldigen, ermunternden Lächeln hinzu: „Dieses Mal habe ich doch deinen Arm getroffen und nicht deinen Kopf, stimmt's? Das ist schon besser."

Der Junge befühlte die Narbe auf seiner Stirn und blickte nervös mit einem unsteten Blick zu Dane. Dane dachte widerwillig: *Warum, zum Teufel, kann er mir nicht geradewegs in die Augen sehen? Er tut so, als erwarte er von mir, daß ich ihn trete, und dann möchte ich dies manchmal auch gerne tun.*

„Es wird schon spät", sagte Rianna, „und langsam bekomme ich Hunger. Gehen wir uns waschen, oder?"

Dane fragte: „Wo sind Dravash und Aratak?" Die Übungsstunde des Jungen hatte ihn wieder davon abgelenkt, Dravash die wichtigen Neuigkeiten, die er auf dem Markt gehört hatte, zu übermitteln – schon wieder, dachte er vorwurfsvoll, steht uns der Junge bei der Aufgabe im Wege, deretwegen wir hergekommen sind. Er blickte Rianna stirnrunzelnd an.

„Dravash sonnt sich oben auf dem Herd", sagte sie, wobei sie mit „Herd" den Mittelteil des Hauses meinte, der für Menschen unerträglich heiß war. „Und Aratak badet schon wieder."

Joda kicherte. Baden war Arataks heimlicher Luxus geworden. Ungeachtet des Regens am ersten Tag nach ihrer Landung, der Dane einen völlig falschen Eindruck vom Klima vermittelt hatte, war dieser Planet weitaus trockener als der Arataks, und Aratak empfand dies trotz seiner Hautumwandlung als ziemlich unerträglich. Es gab nicht die Tümpel mit dickem, schwefelhaltigem Schlamm, die auf Arataks Heimatwelt so zahlreich waren; daher hatte er sich das regelmäßige Baden in dem Zierteich des Hauses angewöhnt. Schnell merkten sie, daß dies als bemerkenswerte Exzentrizität galt, und sie versuchten, die Häufigkeit seiner Badezeiten geheimzuhalten. Dane vermutete, daß die Submenschen darüber tratschten, doch er glaubte nicht, daß ihnen andere außer ihresgleichen zuhörten. Daher spielte es wahrscheinlich keine Rolle. Doch er wünschte, Aratak würde seine Baderei in die Nacht verlegen.

„Komm besser mit, sie suchen", meinte Dane. „Ich habe... etwas erfahren." Sie nickte verstehend und wandte sich Joda zu.

„Nimm dein Schwert und übe damit bis zum Abendessen auf dem Holzstoß, wie ich es dir gezeigt habe."

Der Junge ging, und Dane und Rianna machten sich auf den Weg zum Hauptteil des Hauses. Rianna trug zu diesen Unterrichtsstunden die Kleidung der Männer hier – einen gewickelten Rock und ein kurzes Jäckchen mit einer Kapuze, die im Innern der Häuser abgelegt wurde. Sie band sich jedoch zusätzlich bei irgendwelchen Aktivitäten ein enges Band um die Brust. Wenn sie in die Stadt ging, was selten vorkam, mußte sie die hiesige Kleidung der Frauen tragen: Nackt bis zur Taille, mit einem langen Wickelrock, der sie in ihren Bewegungen hinderte. Am Oberkörper trug sie außer einem Kopfschleier und vielen klappernden Ketten und Amuletten nichts. Sie schwitzte von der Hitze und den Übungen, und ihr Haar lockte sich in vielen kleinen, zerzausten Spiralen um den Kopf. Dane beobachtete sie, wie sie mit ihrem stolzen Gang über den Hof schritt. Sie war ihm vertraut und lieb. Die dunkle Haut und das Haar gaben ihr einen aufregenden Aspekt von Fremdartigkeit und Geheimnis. Wenn sie auch schon ein Jahr zusammenlebten, war sie ihm doch immer noch fremd und würde es wohl immer bleiben. Plötzlich dachte er, daß sie zum ersten Mal seit langer Zeit wieder allein waren, eigentlich zum ersten Mal, seit Rianna den Jungen adoptiert hatte. Er legte ihr eine Hand auf den Arm, um sie zurückzuhalten, und seufzte dann. Dies war eine wichtige Angelegenheit. Es wäre besser, gleich damit zu Aratak und Dravash zu gehen. Protosaurier dachten immer, Protosimianer mit ihren affenähnlichen Instinkten seien nur allzu bereit, die wichtigen Dinge der Welt ihren beherrschenden und unkontrollierbaren sexuellen Instinkten zu unterwerfen, und er wollte dieser Meinung nicht weitere Nahrung liefern.

Sie lächelte, weil sie offensichtlich seinen Gedankengang erkannte, nickte jedoch und deutete auf die Tür zu „Herd". Sie gingen dort niemals hinein. Es war wie ein Feuerofen und Dravashs Lieblingsplatz.

Der riesige schwarze Sh'fejj lag ruhig da und hatte die durchsichtigen Innenhäute seiner vorstehenden Augen gesenkt, um die Pupillen zu schützen. Er schlief, oder er kommunizierte mit Weitsprecher.

„Ich habe auf dem Markt etwas gehört", begann Dane, und Dravash erhob sich sogleich lebhaft.

„Erzähl es mir. Aber du fühlst dich natürlich in diesem Raum nicht wohl. Vielleicht sollten wir Aratak aufsuchen. Ich glaube", fügte er stirnrunzelnd hinzu, „er geht wieder dieser unbegreiflichen Beschäftigung nach, seinen Körper in kaltes Wasser zu tauchen. Eines Tages, dessen bin ich gewiß, wird er davongeschmolzen sein."

Sie gingen in den Ziergarten mit Kakteen und Sukkulenten inmitten eines großen Hofes. In der Mitte befand sich ein großer Zierteich mit Marmormosaiken, riesigen Wasserblumen, die die Oberfläche hellila und blau betupften, und zwischen den Blumen entdeckte Dane die großen, vorstehenden Augen Arataks, der ansonsten unter Wasser lag. Dravash winkte ihn ungeduldig aus dem Wasser, und Aratak wälzte zögernd seinen riesigen Körper auf den Marmorrand.

„Wenn du mit dieser sybaritischen Aufmerksamkeit, dich dem Zustand deiner Hautoberfläche zu widmen, fertig bist..." begann Dravash.

Milde entgegnete Aratak: „Du tust mir Unrecht, Kollege. Ich habe über Weisheit meditiert..."

„Die Weisheit deines Heiligen Unausgebrüteten vermutlich", meinte Dravash, und Aratak hob resigniert den Blick.

„Nein, über die Weisheit der Gesegneten Heiligen, weil sie den kühlen Boden als ihr Reich gewählt haben. Die Göttliche Weisheit meint zu Recht, daß es richtig sei, für eine perfekte Meditation dem

Körper Annehmlichkeit zu verschaffen, und es ist die größte Weisheit, seine Gedanken auf immer auf die Heilige Perfektion der Göttlichen Regionen zu lenken. Und wenn ich daher absolute Bequemlichkeit suche, schaffe ich gleichzeitig in meiner Seele eine metaphysische Reaktion auf den Status des Heiligen Segens..."

„Die Heiligen mögen uns behüten!" Dravash Brauenfalten zuckten so heftig, daß sich Dane flüchtig fragte, ob auch Saurier epileptische Anfälle bekamen. „Ich hätte mir denken können, daß du irgendeinen religiösen Vorwand für deine abscheulichen Schwelgereien finden würdest. Aber während du hier in..." – er schluckte bei Arataks kurzem, drohenden Blick und fügte dann hinzu – „...in heiliger und gesegneter Meditation daliegst, ist unser protosimianischer Kollege wie ein Heiliger losgegangen, hat in der Sonne des Marktplatzes gelitten und ist nicht mit leeren Tatzen zurückgekommen. Sollen wir ihn anhören?"

Dane gab die Unterhaltung wieder, die er in der Schenke gehört hatte, und die beiden Protosaurier hörten wortlos zu.

„Hört sich an", meinte Rianna, „wie ein Sklavenhund der Kirgon."

Dravash brummte seine Zustimmung. „Sie stammen von einem anderen Planeten des Kirgonsystems. Ich habe ihre Verbindung mit den Kirgon niemals begriffen..."

„Ich aber", meinte Rianna. „Sie sind ebenso heimtückisch, unmoralisch und grausam!"

Dravash zuckte mit den Achseln, als sei dies zu unbestritten, als daß man einen Kommentar dazu abgeben müsse. „Jedoch ergibt deine Geschichte kaum Sinn, Dane. Ich kann nicht glauben, daß ein paar Eingeborene, unterstützt von den Speermeistern der Anka'an die Kirgon vertrieben haben können und so viele von ihnen töteten, daß nur ein einziger Sklavenhund übrigblieb. Die Kirgon könnten wirklich der Grund sein für das, was dem Personal des Stützpunktes zugestoßen ist – aber was ist dann mit den Kirgon geschehen?"

„Vielleicht", schlug Rianna vor, „sind sie dem gleichen geheimnisvollen Schicksal zum Opfer gefallen, das deine Sh'fejj im Stützpunkt überkam?"

„Die Albinoprotosaurier?"

Aratak nickte. Er sagte. „Ich kenne eine solche Rasse nicht. Aber es gibt viele Dinge im Universum, sowohl innerhalb des Bundes als auch außerhalb, die ich noch nie gesehen habe. Wie schon das Göttliche... eh... der Heilige A'assioo sagte: Die Vielfältigkeit der Schöpfung ist wahrhaft unendlich."

Dravash meinte: „Ich kann mir nur schwer eine protosaurische Rasse vorstellen, die albinohaft und kriegerisch zugleich ist – kriegerisch genug, um eine Invasorentruppe von Kirgon zu vernichten!"

„Ich kann mir einen solchen Stamm vorstellen", entgegnete Aratak, „aber ich würde es viel, viel lieber nicht tun."

„Oh, kommt", protestierte Dane. „Es überstrapaziert schon die Phantasie, wenn man sich zwei Zivilisationen vorstellt, die Belsar zugleich erobern wollen – der Galaktische Bund und die... wie heißen sie doch gleich... die Kirgon. Und jetzt denkt ihr noch an eine dritte? Warum sollte das für irgend jemanden interessant sein? Belsar ist doch nicht so wichtig!"

„Das finde ich eigentlich nicht", gab Dravash zurück. „Persönlich finde ich ihn zwar sogar zu uninteressant, um hier zu forschen, und trotz des phantastischen Klimas intellektuell nicht anregend. Und bitte erinnert euch, Kollegen", fügte er besonders zu Dane gewandt hinzu, „daß es sowohl unrichtig als auch beleidigend ist, von dem Stützpunkt des Bundes als Teil einer Invasion zu sprechen. Es war eine wissenschaftliche Expedition, die hier forschen wollte, ohne die hiesige Zivilisation im geringsten zu stören, um anschließend wieder abzureisen, ohne sie irgendwie zu behelligen."

„Tut mir leid", meinte Dane. „Ich habe es nicht beleidigend gemeint. Aber ich kann mir einfach nicht vorstellen, daß drei fremde Rassen hier auf einem kleinen Planeten am Rande des Nichts zusammentreffen. Das hört sich an wie..." Er hielt inne, weil er wußte, wenn er sagen würde: „Hört sich an wie ein Science Fiction-Roman", würden sie absolut nicht begreifen, was er damit meinte. „Hört sich zu phantastisch an, um es glauben zu können. Und wenn es hier eine Art Krieg zwischen drei fremden Rassen gegeben haben sollte, warum haben dann die Eingeborenen nichts davon bemerkt? Ich könnte mir vorstellen, daß in einem solchen Fall jede Stadt hier vor Gerüchten und merkwürdigen Geschichten summen würde – und ich habe in drei Wochen nur diese eine Geschichte gehört!"

„Barbaren auf dieser Stufe haben keine Vorstellung von dem Planeten als Ganzem", sagte Dravash, „und die Neuigkeiten verbreiten sich nur langsam. Theoretisch könnte es hier Kirgon geben, Mekhar auf dem anderen Kontinent und die Albino-Protosaurier irgendwo anders, und wir würden nicht unbedingt etwas davon erfahren. Immerhin mußt du im Auge behalten, daß eine Gesellschaft auf dieser Stufe..."

Das sanfte Dröhnen des Torgongs ertönte, und kurz darauf erschien Joda und brachte einen Boten herein, einen wichtig aussehenden Menschen, dessen reich besticktes kurzes Jäckchen zeigte, daß er Diener in einem der großen Häuser auf dem Hügel der alten Protosaurierstadt war.

„Ich komme", sagte der Mann, „mit einer Botschaft für die Ehrenwerten Fremden Thrava'ash Effiyim und seinen höchst verehrungswürdigen Ältern Stammesbruder A'aratakha. Sehe ich mich in meiner unbedeutenden Unwürdigkeit diesen Edlen gegenüber?"

„Das ist der Fall", sagte Dravash, machte eine ungeduldige Handbewegung, und der Bote überreichte ihm einen versiegelten Umschlag. Dravash riß ihn rasch auf, und ein sonderbarer, schwerer, moschusartiger Duft, der nicht unangenehm war, durchströmte den Raum. Dane spürte ein komisches Kitzeln im Rücken, halb angeekelt und halb mit unbewußter, fast rassisch bestimmter Angst erfüllt. Dravash reckte sich mit einem leisen, stöhnenden Ton, und sein Mund öffnete sich zu einem Bellen. Aratak bäumte sich auf. Seine Nüstern schnupperten, als wittere er einen Widersacher, und dennoch hätte Dane schwören können, seine Miene verrate ekstatisches Entzücken.

„Schnell, aus dem Weg", zischte Rianna, zerrte an seinem Arm, und Dravash schoß mit einem wahnsinnigen Heulen auf das Tor zu, schnell gefolgt von Aratak, der mit ungeheurer Geschwindigkeit hinter ihm herrobbte. Der Bote war zur Seite getreten vor den Reptilien, doch er folgte ihnen eilig durch das Tor hinaus. Dane hörte, wie sie röhrend und schreiend die Straße herabjagten, was den Boden erzittern ließ.

Er starrte ihnen in gelähmtem Entsetzen hinterher.

„Was..." murmelte er, als er sah, daß sie forttobten wie Jungen auf einem Schulausflug. Er hörte Riannas Kichern und wandte sich ihr fragend zu. „Was hat das zu bedeuten? Sind sie beide verrückt geworden?"

„Das kann man wohl sagen", kicherte Rianna und wand sich in Lachkrämpfen. „Und das nach allem, was Dravash über die Protosimianer zu sagen hatte!" Sie hielt sich den Bauch und brach in hysterischem Gelächter fast zusammen. Schließlich hatte sie sich wieder soweit berherrscht, um sagen zu können: „Ich habe vergessen, daß du über die sexuellen Gebräuche der Protosaurier nicht allzu gut Bescheid weißt. Offensichtlich hat man hier ähnliche Gebräuche wie die Sh'fejj, was, wenn man es recht bedenkt, ein Argument zugunsten Anadrigos sein könnte..."

„Worüber, zum Teufel, redest du?" fragte Dane, und Rianna erklärte es ihm.

„Es sind zyklische Wesen. Wenn ein Weibchen hitzig ist... bei den Sh'fejj findet das etwa alle drei Standardjahre statt... schickt sie an alle bemerkenswerten Männchen in der Nachbarschaft eine Einladung aus. Ich vermute, daß Lady Ooa'hassa, deren Wappen ich auf der Livree erkannt habe, eine Vorliebe für Fremde und wichtige Reisende hat. Und während der nächsten paar Tage hält sie eine kleine, permanente Orgie mit ausgewählten Gästen bei sich ab. In Wirklichkeit ist das sehr vernünftig. Jedes Ei muß nämlich separat befruchtet werden, und so schaffen sie eine maximale genetische Vielfalt. Man kann sehen, daß es für die Männchen überaus anregend ist, so wichtig oder erfolgreich zu sein, um von einem Weibchen von hohem sozialen Status eingeladen zu werden. Diesem Brauch schreibt man einen Großteil des Erfolges zu, den die protosaurische Rasse errungen hat."

„Aber warum... und was...?"

„Oh, ihr Benehmen? Du weißt doch, welche Sorgen sie sich um die Protosimianer machen. Sie wissen, daß es für uns keine besonderen Zeiten für Sexualverkehr gibt. Daher glauben sie, wir wären genauso wie sie, aber die ganze Zeit über, aufgeladen, rasend und absolut unfähig, an irgend etwas anderes zu denken. Bei ihnen ist es entweder alles oder nichts. Wenn ein Männchen einmal den Duft aufgespürt hat..."

„Ja", meinte Dane. „Das wollte ich fragen."

Rianna nahm den geöffneten Umschlag und zog ein reich besticktes seidenes Taschentuch oder einen Schleier heraus. „Das ist... äh... eine Drüsenabsonderung. Wenn ein Weibchen in die Hitzeperiode kommt... also, ganz offen gesagt... wischt sie sich mit den Schleiern ab und schickt sie als Einladungen hinaus."

Dane lachte herzlich. „Und sie besitzen den Nerv, sich über die Protosimianer Gedanken zu machen!"

Rianna nickte. „Wie ich schon sagte – wenn ein Männchen einmal den Geruch in der Nase hat, interessiert es sich für nichts anderes mehr, bis diese Zeit vorüber ist. Sie essen nicht, schlafen nicht und so weiter, eine ganze Zeit lang." Sie schob ihren Arm unter seinen. „Gut, daß deine Geschichte kein sofortiges Handeln erfordert. Dravash und Aratak sind wahrscheinlich in den nächsten zehn Tagen nicht zu gebrauchen."

Sie starrte auf den Teich, den Aratak verlassen hatte. Plötzlich lachte Dane. Jetzt waren sie wirklich allein. Joda war nämlich wahrscheinlich auf der Suche nach dem Abendessen, das man schon riechen konnte, verschwunden. Nicht einmal die mißtrauischen Protosaurier waren noch da. Er legte den Arm um Rianna und küßte sie lange und zärtlich.

„Laß uns schwimmen gehen", meinte er, „und dann probieren wir auch eine Orgie. Ich kann dir nicht versprechen, es zehn Tage lang durchzuhalten – immerhin bin ich nur Protosimianer –, aber ich werde mein Bestes tun."

Ihre Lippen trafen auf seine. „Warum nicht?"

9

Es wurden elf Tage, und in dieser Zeit gab es für Dane und Rianna nichts zu tun, außer daß sie wie richtige protosimianische Leibwächter das Haus bewachten, wie es bei den Ersten Wesen immer zu solchen Zeiten üblich war. Dane ging jeden Tag auf den Markt und suchte Meister Rhomda. Sein Hintergedanke war, den Speermeister zu einem Getränk einzuladen und mit ihm über den Auftrag des Anka'an-Ordens zu reden, die merkwürdigen Sternendämonen aufzuspüren. Er war sicher, daß der Speermeister noch in der Stadt war. Zuvor hatte er ihn Dutzende Male zufällig getroffen. Aber jetzt, da er ihn suchte, war Rhomda nur noch einer von vielen Hunderten von Menschen in der Stadt, und natürlich lief er Dane nicht über den Weg.

Es gab also nichts anderes zu tun, als Rianna bei der Ausbildung Jodas zu helfen, für beide ein aufreibende Tätigkeit. Er brachte dem Jungen die Karate-Grundbegriffe bei und arbeitete ihn langsam in einfachere *Katas* ein. Wieder und wieder unterwies er den Jüngling in den anmutigen, tänzerischen Bewegungsabläufen, ging geduldig immer wieder die einzelnen Positionen durch und versuchte, seinen Ärger über die hartnäckgen Beschwerden und trotzigen Kommentare hinunterzuschlucken.

Aber er tat, was er konnte, und begann auch schon Verbesserungen zu erkennen, sah, wie durch die wiederholten Bewegungen aus Unbeholfenheit Anmut wurde. Es war ein Wunder, das er beim *Dojo* viele Male auf der Erde beobachtet hatte, wie die Disziplin langsam die Muskeln und Gedanken durchdrang, Harmonie aus Unverbundenheit schuf und Seele und Körper zu einem harmonischen Ganzen formte.

Er übte mit dem Jungen auch Fechten, doch das war ein anderes Problem. Die Technik mit den kurzen Klingen der Eingeborenen war vollständig anders als bei dem beidhändigen Samuraistil, den Dane gelernt hatte und anwandte. Er bedauerte, niemals den Stil studiert zu haben, den die Samurai für das kürzere Wakazashi entwickelt hatten, doch er erinnerte sich von den wenigen Malen seines früheren Lebens, als er es vorgeführt bekommen hatte, daß es dem europäischen Säbelstil nicht unähnlich war.

Bevor Dane sich mit den japanischen Kampfarten beschäftigt hatte, war er ein ziemlicher Experte in Degen und Säbel gewesen, und jetzt versuchte er, dies bei Jodas Übungsstunden anzuwenden.

Natürlich war der moderne ‚ungarische' Stil, der darauf beruhte, ein Stück gebogenen Stahls mit den Fingern herumwirbeln zu können, nutzlos bei einer Klinge mit einigem Gewicht. Dies war ein Stil für Vorführungen geworden, für Spiele und vielleicht für Zweikämpfe, doch für ernsthafte Schwertkämpfe auf Tod und Leben hätte sich Dane nicht darauf verlassen wollen.

Einmal hatte Dane das Glück gehabt, fast ein Jahr lang mit einem Meister der alten italienischen Schule arbeiten zu können. Es handelte sich um einen erstaunlichen Zwerg, dessen Reflexe nach fünfzigjährigem Fechtunterricht immer noch blitzschnell waren. Der alte Alessandro hatte ihm den älteren Stil beigebracht, mit ausladenden, schwingenden Hieben, die er *Moulinets* genannt hatte, ein Relikt aus den Tagen, als der Kavalleriesäbel noch eine wichtige Kriegswaffe gewesen war.

Und so nahmen er und Joda jeden Nachmittag die hölzernen Schwerter mit in den Hof und schlugen aufeinander ein. Ein- oder zweimal hatte ihn Joda dabei zu seinem leisen Kummer überraschen können, während die alten Reflexe nur langsam zurückkehrten. Jodas Vater hatte dem Jungen intensiven Unterricht in Schwertkampf gegeben und ihm eine Menge beigebracht. Es war niemals so gewesen, daß der Junge nicht gewußt hätte, was er mit dem Schwert anfangen mußte. Doch die ungeduldigen und heftigen Versuche des Vaters, den Jungen, der von Natur aus ängstlich war, zu beschimpfen und zu schnellerem Lernen anzutreiben, hatten lediglich Jodas Furcht und Schreckhaftigkeit verstärkt, was zu dem Handicap eines quasi manuellen Stotterns geführt hatte.

Auch jetzt erstarrte Joda, wenn er auch nur die geringste falsche Bewegung machte, und wurde unterwürfig, als erwarte er, von Dane geschlagen zu werden – und wenn ihm Dane dann statt dessen mit sanfter Stimme geduldig auf seinen Fehler hinwies, antwortete er spöttisch und sarkastisch. Manchmal fragte sich Dane verzweifelt, ob der Junge sich einen Tritt oder einen Schlag *wünschte*. Er fragte sich sogar, ob es nicht eine gute Idee sei, dem Jungen eine Abreibung zu verpassen, nur ein einziges Mal, damit er Danes formelle Autorität anerkannte. Wenn das ein Teil der kulturbedingten Erwartungshaltung des Jungen war, nämlich, daß er sich nur dem stärksten Tier der Meute unterwarf, müßte Dane es ihm seiner Meinung nach klarmachen, daß *er* das stärkste Tier war. Wenn Joda es für Schwachheit hielt, wenn ihm Dane nicht den Hals brach...

Doch am Ende stand die Überzeugung: Wenn er einmal Gewalt ausübte, würde er lediglich Jodas ständige Erwartung von Grausamkeit verstärken, und das machte Dane sanft und geduldig und leise. Das – und das beschämende Wissen, es würde ihm Vergnügen bereiten, den Jungen grün und blau zu schlagen. Wenn er dem Jungen wirklich eine verpaßte, wie es Joda erwartete, würde er es nicht tun, um dem Jungen eine Lektion zu erteilen, sondern um sein eigenes verletztes Selbstwertgefühl wiederaufzurichten. Daher hielt Dane sich zurück, hielt seine Stimme unter Kontrolle, war ruhig und weigerte sich, dem Sarkasmus sarkastisch zu begegnen. Es war eine der schwersten Aufgaben seines Lebens.

Aber er hielt sich unter Kontrolle und merkte, daß es mindestens einen guten Nebeneffekt hatte. Er lernte wirklich etwas von dem Jungen, nämlich den belsarischen Stil, und das würde ihm wahrscheinlich irgendwann zugute kommen.

Falls sie wirklich jemals irgend etwas anderes zu tun bekämen, als herumzulungern und ein Haus zu bewachen, das es nicht nötig hatte, bewacht zu werden, während Dravash und Aratak sich ihrem Liebesleben widmeten.

Hin und wieder zeigten Blicke oder ein Wort von Joda den Beginn eines gesunden Respektes. Das wunderte Dane nicht allzusehr, denn er hatte aus kurzen Sätzen, die er auf dem Marktplatz aufgeschnappt hatte, gemerkt, daß er das genoß, was man auf der Erde einen guten Ruf genannt hätte.

Die Zahl der Banditen, die er bei dem Angriff getötet haben sollte, überstieg jetzt schon die Zahl der ganzen Bande, und die Geschichte seines plötzlichen Erscheinens vor der Karawane war das einzige bekannte Ereignis, bei dem Rashas einmal in Rudeln angegriffen hatten.

Dane amüsierte dies alles, denn er wußte, daß Joda, der ihm zu Hause trotzig gegenüber trat und der sich hauptsächlich mißmutig und ablehnend ihm gegenüber verhielt, den Status durchaus genoß, im gleichen Haus mit dem Kämpfer aus Raife und seiner Speermeisterin zu leben. Rianna genoß ihren eigenen Ruf, den unter seinen Stammesangehörigen zu verbreiten sich Joda einige Mühe gab. Der brutale Scherz von Jodas Vater hatte danebengetroffen. Er wurde nicht als Pflegesohn einer Frau lächerlich gemacht, sondern mit Ehrfurcht betrachtet, weil er das Glück gehabt hatte, von der ‚Speerfrau aus Raife' angenommen worden zu sein. Und der Junge nutzte das weidlich aus.

Nachts ging Joda oft in den Hof, um die Sterne anzublicken. Er tat es nun offen, ohne die Geheimniskrämerei, die er unter seinen Leuten üben mußte, und manchmal kam Rianna mit ihm. Sie hatte noch das kleine zusammensteckbare Teleskop, das Aratak auf dem Stützpunkt des Bundes gefunden hatte, und sie zeigte dem

Jungen, wie man hindurchblickte. In der neunten Nacht von Dravashs und Arataks Abwesenheit war sie draußen mit Joda und zeigte ihm, wie man es aufstellte und einstellte. Es war das erste Mal im Leben von Joda, daß er sich unter Leuten bewegte, die keine Angst vor Sternen hatten und die Sternguckerei nicht als gefährliche, unheilvolle und möglicherweise unmoralische Perversion ansahen. Er hatte Dutzende von Theorien über die dichtgesäten Sterne in den Haufen entwickelt.

„Dieser da", sagte er zu Rianna, während sie auf einen riesigen blauweißen Stern blickten, der größer als die Venus war, „den nenne ich Feuerbringerin, weil sie dort die Blitze zwischen den Gewittern aufbewahren. In der Nacht nach einem Sturm verbirgt sich Feuerbringerin hinter Wolken, so daß man ihren Rock aus Blitzen reparieren kann. Und wenn dann wieder ein Sturm kommt, schüttelt sie ihre Schürze über dem Himmel aus, und Blitze fallen aus ihrem Halsband."

Dane blickte Rianna an. Mit einer solchen Vorstellungskraft war es für den Jungen wirklich schade, in einer Kultur eingeschlossen zu sein, wo es für Männer keine andere Karriere als die des Kämpfers *gab*.

„Hier, *Zadav*", sagte Rianna und hielt ihm das Teleskop hin. Sie nannte das Wort für Pflegesohn, Lehrling. „Dreh den Ring unter deinem Auge, bis es völlig scharf wird... nein, langsamer, immer nur ein kleines Stück. Siehst du, wie es besser wird..."

Er holte vor Erstaunen tief Luft.

„Oh! Das sind zwei... nein, drei winzige Lichtpunkte wie Kohlen..." Er schnappte aufgeregt nach Luft. „Dann stimmt es also, daß Feuerbringerin eine Frau ist, denn sie hat ihre Kinder in der Schürze..."

„Wenn du dir den da ansiehst, der die Farbe glühender Kohle hat", sagte Rianna und deutete auf einen schwach rötlichen Stern am südlichen Horizont, der groß und ruhig am Himmel stand, so daß Dane vermutete, es sei kein Stern, sondern ein Planet, „dann erkennst du, daß auch der noch Begleiter hat." Und als Joda das Teleskop nahm und neugierig hindurchblickte, winkte Rianna Dane zu sich heran und sagte leise. „Ich werde ihn eine Zeitlang beschäftigen. Das ist der größte Planet in diesem System, und er hat elf Monde. Ich habe ihn auf dem Weg hierher von der Fähre aus gesehen. Ich möchte dir etwas zeigen." Sie deutete auf den riesigen blauen Stern, den Joda Feuerbringerin genannt hatte.

„Ich glaube, das ist Berilon", flüsterte sie Dane ins Ohr. „Er liegt nur etwa ein Lichtjahr von Belsar entfernt, und es gibt Hinweise dafür, daß einer seiner größeren Planeten vor einiger Zeit explodierte und zu einem Asteroidengürtel wurde. Joda erfindet vielleicht harmlose kleine Geschichten über Feuerbringerin und ihre Blitze, aber die Eingeborenen nennen ihn Weltenzerstörer und sind fest der Meinung, es sei die Heimat des gefährlichen Sternendämons. Es gibt eine Legende, wonach einst Dämonen vom Weltenzerstörer herabkamen und die Seelen der Menschen versklavten und die Gesegneten Heiligen eine Menge Arbeit hatten, sie zu vernichten. Und jetzt frage ich mich..."

„Es überrascht mich, daß du die Aberglaubenmärchen der Eingeborenen kennst", sagte Dane. „Du bist ja schlimmer als Joda."

„Nein, Dane. Solche Legenden entstehen nicht aus dem Nichts. Ein solcher Name..."

„Soweit ich weiß", meinte Dane, „haben die Sterne, die überhaupt Namen tragen – und davon gibt es nicht viele – immer angsteinflößende Namen. Ich glaube nicht, daß irgend etwas von Bedeutung dahintersteckt."

„Kann natürlich sein. Aber..."

Joda eilte auf sie zu und schüttelte aufgeregt das Teleskop. „Ich habe es gesehen! Lady, ich habe acht – nein, neun der Begleiter gezählt, allerdings ist einer sehr klein. Ich glaube, ich nenne ihn Funkentänzer, der seinen Kameraden einen Himmelstanz beibringt. Der kleinste seiner Kollegen ist ein ziemlicher Feigling, denn man kann ihn nur ab und zu sehen, und er hat Angst zu verbrennen.

„Es ist zu schade", sagte Rianna. „Auf jedem anderen Planeten würde man ihn zum Astronomen ausbilden und ihm keine Geschichten über Sterne und Dämonen erzählen!"

Joda sagte: „Wo habt Ihr das Weitsehglas her, *Felishtara?* Haben es die Ersten Wesen gemacht? Gibt es viele solcher Dinge in Raife? Werde ich eines Tages mit Euch dorthin gehen? Wißt Ihr, wie man damit die Sterne soviel schärfer sehen kann, *Felishtara,* daß sie wie kleine Kreise am Himmel aussehen, während andere nur ein bißchen heller wirken? Warum macht es einige zu kleinen Sicheln, und andere bleiben wie ein helles Licht?“

„Langsam, langsam, *Zadav*. Ich habe nur ein Paar Ohren und eine Zunge zum Antworten, so daß ich immer nur eine Frage beantworten kann“, wies ihn Rianna lächelnd zurecht. „Laß mich einen Moment nachdenken.“ Verhalten murmelte sie Dane zu: „Kann ich ihm verraten, daß Sterne in Wirklichkeit Sonnen sind?“

Dane wußte es nicht. Sie könnten in Konflikt geraten mit dem allgemeinen Verbot des Bundes, den kulturellen Stand einer unwissenden Bevölkerung zu stören. Er zuckte die Achseln und sagte: „Tu, was du für richtig hältst. Liebling. Er ist dein Lehrling.“ Es war eine Ausflucht, doch Rianna kannte die Gesetze des Bundes sowieso besser.

Rianna sagte heftig: „Ich hasse Ignoranz!“ Sie nahm Joda das Fernrohr aus der Hand und sagte: „In Raife, Joda, haben einige unserer besten Philosophen eine neue Theorie von der Struktur unserer Welt entwickelt. Sie glauben, daß unsere Sonne, die den Tag über am Himmel steht, ein rießengroßer Feuerball ist, der Hitze und Licht auf all die kleineren Bälle abstrahlt, und diese Bälle sind kleine Welten, die um das zentrale Feuer kreisen. Und daher ist es während des Tages warm, wenn die Sonne auf uns herabsieht, und kalt, wenn wir sie nicht sehen. Das rote Licht, welches du Funkentänzer nennst, ist auch so eine Welt, und seine Begleiter sind kleinere Welten, die sich um ihn drehen, wie wir uns um die Sonne drehen.“

Sie fuhr fort und entwickelte die Philosophie von Raife zu einer Grundlektion in Astronomie. Joda rollte sich zu ihren Füßen zusammen und lauschte hingebungsvoll.

Als sie innehielt, sagte er: „Habt Ihr daher keine Angst vor den Sternen, Lady?“

„Ja, Joda. Denn die Philosophen, die mich dies gelehrt haben, brachten mir auch bei, daß die Sterne Sonnen sind wie unsere eigene und daß viele von ihnen Welten haben wie Belsar. Und auf diesen Welten gibt es Leute wie dich und mich und Erste Wesen... und viele andere.“

Er hielt das Kinn auf die Hände gestützt und dachte nach. Wieder richtete er das Teleskop gen Himmel und sagte flüsternd: „Aber es gibt so viele. Und wenn Leute wie Ihr und ich auf solchen

Welten da oben leben können, dann können da auch Dämonen leben. Und von diesen anderen Welten können die Dämonen herabkommen."

„Dafür sind diese Welten zu weit entfernt, Joda. Viel zu weit."

„Aber so weit können sie nicht weg sein", entgegnete er. „Wenn unsere Sonne aus Feuer besteht, dann ist sie nahe genug, daß wir ihre Wärme spüren können. Die Lagerfeuer meines Vaters halten die Rashas ab, aber nur ein wenig, gerade so weit, wie man von dem Feuer fortgehen kann, um Wasser weiterzureichen. Und wenn die Sonne nahe genug ist, daß wir ihre Hitze spüren können, sind die anderen vielleicht nahe genug, daß Dämonen herabkommen können – und daher glauben mein Vater und die Ersten Wesen an Dämonen von den Sternen." Er sah zu dem großen Stern, den er Feuerbringerin genannt hatte, und sagte stirnrunzelnd: „Vielleicht leben wirklich Dämonen dort, und deshalb haben einige der Älteren davor Angst."

Dane dachte: *Der Junge hat Gedanken wie eine Stahlfalle. Lange hat er nicht gebraucht, um das herauszubekommen.*

„Ich glaube, das Lagerfeuer von deinem Vater ist anders als das Sonnenfeuer", meinte Rianna, doch dabei beließ sie es auch. Es war zuviel erwartet, daß der Junge Vorstellungen von astronomischen Entfernungen und Sonnenstrahlung in einer einzigen Lektion begriff. „Ich denke, wir verstauen das Fernglas und gehen schlafen."

Zögernd gab Joda das Rohr aus den Händen. Doch Dane hatte ihn nun anders gesehen, einen Moment lang wie in einer Gesellschaft, in der er nicht als Paria galt.

Ein paar Tage später unternahm Dane gerade seinen frühmorgendlichen Rundgang durch das gemietete Haus, wie es sich für einen Leibwächter gehörte, als er große, vorstehende Augen aus dem lilienbesäten Teich hervorblicken sah. Einen Augenblick später schleppte sich Arataks riesiger Körper aus dem Wasser.

„Du bist also wieder da", begrüßte ihn Dane mürrisch. „Das wurde aber auch Zeit!"

Aratak sah ihn leicht erstaunt an. „Es ist immer die richtige Zeit", bemerkte er, „und das Göttliche Ei hat klugerweise gesagt, daß alles zu seiner Zeit geschieht. Stört dich irgend etwas, mein Freund?"

„O nein“, entgegnete Dane sarkastisch, „es ist angenehm, hier zurückzubleiben und sich zu fragen, was man mit den Sternendämonen und den Gerüchten darüber alles anfangen kann, auch was auf der anderen Seite der Großen Schlucht so alles passiert sein könnte, während du und Dravash fortlauft, eurem Liebesleben frönt und uns Protosimianern die richtige Arbeit überlaßt!“

„Ich freue mich, daß du keine Sorgen hast“, meinte Aratak würdig und tauchte wieder bis zu den Augen unter. „Wie ich schon sagte, alles zu seiner Zeit, und jetzt ist die Stunde meines Bades. Wenn Dravash aufwacht, werden wir die angemessenen Aktionen auf die Geschehnisse in der Großen Schlucht diskutieren.“

„Das ist aber schön!“ explodierte Dane. „Mach nur so weiter mit deiner Baderei! Das ist wichtiger als das, was während eurer Abwesenheit passiert ist!“

„Ich freue mich, das zu hören“, murmelte Aratak, und selbst seine Augäpfel versanken. Unvermittelt merkte Dane, daß Aratak aufgrund der wörtlichen Übersetzung durch die Kehlscheibe seine Worte so genommen hatte, wie sie waren, und daß der Sarkasmus verschwendet war. In seiner Wut hätte er den Protosaurier am liebsten aus dem Teich gezerrt und ihm Vorwürfe gemacht: Die Saurier hätten herumgebumst, hätten sich eine schöne Zeit gemacht... Doch dann begann er langsam zu grinsen. Aratak hatte wahrscheinlich während der letzten zehn – nein, elf – Tage kaum Zeit für ein Bad gehabt, und hier war eigentlich nichts passiert, was erwähnenswert gewesen wäre. Später, als er Rianna beim Frühstück von seiner Frustration erzählte – da Aratak entschlossen schien, sein Bad genüßlich auszudehnen, bestand kein Grund, nicht inzwischen zu essen –, stieß er auf Mitgefühl, aber auch auf Schulterzucken.

„Dane, sie sehen es einfach anders als wir. Bei ihnen ist es da, wenn es da ist, und absolut nichts anderes ist wichtig. Wenn es vorbei ist, ist es aber auch vorbei, und sie können wiederum absolut nicht verstehen, warum du noch ein solches Theater darum machst, wenn sie es einmal hinter sich gebracht haben... Im Gegenteil, sie werden behaupten, es sei wieder einmal typisch protosimianisch, ständig an Sex zu denken, anstatt nur dann, wenn dafür die entsprechende Zeit ist, um es anschließend nach Art vernünftiger Wesen vollständig zu vergessen.“

„Sie nennen es *vernünftig?* Immerhin können *wir* es für etwas wirklich Wichtiges beiseite schieben..." brummte Dane.

„Danke", sagte Rianna scharf, und Dane, der ihrem ironischen grünäugigen Blick begegnete, senkte die Augen und fühlte sein Gesicht heiß werden.

Sie gab nach. „Dane, ich weiß, was du meinst. Auch ich vergesse manchmal..." – sie senkte die Stimme, obwohl Joda nicht bei ihnen war – „...daß du nicht unter Protosauriern und Protofelinen und so weiter aufgewachsen bist. Es gibt ein Sprichwort auf der Zentralwelt des Bundes, das Aratak einmal zitiert hat. Aber daran mußt du immer denken, andernfalls verlierst du den Verstand: *Laß den anderen ihre Andersheit.* Wir können es nur akzeptieren und uns darauf einstellen."

Und allmählich merkte Dane, daß Rianna recht hatte. Das Verhalten der Protosaurier war einfach zu fremdartig. Sie waren gutmütig, sprudelnder Laune, wie Schuljungen, die gerade aus den Ferien zurückgekehrt waren, doch innerhalb von wenigen Minuten nach Dravashs Aufwachen, als er Dane und Rianna zu einer Konferenz zu sich rief, war augenblicklich klar, daß die Ferien wirklich vorüber waren. Es war Zeit, wieder an die Arbeit zu gehen. Dane zuckte philosophisch die Achseln, dachte, daß er und Rianna schließlich auch eine Art Ferien genossen hatten, und beließ es dabei.

„Es ist offensichtlich", meinte Dravash in seiner nachdenklichen Art, „daß wir irgendwie die Geschehnisse jenseits der Großen Schlucht untersuchen müssen. Aber das ist nicht so leicht, wie es klingt. Zwischen hier und Peshilara gibt es keinen regelmäßigen Reiseverkehr. Daher sind Reisende aus Raife so selten. Jeder, der von uns hört, muß annehmen, daß wir auf dem Weg von Raife hierher die Große Schlucht schon überquert haben, so daß wir nicht einmal erfahrene Führer anheuern können, ohne Mißtrauen zu erregen. Man kann die Schlucht nur zu Fuß überqueren, und die meisten Leute vermeiden es einfach. Es müßte möglich sein, eine Karawane zu finden, die nach Süden zum Auge der Welt reist..." – Dane erinnerte sich an den wassergefüllten Meteorkrater, den er aus dem Raum gesehen hatte – „...dann den Mahanga in der Nähe der Mündung zu überqueren und eine andere Karawane aufzutreiben, die nach Norden zieht. Normalerweise haben die Leute nichts dagegen, ein Stück umzukehren und nach Peshilor hineinzugehen. Wenn es dort auch einigen Handel gibt, gehört Peshilor doch nicht zu den Haupthandelszentren, und wir müßten einen triftigen Grund haben, um so weit von den normalen Handelsstraßen abzuweichen, beziehungsweise erklären können, warum wir überhaupt dorthin wollen."

„Wäre es nicht einfacher", fragte Aratak, „wenn wir uns einfach in die Wildnis schlügen und uns einen Weg über die Große Schlucht suchten? Ich bin mit gebirgigem Land nicht unvertraut. Und es ist unwahrscheinlich, daß man uns folgen würde. Joda hat mir erzählt, daß man die Wildnis für den Zufluchtsort der heimtückischsten Dämonen hält. Und wenn die Gerüchte, die Dane auf dem Markt gehört hat, allgemein im Umlauf sind, wird das Ödland von den meisten Reisenden gemieden werden. Man würde uns nicht beobachten."

„Wie lange würde es dauern?" fragte Dane und blickte auf Dravashs Karte. „Zehn oder zwölf Tage höchstens. Wir könnten uns soviel Zeit leisten."

Dravash sagte: „Es würde zuviel Aufsehen erregen. Es paßt nicht zu unserem Status als reiche Kaufleute aus Raife. Sicher würde es Aufmerksamkeit erregen, wenn wir die Stadt mit Ziel in die Wildnis verließen. Aber vielleicht könnte der eine oder andere unbemerkt hinauskommen..."

Dane meinte: „Ich bin in gebirgigem Land, das ebenso unwirtlich war wie das hiesige, ziemlich herumgekommen." Dravash nickte. „Du und ich also." Sein Blick fiel auf Arataks Rücken. Auch Aratak kam aus einer sumpfigen Welt und würde wahrscheinlich trotz gegenteiliger Bekundungen in der gebirgigen Zone Schwierigkeiten haben. „Aratak wird sich zwischen seinen Badestunden weiterhin auf dem Markt zeigen, und Rianna wird weiterhin ihrem Schützling Lektionen erteilen. Gebt uns..." – er runzelte die Stirn, die Brauenwülste zuckten – „...vielleicht dreißig Tage. Wenn wir bis dahin nicht zurück sind, versucht, die Kommunikation mit dem Schiff aufzunehmen. Wenn die Kommunikatoren nicht funktionieren, wird Weitsprecher zu euch Kontakt aufnehmen. Er wird natürlich wissen, ob uns etwas zugestoßen ist, deshalb habe ich auf einer solchen Verbindung bestanden, bevor ich auf dieser Welt landete. Wenn zwei Expeditionen trotz Kommunikationsmittel verschwunden sind, muß man besondere Vorsichtsmaßnahmen ergreifen."

Rianna zog eine Grimasse, und Dane wußte, daß sie an die Möglichkeit dachte, Weitsprecher würde wieder mit ihr in Kontakt treten...

„Wenn wir so oder so nicht innerhalb von vierzig Tagen kommunizieren, geht irgendwie zurück zum Stützpunkt des Bundes, und ich bin sicher, irgendein Gefährt wird euch dort abholen."

Am Tor dröhnte der Gong. Dane sagte säuerlich: „Geht nicht hin. Sie finden vielleicht eine gute Entschuldigung, sich wieder aus dem Staub zu machen, und ich glaube, wir können nicht länger warten."

„Das scheint mir unwahrscheinlich", sagte Dravash gleichmütig, doch einen Moment später kam Joda herbei und geleitete zwei Besucher hinein. Der eine war ein schwarzschuppiger Saurier von zwei Metern Größe, der einen auffälligen weißen Umhang trug, was nach Danes Information das Zeichen für den vornehmen Orden der Heilkundigen in dieser Stadt war, der andere der narbige, kräftige Speermeister im Blau des Anka'an-Ordens, den Dane neulich auf dem Markt gesehen hatte. Mit seinen unbekleideten, haarigen Beinen und der Hakennase wirkte er stärker als zuvor wie eine hagere Vogelscheuche.

„Der Edle Herr Haithiyo'asha, der Heilkundige", stellte sich der Saurier selber vor, und der Speermeister, der die Speerspitze als Zeichen eines freundlichen Besuchs und des Respekts auf den Boden drehte, sagte kurz: „Prithvai, Speermeister der Anka'an-Bruderschaft." Lediglich seine schwarzen Augen bewegten sich. Sie durchfuhren den Raum von Wand zu Wand, von der Decke bis zum Boden und überprüften jedes Staubflöckchen nach verborgenen Gefahren. Der riesige Saurier, der neben Aratak dennoch wie ein Zwerg wirkte, senkte grüßend den Kopf.

„Thrava'ash", sagte er, „A'aratakha, Ehrwürdige Ältere. Ihr werdet Euch an mich erinnern. Wir trafen uns bei Lady O'ohassa."

„Oh, natürlich haben wir Euch in guter Erinnerung", sagte Aratak freundlich, doch Dravash nickte lediglich. Sein Blick war aufmerksam, und seine Brauenwülste zuckten.

Meister Prithvai entspannte sich, nachdem die Förmlichkeiten ausgetauscht waren – oder es schien zumindest so. Dane hätte eine größere Summe darauf gewettet, daß Prithvai bis auf Haaresbreite genau erfaßt hatte, was in dem Raum vor sich ging. Seine Hand glitt am Speerschaft herab, als er sich bequem auf den Boden gleiten ließ. Dane sah zu und fühlte sich plötzlich so fremd und unbeholfen wie ein Schauspieler, der bei seinem ersten Besuch in Dublin einen Iren darstellt, oder ein schwarz angemalter Straßensänger, den man irgendwo in Harlem absetzt. Er beobachtete die subtile Interaktion zwischen Saurier und Menschen und merkte, daß Haithiyo'asha und Meister Prithvai einen kulturellen Hintergrund teilten, wie er und Aratak – und auch er und Rianna – niemals zustande bringen würden.

„Es geht euch beiden gut, hoffe ich?" fragte Haithiyo'asha in überschwenglichem Tonfall. „Ich konnte nicht umhin zu bemerken, A'aratahakha – wenn auch alles in der üblichen Verwirrung ablief –, daß Ihr eine Wunde am Hals habt." Automatisch fuhr seine Klauenhand zur rechten Halsseite, und Dane dachte mit plötzlicher Wachsamkeit: *Arataks Kiemenschlitze! Beim normalen Sh'fejj sind sie an der Bauchseite!*

„Ich hoffe, die Wunde verheilt gut? Würdet Ihr mir erlauben, sie zu untersuchen, wenn ich nun schon hier bin?"

Verlegenheit trat auf Arataks Gesicht, die rasch durch Gleichgültigkeit und Unschuld ersetzt wurde. Dane und Dravash blickten einander an, und Dane hoffte, seine Miene wäre ebenso undurchdringlich wie die des Kapitäns.

„Keine Sorge, Heilkundiger", sagte Aratak ruhig. „Die Wunde verheilt gut und benötigt keinerlei Versorgung."

„Aber es wäre vielleicht besser, wenn ich sie mir ansehe", meinte Haithiyo'asha und trat einen Schritt vor. „Es ist ein langer Weg nach Raife, und das Klima könnte Schwierigkeiten bereiten. Sagt mir, werdet Ihr Borchan passieren?"

Diese Frage richtete sich an Dravash, und dieser antwortete auch. „Ja, ich glaube schon, wenn auch unsere Route noch nicht festliegt."

Der Heilkundige starrte auf seine Pfote. Er berührte die Stacheln um Arataks Hals – und erstarrte. Dane sah, wie das Lächeln aus Prithvais Miene verschwand. Die dunklen Augen blitzten plötzlich auf.

Der Heilkundige senkte den Blick. Die langen Klauen berührten sich an den Spitzen. Dann hob er die Augen.

„Ich bin seit vielen Brutzeiten nicht mehr in der Gegend von Borchan gewesen“, sagte er nachdenklich. „Sag mir, wie steht es im Haushalt des alten Eeoffessaway?“

Die Augen Meister Prithvais glitten rasch von einem zum anderen, wenn sich auch in seinem Gesicht kein Muskel regte. Dane erkannte an seinen verkrampften Händen, daß diese Frage eine Falle war. Dravashs Brauenwülste zuckten hoch. Aratak zögerte – eine Sekunde zu lange. Dann merkte er, daß er irgend etwas sagen mußte, einfach irgend etwas, und er gab ruhig und kalt von sich: „Ich hatte nicht die Ehre der persönlichen Bekanntschaft, Heilkundiger.“

Dane, der Meister Prithvais Gesicht beobachtete, dachte: *Die Antwort war falsch. Der Mann ist tot oder hat niemals existiert!* Die Speerspitze ruhte immer noch zwischen Prithvais Füßen, doch Dane wußte, weil er sich an Meister Rhomda in Aktion erinnerte, daß dieser Speer im Bruchteil einer Sekunde zum Kampf erhoben sein konnte.

Der älteste Trick, den es gibt – und Aratak war darauf hereingefallen!

Eisig sagte Aratak, in dem Versuch, weiter zu bluffen: „Ehrlich gesagt, Heilkundiger, ist mir diese Person völlig unbekannt. Seid Ihr sicher, Ihr habt nicht Borchan mit irgendeinem anderen...“ – einen nachdenklichen Moment zögerte er, schloß jedoch fehlerfrei – „...Ort verwechselt?“

Dane war sich des Schwerts auf seiner Seite absolut bewußt. Die linke Hand bedeckte den oberen Teil des Knaufes, er erkannte die Spannung in seiner Rechten, wo sich die Finger bereitmachten, über den Schoß zu springen, um sich um das Schwert zu schließen, registrierte die Spannung der Schultermuskeln, die bereit waren, die Schneide herauszujagen... doch er erkannte auch, daß die Augen des Speermeisters all dies registrierten. Er zwang sich, seine Hände zu entkrampfen, doch er wußte, daß sein Puls jagte wie ein Schnellzug.

Langsam und mit undurchdringlicher Miene sagte der Heilkundige: „Da Ihr unsere Dienste nicht nötig habt, Ehrwürdiger Älterer, werden wir uns verabschieden.“ Er nickte Prithvai zu. Die vogelscheuchenartige Gestalt des Speermeisters streckte sich langsam. Mit todverheißender Anmut glitten die Hände an dem unbewegten

Schaft hoch, perfektes Werkzeug eines Mannes, der entschlossen ist, keine unbedachten Bewegungen zu tun. Als er auf den Füßen stand, blieb Dane fast das Herz stehen, und seine Schwerthand verspannte sich, als sich der Speer nach einem genauen Griff umdrehte und mit dem stumpfen Ende auf den Boden stieß.

Heilkundiger und Speermeister verbeugten sich förmlich. Dann schritt der Heilkundige aus dem Raum. Als er die Tür erreichte, wandte sich auch Prithvai um, um ihm zu folgen, und wandte ihnen den Rücken zu. Doch Dane sah die schreckliche Spannung in den Beinmuskeln und erkannte daran, wie er die Schultern hielt, daß das leiseste Geräusch von einem von ihnen den Speer herumwirbeln lassen würde...

Als die Tür sich hinter ihnen schloß, atmete Dane tief und hörbar aus. Rianna fragte: „Was hatte denn *das* zu bedeuten?"

„Entweder ist der Heilkundige, den er genannt hat, tot oder irgend jemand, den Aratak einfach kennen mußte", antwortete Dravash. „Vielleicht jemand, dessen Tod oder Schande so bekannt ist, daß man selbst hier davon weiß."

Das war es wohl gewesen, dachte Dane. *Stell dir vor, man fragt einen Amerikaner nach dem Gesundheitszustand von Präsident Kennedy oder Martin Luther King. Oder vielleicht auch nach Charles Manson oder James Earl Ray.*

„Jedenfalls", meinte Aratak, „sollten wir schnellstens über unsere Pläne Entscheidungen treffen. Sie wissen nun, daß wir nicht die sind, als die wir uns ausgeben. Es tut mir leid, daß ich die falsche Antwort gegeben habe, aber die Frage hat mich überrascht. Ich hatte geglaubt, niemand in dieser Gegend hätte einen ausreichenden Kontakt mit Raife, um den Namen einzelner Individuen zu kennen. Ich hielt es für ausreichend, jede Bekanntschaft abzustreiten – sicher war das eine Falle. Und zu Recht warnt das Göttliche Ei vor Täuschungen und Unwahrheiten!"

Dravash sagte ironisch: „Ich würde mehr von der Weisheit des Göttlichen Eis halten, wenn es uns vorher gewarnt hätte!"

„Man kann die Weisheit nicht in den jeweiligen Dienst der Wesen stellen..." begann Aratak.

Dravash unterbrach ihn ungeduldig: „Im Namen aller Heiligen. Ist das die Stunde für einen philosophischen Vortrag! Wir müssen hier fort! Als ich noch eine Kaulquappe war, gab es auf Survey

Spekulationen, daß die Heilkundigen und der Anka'an-Orden über ein geheimes Informationsnetz verfügen, das der Öffentlichkeit nicht zugänglich ist. Hast du seine Reaktion bemerkt, als er Arataks Halstuch berührte?" Er seufzte. „Zu spät, um sich nun Gedanken darüber zu machen. Wir sollten lieber unsere Sachen zusammenpacken und gehen, ehe die Dunkelheit eintritt – alle zusammen!"

Aus seiner Stimme sprach die Autorität von jemandem, der Raumschiffe kommandiert hat, und niemand widersprach. Als Dane und Rianna ihre Habseligkeiten zusammenschnürten, hörten sie Rufe auf der Straße und das plötzliche Krachen, als das Tor geöffnet wurde. Joda rannte zu ihnen und war weiß im Gesicht. Dane dachte: *Heiliger Himmel, ich habe den Jungen ganz vergessen! Wir können ihn nicht mitnehmen. Nein, verdammt, wir müssen – zumindest Rianna ist dazu verpflichtet, und damit bin ich es auch.* Er hatte das nie in Frage gestellt.

Scharf sagte er: „Kommt mit!" Die drei liefen auf das Haupthaus zu. Rianna schnappte sich ihren Speer. Als Joda das sah, zerrte er unbeholfen an seinem Schwert. Dravash und Aratak waren vor dem eingeschlagenen Tor ins Haus zurückgewichen. Als Dane und Rianna zu ihnen kamen, sagte Dane nur schnell: „Rasch. Wir müssen über den Hinterhof!"

Aber es war zu spät. Der Mob stürmte schon über den Platz, und jetzt verstand Dane auch, was sie brüllten:

„Sternendämonen!"

Männer und Protosaurier vom Markt und den Straßen der Stadt schwärmten über den Hof. Gezückte Schwerter und Speerspitzen drangen von allen Seiten auf Danes Gesichtsfeld ein.

Dann sprang Dravash – Dane erinnerte sich, daß er Forschungsexpeditionsschiffe geleitet hatte – zu einer der Holzsäulen, die das Dach stützten, riß den Balken heraus und schwang ihn wie einen Baseballschläger. Menschen fielen zu Boden, und selbst Saurier wichen zurück. Aratak ergriff einen anderen Balken, und Dane rannte auf sie zu. Das Schwert hielt er beidhändig über dem Kopf. Aus dem Augenwinkel erblickte er Riannas Speer. Er spürte sie direkt neben sich zu seiner Linken. Die Menge hielt inne. Dane merkte in jenem Augenblick der Stille, daß es nicht so viele Wesen waren, wie er zunächst gedacht hatte.

Aus dem Augenwinkel sah er Joda neben Rianna zusammengekauert. Er hatte das Schwert gezückt, war blaß, und Dane fühlte für einen Moment Mitleid für den Jungen, der in schrecklicher Verwirrung zwischen ihnen und dem Mob hin und her blickte.

„Hier entlang“, sagte Dravash, als die Menge vor ihnen zurückwich. Dann schritt Meister Prithvai durch die Menge, die sich vor ihm teilte, schoß unter dem großen Balken hinweg, den Aratak niedersausen ließ und sprang direkt auf Dane zu. Ein Lichtpunkt an der Spitze eines Stabes zielte direkt auf Danes Kehle. Er schlug ihn mit dem Schwert nieder und trat nach vorn. Seine Schwertspitze fuhr auf und nieder. Prithvais Hand schlug vor seiner Kehle hin und her, versuchte, mit dem Speerschaft das Schwert abzuwehren. Die Speerspitze bewegte sich in einem Halbkreis direkt über dem Boden und schoß wie eine Schlange nach Danes Schenkeln. Dane sprang zurück und ließ die Klinge niedersausen. Die Bewegung ließ ihn sich halb umdrehen, und er erblickte Joda, der immer noch vor der Wand niederkauerte. *Wie, zum Teufel, findet da jemand Zeit, Angst zu haben?* – und sein Schwert peitschte hoch, während der Speer zurückwich und sich ihm wieder entgegenstreckte, dieses Mal höher. Er stieß die Spitze fort und schritt zur Seite...

Und der Speerschaft schwang herum und erwischte ihn am Hinterkopf.

Er spürte einen plötzlichen Schmerz am Kopf. Funken tanzten vor seinen Augen. Das schwere Holz hatte ihn nur gestreift. Er sah die Spitze auf seinen Bauch zielen. Es gelang ihm, sie mit dem Schwert abzuwehren. Er erwischte sie, nicht mit der Klinge, sondern breitseitig mit der Länge des Heftes, das er mit beiden Händen hielt. Die Vogelscheuche wich zurück. Respekt überzog das Gesicht.

Er hat damit gerechnet, daß mich dieser Hieb umbringt, oder...?

Dravash war wie ein rasender Tyrannosaurier zwischen die Menge gesprungen. Sie zerstreute sich. Aratak hatte sich zweier Saurier bemächtigt, über denen er wie ein Riese über zwei Schulkindern thronte. Er schlug ihre Köpfe gegeneinander und schleuderte sie bewußtlos zurück in die Menge.

Rianna hatte ihren Speer in die Brust eines Mannes gebohrt. Als sie ihn herauszuzerren versuchte, drang ein zweiter auf sie ein, und

Dane sah, wie sie stolperte, als ein Speerschaft auf ihren Kopf herabsauste.

Prithvais Speer zielte wieder auf Danes Brust. Er wehrte ihn ab, sprang auf Rianna zu, doch der dürre Speermeister stellte sich ihm in den Weg. Der Schaft fuhr Dane zwischen die Beine. Es gelang ihm, das Gewicht zu verlagern, doch das Holz bohrte sich in Danes Schenkelmuskel.

Rianna lag nun auf dem Boden. Eine Speerspitze drohte über ihr, gerade in dem Moment, als Danes Schwert auf Prithvais Gesicht zuzischte.

Und da kam Joda mit ausgebreiteten Armen und Beinen aus seiner Ecke geflogen. Sein Gewicht drückte den Mann, der Rianna zu Boden geschickt hatte, zur Seite. Prithvai brach zusammen. Dahinter erkannte Dane Jodas Fuß, der einen Judotrick versuchte, und irgend jemand – Dane konnte nicht erkennen, wer – ging zu Boden. Er sprang über den am Boden liegenden Körper des Speermeisters. Rianna stöhnte und setzte sich auf. Sie war benommen. Joda half ihr auf die Füße, während Danes Schwert die Männer zurücktrieb. Mit Aratak an ihrer Seite drangen sie bis zum Flur vor, wo Dravash immer noch mit dem Dachträger Schädel zerschmetterte, doch die Hitze des Gefechts war vorüber. Dann hatten sie den Flur hinter sich gelassen und traten an die heiße, stickige Luft. Dane fühlte sich benommen. Er hatte rasende Kopfschmerzen.

Sie waren wieder auf dem Roten Mond. Jäger folgten ihnen... der Spinnenmann hatte Riannas Speer zerbrochen, und Aratak hatte ihr irgendwie einen anderen besorgt... Er blickte verwirrt hinauf in die dichte, samtschwarze, sternenübersäte Nacht, um wieder einen klaren Gedanken fassen zu können. Ein Teil seines Gehirns wußte, sie waren auf Belsar, doch immer noch fuhr sein Kopf unruhig von einer Seite zur anderen, um Jäger in jedweder Gestalt zu entdecken...

Aratak hob Rianna auf den Arm. *Ja, der Spinnenmann hatte sie am Bein verwundet...* dann waren sie fort und rannten weiter. *Aber es ist dunkel. Die Jagd endet bei Einbruch der Dunkelheit,* dachte er, aufs neue verwirrt, und mußte sich zu dem Bewußtsein zwingen, daß sie sich gegenwärtig nicht den Jägern gegenüber befanden.

Nur Menschen. Größtenteils gute Leute, aber voller Furcht vor den Sternendämonen... Er rannte los und versuchte, seine Gedanken wieder auf die Gegenwart zu konzentrieren, fort vom Roten Mond. Das Bild von Prithvais geschundenem Körper erschien vor seinem geistigen Auge, und er dachte mit schmerzhaftem Bedauern: *Zum Teufel, ich wollte ihn nicht töten!* Aber er hatte keine Wahl gehabt. Jedenfalls ließ ihr Abgang nichts zu wünschen übrig. Und vielleicht würde die Dunkelheit die Verfolgung aufhalten, weil die Eingeborenen die Sternendämonen fürchteten.

Sie waren jedenfalls wieder unterwegs.

10

Irgendwo in dem Blätterdach, das die Sterne verdeckte, schrie ein Nachtvogel. Ein Rascheln im Gras, das ferne Geräusch von Tatzen verriet die Anwesenheit von Raubtieren in der Dunkelheit, die ihren nächtlichen Geschäften des Gebärens und Fütterns, des Jagens und Gejagtwerdens, des Lebens und Sterbens nachgingen.

Wie wir...

Rianna bewegte sich unruhig auf Arataks Armen.

„Setz mich ab. Ich kann jetzt allein gehen.“

„Wir können sowieso nicht einfach so in der Nacht umherstolpern“, sagte Dravash. „Wir müssen ein Lager bereiten. Niemand wird uns folgen, wenn die Sternendämonen frei sind – so ist uns der Aberglaube schließlich doch noch nützlich.“

Hier und da stießen silberne Säulen von Sternenlicht durch die Dunkelheit des Dschungels. Auf eine dieser Lichtungen führte sie Dravash. Ein Windzug ließ die Blätter rascheln, und Dane merkte, daß er zitterte. Bei Anbruch der Dunkelheit verschwand die Hitze, und auf seinem frierenden Körper wurde der Schweiß feuchtkalt. Seine Beine schmerzten vom Laufen, und sein Kopf war immer noch wund und verwirrt von Meister Prithvais Hieb.

Immerhin ist Prithvais Kopf in einem schlimmeren Zustand als meiner ...

Er konnte sich kaum daran erinnern, wie sie aus der Stadt gelangt waren. Nebelhafte Erinnerungen an den Lauf durch einen endlosen Schleier gazebedeckter Straßen, an anscheinend stundenlanges Verstecken in einem dichten, üppigen Garten übelriechender Pflanzen, an einen alptraumartigen Kampf, als Aratak irgendwo ein Tor aufdrückte, an Wachen, die wütend hinter ihnen ein Tor zuwarfen, anstatt sie in die Nacht zu verfolgen, die jenseits der sicheren Stadtmauern von Rashas und Sternendämonen heimgesucht wurde...

In der Dunkelheit traf ein Feuerstein auf Stahl, und Dravashs Gesicht zuckte in der kleinen Flamme auf. Er baute ein Feuer aus Blättern und kleinen Zweigen, während Dane sich fragte, ob ein Feuer wirklich eine gute Idee war. Es würde nur die Verfolgung auf sie lenken oder schlimmer, den Verfolgern am Morgen verraten, wo sie gelagert hatten. Dann heulte eine Rasha, und er fand, das Feuer habe doch sein Gutes.

Jäger. Fast erwartete er, das Scharlachrot des Jägermondes über den Bäumen aufgehen zu sehen... er mühte sich, seine Gedanken wieder unter Kontrolle zu bringen. Das war vorbei. Wichtig war das Hier und Jetzt. Das einzige Gemeinsame der beiden Situationen bestand in der *Gefahr*.

Flammen schossen hoch und erleuchteten die Lichtung. Joda hatte die Hände vor das Gesicht geschlagen. Rianna ging zu ihm und legte ihm die Hand auf die Schulter, doch er wich entsetzt vor ihr zurück.

„Was ist los, *Zadav?*"

„Ich wußte, es war zu schön, um länger andauern zu können", sagte der Junge aufgeregt. „Was los ist? Was habt ihr getan, daß der Anka'an-Orden euren Tod befehlen kann? Und du hast beim Kampf Meister Prithvai getötet. Was bist du? Ich bin noch nie so..." Er hielt inne, schluckte, und als er wieder zu sprechen begann, klang seine Stimme fest. „Einer von euch muß mir erzählen, worum es eigentlich geht", sagte er.

„Morgen", sagte Dravash bestimmt. „Denn jetzt ist Schlaf das einzige, was wir brauchen – oder zumindest mehr als alles andere."

Vielleicht war lediglich die Gewohnheit, den Ersten Wesen zu gehorchen, der Grund; jedenfalls breitete Joda seine Decke aus, beobachtete jedoch Rianna immer noch angstvoll. *Was werden wir ihm sagen?* fragte sich Dane. *Wie kann Dravash damit rechnen, daß wir nach alledem, was geschehen ist, schlafen können?* Er wußte, daß zumindest er viel zu aufgeregt war, um an Schlaf auch nur denken zu können. Er würde einfach nur die Augen schließen...

...und wurde durch den Schrei einer Rasha aus tiefem Schlaf gerissen. Er öffnete die Augen und sah das Tier in Dravashs Fängen kämpfen. Das schwere Messer des Sauriers sauste herab, und Dravash schleuderte den kopflosen Rumpf ins Unterholz, nahm den Kopf und warf ihn in die andere Richtung. Dane hörte gespenstische gurrende Laute und Schritte. Die Aasfresser stellten sich zum Frühstück ein. Er fragte sich, wie sie wohl aussehen mochten, entschied aber dann, er wolle es lieber nicht wissen.

Rianna lag, dicht an ihn gekuschelt, neben ihm, auf ihrer anderen Seite lag Joda, der heftig mit den Zähnen klapperte. Sie rollte von Dane fort, und er hörte sie im Dunkeln tröstende Worte murmeln und wußte, daß sie den Jungen in den Arm genommen und an sich gezogen hatte. Ärger wallte kurz in ihm auf. Heiliger Himmel, war er vielleicht eifersüchtig auf das Kind? Das war albern. Der Junge mußte nach alledem fast wahnsinnig vor Angst sein. Außerdem war er zu müde, um sich weiter Gedanken darüber zu machen. Wieder schloß er die Augen.

Als er sie dieses Mal wieder öffnete, dämmerte es schon, und die Sterne waren untergegangen. Aratak kauerte bei den verglimmenden Scheiten des Feuers. Dravash, eine langgestreckte, dunkle, verhüllte Gestalt, lag so dicht am Feuer, wie es nur möglich war, ohne die Decken anzusengen.

„Ich will ihn so lange wie möglich schlafen lassen", flüsterte Aratak Dane zu, so leise, daß Dane es eigentlich nur durch die Translatorscheibe in der Kehle vernehmen konnte. „Er hat mehr gekämpft als ich, und er ist nicht daran gewöhnt."

Um sie herum war der Wald stumm. Dane wußte, daß es unwahrscheinlich war, daß Rashas in der Dämmerung angriffen, dennoch hielt er die Hand am Schwertknauf, während er seine Notdurft verrichtete. Als er zurück zum Lager kam, waren Joda und Rianna wach. Aratak hatte sich zum Frühstück einen rohen Käfer gefangen und aß ihn mit Vergnügen. Mit dem gleichen Vergnügen, dachte Dane, mit dem ein Stadtbewohner auf der Erde eine frisch gefangene Forelle zum Frühstück verzehrte. Mit aufgerissenen Augen sah Joda zu, wie aus den Bündeln von Dane und Rianna ein heißes Mahl erschien. Dane sah die abergläubische Angst in den Augen des Jungen gegen die Gefühle von Liebe und Respekt gegenüber Rianna kämpfen. Nun, die sich selbst erhitzenden Mahlzeiten würde sie ihm irgendwie erklären müssen, da die Alternative darin bestand, Käfer zu essen wie Aratak.

„Ihr müßt mir sagen, was das alles zu bedeuten hat“, sagte Joda und starrte auf das Essen, ohne es zu berühren. „Sie haben euch als Sternendämone bezeichnet. Und jetzt das Essen, das von selber warm wird – und komisch aussieht. Anders als jedes Essen, das ich je gesehen habe – ist es Dämonenessen?“

Rianna zerrte unbewußt an ihren Haaren und lächelte ihn an. „Nein, natürlich nicht“, meinte sie. „Sehe ich denn für dich wie ein Dämon aus, Joda?“

„Ich weiß nicht, wie Dämonenfrauen aussehen!“ Der hysterische Tonfall in seiner Stimme war jetzt zu einem hohen Heulen geworden. „Du kämpfst wie ein Mann – du verbirgst deine Brüste, als seien sie mißgestaltet, aber sie sind es nicht. Sie sind es nicht – und deine Augen sind sehr merkwürdig.“

Seine Stimme verebbte angstvoll. Rianna biß sich auf die Lippen.

„Vielleicht“, sagte sie sanft, „sollte ich, da du soviel Angst vor uns zu haben scheinst, einfach sagen, jawohl, wir sind Sternendämonen, und wir lassen dich zurücklaufen zu deinem Volk, um ihnen zu erzählen, wohin wir gegangen sind.“

Er starrte sie an. Dann ließ er das Essenspaket fallen, schlang die Arme um sie und barg den Kopf an ihrer Brust.

„Das könnte ich nicht“, rief er. „Du bist kein Dämon. Wenn ihr von den Sternen seid, dann ist es so, wie ich immer geglaubt habe, nämlich daß die Sterne die Heimat des Guten und nicht des Bösen sind. Ihr seid gut! Es ist mir gleich, was sie sagen. Ich weiß, daß ihr gut seid, ihr alle!“

Einen Moment preßte Rianna ihn fest an sich. Dann schob sie ihn sanft von sich. Sie sagte: „Du hast recht. Ich bin kein Dämon, *Zabav,* und ich hoffe, in deinen Augen werde ich immer nur gut sein. Nimm dein Essen und iß es. Wir haben nicht allzu viele Vorräte, aber solange wir noch etwas haben, sollten wir es verzehren. Und während du ißt, werde ich dir soviel erklären, wie ich kann.“

Er holte das Paket wieder zu sich und begann wie sie mit den Fingern zu essen und beobachtete dabei mit angstvollen Augen Rianna und Dane.

„Offensichtlich“, begann Rianna, „sind wir nicht Reisende aus Raife. Wir kommen von weiter her, von viel weiter her.“ Sie sah ihn nachdenklich an, und Dane spürte ihre Gedanken.

Joda meinte, er glaube nicht an Sternendämonen. Aber sie waren Teil seiner Gedanken, und wenn es zur Nagelprobe kam... nun, immerhin hatte der Junge sein Vertrauen in Rianna zurückgewonnen. Das war schon etwas.

„Joda“, sagte sie, „siehst du diesen schwarzen Vogel dort auf dem hohen Baum?“

„Der Taucherkranich auf dem Rotbaum? Ja, ich sehe ihn.“

„Wie groß ist er? Vielleicht so groß wie dein Daumennagel?“

Er blickte sie an, als hielte er sie plötzlich für wahnsinnig.

„Nein, *Felishtara,* der Taucherkranich ist ein großer Vogel...“ Er breitete die Arme aus, um die Größe anzudeuten.

„Aber trotzdem“, fuhr sie fort, „kann ich ihn nicht mehr sehen, wenn ich meinen Daumennagel vor die Augen halte.“

Joda sagte, als erkläre er etwas sehr Einfaches: „Das liegt einfach daran, weil er so weit entfernt ist.“

„Gut. Dann kannst du vermutlich auch begreifen, daß die Sonne...“ – sie deutete auf den Hitzeball von Besar am Horizont – „...ein Feuerball ist, viel größer als die Welt, auf der wir stehen.“

Sie beobachtete, wie er dies langsam begriff. „Und was du über die Philosophen von Raife gesagt hast...“

„Ist das Wissen einer anderen Welt, Joda. Ich weiß, die Welt hier kreist um die Sonne, die wir Belsar nennen, weil ich in einer Art Metallwagen oder -schiff war und sie kreisen sah, zusammen mit eurem anderen Planeten – jenen, den du Funkentänzer genannt hast, und seinen Begleiter. Und die Sterne am Nachthimmel sind andere Sonnen, wie Belsar, nur viel weiter entfernt, so weit, wie du es dir nicht vorstellen oder träumen kannst. Und einige von diesen Sternen oder Sonnen haben Welten wie diese hier, und auf einer dieser Welten bin ich geboren. Und Dane auf einer anderen. Und Dravash und Aratak wiederum auf anderen. Verstehst du das?“

„Ich... glaube schon.“ Seine Stimme klang zweifelnd. Es folgte eine lange geduldige Erklärung, und viele Male kämpften Entsetzen und Verwunderung in den Augen des Jungen, während sein Essen langsam kalt wurde. Rianna hielt schließlich inne und hieß ihn essen, indem sie ihn an die Knappheit des Proviants erinnerte. Schließlich stellte er die Frage, auf die Dane schon gewartet hatte.

„Aber was macht ihr hier auf unserer Welt? Sie sagen, die Sternendämonen..." – rasch verbesserte er sich – „... die Sternenwesen sind gekommen, uns zu versklaven, uns in ihren Metallwagen fortzuschleppen, uns zu foltern..."

„Vielleicht ist der Grund", versuchte Rianna zu erklären, „daß wir auf unserer Welt jenseits dieser Sterne, die du sehen kannst, Gerüchte gehört haben, laut denen ein böses Volk nach Belsar gekommen ist, um die Menschen zu quälen, zu versklaven. Wir, das heißt eigentlich nur Dravash und Aratak, gehören zu einem... Orden... der Beschützer."

„Wie die Gesegneten Heiligen?"

Sie lächelte und schüttelte den Kopf. „Eher vielleicht wie der Anka'an-Orden, der sich der Aufgabe verschrieben hat, die Schwächeren gegen Wilde und Raubgierige zu beschützen. Dane und mich hat man ausgesucht, weil wir kämpfen und überleben können auf einer..." Sie hielt die Worte auf der Zunge zurück. Dane vernahm sie schon durch den Translator, doch es gelang Rianna, sie nicht auszusprechen... *auf einer barbarischen, primitiven Welt.* Das wollte sie nicht zu Joda sagen.

„Auf einer Welt, in der es viele Gefahren gibt."

„Und außerdem", sagte Dravash, der während Riannas Erklärung aufgewacht war und mit gleichmütigem Interesse zuhörte, „müssen wir weiter, ehe die Gefahren uns wieder umzingeln. Kommt. Hier entlang."

Joda fragte: „Wohin gehen wir?"

Dravash gab zurück: „Zur Großen Schlucht – vielleicht. Im Moment versuchen wir, den Verfolgern zu entkommen."

Der Wald vor ihnen erglühte in der Morgensonne. Dane sah zurück auf ihre deutlich sichtbare Spur. Auf dieser Welt mußte es bessere Spurenleser geben, als er einer war. Nachdem er sich mit Dravash beraten hatte, führten sie die Gruppe in die Berge und suchten felsigeren Untergrund, auf dem sie weniger Abdrücke hinterlassen würden.

Als Dane einmal dicht bei Rianna war, sagte er: „Das hast du gut gemacht mit der Erklärung. Ich hätte es nicht so gut gekonnt."

Ihre grünen Augen blitzten ihn kurz an. „Ich habe das schon einmal tun müssen", sagte sie, und wieder spürte Dane den Stachel der Unterlegenheit.

Sie hält mich wahrscheinlich für einen Primitiven, kaum besser als Joda! Und wieder stieg die Wut in ihm hoch wie in der vergangenen Nacht, als Rianna sich von ihm abgewandt hatte, um Joda in den Arm zu nehmen.

Bin ich ihr eigentlich völlig gleichgültig? Oder ist es einfach eine Gewohnheit, nach dem, was wir auf der Jägerwelt durchgemacht haben? Oder, noch demütigender, war er ihr einfach exotisch, primitiv und fremdartig erschienen, eine Abwechslung nach den überintellektuellen Männern ihrer Welt? Auch auf Danes Welt gab es Frauen mit dem, wie er es nannte, Tarzankomplex, die sich gebildete Männer als Partner suchten, doch für aufregenden Sex Männer wählten, die eigentlich nur schöne, anziehende Tiere waren und mit denen sie nichts anderes gemein hatten als Sex. Dane umklammerte sein Schwert und wünschte sich, er fände eine Rasha, um seine Wut an irgend jemandem auslassen zu können, wünschte sich einen Moment lang, er wäre nicht so zivilisiert, um Rianna einen hübschen Schlag in ihr spöttisches Gesicht versetzen zu können. Oder hatte er sich den Spott bloß eingebildet? Oder war es Joda, den er eigentlich kräftig in den Hintern treten wollte?

Doch jetzt war nicht die Zeit, sich darüber Gedanken zu machen. Sie stiegen bergan, und er benötigte alle seine Kraft und seinen Atem. Glasiger Stein, geschmolzen durch was auch immer für eine Katastrophe, – die gleiche wohl, die den Planeten mit Kratern überzogen hatte – erhob sich in riesigen, sanften Graten aus dem abbröckelnden Grund weicheren Gesteins wie Gips und Sandstein. Hier faßte der gierige Dschungel keinen Fuß, und Dane führte sie leichtfüßig mehrere Stunden lang über den harten Boden.

Als sie schließlich über die Spitze eines kleinen Gipfels stiegen, sah er aus dem Augenwinkel in der Ferne eine Bewegung. Er winkte die anderen zurück und kletterte hinauf, wobei er sich flach gegen den glasigen grünen Stein preßte. Kaum eine Viertelmeile entfernt zog eine kleine Menschengruppe langsam durch den Busch. Sie hatten sich verteilt wie bei einer Jagd. Die Speerspitzen blitzten in der Sonne, die jetzt senkrecht am Himmel stand. Unter ihnen waren mehrere Gestalten in der blauen Tunika des Anka'an-Ordens.

Dane griff hinter sich und flüsterte Rianna zu, ihm das Teleskop zu reichen, das sie in dem verlassenen Stützpunkt gefunden hatten. Einen Moment lang war er besorgt, ob sie es für Jodas Sterngukkerlektion mit nach draußen genommen und dort vergessen hatte. Dann legte sie es ihm in die Hand. Er beäugte das Instrument und starrte hindurch in das dichte Blattwerk.

Plötzlich erschien ein deutliches Gesicht vor der Linse.

Meister Rhomda!

Dane spürte den plötzlichen Impuls, sich fallen zu lassen und zu verstecken. Durch das Teleskop erschien es ihm, als müßten die ruhigen, dunklen Augen ihn sehen, doch der Speermeister wandte sich ruhig ab. Dane sah sich die Gruppe an. Es gab mindestens fünf Männer in blauer Tunika und vielleicht fünfzig andere, und sie bewegten sich sehr systematisch durch das Unterholz und suchten jeden Busch mit dem Speer ab.

Hatte man sie eilig zusammengerufen, um die flüchtenden Sternendämonen zu verfolgen? Oder waren sie lediglich auf der Jagd nach dem geheimnisvollen weißen Sternenmonster, von dem Dane in der Schenke gehört hatte? Dane wollte es nicht herausfinden.

Rasch überprüfte er das Gebiet mit dem Fernrohr, wobei er sich auf den Lauf eines kleinen Stroms konzentrierte, der nicht weit von ihnen entfernt am Fuß eines Hügels entlangfloß. Bis zu seinem Ufer gab es einen guten Weg mit Felsenboden, doch sie würden für die Männer unterhalb von ihnen deutlich sichtbar sein.

Doch ein wenig flußabwärts bog der Fluß in weitem Bogen über Felsen und Gebüsch scharf auf sie zu. Einige Bäume, die von Ranken bewachsen waren, schirmten sie ab. Dane merkte sich einen Felsenpfad, der in diese Richtung verlief.

Diese Gegend begann, unerträglich zu werden. Dane krabbelte zurück zum Hang, gab Rianna das Teleskop und erklärte flüsternd Dravash die Situation. Sie machten sich rasch auf den Weg zurück zu dem Felsenpfad, der sie zum Fluß führte. An einer bestimmten Stelle ließ er sie, von Felsen zu Felsen springend, eine Fläche aus weichem Torfboden überqueren, wobei er froh war, daß sie, abgesehen von Joda, alle aus Welten mit stärkerer Schwerkraft stammten – und der Junge war jung und leicht. Sie erreichten den Fluß, ohne eine einzige Spur oder einen abgebrochenen Zweig hinterlassen zu haben. Dane sprang ins Wasser, und die anderen folgten ihm am Ufer entlang, wo das Wasser flach war. Doch Dravash und Aratak gingen bis zur Mitte des Flusses, wo das Wasser zu tief war für die Menschen. Dravash watete aufrecht weiter und duckte sich unter den herabhängenden Zweigen. Aratak hingegen glitt unter Wasser, schwamm leise voraus und erkundete den Stromverlauf.

Dane war in Gedanken versunken. Wenn ihnen die Verfolger nicht bereits anhand der Spuren ins Gebirge folgten, würden sie es über kurz oder lang tun. Auch wenn Meister Rhomda nichts von ihrer Flucht aus der Stadt gehört hatte und auf der Jagd nach dem Sternenmonster mit sechs Beinen war, würden er und seine Leute ihre Aufmerksamkeit ebenfalls bald auf die leichter zu verfolgende Gruppe von Sternendämonen richten. Wenn die Verfolger die Berge nach ihnen absuchten, sollten sie selbst sich besser in Tälern aufhalten, doch dort war der Dschungel dicht, und sie konnten ihre Spur nicht verbergen.

Doch würden die Verfolger sie auch auf der anderen Seite des Flusses suchen?

In jener Nacht überquerten sie den Fluß. Rianna und Joda hielten sich an Aratak, als sie durch die heftige Strömung schwammen. Dravash bestand darauf, Dane zu helfen, und nachdem dieser die tosende Kraft des Flusses gespürt hatte, war er dankbar für die Unterstützung des Kapitäns. Dane war gewiß, am anderen Ufer in Sicherheit zu sein. Er glaubte nicht, daß Menschen die Wasser ohne Hilfe durchschwimmen konnten, und bislang waren alle Verfolger Menschen gewesen.

Mehrere Tage lang bewegten sie sich vorsichtig durch den Dschungel auf der anderen Seite des Flusses, doch früher oder später würden sie dichter besiedeltes Gebiet durchqueren müssen. Sie hofften, unbemerkt durch die Dörfer zu gelangen.

Joda sagte zu Rianna: „Wenn du einen Rock anziehst, den Speer Dane zum Tragen gibst und deine Brüste entblößt wie jede anständige Frau, wird es für uns alle sicherer sein.“ Das klang vernünftig, wenn Rianna auch den langen Wickelrock haßte, weil er sie in der Bewegung hinderte. Sie zogen nun durch vereinzelte Wälder und Felder um kleinere Ortschaften herum. Aber Riannas Augen konnte man nicht tarnen, wenn sie sich auch Asche um sie herumstrich, um das Make-up der Dorfbewohnerinnen nachzuahmen. Auch Arataks riesigen Rücken konnte man kaum verbergen. Früher oder später würden Gerüchte über sie ohne Zweifel die Stadt erreichen, und sie konnten nur hoffen, daß die Neuigkeiten sich langsam verbreiteten und breit gestreut und verzerrt wurden. Um einen einheitlichen Inhalt der Gerüchte über eine Frau und einen Mann mit merkwürdigen Augen und einen übergroßen Saurier zu vermeiden, teilten sie sich manchmal auf. Dane wanderte dann zusammen mit Rianna und Joda durch den Staub der frisch gepflügten Felder zwischen den Dörfern hindurch. Sie wirkten wie eine ganz normale Familie. Manchmal gingen sie wie normale Leibwächter hinter einem der Saurier her, um die anderen im nächsten Dorf wieder zu treffen, während die dunkelhäutigen Einwohner ihren eigenen Angelegenheiten nachgingen.

Auf einem staubigen Marktplatz spielte ein Musiker auf einem kleinen Saiteninstrument mit einer zusätzlichen Saite, die nur an einem Ende befestigt war und wie ein Violinbogen benutzt wurde, und die Leute tanzten fröhlich zu seiner Musik. Die meisten Leute waren Bauern, die ihre Waren zum Markt trugen. Sie hatten sie auf in schwerem Kampf dem Dschungel abgerungenen Feldern geerntet und standen dort ständig auf dem Kriegsfuß mit den Schlingpflanzen und Ranken, die immer wieder auf die bebauten Felder krochen.

Auf einem anderen Marktplatz angekommen, zog Dravash einige Münzen hervor. Die Juwelen aus Raife waren hier zu gefährlich. Es würde zuviel Aufsehen hervorrufen. Das mußte warten bis zu einer größeren Stadt. Er kaufte eine kleine Trommel, kauerte sich auf den Platz und wirbelte ein paar Takte darauf herum, was die Menge dazu brachte, sich um ihn zu scharen. Joda war schockiert. Die meisten Musiker waren Menschen. Für die Ersten Wesen war dies unterhalb der Würde, doch Dane wußte, was der Sh'fejj dachte. Flüchtlinge, Leute, die etwas zu verbergen hatten, zogen nicht derart die Aufmerksamkeit auf sich. Während Dane und Rianna in der Menge untertauchten, ging Joda auf den geflüsterten Befehl Dravashs hin mit seiner umgedrehten, turbanartigen Kopfbedekkung zwischen den Leuten umher, um die zugeworfenen Münzen einzusammeln.

Je weiter sie vordrangen, desto dichter wurde der Dschungel zwischen den bebauten Teilen. Die Dörfer lagen weiter auseinander und wirkten armseliger. Hölzerne Palisaden umringten einen Haufen runder Hütten. Die gerodeten Felder ringsum sollten den Dschungel zurückhalten und zugleich die Rashas abhalten.

Die Rashas. Es hätte ohne die Rashas eine recht angenehme Reise sein können. Die großen Katzen wurden zu einer immer häufigeren Bedrohung, als die Reisenden schließlich den Dschungel erreichten. Dravash und Aratak mit ihrer Größe und dem Vorteil, daß die Rashas sie nicht anziehend und verlockend fanden, übernahmen die Aufgabe, ihre protosimianischen Kameraden zu bewachen. Sie konnten die Katzen in den tiefhängenden Zweigen bald meisterhaft früh ausmachen. Dennoch hielt Riannas Speer zweimal ihre Tatzen von Joda ab, und Dane zog sich einen langen Kratzer am Arm zu, der tagelang eiterte und schmerzte. Dane wußte schon nicht mehr, wie viele sie bereits getötet hatten. Säuerlich dachte er: *Wenn die Leute ringsum davon erführen, würden sie uns wohl einen Orden für diese Wohltat verleihen.* Aber als er Dravash diesen Gedanken mitteilte, schüttelte der Sh'fejj stirnrunzelnd den Kopf.

„Durchaus nicht. Die Rashas sind das einzige Gegengewicht gegen protosimianische Überbevölkerung und Nahrungsmangel – andernfalls zerstören sie mit ihren Dörfern den Dschungel und damit das ökologische Gleichgewicht."

Dane war das egal. Er tötete weiter so viele er konnte. Als die Gegend unwirtlicher wurde, hörten sie vor sich einen Ton, der stärker wurde. Zuerst war es lediglich ein unterschwelliges Summen, das in der Mittagszeit vom Surren der Insekten übertönt wurde, doch es wurde jeden Tag stärker und übertönte bald alle anderen Geräusche des Waldes, ein tiefes Gemurmel, das niemals aufhörte: Die Donnerfälle.

Knackeulen flogen auf, wenn sich die Reisenden näherten. Bei dem Tosen des Wasserfalls waren ihre Rufe nicht mehr hörbar. Über den zunehmenden Lärm hinweg vernahm man schwach eine Reihe von Schreien. Rianna deutete hinauf in die Wipfel, und sie sahen einen großen Halbaffen wild zwischen zwei Bäumen hin und her springen. Er ergriff das Ende eines belaubten Zweiges, schwang sich weiter hoch, schien emporzuspringen, wenn seine

Füße einen Ast berührten, und tobte von einem wild schwankenden Zweig zum nächsten.

Bei den Bäumen, die er hinter sich ließ, zitterten die Kronen. Unter dem Gewicht der Rasha, die hinter dem Affen her durch die Bäume schoß, bebten die Äste. Dane folgte dem fliehenden Affen und der nachsetzenden Katze mit den Augen, während sie durch das Laub tobten. Dann senkte er den Blick, und sie gingen weiter.

Besser er als ich.

Vor ihnen öffnete sich die Erde. Nach ein paar hundert Metern endete die Welt, Dschungel wie Boden. Der Himmel war von einem grün-lila Vorhang verhängt, unterhalb dessen die Wand der Wolken im Sonnenuntergang stand. Kaum vernahm Dane wegen des ohrenbetäubenden Tosens Riannas erstauntes Luftholen.

Seine Augen gewöhnten sich an den Anblick, entdeckten die rotorangefarbenen Felsen, die von dem Schleier halbverdeckt waren. Über ihnen erstreckte sich meilenweit flacher, dichter Dschungel bis zum Horizont. Alles wirkte fern, in zarten Pastelltönen gemalt. Wie ein an den Himmel gemaltes Wunder.

Das Göttliche Ei sagt... Arataks Stimme brummte in Danes Kehlscheibe. In seiner Aufregung vergaß er, Kahram zu sprechen, und Dane war zu angerührt, um ihn darauf aufmerksam zu machen. Außerdem übertönte ihn das Tosen der Fälle. *...daß das Nachdenken über die Wunder des Universums eine Seele zum Wachsen bringt. Gedanken über dieses Wunder haben sicherlich einigen Seelen dieser Welt große Weisheit gebracht...*

Die Stimme in dem Apparat verebbte zu hingerissenem Schweigen.

Unvermittelt brachen die Donnerfälle zu ihrer Linken durch den Busch, ein riesiger Silbervorhang aus Wasser.

Der Niagara, der sich in den Grand Cañon ergießt, dachte Dane. *Nein, größer als der Niagara. Was ist in Amerika von vergleichbarer Größe?*

Der Dschungel war hier weniger dicht. Sie standen am Rand einer großen Leere. Aus der Schlucht wehten heftige Windstöße, gekühlt von Wassertröpfchen. Die Mündung des Flusses hatte ein tiefes Loch in die Schluchtwand gebissen. Der Wind trug ihnen das ungeheuere Tosen der Wasser zu. Zu ihren Füßen senkte sich der Sandsteinboden nach unten ab. Auf halber Höhe unter ihnen blinkten sie glasige Felsen an, und weiter unten fiel dunklerer Felsen bis zum Boden der Schlucht ab.

In halber Höhe der Fälle spritzte das Wasser wild hoch, prallte von zersplitterten Kristallfelsen ab und bildete einen vielfarbigen Regenbogen. Dann ergoß es sich in den tiefen, brodelnden See am Grund der Schlucht. Aus der wilden Fontäne floß ein Fluß in die Mitte des Tales, wo der Nebel den Fluß unsichtbar machte.

Danes Kehlscheibe vibrierte von Dravashs Stimme.

„Hier könnte ein Weg nach unten führen." Der Sh'fejj machte eine Bewegung. „Vielleicht können wir hier herabsteigen." Besorgt ruhte sein Blick auf Aratak. Er überblickte die unter ihnen liegenden Felsen, rief Rianna zu, sie solle das Teleskop bringen, und besah sich eingehend die Klippen. Dann wandte er sich Dane zu: „Ich kann ihn hinunterbringen. Es gibt Vorsprünge und Felsabschnitte da unten, wo man sogar ein Kriechtier herablassen könnte, wenn die Kanten nicht zu scharf sind."

Aratak blickte düster hinab in den Schlund.

„Das Göttliche Ei hat uns klugerweise gesagt, daß es leichter ist, zu sinken als zu schwimmen", bemerkte er, „aber ich weiß nicht, ob das gleiche auch auf das Hinauf- und Hinabsteigen von Bergen zutrifft. Seine Weisheit hat sich leider noch nicht mit Dingen wie Geschwindigkeit und deren Beherrschung befaßt."

Joda zerrte Rianna am Arm und rief etwas, doch Dane konnte bei dem Getöse kein einziges Wort verstehen. Wahrscheinlich war er noch verwirrter als zuvor, wenn er sie beobachtete, wie sie sich ohne Mühe über das Getöse hinweg verständigen konnten, doch Dane wollte ihm jetzt nicht die Translatorscheiben erklären. Joda machte eine Handwegung, und Rianna wandte sich um. Sie erstarrte, bat Dane zu sich und deutete auf etwas.

Dane blickte über die Biegung des herausgewachsenen Teils der Schluchtwand zu den Felsen am Rand der Fälle. Nach einem Augenblick ergriff er hastig das Teleskop und richtete es auf die Stelle. Dort stand eine kleine Gestalt in Blau – ein Speermeister der Anka'an! Andere kamen aus dem Dschungel, und der Speermeister machte eine Handbewegung...

Dane wirbelte zu den anderen herum.

„Schnell! In die Schlucht hinab! Sie haben uns gesehen."

Aratak richtete seine vorstehenden Augen auf die Verfolger. Dann zog er Danes Kopf nahe an sich heran. „Ihr anderen solltet gehen – flieht diesen Abhang hinab. Laßt mich hier zurück, damit ich sie aufhalte." Mit einem Anflug von Humor fügte er hinzu: „Besser ich halte *sie* auf als *euch* beim Abstieg, was ich sicher tun würde."

Dravash entblößte die nadelspitzen Fangzähne. „Nein. Wir werden uns stellen und versuchen, sie zu vertreiben."

„Es sind zu viele", sagte Aratak. „Geht, Sir. Was ist mit Eurem Auftrag? Besser, sie schnappen nur einen von uns. Und nur Ihr könnt mit Weitsprecher kommunizieren, wenn wir alle getötet werden. Mich hat niemand zu dieser Mission gezwungen. Schnell! ich werde so viele wie möglich aufhalten, aber ich kann es nicht bis in alle Ewigkeit!"

Im Westen hinter den Bäumen versank Belsar. Die ferne Wand des Cañons schimmerte rosa über einem Silberstreifen. Der rauhe, unebene Boden unter ihnen würde ihnen gute Deckung abgeben, wenn sie ihn erreichen konnten.

„Nein", sagte Dane. „Aratak, du und Dravash, ihr beginnt nun den Abstieg. Du bist der langsamste, aber wenn du gleich losgehst, kannst du es schaffen, bevor sie hier sind, und dich unten in Dekkung begeben. Wir Affen können sie eine Weile aufhalten und dann, wenn sie wieder Angst vor den Sternen bekommen, kommen wir schnell nach!"

Dravash zögerte und sagte dann: „Er hat recht, Aratak. Ich hasse es, sie zurückzulassen, aber sie haben einen natürlichen Vorteil."

Aratak wehrte sich, und Dane wußte, er dachte daran, wie die drei, Dane, Rianna und Aratak, gemeinsam in der letzten Schlacht auf dem Roten Mond gekämpft hatten. Doch schließlich gab ihm Dane einen Schubs und sagte: „Mach schon." Zögernd begab sich der riesige Saurier neben Dravash hinab in die Schlucht.

Dane beobachtete die kleinen Gestalten, die den Rand entlang auf sie zurannten. Es waren mehr, als er zählen konnte, und er dachte grimmig: Wir haben auf dem Roten Mond unter schlechteren Bedingungen gekämpft. Er deutete auf Joda. „Schnell, ihnen nach!" sagte er, merkte dann aber, daß der Junge ihn bei dem Lärm nicht hören konnte. Doch der Junge hatte die Handbewegung gesehen und schüttelte hartnäckig den Kopf, wobei er irgend etwas rief, was Dane nicht hören konnte. Dane war es jetzt auch egal. Der Miene des Jungen entnahm er, daß er etwas Grobes gerufen hatte.

Rianna hielt den Speer bereit. Sie und Joda standen Schulter an Schulter. Dane trat zu ihnen und wandte sich mit ihnen den Herankommenden zu. Diese hatten gesehen, wie die Saurier in die Schlucht hinabstiegen, und wußten, daß ihnen nur Menschen gegenüberstanden. Aber vielleicht konnten sie einen Trick anwenden, ihnen vorspielen, sie liefen in einen Hinterhalt.

„Rianna..." Dane machte eine Handbewegung. „Geh, versteck dich hinter dem Felsen dort. Nimm Joda mit. Und wenn sie alle hinter den Bäumen dort sind, kommt zurück, so schnell ihr könnt." Sie würden es bemerken, wenn sich die beiden hinter dem Felsen bewegten, aber wenn sie Glück hatten, nicht ihren Rückweg mitbekommen. Vielleicht dachten sie, daß sich dort noch andere hinter dem Felsen verbargen. Vielleicht würden sie dann etwas langsamer, um... Schade, daß der Lärm der Fälle alle anderen Geräusche übertönte, sonst könnte man Joda in den Busch schicken und so tun, als seien dort noch Dutzende andere, denen er etwas zuriefe. Aber dieser alte Trick würde hier nicht klappen.

Er trat auffällig hinter einen Baum und blickte hinab in die Schlucht. Weit unter ihm kamen die Saurier gut, wenn auch langsam voran. Dravash half Aratak bei schwierigen Stellen. Vielleicht mußten sie die Stellung hier halten, wenn es die beiden nicht schafften.

Die Zeit kroch voran. Die Verfolger rannten. Belsar hing immer noch hartnäckig über dem anderen Rand des Canons, so heftig sich auch Dane ihren Untergang wünschte. Würden die abergläubischen Primitiven es wagen, auch bei Dunkelheit die Verfolgung fortzusetzen? Teilte der Orden der Anka'an diesen Glauben? Würde Joda vor dem Kampf ausbrechen und zu fliehen versuchen?

Rianna und Joda kamen zurückgelaufen. Dravash und Aratak waren in den tiefer werdenden Schatten am Grunde des Tales verschwunden.

„Da, in die Höhle", trieb er sie mit einem hastigen Flüstern an. „Verkriecht euch, damit man euch nicht sieht, und wartet auf mein Zeichen – und wenn ich es gebe, seid bereit herauszukommen und zu kämpfen oder fortzulaufen. Wenn Dravash und Aratak sicher den Vorsprung da unten erreicht haben und außer Sichtweite sind, müßt ihr so schnell wie möglich hinabsteigen und auf mich auf diesem Vorsprung warten."

Rianna öffnete den Mund zum Protest, hielt ihn aber zurück, holte tief Luft und nickte. Eine Schar Knackeulen flatterte über dem Dickicht auf. Ihre Schreie und ihr Flügelschlag waren über dem Tosen nicht zu hören. Dane versteifte sich. Die Vögel waren aufgeschreckt worden – wahrscheinlich von ihren Verfolgern. Aber diese waren doch noch tiefer im Wald gewesen. Oder wurden sie von den Verfolgern umringt, und man fiel ihnen in den Rükken? Gab es noch eine zweite Gruppe auf ihrer Spur?

Er kniete sich nieder und spähte durch das dichte Laub. Grüne und dunkelrote Blätter, braunes altes Laub auf dem Boden. Von orangefarbenen Schlingpflanzen umwundene Stämme. Dichtes Buschwerk.

War das ein weißer Blitz? Sonnenlicht wurde von irgend etwas reflektiert. Eine Speerspitze? Eine Gürtelschnalle? Ein Tautropfen? Ein Tierauge?

„Dane..." Das war Riannas Stimme in der Kehlscheibe. „Dravash und Aratak sind auf dem Vorsprung angekommen."

„Geht los", sagte er, und merkte dabei, daß Rufen sinnlos war. Sie würde es entweder durch die Translatorscheibe hören oder überhaupt nicht. „Wartet am Grund der langen Schlucht auf mich." Er drehte sich um und beobachtete, wie sie hinabstiegen. Dann wandte er sich wieder dem Waldrand zu. Dem Himmel sei Dank für die Translatorscheiben! Wenn auch keiner von ihnen, auch nicht ihre Erfinder, sich ausgemalt hatten, daß sie auf diese Weise benutzt werden würden!

Dann sah er durch das Blattwerk die Füße von zwei Männern. Er beobachtete sie vorsichtig und bog die Zweige auseinander, um besser sehen zu können. Ja, da waren sie. Sie bewegten sich sehr vorsichtig, hatten die Speere gegen die Brust gepreßt. Die langen Klingen reckten sich über die Schultern. Hinter ihnen zitterten die Büsche unter den Schritten der Nachfolgenden.

Die Donnerfälle übertönten jedwedes Geräusch.

Sein Schwert glitt aus der Scheide. Er merkte, wie er die Luft anhielt, und zwang sich, langsam und tief zu atmen. Im Kopf rechnete er die Geschwindigkeit ihrer Schritte aus. Die Klinge erhob sich. Die linke Hand fuhr herüber. Noch ein Schritt, noch einer... jetzt!

Er brach durch die Blattwand.

Die Arme der am nächsten stehenden Männer fuhren auf ihn zu. Die Schäfte glitten wie Billardqueues durch die Hände, wobei Danes Kehle den Ball darstellte. Dane rannte direkt darauf zu. Seine Klinge zischte an seinem Körper vorbei, schlug den Speer zur Linken beiseite. Dann erhob er sich auf die Zehenspitzen, und das Schwert sauste über seinem Kopf hinweg – und dann zog sich die ausgestreckte Kraft wieder zusammen, hieb das Schwert hinunter... Er wirbelte wild auf den anderen Speer zu, der auf ihn eindrang. Er ließ die Spitze auf den Boden sinken und zog den Knauf scharf nach oben. Die Klinge traf auf den Speerschaft, warf den Speerwerfer aus dem Gleichgewicht. Ein Schritt mit dem anderen Fuß brachte Körper und Schwert herum, besiegelte das Schicksal eines Angreifers.

Unbeeindruckt toste der Donnerfall weiter.

Männer machten Handbewegungen, öffneten und schlossen die Münder, ohne daß man einen Laut vernehmen konnte. Als Dane das Schwert wieder erhob, wichen sie zurück und bewegten sich aufeinander zu. Ohne Deckung tanzten sie zurück durch die Zweige.

Im gleichen Augenblick, als er sich außer Sichtweite wähnte, wirbelte er herum und rannte wie von Teufeln gejagt los. Seine Füße mußten im Unterholz ein gewaltiges Krachen verursacht haben, doch die Wasserfälle übertönten jedes Geräusch. Er schoß zum Rand der Klippe und warf sich fast in den steilen Abgrund. Halb rennend, halb gleitend, stieg er unter einem Geprassel von kleinen Steinen herab.

Auf halber Höhe streckte er die Hand aus und umklammerte einen jungen Baum. Bei seinem raschen Abstieg hatte er sich die Beine ziemlich aufgeschürft. Er wischte das Schwert ab und steckte es in die Scheide und sah dabei zum Rand des Abgrunds hinauf. Hatte man ihn entdeckt? Oder schlichen sie sich immer noch weiter zurück durch den Wald und erwarteten, daß er und die anderen jeden Moment aus dem Hinterhalt hervorbrechen würden?

Zeit. Das war jetzt das Wichtigste. Zeit für Aratak und Dravash, damit sie es bis ins Tal hinab schafften.

Er stieg weiter abwärts. Am Grund der Schlucht rief er nach Rianna, und seine Scheibe krächzte eine Antwort, deren Worte man nicht verstehen konnte. Er sprang auf den Vorsprung und runzelte die Stirn. Der glasartige Stein war eben, aber rutschig. Er mußte sich dicht an der Wand halten...

„Dane..." sagte die Scheibe in der Kehle, und dann schlang Rianna ihre Arme um ihn, rasch und fest. Sie ließ ihn wieder los. „Du bist voller Blut..."

„Ihres", antwortete er. „Ich selbst habe mir nur die Beine beim Abstieg zerkratzt." Er blickte über den Rand und konnte kaum noch die verschwommenen Gestalten von Aratak und Dravash erkennen, die sich weit unten abmühten.

„Wir werden sie wahrscheinlich hier aufhalten müssen", sagte er, als er schnell einen Blick über den Rand warf. Der Vorsprung war an dieser Stelle etwa zwei Meter breit und dort, wo er stand, an der Öffnung zur Schlucht, nur wenig breiter. Hinter ihm weitete er sich bis zu vier Metern, was ihm einen klaren Vorteil an Kampfraum bot – wenn er sie am Eingang der Schlucht zusammengedrängt aufhalten konnte.

Jenseits der Großen Schlucht stiegen Schatten auf und kletterten wie die Flut an den Felsen hoch, während Belsar tiefer sank. Die hohen Wände unter ihnen waren oben noch dunkelrot, unten aber bereits schwarz. Bald würde die Sonne die Baumwipfel erreichen, dessen war er sicher. Riesige Vogelschwärme flatterten und wirbelten über den wolkenlosen Himmel, heim zu ihren Nestern im Dschungel und im Tal.

Das Getöse der Wasserfälle würde jedes Geräusch seiner Verfolger unhörbar machen, wenn sie in die Schlucht hinabstiegen. Er blickte hoch, sah aber zwischen sich und dem Himmel nichts.

Zu dritt konnten sie diesen Vorsprung leicht halten – wenn Dane sich auch nicht sicher war, ob ihnen Joda etwas nützen würde. Die Augen des Jungen vermieden ängstlich die entsetzliche Schlucht jenseits des Randes. Eigentlich, dachte Dane, war nur ein Mann nötig, um den Vorsprung zu halten...

Irgendwo im Hinterkopf stellte er sich Dalliths Augen vor: offen und leer; tot, so wie er sie zuletzt gesehen hatte. Er sah Rianna tot auf dem Boden liegen, den Speer in der Hand...

„Ihr beiden steigt weiter hinab“, hörte er sich sagen. „Ich kann sie aufhalten. Ihr wäret nur im Weg.“

„Du bist wahnsinnig“, fauchte ihn Rianna an. „Du hörst dich an wie der... verrückte Cliff! So ist er auch umgekommen! Was willst du denn beweisen?“ Sie trat an seine Seite, die Kinnmuskeln verspannt, und die Stimme in seinem Ohr war so entschlossen wie nie zuvor.

„Ich bleibe hier, Dane. Versuche nicht, mit mir zu streiten.“

„Aber sieh doch mal“, sagte Dane betont vernünftig. „Ich habe einfach mehr Erfahrung im Bergsteigen als ihr beide zusammen, und die Höhe macht mir auch nichts aus. Und ich komme schneller die Felsen hinab. Wenn...“

Er hielt inne. Eine winzige Bewegung erregte seine Aufmerksamkeit.

Von oben rollte ein Steinchen herab, schlug auf dem Vorsprung auf und fiel in den Abgrund unter ihnen.

Andere Steinchen folgten nach, danach auch der eine oder andere Stein von mittlerer Größe...

„Zu spät“, meinte Dane. „Da kommen sie! Paßt auf!“

Ihre Ohren waren durch das ständige Tosen der Fälle so taub geworden, daß die Steine für sie in absurder Stille herabfielen. Sie warteten. Finger umklammerten den Schwertknauf. Riannas Hand glitt den Speer entlang...

Meister Rhomda sprang auf den Vorsprung und zielte mit der Lanze auf sie.

Vor Danes innerem Auge schoß Blut aus Meister Prithvais Gesicht. *Meister Rhomda!* Und der Speer war bereits in todbringender Stellung. Er griff nach dem tödlichen Stahl...

Es war alles ein schrecklicher Fehler... In seiner Erinnerung klirrten die Ganjirglocken, und eine freundliche Stimme fragte: *Hungrig? Euer Herr wird euch jetzt nicht benötigen...* Aber diese Klinge durchfuhr bereits sein Gesichtsfeld wie ein Scheibenwischer. Er wischte die Speerspitze beiseite, und dann machte er einen Ausfall und schwang den Arm hoch zum Hieb...

Der Speerschaft traf seinen Arm direkt über dem Ellenbogen, und mit der Kraft eines Punchingballs sprang der Bizeps zurück. Sein Hieb wurde abgelenkt und glitt harmlos an dem Schaft entlang. Dane sprang zurück, als die Spitze auf seinen Solarplexus zielte.

Ich werde ihn umbringen müssen...

Rhomda schwenkte den Speer über dem Kopf, als Dane wieder zustach. Er schritt nach vorn, preßte den Schaft gegen Danes Klinge und hielt Dane einen Moment lang bewegungslos.

...wenn ich es kann!

Der dicke Holzschaft drückte gegen Danes Schwert, als sei er dort festgeleimt. Dane versuchte sich freizuspringen und verlor auf dem glitschigen Stein fast das Gleichgewicht, doch Rhomda schloß die Distanz wieder, ehe Dane zuschlagen konnte.

Verzweifelt rang sich Dane frei, drückte die Schulter gegen den Speerschaft, zog die Klinge zurück und stach über die Schulter hinweg nach der Kehle des Speermeisters. Rhomda sprang zur Seite, und Dane drehte sich auf den Fußballen herum, wich zurück. Plötzlich schoß Riannas Speer über seine Schulter hinweg auf den Speermeister zu, doch Rhomdas Waffe zuckte vor und stieß die Lanze beiseite, ohne jedoch Dane dabei eine Angriffsfläche zu bieten.

Wir sind hier nicht bei einem Dojo! Das ist eine ernste Sache, verdammt, er wird Rianna und auch Joda töten... Ihm schien, die Geister Cliffs und Dalliths scharten sich eng um ihn und schauten ihm über die Schulter...warnten ihn! *Sucht mich morgen früh, und ihr werdet einen Toten finden...* Wahnsinn durchzuckte seine Gedanken. Sein Arm schmerzte von Rhomdas Hieb. Die Schatten wurden dunkler... *Wenn die Sonne untergeht, hören die Jäger auf zu kämpfen...* aber es waren keine Jäger! Die Klippe gegenüber glühte nicht mehr.

Wieder zuckte der Speer auf ihn zu.

„Rianna!“ schrie er verzweifelt. „Nimm Joda und lauf mit ihm fort!“ Seine Gedanken schrien noch lange weiter, nachdem er den Mund schon wieder geschlossen hatte.

Rhomda duckte sich unter Danes Parierhieb, und wieder zielte der Speer wie eine Schlange auf ihn. Dane fegte ihn beiseite und schleuderte das Schwert zu einem weiteren Hieb, dieses Mal einem todbringenden Schlag... In Rhomdas Hand wirbelte der Speer. Der Schaft schlug hart gegen Danes Kopf, und er spürte, wie ihm die Knie nachgaben.

Harter Stein schlug gegen seinen Körper. Er versuchte sich von der Glasfläche, auf der er lag, hochzustemmen. Das Schwert umklammerte er immer noch mit der Rechten, doch dann versank die Welt und schleuderte ihn in endloses Zwielicht, wo nur noch die Augen von Geistern herrschten, die Augen von Dallith, kalt und tot und auf ihn wartend...

Auch der Donnerfall schwieg.

11

Alles war eine einzige große Lüge, wie alles andere auch. Man sagt, Sterben tue nicht weh. Man sagt, die Schmerzen würden nach dem Tod verschwinden, und es sei einem alles gleichgültig. Aber der Schmerz war noch da. Er war schlimmer als zuvor. Er konnte nichts sehen. Und der Mann, der ihn getötet hatte, befand sich mit ihm in der blendenden, schmerzhaften Dunkelheit: Meister Rhomdas Stimme ertönte.

„Nichts davon. Erinnert Euch an die Worte der Gesegneten! *Die Rache ist unser,* haben sie gesagt... Es wird Gerechtigkeit geschehen. Hände weg!"

„Die Gesegneten waren nicht so zimperlich, als wir die weißen Teufel vertrieben haben", brummte eine zweite Stimme.

„Das war auch etwas anderes", meinte Rhomda in der Dunkelheit. „Glaubst du wirklich, dies hier ist ein Sternendämon, du Dummkopf?"

Die Donnerfälle tosten auch im Tod, wenn auch ruhiger, so daß Dane verstehen konnte, was sie sagten. Und er merkte, daß er nicht erblindet war, sondern die Augen geschlossen hatte. Doch unter seine Lider drang ein rötliches Licht. Die alte Geschichte von den Höllenfeuern stimmte also! Irgendwo schrie eine Rasha, also gab es auch Rashas in der Hölle. Nun, das war auch richtig so. Aber der Blumenduft paßte irgendwie nicht dazu.

„Meine Schwester und ihre Söhne lebten in dem Dorf, das in ihren Höllenfeuern verbrannte", knurrte die zweite Stimme. „Das sind doch alles Dämonen. Wer sagt, ein Dämon könne nicht wie ein Mensch aussehen? Ich sage, tötet ihn, und dann spüren wir die anderen so schnell wie möglich auf und bringen sie ebenfalls um."

„Der Heilige A'assioo sagt, Haß ist eine Krankheit", meinte Rhomda. „Es gibt viele solcher Kranken in diesem Land, und viel muß verheilen, aber Töten wird keine Heilung bringen." Seine Stimme klang härter. „Ich möchte keinen Einwand mehr hören. Ich spreche für den Orden, der die Befehle der Gesegneten ausführt, und ich selber stehe unter ihrem Befehl – ebenso wie ihr auch. Gehorcht mir!"

Danes Kopf schmerzte zum Zerspringen. Er zwinkerte mit den Augen. Holzrauch stieg in seine Nase. Noch etwas Unbequemes drängte sich durch den allgegenwärtigen Schmerz. Etwas Hartes grub sich in seinen Rücken. Er versuchte, es fortzustoßen...

Ruckartig öffnete er die Augen. Seine Hände waren gebunden. Feuerschein warf verschwimmende, tanzende Schatten auf die weiße Stoffbahn, die man über ihnen gespannt hatte, um die Seelen der Menschen vor den Sternen zu schützen. Zu seiner Linken spielten mattere Schatten auf einer Steinwand. Zu seinen Füßen stand Meister Rhomda unter dem Tuch. Gewappnet, mit vor der Brust verschränkten Armen, stand er einer Gruppe von Männern gegenüber, deren Zähne glitzerten und deren Augen im Feuerschein rötlich leuchteten.

„Ich gehe nun, meinen Bericht zu erstatten", sagte Rhomda ruhig. „Ich werde sobald wie möglich zurück sein. Bewacht sie gut." Seine Stimme klang fest. „Wenn ich sie bei meiner Rückkehr nicht gesund und wohlbehalten vorfinde – alle beide –, werdet ihr Euch vor den Gesegneten verantworten müssen. Das verspreche ich Euch im Namen der Anka'an."

Er drehte sich um und schritt ruhig in die Dschungelnacht hinaus, verschwand aus Danes Blick zwischen einem Blick auf das Feuer und dem nächsten. Die Flammen zuckten aus und an, hell und dunkel, wie seine verschwommene Wahrnehmung. Draußen im Dunkel schrie eine Rasha. Das Feuer knisterte, ließ die Schatten gegen die Stoffbahn über ihnen tanzen wie schwarze Fledermausflügel.

Er rollte den Kopf, ignorierte dabei den Schmerz, der ihn durchwühlte, und erblickte Joda, gefesselt und gebunden, mit schmutzigem und blutverschmiertem Gesicht. Doch er war wohl am Leben. Einen toten Gefangenen hätten sie nicht gebunden. Jodas Füße waren ungefesselt. Aber dort draußen vor dem Zelt in der Dunkelheit lauerten die Rashas. Selbst wenn man keine Angst vor Sternendämonen hatte, gab es immer noch Rashas und Granths und Gott weiß noch alles...

Danes Kopf fühlte sich an, als sei er so zerschunden wie der Meister Prithvais. Er spürte die Verletzungen. Sicher würde die linke Kopfhälfte ins Feuer fallen, wenn er sich bewegte, und die rechte würde hinaus in den Dschungel zu den Rashas rollen... *nein, das war Wahnsinn...* Dane konzentrierte sich auf das Seil, das seine Hände band, sah, daß es von den Gelenken weiterführte zu einem Stock am Boden. Die Augen zu bewegen schmerzte wahnsinnig, ließ das Dunkel wabern und flackern und niedersinken – oder war es das unsichere Licht des Lagerfeuers? Doch vordringlicher als der Schmerz war etwas anderes. Er zerrte an den Fesseln, ignorierte den stechenden Schmerz, ignorierte, wie ihm die Sinne wieder und wieder schwanden und sich Dunkelheit auf ihn herabsenkte, suchte panisch mit schmerzenden Augen nach einer dritten gefesselten Gestalt, irgendwo innerhalb des Zeltes: *Rianna! Wo war Rianna?*

Doch er entdeckte kein Zeichen von ihr. Da waren nur die Männer, die sich in dem provisorischen Belsarzelt unter der Stoffbahn zusammenscharten, um sich vor den dämonenbesessenen Sternen zu schützen. Da war Rhomda, dort draußen im Dschungel... *Warum hatte er keine Angst vor den Sternendämonen?* Und da war Joda, gefesselt, bewußtlos oder schlafend.

Nur Rianna war nicht dort. Nirgendwo in dem dunklen Flakkern, das dem kleinen, unruhigen Feuer entstammte, gab es ein Zeichen von Rianna.

Die Toten würden sie nicht fesseln...

Das bedeutet also, daß sie tot war. Sie hatten sie umgebracht.

Dallith. Clift. Jetzt Rianna...

Wildes Männerlachen ertönte vom Feuer, ein Feuer, das sie gegen die Sternendämonen, die hungrigen Raubtieraugen und die Geister ihrer Toten angezündet hatten. Und Rianna lag tot dort draußen, Beute für die Rashas und die umhertänzelnden Raubtiere der Nacht.

Hatten sie zumindest rasch und sauber getötet? Oder hatte man sie verwundet der ersten Jagdkatze überlassen? Oder hatten diese gemeinen Wilden Vergnügen daran gefunden, eine verwundete, sterbende Speermeisterin zu quälen, Vergnügen an dem Bewußtsein, sie schließlich doch überwältigt zu haben und ihrer Gnade ausgeliefert zu wissen? Dane spannte den Arm an. An den Gelenken bäumten sich die Muskeln auf, und die Fessel schnitt in die Haut ein.

Rianna...tot unter den Dämonensternen von Belsar, ihr Leichnam den ekelhaften Raubtieren der Nacht vorgeworfen... Er würde ihnen das Lachen schon austreiben. Er würde ihnen zeigen, daß sie die Sternendämonen zu fürchten hatten!

Zu seinen Füßen erkannte er nun tanzende Gestalten, die in und aus der Dunkelheit heraus zuckten. Die Männer des Suchtrupps gingen vor seinem Blickfeld hin und her, während sie die Decken für die Nacht ausbreiteten. Sie kauerten sich unter die zuckenden Flügel des Feuers, verborgen vor den Sternen. Ein einzelner Mann stand Wache, hielt den Speer bereit. Irgendwo draußen in der Nacht kreischte eine Rasha ihren Beuteschrei.

Danes Arm schwoll an und spannte sich. Er versuchte, die Fessel um die Gelenke auseinanderzusprengen. Er biß vor Anstrengung die Zähne aufeinander, und seinen Kopf zerriß er fast. Vor seinen Augen flackerte es – oder war es das Feuerzucken? Er merkte vage, daß es zumindest teilweise an den Augen selber lag. Er mußte eine Gehirnerschütterung davongetragen haben. Erst der Hieb bei der Flucht aus der Stadt und jetzt Rhomdas Speer, der ihn zu Boden geschickt hatte.

Er hatte einmal zuvor eine Gehirnerschütterung erlitten, an dem Tag vor dem Karateturnier. Damals hatte er sich ebenso gefühlt: krank, schwindelig, gepeinigt. Doch er war hingegangen und hatte gekämpft. Gewonnen hatte er nicht, aber einen guten Kampf geliefert. Das konnte er auch heute. *Rhomdas Speer hatte ihn getötet, aber von einer solchen Kleinigkeit wie dem Tod ließ er sich nicht unterkriegen, oder?*

Schwarze Schatten schwebten über dem tanzenden Feuer, ließen die reglose Gestalt des Speermeisters über den Stoff tanzen. Ein Teil in Danes Hirn erkannte, daß er nicht wirklich da war, und er versuchte unter Mühe, seinen Blick und seine Gedanken zu konzentrieren.

Seine Fingernägel gruben sich in die Handfläche. Mit kleinen, gezackten Zähnen schnitt sich das Seil in seine Handgelenke. Die

Geister aller, die er nicht hatte beschützen können, blickten ihn aus den Schatten heraus vorwurfsvoll an. Cliffs gelbe Augen blickten spöttisch, Dalliths braune Augen wie die eines verwundeten Rehs, irgendwo in der Dunkelheit die kühlen, rationalen, grünen Augen Riannas. Ihr Gesicht war gleichmäßig dreckverschmiert, wodurch sie bis auf die Augen wie ein Bestandteil des Schattens selber wirkte. Sie wartete da draußen zusammen mit Clift und Dallith auf ihn. Getötet, als sie das verdammte Kind zu beschützen versuchte. Noch ein Punkt gegen Joda. Er würde sich befreien und ein paar von den Barbaren töten, um sie zu rächen, und dann hinaus in die Dunkelheit zu ihr und Dallith gehen...

Heftig zwinkerte Dane mit den Augen. Die Vision von Riannas kühlen grünen Augen sank in die Dunkelheit zurück. *Vorwärts! Los, überlege! Benutze dein Hirn, nicht deine Muskeln! Deine Muskeln befinden sich in keinem sonderlich guten Zustand!* Eine kleine, klagende Stimme in seinem Kopf sagte: *Dein Hirn aber auch nicht!* Doch das ignorierte er.

Er zwang sich, die Arme zu entspannen und wand die Ellenbogen am Körper entlang, um sie fest gegen den Brustkorb zu pressen. *Hebelwirkung, das war der Trick!* Wieder ballten sich die Fäuste, und er drehte die Arme nach außen. Die Fesseln schnitten in die harten, angespannten Muskeln. Er ignorierte den hämmernden Schmerz im Kopf und ignorierte auch, wie ihm der Schein des Feuers die Sicht nahm und verzerrte, wie mit den Flammen seine Sehfähigkeit schwand und zurückkam, zusammen mit dem pochenden Blut in seinen Schläfen.

Dann spürte er, wie ein einzelnes Seilstück riß und wegplatzte. Noch eins. Er starrte auf das Seil zwischen seinen Handgelenken, beobachtete, wie es sich dehnte, dünner wurde, sah einzelne Fäden brechen und sich auflösen. Sein Kopf pochte derart, daß er dachte, das Blut müsse emporspritzen und ins Feuer schießen, das flakkernde Licht verlöschen...

Ein lautes Knacken, und seine Hände fuhren auseinander. Das Seil um seine Brust löste sich mit einem Mal. Die Wache, die auf den Speer gelehnt gestanden hatte, hob den Kopf und rannte mit erhobenem Speer auf Dane zu. Der Mann mußte sich jedoch zur Seite wenden, um nicht auf die schlafenden Gestalten am Boden zu treten, und das schenkte Dane einen Augenblick Zeit, in dem er sich vor der gezückten Waffe in Sicherheit rollen konnte. Dann stand die Wache drohend in dem Flackerlicht über ihm. Den Speer hatte er bereits zum Stoß zurückgenommen.

Dane fingerte immer noch an den Fesseln, rollte sich jedoch herum und trat mit dem rechten Fuß nach dem Speer. Kies bohrte sich in seine rechte Schulter, als er sich wie eine gespannte Sprungfeder auf der Seite zusammenrollte. Dann streckte er sich wieder; der Ellenbogen bohrte sich in den Boden; er schleuderte die Hüften hoch und fühlte die Kraft dieses Angriffs bis hinab in sein plötzlich versteiftes Bein, bis hinauf in seinen Kopf. Mit einem neuen Schmerzschock erkannte er, wie sich die Wache zusammenkrümmte und zu seinen Füßen keuchte.

Rianna. Für dich!

Dane trat dem Mann die Füße unter dem Leib fort und schleuderte ihn zu Boden, was vielleicht Kraftvergeudung war. Er zerrte sich von den letzten Fesseln frei und rollte sich auf die Beine. Die Schlafenden rührten sich nun, blinzelten in das zuckende Feuerlicht und fielen einer über den anderen auf der Suche nach ihren Waffen.

Die beiden nächsten richteten ihre Speere auf Dane, doch dieser duckte sich, wich nach rechts aus und schlug eine Lanze beiseite. *Sein Schwert! Wo war sein Schwert?* Der Speermeister stand zwischen Dane und einem anderen, und über seine Schulter hinweg sah Dane das Gesicht des anderen Mannes, das verschwamm und wieder klar wurde, während die schwankende Dunkelheit Schatten über ihn warf – oder waren das seine Augen? Danes Arm schoß wie eine Kobra über die Schulter des einen und zielte auf das Gesicht des anderen. Er hörte den Mann schreien, sah ihn zusammensinken, die Hände vor die Augen geschlagen.

Dane wirbelte herum, warf einen anderen Nackten, den er nicht richtig zu sehen bekam, ins Feuer, und das Feuer ging aus. Dunkelheit stieg auf und umgab sie. *Noch einer, den er vergessen konnte.* Er griff nach einem herrenlosen Speer und zerbrach ihn über dem Gesicht eines anderen. Die Teile warf er fort und schritt über den Körper auf die anderen zu, die Schattengesichter, Geisteraugen, Cliff, Dallith, Riannas klare grüne Augen, die ihn von irgendwo aus der Dunkelheit beobachteten. Die Männer liefen auseinander, versuchten, ihn zu umzingeln, doch irgendwo außerhalb des Kreises war Rianna, und sie war tot, tot und wartete auf die Dunkelheit...Seine Fäuste waren Hämmer und seine Beine kämpfende Schlegel, und die Männer, die auf ihn eindrangen, waren nackt, hatten die Waffen nicht richtig im Griff. Es war leicht, sie zu entwaffnen, sie hilflos beiseite zu schleudern. Er wußte nicht, wie viele von ihnen er tötete, wie viele stöhnend am Boden lagen und nicht mehr aufstehen konnten. Ein Speer zielte auf ihn. Eine Machete zischte an seinem Kopf vorbei. Mit der Hand fing er die Machete, schleuderte den Messerkämpfer über den Schaft des Speeres. Er boxte, stieß mit einer Routinebewegung seiner Schultern zu, schlug einen heftigen Hieb auf einen Brustkorb...Der Speerschaft hieb gegen Danes Rippen. Knochen zersplitterte auf hartem Holz, als sein Arm einen weiteren Speer abfing und ihn beiseite warf. Er sprang über den Körper, um den Männern entgegenzutreten, die Rianna getötet hatten, sie zu zerschmettern, zu zerstreuen und den Raubtieren der Nacht zu überlassen, so wie sie es mit ihr... Im Feuerschein sah er, wie ihre Köpfe herumfuhren, sich auf etwas ihnen zur Linken oder dahinter konzentrierten.

„Die Dämonin!" brüllte einer, und dann waren sie alle verschwunden, rannten wild und panisch davon. Er starrte ihnen nach und drehte sich um. Dort stand Riannas Geist, eine zuckende Gestalt, die mit den Flammen erschien und wieder verschwand. Sie war zu ihm gekommen. Kein Wunder, daß die anderen fortgelaufen waren. Ohne Zweifel würden Dallith und Cliff jeden Augenblick an ihrer Seite erscheinen... er wartete auf ihr Erscheinen, doch er sah nur ihre Messerklinge, auf der das Feuer zuckend tanzte. Sie schnitt Joda los.

„Kümmere dich nicht um ihn", hörte Dane sich sagen. „Er lebt noch. Er kann nicht mit uns kommen... wo ist Dallith?" Rianna schien ihn nicht zu hören. Natürlich konnte sie das nicht, denn sie war gar nicht da. Oder hatte er gar nicht laut geredet?

„Dane, nimm dein Schwert! Sie kommen bald zurück!"

Das klang vernünftig. *Das Schwert der Samurai ist die Seele der Samurai... Leben oder Tod, es ging immer mit einem...* Wo war Dallith? Sein Kopf tat weh, und er schien etwas ins Auge bekommen zu haben.

„Dein Schwert!" drängte Rianna und machte eine Handbewegung. „Dort drüben beim Feuer."

Dane sah die Klinge in der Scheide dort liegen, wo Meister Rhomda sie hingelegt hatte. Er stolperte darauf zu, fiel zu Boden.

„Dane, was ist los? Beeil dich!“

Jodas Fesseln fielen herab, und der Junge setzte sich auf und umarmte Rianna fest.

Warum ist sie zu Joda gegangen und nicht zu mir? Dane kämpfte sich auf die Knie und griff benommen nach dem Schwert. An seinen Fingern klebte Blut. Er legte die Stirn auf den Boden in der zeremoniellen Verbeugung vor dem Schwert, hob es dann auf und steckte es in seinen Gürtel. Die Berührung und das Ritual festigten ihn.

Das Schwert der Samurai ist die Seele der Samurai, auch im Tod... fliehe von hier, vorwärts, du hast keine Zeit zu verlieren!

„Dane!“ Er spürte ihre Hand auf seinem Arm. Warmes, lebendiges Fleisch! Lebendig, kein Geist! „Ist alles in Ordnung?“

„Nur verwirrt. Rhomda hat mich mit dem Speer bewußtlos geschlagen“, hörte er sich sagen, und die Welt drehte sich um ihn her, als er den Kopf schüttelte. Er mühte sich steifbeinig auf die Füße, spürte die Verletzungen an Armen, Händen, überall. Sein ganzer Körper schmerzte.

„Komm. Sie werden zurückkehren. Sie haben mehr Angst davor, es Meister Rhomda zu erzählen, als vor Geistern und Rashas“, sagte sie sachlich. Er folgte ihr in die Dunkelheit, hörte gespenstische, gurrende Laute im Dschungel wie damals, nachdem Dravash die Rasha getötet hatte. Im Busch hörte man Tatzentritte. Entfernt sah er skelettartige Gestalten wie Schattenhunde.

Der Himmel weitete sich, während sie von der Klippe fortgingen, und der Boden wurde ebener. Hier und dort ballten sich dunkel einige Baumgruppen, doch Rianna hielt sich von ihnen, diesen natürlichen Jagdgründen der Rashas, fern. Sternenschein glitzerte auf den glasartigen Oberflächen der Felsen, doch größtenteils war das Land mit dichter Vegetation überzogen, mit Unterholz und hohem Gras.

Danes Kopf zersprang fast, und der Boden schien ihm unter den Füßen zu entschwinden. Immer wieder stolperte er, und seine Hände zitterten. Wie viele hatte er getötet? Diese gurrenden Wesen, waren das Schakale?

„Wo sind Aratak und...“ – fast hätte er Dallith gesagt, hielt sich aber gerade noch zurück – ...Dravash?“

„Ich weiß es nicht“, antwortete sie. „Sie müssen den Grund der Schlucht erreicht haben, aber weißt du eigentlich, wie groß dieses Tal ist? Sie werden irgendwo da unten sein.“

„Haben sie...“ Dane merkte rechtzeitig, was er fragen wollte. Doch das war ein Alptraum, in dem er sie tot und geschändet gesehen hatte. Rasch endete er: „Wie bist du ihnen entkommen?“

„Bin ich nicht“, gab sie zurück. „Ich bin über den Rand des Vorsprungs gefallen. Gelandet bin ich in einem Baumwipfel, und als ich herausgefunden hatte, wo ich war, sah ich, wie sie dich und Joda den Pfad entlangschleppten. Daher bin ich in der Dunkelheit um das Lager herumgeschlichen, in der Hoffnung, ich könnte mich, wenn alle schliefen, einschleichen und euch losschneiden.“ Er konnte gerade noch erkennen, wie ihr Mund sich in der Dunkelheit verzog. „Dann hast du deine Fesseln gesprengt und eine Hölle entfacht.“

Für den Rest der Nacht legten sie sich zwischen zwei schräg zerklüftete Glasplatten, die von dichtem Gebüsch umgeben waren. Rianna trug immer noch ihr Bündel, den rucksackartigen Packen mit der Notausrüstung. Sie wühlte darin herum und holte die Notration heraus, teilte sich ein Päckchen mit Joda und zwang Dane zum Essen.

„Wenn sie unser Bündel haben“, sagte Dane grimmig, „dann ist der Ofen wirklich aus. Meines haben sie ja schon. Rhomda muß mir es abgenommen haben, als ich... im Schockzustand war.“ Er hatte sagen wollen: *als ich tot war.*

Vorsichtig tasteten ihre Finger seinen Kopf ab. Mit zitternder Stimme sagte sie: „Da hast du wahrscheinlich einen leichten Schädelbruch abbekommen. Glücklicherweise bricht dein Kopf nicht so leicht.“

„Ja“, meinte er, und ließ sich in ihre Arme sinken. „Aber sie haben ihn ganz schön aus der Form gebracht.“

„Leg dich hin.“ Sie zwang ihn in eine liegende Position und legte ihm ihre andere gepolsterte Jacke unter den Kopf. Joda drängte sich eng an sie. Dane lag in Riannas Armen, zitterte und schlief schließlich ein.

Bei Sonnenaufgang wurde der Himmel über ihnen fahl; ein Hauch von Rosa kroch langsam über die westliche Klippe, während der Grund der Schlucht, wo sie lagen, sich noch im Schatten befand. Dane beobachtete reglos das Licht und fragte sich, wo in diesem riesigen Tal Aratak und Dravash wohl Zuflucht gefunden hatten. Joda schlief den tiefen, halb bewußtlosen Schlaf des Jungen und hatte sich in Riannas Arm gekuschelt. Danes Mund preßte sich zusammen, als er die beiden betrachtete. Rianna bewegte sich im Schlaf, um das Gewicht des gegen sie gelehnten Jünglings besser auffangen zu können. So jung war Joda doch nicht mehr. Schließlich blickte Belsar über den östlichen Rand der Klippe und goß scharlachrotes Licht über die glasartigen Schichten der Felsen.

Dane streckte die Hand aus und berührte Rianna an der Schulter.

„Wir müssen weiter."

Der Grund der Schlucht war uneben und felsig, mit riesigen Massen jenes glasigen Gesteins darin, die sich aus der dicht mit schilfartigem Gras und dicken Dornbüschen bewachsenen alluvialen Erde erhoben. Es war kühl so früh am Morgen, und sie hüllten sich in ihre dünnen Gewänder ein, bis gegen Mittag die Sonne den Boden des Tales erreichte. Dann legten sie die Kleidungsstücke über die Köpfe und schwitzten.

In der sengenden Mittagshitze fühlte Dane sich schwach und schwindelig. Sein Kopf tat weh, aber er wußte, er brauchte den Schmerz nicht allzu ernstzunehmen. Doch das machte es nicht besser. Seine Gehirnerschütterung würde von selber heilen müssen. Er wollte den Kopf zwischen den Schultern behalten, ob verletzt oder nicht.

Aus dem Boden ragten rundgewachsene Felsbrocken, abgeflachte Türme, umgedrehte Kegel, Pyramiden, flache Tischlandschaften, von glitzerndem Glas bedeckt, die auf dunklen Schieferfelsen ruhten. Rianna war fasziniert von diesen Zeichen einer vergangenen Katastrophe und deutete auf dicke Schichten Sedimentgesteins unter zusammengepreßten, homogenen Felsen. Wären sie nicht auf der Flucht gewesen, hätte sie sich gern damit beschäftigt, das wußte Dane.

Dreimal mußten sie sich im dichten Unterholz verbergen, während Gruppen von Männern auf der Suche nach ihnen vorbeistreiften. An dem ganzen langen Nachmittag entdeckten sie keinerlei Anzeichen, wo Aratak und Dravash vielleicht vorbeigekommen sein mochten.

Die Sonne überquerte den Cañon und kroch an der östlichen Felswand hoch. Belsar verschwand hinter der hochaufgetürmten Wand, und sie sahen sich nach einem Lagerplatz um. Ein Feuer würde ihre Position allzu deutlich verraten, wie Rianna zu bedenken gab.

„Aber wenn wir ein Lager ohne Feuer machen, dann wäre das so, als eröffneten wir ein Gasthaus – für die Rashas", entgegnete Joda. „Und wenn sie uns alle für Sternendämonen halten", sagte er trotzig, „werden sie sich von unserem Feuer fernhalten."

„Und ein Feuer könnte Aratak und Dravash unsere Richtung weisen", meinte Dane laut denkend, schüttelte dann aber den Kopf und wünschte, er hätte dies nicht ausgesprochen. Gott, wie sehr wünschte er sich, diese Leute hätten schon das Aspirin entwickelt!

„Zu riskant! Ich habe den Eindruck, Meister Rhomda glaubt nicht an Sternendämonen. Er hat jedenfalls gesagt, er hielte mich nicht für einen. Und er ist direkt hinaus in die Nacht gegangen, trotz der Sterne. Den Mann möchte ich nicht noch einmal auf meiner Fährte haben."

Und dennoch war er paradoxerweise froh, daß er Meister Rhomda nicht hatte töten müssen...

Rianna machte eine Handbewegung. „Vielleicht brauchen wir kein Feuer", sagte sie. „Seht mal." An der hellen Felsenwand entdeckten sie hoch über einem steilen, aufragenden Felsturm den Eingang einer Höhle.

„Ich bezweifle bei allen Teufeln, daß eine Rasha dort hinaufgelangen kann", sagte Dane. „Los."

Der Felsen hatte genügend Vorsprünge, so daß auch Dane leicht hinaufklettern konnte; und Joda, der sich vorsichtig hinter ihm hertastete, half Rianna hinauf.

Die Höhlendecke bestand, wie sie in dem letzten schwachen Licht erkennen konnten, aus festem, glasigen Stein, während der Boden aus Sandstein war, wie er sich nach Riannas Erklärung auf dem Grund flacher Seen bildete. An der Decke hingen überraschenderweise kleine Vorsprünge wie Stalaktiten, doch Rianna erzählte ihm später, daß es sich um Tropfen des glasigen Gesteins handelte, die im geschmolzenen Zustand in Hohlräume und Luftlöcher des weicheren, sie umgebenden Felsens gelaufen waren, der selbst jedoch schon lange der Erosion zum Opfer gefallen war.

Dane blickte befriedigt die Klippe hinab. Eine Rasha könnte vielleicht hier heraufspringen, wenn sie halb verhungert oder verzweifelt war – aber sie würden sie kommen hören. Sie nahmen am Höhleneingang ihr Mahl zu sich und beobachteten dabei das Tal unter ihnen. Belsar war schon lange verschwunden, doch über ihnen war immer noch Licht. Langsam überzog sich der Himmel mit Dunkelheit, und große Sternenaugen flammten über ihnen auf. Hier unten in der Schlucht gab es keinen schützenden Dschungel; wenn Rhomda seine Männer hier herabgebracht hatte, würde er in der Tat gegen ihre Angst vor den Sternendämonen ankämpfen müssen!

Ein langgezogenes, schnurrendes Knurren kündigte den Beginn der nächtlichen Jagd an. Dane fuhr die Zeile eines Gedichts durch den Kopf, das einer lange schon verlorenen Welt zugehörte: *Ye hear the Call; good hunting all, that keep the Jungle Law...* doch er selber war nun die Beute gewesen. In den Worten lag nicht mehr die alte Erregung des Jagens.

Im Dschungel schrie eine Rasha. Er war immer noch Beute.

Irgendwo auf dem Grund des Tales blitzte ein rotes Licht auf. Rhomda war es also gelungen, seine Männer hier herabzubringen.

Joda hatte sich, erschöpft von dem langen Tagesmarsch und dem anschließenden Aufstieg, hinten in der Höhle zusammengerollt und schlief. Rianna setzte sich neben Dane in den Höhleneingang. Gott sei Dank waren sie endlich einmal wieder allein. Nicht, daß sie bei seinem Zustand irgend etwas davon gehabt hätten...

Sie fragte: „Können das nicht Dravash und Aratak sein?"

„Warum sollten sie ein Feuer anzünden? Sie werden doch nicht von Rashas verfolgt. Wahrscheinlich sind es Meister Rhomda und seine Hexenjäger. Aber man kann es von hier aus nicht genau sagen."

„Warum nicht?" Sie zog das Teleskop hervor, und er erinnerte sich, daß sie es in ihrem Bündel gerettet hatte. Er machte sich Sorgen um seinen Rucksack in den Händen Rhomdas. Sie zentrierte das Instrument und stellte es ein. „Ich weiß nicht. Sieht nicht so aus..."

Ihr Körper versteifte sich. Sie ließ das Teleskop sinken und schnappte vernehmlich nach Luft. Dane fing es auf, bevor es über den Rand rollte.

„Was ist ...?"

„Da ist einer... von denen!“ keuchte sie hastig. „Eins von diesen weißen Wesen, die Vilking F'Thansa vor seinem Verschwinden sah – einer von diesen... weißen Sauriern. Und Menschen sind dabei, die wie Eingeborene dieses Planeten aussehen... Dane, was ist das? Es war weiß!“

Dane hatte bereits das Teleskop auf das ferne Lagerfeuer gerichtet. Während er noch die Einstellung betätigte, vermeinte er etwas zu sehen, einen verschwommenen weißen Fleck, eine geisterhafte Gestalt – aber als er es scharf eingestellt hatte, war sie verschwunden. Deutlich konnte er das Feuer, ja sogar die schwarzen Scheite und winzige, unregelmäßige Flämmchen, die auf der Linse Reflexe hervorriefen, erkennen – das kleine Teleskop war nur ein Spielzeug. Er wünschte sich ein richtiges, anständiges Nachtglas! Und um die Flammen herum Männer in hellen, bunten Jacken, die ihre Decken zum Schlaf ausbreiteten. Das war alles.

„Hast du es gesehen, Dane?“

Er schüttelte den Kopf. „Nur Eingeborene, die sich zum Schlafen bereitmachen. Ich glaube, da war sonst nichts. Das Licht wirkt leicht verzerrend, und die Linse taugt auch nicht viel...“

„Verdammt“, fauchte Rianna ihn an – oder war es irgendeine andere Beleidigung, aus der die Translatorscheibe ein *verdammt* machte? „Ich weiß, was ich gesehen habe, Dane! Es war ein Protosaurier etwa von der Größe Arataks – aber wie ich dir sagte: Er war weiß, absolut weiß! Er stand vor einer Menschengruppe und machte eine Handbewegung, als hielte er einen Vortrag.“

Zweifelnd hob Dane noch einmal das Glas und überflog das ferne Lager, doch ohne Ergebnis. Ein Mann hielt Wache. Die anderen lagen in Decken gerollt unter einem zwischen Pflöcken aufgespannten Tuch.

„Er hatte die Arme ausgestreckt“, beharrte sie, „als hielte er einen Vortrag oder so.“

Er schnaubte verächtlich, aber nicht belustigt. „Hört sich an wie der Geist vom Heiligen A'assioo“, meinte er. Rianna war eine gute Beobachterin, und es war unwahrscheinlich, daß sie aus einer Lichterscheinung einen Riesensaurier machte. Sorgfältig brachte er das Instrument wieder in die Ausgangsposition. Sicher war dort jetzt kein weißer Nebel zu erkennen, nichts, was dem weißen Fleck ähneln konnte, den er gesehen hatte. Aber auf der anderen Seite –

ein Riesensaurier von Arataks Größe konnte sich nicht in Luft aufgelöst haben. Und um das Lager war kein Dschungel – auch die Männer dort waren auf der Hut vor den jagenden Rashas –, und es gab nichts außer niedrigem Gras und Gebüsch. Darin konnte sich eine solche Gestalt nicht verbergen.

„Nun, wenn es dort war, liegt es sicher jetzt sehr flach auf dem Boden", sagte er versöhnlich. „Wir werden uns morgen das Lager ansehen. Laß uns nun schlafen."

Er war froh, daß Joda hinten in der Höhle sanft schnarchte. Er wollte Rianna nahe sein, sich ihrer wieder versichern nach den wiederholten Alpträumen, wollte, daß sie warm und lebendig bei ihm war. Er zog sie dicht an sich heran und erinnerte sich mit flüchtiger Ironie: *Typisch Protosimianisch. Urtrieb angesichts von Tod und Gefahr.* Warum auch nicht? Wenn Joda sie jetzt stören würde, würde er dem Jungen wirklich einmal einen Tritt ins Hinterteil geben, beschloß er.

12

Dane erwachte in der Dunkelheit, als Jodas Hand ihn berührte. Sein Kopf tat weh, doch nicht mehr so stark, und seine Gedanken waren klar. Er war sogleich hellwach und hörte unter sich auf dem Felsen das Schaben von Klauen auf Felsen und ein ständiges Schnüffeln. Er rollte sich mit dem Schwert in der Hand herum, während Joda Rianna weckte, und trat an den Rand der Klippe.

Der steile Hang vor ihm wurde von dem riesigen Schlußstein überschattet, der über das Sandgestein des Bodens weit hinausragte, so daß nur ein Teil der unzähligen Sterne ihn beleuchten konnten und auch das nur schwach, verglichen mit dem glitzernden Gestein um sie herum.

In dieser Dunkelheit bewegte sich etwas. Ein Schatten, länger als ein Mensch, wand sich hinauf. Die Klauen des Wesens schabten über den Felsen, übertönte das rauhe Schnüffeln, mit dem es ihre Handabdrücke auf dem Stein untersuchte. Jetzt hob es die scharfe und häßliche Nase. Und dann schlängelte sich der unglaublich schmale Körper um den Felsen herum. Ein scharfgeschnittener, stromlinienförmiger Kopf, winzige, hungrige Augen, die im Sternenschein glitzerten, einen Augenblick lang, bevor der Kopf zurück in die Dunkelheit zuckte. Dunkles Fell tauchte im Felsenschatten unter.

„Ein Granth“, flüsterte Joda.

Mit unglaublicher Geschwindigkeit schwang sich der lange Körper über die letzten paar Meter und duckte sich von ihnen entfernt nieder, wich Jodas unbeholfenem Speerstoß aus, während es unnatürlich kleine Vorderfüße über den Rand hängen ließ und mit einer leichten Biegung des Rückens auf sie zu sprang.

Dane hatte einmal ein Wiesel in einem Hühnerhaus beobachtet. In Geschwindigkeit und Blutrünstigkeit kam ihm dieses Ding hier gleich, doch dieses hier war sechs Meter lang! Es katapultierte sich mit einem zischenden Knurren auf Joda zu, bog aber im letzten Moment den Kopf beiseite, um nicht von dem Speer des Jungen aufgespießt zu werden. Winzige, zuschnappende Zähne klickten hinter Jodas Arm aufeinander. Er zog sich auf die Hinterpfoten zurück und wand sich wie eine Schlange zum Angriff zusammen. Plötzlich schoß es in voller Länge auf Danes Kehle zu.

Danes Klinge sauste nieder. Das Wesen zuckte zurück, und Dane wußte plötzlich, wie sich eine Kobra fühlt, wenn ein Mungo unter ihrem Stoß zurückweicht. Riannas Speer schepperte über den Sandstein, als das Ding von einer Seite auf die andere huschte, und dann schoß der schmale Kopf mit den glitzernden Rattenaugen wieder nach vorn. Dane zielte auf ein Auge, und es gelang ihm, dem Tier die Klinge über den Kopf zu ziehen. Mit einem zischenden Schrei rollte es sich zusammen, und Jodas Speer versank in der Schulter. Dane sprang hinzu und hieb mit dem Schwert zu. Das Granth zerrte sich von der Speerspitze frei, wischte auf eine Seite, und der Hieb, der ihm den Kopf abschlagen sollte, riß lediglich einen langen Fellstreifen von der Seite. Dane mußte zurückspringen, um seine Beine vor den scharfen Zähnen in Sicherheit zu bringen.

Aber jetzt kämpften die drei gemeinsam. Joda und Rianna trieben das Tier von zwei Seiten mit ihren Speeren, während Dane in der Mitte blieb. Das Tier wich zurück und wand sich fort, als Joda zustieß und Danes Schwert niedersauste. Es drehte sich herum, so daß die Klinge vom Schädel abglitt und ein Ohr abhieb.

Guter Gott! Kann man so ein Tier überhaupt töten?

Dann traf Jodas Speer direkt in die Seite. Mit einem dünnen Kreischen riß es sich von beiden Speeren los, während Dane mit entsetztem Unglauben zusah und dachte, es würde noch einmal angreifen. Doch statt dessen zuckte es, heulte auf und fiel in die Dunkelheit hinein. Fast hätte es Rianna mit sich gerissen, doch Dane fing sie am Arm auf, als sie schon am Rande schwankte, und schleuderte sie sicher zurück auf den Sandsteinboden, wo sie erschöpft liegenblieb.

Im hellen Sternenschein unter ihnen kämpfte und wand sich das Tier wie eine riesige Schlange und blieb dann nach letzten krampfartigen Zuckungen tot liegen.

„Wir haben es geschafft", flüsterte Joda. „Wir haben es getötet!"

„Du hast es getötet!" sagte Dane, und Joda starrte ihn mit offenem Mund an.

„Aber... aber versteht ihr denn nicht... ein Granth getötet... und wir waren zu dritt. Wir sind nicht einmal verwundet!"

„Ich bin stolz auf dich, Joda", sagte Rianna, hob sich auf die Knie und umarmte den Jungen. *Und ich?* fragte sich Dane mit einem sonderbaren Druckgefühl in der Brust, wurde dann aber auf sich selber wütend. Hölle, sie wollte dem Kind nur Mut machen, und das hat es bitter nötig. *Ja,* erinnerte er sich, *und er hat es auch verdient.* Er erinnerte sich, wie Joda in der Nacht, als Dane ihn beim Sterngucken erwischt hatte, gesagt hatte: *Ich bin ein Feigling, ein riesengroßer Feigling... mein Vater sagt, ich bin nur geeignet, mein Leben im Bauch einer Rasha zu beenden, und ohne Zweifel hat er damit recht...*

„Das hätte niemand besser machen können, Joda. Ich hätte es allein nicht erlegen können."

Aus dem Gebüsch unter ihnen tönte ein langgezogener, gurrender Ton. Andere antworteten aus der Ferne und rückten näher.

Rianna blickte zum Himmel. „Meine Wache. Ihr beiden geht schlafen."

Dane kroch zurück unter die Decken. Die Höhle stank nach Blut und dem sonderbar aufregenden Geruch des Granths. Es erinnerte ihn irgendwie an ein Stinktier. Granths sollten hier ziemlich selten sein. Das war auch gut so, dachte Dane, andernfalls wären wohl die Protosimianer ziemlich selten – oder ausgestorben! Kein Wunder, daß Joda wie gelähmt war bei dem Gedanken, ein Granth getötet zu haben.

Das Ding war so verdammt schnell! Und es war ihren Waffen mit einer Intelligenz ausgewichen, daß er hätte schwören können... Und plötzlich erinnerte er sich an die Männer in der Schenke, die über die geheimnisvolle Bestie geredet hatten.

Schneller als eine Rasha. Schneller als ein Granth...

Und plötzlich zitterte er und rückte in der Dunkelheit näher zu Joda.

Morgendämmerung, und die Sterne verblaßten am Himmel. Dane blickte über den Rand und sah unten die säuberlich abgenagten Knochen des Granth. Irgend etwas, das aussah wie ein verhungerter Fuchs auf Stelzen, hielt immer noch einen Knochen zwischen überraschend kräftigen Zähnen. Das Fell war grauschwarz. Danes Fuß stieß ein Steinchen über den Rand, und der Kopf des Tieres fuhr fast bis zum Rücken herum. Dann trottete es mit einem erstaunten Gurren ins Gebüsch und verschwand. Nun, jetzt wußte er, wer diese Geräusche des Nachts machte.

Ein dünner Rauchfaden markierte die Stelle, wo sie gestern abend das Lager ausgemacht hatten. Dane und Rianna überflogen das Gelände mit dem Teleskop und suchten nach irgendeinem Zeichen jener unwahrscheinlichen Erscheinung des letzten Abends, doch sie sahen lediglich Menschen, recht normal aussehende Menschen mit dunkler Haut und grauen Jacken, darunter einer in der blauen Tunika des Anka'an-Ordens. Das überraschte Dane ein wenig, bis er darüber nachdachte. Er und Rianna waren als Eingeborene verkleidet. Ihre Hautfarbe und Kleidung würde keine Aufmerksamkeit erregen. Es war nur richtig, so fortzufahren. Aber warum waren die weißen Saurier nicht nachgedunkelt wie Aratak?

Gewiß war wohl die Tarnung als Anka'an-Speerwerfer am schwierigsten durchzuhalten. Sicher hatten sie ihre eigenen geheimen Zeichen und Losungen für das gegenseitige Erkennen. Konnten die ‚Sternendämonen' einen richtigen Anka'an-Speerwerfer korrumpieren oder beeinflussen, fragte sich Dane. Oder – ihm schauderte bei dem Gedanken an die Jäger, die ihre Gestalt wechseln konnten – konnte man einen töten und in seiner Gestalt und mit seinem Denken weitermachen?

Sie beobachteten, wie die Männer das Lager abbrachen und quer durch die Schlucht dem Fluß entgegenzogen. Rianna und Joda stiegen aus der Höhle in das dichte Buschwerk hinab. Joda trat zu den sauberen Knochen des Granth und zerrte einen langen, scharfen Zahn hervor, löste ihn mit seinem Messer und betrachtete ihn stolz. Er war bläulich-weiß und leicht durchsichtig.

Er drängte Rianna und Dane, sich auch einen Zahn mitzunehmen.

„Das ist der Beweis, daß ihr gute Jäger seid", sagte er. „Niemand würde mir jemals glauben, ich sei bei der Jagd auf ein Granth dabeigewesen, wenn ich ihm nicht einen Zahn zeigen könnte."

Rianna lächelte. „Das ist dein Granth, Joda. Nimm du den Zahn." Doch er entgegnete: „Jeder Speer, der bei der Erlegung beteiligt ist, hat Anrecht auf einen Zahn..." Und schließlich gab Rianna nach, – nahm den Zahn, den er für sie löste, und verstaute ihn in ihrem Bündel. Dane fand, das Kind habe ein Recht darauf, ein wenig anzugeben. Das würde ihm guttun. Doch er wies es energisch von sich, ebenfalls einen Zahn zu nehmen, bis ihm schließlich der Gedanke kam, daß ihm niemand die Existenz eines solchen Tieres überhaupt glauben würde, daß er vielleicht eines Tages selbst vergessen würde, wie groß und wie grausam es war. Ein Granth war ein Tier, das man sich kaum vorstellen konnte.

Rianna blickte zu den Felsen über ihnen hinauf. „Ich wünschte, wir könnten irgendwie eine Botschaft für Aratak und Dravash hinterlassen, wenn sie hier vielleicht entlangkommen..."

„Warum hinterlassen wir ihnen keine Notiz?" fragte Dane, und Rianna starrte ihn an. Sarkastisch fragte sie: „Du hast doch vielleicht nicht etwa einen Schreiber oder einen Recorder irgendwo in deinem Gepäck – entgegen den Vorschriften?"

Jetzt war es an ihm, sie anzustarren. „Hölle, ich habe nicht einmal mehr Gepäck! Aber wir könnten ein paar Worte in den Sandstein kratzen", sagte er. „Er ist weich genug, und mit Jodas Messer könnte es gut gehen."

Sie sagte: „Du meinst, dein Volk ist wirklich so primitiv? Ich dachte, das sei eine Kunst, die zur gleichen Zeit gepflegt wurde wie das Schaben von Feuersteinen."

„Es ist eine nützliche Kunst", gab Dane zurück. „Schreibt dein Volk überhaupt nicht?"

„Nein", antwortete sie. „Ein Schreiber oder ein Stimmenaufzeichner ist doch viel praktischer, aber selbst wenn ich einen hätte, würde das tragbare Gerät dort in dem Sandstein keinen Abdruck hinterlassen."

Dane schnaubte. „Dann bleibt das wohl den Primitiven überlassen. Gib mir dein Messer. Ich kann mich gerade noch an das Piktogramm für ‚intelligentes Wesen' erinnern. Das wird ihre Aufmerksamkeit fesseln. Ich kann meinen Namen in meiner eigenen Sprache schreiben und irgendein Symbol für mein Schwert einkratzen."

Als er das Zeichen für ‚intelligentes Wesen' in den Felsen gekratzt hatte, begann Rianna die Idee zu gefallen, und sie begann, ein paar Piktogramme des Universums mit dem Finger auf den Felsen zu malen, damit Dane sie kopieren konnte. Schließlich stand dort zu lesen: Dane, Rianna, Freund sicher. Außerirdischer weißer Saurier gesichtet. Forschen weiter. Rendezvous."

„Hoffen wir, die weißen Ungeheuer können kein Universal lesen", sagte sie. „Deshalb habe ich auch keine Richtung angegeben. Ob sie es nun können oder nicht, wahrscheinlich sind auch Kirgon auf diesem Planeten – und sie können es."

Sie machten sich auf den Weg durch das dichte Buschwerk. Winzige blaue Affen spielten in den rötlichen Blättern, und kleine Vögel, kleiner noch als Kolibris, schwirrten über die Büsche. Ein riesiges Insekt von der Größe einer Schwalbe schoß aus dem Himmel, stieß mit einem dieser Vögel zusammen, worauf beide zusammen zu Boden stürzten.

In einiger Entfernung sahen sie eine Herde vermeintlich wilder Kühe. Dane kannte die Tiere nicht, erinnerte sich jedoch an die Eigenschaften der Büffel und näherte sich ihnen nicht. Einmal war er von einem Holsteiner Bullen verfolgt worden und wußte daher, daß auch die gezähmten Tiere gefährlich sein konnten.

Ohne Schwierigkeiten erreichten sie die verlassene Lagerstätte. Die schwere alluviale Erde trug jede Menge guter Fußabdrücke, und die Spur von etwa einem Dutzend Eingeborenensandalen verlief so deutlich, daß selbst Rianna sie ausmachen konnte. Über dem Feuer war feuchte Erde angehäuft worden, und größere Flekken niedergedrückten Grases verrieten, wo die Männer genächtigt hatten. Dane ließ Rianna und Joda außerhalb des Lagers stehen und untersuchte die Abdrücke allein.

Sorgfältig suchte er unter den verwischten Spuren der Menschen herum – fand dann auf einer Seite ganz deutlich auf dem morastigen Boden ein paar Saurierspuren neben zerdrücktem rötlichen Gras.

Er beugte sich nieder und starrte sie an.Die Spuren hafteten auf feuchtem Untergrund. Sie führten in das Lager hinein, grobe Halbkreise, die unvermittelt begannen und endeten. Sie führten nirgendwohin. Sie kamen auch von nirgendwoher.

Dane spürte, wie ihm das Nackenhaar zu Berge stand. Die Zehabdrücke wiesen deutlich die Richtung. Diese beiden Spuren, nebeneinander, zeigten deutlich die Stelle, wo die Spur anfing, es sei denn, das Tier hatte sich rückwärts bewegt, aber Dane hielt gewöhnliche Saurier wegen der Gleichgewichtsprobleme nicht dazu fähig. Aratak konnte es jedenfalls nicht. Es hatte zwei, drei, fünf Schritte nach vorn gemacht, sich nach links gewandt... nein, nach rechts... war stehengeblieben, hatte vor einer Anzahl von beschuhten Füßen gestanden... hier waren die Spuren sogar noch tiefer und an den Rändern verwaschen, als habe das Wesen sein Gewicht vom einen auf das andere Bein verlagert. Dann noch ein Schritt, eine Wendung nach rechts und dann...

Und dann hörte die Spur auf. Genau hier verschwand sie. Oder es hatte die Flügel ausgebreitet und war fortgeflogen. Oder hatte einen Antischwerkraftgürtel aktiviert – die eine Annahme war ebenso albern wie die andere –, hatte plötzlich nichts mehr gewogen und so keine Abdrücke mehr im Boden hinterlassen.

Hatte es vielleicht ein Gefährt bestiegen? Nein. Jedes größere Gerät, groß genug, um einen Saurier von Arataks Größe aufnehmen zu können, würde irgendwelche Spuren hinterlassen haben – die von Rädern oder Reifen oder Rollen oder Schleifspuren. Vielleicht war es in ein schwebendes Gerät gestiegen, ohne die Füße zu bewegen oder einen Abdruck zu hinterlassen, wo es an Bord gegangen war? Aber selbst ein Hubschrauber hätte bestimmt das Gras platt gedrückt.

Vielleicht ein fliegender Teppich? Dane war müde, und sein Kopf begann wieder zu schmerzen.

Er rief Rianna zu sich und zeigte ihr die Abdrücke. Sie war ebenso verdutzt wie er.

„Sieht aus wie ein Zauber der Gesegneten, von denen sie immer erzählten“, meinte Joda. „Aber das ist nur ein Mythos.“

„Sieht so aus, daß wer auch immer diese Spuren gemacht hat, ebenfalls ein Mythos ist“, sagte Dane grimmig. „Aber entweder hat dieses Wesen sich in Luft aufgelöst, oder es steht hier noch in seinen Spuren und ist unsichtbar und beobachtet uns jetzt.“

Rianna schüttelte sich. „Bloß nicht.“

Aber Dane ging zu den Spuren hinüber und bewegte die Hand durch den freien Raum darüber. Er wußte, es war lächerlich, aber das war auch alles andere, was mit diesem nichtexistenten weißen Saurier in Verbindung stand.

„Es muß eine Art Flugzeug gewesen sein“, meinte Rianna, doch Dane schüttelte den Kopf. „Unmöglich. Das hätten wir gesehen.“

„Nicht, wenn es ohne Lichter geflogen ist. Es könnte das Lager verlassen haben, als ich das Teleskop fallen ließ, und war schon weit weg, als du es für dich wieder eingestellt hattest.“

Das klang vernünftig, doch Dane erinnerte sich an den weißen Schatten, den er gesehen hatte, als er das Instrument einstellte, und war damit nicht zufrieden. Das Personal des Bundesstützpunktes war vollständig verschwunden. Jeder einzelne von ihnen.

Entführt oder getötet von jemandem, der ein Kraftfeld der dritten Stufe durchdringen konnte.

Plötzlich dröhnte schwaches Summen durch die Luft... Danes Kopf wirbelte ungeduldig herum und versuchte die Richtung, aus der es kam, zu bestimmen. Es war ein sonderbares, knarrendes, summendes Geräusch, das in seinem Kopf zu sein schien.

„Der Kommunikator!“ sagte Rianna und fingerte unter ihren Halsketten und Amuletten herum, die sie immer noch um den Hals trug. Mit erleichtertem Seufzen und einem dümmlichen Grinsen suchte Dane bei sich selbst ebenfalls unter den Ketten und Bändern, bis er die kleine Scheibe fand und sie aufklappte. Dann hörte er das Summen direkt in der Kehlscheibe.

„Rianna? Dane? Aratak. Ich bin an der Stelle, wo ihr eure Botschaft hinterlassen habt... Gut ist sie geschrieben und ganz in der Vielfalt der Schöpfung, in der wir unendlich viele Quellen finden, die uns sonst kaum in den Sinn kommen... Für diese Kontaktaufnahme muß ich mich bei Dravash entschuldigen, der euch vermutlich schon gefunden hat...“

„Dravash? Nein“, sagte Rianna besorgt. „Wir dachten, er sei bei dir...“ Und Dane hörte ihre Stimme in dem Translator zittern. Wieder kam Arataks Stimme: „*Wenn er überlebt hat, was ich nun als unwahrscheinlich ansehe, würde er sich Sorgen machen, daß wir unsere Kommunikatoren benutzen. Er hat es mir zweimal verboten, während wir noch zusammen waren. Ich fürchte, wir müssen die Funkstille beibehalten, wie er es verlangt hat. Außerdem würde er verlangen, daß wir sogleich unsere Positionen wechseln, daher braucht ihr dort nicht auf mich zu warten. Würdet ihr mich an der Höhle treffen?*“

„Auf halben Wege“, sagte Dane mit einem raschen Blick zur Sonne. „Geh direkt entlang der Linie, die dein Schatten bildet, und wir werden in einer oder zwei Stunden dort sein. Stell das Gerät aus. Viel Glück, Aratak.“

„*Das Göttliche...*“

Und der Kommunikator schwieg. Tot, still mitten im Satz, und Dane schüttelte ihn erstaunt, doch er war vollständig stumm, nutzlos, wie es die Kommunikatoren auf dem Stützpunkt des Bundes gewesen waren. Er hatte das gespenstische Gefühl, eine unsichtbare Hand habe nach ihm gegriffen und den Schalter betätigt. Er probierte es noch einmal, konnte jedoch nicht einmal das Geräusch seiner eigenen Kehlscheibe hören. Schließlich knipste er den fast unsichtbaren Knopfschalter in die ‚Aus‘-Position. Rianna starrte immer noch entsetzt auf das Instrument. Sie flüsterte: „Wie die auf dem Stützpunkt...“ Und Dane wußte, daß sie das gleiche dachte wie er.

Rianna sagte: „Aratak würde niemals mitten in einem Zitat abbrechen. Nicht einmal Dravash könnte ihn dazu veranlassen.“

Joda starrte sie an und sagte: „Mit wem redet ihr?“ Und Dane merkte, daß der Junge ohne eine Translatorscheibe lediglich gehört haben konnte, wie Rianna in ein kleines Amulett hineinsprach. Kein Wunder, daß er verwirrt war!

Joda legte einen Arm um Rianna und sagte: „Ihr seid besorgt, Lady? Habt keine Angst. Ich werde Euch beschützen... ich Joda, der Granthtöter.“

Dane unterdrückte ein verächtliches Schnauben. Seit der Junge diesen elenden übergroßen Nager umgebracht hatte, war er sichtlich verändert. Dane fragte sich, ob er ihn als Feigling nicht lieber gemocht hatte. Und es machte die Sache auch nicht besser, daß Rianna eng an den Jungen geschmiegt dort stand. Sie sagte: „Im Moment habe ich vor nichts Angst, *Zabav,* aber ich weiß, ich kann dir vertrauen, daß du mich beschützt, wenn es notwendig sein sollte." Dann fügte sie noch einen Satz hinzu, und Dane bekam das bittere Gefühl, sie sage es lediglich, um seine Gefühle nicht zu verletzen: „Mit dir und Dane in der Nähe brauche ich mir um nichts Sorgen zu machen, wenn ich jemals Schutz brauchen sollte."

„Aber was ist passiert? Ihr habt in dieses komische Amulett hineingesprochen?"

„O Gott", meinte Dane und schnitt ihre Erklärung zu dem Sender damit ab. „Du kannst seine Ausbildung doch ein anderes Mal fortsetzen. Ich will hier raus, und im Moment wissen wir wenigstens, daß Aratak am Leben ist."

„Ich freue mich, daß der Ehrwürdige am Leben ist", sagte Joda. „Aber ihr habt es durch das Amulett erfahren. Ist das so ähnlich wie die Summer, die sich kleine Kinder aus Muscheln basteln, nur ohne die Schnur aus Darm, mit denen sie ihre Stimmen verbinden können?"

„Ja, so etwas Ähnliches", antwortete Rianna und warf einen stolzen, erstaunten Blick auf Dane, der seine Zustimmung brummte. Der Junge war clever. Wenn man seine Fähigkeit sah, wie rasch er nur Bruchstücke wissenschaftlicher Analogien begriff und daraus seine Schlüsse zog, könnte er auf irgendeiner anderen Welt als diesem gottverlassenen Planeten vielleicht ein Genie werden.

Aber Dane wünschte sich, Rianna würde sich von dem Jungen nicht so anfassen lassen. Mütterliche Zärtlichkeit, dachte er grimmig, ging hier einfach zu weit... und wenn Joda ein Granth getötet hatte, war er viel zu erwachsen, um noch auf ihrem Schoß zu sitzen oder gehätschelt zu werden!

War es vielleicht gar nicht ein mütterliches Gefühl?

Wer weiß. Vielleicht findet sie ihn nett?

„Wir ziehen uns besser zurück", sagte er und blickte zur Sonnenlinie, wie er es Aratak vorgeschlagen hatte. „Hier entlang..."

„Aber wenn ihr der Sonne folgt", sagte Joda verächtlich, „werdet ihr im Kreis herumlaufen, so wie sie sich bewegt. Jeder Spurenleser, der alt genug ist, einen Speer zu tragen, weiß das!"

„Dafür werden wir ihr nicht lange genug folgen", bellte Dane zurück. „Tu, was ich dir sage!"

Rianna legte beim Gehen den Arm um Joda und erzählte ihm leise etwas, den Kommunikator in der Hand. Dane vermutete, sie würde ihm den Sender in wenigen Sätzen erklären. Nun, besser sie als ich, dachte er – aber was würde aus dem Jungen werden, wenn man ihn zurück in die Dorfkultur steckte?

Schon nach einer halben Stunde sahen sie einen riesigen dunklen Schatten, der sich langsam durch die Büsche bewegte. Rianna eilte darauf zu. Dane folgte ihr fast ebenso schnell.

„Aratak!" rief sie und umarmte den großen, lederhäutigen Körper. Vorsichtig und zärtlich umschloß er ihr Gesicht mit seinen Klauen, und sie verschwand in seiner Umarmung.

„Ich freue mich, dich zu sehen, meine Freundin", grummelte er, setzte sie ab und umarmte Dane auf die gleiche Weise. „Denn bei dem Gedanken, in dieser Einöde verlassen zu werden, könnte mir selbst die Philosophie des Göttlichen Eis wenig Trost schenken, wenn man von der Erkenntnis absieht, daß sowohl den Guten als auch den Bösen schwere Prüfungen auferlegt werden, aber das war eben nur ein kleiner Trost."

„Wir haben ein Granth getötet", informierte ihn Joda stolz, und Aratak brummte seine Freude darüber. „Ich weiß nicht, was ein Granth ist, aber ohne Zweifel verdient es wie viele andere Wesen auf diesem Planeten, getötet zu werden. Nur selten habe ich eine Welt mit so vielen feindseligen Wesen gesehen, deren Nutzen für das kosmische All meine Vorstellungskraft übersteigen. Kein Zweifel... die Göttlichen Kräfte", sagte er schnell mit einem Blick auf Joda, „haben ihre eigenen unermeßlichen Gründe für die Schöpfung der Rasha, des Granth und jener infernalischen kuhartigen Wesen, durch deren Angriff Dravash und ich voneinander getrennt wurden, aber dieser Zweck ist einer, den ich bei aller Philosophie nicht verstehen kann."

„Vielleicht Ehrwürdiger..." sagte Joda mit dem Respekt, der Dane plötzlich deutlich daran erinnerte, daß Joda wie Meister Prithvai in einer Kultur groß geworden war, welche die Existenz der protosaurischen Ersten Wesen in einer Art als absolut gegeben nahmen, wie Rianna und er das nie können würden. „...Jene Wesen wurden von den Gesegneten deshalb geschaffen, damit wir

Zweiten Wesen uns niemals langweilen oder faul werden. Das haben mir jedenfalls die Weisen aus meinem Dorf so erklärt, als meine Kameraden und ich noch klein waren."

„Das mag wohl sein, kleiner Bruder", sagte Aratak freundlich, aber Dane unterbrach ihn – daß Aratak jetzt einen philosophischen Vortrag hielt, war das letzte, wonach ihm der Sinn stand, und der Anfang hörte sich ganz danach an. Dane wollte Tatsachen hören. „Erzähl' uns, was mit euch geschehen ist. Wir hatten gehofft, Dravash und dich am Grund der Schlucht zu treffen."

„Und wir hatten auch vorgehabt, dort zu warten", erwiderte Aratak, „aber unser Platz wurden von einer Herde wilder, kuhartiger Tiere überfallen, die losstampften. Ich kann nur annehmen, daß sie irgend etwas erschreckt hat, denn ich hörte eines von ihnen brüllen. Aber ich habe keine Rashaschreie gehört. Jedenfalls, als sie losrannten, mußte ich in höchst unphilosophischer Eile auf einen Felsen klettern, und wenn ich Dravash unmittelbar hinter mir glaubte, fand ich keine Spur von ihm, als die Tiere verschwunden waren. Ich habe ihn gesucht und gerufen, habe sogar riskiert, den Kommunikator einzusetzen, aber er funktionierte nicht. Ich habe keine Ahnung, durch welchen Umstand – vielleicht Magnetismus? – er einen Moment lang funktionierte, als wir miteinander sprachen. Dann fiel die Dunkelheit herab, und ich suchte immer noch nach Dravash. Dann sah ich mich gezwungen, in einer Felsspalte Unterschlupf zu suchen, von wo aus ich jede vorbeischleichende Rasha sehen konnte. Eine hat mich aufgespürt, aber nicht angegriffen, weil sie merkte, daß ich nicht genießbar bin. Dafür war ich dankbar, denn ich hatte keine Waffe. Ich habe bei dem Angriff der Herde meinen Speer verloren und danach nur noch Bruchstücke wiedergefunden. Bei Tagesanbruch begann ich nach Punkten zu suchen, wo wir uns vielleicht treffen konnten, und fand die Höhle, wo ihr eure geniale Botschaft hinterlassen habt. Und den Rest kennt ihr."

„Hast du in der Nacht das Feuer gesehen?" fragte Rianna. „Oder... oder sonst irgend etwas?"

„Ich habe das Feuer gesehen", stimmte Aratak zu, „und wäre fast darauf zugegangen, weil ich nicht genau wußte, ob es nicht euer Feuer war. Aber als ich näher kam, sah ich viele Gestalten und wußte, daß es sich entweder um die Verfolger – oder etwas anderes handelte. Daher bin ich in mein Versteck zurückgekehrt."

Es hatte wohl keinen Zweck, ihn zu fragen, ob er einen weißen Saurier gesehen hatte, dachte Dane. Die Augen von Protosauriern waren kaum besser als Menschenaugen, im Gegenteil. Aber Rianna wußte, was Dane hatte fragen wollen, und nach einem Augenblick des Nachdenkens sagte sie: „Hast du irgendwelche Spuren gesehen... vielleicht von einem Fluggerät oder ähnlichem? Vielleicht ein Hovercraft, das ohne Licht fuhr?"

„Nein, nichts." Arataks Brauenwülste zuckten, wie immer, wenn er erstaunt war. „Warum fragst du das, liebe Freundin?"

Sie seufzte. „Ich weiß nicht", sagte sie. „Es gab wahrscheinlich auch keines." Sorgenvoll blickte sie Dane an, und er hörte ihr Flüstern in seiner Kehlscheibe, kaum stärker als ein Rascheln von Blättern: *Habe ich wirklich etwas gesehen?* Auch Dane hatte sich dies schon gefragt. Denn wenn er etwas zu sehen geglaubt hatte, so hatte er immerhin noch unter dem Schock der Gehirnerschütterung gestanden...

Aber wenn wir *beide* etwas gesehen zu haben glaubten? Was war es dann, was sie *nicht* gesehen hatten? Plötzlich rann Dane ein Schauder den Rücken herab. Jeder, der das Ding bisher gesehen hatte, war verschwunden – würden auch sie verschwinden, entführt in das Nichts?

War dies mit Dravash bereits geschehen?

13

Während Aratak seine Geschichte erzählte, zog Belsar seinen Bogen über den Himmel, und Licht flutete über den Boden der Schlucht. „Wir sollten lieber weitergehen", sagte Dane, und sie machten sich wieder auf den Weg. Als sie kurz rasteten, um zu essen, sagte Rianna verhalten zu Dane: „Unsere Lebensmittel werden knapp. Wenn das gegessen ist, werden wir jagen müssen."

„Wird nicht so schwierig sein, etwas Eßbares aufzutreiben", meinte Dane. Die Talsohle wimmelte auch wirklich von Wild, das nicht sonderlich scheu zu sein schien. Entweder war es für Jagdtrupps zu schwierig, hier herabzusteigen, oder die Kombination von Rashas, ab und zu einem Granth und den Herden wilder büffelartiger Tiere hielt die Jäger ab, allzuoft hier unten zu jagen. „Diese kleinen, kaninchenartigen Tiere sind bestimmt ganz gut."

Rianna nickte. „Und Joda sagt, diese kleinen, rehähnlichen Tiere, die Harlik..." – sie benutzte das Eingeborenenwort, und Dane wußte, sie meinte die mittelgroßen Wiederkäuer, die er Gazelle oder Antilope genannt hätte – „...gelten als Delikatesse. Einige Bauern züchten sie sogar. Aber die Jagdtechnik ist etwas Besonderes. Denk daran, daß es als die schwerste Tabuverletzung gilt, einen Speer zu werfen – daher muß man ihnen nachrennen, und sie sind viel schneller als vieles andere, was ich gern jagen würde!"

„Aratak hat es leicht", meinte Dane, und beobachtete den riesigen Saurier, der vergnüglich auf einem riesigen termitenähnlichen Insekt kaute, und Rianna kicherte. „Aber ich glaube immer noch, wir beide würden uns an seine Nahrung nicht gewöhnen können."

„Nein", gab Dane zu, „aber er kann sich etwas zu essen schnappen – auf uns übertragen, wäre das so, als würde auf jedem Busch ein Schinkenbrot wachsen."

Joda hörte das und sagte: „In meinem Dorf hat man den Kindern eine Geschichte von der wunderbaren Unterwelt erzählt, wo Süßigkeiten aus gekochter Milch wie Grünbeeren auf jedem Busch wachsen."

Als sie weiterzogen, pfiff Dane, und nach einem Moment sang er, über sich selber belustigt, die passenden Worte dazu:

Kommt, wir wollen uns begeben
jetzo ins Schlaraffenland.
Seht, das ist ein lustig Leben
Und das Trauern unbekannt!
Seht, da läßt sich billig leben
Und umsonst recht lustig sein,
Milch und Honig fließt in Bächen,
Aus den Felsen fließt der Wein.

Und von Kuchen, Butterwecken
sind die Zweige voll und schwer,
Feigen wachsen in den Hecken,
Ananas im Busch umher.
Keiner darf sich müh'n und bücken,
Alles stellt von selbst sich ein.
Oh, wie ist es zum Entzücken!
Ei, wer möchte dort nicht sein!

Es gab bestimmt auch eine Zeile über Schinkenbrote, aber die fiel ihm leider nicht mehr ein.

Sie aßen am Abend die letzten Reste der Notration und lagerten am steilen Ufer des Mahanga, der mitten durch die Schlucht strömte. Wasser wirbelte weiß schäumend in Strudeln auf. An den breiteren Stellen ragten Felsen wie Fangzähne auf.

„Wie zum Teufel", meinte Dane, „sollen wir da hinüberkommen?"

„Ich hatte gehofft, wir würden Dravash vor der Überquerung wiedertreffen", sagte Aratak. „Wenn wir den Mahanga hinter uns gelassen haben, folgt ein weites Gebiet, in dem man sich leicht verlieren kann. Ich glaube, im äußersten Notfall sollten wir mit Weitsprecher kommunizieren, um zu erfahren, ob Dravash noch lebt..."

Dane dachte grimmig: *Besser du als ich.* Es gab nicht viele Dinge, vor denen er Angst hatte, doch Dravashs Albinofreund gehörte dazu, und der Gedanke, noch einmal den ekelhaften telepathischen Kontakt aufzunehmen – der für den Weitsprecher wohl ebenso unangenehm war wie für Dane selber –, gehörte zu den Dingen, bei denen er seine Angst gern zugab.

„Ich glaube nicht, daß er sich bereits in einer Notlage befindet", meinte Aratak und blickte in die schäumenden Wasser, „aber hier können wir den Fluß nicht überqueren; selbst ich würde mich nicht trauen, diese Strudel sicher hinter mir lassen zu können, und ihr kleinen Leute solltet es auf keinen Fall versuchen." Wenn er den Gedanken auch haßte, so mußte Dane doch zugeben, daß der Saurier recht hatte. Kein Mensch würde diese tosende Gischt lebend überstehen.

Rianna meinte: „Laßt uns flußaufwärts gehen. Wenn Dravash noch am Leben ist, muß auch er nach einer Stelle suchen, an der er den Mahanga überqueren kann. Wenn es eine seichte Stelle gibt, wird er es dort versuchen müssen, und er weiß ebenfalls, daß wir nach einem Platz suchen, wo Protosimianer gefahrlos passieren können. Ich glaube, der Kapitän ist so vernünftig, daß er an diese Grundbedingung denkt.“

Den ganzen nächsten Tag lang wanderten sie also am Ufer des Mahanga entlang stromaufwärts. Sie stießen auf keine Gefahren außer einer vereinzelten Rasha, der Aratak den Hals brach, noch ehe Dane sein Schwert ziehen konnte. Dane dachte: Wenn es hier eine allgemein bekannte Stelle gibt, an der man den Fluß überschreiten kann, wird der Suchtrupp, der uns auf der Fährte ist, davon wissen, und man wird versuchen, uns dort in einen Hinterhalt zu locken...

Aber sie fanden weder am nächsten noch am übernächsten Tag eine geeignete Stelle, und schließlich einigten sie sich auf einen Platz, wo der Fluß schmal war und einigermaßen ruhig floß. Es konnte lange dauern, bis sie etwas Besseres finden würden, und jeder vergeudete Tag würde dem Suchtrupp unter Meister Rhomda eine bessere Gelegenheit geben, sie einzuholen.

Oder der anderen Gruppe mit dem geheimnisvollen weißen Saurier...

Wenn es überhaupt diesen weißen Saurier gab und es keine Halluzination oder ein Hirngespinst war...

„Ich glaube, wir können es schaffen“, sagte Dane. Aratak nickte, und blickte dann zu Rianna und Joda. „Aber können sie es auch?“

Dane holte tief Luft. „Wir müssen es versuchen. Wir nehmen sie zwischen uns.“

Rianna meinte: „Dane, ich bin fast so stark wie du. Wenn du es schaffst, kann ich es auch packen.“

„Stark genug vielleicht“, gab Dane zurück und blickte in die Wasserstrudel, „aber du bist nicht schwer genug, und der Junge ist es auch nicht.“ Dann ärgerte er sich über sich selbst. Warum machte er sich Sorgen um Joda? Der Bengel machte deutlich genug, daß er sich fähig hielt, bei allem, was geschehen konnte, auf sich selber aufzupassen. Dieser Granthzahn hatte sicherlich bei ihm wie ein Zauber gewirkt. Dane wünschte, er könnte auch so stark daran glauben...

„Hast du Angst, den Fluß zu überqueren?“ fragte Joda mit spöttisch hochgezogener Braue. „Ich werde hinüberschwimmen und auch meine Lady beschützen.“

„Ich habe keine Angst“, entgegnete Dane, „ich versuche nur, mir zu überlegen, wie ich dich und Rianna hinüberbekomme, ohne daß einer von euch ertrinkt oder an den Felsen zerschmettert wird.“

Das wäre kaum ein Verlust. Dieser verdammte Bengel ging ihm in seiner Selbstsicherheit viel stärker auf die Nerven als der Feigling! Joda, der Granthtöter, war schwieriger zu ertragen als Joda, die Memme!

Er murmelte etwas in dieser Art zu Rianna, und sie schnauzte ihn an: „Du würdest ihn lieber verachten, stimmt’s?“

Dane versuchte, seine Stimme vernünftig klingen zu lassen. „Ich zweifle nicht an deinem Mut, verdammt! Aber ich könnte dich mit einer Hand hochheben. Du wiegst nicht einmal die Hälfte von dem, was ich wiege, und der Fluß gibt dir keine Chance, mit dem Speer auf ihn loszugehen. Ich frage nicht danach, ob du mutig bist oder nicht, sondern ob du schwer genug bist, dagegen anzukämpfen.“

„Wir werden uns alle an ein Seil binden“, schlug Aratak vor und zog ein langes, leichtes Seil aus seinem Bündel. Dane nickte.

„Du gehst zuerst und bildest für uns alle den Anker, und ich komme zum Schluß und sammle alle auf, denen es die Füße weggerissen hat“, sagte er und band sich fest, während Aratak das Wasser betrat. Joda wurde sogleich umgerissen und böse zerschlagen, und Aratak beugte sich nieder und hob ihn auf. Er wehrte sich und protestierte, doch das Wasser übertönte seine Rufe, und Rianna bedeutete ihm, still zu sein und sich von Aratak tragen zu lassen. Als die beiden ins Wasser traten, klammerte sich Rianna an Dane, und Dane spürte die blinde, betäubende Kraft der Wellen an seinen Beinen. Das Wasser war eiskalt, und er mußte nach Luft schnappen. Den Arm hatte er um Rianna gelegt. Er spürte, wie die Strömung sie mitreißen wollte, als sie weiter hineingingen und das Wasser ihnen schon bis zu den Schenkeln reichte.

Sie klammerten sich aneinander und fühlten, wie die Strömung an ihnen riß, sie auf die schaumumtosten nadelspitzen Felsen stromabwärts schleudern wollte. Dane glitt auf einem glitschigen Felsen aus, und mühte sich, aufrecht stehen zu bleiben, doch dann war Aratak zur Stelle. Sein großer Körper gab ihnen allen Sicherheit gegen die tosenden Wasser. Er trug Joda auf den Armen, während sich Dane und Rianna an ihn klammerten und keine Spur mehr von falschem Stolz zeigten. Der Fluß war ihr Feind, und Aratak war von ihnen der einzige, dessen Gewicht dagegen standhalten konnte. Wie ein Fels stand er mitten im Strom und kämpfte gegen den Strudel. An der tiefsten Stelle riß es Dane die Füße unter dem Leib weg, und nur Arataks blitzschneller Griff nach seinem Gürtel hielt ihn, sonst wäre er von den Fluten fortgeschleudert und auf den Felsen geschmettert worden. Rianna klammerte sich an Arataks Vorderpfote, als ginge es um ihr Leben. Joda hing an seinem Hals wie ein kleiner Affe. Als sie am anderen Ufer aus dem brodelnden Wasser stiegen, glitt Aratak auf einem Stein aus. Er schleuderte Joda auf das Ufer in Sicherheit, was ihm den Atem raubte. Dann stürzten sie alle ins Wasser. Rianna rollte herum und klammerte sich an einen Felsen. Dane war halb betäubt. Wasser stieg ihm in Augen, Nase und Mund, während er sich krabbelnd abmühte, spürte, wie Aratak ihn schmerzhaft umklammerte, ihm die Klauen in die nackten Schultern bohrte und ihn dann hart auf Steinen und Schlamm aufschlagen ließ. Er schrie vor Schmerzen – er konnte es nicht niederdrücken –, als ihm die Klauen Haut von den Armen und Schultern rissen. Keuchend lag er da und spuckte das in die Lungen eingedrungene Wasser aus, während Aratak Rianna von dem Felsen hob, an den sie sich geklammert hatte.

Auch Aratak blieb lange Zeit erschöpft auf den Felsen am Ufer liegen. Er keuchte und konnte sich kaum bewegen. Rianna hatte einige Verletzungen am Schenkel, die sich rasch dunkel verfärbten. Dane hatte an einem rauhen Felsen ein paar Quadratzentimeter Haut am Schlüsselbein verloren und sich lange, blutende Kratzer zugezogen, wo Arataks Klauen in die Schulter eingedrungen waren. Als Aratak schließlich wieder sprechen und sich bewegen konnte, blickte er konsterniert auf das Blut, das er verursacht hatte.

„Mein lieber Freund, habe ich dir das unglücklicherweise zugefügt?“

„Lieber du als der Fluß“, sagte Dane, und zuckte zusammen, als Rianna irgend etwas aus ihrem Arztpäckchen auf das rohe Schlüsselbein strich, und zum ersten Mal hatte Aratak kein entsprechendes Zitat des Göttlichen Eis darauf zu erwidern.

„Wenn ich mir so unseren Zustand betrachte“, sagte Rianna ironisch, „hätten wir lieber stromabwärts als -aufwärts gehen sollen, wo es wahrscheinlich eine gute Furt und vielleicht sogar eine Brükke gibt.“

Dane verzog den Mund zu einem Grinsen. „Und Meister Rhomda und zwölf Speerwerfer, die auf uns warten. Wir sind jedenfalls auf der anderen Seite. Ich hoffe, Dravash hat es auch geschafft.“

„Wenn Dravash noch am Leben ist und nicht auf ein Granth oder jenes weiße protosaurische Ding gestoßen ist!“

„Das Göttliche Ei hat klugerweise einmal gesagt“, begann Aratak, „daß jedes Abenteuer, das man glücklich übersteht, ein gutes Abenteuer ist. Spotte nicht über unser Glück, Rianna. Mir scheint wir haben einzigartiges Glück gehabt.“ Er streckte die Hand aus, fing geschickt ein summendes Insekt mitten im Flug und begann, es zu zerbeißen. Joda, dem der Aufprall den Atem verschlagen hatte, erholte sich rasch wieder. Er schabte an der Wand der inneren Schlucht herum und rief und winkte dann Rianna zu sich.

„Hier ist ein Grünbeerbaum, Lady! Wir werden nicht hungrig schlafen gehen.“

Dane schlug sich den Magen mit den geschmacklosen Grünbeeren voll, hätte aber gern etwas Handfesteres zu essen gehabt. Morgen würde er eines dieser kleinen, kaninchenartigen Tiere zu fangen versuchen. Auch wenn er sich im hohen Gras verbergen und dabei ein Geräusch wie eine Karotte machen mußte.

Vier oder fünf Tage lang zogen sie durch dichtes Buschwerk auf die schwarzrote Wand zu, die fast den Himmel verdeckte. Dane hatte gehofft, sie hätten die Verfolger auf der anderen Seite des Mahanga zurückgelassen, doch einmal mußten sie sich im Gebüsch verstecken, und Aratak mußte sich in voller Länge hinkauern, als Meister Rhomda mit sechzehn Speerwerfern an ihnen vorbeieilte.

Aus irgendeinem Grund standen die Baumgruppen auf diesem Ufer dichter beieinander, doch es gelang ihnen dennoch, sich von ihnen fernzuhalten. Mehrere Male sahen sie Rashas, doch die großen Katzen hatten Angst, in offenem Gelände anzugreifen und wurden vielleicht auch von Arataks Riesenkörper vertrieben. Die Raubtiere kamen auf sie zu, knurrten sie an, wandten sich dann aber um und schlichen zu den nächsten Bäumen. Joda stolperte in einen Schwarm nistender Vögel. Es gelang ihm, einen zu fangen, und so hatten sie gebratenes, rebhuhnartiges Fleisch zum Abendessen. Es schmeckte köstlich. Sie spürten einen riesigen, täppischen Vogel auf, einer großen Gans nicht unähnlich, und Joda winkte Rianna zu, ihn mit ihm zusammen einzukreisen und auf ihn zuzutreiben. Vögel waren hier offenbar unglaublich dumm, und die plumpe List gelang. Dane wunderte sich, wie ein so großes und offenbar gut genießbares Tier trotz dieser Dümmlichkeit hatte überleben können, doch als sie den Vogel gebraten hatten, merkten sie, daß das Fleisch fettig und ranzig schmeckte, und nur ihr großer Hunger ließ sie dies vergessen. Joda erzählte, daß selbst die Rashas diese Vögel verschmähten, es sei denn, die Katzen waren alt, zahnlos und zu langsam, um irgend etwas anderes zu erlegen.

Doch es war immerhin noch besser als rohe Käfer, und sie konnten einen Teil des Fleisches als Notration mitnehmen. Sie hatten es über dem Lagerfeuer getrocknet und geräuchert. Auch fanden sie Vogeleier. Joda trank sie roh aus, aber Dane und Rianna brieten sie auf einem flachen Stein.

Vor ihnen türmte sich Gestein höher und höher gen Himmel auf. An der Basis war der Felsen schwarzgrau gesprenkelt. Wenn sie hochblickten, sahen sie den fahlen Streifen von Kristall, das Glasband, das wasserhell unter den Pastellfarben des Sonnenuntergangs über dem Sandstein glitzerte.

In dieser Wand befand sich ein Durchbruch, auf den sie schon seit Tagen zugingen, und als der Himmel vor ihnen immer mehr verschwand, öffnete sich der ferne, grüngeränderte Spalt in eine steile Schlucht, durch die silbrig und blitzend Wasser über die unregelmäßige Treppe eines Wasserfalles schoß. Über der Gischt hingen Bäume wie grüne Wolken.

Dane untersuchte die Schlucht durch das Teleskop und blickte Aratak stirnrunzelnd an. Wenn es in dieser anderen Wand der Schlucht einen Weg gab, den der riesige Saurier benutzen konnte, befand er sich wahrscheinlich an dieser Stelle, doch die Büsche und die dichte Bewachsung machten ihn unsichtbar. Man konnte von unten auch nicht abschätzen, wie steil er war, und der Eingang der Wasserfallschlucht war durch dichtes Baumwerk blockiert. Mit Sicherheit hockten dort die Rashas wie Kugeln auf einem Weihnachtsbaum. Nun, immerhin wären sie zur Abwechslung einmal an der Sonne. Dane mit seiner dunkler gemachten Haut würde keinen Sonnenbrand bekommen, doch die Grelle verschaffte ihm ständige Kopfschmerzen, und er war froh, wenn er sich im Schatten aufhalten konnte.

Wenn sie erst einmal unter den Bäumen waren, würde es Katzen geradezu auf sie herabregnen. Keine Hunde, nur Katzen.

Hier im Grasland am Grunde der Großen Schlucht hatten sie eine andere große Katze erspäht. Ein Tier von ungefähr Löwengröße, mit leicht lila gefärbtem Fell, doch es hatte nicht das geringste Interesse für sie gezeigt, selbst als sie fast darüber stolperten, wie sich das Tier über die Überreste eines jener kuhartigen Tiere hermachte. Es hatte lediglich den Kopf unter einem sonderbaren knurrenden Fauchen erhoben, aber nicht angegriffen. Joda nannte den Namen dieser Katze, sagte aber, es sei nicht bekannt dafür, Menschen anzugreifen, so lange es nicht provoziert wurde. Hier unten konnte es wahrscheinlich mit Leichtigkeit an andere Beutetiere gelangen.

Am Fuß der Wasserfallschlucht ergossen sich mehrere Flüßchen, die gemächlich durch das Grasland auf den Mahanga zuflossen. Aratak kniete neben einem nieder und versuchte, in seinen Tiefen Fische zu finden, aber viel zu viele der Wassertiere waren kleine Säugetiere, wie Miniaturseehunde oder kleine bepelzte Wale von etwa zehn Zentimetern Länge, und Aratak aß keine Warmblüter. Ihn ekelte der Anblick von Blut, wie es Dane und Rianna ekelte, wenn er rohe Insekten verzehrte. Er hatte sich geschüttelt und fast erbrochen, als die beiden den Vogel rupften und zerteilten, und die Augen wie angesichts einer Obszönität abgewandt, als sie die Eier aufknackten und aßen. Dane stellte sich vor, daß Aratak, der selbst einem Ei entschlüpft war, die gleiche Abneigung gegenüber dem Verzehr von Eiern wie er etwa gegenüber dem Töten und Enthäuten eines Gorillababys hatte.

Laß den anderen ihr Anderssein... Immerhin hatte Aratak nichts eingewendet, als sie die Eier verzehrten, wenn Dane auch den Verdacht hegte, Aratak hätte protestiert, wenn genügend andere Nahrung vorhanden gewesen wäre.

Auf dem weiten Weideland machte Dane eine kleine Herde von etwa sechs antilopenartigen Harliks aus, die friedlich dort grasten.

„Seht mal", sagte Joda und deutete mit dem Finger auf sie. „Einer von denen würde uns ein paar Tage lang satt machen. Ich werde hinübergehen und mich mit einem Speer im Gebüsch verstekken. Lady, ihr geht auf die andere Seite..." – er deutete mit dem Arm die Richtung an – „... und treibt sie in diese Richtung." Sie nickte und machte sich auf den Weg, doch als Dane ihr folgen wollte, schüttelte Joda den Kopf.

„Nein. Zwei werden sie in die Flucht treiben, und sie werden sich zu stark verstreuen. Bleibt hier bei dem Ehrwürdigen."

Er kroch von dannen und rannte geräuschlos wie eine Rasha. Dane beobachtete ihn mit einem sonderbaren Groll. Jodas Fertigkeiten bei der Jagd hatte ihnen schon seit mehreren Tagen Nahrung verschafft. Offensichtlich veranlaßte das Tabu, auch bei der Jagd keinen Speer zu schleudern, die Eingeborenen, unglaubliche Fähigkeiten bei der Spurenverfolgung und Einkreisung von Wild zu entwickeln. Er sah, wie der Junge eine Stelle in dem hohen Gras fand und sich so geschickt dort verbarg, daß Danes scharfe Augen ihn nirgends mehr entdecken konnten. Rianna kreiste die Herde ein, ohne sich die Mühe zu machen, sich zu verbergen. Das Leittier witterte sie, warf den gehörnten Kopf hoch, und die Tiere begannen sich unruhig mit dem Wind in die Richtung auf Joda zu zu bewegen. Sie brüllte und wedelte mit den Armen, worauf die Tiere zu rennen begannen. Joda sprang aus dem Gras, und sein Speer blitzte in der Sonne. Ein großer Harlik fiel mit durchbohrtem Herz zu Boden. Die anderen flüchteten panikartig mit fliegenden Schwänzen. Joda erhob sich aus dem Gebüsch, beugte sich über das Tier und durchschnitt ihm mit einem einzigen Gnadenstreich die Kehle. Jubelnd rief er Rianna zu, ihm beim Schleppen der Beute ins Lager zu helfen. Sie rannte lachend auf ihn zu, und als sie zu ihm kam, schlang er die Arme um ihren Hals und umarmte sie lange.

Dane beobachtete sie und merkte, daß es nicht eine von den schnellen kameradschaftlichen Umarmungen war, die er mit Rianna zuvor geteilt hatte. Der Junge sehnte sich nach ihr, hielt sie fest, preßte seinen Körper gegen ihren, und Rianna lachte, ermunterte ihn, erlaubte es ihm. Dann, immer noch in Jodas Arm, hob sie den Kopf und rief fordernd: „Dane, komm hilf uns tragen!" Lachend fügte sie hinzu, als er zustimmend winkte: „Immerhin haben *wir* jetzt genug gearbeitet!"

Verletzt und wütend und gegen eine unkontrollierbare Welle der Eifersucht ankämpfend, ging Dane auf sie zu. *Das geht aber weit darüber hinaus, dem Jungen Mut zu machen oder sein Vertrauen aufzubauen,* dachte er.

Unter seinen Füßen war der Boden weich durch alten Grasbewuchs und Gestrüpp. Dane suchte nach einem Halt für die Füße, und fast unmittelbar vor seinen Sandalen flog ein kleiner Schwarm jener köstlichen, kleinen rebhuhnartigen Vögel auf, von denen sie vor ein paar Tagen eines über dem Feuer gebraten hatten. Dane griff nach einem fortflatternden Tier, doch es entkam. Ohne nachzudenken, nahm er einen Stein, zielte und schleuderte ihn hinterher. Der Vogel flatterte auf und fiel zu Boden. Dane tötete es und fühlte sich jetzt irgendwie befriedigt.

„Hier", sagte er zu Rianna, als er bei den beiden anlangte. „Jetzt habe ich auch meinen Teil getan. Wir können dies hier heute abend braten und dann das Harlikfleisch rösten und als Proviant mitnehmen. So wird es länger frischbleiben."

Aber Joda starrte ihn mit offenem Mund an, war schockiert und entrüstet. Nach einem langen Moment der Stille sagte er: „Aber ich hatte gedacht... euer Volk *sei zivilisiert! Du hast einen Stein geworfen!"* In seiner Stimme klang Abscheu und Entsetzen, und er trat sogar einen Schritt von Rianna fort und blickte sie konsterniert an, als habe auch sie eine Grausamkeit begangen. Zu spät fiel Dane das Tabu dieses Planeten ein, keinen Speer zu schleudern, keinen Pfeil zu schießen, nicht einmal einen Stein zu werfen...

„Dane!" sagte Rianna scharf. *„Wie konntest du nur!"* In ihrer eigenen Sprache sagte sie rasch, so daß Dane es nur durch die Translatorscheibe hören konnte: „Weißt du eigentlich, daß du vielleicht alles zerstört hast, was ich an Loyalität für uns aufgebaut hatte? Weißt du denn nicht, daß dies ihr stärkstes Tabu ist?"

Dane gab verteidigend zurück: „Wir befinden uns nicht unter Leuten, die dieses Tabu achten, Rianna. Joda weiß, daß wir nicht zu seinem Volk gehören. Sicher ist er vernünftig genug, um zu begreifen, daß es in einem Universum mit so vielen Völkern auch verschiedene Gesetze gibt, und dieses gehört nicht zu den unsrigen." Er redete Joda an und versuchte eine Art Entschuldigung, soweit ihm dies möglich war: „Ich habe einfach die hiesigen Gesetze vergessen, Joda. Tut mir leid, wenn ich dich beleidigt habe. Bei uns ist das nicht Gesetz, aber ich habe versucht, es einzuhalten. Ist es denn so wichtig hier draußen, wo es außer dir niemand von deinen Leuten sieht und sich beleidigt fühlt?"

Er sah, wie Joda mit sich kämpfte, und sagte zu sich selber: *Jawohl, ich habe eine verdammte Dummheit begangen, doch der Junge ist klug genug, es zu begreifen.*

Joda sagte mit ehrlichem Kummer in der Stimme: „Ich dachte... zivilisiertes Benehmen... ich hätte nicht gedacht, daß du ein Mann seist, der einen Speer schleudert!" Bekümmert mit den Augen blinzelnd, drehte er sich um und ging.

Dane bückte sich, um sich den Tierkörper auf die Schulter zu heben. Rianna wandte sich ihm ärgerlich und bekümmert zu. „Dane, wie konntest du nur? Wie *konntest* du so etwas tun?"

Nüchtern gab Dane zurück: „Ich habe es vergessen, Rianna. Das ist die Wahrheit. Ich habe den Vogel gesehen und einfach reagiert. Ihr redet über kulturbedingte Instinkte. Hast du vergessen, daß auch ich so etwas habe?" Wieder stieg Wut in ihm auf. Hölle, er hatte sich entschuldigt, hatte sich fast vor dem Jungen gebeugt! „Ich habe ihm gesagt, daß es mir leid tut. Ich habe versucht, es zu erklären. Aber früher oder später wird er lernen müssen, daß nicht jeder in dem ganzen großen Universum nach den beschränkten Dörflertabus lebt, und wenn er clever genug ist, eine Vorstellung von der Galaxis zu akzeptieren, wird er auch clever genug sein, damit zu leben."

„Und wenn schon. Ich wollte es ihm Schritt für Schritt beibringen. Und du versuchst da einen dummen Trick!" Sie sah ihn voller Wut mit dem Temperament an, das er in dem einen Jahr ihres Zusammenlebens so gut kennengelernt hatte. Sie war wütend wie selten. „Du hast vielleicht meine ganze Arbeit zunichte gemacht!"

„Verdammte Arbeit!" schleuderte er ihr entgegen und wandte sich zu ihr um, wobei er das Gewicht des Harliks auf der Schulter verlagerte. Sie warf den Kopf zurück und sagte verächtlich: „Oh, was soll es schon, du verstehst das ja doch nicht. Du bist kein Wissenschaftler. Ich vermute, du begreifst nicht einmal die Grundprinzipien, die besagen, daß man auf einem fremden Planeten die dortigen Sitten und Gebräuche niemals verletzen darf. Aber von dir kann man ja nicht erwarten, daß du überhaupt irgend etwas weißt! Überhaupt nichts!“ wiederholte sie zornig. „Du weißt nichts von der Arbeit eines Wissenschaftlers!“

Verletzt und wütend gab Dane zurück: „Verdammt, dann hungere doch! Ich dachte, ich würde etwas Wichtiges beisteuern!“

„Wenn wir seit Tagen nichts richtiges zu essen gehabt hätten und du kurz vor dem Verhungern gewesen wärest“, fauchte Rianna mit verletzendem Nachdruck, „hätte ich vielleicht Verständnis gehabt. Du willst doch nicht etwa ableugnen, daß du nur Joda eins auswischen wolltest, weil *er* hier jagen kann und *du* nicht?“

Verdammt, das geht unter die Gürtellinie! Ich hatte nicht vor, auf dieser Ebene zu streiten, aber sie hat damit angefangen! Wild schleuderte er zurück: „Du mit deinem Gerede über wissenschaftliche Prinzipien! Glaubst du, ich würde nicht bemerken, wie sich der Junge benimmt? Und du ebenfalls? Umarmt dich und küßt dich...“

„Und wenn schon!“ entgegnete sie wütend. Ihre Augen flammten. „Glaubst du etwa, weil ich gern mit dir zusammen bin, hättest du Besitzansprüche auf meinen Körper, oder ich könnte vielleicht nicht tun, was ich will? Du liegst falsch in dem, was du zu sehen geglaubt hast, Dane“, fügte sie in vernünftigerem Tonfall hinzu. „Das ist sein Alter, mehr nicht. Er hat sein ganzes Leben lang isoliert von allen anderen verbracht, verachtet als ein Feigling, und jetzt hat er Erfolg. Er ist ein Granthtöter, er wird akzeptiert und sogar gemocht... und plötzlich ist er sich auch bewußt geworden, daß ich, seine Speermeisterin, auch eine Frau bin. Es wäre unvernünftig, darüber ärgerlich zu sein. Er ist ein Junge im ersten Bewußtsein seiner Mannhaftigkeit. Mir bedeutet es nichts, Dane; warum mußt du eifersüchtig sein und alles kaputtmachen?“

Sie näherten sich dem Lager, und Aratak, der ihre streitende Stimmen hörte, hob ungehalten den Kopf, starrte sie an, drehte sich dann mit einem philosophischen Achselzucken um und begann taktvollerweise damit, Fliegen zu fangen. Dane kannte ihn lange genug, um zu wissen, daß das Göttliche Ei wahrscheinlich eine Weisheit über die Fruchtlosigkeit, sich in einen Streit einzumischen, auf Lager hatte, wenn dieser sich bei Protosimianern und ihren Partnern ereignete. Dieser Gedanke schenkte ihm eine kurze, reuevolle Pause.

Doch der Gedanke, wie sich Rianna in Jodas starke, überschwengliche Arme geschmiegt hatte und wie ihr Gesicht aufgeregt gerötet gewesen war, machte ihn erneut wütend. Er gab zurück: „Und wer rationalisiert hier und überdeckt die Wahrheit mit leichtem Gerede über wissenschaftliche Prinzipien? Wenn du den Jungen willst, kann ich dich nicht zurückhalten... aber bilde dir nichts auf deinen guten Geschmack ein! Ein Wilder aus einer Welt, in der man uns für Sternendämonen hält!"

„Wer bist *du* denn?" knurrte sie ätzend zurück, „daß du über Barbaren oder Wilde reden kannst?" Dann lauschte sie ihren eigenen Worten trotz ihrer Wut, hielt inne und blieb mit offenem Mund stehen. Dane sah sie jedoch nicht an. Er warf den Harlikkörper auf den Boden und beugte sich darüber, die Lippen fest aufeinandergepreßt. Er sagte: „Wir sollten es häuten. Wenn du das Huhn rupfen willst, tu es. Andernfalls könntest du ein Feuer anzünden, damit wir das Fleisch über Nacht trocknen können."

Aus dem Augenwinkel sah er, wie sie unentschlossen einen Schritt auf ihn zuging. Bewußt tat er, als ignoriere er sie. Verdammt, dieses Mal war sie zu weit gegangen. Während seine rasiermesserscharfe Klinge zwischen Muskeln und Haut des Harlik entlangglitt und sauber die Schichten voneinander trennte, wurde ihm wieder die totale Fremdheit zwischen ihm und Rianna bewußt. Abgesehen von der Erinnerung an die gemeinsam erlebte Gefahr auf dem Roten Mond, hatten sie keine gemeinsamen Hintergrunderfahrungen. Sie war ihm fremd, vollständig fremd, und vielleicht war Dane für sie wirklich das, wie sie ihn genannt hatte – ein Barbar, ein Wilder, kaum besser als Joda. Hölle – vielleicht keinen Deut besser!

Sie hatten wirklich nichts miteinander gemein. Liebte er sie, mochte er sie wenigstens? Er erinnerte sich, wie erbittert sie auf dem Sklavenschiff der Mekhar gegeneinander gekämpft hatten, wie sich ihre Wut immer wieder gegen ihn gerichtet hatte. Doch unter der Gefahr des Roten Mondes hatten sie zueinander gefunden. Er dachte daran, wie er sie zum ersten Mal unter dem Roten Mond genommen hatte, in dem Reservat der Heiligen Beute, mit der Großen Jagd als Drohung vor sich, mit dem Wissen, daß sie nur eine Beute waren, die getötet werden würde. Es hatte ihre Nähe verstärkt, die Erregung der Vereinigung angesichts des Todes... beide hatten dem nicht widerstehen können. Es hatte auch keiner von beiden versucht.

Aber war das Liebe? Waren eine gemeinsam erlebte Gefahr und sexuelle Anziehung ausreichend, um danach ein Leben miteinander zu verbringen? Dane glaubte in den Tiefen einer unvermittelten depressiven Stimmung, daß es nicht ausreichte. Nach der Jagd, als sie lediglich zwei menschliche Überlebende waren, hatte die Erinnerung, das starke Band der gemeinsam erlebten Gefahr sie verbunden, hatte eine starke Gemeinschaft gebildet. Aber Liebe? Liebe... was war Liebe?

Er hatte Dallith geliebt, die auf dem Roten Mond gestorben war... und ohne Dallith gab es kein lebendes Wesen in den Welten des Universums, mit dem ihn noch ein emotionales Band einte. Er war allein, allein, allein wie es noch kein menschliches, auf der Erde geborenes Wesen jemals gewesen war, und die Erde selbst war irgendwo in den unermeßlichen Weiten der Sterne verloren!

Belsar war schon lange hinter dem westlichen Rand des Cañons versunken. Nun herrschte dämmriges Zwielicht. Nach dem Sonnenuntergang waren nur der Schein des Feuers und der Glanz der Sterne übriggeblieben, die eben am Firmament aufgingen. Hell leuchteten die Flammen. Dane schnitt die letzten Teile des Harliks in Streifen. Rianna nahm mit kühler Höflichkeit das Fleisch entgegen, und sie und Joda begannen, es um Stöcke zu wickeln, die sie zu diesem Zweck vorbereitet hatten, um sie über der tiefen Feuergrube zu drehen, die sie aus Steinen gebaut hatten.

„Sieh mal, wir bedecken es mit einer Schicht nasser Blätter", erklärte sie, „das wird den Rauch ablenken und das Fleisch trocknen, so daß wir es viele Tage lang aufbewahren können. Wir haben keine Zeit, es an der Luft zu trocknen. Nein, Joda, laß das Fleisch für das Abendessen übrig. Leg nicht alles dort hinein..."

Dane sagte: „Wir haben doch den Vogel zum Abendessen." Er hatte bemerkt, daß sie ihn gerupft und gesäubert, mit grünen Ruten zusammengebunden und über das Feuer gelegt hatte.

„Wirf den Vogel samt seiner Federn zu den Virekhi", sagte Joda zornig. „Ich würde lieber hungern, als etwas essen, was mit einer unehrenhaften Waffe getötet wurde."

Die Virekhi waren die gurrenden Raubtiere der Nacht. „Wie es dir beliebt", gab Dane zurück. „Mich binden eure Tabus hier nicht.

Tut mir leid, wenn ich dich beleidigt habe, aber wir werden das Fleisch vielleicht brauchen. Nimm Haut und Knochen des Harlik draußen vor dem Lager für die Raubtiere."

Joda fauchte zurück: „Ich brauche keine Befehle von einem Speerwerfer anzunehmen!" Der Tonfall des Jungen machte Dane klar, daß damit eine der schmutzigsten Beleidigungen gemeint war, und Rianna sagte scharf: „Joda! Entschuldige dich sofort bei Dane!"

Einen Moment lang dachte Dane, der Junge würde trotzig reagieren. Im hellen Feuerschein wirkte sein Gesicht zusammengezogen und zornverzerrt. Dann senkte er den Blick und sagte: „Meine Lady hat recht. Wir reisen alle zusammen und befinden uns in gemeinsamer Gefahr, und ich werde versuchen zu..." Er rang nach Worten und imitierte Arataks übliche Phrase. „Der Ehrwürdige sagt, wir müssen den anderen ihre Andersheit belassen. Es tut mir leid, dich beleidigt zu haben, Dane, und noch mehr, daß ich meine Lady beleidigt habe. Aber ich werde nicht das Fleisch eines unehrenhaft getöteten Tieres essen." Er bückte sich, nahm die Überreste des Harlik auf und trug sie aus dem Lichtkreis. Rianna lächelte Joda an, ein liebevolles, dankbares Lächeln, und Dane dachte mit erneuter Bitterkeit: *Sie sorgt schon dafür, daß der eine Barbar nicht alles verdirbt, indem er mit dem anderen Primitiven streitet, während sie, die unbeteiligte Wissenschaftlerin, sie beide beobachtet!*

Als Joda nach einer Weile zurückkam und die Verekhi sich vor dem Lager balgten und gurrten, nahmen sie ruhig und – zumindest oberflächlich – friedlich ihr Mal ein. Riannas taktvolle Rücksichtnahme, die Tatsache, daß sie gemeinsam unterwegs waren und daß Streit gefährlich war, glättete die Wogen. Doch Dane spürte immer noch eiskalt die Entfremdung. Riannas Freundlichkeit gegenüber Joda, wie sie eine Vorwitzigkeit nicht zurückwies, sondern begrüßte, ließ Dane irgendwie weniger an sich selber denken... Auch *er* war ihre Wahl gewesen! Er sah in die vertrauten Augen auf der anderen Seite des Feuers, das einzige Vertraute an ihr, seit Haut und Haare dunkelbraun gefärbt waren, doch auch ihre Augen und das beruhigende Lächeln konnten ihn nicht umstimmen.

Über dem Lagerfeuer schienen die Sterne von Belsar mit gespenstischer Helligkeit. Sterne, von Dämonen heimgesucht, gefürchtet von den Leuten... von Leuten, die auch einen geschleuderten Speer fürchteten. Wo in dieser ungeheuren Vielzahl von Sternen war Danes eigene verlorene Sonne? Welcher von den Millionen von Lichtpunkten enthielt eine kleine, blaue Welt, so klein und unbedeutend – aber seine Heimat? Dane kaute nachdenklich die süßliche, knusprige Haut des Vogels und wünschte sich schmerzhaft, in dem vertrauten Grand Canon zu sitzen und nicht in der Großen Schlucht von Belsar, wünschte sich, daß er zum Himmel sehen könnte und das vertraute Gefunkel des Großen Bären, des Polarsterns und Andromedas betrachten könnte und nicht dieses grelle, dämonenverseuchte Sternenlicht. Er hatte sich noch niemals in seinem Leben so allein gefühlt, trotz des vertrauten Riesenkörpers von Aratak, der sich dicht an das Feuer gekauert hatte, trotz Riannas freundlicher Stimme und ihrem falschen, taktvollen Lächeln. Doch als er die Decken unter dem Sternenhimmel ausbreitete, sehnte er sich nach der vertrauten Wärme ihres Körpers, nach etwas, was die Einsamkeit und das Brennen der Sterne vertrieb.

Plötzlich begriff er, warum das Volk von Belsar zwischen sich und dem unheimlichen Himmel Tücher spannte, und er sehnte sich nach einem Zelt über seinem Kopf...

Vieleicht kam Rianna noch zu ihm. Sie hatte das schon oft nach kleineren Streitigkeiten getan, wollte die Unterschiede mit dem Bewußtsein ihrer ursprünglichen Gleichheit auswischen. Das starke sexuelle Verlangen hatte zwischen ihnen noch nie nachgelassen. Doch die Nacht nahm ihren Verlauf, das Feuer erstarb zu einem dünnen Rauchfaden, und sehr schwach duftete das Fleisch in der improvisierten Trockengrube, und sie kam nicht.

Lag sie in Jodas Armen, gewillt, ihm seine neu errungene Männlichkeit zu bestätigen? Dane fühlte sich zerrissen, wütend, eifersüchtig, sehnsüchtig, elend. Er konnte nicht schlafen, und das plötzliche Bewußtsein von Riannas totaler Fremdheit schmerzte ihn.

Sie hatten wirklich nichts miteinander gemein. Nichts außer Erinnnerung an die gemeinsamen Gefahren auf dem Roten Mond... waren sie wirklich durch nichts anderes verbunden? Das und eine starke sexuelle Anziehung?

Schlimmer und demütiger war, daß Rianna das einzige menschliche Wesen im Universum war, mit dem er sich überhaupt verbunden fühlte, daß er sich an sie hängte, weil sie das einzige Vertraute in einem Universum unbegreiflich fremdartiger Wesen darstellte. Und sie, die wußte, wie sehr er von ihr abhängig war, würde sie ihn verlassen?

Es gab niemand anderen. Jetzt, wo Dallith tot war, gab es niemanden mehr...*Es wäre nicht so mit Dallith gewesen,* dachte er, *ich habe sie geliebt und sie mich, sie hat mich wirklich geliebt. So weit wäre es nicht gekommen...*

Dann erkannte er mit einem ironischen Lächeln die Selbsttäuschung. Er hatte Dallith idealisiert... und sie war gestorben, noch ehe sie ihm seine Illusionen rauben konnte. Sie hatten unter dem Schatten des Roten Mondes Gefahren und Liebe geteilt, und sie war auf tragische Weise gestorben, als Freiheit und Sieg schon fast gesichert erschienen. Jeder Augenblick, den er mit Dallith verbracht hatte, war farbig gewesen, aufgeladen mit Gefühlen. Niemals waren sie von den gewöhnlichen Dingen des Alltagslebens konfrontiert worden, die oft so desillusionierend wirken. Daher würde Dallith für ihn immer seine verlorene Liebe darstellen, die einzig Perfekte seines Lebens, die einzige Erinnerung ohne Makel und immer in seinen Gedanken gegenwärtig, verbunden mit den Erinnerungen an Gefahren, an Liebe und Angst, an seine Jugend...

Rianna war real, seine Kameradin, seine Freundin, seine Schwertkampfkameradin... aber sie war ihm vollständig fremd und würde es immer bleiben. Alles andere war eine Illusion. Nach einer Weile verfiel er in gehetzte Träume von Sternen und geschleuderten Felsen und Rashas und einsame Wanderungen. Spät erwachte er. Das Feuer war ausgegangen, und um sich her konnte er bei dämmrigem Sternenschein die drei Gestalten seiner Kameraden ausmachen, die in ihre Decken eingerollt dalagen. Aratak riesig und dunkel, mit einem schwachen, durchsichtigen Schein um die Kiemenschlitze herum, die durch die Dunkelfärbung nicht überdeckt werden konnten. Joda, der so schmächtig, fast wie ein Kind wirkte. Rianna, ein abgesondertes, merkwürdig fremdartiges Bündel, zusammengerollt, so wie sie immer schlief, die Arme über dem Kopf, das Gesicht in ihnen vergraben, ihm den Rücken zugewandt, fremd, zurückweisend... Sie wirkte klein und allein, so daß Dane in seiner eigenen Einsamkeit sich fragte: *Sind wir denn alle immerzu allein?* Er wollte aufstehen und zu ihr gehen, sie fest in den Arm nehmen, zu ihr unter die Decke schlüpfen... doch er tat es nicht. Aber wenn er es täte – würde sie ihn zurückweisen, ihn fortschicken? Er blieb, wo er war, und schlief schließlich wieder ein.

14

Als er erwachte, stieg ihm köstlicher Geruch gekochten Fleisches in die Nase. Rianna hatte die Feuergrube geöffnet und war dabei, das getrocknete Harlikfleisch einzuwickeln und zu verstauen. Zwischen ihrem Lager und dem Fluß graste eine kleine Herde dieser rehähnlichen Tiere. Sie probierten ein paar Streifen des Fleisches. Dane fand, es schmeckte fast wie wenig gesalzener, aber gut geräucherter Schinken. Joda fragte im Hinblick auf die Tiere: „Sollen wir noch eins fangen?"

„Mehr können wir nicht tragen", erwiderte Dane und versuchte, sanft zu sprechen. Vielleicht wollte der Junge nicht einfach mit seinen Jagdkünsten angeben, sondern machte sich Sorgen um den Proviant. „Laß uns nicht unnötig etwas töten, nicht mehr jedenfalls, als wir in ein paar Tagen essen können. Da oben wird es auch Wild geben..."

Rianna löschte das Feuer. Aratak übernahm einen Teil des Trockenfleisches in sein Bündel, weil er meinte, er sei stark genug, es zu tragen. Rianna akzeptierte das, wenn sie auch genau wußte, daß Aratak nichts davon anrühren würde. Dane entfernte sich eine kurze Strecke vom Lager und blickte prüfend in den Wald, der hinauf in die grüne Schlucht mit dem Wasserfall führte. Er suchte mit dem Teleskop nach einem anständigen Zugang. Es gab einen recht ordentlichen Weg, aber als er ihn bis in die Schlucht hinein mit den Augen verfolgte, endete er auf einem Grat, den man ohne Steigeisen, Seile und Kletterhaken nicht erklimmen konnte, und selbst dann würden es Joda und Rianna vielleicht nicht schaffen... von Aratak ganz zu schweigen! Gut, daß er diesen Weg nicht eingeschlagen hatte, denn er war zu naheliegend.

Die Harlik hatten sich friedfertig äsend bis an den Rand des Waldes bewegt. Dane erinnerte sich, wie sich Joda im Gebüsch versteckt gehalten hatte, bis sie ihm fast in die Speerspitze gelaufen waren. Wenn wir heute morgen eins fangen würden, würde ich mich dort hinkauern, und Rianna oder der Junge würden die Tiere von den Bäumen her auf mich zutreiben... aber natürlich war jetzt keine Zeit dafür.

Eine Schar Knackeulen flatterte keckernd aus den Bäumen hoch. Man hörte plötzlich einen aufgeregten Vogelstimmenchor und Rufe von Affen. Die Harliks hoben die Köpfe und witterten.

Zwischen den Bäumen schimmerte etwas Weißes.

Dane warf sich auf die Erde, duckte sich nieder, rief den anderen etwas zu... doch bevor noch sein Knie den Boden berührt hatte, war das Wesen schon mitten auf der freien Fläche.

Schneller als eine Rasha. Schneller als ein Granth... ein Huschen. Ein weißes Huschen mit sechs vorbeizischenden Beinen. Die Harlikherde ergriff panikartig die Flucht und wirbelte mit riesigen Sätzen davon. Doch das Wesen war bereits zwischen ihnen. Der lange weiße Hals streckte sich und erwischte ein junges Tier mitten in der Bewegung.

Dann stand es aufgebäumt da und hielt den um sich schlagenden Tierkörper zwischen den riesigen Fängen. Das Tier erschlaffte. Der weiße Hals nickte, die Kiefer lösten sich voneinander, und das Harlik fiel leblos zwischen das erste Beinpaar des Dings. Die schneeweißen Nüstern waren blutbespritzt.

Die roten Flecken schienen zu leuchten. Das weiße Tier hob sich grell vor dem grünlila Hintergrund des Waldes ab, geisterhaft weiß, weiß wie der Tod.

Der Sklavenhund der Kirgon!

Sein Körper war schmal und anmutig wie der eines Windhundes, allein auf Schnelligkeit ausgerichtet. Die sechs Beine waren schlank und feinknochig und hatten große Tatzen. Doch die Kiefer ähnelten nicht denen eines Hundes, nicht einmal denen des legendären Hundes von Baskerville. Sie stammten von einem Jagdtier aus dem Eozän auf Danes Welt, ließen ein tödliches Grinsen sehen, das sich über dichten Reihen leuchtender Zähne von Ohr zu Ohr erstreckte.

Einen Moment lang stand er über seiner Beute. Die Augen schimmerten wie winzige Goldflecken in dem weißen Fell, dann verfiel es wieder in huschende Bewegungen. Der lange, außerordentlich muskulöse Hals – wie bei einem Hengst oder einem Seelöwen – nickte nieder, und die furchterregenden Kiefer schlossen sich um den Rehkörper. Er riß das Tier ohne das geringste Zeichen von Anstrengung hoch und trabte fort. Die langen rehartigen Beine hingen schlaff aus den Mundwinkeln. Die Beine des weißen Tieres bewegten sich gemächlich, doch Dane war sicher, es hätte auf der Erde einen Geparden in vollem Lauf leicht überholt.

„Wir müssen ihm folgen", sagte Rianna.

„Folgen... dem da?" Doch Dane wußte, daß sie recht hatte. Hier war der Schlüssel, nach dem sie gesucht hatten, die Bestie, von der er in der Schenke gehört hatte... *kam über die Mauer und schnappte sich ein Kalb. Ein großes Kalb. Sechs Beine. Schneller als eine Rasha. Schneller als ein Granth...* genau deswegen waren sie auf diese Welt gekommen.

Großer Gott! Und ich wollte von der Bundeszentrale fort, weil es eine so nette, ruhige Welt war.

„Das Göttliche Ei", begann Aratak brummend und starrte in die Bäume, wo der Sklavenhund der Kirgon mit seiner Beute verschwunden war, „erinnert uns daran, unsere Wünsche zurückzuhalten, sonst erwachen wir vielleicht und entdecken, daß sie bereits erfüllt sind."

Dane murmelte: „Sei vorsichtig mit dem, was du dir wünschst. Kann sein, daß du es bekommst." Selbst in dieser gefährlichen Situation konnte er noch belustigt sein über die Allgemeingültigkeit von Sprichwörtern.

Aratak hob eine Pfote, um den Blick abzuschirmen. „Da oben", sagte er, „beim Wasserfall."

Rianna stellte bereits das Fernglas ein. Sie blickte hindurch, kräuselte die Lippen zu einem tonlosen Pfeifen und reichte Dane dann das Instrument.

Kann denn gar nichts diese Bestie aufhalten? Sie trottete nun über den Felsvorsprung, den Dane für nur schwer überwindbar gehalten hatte, und zwar mit einer solchen Leichtigkeit, als renne sie auf ebener Strecke. Das Harlik hing ihr immer noch schlaff aus dem Maul. Der Hund wies keine Zeichen von Erschöpfung auf. Dane beobachtete ihn, bis er in einer Baumgruppe verschwand. Dann senkte er das Teleskop.

„Was sagtest du noch, wo sie zu Hause sind?“

„Vom dritten Kirgon-Planeten – die Kirgon selber stammen vom zweiten. Man weiß nicht viel über das System. Die Kirgon erleichtern einem die Forschungen nicht gerade, aber man weiß, daß die inneren Planeten fast den Hitzegrad haben, der intelligentes Leben unmöglich macht. Ein phantastisch hartes Klima – praktisch einzigartig. So etwas wie die Kirgon gibt es unseres Wissens nach in der gesamten bekannten Galaxis in- und außerhalb des Bundes nicht noch einmal.“

„Na, danke“, sagte Dane, hob ihr den Rucksack auf den Rücken und schnallte ihn fest. Sie sagte: „Warte, du weißt noch nicht das Schlimmste über dieses Wesen.“

„Daß die Kirgon es trainiert haben, Menschen zu jagen? Doch, das weiß ich.“

„Deshalb nennt man ihn den Sklavenhund. Doch das Schlimmste ist wohl – er ist intelligenter als jedes andere Wesen mit soviel Zähnen sein dürfte. Einige Wissenschaftler vermuten sogar, daß es sich um Wesen handelt, die Bewußtsein entwickelt haben. Auf ihrem Heimatplaneten bilden sie phantastisch koordinierte Jagdmeuten. Denk daran, daß ihre natürlichen Beutetiere ebenfalls an die harten Umweltbedingungen angepaßt sind.“

„Wunderbar“, meinte Dane mit beißender Ironie. „Das hat uns gerade noch gefehlt. Nicht nur superschnell und superstark, in der Lage, mit einem ausgewachsenen Harlik zwischen den Zähnen steile Klippen hinaufzusteigen, nein, es muß auch noch intelligent sein. Vielleicht sogar ein Wesen mit Bewußtsein.“ Er richtete das Glas auf den Hang und sah noch einmal einen weißen Blitz zwischen den Bäumen, wesentlich höher, als er zu glauben gewagt hatte, wenn er das Tier nicht hätte rennen sehen. Er seufzte und reichte das Glas zurück.

„Nun, wir haben sowieso den gleichen Weg.“

Rianna meinte: „Immerhin ist das Tier so schnell, daß es mit Sicherheit schon unterwegs zu einem anderen Ort sein wird, wenn wir dort oben angelangt sind. Ich bin nicht scharf darauf, es zu treffen.“

„Es sei denn, es hat einen Bau dort oben“, meinte Joda, nahm das Teleskop und stellte es rasch ein. „Oder einen Partner.“

„Daran wage ich nicht einmal zu denken“, sagte Dane grimmig. „Laß uns gehen.“

Rasch überquerten sie das letzte Stück der Ebene und mieden den Wald, so lange es ging, bis sie ihn durchqueren mußten, um zu dem Wasserfall zu gelangen. Aratak ging als erster, schlug sich seinen Weg durch die niedrigen Zweige, während die drei mit gezückten Waffen folgten. Wie erwartet sprang eine Rasha von einem Zweig, gerade als Aratak mit seiner schweren Klinge ihm einen abgeschnittenen Ast gegen den Kopf schleuderte. Das Tier fiel fauchend zu Boden und sprang fort in den Dschungel.

Die verdammten Katzen hatten sich offensichtlich gleichmäßig über den Dschungel verteilt. Dane dachte, dies hinge wahrscheinlich von der Größe der jeweiligen Territorien ab, und fragte sich, wie sie ihre Jungen wohl aufzogen und ob Paare sich ein Territorium teilten. Löwen auf der Erde taten das, aber Gott sei Dank hatte er noch kein Rashapaar oder gar ein Rudel gesehen – der Gedanke an ein ganzes Rudel Tiere ließ ihm mindestens sechs oder sieben Schauder den Rücken herabjagen. Vielleicht ähnelten sie eher Tigern und jagten allein, wobei die Jagdgebiete der Männchen von denen der Weibchen eingegrenzt wurden. Oder trafen sich alle Tiere während der Paarungszeit zu einer einzigen Orgie? Er konnte Männchen und Weibchen der Rashas nicht einmal voneinander unterscheiden, und mehr noch, es war ihm egal. Sie waren allesamt tödlich gefährlich.

Dennoch langweilten ihn die Rashas allmählich. Es gab einfach viel zu viele von ihnen, und es stellte keine wirkliche Herausforderung dar, sie zu töten, wenn man einmal begriffen hatte, was man bei ihnen zu beachten hatte. Aber es wäre der Abwechslung wegen vielleicht doch mal ganz nett, einmal unter einem Baum sitzen zu können, ohne daß einem eines dieser verteufelten Wesen auf den Schoß sprang.

Gurgelnd schoß das Wasser die Felsen herab. Der Fall war kaum drei Meter hoch und bildete ein angenehmes Hintergrundgeräusch. kein Tosen. Unten breitete sich das Wasser in einem tiefen Becken aus, das an den Rändern dicht von Wasserblumen bewachsen war. Hier machten sie halt für eine kurze Rast, nahmen Essen aus den Bündeln, und Aratak stürzte sich dankbar in das Wasser und blieb einige Minuten lang untergetaucht. Dane nahm ihm dieses Bad nicht übel. Der Echsenmensch hatte seit dem Abstieg in die Große Schlucht nicht mehr gebadet, und wenn sich der Riesensaurier auch nicht beklagt hatte, wußte Dane doch, daß seine Haut darunter gelitten hatte. Dane hatte es auch nicht sonderlich eilig, auf den Sklavenhund der Kirgon zu stoßen. Überhaupt nicht. Er wußte, sie würden auf dem Schiff des Bundes darüber berichten müssen, doch er vermutete, daß Weitsprecher bald einen Kontakt herstellen würde, und sie würden ihn darüber informieren, was sie herausgefunden hatten: Anwesenheit von Kirgon auf diesem Planeten. Realistischerweise wußte er, daß sie, selbst wenn sie alle vier wieder vereint wären, gegenüber diesem Tier kaum eine Chance hatten, wenn es sie angriff. Es war viel aggressiver als ein Granth, und ein Granth war schon kämpferischer als eine Rasha!

Das Rauchfleisch von dem Harlik schmeckte köstlich. Dane hätte gern ein Stück Brot dazu gehabt, doch er sagte sich, daß man nicht alles verlangen konnte. Und bis er den Schinkenbrotbaum gefunden haben würde, über den er sein Lied gepfiffen hatte, war dies beinahe ebensogut – und sicherlich das Beste, was er für eine lange Zeit bekommen würde.

„Hast du Fische gefangen, Aratak?“ Ob der Riesensaurier nicht allmählich die rohen Insekten leid war? Es konnte aber auch sein, daß jeder Käfer irgendwie anders schmeckte, aber daran mochte Dane gar nicht denken.

„Noch nicht“, antwortete Aratak. Er stieg aus dem Wasser und wirkte entspannt. Jetzt stand er bis zu den Knien an einer seichten Stelle und jagte. Er zielte auf eines der kleinen, bepelzten, walartigen Wesen und schleuderte es spritzend zurück in das tiefe Wasser. Dann tauchte er plötzlich wieder mitten hinein und kam mit einem recht primitiven Schuppentier wieder an die Oberfläche. Bequem setzte er sich in den Uferschlamm und begann, es zu verzehren. Er verspeiste es vollständig, angefangen am Schwanz. Die Hirnschale sparte er sich als Leckerbissen für den Schluß auf. Rianna hatte die Sandalen ausgezogen und badete die Füße im Wasser zwischen den Seerosen. Dane dachte kurz daran, schwimmen zu gehen. Es war heiß, und das Wasser schien kühl zu sein. Joda hatte den Kilt ausgezogen, spritzte sich Wasser über den Körper und rieb seine schmutzigen Füße sauber. Dane kaute auf den letzten Resten des schinkenähnlichen Harlikfleisches, gähnte und beobachtete, wie die winzigen Wale an die Oberfläche kamen, um spritzend zu atmen. Ein zehn Zentimeter langer Wal war wohl kaum absurder als ein drei Meter langes Wiesel, wie es der Granth war. Doch er erinnerte sich an einen alten Scherz, den er im Yellowstone Park mit Kollegen gespielt hatte, wo er in den Semesterferien gearbeitet hatte. Einer der Scherze der ‚Wilden', wie sich die Führer dort nannten, war es, in der Nähe von Touristen über die Schakalantilope und die seltenen Pelzforellen in den Geysiren zu sprechen... wenn er doch nur ein paar von diesen Babywalen mit auf die Erde nehmen könnte!

Hier am Fuße des Wasserfalls, im friedlichen, ruhigen Schatten, wo Aratak fischte und Rianna still, mit den Füßen im Wasser, auf dem Rücken lang und sich ausruhte, kehrte etwas von seiner Abenteuerlust und Freude zurück. In einem seltenen Moment der Einsicht dachte er, daß es bei Abenteuern immer so war. Wenn man wirklich dabei ist, einen Berg zu besteigen oder einhändig um die Welt zu segeln, was er beides getan hatte, bestand das Abenteuer größtenteils aus Anstrengungen und Mühe, aus unaufhörlicher, mörderisch harter Arbeit, und wenn man einen Moment Zeit zum Nachdenken hatte, was nicht oft vorkam, fragte man sich, warum man sich, zum Teufel, auf so etwas eingelassen hatte!

Nur in ruhigen Augenblicken wie jetzt, die nur allzu selten waren, konnte man es genießen, Freude an der Fremdartigkeit haben, sich daran erfreuen. Er begann sich zu fragen, ob er sein abenteuerliches Leben wirklich genoß oder ob er es nur gut fand, es geschafft zu haben. Er hatte einmal einen Sänger gekannt, der sagte, Konzerte machten ihm eigentlich keine Freude. Nur anschließend, wenn die Leute zu klatschen begannen...

Gelassen betrachtete er die Babywale und kleine aalähnliche Schwimmtiere mit dichtem Fell, die ihn vage an Otter erinnerten. Sie kauerten auf einer Schlammbank und schnupperten mit kleinen, schnurrbärtigen Gesichtern in seine Richtung. Dann kehrten sie friedfertig zurück in ihre Schlammlöcher. Was für eine Katastrophe auch immer diesen Planeten verwüstet hatte, sie hatte genügend Nischen zurückgelassen, in denen Säugetiere überleben konnten. Es war viel schwerer, zehn Zentimeter lange Wale auszurotten als dreißig Meter lange.

Auf der anderen Seite des Teiches stieg der Boden sanft, aber stetig an und bot einen leichten Aufstieg zum oberen Teil des Wasserfalls. Der Boden war weich, und man erkannte deutlich große runde Spuren, die von dem Sklavenhund der Kirgon stammen mußten. Dicht daneben sah man Abdrücke von Eingeborenensandalen.

Dane kniete sich nieder und untersuchte sie sorgfältig. Sie sahen frisch aus, als sei jemand auf der Fährte des weißen Monsters. Er fand eine Stelle, wo die Menschenspuren mit den Abdrücken des Hundes zusammenliefen. Der Mann mußte aus dem Dschungel gerannt sein, aus der entgegengesetzten Richtung, aus der Dane und seine Kameraden gekommen waren.

Er folgte den Spuren eine kurze Strecke zurück. Keine Eile. Sicher hatten sie nicht vor, das Wesen zu überholen, und ihm tat jeder Eingeborene von Belsar leid, der das tat. Er blieb so weit von den Bäumen entfernt stehen, daß keine zufällig dort lauernde Rasha sich auf ihn stürzen konnte. Normalerweise würde eine Katze dort lauern, doch Dane hatte nun Besseres zu tun, als Rashas zu jagen. An der Schrittlänge und der Tiefe der Zehabdrücke war zu erkennen, daß der Mann – der Belsareingeborene in Sandalen – im Laufschritt aus dem Wald gekommen war. Als sei er einer Sache hart auf den Fersen – oder irgend etwas sei *ihm* hart auf den Fersen. Doch Dane sah keine weiteren Abdrücke. Es war verwirrend.

Oder wurde der Eingeborene von dem weißen Protosaurier gejagt, jenem Geisterding, das entweder Spuren hinterließ oder auch nicht, ganz wie es wollte, dessen Spuren irgendwo begannen und irgendwo einfach im Nichts endeten. Das ist nicht fair, dachte Dane. Er hatte wenig Grund, die Eingeborenen Belsars zu lieben, doch allgemein handelte es sich um ein friedfertiges, freundliches, gastfreundliches Volk. Dane fühlte, daß er sich allmählich dem Standpunkt des Bundes annäherte: Sie hatten es nicht verdient, auf solche Weise belästigt zu werden. Es war für sie schon schlimm genug, Kirgon auf dem Planeten zu haben, die sie jagten. Aber obendrein ein geisterhafter weißer Saurier – das war einfach zu viel.

Natürlich förderte der friedliche Status dieses Planeten seine Eigenschaft als einladender Jagdgrund für Wesen wie die Kirgon oder die anderen Sklavenhalterrassen, etwa die katzenartigen, protofelinen Mekhar, die Dane von seiner Heimatwelt Erde gekidnappt hatten...

Dane kehrte zum Teich zurück. Aratak fischte noch... aber nicht ernsthaft. Dane hatte den Verdacht, die Tätigkeit bilde lediglich die Entschuldigung dafür, noch länger im Wasser bleiben zu können. Rianna und Joda saßen, in einer Unterhaltung vertieft, auf einem Stein.

Was sieht sie eigentlich in dem kleinen Schleimer? Aber das war nicht fair. Sie hatte schließlich den gleichen Grund, sich Jodas anzunehmen, wie sie Grund gehabt hatte, sich Danes anzunehmen. Der Junge stand unter einem Kulturschock und der plötzlichen Erkenntnis, daß es ein ganzes Universum gab, das größer war, als er sich vorstellen konnte. Und Rianna...

Lautes Knacken ließ ihn herumfahren. Knackeulen wirbelten aus den Bäumen hoch und stürzten zurück in den Dschungel. Dane reckte sich und versuchte weit in den Wald hineinzusehen. Diese Knackeulen ersetzten eine gute Warnanlage.

Irgendwo hinter den Bäumen bewegten sich die Büsche, und er hörte Stimmen, konnte aber wegen der Entfernung nichts verstehen.

Er drehte sich um und rannte zu den anderen.

„Schnell", rief er. „Wir bekommen Gesellschaft! Schnell!"

Rasch stiegen sie den Hang hinauf und über die Spitze der nächsten Stufe zum höher gelegenen Wasserfall. Hier wurde es steiler. Sie mußten zwischen großen Felsblöcken entlangklettern. Dane bewegte sich vorsichtig und hielt die Hand am Schwertknauf. Seine Augen überflogen die Baumwipfel über dem Wasser. Wenn jetzt eine Rasha auf sie herabspränge...

Aber vielleicht würde die Rasha, wenn es sie gab, auf die Gruppe hinter ihnen warten...

Noch drei Schritte über große Platten jenes glasartigen Felsens, der schon vor langer Zeit von dem Band hoch über ihnen abgesprungen und herabgefallen sein mußte, als das weichere Gestein unter der Glasschicht erodiert war.

Vor ihnen wurde die Schlucht schmaler. Aus dem Wasserschleier und den Wänden ragten riesige zahnartige Vorsprünge aus Kristall. Dieser Aufstieg würde schwierig werden. Das harte Glas war weniger ausgewaschen als die weicheren Felsteile. Ein schmaler Pfad wand sich am Ufer entlang. Jede Menge spitzer Glasvorsprünge ragten aus dem Boden...

Hinter einem Felsen trat Meister Rhomda hervor und blieb mitten auf dem schmalen Weg stehen.

Sein gutgeschnittenes Gesicht überzog ein Lächeln, doch der Speer lag stoßbereit zwischen den Händen. Der Schaft lag quer vor dem Körper.

„Das reicht", sagte er. „Es hat auch keinen Zweck, wieder hinab in die Schlucht zu fliehen. Meine Männer sind hinter euch."

Dane verspannte sich, und der Speer bewegte sich wie eine Schlange in Rhomdas Händen. Joda und Rianna stellten sich auf beiden Seiten von Dane auf. Beide zückten ihre Speere, doch Rhomda lächelte bloß. Die Stelle, auf der er stand, war zu schmal. Sie konnten nicht zu dritt auf ihn losgehen, selbst zwei wären einer zuviel.

Ruhig sagte er: „Du kannst sie jetzt verlassen, Joda. Komm einfach hierher und stelle dich hinter mich. Ich werde nicht zulassen, daß sie dir weh tun."

Joda bellte zurück: „Wirf doch deinen Speer! Ich bleibe bei meiner Lady!"

„So ist das also!" Rhomda blickte enttäuscht drein. „Natürlich hätte ich mir denken können, daß du sie nicht verraten würdest, solange sie deine Lehrerin ist. Aber ich hatte gehofft, wenn du herausfändest, wer sie in Wirklichkeit sind, würdest du sie verlassen. Ich kann nicht glauben, daß du ihnen bewußt hilfst, deine Welt zu zerstören."

„Ich habe von Anfang an gewußt, wer sie sind", sagte Joda rauh. „Und ich weiß auch, daß sie unserer Welt keinen Schaden zufügen wollen. Was hat denn diese Welt schon für mich getan, daß ich ihr jetzt treu sein sollte?"

„Es tut mir leid, daß du das so siehst", antwortete Rhomda. „Ich weiß, wie verbittert du warst. Wenn mir diese Frau nicht zuvorgekommen wäre, hätte ich selber mit deinem Vater geredet und ihm vorgeschlagen, dich beim Anka'an-Orden als Pflegesohn aufzunehmen. Wenn uns die Gesegneten gnädig sind, kann das immer noch geschehen..."

„Niemals!" rief Joda wütend. „Ich bin ein Granthtöter, und ich trage einen Zahn! Ich brauche von niemandem Gnade. Und ich habe herausgefunden, daß das Leben aus mehr besteht, als durch die Wälder und Berge zu laufen und Speere in Leute hineinzustoßen, die nicht den Vorteil der Ausbildung bei den Anka'an haben. Ich würde mich lieber in die Obhut einer Rasha begeben!"

Rhomda sah ihn traurig an und schüttelte den Kopf. Er war vollauf mit dem Jungen beschäftigt. Dane wagte einen raschen Blick über die Schulter zu Aratak.

„Sieht man die Männer schon, Aratak?“ rief er, und der große Saurier drehte den Riesenkopf herum und blickte hinab in die Schlucht.

„Sie sind nicht weit unten.“

Mit einer schnellen Drehung zu Joda und Rianna befahl Dane: „Ihr beide geht zurück und helft Aratak, falls Rhomdas Männer wirklich kommen.“ Immerhin stand der Junge auf ihrer Seite. Das war wenigstens etwas!

Er wollte Rhomda nicht töten. Der Speermeister war ein guter, ehrenhafter Mensch, und er versuchte aufrichtig, seine Leute vor der vermeintlichen Gefahr zu schützen.

Wenn ich nur mit ihm reden könnte! Einfach hinsetzen und mit ihm sprechen und ihm alles erklären, wie es Rianna mit Joda getan hat.

Anmutig wirbelte der Speer zwischen Rhomdas Händen, als Dane auf ihn zutrat. Unter der blauen Tunika bewegten sich die Schultermuskeln ein wenig. Dane zückte sein Schwert und schritt vorsichtig den steilen Weg hinauf. Der Speer schwankte wie eine zuckende Kobra in Rhomdas Händen.

Dane hielt den Schwertknauf gegen den Körper gepreßt. Japanischer Stil. *Wie ein Baseballspieler,* dachte er grimmig. *Und das letzte Mal, als ich auf Rhomda traf, wurde ich geschlagen.*

Rhomdas Speer zielte auf Danes Kehle. Er schlug ihn mit voller Schulterkraft beiseite und hob rasch das Schwert, als der Schaft auf seinen Kopf zuschwang... wie er es erwartet hatte! Das harte Holz schlug gegen die Klinge, und Dane sprang nach vorn und zielte mit der Spitze auf Rhomdas Hals.

Aber Rhomda glitt beiseite, und plötzlich stieß die Lanze Danes Klinge nach unten, glitt wie ein Billardqueue durch Rhomdas Hand, und das Ende der Stange zielte auf Danes Solarplexus.

Den Hieb konnte er nicht parieren. Dane wirbelte panisch nach links, um ihm zu entgehen, und wechselte in einem Wirbel hinter dem Rücken die Schwerthand. Dann hatte er einen vollen Kreis geschlagen, und die Klinge zuckte über seinem Kopf, um auf Rhomdas Schädel niederzusausen...

Verdammt! Ich will ihn nicht töten!

Rhomda drehte sich auf dem rechten Fuß und sprang in der letzten Sekunde vor der Klinge beiseite. Sein Speer fuhr herum und wieder hoch. Danes Schwert schlug einen langen Splitter von dem Holz.

Rhomdas Speer sauste nieder. Die Spitze saß in Danes rechtem Handgelenk. Rotes Blut spritzte an seinem Daumen entlang. Er duckte sich, als der Schaft über seinen Schädel sauste, schwang das Bein herum, um seinen Fuß hinter Rhomdas Knie zu haken, starrte aber die ganze Zeit über erstaunt auf das Hellrot an seiner Hand, die unerklärlicherweise den Schwertknauf nicht mehr umgreifen konnte.

Rhomda fiel rückwärts gegen einen Felsen. Als er sich wieder erhob und den Speer zückte, fühlte sich Dane selber von einer riesigen Hand emporgehoben.

Durch seine Kehlscheibe grummelte Arataks tiefe Stimme: „Du bist verwundet, Dane. Laß mich das übernehmen."

Selbst Meister Rhomda schien vor dem drei Meter hohen ledernen Muskelpaket zurückzuweichen. Dane sah, wie die Zunge des Speermanns nervös über die Lippen fuhr, und dachte: Natürlich, die Ersten Wesen auf diesem Planeten kämpfen nicht. Sie sind Heilkundige und Kaufleute und leben friedlich... er weiß wahrscheinlich gar nicht, wie man gegen einen Protosaurier kämpft! Doch Rhomda glitt geschmeidig bis an die schmalste Stelle des Pfades, wo Aratak genau zwischen dem Strom und einem großen glasigen Felsbrocken balancieren mußte, der aus der Schluchtwand vorstieß. Sein Speer war hoch erhoben. Das untere Ende etwa auf Schulterhöhe, ragte er hoch über seinen Kopf hinaus.

Blut rann durch Danes Finger. Seine andere Hand fühlte den Puls. Rianna fingerte unentschlossen an den Schnallen ihres Rucksackes herum, doch er wies sie befehlend dorthin, wo Joda sich gegen die Klippe drängte, die hinter einem Felsbrocken aufragte. Einen Augenblick lang fragte er sich, ob der Junge wieder fortlaufen würde. Dann erkannte er, was in Jodas Kopf vorging. Wenn es ihm gelänge, Rhomda von hinten anzugreifen...

Rhomdas Stimme klang ruhig und voller Respekt.

„Begeht nicht den Fehler, Ehrwürdiger", sagte er, „zu denken, daß Euch Eure Größe und Eure dicke Haut vor meinem Speer schützen können. Auch unter den Ersten Wesen gibt es manchmal Kriminelle, und der Orden der Anka'an hat den Auftrag, mit ihnen fertig zu werden."

Plötzlich durchdrang der Schmerz in Danes Hand die verschiedenen Schichten von Schock und Verwirrung, die ihn bislang aus seinem Bewußtsein verdrängt hatten. Das Blut floß nun, spritzte aber nicht, also war es keine Arterie. Doch unvermittelt durchzuckte wilder Schmerz seinen Arm, und er umklammerte ihn heftig, zitterte und hörte Rhomda sagen: „Geht zurück, Ehrwürdiger. Ich habe nicht den Wunsch, Euch zu töten, aber ich werde es tun, wenn ich muß."

„Aber auch ich bin ein Dämon von den Sternen", gab Aratak zurück, streckte die riesige Vorderpfote aus und griff nach dem Speer. Die scharfe Waffe zuckte unter ihm her und zielte auf sein Auge. Aratak wich zurück, doch dann balancierte Joda oben auf dem Felsbrocken und schleuderte seinen Speer auf Rhomdas Schulter!

Der Speermeister konnte sich leicht abducken, und sein Speerschaft flog fast zufällig herum, um den Jungen hart am Knöchel zu treffen. Joda fiel von dem Felsen fast direkt in Rhomdas Arme, und während der Speermeister unfreiwillig zurücktrat, um ihm auszuweichen, griff Aratak nach seinem Speer und entwand ihn ihm. Plötzlich baumelten Rhomdas Beine einen halben Meter über dem Boden, weil er sich an seinen Speer klammerte. Arataks andere Hand holte offen zu einem Schlag aus, und die blaugekleidete Gestalt flog wie eine Puppe durch die Luft, fiel neben einem Felsen zusammen und blieb reglos dort liegen.

Dann ergriff Rianna Danes Handgelenk und goß etwas wie flüssiges Feuer in die Wunde. Er rang nach Luft und versuchte, den Arm fortzuziehen, doch sie hielt ihn fest. Sanfte Kühle verdrängte das Feuer, und das Pochen hörte auf. Sie schlug irgend etwas über die Wunde, was aussah wie eine dünne Plastikschicht. Sie riß ihren dünnen Rock, den langen, den sie in den Dörfern getragen hatte, in Streifen und fertigte eine Art Schlinge daraus.

„Den trage ich sowieso nie wieder", meinte sie.

Aratak beugte sich zu Rhomda nieder und berührte den zusammengesunkenen Körper. Von hier aus sah es aus, als habe sich der Speermeister den Hals gebrochen. Joda fragte: „Ist er tot?"

„Nein, aber er wird einige Zeit schlafen.“ Aratak reckte sich wieder zu voller Höhe auf. „Ich hatte auch Angst, ihn umgebracht zu haben, wenn ich mich auch bemüht habe, ihn nur sanft zu schlagen. Er ist ein wertvoller Mensch und sollte nicht leichtfertig getötet werden.“ Aratak hielt mit der riesigen Klaue immer noch den Speer. Er blickte in die Schlucht hinab.

„Ich kann seine Männer nicht sehen, aber sicher sind sie nicht mehr weit entfernt. Wir sollten gehen.“

Und er bückte sich und legte Rhomda vorsichtig den Speer neben die schlaffe Hand.

15

Eilig kletterten sie die Schlucht hinauf. Dane horchte auf das geringste Geräusch hinter ihnen... Zweigrascheln oder losgetretene Steinchen, alles was auf die Verfolger hindeuten konnte. Doch zu dem Zeitpunkt, als sie überhaupt etwas vernahmen, waren sie zu weit von den Männern entfernt, um solche Kleinigkeiten noch zu vernehmen. Sie lauschten auf die Stimmen der Männer, die Schreie ausstießen, und sie wußten, die Verfolger waren auf Rhomda gestoßen. Man hörte einen Chor von Rufen und Gemurmel.

Das wird sie eine Weile aufhalten – länger jedenfalls, als wenn sie ihn tot aufgefunden hätten. Aber etwas, das ihn niedergeschlagen und ihm dann den Speer wieder in die Hand gelegt hatte?

Die Stimmen wurden leiser und verstummten schließlich hinter ihnen. Immer neue Wasserfälle tauchten vor ihnen auf. Joda humpelte. Der Aufstieg wurde immer schwieriger, und Dane fragte sich, wie sie wohl endgültig hinaufgelangen würden, wenn es noch schlimmer würde.

Mit meinem kaputten Handgelenk kann ich niemandem helfen, dachte er. Das Zeug, das ihm Rianna darauf gestrichen hatte, nahm zwar den schlimmsten Schmerz, fühlte sich aber steif an und verhinderte den Gebrauch der Hand.

Aratak, der voran ging, blieb plötzlich stehen. Rianna machte eine Handbewegung, und der schwere Duft von Katzen erfüllte die Luft.

Eine Rasha hing, fast von den Bäumen verdeckt, absolut reglos auf einem Zweig über dem Pfad und erwartete sie.

„Ich werde vorangehen und sie vertreiben", meinte Aratak. „Warte hier, Rianna. Joda, halte deinen Speer bereit, falls sie mir entkommt und angreift."

„Warte", sagte Dane. Vorsichtig und sorgfältig suchten seine Augen die Wand der Schlucht ab. Er drehte sich um und suchte etwas, was seinem Blick vielleicht entgangen war.

Über dem Baum gab es eine kleine Unregelmäßigkeit im Felsen, wo sich aus dem glattgewaschenen Stein ein winziger Vorsprung erhob. Auf dem Weg hinter ihnen hatte eine Geröllhalde einen ebenen Hang hinter sich gelassen. Er berührte Rianna am Arm und deutete darauf.

„Kannst du da hochklettern?"

Sie blinzelte ihn verwirrt an. „Ich glaube schon. Warum?"

„Die Rasha wird Aratak nicht angreifen. Er ist so groß und außerdem ungenießbar. Wenn wir darüber hinwegklettern können, wird sie uns nicht erwischen können. Aber wenn Rhomda und seine Männer hier heraufkommen, wird sie immer noch dort sein. Es kann uns einen Zeitvorteil bringen. Und Zeit haben wir nötig."

Sie blickte ihn zweifelnd an. „Ich kann es schaffen", sagte sie, „aber was ist mit dir und deinem Handgelenk? Und hast du Jodas Knöchel gesehen? Ich glaube, der Knochen ist gesplittert."

„Ich brauche nur eine Hand dazu", gab Dane zurück. „Und wenn Joda es nicht schafft, kann Aratak ihn tragen." Beim Reden ging er weiter, bis er fast zu Aratak in Reichweite der Rasha – fast, aber eben nicht ganz – aufgeschlossen hatte und begann dann langsam, den Hang hinabzugehen, wobei er sorgfältig seine alten Spuren benutzte.

„Was machst du da?"

„Eine falsche Spur. Macht ihr es genauso. Geht in euren eigenen Fußabdrücken zurück, dann sieht es aus, als seien wir weiter bis unter die Bäume gegangen."

„Ich hoffe, du weißt, was du tust", sagte Rianna, doch sie tat, was er verlangte.

„Aratak, nimm Joda und trage ihn. Wir treffen uns auf der anderen Seite." Er gab Aratak sein Schwert – es würde ihn beim Klettern nur stören. Rianna gab ihm einen Speer. Der riesige Protosaurier nahm den Jungen wie ein kleines Kind auf den Arm und ging direkt auf den Baum zu. Sie sahen, wie sich die Katze verspannte, doch sie griff nicht an, und Dane atmete auf.

Auf der anderen Seite des Felsens angelangt, sprang er von dem Pfad herab, landete unsicher und fiel auf die schmerzende Hand. Rianna kam einen Augenblick später nach, und sie drehten sich um und betrachteten kritisch die Spur hinter sich. Wenn man nicht allzu genau hinsah... man würde jedenfalls nicht erkennen, wo Dane und Rianna den Pfad verlassen hatten. Vorsichtig stieg er auf den Felsen. Die Oberfläche war rauh und hatte Vorsprünge und Mulden. Normalerweise wäre er leicht wie ein Affe hinaufgeklettert, doch mit einer Hand bedurfte es all seiner bergsteigerischen Erfahrung, den Felsen zu erklimmen, bis er ein Bein über den Grat werfen konnte und sich selber hinüberrollte. Rianna folgte ihm nach.

Dann kam ein langer Alptraum, als sie sich zentimeterweise über den glatten, schmalen Grat quälten. Unter ihnen knurrte die Rasha, die spürte, daß man sie getäuscht hatte, und erhob sich auf ihrem Ast, wandte ihnen das Gesicht zu und peitschte unruhig mit dem Schwanz, während sie sich aus ihrer Reichweite kämpften.

Der Grat war sehr schmal, einige Male nicht breiter als ein kleiner Felsbuckel. Rianna kam langsam voran. Ihr Gesicht war entschlossen und grimmig, als sie sich an den Felsen klammerte, und Dane wußte, daß sie ohne die Dunkelfärbung der Haut weiß vor Anstrengung gewesen wäre. Dane mußte auch die verletzte Hand einsetzen, um sich halten zu können. Seine Finger funktionierten nicht richtig, und er konnte sich lediglich an die Wand schmiegen und sich Zentimeter für Zentimeter mit den Zehen weiterschieben. Als er gerade vermeinte, das Gleichgewicht zu verlieren und vor die Klauen der wartenden Rasha zu fallen, waren sie schon an dem Baum vorbei, und der Pfad wurde wieder breiter. Vor ihnen lief der Grat bis zur obersten Stelle eines weiteren Wasserfalls, wo Joda schon wartete. Aratak kletterte unbeholfen hinterher.

Sie stiegen weiter.

Als sie endlich, endlich den Gipfel erreicht hatten, war nichts mehr von den Verfolgern auszumachen. Besonders Aratak brauchte dringend Ruhe. Danes Handgelenk schmerzte höllisch – was immer Rianna ihm auch an schmerzlindernden Mitteln verabreicht hatte, es hatte schon seit längerer Zeit keine Wirkung mehr – und Joda konnte kaum noch gehen.

Sie warfen sich zu Boden, hatten nicht einmal mehr die Kraft, sich etwas Eßbares aus den Bündeln zu suchen.

Joda, der Jüngste und Widerstandfähigste, erholte sich als erster. Er holte aus Riannas Bündel getrocknetes Harlikfleisch, und Dane war erstaunt, als Joda nicht nur für Rianna, sondern auch für ihn einige Streifen abschnitt, ehe er sich hinsetzte und seinen Hunger befriedigte. Aratak wühlte in seinem Beutel nach dem zweiten Fisch, den er gefangen hatte – war das erst heute morgen gewesen? Es schien Ewigkeiten her zu sein. Der Fisch roch deutlich verfault, doch Aratak biß genüßlich hinein.

Auf dieser Seite schien der Dschungel dichter zu sein – wenn das überhaupt noch möglich war – als auf der anderen Seite der Großen Schlucht. Glitzernd strömte der Fluß zwischen den baumbestandenen Ufern dahin. Der offene Himmel darüber wirkte wie eine Wand aus Gold. Aus dem Schatten der Bäume heraus sah Dane jenseits des goldenen Bandes bunte Vögel und edelsteinartige Insekten über den Blättern auf der anderen Seite glitzern. Dort oben existierte eine vollständige andere Welt, eine Welt mit Wind, Sonnenlicht und bunten Farben.

Hier unten, jenseits des hellen Flußstreifens, lag eine dunkle Schattenwelt. Eine Welt mit fleckigen, schimmligen Blättern und zerbröselnden, fauligem, pilzbefallenem Holz, mit den schlanken Stämmen einer fremdartigen Pflanze, die auf dem toten Holz wie eine unglaubliche Kombination aus Spargeln und Misteln herauswuchs. Zwischen den wuchernden Bäumen zogen sich Schlingpflanzen wie Spinnweben dahin. Einige Stämme waren unter den Parasitenpflanzen abgestorben, andere hatten sich unauflöslich mit den Ranken verstrickt.

Unter den Massen lilafarbiger Blätter, die weit über das Wasser hingen, konnte Dane schwach die Spur des Kirgon-Sklavenhundes im weichen Boden erkennen. Er war den Weg des geringsten Widerstandes entlang dem Flußufer gefolgt, war durch das Gestrüpp der Schlingpflanzen gebrochen und hatte eine deutliche Spur für Dane und seine Kameraden hinterlassen.

Nachdem sie gegessen und sich ausgeruht hatten, verfolgten sie diese Spur weiter. Dane wandte der Großen Schlucht fast zögernd den Rücken zu. Niemals würde er so etwas wieder zu Gesicht bekommen.

Zu ihrer Linken gurgelte der Fluß, zur Rechten knackten Zweige und raschelten Blätter, wo die Bewohner der Schattenwelt ihrem Tagewerk nachgingen. In den dichten Laubdächern schnatterten die Affen, und kleine, kaninchenartige Wesen huschten durch das Unterholz. Ein Schwarm winziger Vögel schoß schilpend über die Lichtung vor ihnen, wie vom Wind getriebene Blätter oder Schnee. Schnee... hatte es schon jemals auf dieser Welt geschneit? Dane wischte sich den Schweiß vom Gesicht und fand diese Annahme unmöglich.

Riesige Blüten nickten auf den Ranken, die die Bäume umschlangen, und erfüllten die Luft mit einem Duft, der auch den Hauch verfaulter Blätter mit sich trug.

Als die Nacht hereinbrach, hatten sie keine andere Wahl, als ein Feuer anzuzünden. Das Laubdach schirmte sie vom Sternenlicht ab, doch um sie her funkelten verschiedene Konstellationen von Augen, während von allen Seiten die Stimme des Dschungels stöhnte und rief.

Am nächsten Tag war es um Jodas Knöchel besser bestellt, doch Dane hatte immer noch kein Gefühl in den Fingern seiner linken Hand und machte sich Sorgen, es sei vielleicht eine Sehne verletzt worden. Die Spur des Kirgonbiestes wurde alt. Welch ein riesiges Gebiet hatte das Tier mit unglaublicher Geschwindigkeit überquert! Jetzt war es ihnen schon weit voraus. Das war Dane sehr recht. Er hoffte, es nie wieder sehen zu müssen.

Wenn auch weder Aratak noch er davon redeten, so hatten sie doch mit dem Verlassen der Großen Schlucht alle Hoffnung auf ein Wiedersehen mit Dravash aufgegeben. Wahrscheinlich war der Kapitän tot. Wenn man es vernünftig überlegte, war es nur allzu unwahrscheinlich, daß der Sh'fejj allein den Rashas, Granth, anderen unbekannten Gefahren dieser Welt und Rhomda und seinen Männern auf seiner Spur entgangen sein könnte.

Schließlich bog der Pfad vom Fluß ab, folgte einem Tunnel durch die Bäume, die mit Schimmel bedeckt waren. Das Zwielicht des Dschungels wurde immer dämmriger, als sie die sonnenbeschienenen Wasser hinter sich ließen. Von einem niedrigen Zweig fauchte eine Rasha herab. Sie flüchtete jedoch, als Aratak auf ihrem Schädel einen Stock zerbrach. Die Luft war stickig, heißer als je zuvor und schwer von den Gerüchen des Blattschimmels und der süßlichen Blumen.

Vor ihnen auf dem Pfad raschelten Blätter, und hinter einem verfaulten Stamm, der quer über dem Weg lag, erschien ein kleiner Kopf wie von einem Wiesel. Er schoß hoch und beäugte sie mit winzigen, harten Augen. Ein dünner, pelziger Hals reckte sich höher und höher, und Dane erstarrte wie in einem hysterischen Anfall. Das Wesen sah aus wie eine riesige Boa mit Fell. Sicher war es eine Marionette, und jemand hielt sie an Fäden.

Nein, dachte er, und unterdrückte den Wunsch, hysterisch loszulachen. Es *ist* eine Pelzboa... eine Pelzboa Constrictor! Der winzige Kopf schwankte jetzt einen Meter über dem Stamm. An der Bauchseite sah man stumpfe Schuppen aus grünlich-schwarzem Horn... oder war das stumpfes Fell? Die bepelzte Schlange beobachtete sie, und dann senkte sich der Kopf langsam wieder, doch nicht bevor Dane eine Doppelreihe kleiner rosa Warzen an der Bauchseite entdeckt hatte. Ruhig glitt das Tier über den Stamm dahin. Also hatte er wirklich etwas Außergewöhnliches gesehen: eine Säugetierschlange!

Nun, merkwürdiger als zehn Zentimeter lange Wale war es bestimmt nicht! Außerdem war in vielen Ecken des Bundes ein denkender und fühlender Affe, der Werkzeuge benutzte, ebenso ungewöhnlich – so ungewöhnlich, daß ihn sich ein Sh'fejj kaum vorstellen konnte.

Endlich sahen sie durch die Dämmerung wieder Licht vor sich. Eine Lichtung, das Ende dieses scheinbar endlosen Tunnels. Sie beeilten sich in dem Gefühl, daß auch eine kleine Lichtung, ein kurzes Wiedersehen mit frischer Luft und Sonnenlicht, ebenso notwendig war wie eine Rast oder Essen. Ein schwacher, klarer Hauch fegte den Geruch von fauligen Pflanzen und süßlichen Blumen fort, der die ganze Zeit hindurch geherrscht hatte.

Sie blinzelten in dem grellen Sonnenlicht. Die schmerzenden Augen konnten zunächst nur verschwommene Formen wahrnehmen.

In der Mitte der Lichtung blitzte silbernes Licht.

Hier schien alles frischgewachsen zu sein. Winzige Setzlinge schossen durch schnellwachsendes Gebüsch. Hier und dort um die Wurzeln größerer Pflanzen konnte man die Erde sehen, schwarze und graue Erde.

Asche. Hier war ein Feuer gewesen, und als sich ihre Augen an die Helligkeit gewöhnt hatten, sahen sie auch den Grund dafür.

Der silberne Schimmer, der unter den blendenden weißen Strahlen Belsars glitzerte, war eine verbogene Metallform.

Es hatte wohl einmal hauptsächlich aus Flügeln bestanden. Doch jetzt war es zerbeult wie Silberpapier und teilweise geschmolzen. An den Seiten krochen bereits grüne Schlingpflanzen hoch. Doch oben, fast an der Spitze, lagen mattweiße Gegenstände auf dem Metall. Sie gingen auf das Gerät zu, und Rianna holte entsetzt Luft.

Auf sie herab starrte ein menschlicher Schädel mit hohlen, knöchernen Augenhöhlen. Einige der Knochen waren geschwärzt und verbrannt.

„Ein Luftschiff der Kirgon", murmelte Rianna. „Eine Landefähre..." Dort, wo das Fluggerät brennend aus dem Himmel gestürzt war, war der Boden aufgerissen und hatte eine lange, baumlose Spur hinterlassen. Der unersättliche Dschungel kroch bereits wieder von allen Seiten auf die Fläche zu, doch man würde noch viele Jahre lang diese Narbe erkennen können.

Wie lange lag es schon dort? Dane konnte es nicht beurteilen. Der Dschungel war ihm nicht vertraut, und er wußte nicht, wie schnell alles hier wuchs. Nach der Größe der Pflanzen zu urteilen, die bereits wieder die gerodete Fläche überzogen hatten, würde er schätzen, daß es mehr als eine Wachstumsperiode her sein mochte, vielleicht ein belsarisches Jahr. Aber er hatte keine Ahnung. Er blickte auf die Knochen, dachte an das Kirgonmesser und fragte sich: haben wir die Überreste des Personals vom Stützpunkt gefunden? Auf dem Schiff, das uns herbrachte, hatte der Prrzetz-Kapitän gesagt, Kirgon seien weiß, und Vilkish F'Thansa hatte eine weiße Gestalt erwähnt...

Nein, diese Knochen waren menschlich... zumindest protosimianisch. Das Personal auf dem Stützpunkt hatte laut Dravash ausschließlich aus Sh'fejj bestanden. Daher war das Geschehen auf dem Stützpunkt kein Sklavenfangunternehmen der Kirgon gewe-

sen. Wurden die Leute vom Stützpunkt und die Kirgon von einer dritten, weitaus entsetzlichen Macht zerstört?
Die Spuren des Sklavenhundes liefen an dem Fluggerät vorbei über die schnellwachsenden Kriechpflanzen, die die Asche und die gepflügte Erde bedeckten, direkt auf die lange Schneise zu, die das brennende Flugzeug in den Dschungel gerissen hatte. Sie verfolgten sie weiter.

Das Kirgonschiff war nur eine knappe Meile von seinem Stützpunkt fortgeflogen.

Auch hier war der Dschungel verbrannt und kroch allmählich zurück, um sein Territorium wieder in Besitz zu nehmen. Haufen geschmolzenen Metalls verrieten immer noch die Form irgendwelcher riesiger Waffen, bei deren Anblick Rianna eine Grimasse zog und er schauderte. Aratak bleckte stirnrunzelnd die Zähne. Joda sah absolut entsetzt aus. Halbversteckt zwischen den jungen Pflanzen lagen menschliche Knochen verstreut. Leuchtendbunte Blumen waren durch die Augenhöhlen eines bleichen Schädels gewachsen.

Schlingpflanzen sprengten die verbrannten Mauern eines ehemaligen, offenbar vorgefertigten Hauses. Eine runde grüne Mauer umschloß eine Fläche, die bedeckt war mit, wie Rianna erklärte, Sklavenhalsbändern. Zwei Skelette lagen beim Tor, die Knochen abgenagt, aber nicht von Raubtieren verstreut. Um sie herum lagen immer noch zerrisssene Streifen der ehemaligen Kleidung.

Sternendämonen und Geschichten von Menschen, die in den Bäuchen von Metallwagen fortgeschleppt wurden...

Dane blickte sich ständig um, auf der Suche nach einem weißen Blitz. Die Fingerspitzen der gesunden Hand streichelten fortwährend den Schwertknauf, während seine Nervenenden eisig prickelten. Jeden Moment rechnete er damit, daß sich ein Sklavenhund auf sie stürzen würde. Er war so in seine wachsame Suche vertieft, als er der Spur folgte, die hier undeutlich und irritierend zu werden begann, daß er nur langsam bemerkte, daß der Wald jenseits der verbrannten Fläche irgendwie sonderbar war. War das nur die flirrende Hitze?

Gänsehaut kroch ihm über den Rücken. Jemand beobachtete ihn. Jahrelanges Leben in der Wildnis hatte Dane gelehrt, sich auf seine Instinkte zu verlassen. Die Hand umklammerte den Schwertknauf, wobei er Aratak zuflüsterte: „Paß auf..." Rianna faßte den

Speer fester und trat hinter ihn. Ohne jeden Zweifel war er sich darüber im klaren, daß das schneeweiße, elegante Wesen nun jeden Augenblick auf sie zuspringen würde und daß die riesigen Fänge sie alle miteinander zerreißen würden...

Hinter der Mauer erhob sich eine ungeheure Gestalt, und Dane sprang mit gezücktem Schwert, das in der Sonne blitzte, zurück.

„Seid beruhigt dort drüben", brummte eine Stimme in Danes Kehlscheibe. „Ich bin es. Ich war sicher, die Spuren würden euch hierherleiten."

Dravash trat hervor. Sein kurzer Lederkilt hing zerrissen herab. Er lehnte sich auf einen riesigen hölzernen Spazierstock. Sein Bündel hatte er jedoch noch bei sich.

„Ihr seid verwundet", sagte Rianna, die bemerkte, wie schwer er sich auf den Stock stützte. Ein größerer Teil seiner Lederhaut war mit dem Plastikverband bedeckt.

Er zuckte nur die Achseln. „Die Felsen beim Wasserfall sind der Haut eines Protosauriers nicht freundlich gesinnt, und ich befürchte, so gut wie die Protosimianer werde ich nie klettern können. Vielleicht waren meine prähistorischen Ahnen ausgezeichnet in dieser Disziplin, doch ich bin dazu ebensowenig fähig, wie Ihr und Dane euch durch Bäume schwingen könnt, wie es eure niederen simianischen Verwandten fertigbringen. Aber das ist nun nicht wichtig. Und Euch, Kamerad, bitte ich", sagte er zu Aratak gewandt, wobei er freundlich die Zähne entblößte, „erspart mir Zitate des Göttlichen Eis oder vom heiligen A'assioo oder irgendeinem anderen gesegneten Philosophen. Ich freue mich, euch zu sehen, und ich hoffe, ich kann euch eines Tages klarmachen, wie glücklich ich bin, daß ihr weder gefangen noch zu Tode gehetzt oder sonstwie umgekommen seid. Im Moment haben wir Dringlicheres zu tun. Ich glaube, hier in der Nähe versteckt sich ein Überlebender des Stützpunktes. Sobald wir herausgefunden haben, was hinter diesem Kraftfeld liegt..."

„Kraftfeld?" fragte Dane erstaunt, und Rianna meinte verächtlich: „Was bin ich für ein Idiot! Das hätte ich doch wissen müssen! Ich habe das Flirren für die Hitze des Dschungels gehalten..."

Dravash nickte, und Dane merkte, daß das, was er ebenfalls für Hitzeflimmern gehalten hatte, eine schwache, aber wahrnehmbare

Störung des Kraftfeldes war... wahrnehmbar, wenn man wußte, auf was man achten mußte und was man sehen wollte.

Rianna fingerte am Schlüssel, der um ihren Hals hing, doch Dravash schüttelte den Kopf.

„Erspart Euch die Mühe, Felishtara", sagte er. „Unsere Schlüssel reichen bis zu den Kraftfeldern der siebten Stufe... da jenes beim Stützpunkt nur die dritte Stufe besaß, ist es niemandem in den Sinn gekommen, daß wir hier stärkere benötigen würden. Dieses hier..." – er deutete mit der Klauentatze auf die flirrende Dschungelwand – „... hat wahrscheinlich Stufe elf oder zwölf. Wir können es nicht durchbrechen. Vergeßt es. Aber wir können einen Trick versuchen", fügte er hinzu. „Mit meinem Schlüssel allein würde es mir nicht gelingen. Aber jetzt seid ihr hier. Aratak, leiht mir Euren Schlüssel. Rianna, sagt mir Bescheid, wenn ich an die Wellen herankomme."

Mit einem erstaunten Blick tat Aratak wie ihm geheißen. Dravash hielt in jeder Hand einen Schlüssel und trat auf den wabernden Dschungel zu. Als er darauf zuging, kräuselte sich die Wand leicht, und Dane sah, wie der Sh'fejj leicht nach links abbog.

Rianna rief: „Da war es. Du bist gerade nach links ausgewichen..."

„So." Dravash begann vorsichtig, in jeder Hand einen Schlüssel, diese aufeinander zuzubewegen. Er drehte die Schalter des einen, während er ihn auf den anderen zuschob.

Plötzlich sprühten Funken zwischen beiden Schlüsseln hin und her, und die Dschungelwand löste sich in Farbstrudeln auf. Dravash zwang die zitternden Schlüssel weiter aufeinander zu und spähte hindurch.

Dane sah zwischen den Schlüsseln, hinter den Wellen aus Grün, Silber und Lila eine sonderbare hohe Form... gewölbt, rund glasigmetallisch, flirrend. Dravash mußte sich Mühe geben, die Schlüssel zusammenzuhalten, doch schließlich zuckten seine Hände krampfhaft, und er war gezwungen, sie fallen zu lassen. Er bückte sich und hob sie auf, wobei er sie vorsichtig in bestimmtem Abstand zueinander hielt, bis er bei jedem einen wichtigen Schalter gedrückt hatte; dann reichte er Aratak einen zurück.

„Das habe ich mir gedacht", sagte er grimmig. „Habt ihr es gesehen, Kollegen? Da drinnen ist ein Raumschiff der Kirgon."

16

Dravash führte sie zurück über die Lichtung, fort von dem Kraftfeld. „Da können jede Menge Kirgon drinnen sein", sagte er, „wenn ich es auch wegen des Wracks, das wir gesehen haben, nicht glaube. Habt ihr es auch gesehen?" fragte er, und als Aratak nickte, fuhr er fort: „Scheint, daß die gesamte Kirgonbasis ausgelöscht wurde, die Sklaventiere, alles. Aber jede Gewalt, die all diese Kirgon umbringen konnte..." Er schüttelte den riesigen, schwarzen Kopf. Die Brauenwülste zuckten.

„Stammt sicher nicht von diesem Planeten", meinte Rianna, und Dravash nickte. „Was bedeutet... wir machen uns besser aus dem Staub. Sobald wir ein Lager errichtet haben, werde ich mich mit dem Weitsprecher in Verbindung setzen und ihn bitten, uns eine Landefähre hinabzuschicken. Wir wissen jetzt, daß Kirgon hier waren – und eine weitere Rasse, mächtig genug, sie zu zerstören."

„Der weiße Protosaurier, den ich gesehen habe", sagte Dane, und Dravashs Kopf zuckte mit einer einzigen Bewegung völlig herum, was Dane daran erinnerte, daß dieses riesige, intelligente Wesen immerhin ursprünglich ein Reptil gewesen war.

„Ihr habt es gesehen? Auch ich habe es flüchtig erspähen können", sagte er. „In der Nacht, als wir getrennt wurden."

Aratak sagte: „Das würde ich gerne genauer wissen, lieber Freund. Warum seid Ihr nicht zu uns gestoßen?"

„Nach diesem unglaublichen Angriff dieser... dieser kuhartigen – Biester – mit – vier – Beinen", begann Dravash, und Dane fragte sich, auf was sich diese Wortkonstruktion in Danes Kehlscheibe wohl in Dravashs Sprache bezog, „...entdeckte ich, daß ich in meinen Versuchen, ihnen zu entkommen, viel tiefer in die Große Schlucht eingedrungen war, als ich beabsichtigt hatte; und ehe ich den Weg zurück finden konnte, wo wir getrennt wurden, war schon die Dunkelheit da. Ich war dankbar – nicht zum ersten Mal in meiner langen Existenz –, daß ich nicht zum protosimianischen

Stamm gehöre. Überall um mich herum waren Rashas, doch glücklicherweise halten sie mich nicht für eine besonders schmackhafte Beute. Ich habe mich in einem Baum verborgen und versucht, es mir dort passabel einzurichten, wobei ich allerdings wünschte, ich hätte etwas von Eurer Philosophie, Aratak. Selten habe ich eine so kalte und elende Nacht verbracht. Ich habe mir überlegt, ob ich versuchen sollte, zu euch zurückzufinden, aber ich wußte nicht einmal, ob überhaupt von euch einer überlebt hatte. Daher habe ich mich direkt quer durch die Große Schlucht aufgemacht, weil ich wußte, wir müßten uns bei den Wasserfällen treffen – davon hatte mich ein Blick auf die Karte überzeugt. Dann hörte ich am zweiten Tag – oder war es der dritte Morgen? – einen Moment lang eure Kommunikatoren. Ich habe mir überlegt, ob ich zu euch Kontakt aufnehmen konnte, doch sie funktionierten schon wieder nicht mehr, als ich es versuchte. Und in jedem Fall...“ – er zögerte und blickte sie forschend an – „...hätte es jedem Verfolger, der mit Bundestechnologie ausgerüstet gewesen wäre, unsere Position verraten. Zu diesem Zeitpunkt, als ich noch nicht wußte, daß der Kirgonstützpunkt zerstört ist, erwartete ich jeden Augenblick, von Kirgon umzingelt zu werden.“

„Einen gibt es noch“, sagte Dane. „Ein Sklavenhund. Offensichtlich das Wesen, daß die Leute in der Schenke gesehen hatten.“

Dravash schenkte dem keine Beachtung. „Ohne seine Herren kann es lange Zeit überleben, besonders auf einem Planeten wie hier mit viel Wild“, sagte er. „Es ist aber wahrscheinlich nicht fähig, eigene Pläne zu entwickeln. Das Biest ist intelligent, aber ich für meinen Teil habe der Theorie, es habe auch Bewußtsein entwikkelt, niemals recht Glauben geschenkt. Warum sollte zum Beispiel ein intelligentes Wesen, das von den Wildherden am Boden der Großen Schlucht gut leben könnte, immer wieder zum Platz seiner toten Herren zurückkehren? Gewohnheit und Verhaltensmuster, gewiß, aber tierischer Art, nicht die kreative Intelligenz, die man überlegt auf das Überleben ausrichtet. Oder aber das Wesen hat von seinen Herren noch einen Kraftfeldschlüssel im Halsband oder als Ohrspange und empfindet den geschützten Platz, wo das Raumschiff steht, als gut und sicher und kehrt deshalb zum Schlafen dorthin zurück.“

Rianna schlug vor: „Vielleicht hat es ebenfalls einen Blick auf den weißen Saurier erhascht?“

„Ja“, meinte Dane. „Erzähl uns davon, Dravash.“

„Eigentlich gibt es da gar nicht viel zu erzählen. Er war größer als Aratak und weiß, und ich habe ihn nur wenige Augenblicke gesehen, so daß ich vermute, er hatte irgendein Antischwerkraftgerät, daß es ihm ermöglichte, ohne Rücksicht auf die Bodenverhältnisse rasch fortzukommen – ein Gerät, das ich gern hätte. Jedenfalls habe ich ihn nicht wiedergesehen.“

Er erzählte seine Geschichte weiter, während Rianna sie über den Pfad führte, dabei immer auf umherschleichende Rashas achtend, doch ansonsten aufmerksam zuhörend. Dane dachte, wie sehr sich seine Einstellung seit seinem ersten Schritt auf dieser Welt gewandelt hatte. Zuerst hatten die Rashas eine höchst bedrohliche Gefahr dargestellt, und jetzt waren sie nur noch ein Ärgernis, das man aus dem Weg räumen mußte und das man nicht einmal mehr tötete, wenn es nicht notwendig war. Natürlich waren sie dumm und leicht in die Flucht zu schlagen, und nachdem er ein Granth und den Sklavenhund der Kirgon gesehen hatte, erschienen ihm Rashas eher wie normale Hauskatzen.

Nach jener Nacht, die Dravash in dem Baum verbracht und in der er den weißen Saurier gesehen hatte, war er quer durch die Große Schlucht gezogen, hatte alle Überlebensfertigkeiten angewandt, die er in seiner Jugend als Kapitän von Forschungsschiffen wilder Welten erlernt hatte. Vorsichtig mied er die Herden der büffelartigen Tiere, ernährte sich gut von Insekten sowie den Resten seiner Notration, hielt nicht an, um zu fischen, weil ihn der Anblick des weißen Sauriers auf unangenehme Weise an Vilkish F’Thansas Geschichte erinnert hatte. Und noch einmal, am Fuße der Felsen, als er nach einem Weg nach oben Ausschau hielt, hatte er ein weißes Wesen erblickt und nicht gewußt, ob es ein Sklavenhund oder der geheimnisvolle weiße Saurier war.

Er hatte einen schmalen Pfad bis zum oberen Rand der Klippe gefunden, und dort einen Anka’an-Speermeister auf dem Weg nach unten gesehen.

„Der hatte nicht mit mir gerechnet“, meinte Dravash, „und einen Moment lang war er sich nicht sicher, ob ich nicht eines seiner Ersten Wesen sei. Das reichte, um seinem Speer zu entkommen und ihn von hinten zu schnappen, wo er mich selbst nicht erwischen konnte. Ich bin ein friedliches Wesen und töte nicht gerne, aber ich habe ihm den Speer auf dem Kopf zerbrochen und diesen Kopf ein paarmal gegen die Felsen geschlagen. Ich glaube nicht, daß ich ihn getötet habe, aber er war wohl auch nicht mehr in einem Zustand, um mir zu folgen. Dies ist die einzige Wunde, die ich mir *nicht* bei den Felsen und dem scharfen Glas dieses schrecklichen Ortes zugezogen habe; dieser verfluchte Speer hat mich in der Schulter getroffen." Aus diesen wenigen Worten konnte sich Dane das quälende Bild einer Schlacht vorstellen, die er gerne gesehen hätte. Doch als er es noch einmal bedachte, fand er, er habe nun eine Zeitlang genug von Kämpfen.

Kurz darauf hatte Dravash gemerkt, daß er in eine wütende Menschenjagd hineingeraten war. Ihm blieb nichts anders übrig, als sich im Unterholz zu verstecken, während es um ihn herum tobte. Er erfuhr aus den Wortfetzen der Anka'an-Speermeister, ihren Anführern und den ihnen folgenden Eingeborenen, daß die Jagdbeute weder der Sklavenhund – einige der Dörfler brummten unwillig, weil sie nicht Zeit und Energie darauf verwandten, das Monster zu jagen, das ihnen soviel Vieh geraubt hatte – noch die vier aus Rahnalor Entkommenen waren.

„Andernfalls", meinte er, „hätte ich die Große Schlucht auf einem anderen Weg verlassen und mich zurück zum Stützpunkt aufgemacht, um dort ein Schiff für uns hinein zu dirigieren. Wir haben unsere Arbeit hier getan. Wir wissen, daß es Kirgon gibt, und wir wissen auch von weißen Sauriern, und wenn der Protektionsrat diese Geschichte erfährt, kann er alle Anflüge auf Belsar überwachen und sie stoppen, wer immer es auch sein mag. Allerdings ist mir der Gedanke nicht angenehm, daß die protosaurische Rasse so gewalttätige Piraten hervorbringen kann. Aber als ich das hörte, merkte ich, daß es wahrscheinlich ein Überlebender des Bundesstützpunktes war, der sich hier irgendwo versteckt hält."

Rianna fragte: „Wie kamst du darauf, daß es ein Überlebender des Stützpunktes sein könnte?"

„Weil", antwortete Dravash, „ich einen Bogen gesehen habe – einen ziemlich groben. Kein Eingeborener hätte ihn benutzt. Und nachdem ich den verwüsteten Kirgonstützpunkt gesehen hatte, wußte ich auch, daß Wesen, die das getan haben, auch keine Skrupel haben würden, mit effektiveren Waffen als Pfeil und Bogen zu jagen. Die Leute vom Stützpunkt kannten dieses Tabu, aber wenn der letzte Überlebende kurz vor dem Verhungern stand, war er wahrscheinlich nicht mehr so vorsichtig, sich an diese Einschränkung zu halten."

Dane war sich nicht so sicher. Das gleiche mochte auch für irgendeinen eingeborenen Kriminellen gelten, den man aus seinem Dorf vertrieben hatte. „Aber wenn es ein Überlebender des Stützpunktes ist", fragte er, „und er sich vor dem gesamten Anka'an-Orden verstecken konnte, wie kommst du dann darauf, daß wir ihn finden könnten?"

„Dank unserer Kehlscheiben", sagte Dravash. „Wenn wir in seine Reichweite kommen, wird er die Vibrationen von unseren Translatorscheiben auffangen, und er wird wissen, daß wir ihm nichts zuleide tun werden."

„Das ist ein viel größeres Wenn als mir lieb ist", begann Dane, doch plötzlich zischte etwas in der Luft, und zitternd blieb ein Pfeil im Boden neben Dane stecken.

Sein Herz tat einen Sprung. Das Schwert reflektierte das Sonnenlicht, als er es zückte. Plötzlich vibrierte die Scheibe in seiner Kehle – in merkwürdiger Sprache: „Kommt doch, ihr schmierigen Untermenschen. Auch dieses Mal werdet ihr mich nicht schnappen!"

Ein zweites Zischen durchfuhr die Luft, und Danes gesunde Hand zuckte plötzlich hoch in Abwehr. Der Pfeil prallte von der erhobenen Klinge ab und fiel zu Boden.

„Warte!" rief Rianna. „Wir sind vom Galaktischen Bund! Wir sind Freunde!" Sie spähte durch das dichte Unterholz des Dschungels und sah eine menschliche Gestalt auf sie zuschleichen. Dane dachte verwirrt: *Ein Mensch. Ich hatte gedacht, das Personal vom Stützpunkt habe nur aus Sh'fejj bestanden...*

Der Mensch hielt sich im Schatten des Waldes, doch Dane sah, daß er den Bogen noch halb im Anschlag hielt.

„Ich habe keine Freunde beim Bund", spottete die Stimme. „So habt ihr es also schließlich bis zu dem Misthaufen geschafft!" Der Bogen hob sich. „Wart ihr das, die... dies hier verursacht habt?" Eine begleitende Geste wies auf die Zerstörung des Kirgonstützpunktes um sie herum.

„Nein", antwortete Dravash. „Damit hatten wir nichts zu tun. Wir haben es gerade erst entdeckt. Warum kommst du nicht heraus und redest mit uns?"

„Wo ist euer Schiff?" fragte die Stimme aus der Deckung.

„In der Kreisbahn", antwortete Dravash. „Komm raus, damit wir dich sehen und mit dir reden können."

Rianna flüsterte: „Ein Kirgon."

Der Mann im Schatten zögerte und kam dann mit gesenktem Bogen aus den Schatten auf sie zu. Die Helle seiner Gestalt beruhte nach Danes Meinung auf einem enganliegenden silbrigen Anzug, der Dane an frühe Raumfahrtanzüge erinnerte. Auch sein Haar war silbrig, und die Haut wirkte im Schatten fahl, mit einem leichten grauen Schimmer, der Dane irgendwie an eine Photographie erinnerte.

Er trat ins volle Sonnenlicht – und plötzlich strahlten Gesicht und Hände perlweiß, so schön wie bei einem Engel mit Heiligenschein. Prismatische Schimmer wellten sich über die hohen Wangenknochen, und die Augen wurden zu Spiegeln, aus denen die Sonne grell blitzte. Das Haar war unsichtbar geworden, eine Reflektion, die den hellen Sonnenschein abstrahlte.

Er trug eine Art engen Overall aus grauem Leder, der mit Pelz besetzt war. Dane fragte sich, wie er so die Hitze aushalten konnte. Um die Hüfte hing ein schwarzer Gürtel mit Metallknöpfen, an dem Scheiden für zwei Schwerter sowie ein leeres Halfter, das einst wohl eine pistolenartige Waffe gehalten hatte, hingen. Der Bogen war neu, offensichtlich aus hiesigem Material gefertigt.

„Du hast also den Stützpunkt des Bundes auf diesem Planeten nicht gekannt?" fragte Dravash, und Dane, der seinen Gedanken folgte, wußte, der ungesprochene Teil des Satzes lautete in etwa: *Ihr habt ihn also nicht gefunden. Wennn deine Leute ihn aufgespürt hätten, sähe er wohl jetzt genauso aus wie dieser hier.* Dravash zeigte in Richtung auf die Zerstörung.

„Wie ist das geschehen?"

Die blitzenden Augen wirkten wie silberne Spiegel und ohne Ausdruck, doch Dane sah, wie sich die Lippen bewegten, und erwartete Spott, als der Kirgon fragte: „Was wollt ihr denn wissen?"

„Meine Vorgesetzten in der Umlaufbahn haben mich beauftragt, diese Sache zu untersuchen", sagte Dravash ruhig. „Belsar ist eine friedliche Welt und steht unter dem Schutz des Bundes."

„Wenn ich euch erzähle, was passiert ist – werdet ihr mich dann hier aus dieser Einsamkeit aus Felsen und Dschungel wegbringen und mich heimschicken?"

„Ich kann dir versprechen, dich von diesem Planeten fortzubringen", sagte Dravash. „Aber ich habe keine Befugnis, mehr zu versprechen. Die letztendliche Entscheidung wird beim Protektionsrat liegen."

Wieder sah Dane seine Lippen zucken, war jedoch absolut verdutzt durch die leeren, metallischen Spiegel seiner Augen. Ein Lächeln? Eine Andeutung von Spott?

„Der Transport weg von dieser höllisch kalten Welt würde schon reichen", antwortete der Kirgon, und Dane, der unter den Strahlen Belsars fast dahinschmolz, starrte ihn entsetzt an. „Anschließend wird es wohl... eine Angelegenheit für die Diplomatie werden."

Er hat noch einen Trumpf im Ärmel, dachte Dane. *Er hat zu schnell nachgegeben. Ich hoffe nicht, daß Dravash denkt, er habe sich uns ergeben!*

Joda, der den Kirgon, seit er aus dem Wald getreten war, in blankem Entsetzen angestarrt hatte, zupfte nun Rianna am Ärmel, und Dane hörte ihn etwas flüstern.

„Warum steht der Edle hier herum und verhandelt mit diesem... diesem Speerwerfer?" Ablehnung und Ekel standen in seinen Augen. Der Junge hatte natürlich nicht die Unterhaltung mittels der Translatorscheiben mitbekommen. „Das ist... wirklich ein Sterndämon! Sieh dir seine Haut an... die Augen... das Haar!"

Rianna antwortete leise, ernsthaft und sachlich, und Dane fiel ein, daß auch der Kirgon eine Kehlscheibe trug und sie hören konnte.

„Seine Leute kommen von einer sehr heißen Welt, die um einen blauweißen Stern kreist. Mit einer Haut wie deiner oder meiner würde er sofort verbrannt. So hat diese Rasse eine andere Haut entwickelt, das ist alles. Er wechselt die Farbe, weil sich die Haut dem Licht anpaßt; im Schatten wird sie dunkler, um Hitze zu absorbieren, und in der Sonne reflektiert sie alles Licht. Das ist wirklich alles."

„Er ist böse", sagte Joda mit tiefster Überzeugung. „Er hätte uns alle aus dem Schatten heraus getötet! Warum redet Dravash mit ihm?"

„Er holt Informationen, die wir brauchen", gab Rianna ruhig zurück. Der Kirgon hatte inzwischen gemerkt, daß Joda keine Übersetzungsscheibe hatte, und beobachtete ihn durch die scheinbar blinden Augen.

„Ein Eingeborener? Ich sehe, ihr seid auch nicht ganz und gar ablehnend, wenn es darum geht, euch ein Souvenir mitzunehmen, für das ihr später einen guten Preis erzielen könnt!"

„Er ist kein Sklave", gab Rianna zurück.

„Oh, ein Weibchen!" Das Auge des Kirgon blitzte in Riannas Richtung. „Ist er dein Spielzeug?"

„Kümmert Euch nicht darum!" Dravashs Stimme klang tief und ruhig. Wieder dachte Dane an den norwegischen Skipper, mit dem er vor Jahren einmal gesegelt war. Der wurde nur selten wütend, aber wenn er mal die Stimme hob – selbst wenn er nur sagte: „Leinen los!" –, konnte man ihn trotz eines Sechzig-Knoten-Sturms hören. „Erzähl deine Geschichte. Wer hat den Stützpunkt zerstört?"

Zum ersten Mal klang die Stimme des Kirgon ohne Spott, und er schien zu zögern. Schließlich sagte er: „Ich weiß nicht. Ich habe so etwas noch nie gesehen. Ich kann euch nicht sagen, wo sie herkamen, noch irgend etwas anderes über sie, außer daß sie wie... Echsen waren – wie ihr... nur größer. Und hell... hell wie etwas, was man unter Steinen findet." Dane versteifte sich, als der Kirgon fortfuhr. „Ich habe nicht viel von ihnen gesehen. Deshalb bin ich wahrscheinlich auch noch am Leben."

In seiner Stimme klang ehrliches Entsetzen.

„Wir wollten gerade die Sklaven beruhigen und jene, mit denen wir ein gutes Geschäft machen würden, von den anderen trennen, die wir hier für die weitere Arbeit behalten wollten. Wir mußten ein oder zwei Dörfer bombardieren, und mein Freund und ich umzingelten gerade Flüchtlinge, als der Alarm kam. Ich bin zurückgelaufen, aber die Stelle war..." – er hob die Hand mit einem blendenden Lichtschimmer – „...so wie jetzt. Die Waffen explodierten – nicht nur die großen am Eingang, sondern auch die Handwaffen. Ich konnte meine wegwerfen, ehe sie in die Luft ging – daher bin ich noch am Leben."

„Die weißen Echsen... waren überall", fuhr er stammelnd fort. „Sie müssen irgendeine Art... Unterbrechungsstrahlen gehabt haben, weil ein oder zwei Männer vor meinen Augen einfach verschwanden, während ich zusah. Keine Leichen, nichts. Der Kapitän und ein paar andere schlugen sich durch bis zum Schiff. Ich habe gesehen, wie das Kraftfeld hochging, und rannte los. Ich hatte geglaubt, der Kapitän würde das Schiff nehmen und die Angreifer bombardieren. Aber das Schiff hob gar nicht ab. Es ist immer noch da drin. Es hat sich gar nicht bewegt. Ein paar von uns haben sich in den Bergen versteckt, während die Eingeborenen uns jagten. Lange Zeit war der Ort hier wie ein Bienenkorb – entweder von Echsen oder mit Eingeborenen in blauen Kleidern überfüllt. Dann wurde alles wieder ruhig, und wir schlichen uns in der Nacht zurück ins Schiff. Aber es war verlassen. Keine Leichen. Alles war... einfach verschwunden."

Wie bei dem Bundesstützpunkt, dachte Dane.

„Dann plötzlich schrie einer der Männer... ich drehte mich um... und da war einer von *denen!* Ich weiß nicht, wo er herkam oder wie er durch das Kraftfeld gekommen war. Plötzlich war er da und... unser Mann nicht mehr. Wir rannten los – alle. Elf gelangten bis zum Schiff. Ich glaube, ich bin als einziger wieder herausgekommen. Mein Freund und ich sind als einzige übriggeblieben. Seitdem bin ich dreimal zurückgekommen – bis ins Schiff hineingegangen und habe ein Notsignal eingeschaltet. Jedesmal habe ich es eingeschaltet gelassen, und jedesmal, wenn ich zurückkam, war es aus. Einmal habe ich die Einheit angeschaltet, habe sogar ein Signal empfangen – dann brach es ab, brach einfach mitten im Ton ab. Ich bin schnell fortgelaufen. Und seitdem fortgeblieben. Mein Freund und ich sind nun ganz allein."

„Dein Freund?" fragte Dravash. „Wo ist er?"

Der Kirgon wandte die Spiegelaugen, bis sie in der Sonne blitzten, und machte eine Handbewegung.

„Da hinten. Im Dschungel auf diesem Hügel."

Die Sonne stand so tief, daß die Strahlen ihnen direkt in die Augen schien, und Dane beschattete sie mit der Hand.

„Oh, ist dieses schwache Lichtchen für euch zu hell?" fragte der Kirgon, und Dane spürte wieder den Hohn in seiner Stimme. „Wie hatte ich bloß denken können, daß es ein intelligentes Wesen nicht stören würde. Ihr könnt euch nicht vorstellen, wie leid es mir tut."

Und nun, dachte Dane grimmig, *kennt es noch einen schwachen Punkt bei uns. Aber wenn er Belsar schwach nennt, wie stark, zum Teufel, ist wohl bei ihnen zu Hause die Sonne?*

„Willst du deinen Freund hierlassen?" fragte Dravash mit scharfer Stimme. „Laßt ihn heraustreten, damit ich ihn sehen kann. Ich traue dir nicht besonders, und gewiß traue ich niemandem, den ich nicht sehen kann, mit einer Waffe, die ich nicht kenne!"

„Oh, nun, sehr gut." Das Haar des Kirgon flammte auf und zeigte Strahlenkränze, als er herumwirbelte und rief: „Windsbraut! Meine Schöne! Komm her!"

Und ein Schauder fuhr Dane den Rücken herab, als er merkte, wer der Freund des Kirgon war.

Aufgestörte Vögel schwirrten entsetzt auf. Schneller als sie schoß wie ein Schneesturm der Sklavenhund herbei.

Ehe sie noch in Panik ausbrechen konnten, war er schon unter ihnen. Er tobte um seinen Herrn wie ein junger Hund, aber einer von der Größe eines Hengstes! Der Kirgon lachte laut auf, nahm die riesige Schnauze in die Hände und rieb sie spielerisch.

„Ja, meine Schönste, mein Schätzchen!" Der riesige Kopf fuhr herum zu den anderen, und das helleuchtende Gesicht des Kirgon war von bunten Prismen überzogen, als er auflachte. „Ja, Windsbraut, mein Schatz, die gehören zu mir, und du darfst ihnen nicht weh tun. Sie nützen uns – zumindest im Augenblick." Die leeren, hellen Augen richteten sich auf sie, um sicherzugehen, daß sie ihn verstanden hatten. Wieder lachte er und streichelte den schlanken Hundekörper.

Verdammt, er liebt dieses Wesen. Und es liebt ihn! dachte Dane erstaunt.

„Das ist mein Freund", sagte der Kirgon. „mein einziger Freund. Er tut alles, was ich will. Soll er dir einen Kuß geben, Sh'fejj?"

Ein weißes Huschen, und das Wesen stand vor Dravash, starrte ihm direkt ins Gesicht, und die riesigen Kiefer schnappten – fast zu. „Oder dich, Schwertmeister?"

Und Dane blickte in eine rote Höhle, wo weiße Zähne in Reihen standen wie Stühle in einem Theater.

„Oder dein Weibchen oder den Sklaven – pardon, den Eingeborenen?" Rianna gelang es, ruhig stehenzubleiben, als das Wesen vor ihr stehenblieb, doch Joda taumelte zurück und versuchte, den

Speer zu heben. Der Sklavenhund hob den Kopf – nur ein wenig –, um an Aratak zu schnüffeln, und war dann zurück an der Seite seines Herrn. Die Hand des Kirgon spielte mit der weißen Rückenmähne.

„Er denkt so wie ich. Sein Verstand ist wie der meine. Er tötet, wenn ich töten will, und verschont den, den ich zu verschonen wünsche. Er und ich sind eins, auf eine Weise, wie ihr Tothäutigen es nie begreifen werdet. Er erzählt mir Dinge. Gerade hat er mir zum Beispiel berichtet, daß euch eine Meute dieser blaugewandeten Eingeborenen folgt und daß auch mir eine Meute auf den Fersen ist. Meint ihr nicht, es ist Zeit, uns hier fortzumachen?"

Sie starrten ihn an, ohne zu antworten.

„Kommt", sagte er hochmütig und deutete gen Westen und dann nach Norden. „Da gibt es ausgezeichnete Verstecke. Ich hatte lange Zeit, um die besten herauszufinden. Oder bringt euch das zu weit von eurem Treffpunkt fort? Wenn ihr lieber eine andere Richtung einschlagen wollt..."

„Ist schon gut", gab Dravash zurück. „Laßt uns gehen."

Der Kirgon tätschelte den blendend weißen Hals des Hundes, und dieser schoß in entgegengesetzte Richtung in den Dschungel, während der Kirgon den nordwestlichen Weg einschlug, den er vorgeschlagen hatte.

„Was ist mit deinem Freund?" fragte Aratak.

Die perlmutterfarbenen Lippen des Kirgon kräuselten sich und entblößten perfekte, weiße Zähne. Irgendwie hatte Dane geglaubt, es seien Fangzähne.

„Windsbraut sorgt dafür, daß wir nicht verfolgt werden", antwortete er.

Vor ihnen durchdrang ein Pfad die Dschungelwand. Die helle Gestalt vor ihnen tauchte in die Schatten. Sofort war der Glanz seiner Haut wie fortgewischt. Ein grauer Schimmer legte sich über den sanften Perlmuttschein. Der Kirgon schien zu zögern und zwinkerte.

Dane dachte: *Wenn Belsar für ihn ein dunkler Stern ist, wenn er direkt, ohne zu zwinkern, hineinsehen kann... dann muß ihm das hier ziemlich dunkel erscheinen.*

Er erkennt also unsere Schwäche... aber wir kennen auch seine. Ich wette, er ist hier drinnen fast blind, und er kann uns nur führen, weil er den Weg kennt.

Natürlich hat er dieses Wesen, das ihm helfen kann, Windsbraut, oder wie immer dieses Ding auch heißt.

Sie folgten ihm in die Dunkelheit des Waldes. Dane konnte seinen Weg ziemlich mühelos finden, nachdem sich seine Augen an das durch die Bäume gefilterte Dämmerlicht gewöhnt hatten, doch der Kirgon war nur noch eine verschwommene, dunkelgraue Gestalt. Zu jedem anderen Zeitpunkt wäre Dane fasziniert gewesen und hätte überlegt, wie der Stoffwechsel des Fremden funktionierte und auf das Licht reagierte. Daß er im Hellen wie Glas reflektierte und in der Dunkelheit jede Helligkeit verschwand, war jedenfalls ein Phänomen.

Komische Anpassung; man würde meinen, er würde im Dunkeln leuchten. Wie Aratak... sicher, für Aratak ist es hier nicht dunkel genug, damit er zu glühen anfängt. Hier leuchten nicht einmal die Kiemenschlitze.

Aratak bildete den Schluß, auf der Hut vor umherschleichenden Rashas. Dravash ging vorne, direkt hinter dem Kirgon her.

Der Kirgon. Dane merkte, daß sie von ihm immer noch schlicht als „Kirgon“ dachten. *Merkwürdig,* dachte er, *er muß doch einen Namen haben und was immer das Kirgonäquivalent von Rang und Stellung ist. Er muß Freunde verloren haben, vielleicht auch eine Familie. Wenn nicht, dann hat er irgendwo eine Familie. Er ist ein ziemlich normaler Vertreter, glaube ich, wenn auch ziemlich merkwürdigen Rasse. Er kann nicht einmal ein herausragender Vertreter sein – weil er fortgelaufen ist und sich versteckt hat, anstatt zu kämpfen. Aber seinen Namen hat er uns nicht verraten, hat auch nicht nach unseren gefragt.*

Wir kennen den Namen des Sklavenhundes, aber nicht seinen.

Er hat Dravash ‚Sh'fejj‘ genannt. Wahrscheinlich redet er alle Vertreter niederer Rassen sowieso als ‚Sklaven‘ an. Nein – uns hat er ‚untermenschliche Tothäute‘ genannt.

Aber warum haben wir ihn nicht nach seinem Namen gefragt? Nicht einmal Dravash hat das getan.

Dane fragte sich, ob das vielleicht ein Versuch war, die Kirgon nicht zu Personen werden zu lassen, ein Individium nach ihren Vorstellungen? Wollte man ihn einfach für einen Fremden halten – den Feind?

Hinter ihnen schrie ein Mann den entsetzlichen Schrei von

Schmerz und Grauen. Andere Stimmen klangen aus der Entfernung.

Der Kirgon drehte sich um und hell blitzten die Zähne auf der dunklen Haut auf.

„Schnell werden sie nicht folgen können“, sagte er.

Dane dachte an Meister Rhomda und an alles, was er über den Anka'an-Orden gehört hatte, all die kleinen Fetzen. Er erinnerte sich an die höfliche Unwilligkeit des Speermeisters, Aratak zu töten, eine Höflichkeit, die sie erwidert hattten, indem sie ihm seinen Speer beließen. Plötzlich wurde Dane übel. Was tat er hier, wenn er mit diesem... diesem Sklavenjäger herumlief, diesem Piraten, diesem Eindringling, der lächelte, während sein schauderhaftes Monster eine Gruppe guter, anständiger Leute zerriß, die ihre Heimat vor Dämonen schützen wollten. Und wer, der den Sklavenhund einmal gesehen hatte, konnte es ihnen übelnehmen? Es war nicht fair. Er stand auf der falschen Seite. Jederzeit, wenn er die Wahl hätte, würde er sich auf Meister Rhomdas Seite schlagen...

Doch das war nicht möglich. Er hatte keine Wahl gehabt.

17

Licht drang durch die Blätter vor ihnen – das Ende des Laubtunnels, das von den letzten Strahlen Belsars beschienen wurde. Sie eilten weiter. Hinter ihnen, aber in beträchtlicher Entfernung von den früheren Schreien und Rufen, hörte man einen schrecklichen, rauhen Todesschrei. Der Kirgon lachte.

„Windsbraut“, sagte er. „Er ist auf die andere Gruppe gestoßen. Er zieht von einer zur anderen und hält sie beide in Schach – und von uns fort. Jedesmal, wenn er zuschlägt, stirbt ein Mann.“

Seine Augen sahen nun anders aus. In der Dämmerung schien es, als habe er eine bewegliche Pupille, nicht mehr diese unangenehme Leere. Offensichtlich paßten sich die Augen an die jeweiligen Lichtverhältnisse an.

Wie eine eingebaute Sonnenbrille, dachte Dane. Der Kirgon trat ins Licht und erstrahlte wieder in Helligkeit. Das Haar reflektierte funkengleich den Sonnenschein.

Luzifer, der flammende Engel, der Lichtträger... ich werde ebenso abergläubisch wie Joda, dachte Dane wütend. Doch der Gedanke blieb hartnäckig. *Luzifer, Sohn des Morgens, wie tief bist du gefallen...*

Sie gelangten zum Rand einer kleinen Seitenschlucht. Unter ihnen hatten Wind und Wetter den rauhen Sandstein zu verdrehten Gebilden ausgewaschen, die Dane, mit einem Stachel von Heimweh, an Arizona denken ließen. Sie blickten hinab auf die breiten Vorsprünge bis zum Grund der Schlucht, wo ein kleiner Fluß sich mühte, sein Bett in die Glasfelsenschicht zu sägen.

„Was ist das?" Aratak wies auf eine Stelle, wo etwas aus der Wand der Schlucht vorsprang. Es sah aus wie eine riesige Blase aus dem Kristallfelsen, die an einer Seite abgebrochen war.

„Ein Haus", antwortete der Kirgon, und seine Haut kräuselte sich bei der Bewegung zu prismatischen Farben. Das mußte nach Danes Meinung ein Grinsen gewesen sein. „Jawohl, ein Haus, eines meiner Lieblingsverstecke. Ein versteinertes Haus. Kommt und seht es euch an!"

Er führte sie hinab. Dane war froh, daß es einen begehbaren Pfad gab und keinen Abstieg über die bloßen Felsen. Sein verletzter Arm schmerzte höllisch. Er fragte sich, ob Rianna noch weitere schmerzlindernde Mittel in ihrem Gepäck hatte.

Die Glasblase war nicht ganz regelmäßig, eher quadratisch als rund, und an den Rändern verliefen Wülste. Wie geschmolzene Wände.

An einer Seite befand sich ein breiter Sprung, der sich bis über das Dach zog. Am Eingang lag ein Scherbenhaufen und anderes Geröll, das erst kürzlich herabgefallen sein mußte.

„Geht hinein, seht euch um. Willkommen in meinem Zweithaus", wies der Kirgon sie an und machte eine spöttische, einladende Geste. „Seht euch um – ich glaube nicht, daß es sich lohnt zu plündern – vielleicht ist die Statue einiges wert, aber alles andere ist ziemlich heruntergekommen."

Rianna ging auf den Sprung in der Tür zu und suchte sich vorsichtig ihren Weg durch die faustgroßen Glasstücke hindurch. Dane deckte sie. Er traute dem Kirgon nicht, und die Einladung hatte so spöttisch geklungen, daß Dane sich fragte, ob hier vielleicht ein Komplize im Hinterhalt auf sie wartete. Doch der Sprung war kaum breit genug für Rianna, die sich nur mit Mühe hindurchzwängen konnte. Sein Verstand sagte Dane, daß kein vernünftiges Wesen sich hier verbarrikadieren würde. Er trat zur Seite, und sie legte das Gesicht an den Spalt.

„Oh, sieh dir das an!“ rief sie, und ihre Stimme klang hingerissen, fast ehrfürchtig. „Beim Geist der Leere! Aratak – Anadrigo hatte recht! Hier liegt der Beweis!“

Sie schlüpfte durch die Glaswand. Aratak zwängte sich vorwärts, doch sein massiver Körper konnte keinesfalls hindurchgelangen. Auch Dravash konnte lediglich den Kopf sowie einen Vorderarm hindurchstecken. Die beiden Protosaurier zogen sich zurück, um Dane hinter Rianna herschlüpfen zu lassen – und auch für ihn war es sehr knapp.

Innen war es fast dunkel, doch ein breiter Sonnenstrahl lag über dem Edelsteinboden. Rianna kniete nieder und starrte entzückt auf das Mosaik unter ihren Füßen, seit Jahrtausenden hier versiegelt, während sich darüber Sand in Stein verwandelt hatte und dann langsam wieder fortgewaschen worden war, versiegelt, bis bei einem kürzlich erfolgten Erdrutsch der Stein gebrochen war... um dieses alte Haus zu enthüllen.

Auf den Mosaiksteinen am Boden ritten saurische Jäger auf kleinen, schwanzlosen Dinosauriern, die wie eine Kreuzung aus kleinen Diplodocus und einem Pferd aussahen, und schossen mit Bögen auf ein Monster, das Tyrannosaurus Rex persönlich hätte sein können. Die saurischen „Pferde“ bestanden aus hellrotem Stein; ihre Reiter mit den protosaurischen Schnauzen aus eingelegtem Jetstein. Das bedrohliche Biest vor ihnen bestand aus Saphiren und Amethysten, mit rein weißen Steinen als Zähnen. Auch das abgebildete Tier war fast so groß wie Dane. Ein grüner Steindschungel umgab Reiter und Beute. Ein winziger Pterodactyl aus poliertem, goldfarbenem Edelstein schwebte am hellgrünen Himmel. Und all das lag unter ihren Füßen, versiegelt mit einer Schicht des durchsichtigen, glasartigen Steins, der darüber getropft war und der es Jahrtausende lang erhalten hatte.

„Delm Velok hatte nicht recht“, sagte Rianna aufgeregt. „Das hier beweist Anadrigos Theorie. Ein Beweis, der selbst Delm Velok überzeugen würde. Es gab kein Raumschiff der Sh’fejj, das diese Welt kolonisiert hat, ehe was auch immer für eine Katastrophe diese Schicht aus geschmolzenem Glas verursacht hat. Es gab schon eine fortgeschrittene saurische Zivilisation, die sich unabhängig entwickelt hatte. Aratak! Dravash!“ rief sie hinaus. „Wißt ihr, was für ein Schatz das ist? Und nach der Katastrophe – vielleicht ist diese Welt mit einem Ateroiden oder einem Riesenmeteorregen zusammengestoßen, vielleicht hat es auch eine Polverschiebung mit enormer vulkanischer Aktivität gegeben –, nach jener Katastrophe müssen ein paar überlebt haben, wurden zurück in die Barbarei gestoßen, und um sie herum hat sich eine neue Säugetierzivilisation mit Protosimianern entwickelt.“ Sie hielt inne und blickte unsicher drein.

„Aber das muß Millionen von Jahren her sein, Dane! Und die Sandsteinschicht hier drüber – die ist in einer alten Wüste entstanden. Jedenfalls in den ersten paar tausend Jahren.“

Dane starrte auf das Mosaik, das versiegelt unter der Glasschicht lag. Seine Augen, die sich nun an das Dämmerlicht gewöhnt hatten, sahen, daß das Innere des Hauses aus säuberlich zusammengefügten Steinen bestand, grobem, grauem, natürlichem Stein. Nur die Außenseite war zu Glas geschmolzen.

„Aber was für eine Katastrophe...“ Er hielt inne. Er wußte, was für eine Katastrophe dazu notwendig war. Es gab nur eine Gewalt im ganzen Universum, die dazu imstande war.

„Es muß... ja, das muß ein Schwarm von riesenhaften Meteoriten gewesen sein, vielleicht eine Kollision mit einem explodierten Mond... dem Asteroidengürtel dort draußen...“ Aber Dane unterbrach sie.

„Nein“, sagte er. „Das war keine Naturkatastrophe, Rianna. Das haben sie selber verursacht.“

Sie hob den Kopf und starrte ihn an. Im Sonnenlicht konnte Dane erkennen, wie die Strahlen die rötlichen Haarwurzeln freigaben. Für Rianna, deren Volk seit Tausenden von Jahren friedlich lebte, war es nur logisch, für eine solche Zerstörung einen natürlichen Grund anzunehmen. Aber Dane war unter den Auspizien eines atomaren Holocaust aufgewachsen, war nachts erwacht und hatte Flugzeuge am Himmel gehört und mit grauenhafter Sicherheit gewußt, daß es soweit war...

„Atomkrieg“, sagte Dane. Er stand auf und ging zu der dunklen Ecke, in der die Statue eines Sauriers stand. Sie war fast einen Meter hoch und bestand aus einem durchsichtigen, unbekannten violetten Gestein. Mit ruhiger Beherrschung stand sie auf dem Podest und war mit einer dünnen Schicht des atomischen Glases bedeckt.

Jetzt wurde Dane alles klar.

„Vielleicht ist das der Grund für ihr Tabu gegenüber geworfenen Waffen; irgendeine Erinnerung machte ihnen klar, wohin das führen kann. Sie haben es den Simianern beigebracht, als diese sich entwickelten. Vielleicht stammt die Angst vor den Sternen aus irgendeiner verwirrten Erinnerung und aus Legenden von fallenden Raketen, an Bomben und Blitze...

„Ich wette, wenn man hier weitergräbt, findet man die Spuren von Schutzbunkern, riesigen unterirdischen Höhlen..." Er brach ab. Die Teile eines riesigen Puzzles fügten sich zusammen. Die Statue, die stumpfe Schnauze wie bei der Statue vom Heiligen A'assio auf dem Marktplatz von Rahnalor. Unterirdische Höhlen und die Erinnerung an den weißen Höhlenfisch, bei dem die nutzlose Farbe durch Äonen der Dunkelheit verblichen war. *Die Heiligen kommen und leiden mit uns in der Sonne...*

„...wenn die Gesegneten Lande auch ruhig und kühl sind", endete er laut. „Guter Gott. Es springt einem doch geradezu in die Augen! Rianna, was fällt dir von diesen Tonbändern über die Eingeborenenreligion her noch ein?"

Sie setzte sich auf den Schenkeln zurück. Ihre Hand fuhr sanft an den Linien der Edelsteine der grünen Echse entlang. „Es gab da nicht viel", meinte sie. „Und was es gab, war vage und verwirrend. Die guten Kräfte lebten alle unterirdisch, und die Bösen kamen aus dem Nachthimmel. Und alle Heiligen und Götter waren Protosaurier, außer ein paar säugetierartigen Fruchtbarkeitsgöttinen, die über rein protosimianische Funktionen wachten."

„Und die Farbe der Reinheit?" half ihr Dane weiter, und sie hielt inne und starrte ihn an.

„Weiß natürlich. Und die Gesegneten Heiligen..."

Joda stand zögernd am Eingang, wand sich dann hindurch, trat auf das Mosaik und wich davor zurück. Seine Augen weiteten sich erstaunt beim Anblick der Statue in der Ecke.

Dane formulierte vorsichtig im Dialekt des Jungen in der Kharamsprache: „Joda, seit wir Rahnalor verlassen haben, haben wir uns vor dir frei unterhalten, aber ich weiß, daß wir manchmal unsere eigene Sprache geredet haben und Worte benutzt haben, die dir wahrscheinlich fremd erschienen sind. Denk einmal nach. Hast du uns jemals über weiße…“ sorgfältig benutzte Dane die Kharamphrase, die die Leute von Rahnalor verwendeten, um Protosaurier zu bezeichnen – „…Erste Wesen reden hören?“

„Nur an dem Morgen bei dem merkwürdigen Lagerfeuer“, antwortete der Junge. „Und ich dachte, du machtest mit der Lady einen Spaß, denn du hast dich auf den Geist des Heiligen A'assioo bezogen und von einem Mythos geredet, einem Ding ohne Spuren…“

„Siehst du?“ sagte Dane zu Rianna. „Und welche Farbe haben die Gesegneten Heiligen, Joda?“

Joda starrte auf die Statue in der Ecke. Dann flüsterte er: „Sie sind weiß. Weiß, aber sonst wie die Ersten Wesen…“

„Und warum sterben die Heiligen in den Geschichten immer?“ fragte Dane.

„Bei den Müttern!“ explodierte Dravash, und sein riesiger, schwarzer Kopf zwängte sich durch den Spalt. „Weitsprecher muß sofort davon erfahren.“

Rianna wiederholte drängend Danes Frage.

„*Zabav,* warum sterben die Heiligen, wenn sie an der Sonne leiden müssen?“

„Nun… sie sterben einfach“, sagte er, „sie können die grausame Sonne nach der gesegneten Kühle und Dunkelheit des Reiches der Reinheit nicht ertragen… Einige scheinen an der Hitze gestorben zu sein, und andere traf eine schreckliche Krankheit, und sie schwanden dahin…“

„Dane!“ Rianna trat aufgeregt auf ihn zu, und er nickte.

„Einige der Protosaurier überlebten“, sagte er und deutete auf den Boden unter ihren Füßen, unter der atomaren Glasschicht. „Sie haben in unterirdischen Schutzständen überlebt. Nachdem die Strahlung abgeklungen war, müssen einige herausgekommen sein und sich entwickelt haben – zu den Ersten Wesen von heute. Aber andere blieben in den Höhlen, benutzten ihre Wissenschaft, um am Leben zu bleiben, entwickelten ihre Technologie und verbesserten sie… sie hatten dazu Millionen von Jahren Zeit da unten in der Dunkelheit.“

„Aber… weiß, Dane!“

„Genetische Verschiebungen“, antwortete Dane. „Albinismus, der im Verlauf der Jahrhunderte dominant wird – Hölle, es waren Jahrtausende! Nach einer gewissen Zeit *konnten* die Abkömmlinge gar nicht mehr herauskommen – nicht ohne diese langen Roben und Kapuzen. Das nützte aber nicht viel – Belsar hat eine hohe ultraviolette Strahlung, und wahrscheinlich hielten sie die Roben nur so lange am Leben, bis sie das Ziel ihrer jeweiligen Mission erreicht hatten, wie der Heilige A'assioo, der die barbarischen Horden entwaffnete und in Rahnalor zu ihnen predigte, oder der Heilige Ioayaho, der die Bogenschützen von Ashrakhu entwaffnete – und dann starben sie, wahrscheinlich an rapidem Hautkrebs...“

„Aber diese Geschichten sind doch allesamt Legenden!“ rief Joda. „Sie können nicht stimmen! Oder, wenn sie stimmen...“ Der Junge hatte offensichtlich Angst. Rianna ging zu ihm, legte den Arm um seine Schulter und redete beruhigend auf ihn ein.

Dane stand auf, stieg vorsichtig über das Geröll und aus dem alten Haus hinaus. Sein Arm schmerzte wahnsinnig, ein unangenehmer, pochender Schmerz, der immer schlimmer wurde. Er bewegte die Finger. Es war keine Kraft in ihnen. Er hoffte, daß kein Nerv verletzt war. Wahrscheinlich war es eine beschädigte Sehne, aber zum Teufel, es tat weh! Aratak war zum Fluß hinabgegangen und kniete dort mit den Vorderpfoten im Wasser und fischte oder genoß einfach die Kühle. Dravash schien wie in Trance zu sein, wahrscheinlich berichtete er dem Weitsprecher. Auch der Kirgon stand reglos da. Sein Haar blitzte in der Sonne. Er meditierte oder kommunizierte vielleicht mit seinem grausamen Hund. Vielleicht ergötzte er sich in sicherer Entfernung an dem Gemetzel...

Unten in der Schlucht sah man eine riesige, lichtdurchflutete Öffnung und dahinter die grün-lila Dämmerung der Großen Schlucht. Belsar sank langsam herab. In ein oder zwei Stunden würde es dunkel sein. Dane fragte sich, ob der Kirgon im Dunkeln überhaupt etwas sehen konnte.

Sie würden heute nacht vermutlich hier lagern müssen und dann die lange Reise zurück zum Stützpunkt des Bundes antreten. Das war kein angenehmer Gedanke, mit den Anka'an-Männern auf den Fersen. Er mochte auch nicht den Gedanken, daß der Sklavenhund sie die ganze Zeit über beschützen würde. Die Belsarier und auch die Anka'an-Leute verdienten es nicht, daß man so etwas auf sie losließ.

Vielleicht konnte die Landefähre in der Schlucht niedersetzen und sie aufnehmen? Es gab genug geeignete Landeflächen, und wenn sie nachts kämen, würde niemand sie sehen. Dane fühlte sich sehr müde, und der Schmerz im Handgelenk machte ihn fast wahnsinnig. Der Gedanke an das Raumschiff der Einheit, mit einem heißen Bad, medizinischer Versorgung und normalem Essen war verlockend. Er hatte nun genug von seinem Abenteuer und war froh, daß es nun bald, nach erfüllter Mission, beendet sein würde. Den Rest sollten die Politiker erledigen. Sie würden sich mit den Kirgon befassen. Dane ging wieder hinauf und fand einen Vorsprung, auf dem er bequem sitzen konnte. Die anderen beobachtete er wie Spielzeug unter sich. Er hörte Jodas und Riannas Stimmen, wenn er auch zu weit entfernt war, um zu verstehen, was sie sagten. Jodas Stimme klang immer noch leicht hysterisch. *Armer Junge, er hat viel mitgemacht.* Arme Rianna; mit einem solchen archäologischen Fund war sie sicher im siebten Himmel, und sie hatte weder die Zeit noch die angemessene Ausrüstung, ihn ordentlich zu untersuchen. Immerhin würde sie darüber berichten können und es genießen, daß es ihr Werk war, das Anadrigos Theorie bestätigte – oder hatte es sie *widerlegt?* Dane konnte das nie so recht auseinanderhalten. Immerhin würde sie irgendwie in die archäologische Literatur eingehen, und nach allem was Dane von dieser Art Wissenschaft wußte, würde ihr das reichen. Ansonsten...

Dravash schüttelte sich plötzlich und gelangte wieder zu vollem Bewußtsein. Er blickte sich um. Sein Körper verspannte sich, als wolle er kämpfen. Er schritt auf den Kirgon zu, der reglos mit glitzerndem Körper in der Sonne stand.

„Kirgon!" brüllte Dravash.

Die helle Gestalt zuckte zusammen. Dravash senkte die Stimme und sprach jetzt mit einem herausfordernden Brummen.

„Weitsprecher hat mich informiert, daß du unsere Landefähre kapern willst, wenn sie herabkommt, um uns zu holen!"

Der Kirgon wich zurück. Dravash war Danes Meinung nach eindrucksvoll genug, daß auch er es mit der Angst bekommen hätte. Einem Instinkt folgend, den Anführer zu unterstützen, stand Dane auf und ging hinab.

Der Kirgon blies sich auf. „Ich weiß nicht, wovon du redest!"

„Mir kannst du nicht so unschuldig tun", sagte Dravash mit tonloser Drohung. „Der Weitsprecher hat gehört, wie du mit deinem ... deinem Freund geredet hast."

„Das ist unmöglich!" wütete der Kirgon. „Ihr Untermenschen könnt nicht..."

Ein Stein schlug neben Dane auf dem Hang auf und rollte herab. Rasch drehte er sich um und blickte den Sandsteinhügel hinauf.

Ein Mann mit zerrissener blauer Tunika kam den Felsen hinunter. Er stützte sich auf seinen Speer, schwitzte und atmete schwer. Die Haut trug Zeichen von Dornen, doch die dunklen Augen blickten fest und mit sicherem Ziel.

Meister Rhomda!

Hinter ihm stritten sich Dravash und der Kirgon weiter. Dane fühlte ihre Stimmen in seiner Kehlscheibe vibrieren, doch er hörte nicht mehr zu. Er sah hinauf zur Sandsteinklippe und rechnete jeden Augenblick mit dem Auftauchen des Kirgonhundes hart auf den Fersen von Rhomda. Man erkannte, daß Rhomda lange und schnell gelaufen war. Er war allein. Was würde er tun, wenn der weiße Terror hinter ihm den Hang herabschoß? Danes Klinge fuhr aus der Scheide, als handle es aus eigenem Impuls. Wenn es zum Äußersten kam, würde er auf Rhomdas Seite gegen den Sklavenhund kämpfen, ganz gleich, was dieser Flammenengel hinter ihm dazu sagen mochte. Er würde nicht einfach dastehen und zusehen, wie ein erschöpfter, verwundeter Mensch zerfetzt würde!

Rhomda blieb stehen, und wie ein lebendes Wesen zuckte der Speer in seiner Hand.

„So, Dane, dann hatte ich also doch recht", sagte er mit unendlich trauriger Stimme. „Aber ich hätte lieber unrecht gehabt. Auch jetzt möchte ich noch nicht glauben, daß Ihr zu diesem hellen Dämon da unten gehört. Ich hatte alles für einen schrecklichen Irrtum gehalten – daß, wenn ich Euch im Reich der Gesegneten abliefer-te, die Heiligen dort Euch Gnade gewähren könnten. Aber dazu besteht nun keine Chance mehr."

Wovon redet er? Gesegnete? Gesegnetes Reich? Stammelt er irgendeinen abergläubischen Unsinn? Oder – Danes Gedanken taten einen gewaltigen Sprung: *Hatte ich also doch recht mit den Heiligen und allem anderen?*

„Rhomda, wir brauchen nicht zu kämpfen. Wenn du mir nur ein wenig zuhören würdest..." begann Dane und suchte nach Worten. „Du verstehst das nicht. Es ist ein schrecklicher, tragischer Irrtum. Komm doch her und rede zuerst mit mir oder mit Aratak oder Dravash..."

Langsam schüttelte der Speermeister den Kopf. „Dafür ist es zu spät. Wegen meiner eigenen Schwäche seid Ihr mir zweimal entkommen. Dieses Mal nicht. Das Böse von den Sternen wird zumindest für diese Generation beendet werden, und unsere Welt wird Frieden haben."

Er hob den Speer. Dane wich zurück und beobachtete, wie die Lanzenspitze in kleinen, tödlichen Kreisbewegungen auf ihn zukam. Die streitenden Stimmen unten hatten aufgehört. Rhomda zog die Augen gegen die Sonne zusammen, und Dane trat ohne nachzudenken nach rechts, damit der Speermeister nicht gegen das Licht blickte.

Ich will ihn nicht übervorteilen.

Dane hob die linke Hand und versuchte, die gefühllosen, steifen Finger um den Schwertknauf zu schließen. Ihn überkam ein Gefühl von Hilflosigkeit. Beim beidhändigen japanischen Stil sorgte die Linke allein für Kraft, während die Rechte nur zur Kontrolle diente – und seine linke Hand war nicht zu gebrauchen.

„Ihr seid verwundet, Dane", sagte Rhomda bedauernd, „und Ihr hättet gegen mich keine Chance, selbst in bester Kondition. Wenn ich dächte, es gäbe auch nur die geringste Chance von Gnade für Euch, würde ich Euch jetzt drängen, Euch mir zu ergeben. Aber ich fürchte, das Beste, was ich für Euch tun kann, ist, dich schnell und gnädig töten."

Plötzlich stieß der Speer nach Danes Kehle. Irgendwie schlug er ihn beiseite und stolperte zurück. Verzweifelt hielt er das Schwert in Säbelstellung und legte die nutzlose Linke auf die Hüfte. Das Gewichtsverhältnis der Klinge war dem eines Kavalleriesäbels nicht ganz unähnlich.

Aber Rhomda hat recht. Ich war für ihn nie ein Gegner. Er hat mich schon zweimal geschlagen...

„Der Orden der Anka'an wird zu seiner Losung stehen", sagte Rhomda. „Diese Welt wird nicht ein zweites Mal zerstört werden!"

Er weiß es!

Der Speer stach zu, und Danes Klinge zuckte nach links, nach rechts, stieß die Spitze beiseite und sprang hoch, um den Stoß mit dem Schaft aufzufangen, der sicher folgen würde. Die Schneide zitterte, als das harte Holz aufschlug, und schwang dann über Rhomdas Schädel. Der Speermeister sprang zurück. Mit der Metallspitze der Lanze wischte er das Schwert zur Seite. Sein dunkles Gesicht wirkte überrascht.

Dane zog das Knie hoch, als der Speerschaft auf seine Lenden zielte, und als das Holz schmerzhaft gegen den Schenkel schlug, schwangen Hand und Arm die Klinge herum und zischten über Rhomdas Schläfe.

Der Speermeister duckte sich und stolperte zurück. Er zog den Speerschaft über den Sandstein – die erste unbeholfene Bewegung, die Dane bei ihm gesehen hatte. Dane stellte den Fuß wieder auf den Boden und merkte dabei, daß er automatisch in eine Karateposition anstatt in eine Säbelposition gefallen war. Er wirbelte den rechten Fuß herum in Richtung auf Rhomda. Aber was war mit dem Speermeister los?

Und dann erkannte er es.

Rhomda hatte sich an Danes Stil gewöhnt – den beidhändigen japanischen Stil. Aber noch niemals war er mit dem Säbelstil konfrontiert gewesen. Die Berechnungen, das Denkmuster der Dekkung und die Hiebe – alles war nun anders. Dane kannte Rhomdas Stil. Aber Rhomda nicht mehr den seinen.

Rhomda starrte ihn ungläubig an, aber er brachte wieder den Speer hoch, bereit, einen alten legendären Krieg weiterzuführen für eine Welt, die geendet hatte, noch ehe sich seine protosimianischen Ahnen aus der Baummaus und dem Lemuren entwickelt hatten. *Diese Verschwendung,* dachte Dane wild, *diese tragische Verschwendung!* Er konnte Rhomda direkt ins Auge blicken, konnte hören, wie die anderen hinter ihm näherrückten, und er sah, wie sich Rhomda zum Tod entschloß, zu einem ehrenhaften Tod.

Ich will ihn, verdammt noch mal, nicht töten!

Verzweifelt sprang der Speermeister auf ihn zu, versuchte zu töten. Sein Speer war nur noch verschwommene Bewegung. Wieder stieß Dane die Spitze beiseite, und als der Schaft nach seiner Schläfe schlug, fing er ihn von *unten* ab, schleuderte ihn über den Kopf; hieb dann das Schwert herunter, tief, tiefer, als er es sich ansonsten in einem Kampf gestattet hätte, und zog die Klinge durch die Sehnen von Rhomdas Knien...

Er sprang zurück, als Rhomda den Speerschaft von sich warf und dann ausgestreckt darüber zu Boden fiel. Rhomda rollte herum, versuchte aufzustehen und fiel wieder um. Dane steckte sein Schwert zurück und fühlte kaltes Entsetzen über seine Tat. Mit durchgeschnittenen Kniesehnen würde der Speermeister niemals wieder laufen können.

Er wich ein Stück zurück und entdeckte Rianna und Aratak hinter sich, die Waffen bereit. Joda blickte in eisigem Entsetzen zwischen Rhomda und Dane hin und her. Dravash stand ein wenig abseits. Seine Brauenwülste zuckten aufgrund einer undeutbaren Emotion. Und der Kirgon kam langsam auf sie zu...

Das war ihr wahrer Feind. Dravash hatte das soeben in seinem Gespräch mit Weitsprecher herausgefunden, ehe Rhomda gekommen war. Dane war froh. Den Kirgon als Feind zog er vor; der Gedanke, ihn, wenn auch nur zeitweise, zum Verbündeten zu haben, ekelte ihn an.

Er wandte sich wieder Rhomda zu. Der Speermeister war herumgerollt, ohne auf den größer werdenden Blutfleck unter seinen Beinen zu achten, und benützte den Speer, sich in eine sitzende Position zu stemmen. Seine Arme zitterten vor Anstrengung und Schmerz. Dane ging auf ihn zu. Rhomdas Gesicht, verzerrt vor Agonie, starrte ihn an, und er versuchte, mit der Speerspitze zu zielen und sie gegen Dane zu stoßen, doch er fiel fast dabei um. Dane duckte sich weg und kniete sich neben Rhomda nieder.

„Rianna!“ schrie er, „bring dein Bündel. Hol die Medizin! Wir müssen die Blutung stoppen...“ Seine Stimme zitterte. Und seine Hände zitterten ebenfalls. Rhomda wollte erneut mit dem Speer nach ihm stoßen, doch Dane fing ihn mit den Händen ab und entwand ihn ihm, wobei er die verletzte Linke unter Schmerzen einsetzte. Er schleuderte ihn außer Reichweite und legte dann die Arme stützend um Rhomdas Schultern.

„Es tut mir leid“, sagte er. „Hört sich albern an, aber es stimmt. Ich wollte nicht gegen Euch kämpfen. Ich wollte Euch nicht töten – Euch auch nicht weh tun. Ich bin nicht Euer Feind, Rhomda.“

Schmerz, Panik und Wut kämpfen kurz in Rhomdas dunkler Miene. Dann holte er tief Luft, hielt den Atem an und versuchte, sein Keuchen zu unterdrücken. Dann sah Dane, wie sich Ruhe und stoische Resignation über das Gesicht legten. Rhomda protestierte nicht, als Rianna neben ihm niederkniete und die Wunde zu säubern und das Blut zu stoppen begann. Aratak stand daneben und hielt vorsichtig Rhomdas Speer.

Der Kirgon trat hinter sie. Er glühte in den Strahlen der untergehenden Sonne.

„Laßt ihn in Ruhe", schnaubte er durch Danes Kehlscheibe. „Mein Freund wird sich seiner schon annehmen."

„Nein!" Dane riß den Kopf hoch und sagte langsam in Kahram: „Ich selber werde ihn in Sicherheit bringen."

Sonnenlicht drang ihm in die Augen. Der Kirgon hatte sich bewußt so hingestellt, damit sie direkt in die Sonne blicken mußten, wenn sie ihn ansahen, und er flammte und glühte, als sei er aus geschmolzenem Metall.

„Ich hatte die blauen Tothäute lange genug auf den Fersen. Ich dulde es nicht, von Sklaven belästigt zu werden. Laßt ihn in Ruhe!" befahl der Kirgon.

Dane fühlte, wie Rhomdas Körper in seinen Armen schlaff wurde. Erschöpfung, Schock und Entsetzen hatten schließlich doch die letzten eisernen Reserven aus dem Speermeister herausgepumpt. Vielleicht wäre es gnädiger gewesen, ihn zu töten. Ihm den gleichen, raschen, gnädigen Tod gegeben zu haben, den er mir angeboten hatte.

„Du hast uns hier überhaupt keine Befehle zu erteilen, Kirgon!" schnaubte Dravash. „Mit dir sind wir fertig. Was wir tun, geht dich überhaupt nichts an." Sein Kopf deutete zum Pfad. „Geh, wohin es dir beliebt; wir haben nichts damit zu tun. Du hast unser Abkommen verletzt – und wir überlassen dich den Eingeborenen, und wenn sie dich lange genug am Leben lassen, dem Protektionsrat, wenn sie herkommen, um die Untersuchungen durchzuführen."

Dane ließ den verkrüppelten Speermeister auf den Boden sinken und stand langsam, die Hand am Schwert, auf. Der Kirgon warf den Kopf zurück und lachte, ein klirrender Ton, grell wie die oszillierenden Flammen seines Haares.

„Du bedrohst *mich,* Sh'fejj? Ihr dummen Untermenschen! Glaubt ihr wirklich, ich würde mich herablassen, mit *euch* ein Ab-

kommen zu schließen? Ihr seid von Anbeginn an meine Gefangenen gewesen, und ihr wart zu dumm, es zu bemerken! Blöde Sklaven!“ Er machte eine drohende Geste gegenüber Dravash. „Hol die Landefähre runter, wenn du weiterleben willst. Du wirst es sein, der der Gnade der Eingeborenen überlassen wird – wenn ihr schnell seid und mich nicht weiter provoziert!“

Dravashs Stimme klang ruhig, beherrscht und sachlich.

„Was würde dir denn eine Landefähre nützen? Sie kann nicht einmal dieses System verlassen.“

„Nein“, antwortete der Kirgon, „aber sie wird eine Kommunikationsanlage haben, und wenn ich einmal von diesem infernalischen Planeten herunter bin, kann ich ein Notsignal nach Hause schikken. Mein Freund und ich können in der Kreisbahn warten und es warm haben, solange wir auf ein Schiff warten, ohne daß uns die Tothäute verfolgen. Man wird ein Kriegsschiff schicken, das uns abholt, und wir können uns noch rasch eine Ladung Sklaven schnappen und ein Loch in diesen Planeten schießen, damit man sich an uns erinnert – außerdem, unser Schiff liegt dort startbereit. Und jetzt sag deinen Vorgesetzten, sie sollen eine Fähre schikken, ehe ich die Geduld verliere. Da unten in der Schlucht ist genug Landefläche. Rasch!“

Langsam machte Dravash eine ablehnende Geste.

„Nein. Keine Landefähre wird kommen, ehe du dich nicht in angemessener Entfernung befindest. Weitsprecher hat dich und deinen Freund nun im Visier. Es hat keinen Zweck.“

„Dann“, meinte der Kirgon sanft, „wirst du das Vergnügen haben, meinen Freund beim Verzehr deiner Genossen zu beobachten, einen nach dem anderen. Er hat heute hart für uns gearbeitet, ohne bisher eine entsprechende Belohnung dafür erhalten zu haben. Ich glaube, wir lassen ihn mit der da anfangen…“

Er wies auf Rianna, die immer noch neben dem bewußtlosen Speermeister kniete, und als der Kirgon dies aussprach, stoben die Vögel aus dem Dschungel auf, und ein weißer Schatten huschte über den Sandstein und drohte plötzlich über Rianna. Das riesige Maul war weit aufgesperrt.

„Keine vorschnelle Bewegung!“ mahnte der Kirgon. „Bis er mit dem Eingeborenen fertig ist, habt ihr Zeit, eure Entscheidung zu überdenken und das Schiff hierherzubringen!“

Rianna hatte den Speer niedergelegt, als sie sich um Rhomda kümmerte, doch er lag neben ihr. Sie streckte die Hand danach aus, und die große Tatze des Sklavenhundes legte sich auf ihr Handgelenk. Nur wenige Zentimeter von ihr schnappten die weißen Fänge zu.

„Nein!“ schrie Joda.

Und schleuderte seinen Speer.

Es war kein guter Wurf – der Junge hatte noch nie zuvor auch nur einen Stein geworfen –, aber durch Zufall kam er mit der Spitze nach unten herab und streifte ein goldenes Auge. Mit einem Kreischen wie von einer rostigen Türangel huschte das Wesen panisch zurück, blieb in dreißig Metern Entfernung stehen und schüttelte das Blut aus dem verletzten Auge. Rianna mühte sich auf die Beine und schnappte sich ihren Speer. Dane war augenblicklich an ihrer Seite und zückte sein Schwert. Joda rannte auf den Kirgon zu. Seine Machete blitzte, als er direkt ins Sonnenlicht lief.

„Windsbraut!“ brüllte der Kirgon. „Töte sie! Töte sie alle!“

Und plötzlich ragte die weiße Gestalt wieder vor ihnen auf. Aus dem Auge tröpfelte immer noch Blut, und Dane sah nur noch die klaffende Höhle seines Rachens. Es war keine Zeit, irgend etwas anderes zu tun, als das Schwert hochzureißen und in diesen roten geifernden Schlund zu stoßen...

Die schrecklichen Fänge schnappten kurz unterhalb des Heftes von Danes Schwert zu, und es riß ihm fast die Waffe aus der Hand. Er griff fester zu und versuchte, die steifen Finger der anderen Hand um den Knauf zu schließen, fühlte, wie es ihm die Beine wegriß, und Blut schoß über seinen Arm. Verbissen hielt er stand.

Er hielt stand, während Erde und Himmel verschwammen; dann hielt er plötzlich mit einem Anfall von Vernunft inne in dem Versuch, die linke Hand benutzen zu wollen, und brachte statt dessen den Unterarm herab auf die stumpfe Seite der Klinge. Seine Beine berührten wieder den Boden, und er zerrte scharf an der Schneide.

Er stolperte und fiel zurück, während sich Aratak und Dravash von beiden Seiten auf die verwundete Bestie stürzten. Unter ihrem vereinten Angriff taumelte sie zurück. Rianna stieß mit dem Speer zu, doch das Wesen schien es kaum zu bemerken. Der Kopf schnellte herum, und die riesigen Kiefer mit den vielen Zahnreihen schlugen sich in Arataks Schulter.

Aratak heulte auf vor Wut und Schmerz, ein rasendes, den Himmel erfüllendes Brüllen. Dravash hob seine Machete, doch ehe sie herabsausen konnte, hatte die Bestie Aratak freigegeben und schnappte nach seinem Bein. Aratak stolperte. Blut strömte über seinen Körper. Als sich Dane wieder auf die Beine erhob, bemerkte er aus den Augenwinkeln etwas Blaues. Meister Rhomda rollte sich auf Jodas herabgefallenen Speer zu.

Rianna hatte ihre Lanze wieder herausgezogen und zu einem zweiten Stoß zurückgenommen, als Dravashs taumelnder Körper über sie fiel und sie umwarf. Dane, dem von dem Schütteln noch leicht schwindelig war, rannte auf sie zu.

Gott! Konnte denn nichts dieses Wesen aufhalten? Von vorn sah es jetzt wie ein geschecktes Pony aus. Das blendend weiße Fell war verfleckt von großen Blutlachen. Doch kein Pony hatte sich jemals so schnell bewegt. Der Kopf peitschte herum zu Aratak, der sein Messer bis zum Heft in die Flanke des Tieres gejagt hatte. Grimmig hielt er es fest, obwohl seine Lederhaut von dem Blut überströmt war, das aus einer riesigen klaffenden Schulterwunde schoß. Der mächtige Kopf des Hundes dreht sich um in einem, wie es Dane schien, unmöglichen Winkel, um die langen Zähne in Arataks Vorderglied zu vergraben. Der riesige Protosaurier hielt stand, heulte aber vor Wut und Schmerz.

Kann man dieses Wesen überhaupt umbringen? fragte sich Dane und rannte auf es zu. Die Klinge hielt er erhoben zum Schlag auf den phantastisch muskulösen Hals. *Da muß doch irgendwo eine Schlagader sein!* Doch als sein Schwert herabsauste, huschte Weißes vorbei, und etwas traf Dane mit der Kraft einer Dampframme.

Er stolperte zurück, und die Fänge schlossen sich wenige Zentimeter vor seinem Gesicht. Er fiel zurück und mußte sich auf den verletzten Arm stützen. Eine Sekunde lang drohte ihn der Schmerz ohnmächtig werden zu lassen. Aratak hielt immer noch grimmig stand und trieb seine Machete wieder und wieder in die Flanken des Hundes. Von Schulter und Arm strömte das Blut. Und das Wesen kroch auf Dane zu und zerrte den riesigen Echsenmann mit sich. Dravash war herumgerollt, um Rianna freizugeben, und Meister Rhomda rollte sich zwischen Dane und die Bestie, Jodas Speer fest in der Hand. Dane hob wieder das Schwert, fühlte, wie schwach sein gesunder Arm nun wurde, und wußte, dies war sein letzter Angriff, als er auf das Wesen zustolperte. Belsar schickte seine letzten Sonnenstrahlen herab. *...brennt so ... hell... im Wald der Nacht...* Blake hätte dieses Ding hier sehen müssen, schoß es Dane durch den Kopf. Er fühlte das Gewicht des Schwertes schwer in der Hand, und einen panischen Sekundenbruchteil lang fragte er sich, ob ihm die Waffe nun entgleiten und herabfallen würde. Als sich die riesigen Fänge öffneten, um sich in ihn zu senken, dachte Dane in einem letzten, wahnsinnigen Augenblick: *Lächelt Er, wenn Er sein Werk sieht, Er, der das Lamm auch schuf...?*

Der Speer in Rhomdas Hand schoß von unten hoch. Der Sklavenhund wirbelte herum, und zum zweiten Mal hörte Dane seine schrille, quietschende Stimme. Aratak ließ los und fiel zurück. Das Messer blieb in dem Tier stecken. Dane sprang hinzu, das Schwert sauste herab und fuhr tief in den weißen Hals. Das Biest katapultierte sich zurück und brach zusammen. Sechs Beine wirbelten durch die Luft. Jodas Speer saß tief in der Brust. Es rollte sich auf die Seite und blieb still liegen.

Aus den Sonnenstrahlen tönte eine Stimme, verzerrt vor Wut und Kummer. Sie schrie: „Windsbraut!"

Rhomda rollte sich auf den Ellenbogen, lächelte Dane schief an und brach wieder zusammen. Sein Gesicht lag im Staub.

Dane blickte sich panisch um. Aratak war noch auf den Beinen. Über Arm und Seite strömte immer noch dunkles Blut. Dravash saß aufrecht und umklammerte sein zerbissenes und zerquetschtes Bein. Joda – wo war Joda? Dann hörte er den Jungen schreien. Dane wirbelte herum und sah Joda zurücktaumeln, ohne Waffe, und seinen Arm umklammern, während Blut herab auf die Felsen tröpfelte. Und hinter ihm trat aus dem blendenden Sonnenuntergang der Kirgon, glühte wie Satan in der Hölle. In der Hand hielt er eine der schaufelartigen Folterwaffen, von der das Blut des Jungen tropfte.

Rianna fing Joda auf und schob ihn hinter sich, während Dane in das Licht blinzelte.

„Stirb, Sklave", knurrte der Kirgon. „Du hast Windsbraut umgebracht, aber du wirst nicht lange leben, um dich dessen zu rühmen. Kannst du mich sehen, Sklave? Ich bin hier im Licht!"

Dane erinnerte sich an Kämpfe mit Leuten, die sich immer so manövrierten, daß dem Gegner das Licht in die Augen fiel – und war ihnen unvermittelt ungeheuer dankbar. Ihre Abhängigkeit von diesem billigen Trick hatte ihn gelehrt, wie sie zu überwinden waren. Und das würde ihn nun retten.

Der Kirgon ging weiter durch die Strahlen und brannte wie ein Stahlspiegel aus der Sonne. Dane hörte seine Waffe zischen; dann klirrte Metall, als er sie beiseite hieb, und er schleuderte sein Schwert hoch zum Schlag. Er spürte, wie die Klinge durch den Körper seines unsichtbaren Feindes drang.

Die glühende Gestalt schwankte und fiel um.

Dane zwinkerte und blinkte beiseite. Hinter ihm reckte sich sein Schatten lang und schwarz den anderen entgegen.

Joda umklammerte seinen Arm und stöhnte. Tränen rannen über seine Wangen. Aratak kniete neben dem gestürzten Dravash. Rianna zerrte den Verbandskasten aus ihrem Bündel. Hinter ihnen lag wie eine blutbefleckte Schneewehe der Freund des Kirgon neben dem reglosen Körper Rhomdas.

Sein *einziger* Freund. Jawohl. Dane dachte mit wilder Ironie: *Sie waren liebevoll und nett zueinander, solange sie lebten, und im Tod sollen sie auch nicht getrennt sein.*

Sein erster richtiger Blick auf Jodas Arm drehte Dane fast den Magen um, wenngleich er so etwas in Erinnerung an den ersten Anblick der Waffe erwartet hatte. Ein Fleischstück, so groß wie eine Faust, war aus dem Oberarm herausgerissen, direkt vom Knochen fortgefetzt worden. Selbst die schrecklichen Bisse in Arataks Schulter und Arm – der Arm war gebrochen – und in Dravashs Schenkel wirkten dagegen vergleichsweise unbedeutend.

Meister Rhomda bewegte sich, und Dane spürte, wie ihn Erleichterung überfiel. Er rannte auf den Speermeister zu, um ihm zu helfen, sich am Felsen aufzurichten. Rhomda sah zu Joda, der vor Rianna saß. Er grub die Zähne in die Lippen, während sie die riesige Wunde verband.

„Du hast mir das Leben gerettet, Junge", sagte er mit schwachem Lächeln, „aber du hast deinen Speer entehrt."

Joda starrte ihn trotzig an. Tränen rannen ihm vor Schmerz über das Gesicht. Er sagte – offensichtlich ein Zitat: „Die Ehre des Zabav ist die Ehre seiner... Lady", fügte er hinzu, „und ich habe ein umfassenderes Gesetz als deines kennengelernt. Ich werde nie wieder denken, es sei eine Unehre, einem Freund im Kampf gegen einen unehrenhaften Feind das Leben zu retten."

Dravash wühlte in seinem Beutel nach dem Medizinkästchen für seine und Arataks Verletzungen. Während sie einander gegenseitig die großen Wunden verbanden und versorgten, sank Belsar tief an den Horizont. Die Strahlen bemalten den leuchtenden Himmel über ihnen mit unglaublichen Farben. Rhomda sagte: „Ich vermute, es ist meine Pflicht, euch davon zu informieren, daß ihr alle meine Gefangenen seid. Und zumindest Ihr, Thra'vasha, werdet es schwierig finden fortzulaufen. Nicht unmöglich, gewiß, aber schwierig.

„Sicher, Speermeister", brummte Aratak, „kann Eure Pflicht nicht von Euch verlangen, weitere Anstrengungen in dieser Richtung zu unternehmen. Eure Mühe war ohnehin bereits übermenschlich. Außerdem..." – er blickte mitleidig auf den Verwundeten herab – „...seid Ihr ernsthaft verwundet, und wie immer auch Eure Pflichtauffassung ist... kann Euch niemand vorwerfen, wenn Ihr ...äh... es unmöglich findet, uns an der Flucht zu hindern. Bedauerlicherweise fürchte ich, daß Ihr unser Gefangener seid, wenn wir es auch vorziehen würden, Euch nicht als solchen zu betrachten, sondern eher als einen Freund, dessen Eifer unglücklicherweise in die falsche Richtung führte."

Rhomda schüttelte den Kopf und seufzte. Er sagte: „Ehrlich gesagt, habe ich nur das Zeugnis des Heilkundigen aus Rahnalor, daß ihr keine Reisenden aus Raife sein könnt, wie ihr vorgebt. Und diese beiden Leichen stellen ein machtvolles Argument dafür dar, daß ich meinen Auftrag beendet habe, und ich kann die Jagd auf die Sternendämonen für beendet erklären." Er schüttelte den Kopf. „Aber nein. Ich fürchte, so einfach ist es nicht. Ich habe euch beide mit diesem... diesem Wesen reden hören, in einer Sprache, wie man sie weder in Raife spricht noch an irgendeinem anderen Ort dieser Welt. Und der Schluß liegt nahe, daß auch ihr... Sternendämonen seid..."

„Wie kommt Ihr darauf, daß Dämonen nur von den Sternen kommen können?" fragte Joda herausfordernd. Rianna hatte seine Wunde verbunden. Er war bleich, und der Arm hing in einer provisorischen Schlinge, doch er kaute einen Streifen getrockneten Harlikfleisches, schnitt weitere für Dane und Rianna sowie ein größeres für Meister Rhomda ab, das er ihm entgegenstreckte. „Jawohl, sie sind Dämonen – und schlimmer, von den Sternen. Aber auch in Rahnalor gibt es böse Leute, Kriminelle, ja sogar in meinem Dorf gibt es sie, und es gibt auch böse Erste Wesen. Vielleicht gibt es in Eurem edlen Gesegneten Reich auch den einen oder anderen Dämonen, und der Himmel enthält dafür den einen oder anderen Heiligen."

Rhomda nahm das Stück Trockenfleisch entgegen und sagte sanft: „Das sind keine Themen für ein Kind, Junge. Überlaß das doch den Älteren."

„Ich bin kein Kind", gab Joda wütend zurück. „Ich bin Joda, der Granthtöter, und ich trage den Zahn eines Granths. Ich bin klug genug, um zu wissen, daß meine Lady, ihre Begleitung und der Ältere von den Sternen gut sind! Wenn Ihr auch die blaue Robe tragt, der zu gehorchen ich gelernt habe, wißt Ihr doch nichts von diesen Leuten, während ich mit ihnen seit mehr als einem Mond umherziehe. Ihr seid es, der hier ignorant ist, und Ihr solltet die Sache denen überlassen, die wissen, über was sie reden!" Er schluckte schwer und sagte dann: „Ich will nicht grob zu Euch sein, Speermeister, Ihr seid freundlich zu mir gewesen, seit ich ein feiges Kind war und von meinem Vater geschlagen wurde, aber ich kenne diese Leute und Ihr nicht, und Ihr wart es, der mir zuerst erzählt hat, daß nur Dummköpfe über Dinge reden, von denen sie nichts verstehen."

„Das Göttliche Ei hat in seiner Weisheit bemerkt", brummte Aratak in Kahramsprache, „daß in bestimmten Angelegenheiten das Ungeschlüpfte mit einer Klugheit reden kann, die die Älteren bereits vergessen haben. Speermeister, wir wollen Euch nichts zuleide tun und auch sonst niemandem von Eurer Welt. Ich bedaure mehr als ich sagen kann, daß Dane gezwungen war, Euch zu verletzen. Ich wollte, zwischen uns würde Freundschaft herrschen."

„Aber es gab immer Freundschaft zwischen uns", entgegnete Rhomda überrascht, „daher fürchtete ich, meiner Pflicht nicht genügen zu können. Bis ich die Botschaft erhielt von denen, die zu ehren, ich verschworen bin..." – er machte eine merkwürdige rituelle Geste – „...habe ich euch alle gut leiden gemocht und habe in dem Schwertkämpfer einen meiner Art erkannt."

Dane hielt mit der gesunden Hand ein Stück Fleisch, versuchte mit den Zähnen ein Stück abzureißen und dachte dabei: *Das war ja ein doppelter Punkt für mich, Kerlchen!* Er wußte, daß er seit langer Zeit keine so sympathische Person wie Rhomda getroffen hatte. Die Worte des Speermeisters hatten ihn sehr erleichtert.

„Hättet Ihr dann nicht lieber“, fragte Aratak Rhomda und kauerte sich neben ihn, „diese Jagd anderen überlassen und nach Feinden Ausschau halten sollen, gegen die Ihr auch persönlich Vorbehalte habt?“

Rhomda zuckte die Achseln. „Warum sollten wir unsere Feinde hassen? Persönliche Vorlieben und Abneigungen sind keine zureichenden Gründe, wenn man bei wichtigen Angelegenheiten einen Standpunkt einnimmt. Häufig sind triviale Dinge ausschlaggebend für Vorlieben und Abneigungen: Kleidung oder Auftreten, Sprachverhalten oder eine vermeintliche Ähnlichkeit mit jemandem, den wir mit Grund lieben oder ablehnen. Oftmals müssen wir mit Personen zusammenarbeiten, die wir nicht mögen – und wie es mit unseren Verbündeten ist so ist es auch mit unseren Widersachern. Wir müssen die Ziele unserer Feinde bekämpfen, nicht die Personen. Denn wir können eine andere Person niemals so erkennen, wie sie wirklich ist, sondern nur, wie sie uns erscheint, und da wir sie nur durch den Dschungel unserer eigenen Gewohnheiten und Vorurteile wahrnehmen können, wie können wir uns ein moralisches Urteil über sie bilden?“

„Aber wenn ein Wesen soviel mit Euch gemeinsam hat, daß Ihr es bewundert“, entgegnete Aratak, „wie können seine Ziele dann so unterschiedlich von den Euren sein, um sich in einen Kampf auf Leben oder Tod einlassen zu können? Sind nicht zwangsläufig die Ziele von ähnlichen Personen kongruent, wenn nicht identisch?“

Dane starrte erstaunt und zu einem gewissen Grade belustigt auf dieses Spektakel, das der Anka'an-Speermeister und der große Protosaurier in ein philosophisches Argument vertieft zeigte.

„Ich kann die Rasha bewundern, Ehrwürdiger, aber ich habe nicht den Wunsch, von ihr verspeist zu werden“, sagte Rhomda mit einer Miene, als wolle er den Disput beenden. „Nein, Sir, Ihr müßt den anderen ihr Anderssein belassen, wie es der Heilige A'assioo so klug bemerkt hat. Wie sonst könnten Menschen und Erste Wesen je über Kleinigkeiten Übereinstimmung erzielen? Wie könnten auch nur Männer und Frauen jemals in Harmonie miteinander leben? Man kann eine andere Person nicht mit den eigenen Maßstäben messen. Eine Person, die man mag, ja sogar eine, die man liebt, kann Ziele und Bedürfnisse haben, die sich stark von den eigenen unterscheiden, ebenso wie jemand, den man mit Grund ablehnt, auf seine Weise sich bemühen kann, die eigenen Ziele zu verfolgen. Wart Ihr nicht in der Tat gewillt, Euch mit diesen Kräften dort zu verbünden?" Er wies auf die Leiche des Kirgon hin, von der alles Licht geschwunden war. „Zumindest für eine Weile, auf ein gemeinsames Ziel zu?" Er begann, das Harlikfleisch mit dem Messer in kleinere Stücke zu zerteilen und streckte Dane eines entgegen. „Hier, mein Freund, mit Eurer verletzten Hand werdet Ihr sonst Schwierigkeiten haben. Zumindest meine Hände sind unverletzt."

Als Dane den Fleischstreifen entgegennahm, fragte Dravash ruhig: „Was werden wir mit ihm anfangen? Wir können ihn nicht hier den Rashas überlassen, und in diesem Zustand kann er nicht einmal aus der Schlucht herausklettern."

„Wir werden ihn tragen müssen", meinte Dane. „Irgendwo wird es ein Dorf geben, wo wir ihn zurücklassen können. Ich bin dafür verantwortlich, daß er nun verkrüppelt ist. Er ist ein mutiger, anständiger Mensch. Ich werde ihn nicht hierlassen!"

Dravash runzelte die Brauen und schüttelte den Kopf. „Diese Einstellung gereicht Euch zur Ehre, Dane, aber Ihr habt vielleicht bemerkt, daß viele von uns verwundet sind, und unsere Mission ist nun wirklich beendet. Ich habe Weitsprecher mitgeteilt, daß er eine Landefähre hinab in die Große Schlucht schicken soll, sobald es dunkel ist, und vor Sonnenaufgang werden wir sicher diese Welt verlassen haben."

„Dann werden wir ihn mitnehmen müssen", meinte Dane. „Wir können ihn nicht den Rashas überlassen – oder *denen*", fügte er hinzu, als die hellen Sterne Belsars im Nachthimmel über ihnen aufzuflackern begannen. Dunkle, skelettartige Gestalten begannen zu gurren und sich aus dem Dschungel heranzuschleichen. Sie schnüffelten um die Leiche des Kirgonsklavenhundes herum.

„Dane, seid nicht albern", sagte Dravash aufgeregt. „Wir können ihn nicht mitnehmen. Ich sage doch, die Landefähre wird uns mitnehmen, wahrscheinlich noch ehe die Nacht halb vorbei ist!"

„Dann werden wir einfach noch einmal irgendwo landen müssen", gab Dane zurück, „und ihn in der Nähe von Rahnalor absetzen." Plötzlich fiel ihm Joda ein. Dravash schüttelte den riesigen Kopf: „Ich weiß nicht, ob ich den Kapitän überzeugen kann, daß dies notwendig oder möglich ist."

„Dann, verdammt, laßt mich auch hier!" empörte sich Dane. „Er hat den Sklavenhund getötet und uns allen schlimmere Wunden erspart, selbst wenn er Euer Leben nicht gerettet hat. Ich sage Euch, ich werde ihn nicht hier zurücklassen, verkrüppelt, wie er ist, und eine leichte Beute für die Rashas."

„Dane hat recht", sagte Rianna energisch. „Wenn es sein muß, werden Dane und ich hier auf Belsar bleiben, bis der Protektionsrat uns hier abholen kann." Sie blickte in die Schlucht hinab und sagte mit einem kleinen, verschmitzten Lächeln: „Das würde mir Zeit geben, mich zur Abwechslung mal als Archäologin zu betätigen und nicht als Speermeisterin."

„Auch ich bleibe", sagte Joda mit kleiner, trotziger Stimme und trat zu Rianna. „Wenn die Ehrwürdigen wieder ihren Himmelswagen besteigen, werde ich hier ein Feuer anzünden und bei Meister Rhomda bleiben. Ich bin ein Granthtöter, und ich habe vor keiner Rasha Angst."

Wieder schüttelte Dravash den massiven Kopf, und Dane wußte, der Sh'fejj dachte über die unverständlichen Eigensinnigkeiten der Protosimianer nach. Schließlich sagte er: „Ich kann nicht gegen euch alle anstehen. Es sei also so, wie ihr wollt. Vielleicht kann die Landefähre im Schutz der Nacht noch einmal niedergehen und den Speermeister in der Nähe eines gewohnten Ortes absetzen."

„Das Göttliche Ei bemerkt in seiner Weisheit..." begann Aratak, doch da explodierte Dravash.

„Das Göttliche Ei hat uns seine angesammelte Weisheit aller Zeitalter und von Hunderten von Galaxien bereits erzählt, Aratak, und wenn es mir gestattet ist, es auch ein einziges Mal zu zitieren, dann mit dem Satz: ‚Es gibt eine Zeit für Philosophie und es gibt eine Zeit für weltliche Dinge'. Ich möchte Euch bei allem Respekt daran erinnern, mit der Stimme Eurer eigenen Klugheit, daß dies eine Zeit ist, sich mit weltlichen Dingen zu beschäftigen! Machen wir uns auf den Weg!"

„Weisheit ist Weisheit, selbst auf den Lippen der Nichtweisen", gab Aratak ungerührt zurück und beugte sich hinab, um Meister Rhomda in seine Armbeuge zu heben. Er bot Dravash an, er möge sich auf seine Schulter stützen, und der Sh'fejj, der versuchte, sich auf Rhomdas Speer zu stützen, akzeptierte es nach ein paar Schritten. Dane und Rianna machten den Schluß, und er spürte, wie sie die Finger durch die Dunkelheit nach ihm ausstreckte und seine Hand drückte. Er drückte sie wieder.

Seine Kameradin, seine Schwertgefährtin, seine Lebenspartnerin... überhaupt seine Partnerin in allen Dingen, die ihm wichtig waren... Nach einer Weile winkte er Joda heran, zwischen ihnen beiden zu gehen. Der Junge war verletzt; es war unfair, ihn von der tröstenden Gegenwart Riannas fernzuhalten. Und als Dane Joda ansah, eine kleine, tapfere Gestalt in der Dunkelheit, der bandagierte Arm weiß auf der dunklen Haut, fühlte er eine Welle von Wärme und Stolz. Erstaunt und ungläubig erkannte er, was er dachte: *Das ist unser Junge...*

Über ihnen sprangen die Sterne Belsars an den Himmel. Und plötzlich erschien in der Nacht vor ihnen ein weißes Huschen. Danes Hand fuhr zum Schwertgriff. Er hörte, wie Rianna die Luft anhielt. *Der weiße Saurier!*

Er war größer als Aratak und schimmerte mondhell unter den Sternen. Er stand vor ihnen und versperrte ihnen den Weg.

Rhomda hielt den Atem an. Aus Arataks Armbeuge flüsterte er: „Gesegneter!"

Und Dane hörte in seinem Kopf, nicht durch die Kehlscheibe, wie sich Worte formten, und sie stammten von der großen weißen Gestalt vor ihnen im Sternenlicht.

Halt! Wer seid ihr? Und was macht ihr auf unserer Welt? Es ist nun an der Zeit, es von euren eigenen Lippen zu hören. Was wollt ihr hier?

18

Um sie herum schwieg die Dschungelnacht. Als sich die Worte in Danes Kopf formten, hörte Dane das Pochen seines Herzens, die zahllosen Stimmen der Nacht, das leise Geräusch raschelnder Blätter in jenem Wind, der auch den Schweiß auf seinem Körper trocknete.

„Sie sind *echt*, Lady. Es ist einer der Heiligen aus dem Reich der Gesegneten, und es *gibt* sie, es sind keine Kleinkindergeschichten! Sind sind *Wirklichkeit!*"

Durch das Gestammel des Jungen klang Arataks sanftes Brummen: „Das Göttliche Ei sagt uns, daß die Narren nur die Schale des Eis sehen, aber der Kluge sieht das Küken, das zu seiner Zeit ausschlüpfen wird. Da Ihr von ‚unserer' Welt redet, mein ferner Verwandter, könnte man annehmen, Ihr betrachtet Euch und Euresgleichen als die Besitzer dieser kleinen, wenn auch beileibe nicht unbedeutenden Welt. Wenn dies zutrifft, laßt mich Euch eine Warnung erteilen. Von welcher Welt auch immer Ihr kommt, diese Welt hier gehört weder Euch noch uns. Sie gehört denen, die hier leben und seit Anbeginn der Zeit hier gelebt haben. Ich vermute, Euch ist der Protektionsrat nicht unbekannt. Hört mir gut zu. Auf dieser Welt werden keine weiteren Eingriffe gestattet. Über uns in der Kreisbahn befindet sich ein Raumschiff des Galaktischen Bundes. Alles, was uns zustößt, wird dort bekannt, und der Rat trifft Vorbereitungen, härteste Aktionen gegen jedwede Angreifer durchzuführen. Auf der anderen Seite, wenn es zutreffen sollte, wie ich zu vermuten beginne, daß Ihr rechtmäßig von dieser Welt als der Eurigen redet, als Abkömmlinge der alten Einwohnerschaft, dann grüße ich Euch im Namen der Allumfassenden Weisheit und erkenne Euer Recht an, uns zu befragen. Wir sind auf der Suche nach unseren Kollegen, die ohne Spur von ihrem Stützpunkt verschwunden sind, nördlich von Rahnalor..."

„Gesegneter!" unterbrach Rhomda und setzte sich in Arataks Armbeuge aufrecht hin. „Ich bitte Euch, mich anzuhören! Erinnert Euch an das Urteil der Inkarnation. Ich bitte Euch, keine weiteren Schritte zu unternehmen, ehe diese hier nicht angehört wurden..."

Aratak fuhr fort, als sei er nicht unterbrochen worden: „... wo sie harmlose Messungen vornahmen über das Wetter, das Klima und die Sonnenstrahlung. Ich verlange sie nun aus Euren Händen zurück."

Das Urteil soll beachtet werden. Wieder fühlte Dane, wie sich die Worte in seiner eigenen Sprache in seinem Kopf formten, tief im Sprachzentrum seines Hirns, und er erkannte sie als die Worte des Reptilgeistes vor ihm. *Das Urteil der Inkarnation der Rasse, Fremde, lautete, daß wir euch nicht weiter zerstören würden, ohne vorher in euren Gedanken und Herzen nach euren Motiven zu for-*

schen. Aber sucht nicht weiter nach euren verschwundenen Kollegen. Sie wurden zerstört. Ihr verlangt eine Rechtfertigung dafür. Wißt also, daß auch wir diese Handlung in Frage gestellt haben, und jene, die es angeraten haben, werden von der Inkarnation der Rasse zur Verantwortung gezogen werden. Seid beruhigt, eure Herzen und Gedanken sollen für euch sprechen, und bis das geschehen ist, habt ihr nichts zu fürchten.

Sterne beschienen eine andere weiße Gestalt zu Danes Linken; sie war vorher nicht dort gewesen. Aus dem Augenwinkel erblickte er eine dritte... doch noch ehe er sie richtig wahrnehmen konnte, wirbelte der Boden unter seinen Füßen, und der Sternenschein war verschwunden!

Er schwankte durch Dunkelheit. Er war blind! Unter seinen Füßen war Stein, kalt und glatt. Die Luft war ruhig, feucht – ungeheure Weiten schienen sich um ihn her zu erstrecken. Er hörte, wie Joda warnend aufschrie, hörte Riannas beruhigendes Gemurmel. Er kämpfte gegen die Panik an und fühlte in der Dunkelheit nach seiner Gefährtin, konnte sie aber nicht erreichen.

Langsam merkte er, daß es nicht gänzlich dunkel war. Schwaches farbiges Licht, viel schwächer als die geballten Sterne der Nacht auf Belsar, schimmerten hier und dort. Er hörte Wasser tröpfeln, nicht weit entfernt, in den Weiten um ihn her. Hohles Tröpfeln. Wie ein Echo in einer Höhle.

„Keine Angst." Das war Rhomdas Stimme, die beruhigend und sicher klang. „Bei der Macht der Gesegneten, man hat Euch ins Reich der Heiligen eingelassen."

... Das Reich der Gesegneten ist still und kühl... In plötzlicher Panik umklammerte Dane den Schwertknauf, fand aber, daß er statt dessen Riannas Handgelenk umfaßte.

„Dane, wo sind wir?" flüsterte sie. Er versuchte, seine trockenen Lippen zu befeuchten, um irgendeine beruhigende Antwort zu geben. Doch ehe ihm das gelang, dröhnte Dravashs Stimme durch das Dunkel.

„Entspannt euch", sagte der Anführer. „Sie kennen Telekinese oder Teletransport oder irgend etwas in der Art. Denkt daran, daß sie hier unten ein paar Millionen Jahre Zeit hatten, mit diesen Dingen herumzuspielen. Ich würde sagen, sie haben uns hinab in diese Höhlen gebracht, von denen Ihr geredet habt, Dane."

„Das Reich der Gesegneten, natürlich." Rianna versuchte, ihrer Stimme einen zuversichtlichen Klang zu verleihen; Dane schien dies nicht sehr überzeugend zu gelingen.

Er murmelte: „Ich glaube, wenn wir uns einen Himmel schaffen würden, hätten wir ein bißchen mehr Licht."

Wir hatten nicht gemerkt, tönte wieder eine Stimme, *daß es euch unangenehm dunkel erscheinen würde. Das kann aber höchst einfach behoben werden.* Die schwachen Lichtpunkte begannen aufzuleuchten. Langsam nahmen die Gestalten seiner Freunde um Dane herum Formen an.

Rechts erschien eine lotrechte Felsenwand, die sich in unermeßliche Höhe hinaufreckte. Hinter ihnen und um sie herum, abgesehen von den verschwommenen, fahlen Gestalten, die sich in dem Dämmerlicht bewegten, waren ebenfalls Felsen. Dane erschauderte: *Ein Land der Geister.*

Arataks Stimme klang fröhlich. „Wie sonderbar diese Wesen auch sein mögen, es scheint, daß die Höflichkeit zu ihren Tugenden zählt, und wie uns das Göttliche Ei richtigerweise sagt, ist die Sorge um das Wohlergehen von anderen die erste Tugend zivilisierter Denkweise. Immerhin befinden wir uns nicht unter Barbaren, denen das Wohlergehen einer anderen Rasse gleichgültig ist, und immerhin ist es eine Verbesserung gegenüber der Philosophie der Kirgon. Wie das Göttliche Ei des weiteren sagt: Jede Verbesserung, wie gering auch immer, sollte begrüßt werden..."

„Das Göttliche Ei..." begann Dravash ungeduldig, schluckte dann aber hörbar und fuhr mit ungewohnter Unterwürfigkeit fort: „... hat für alle Gelegenheiten Weisheit. Könnten wir es vielleicht zu irgendeinem anderen Zeitpunkt vernehmen, Aratak?"

Noch ehe das Echo seiner Worte erstarb, formten sich wieder Worte in ihren Köpfen: *Jener ferne Gefährte von euch, mit dem ihr kommuniziert, muß ebenfalls hergebracht werden, damit auch er sich der Inkarnation der Rasse stellt...*

Die Dunkelheit erzitterte. Plötzlich materialisierte sich eine weitere weiße Gestalt unmittelbar vor ihnen. Doch diese war nur halb so groß wie die anderen... mit einem Entsetzensschrei brach das Wesen auf dem Boden zusammen, um zitternd liegenzubleiben.

Dravash rief konsterniert aus: „Weitsprecher. Geweihter!"

Eine zweite weiße Gestalt, die alle überragte, erschien über dem gestürzten Telepathen und hielt einen Metallrahmen in der Hand: Weitsprechers Gehgerät.

Friede, Kleiner. Wir bedauern dieses Versehen...Ihr braucht dies. Zumindest Ihr seid in keiner Gefahr. Der riesige weiße Saurier bückte sich und hob vorsichtig die kleine, zitternde Gestalt auf die Füße und in das Gehgerät hinein. Rosafarbene Augen leuchteten in dem riesigen Schädel. *Und nun noch einen von eurem Schiff, und alles ist geregelt...*

Und plötzlich stand der Kapitän der Prrzetz neben Weitsprecher. Instinktiv duckte er sich in Kampfstellung. Eine Hand fuhr zum Gürtel, auf der Suche nach einer nicht vorhandenen Waffe.

„Ruhig, Kapitän“, sagte Dravash. „Es besteht keine Gefahr, noch nicht... jedenfalls nicht eine Gefahr dieser Art. Nehmt es leicht...“ So klang es jedenfalls durch Danes Translatorscheibe. „Uns geht es soweit gut.“

Der Protofeline wirbelte herum und suchte sie in der Dunkelheit zu erkennen.

„Dravash! Wo ist mein Schiff...? Was...?“

„Wir sind in einer Höhle irgendwo im Untergrund, glaube ich“, begann Dravash in seiner üblichen nachdenklichen Art, doch der Weitsprecher unterbrach ihn mit hysterisch scharfer Stimme.

„Wir befinden uns etwa zweihundert Meter unter der Erdoberfläche, nicht weit von dem Ozeankrater in nördlicher Richtung. Die Monster haben dich vom Schiff hierherteleportiert.“

„Teleportiert? Aber das ist unmöglich...“ Der Kapitän starrte wild um sich und erblickte die geisterhaften Gestalten in der Dämmerung und den Riesensaurier vor ihnen. „Wer sind diese Leute?“

„Monster!“ schrie Weitsprecher. Er klang wahnsinnig und schleppte sein Gehgerät zu den anderen, fort von der hochaufragenden, weißen Kreatur, die ihm hineingeholfen hatte. „Monster, sage ich! Telepathen, die mächtigsten in der gesamten Galaxis... so mächtig, daß sie sich vollständig vor mir verbergen konnten, bis sie Dravash gefangen hatten... fähig, uns vom Schiff hierherzuholen... keinem lebenden Wesen mit einer solchen Fähigkeit kann man trauen! Sie haben den Stützpunkt des Bundes zerstört, sie könnten unser Schiff zerstören, sie verspotten den Protektionsrat... zerstören jeden, der sich in dieses aufgeblasene, kleine Utopia einmischt, das sie hier unterhalten. Wir sitzen in der Falle! Wir werden ohne eine Spur verschwinden, das Schiff und alles andere, wie die letzte Expedition...“

Frieden! Die mächtige, ruhige Stimme pochte durch ihre Gehirne. *Vertraut der Gerechtigkeit der Inkarnation der Rasse. Wenn eure Herzen nichts Böses im Schilde führen, könnt ihr eure Furcht vergessen. Nun kommt. Einige von euch sind verletzt und benötigen Behandlung.*

Der riesige Saurier trat auf sie zu, und zum ersten Mal bewegten sich die mächtigen Kiefer.

„Folgt mir bitte“, sagte er holprig in Kahram – nicht, als sei er mit der Sprache unvertraut, sondern als sei die Tätigkeit, mit dem Mund Worte zu produzieren, für ihn ungewohnt.

Das Dämmerlicht bewegte sich mit ihnen.

Dane fiel in Schlaf, während sie seinen Arm versorgten; zumindest dachte er dies. Es überraschte ihn nicht, wenn er den Marsch und die Kämpfe des heutigen Tages bedachte. Er erwachte und sah Arataks Kiemenschlitze in der Dunkelheit glühen. Dann merkte er, daß man seinen linken Arm in eine mit Flüssigkeit gefüllte Röhre gesteckt hatte. Wenn er die Finger bewegte, schmerzte es nicht mehr; es kitzelte nur warm und angenehm.

Es heilt, sagte die Stimme in seinem Kopf. *Man hat den verletzten Nerv stimuliert, und jetzt wird er angeregt, wieder nachzuwachsen.*

Dane fragte sich, ob sie seine Gedanken lesen.

Natürlich. Diese Sache, die Ihr als Privatsphäre betrachtet, ist uns nicht bekannt. Wir bedauern Euer Unbehagen und haben nicht im Sinne, Euch Schaden zuzufügen oder Euch respektlos zu behandeln, kleiner Fremder.

Das mußte er bedenken. Keine Privatsphäre? Nicht einmal in Gedanken? War es ein Gruppenbewußtsein, ein Schwarmbewußtsein wie bei den Jägern? Nein, eigentlich nicht. Sie mußten Individualität besitzen, denn zuvor hatten sie gesagt: *Auch wir haben diese Handlung in Frage gestellt, und diejenigen, die es angeraten haben, werden sich vor der Inkarnation der Rasse verantworten müssen...*

Dane konnte Joda neben sich auf einer Steinplatte liegen sehen. Als er ihn ansah, gähnte der Junge und setzte sich auf. Die Höhle, in der sie nun lagen, war so klein, daß sie alle vier Wände sehen konnten, an denen sanft jene schwachen Flecken strahlten.

„Es ist also wahr!“ rief der Junge aus. „Es gibt wirklich ein

Reich der Gesegneten, und wir befinden uns dort!“ Er sprang auf die Füße und rannte zu einem der leuchtenden Flecken an der Wand. Dane dachte, daß den Sauriern, die in ewiger Dunkelheit lebten, dieser Raum als hell erleuchtet erscheinen mußte, vielleicht von schmerzhafter Grelle erfüllt. Ihre Augen – wenn man annahm, daß sie überhaupt noch funktionierten – waren wahrscheinlich gegenüber den schwächsten Lichtstrahlen empfindlich.

Joda fuhr mit der Hand auf die Lichtquelle zu und zog sie wieder fort.

„Es ist nicht heiß!“ keuchte er.

„Aber fasse es besser nicht an“, riet ihm Dane. „Man weiß nicht, was es...“ Er hielt inne. In der Sprache des Jungen gab es keinen entsprechenden Ausdruck für *Strahlung* oder *aussetzen*. „Es könnte deine Haut verletzen, selbst wenn du es nicht sogleich merkst.“

„Aber das ist sicher...“ Joda zögerte. „Das ist doch das Reich der Gesegneten... *hier* kann uns doch sicher nichts verletzen!“

„Aller Wahrscheinlichkeit nach nicht“, meinte Dravash. „Aber sie wissen vielleicht nicht, was uns Schaden zufügen kann. Sie sind seit langer Zeit hier unten. Vielleicht haben sie... wie sagt man... haben sie ein wenig die Verbindung zu unseren Bedürfnissen verloren, Joda.“

Danes Haut überzog eine Gänsehaut. Sie mußten wirklich schon lange Zeit hier unten leben. Sechzig oder siebzig Millionen Jahre, wenn sich die Menschheit von dem niedrigsten Säugetier emporentwickelt hatte...was für eine Technologie konnte sich in einem solchen Zeitraum herausbilden...?

Aratak setzte sich auf. Seine Kiemenschlitze leuchteten in der Dunkelheit. Er sagte: „Wenn diese Wesen wirklich zu der Rasse gehören, die die Gesegneten Heiligen zur Menschheit schickten, um sie zu lehren und anzuregen, die Rasse des Heiligen A'assioo, dann denke ich...“

„Du denkst doch niemals“, pfiff der Weitsprecher. „Deine Gedanken bestehen lediglich aus mickrigen und sentimentalen Bruchstücken in der Verkleidung von Philosophie! Du erhoffst dir von *denen* hier Mitleid und Gerechtigkeit? Verstehst du denn nicht, daß du in ihren Augen nur ein niederes Tier bist und daß deine gesamte, verfluchte Philosophie für sie nicht mehr bedeutet als der Gedanke einer Rasha, wenn sie auf die nächste Mahlzeit wartet? Mit ihrer Macht können sie die Galaxis erobern, und nun, da sie wissen, wie primitiv wir sind, werden sie es auch prompt in Angriff nehmen. Diese Leute haben sich so weit entwickelt, daß sie ohne Zweifel das gesamte Universum Planet für Planet so verwandeln werden, bis er wie dieser hier ist, wo sie selber als Götter über die niederen Rassen regieren...“

„Unsinn“, sagte Rianna nüchtern. „Die Galaxis hat viele telepathische Rassen, und viele von ihnen sind wertvolle und zuverlässige Mitglieder des Galaktischen Bundes.“

„Aber sie sind nicht so mächtig wie diese hier“, warnte Weitsprecher. „Sie sind weiter als alle, die wir kennen, und jenseits der Macht, von der unsere Vorfahren glaubten, nur Götter verfügten über sie. Was uns angeht, so könnten sie auch durchaus Götter sein, und wenn das der Fall ist, können sie den Galaktischen Bund zerquetschen, wie man einen Käfer zum Frühstück verzehrt.“

„Selbst wenn das alles stimmen würde“, brummte Aratak sanft, „braucht es doch nicht so zu kommen, wie Ihr befürchtet, Weitsprecher. Ihr sprecht, als seien alle Rassen wie die Kirgon oder die Mekhar. Wenn ein Wesen Kraft und Macht besitzt, muß es sie denen gegenüber, die sie nicht haben, doch nicht unbedingt ausüben. Wenn dies stimmen würde, mein Freund, würde es keinen Protektionsrat geben, und weder Ihr noch ich wären hier.“

„Du alberner Dummkopf“, schrie Weitsprecher. Seine Stimme klang wieder mit jenem hysterischen, wahnsinnigen Tonfall, und er stützte sich mit zitternden Vordergliedmaßen in sein Gehgerät und kam unter einem hohlen, metallischen Geräusch rasselnd auf Aratak zu. „Glaubst du denn wirklich, der Protektionsrat sei eine edle Institution selbstloser Wesen? Glaubst du denn, daß man sich diese Welt nicht längst in den Bund einverleibt hätte, wenn es auf diesem gottverlassenen Planeten irgend etwas Wertvolles gäbe, um die Mitglieder zu bereichern? Weißt du denn nicht, daß bereits drei oder vier größere medizinische Forschungsleistungen von hier berichtet wurden und dem Bund schon zugute kommen? Das Motto des Protektionsrates, dieser so edlen Wesen, wie du zu glauben scheinst, lautet: *Jede Welt hat ihren eigenen einzigartigen Beitrag zu der Kultur des Galaktischen Bundes zu leisten*... und ich möchte hinzufügen: für die Geldbeutel der Mitglieder; *aber das* sagen sie natürlich nicht.“

„Doch dem Ideal wird nachgekommen“, sagte der Prrzetz, „auch von Euch, Weitsprecher, selbst wenn du es verhöhnst.“

Während sie stritten, stand Joda verwirrt neben dem Lichtfleck und wandte den Kopf nach rechts und links, während die wütenden Stimmen hin und her klangen. Offensichtlich verstand er kein Wort. *Macht auch nichts,* dachte Dane.

„Geweihter", sagte Dravash, „Respekt, aber ist es klug, angesichts des Prozesses, vor dem wir stehen, auf diese Weise zu spekulieren und zu streiten? Wir werden all unseren Mut brauchen..."

„Mut!" höhnte der Weitsprecher. „Was soll das nützen vor so mächtigen Wesen. Wir sind hilflos, und das sollten wir uns ruhig zugestehen! Oder ist deine Arroganz so groß, daß du immer noch glaubst, wir könnten zu jenen Wesen reden, und sie würden uns auch zuhören?"

„Geweihter, ich habe weder Respektlosigkeit noch Arroganz im Sinn. Ich wollte nur sagen..."

Plötzlich explodierte Dane.

„Verdammt, Dravash, wenn irgend jemand anders in diesem Raum anfinge so herumzumeckern, würdest du ihm das Maul stopfen, noch ehe er den ersten Satz beendet hätte. Ich weiß wirklich nicht, warum ihr Sh'fejj aus diesem verzärtelten, übellaunigen, ausgebleichten Gedankenleser einen solche Fetisch macht, aber ich bin es satt, ihn mir anzuhören, und es ist an der Zeit, daß er sein Maul hält, sonst muß ich es ihm stopfen!"

Er hatte schockierte Stille erwartet. Statt dessen brach Dravash in donnerndes Gelächter aus. Dane zuckte zusammen, starrte Rianna an, die ebenfalls begonnen hatte zu kichern und es zu unterdrücken versuchte. Er öffnete gerade den Mund, um zu fragen, was daran so komisch sei, doch ehe er reden konnte, rief Joda entsetzt aus:

„Meine Lady, was haben sie mit Euch gemacht? Ihr seid weiß... weiß wie der Geist des Toten... oh, was haben diese Leute mit Euch gemacht?"

Und Dane starrte schockiert auf seine Hand und merkte, was nicht stimmte und was ihm auch an Aratak aufgefallen war.

„Rianna! Aratak! Unsere Haut – die Farbe ist fort! Wir sehen wieder natürlich aus!"

Aratak blickte auf seine große Klaue und hielt sie neben die von Dravash. So schwach das Licht auch war, so war sie doch sichtlich grau gegenüber Dravashs Pechschwarz.

„Interessant", bemerkte er. Rianna streckte die Hand aus und streichelte Joda beruhigend. „Mach dir keine Sorgen, *Zabav*", sagte sie sanft, und dann dröhnte die Stimme in ihren Köpfen, körperlos, leidenschaftslos. Es war der riesige Saurier, mit dem sie es schon vorher zu tun gehabt hatten.

So ist es. Die künstliche Pigmentierung, die eure Haut vor der Sonne dieser Welt geschützt hat, wurde entfernt. Ihr braucht sie nicht mehr.

Joda sagte mutig: „Du bist immer noch meine Lady, was für eine Farbe deine Haut auch immer haben mag. Aber... aber..." Er hielt inne. „Du bist mir jetzt fremd."

Jetzt, wo ihr alle wach seid, tönte die Stimme weiter, *eßt und erfrischt euch. Die Inkarnation der Rasse erwartet euch.*

Riesige Echsengeister erschienen in der Höhle und trugen Gefäße mit Essen herbei. Dane verspeiste flache Kuchen aus dem hiesigen Korn, bedeckt mit dickem, süßen Sirup, und andere Speisen, die nicht so leicht zu identifizieren waren, aber schmeckten. Selbst Joda schien beim Essen etwas von seiner Ehrfurcht zu verlieren. Doch das Getränk, mit dem das Essen heruntergespült wurde, war weder Wasser noch der dünne belsarische Wein, sondern eine süßliche Flüssigkeit mit merkwürdigem Geschmack, die schwach bläulich im Licht schimmerte. Sie schien die Sinne zu erwecken und zu schärfen, nicht wie eine Droge, sondern wie der fast schon vergessene starke Kaffee in Danes früherem Leben auf der Erde...

Rhomda war nicht mehr bei ihnen. Dane empfand das als normal. Er hoffte nur, daß der Anka'an-Speermeister nicht seinen Verletzungen erlegen war.

Als sie fertig waren, blieb nur eine der Geistergestalten bei ihnen. Dane dachte flüchtig daran, den einzelnen Echsenmenschen zu überrennen, ließ den Gedanken aber sogleich wieder fallen. Selbst wenn keine weiteren Wachen erschienen – und wenn ihre Gedanken, wie es den Anschein hatte, ständig gelesen wurden, wäre sicher sofort Verstärkung unterwegs –, würde eine Flucht nur dazu führen, daß sie sich nur in den endlosen Labyrinthen der Höhlen verliefen. Außerdem war seine Schwerthand in der Röhre zur Bewegungslosigkeit verdammt. Wenngleich das Schwert noch immer an seiner Seite hing. Warum hatten sie es ihm nicht fortgenommen? Weil sie wußten, daß es nutzlos gegenüber ihren Kräften war? Und ein schwacher, geflüsterter Gedanke erreichte von irgendwoher, fast entschuldigend seinen Kopf: *Eure Rasse braucht Waffen, klei-*

ner Bruder. Wir wollen Euch nichts rauben, was Euch zu einem Gefühl der Sicherheit verhilft... nicht, solange Ihr es noch braucht...

Kommt, sagte dann eine klarere Stimme in ihm, *die Inkarnation der Rasse erwartet euch.*

Ihr einzelner Wächter, beziehungsweise ihre Eskorte, versammelte sie um sich, und als sie sich durch den langen Flur zu bewegen begannen, Joda neben Rianna, Dravash in beschützender Nähe bei Weitsprecher, erinnerte sich Dane flüchtig an den kurzen telepathischen Kontakt, den er mit Weitsprecher an Bord des Schiffes geteilt hatte. Dies hier war völlig anders. Kein Gefühl bitterer Entfremdung, die Überlappung widersprüchlicher Standpunkte. Vor allem gab es keinerlei Haß oder Verachtung.

Dane kam es in den Sinn, daß Weitsprechers verdrehte Vorstellung vom Universum wohl die größte Gefahr für sie darstellte. Wenn die Geister sie nun alle nach Weitsprechers verzerrtem, haßerfüllten Herzen und Gedanken beurteilten?

Das Dämmerlicht zog mit ihnen, während sie durch scheinbar endlose Tunnel und Gänge liefen. Das Licht flammte direkt vor ihnen und über ihnen auf, um hinter ihnen sogleich wieder zu verlöschen. In gewissen Abständen erschienen in der Dunkelheit merkwürdige Maschinen – zumindest vermutete Dane, es seien Maschinen; große Scheiben aus Kristall, Spinnennetze aus glasartigen Fäden, durch die sich Licht und Farben bewegten. Einmal enthüllte sich ein Licht vor ihnen als ein Gitter, hinter dem ein lila Feuer loderte und zuckte.

Die dunklen Flure nahmen kein Ende. Dane hatte das Gefühl, schon mehr als eine Meile gelaufen zu sein. In der Dämmerung nahmen sie die geisterhaften Gestalten von weißen Sauriern wahr, die ihren Geschäften nachgingen und die Gruppe der Gefangenen nicht mit der geringsten Aufmerksamkeit bedachten – oder waren sie gar keine Gefangenen?

Weitsprecher schleppte sich in seinem Gehgerät vorwärts. Dane hörte ihn verhalten murmeln, und der arme Krüppel tat ihm leid. Er selber hatte nichts gegen den langen Gang durch die Höhlen – es tat gut, sich ein wenig zu bewegen –, aber wenn diese Wesen Gedanken lesen, konnten sie dann nicht erkennen, daß dies Weitsprecher einfach überforderte? Dravash versuchte unaufdringlich, ihm zu helfen, was, dem Brummen nach zu urteilen, mürrisch zurückgewiesen wurde. *Weitsprecher kann so schlecht nicht sein, sonst würde sich Dravash nicht zu ihm hingezogen fühlen, nicht so bereitwillig dessen übles Temperament entschuldigen.* Und das erinnerte ihn plötzlich an Dravashs explodierendes Gelächter und Riannas unterdrücktes Kichern. Er berührte ihre Hand und fragte: „Übrigens, was war denn so komisch daran, was ich gesagt habe, kurz bevor Joda entdeckte, daß wir wieder unsere normale Farbe haben und uns vom Thema abbrachte? Als ich Weitsprecher gesagt hatte, er solle sein Maul halten, ehe ich es ihm stopfe?"

Wieder kicherte Rianna. „Du hast ihn einen Fetisch genannt. Einen Fetisch! In der ältesten Zivilisation der Galaxis? Und einer protosaurischen noch dazu!" Wieder kicherte sie. Dane schüttelte den Kopf und meinte schließlich, daß seine Translatorscheibe wohl einen bestimmten Scherz fabriziert und damit irgendwie mit einer Phrase ein Wespennest in der Psychologie der Sh'fejj angestochen haben mußte. Seine Kehlscheibe hatte irgendwie etwas Komisches gemacht, was im Sprachkontext der Sh'fejj – und aus irgendeinem sonderbaren Grund auch in dem Riannas – zum Lachen reizte, und es konnte nicht rückübersetzt werden.

Aber Weitsprecher hatte seither den Mund gehalten. Abgesehen von seinen gemurmelten, schmerzerfüllten Protesten und angesichts des körperlichen Zustands des Wesens überraschte Dane dies nicht. Plötzlich verwandelte sich das Murmeln in ein Heulen, fast in einen Wutschrei. Das Gehgerät rasselte nicht mehr, und als Dane sich umsah, erblickte er das Gerät, wie es einen halben Meter über dem Boden schwebte, während der kleine Telepath sich daran klammerte und um sein Leben schrie.

Keine Angst, kleiner Bruder, sagte die tonlose Stimme. *Ihr werdet nicht fallen. Wir bedauern, Eure Schwierigkeiten mit der Bewegung nicht früher erkannt zu haben.* Und nach einer Minute, als Weitsprecher merkte, daß er glatt und sanft fortbewegt wurde, hörte er auch auf zu schreien.

Schwarze Tunnelöffnungen klafften zu beiden Seiten auf. Jetzt öffnete sich vor ihnen ein Bogengang. Ein schwerer Geruch nach Reptilien – Dane kannte ihn von der Protosaurierstadt von Rahnalor, wo er weniger konzentriert geherrscht hatte – schwebte auf dem Gang. Die Echos der Schritte klangen nun anders. Weitsprecher gab einen leisen, entsetzten, klagenden Laut von sich. Dane reckte das Kinn vor, konnte aber nicht umhin zu denken: *Halte mir das zugut, Kerlchen.*

Ihr Führer winkte sie weiter.

Tretet ein und verweilt nach dem Urteil der Inkarnation der Rasse.

Es schien eine riesige Höhle zu sein. Der Zwielichtflecken, mit dem sie gingen, wurde von Dunkelheit umgeben – Dunkelheit, voll von Gestalten: Reptile, Saurier, alle madenbleich. Instinktiv erhob sich in Dane ein Grauen, das bis in die Knochen, bis in die Gene hinein ging. Er mühte sich, es unter Kontrolle zu bringen und suchte in seinen Gedanken nach Erinnerungen an die verschwundene Erde. Ein Bild aus dem alten Ägypten. Die Toten warten in der Halle der Gerechtigkeit. Warten darauf, von alten Göttern mit Tierköpfen abgeurteilt zu werden. Dort stand die große Waage, wo alle Sünden des menschlichen Herzens gegen die leichteste Feder vom Flügel der Wahrheit aufgewogen wurden, und jene, die nicht bestanden, wurden den wartenden Fängen der Krokodile vorgeworfen...

Wartete irgendwo in der Riesenhalle der Fresser der Toten?

Irgendwo da oben, unter den Reihen um Reihen von bleichen, wurmbleichen Gestalten mit großen Reptilienfängen... Hunderten, Tausenden...? Sie befanden sich in einem riesigen Amphitheater, dessen Größe einfach unermeßlich war; Dane hatte das Gefühl, daß die Kathedrale von Notre-Dame hier Platz gehabt hätte. Wartete hier die gesamte unterirdische Rasse, um sie abzuurteilen? Oder, was noch erschreckender war, handelte es sich bei all diesen Wesen lediglich um ein ausgesuchtes Richtergremium? Sie überquerten den Platz, den man für sie freigelassen hatte, bewegten sich in dem Dämmerlicht, das ihnen immer noch folgte, stiegen auf ein Podest und warteten. Saurier blinzelten sie mit rosa Augen an.

Aratak murmelte: „Für sie ist das Licht hier sehr hell."

Überall um sie herum rührte und regte es sich angespannt. Der schwere Reptiliengeruch machte Dane nervös; er griff zum Schwertknauf, zwang sich aber dann, sich zu entkrampfen. Das hatte hier keinen Zweck.

Rhomda betrat den schwachen Lichtkreis.

Spontan lächelte ihm Dane zu. Gott sei Dank, der Speermeister lebte! Doch dann versteifte er sich skeptisch:

Nein! Man kann mit durchschnittenen Kniesehnen in den beiden Beinen nicht mehr gehen! Selbst wenn ich mich geirrt habe und die Sehnen nur angerissen habe, dauert es Monate... Jahre...

Er bewegte die Finger innerhalb der Röhre mit Flüssigkeit. Kein

Schmerz. Seit Tagen zum ersten Mal kein Schmerz. Nervenregenerierung! *Das war unmöglich...*

Aber Rhomda konnte wieder gehen. Das war eine Tatsache. Rhomda lächelte sie ermutigend an, und Dane fühlte trotz allem, was um sie herum geschah, eine Welle von Freude für Rhomda und sich. Er würde kein Krüppel bleiben... und seine Hand würde ebenfalls wieder in Ordnung kommen!

Die Inkarnation der Rasse bildet sich ein Urteil.

Ein lautes Atemzischen und ein kurzes Geräusch von Bewegungen drangen aus der Dunkelheit um sie herum und verebbten wieder. Einen Moment schien es, als würde nichts passieren, doch dann spürte Dane ein merkwürdiges Gefühl in seinem Innern: als würde er inmitten eines riesigen Orchesters stehen, und der Dirigent erhöbe seinen Taktstock, als ob sich aus dieser Dunkelheit Tausende bereiter geübter Hände zum Bau eines gewaltigen Gebäudes zusammenschlössen und mühelos Stein auf Stein setzten.

Seine Ohren erwarteten Musik, die Augen ein unglaubliches Stück Architektur, und trotz der Stille und Dunkelheit wußte er, daß sich um sie herum *irgend etwas* formte. Die Symphonie wurde gespielt; er war taub, konnte aber die Harmonien mit jeder Zelle seines Körpers spüren. Nein, keine Symphonie, ein komplexes Chorwerk, in dem jede Stimme einen eigenen Part hatte, in dem auch er – fast – eine Stimme hatte...

Seine Ohren vernahmen nur Stille, die Augen sahen nur Dunkelheit. Und doch spürte er in der Nähe seine Kameraden: Arataks Ruhe und Verwunderung; Joda, zerrissen zwischen kindlicher Furcht und dem plötzlichen, erstaunten Akzeptieren eines Erwachsenen; Rhomda, besorgt, aber friedlich. Und Rianna, die ihn wie ein kräftiges Feuer wärmte.

Eingebettet in diese vertrauten Harmonien klangen andere Töne: Weitsprecher, verwirrt, aber immer noch feindselig; Dravash und der Prrzetz, dessen Name, wie ihm jetzt einfiel, er gar nicht wußte; diese beiden waren sich sonderbar ähnlich, trotz des scharfen Gegensatzes zwischen protofeliner Spannung und saurischer Tiefsinnigkeit. Beides Anführertypen, an Autorität gewöhnt, fähig, Entscheidungen zu tragen, von denen das Leben Hunderter abhing. Irgend etwas in Dane übersetzte erstaunt in der alten Weise: *Hier liegt die Verantwortung.* Er spürte es sowohl in der weiblichen Katze als auch in dem Sauriermännchen. Dane fühlte sich plötzlich klein. *Ich kann das auch, aber nur für mich. Es verletzt mich zu sehr, unrecht zu haben. Sie können das Wissen akzeptieren und damit leben, daß sie früher oder später eine falsche Entscheidung treffen, die Leben kosten kann... werde ich jemals so groß werden? Wie sagt man doch: Beurteile niemals jemand anderen, ehe du nicht ein paar Meilen in seinen Schuhen gegangen bist...*

Die lautlose Musik schwoll an. Dann, vom Höhepunkt an, formten sich Stimmen und Worte, keine einzelne Stimme. War es die Stimme der Inkarnation der Rasse?

Diese beiden unserer eigenen Rasse stehen ebenfalls vor Gericht. Sie sind eure Ankläger, und ihre Anschuldigungen sind ihre Verteidigung. Das Licht schien unvermittelt heller zu werden um die beiden Riesensaurier, die die freie Fläche mit den Fremden teilten.

Vor langer Zeit zerstörten Wesen von den Sternen unsere Welt. Irgendwie wußte Dane, daß diese Worte von dem einem der beiden Saurier zu ihrer Linken stammten, nicht von dem anderen oder von einem aus der Masse der weißen Reptile in der dunklen Höhle. *Als das erste Schiff von den Sternen landete, bekamen wir Angst. Einige von uns meinten: Wartet. Es ist Jahrhunderte her, und vielleicht haben diese hier nichts Böses im Sinn. Wartet ab. Wir warteten. Doch dem ersten Schiff folgte ein anderes. Es landete in einem Dorf und ließ Feuer unter all die Leute dort regnen. Unser Eingreifen war notwendig.*

Und plötzlich begriff Dane. Diesen Wesen war es nie in den Sinn gekommen – so wenig wie den Leuten von Rahnalor –, daß die „Sternendämonen" keinen gemeinsamen Ursprung haben könnten. Daher wurde der Stützpunkt des Bundes zerstört –, weil das Kirgonschiff versucht hatte, harmlose Dörfler zu versklaven. Sie konnten oder wollten zwischen beiden Gruppen keinen Unterschied machen. Sie hatten deren Gedanken keiner Prüfung unterzogen, sondern einfach alle Invasoren vernichtet, nachdem sie gesehen hatten, wozu die Kirgon fähig waren; und überließen die Überlebenden ihren Handlangern über der Erde, dem Anka'an-Orden.

Der zweite Saurier auf der Plattform wandte sich ihnen zu.

Als wir alle Invasoren vernichtet hatten, bewachten wir wieder wie in alten Zeiten den Himmel und entdeckten, daß der ursprüngliche Stützpunkt aufs neue besetzt wurde. Auch diese haben wir vernichtet.

Das besagte alles über die Expedition des unglückseligen Vilkish F'Thansa.

Doch als vorgeschlagen wurde, ihr Schiff zu zerstören, waren wir geteilter Meinung, und niemand wollte etwas unternehmen. Wir sahen das Schiff zurückkehren und im Himmel verschwinden. Und nun sind sie wiedergekommen, wie wir sehen. Sollen wir wieder hier sitzen bleiben und auf die Zerstörung aus dem Himmel warten?

Und ein Teil des unhörbaren Chors schien einen lauten Racheschrei auszustoßen.

Auch wir konnten zu den Sternen reisen! Laßt uns den alten Kummer rächen. Laßt uns unsere Welt und unsere Wesen auf immer in Sicherheit belassen!

Als dieser Schrei ertönte, teilte sich die Inkarnation der Rasse und mischte sich in Ruf und Gegenruf:

Was für eine Gerechtigkeit soll das sein? Sie kennen das alte Verbrechen nicht; ihr Volk hatte sich kaum zu kleinen Lebewesen entwickelt, als es geschah. Wenn wir sie nun ansehen, wissen wir, daß sie mit den alten Zerstörern nichts zu tun haben.

Dane zwinkerte. Es bedeckte die Augen gegen das Licht. Er fühlte sich, als sei er aus einem sonderbaren, verwirrenden Traum erwacht. Er sah die große Höhle, Reihen um Reihen jener bleichen Kreaturen, von denen sich die meisten die Augen abdeckten. Das weiße Licht verschwand. Vor ihnen hing in der riesigen Höhle ein leuchtender Planet von merkwürdiger Massivität und Substanz – Belsar. Belsar, wie Dane ihn aus dem Raumschiff gesehen hatte, nur ohne die Narben und Krater, ein unverwüsteter Belsar, bedeckt mit weiten blauen Meeren und Kontinenten, über die sich dünne Wolkenschleier zogen.

„Erinnert euch, Kinder!“ rief die Inkarnation der Rasse. *Seht unsere Welt, wie sie einmal war!* Es war eine Klage, ein trauernder Schrei voller Kummer und Sehnsucht.

Reiche Vegetation und ausgedehnte Sümpfe; riesige Gestalten, nicht unähnlich den Dinosauriern seiner Welt... doch diese hier hatten glänzende Städte, Straßen und Wege gebaut... hier waren sie über die Tiere aufgestiegen... Bilder tanzten durch das Licht, nicht flach auf eine Wand projiziert wie beim Film, sondern dreidimensional. Sie stellten alte Saurier dar, die in hölzernen Schiffen fuhren, pflanzten und ernteten, Eisen und Holz bearbeiteten; zuerst eine einfache, agrarische Kultur, dann eine technologische Gesellschaft... es gab weniger Kriege, dachte Dane, als sich der ‚Film' vor ihm abwickelte, verglichen mit der Geschichte der Erde, doch es gab Konflikte unter einzelnen Gruppen, Hinweise auf schreckliche Waffen, die man testete und ablehnte. Auf dem Höhepunkt der industriellen Kultur hatten sie diese Tunnel gebaut, in der Angst, daß irgendeine Hand die Katastrophe durch diese Waffen auslösen würde...

Aber die Weisheit blieb; unsere Welt einigte sich in Frieden, und wir hielten alle Gefahren für überwunden. Und dann, als wir es am wenigsten erwarteten, schlug das Chaos zu...

Wieder hing ein Planet im Raum, und Dane fiel der Stern wieder ein, den die Eingeborenen Weltenzerstörer nannten... Eine Sonne nahe Belsar, vielleicht zu nahe...

Wir werden niemals erfahren, warum sie uns angriffen. Aber Dane erschauderte und fühlte sich nicht in der Lage, sich den einzigen bekannten interplanetarischen Krieg anzusehen – und er hoffte, er würde es niemals müssen. Grelles, schreckliches Licht auf der Leinwand, die vertraute pilzförmige Wolke. Tod und Zerstörung... und die Tunnel, erbaut und verlassen, als die Welt friedlich geworden war, füllten sich mit dunkelhäutigen Sauriern. Eine Welt explodierte. Belsar wurde von Kratern aufgerissen, eine tote Welt, scheinbar so leblos wie der Mond der Erde. Auch für die Angreifer nun nutzlos... ein zerstörter Planet, wenn man ihn durch das Teleskop ansah; riesige Lichtblitze, Risse, Explosionen...

Rianna flüsterte: „Der Asteroidengürtel!"

Unsere Welt war verschwunden. Wir zerstörten ihren Stützpunkt, doch der Preis für diese Dummheit war zu hoch. Niemals wieder werden unsere Nachkommen unter freiem Hmmel leben...

Zeit. Jahrtausende. Wetter, Erosionen, Erdbeben, Hurrikane, kleine, kaum sichtbare Pflanzen, die eine Welt bedeckten, die doch nicht ganz so tot war, wie es schien, während die Tunnel von dem unterirdischen Saurierleben dröhnten.

Generation auf Generation, Jahrtausend auf Jahrtausend, haben wir unter der Erde gearbeitet, haben neue Energien entdeckt, neue Künste und Wissenschaften geschaffen... und schließlich kam die Zeit, als wir hinausgingen und uns unsere alte Welt ansahen, in der Erwartung, nur Ruinen und Zerstörung zu finden...

Eine Wüste – kleine, harte Büsche wuchsen dort; winzige, mausartige Nager huschten über den Sand. Etwas wie ein Falke schoß aus dem Himmel, und das Mauswesen suchte Zuflucht im Buschwerk; die rasche Flucht, das langsame Zurückziehen...

Jahrhunderte vergingen.

Eine Lichtwelle: Gras bedeckte die weite Prärie. Nomadenwesen zogen umher, Wesen, die auf zwei Beinen standen und kräftige Katzen mit Steinen und Speeren verjagten. Und wieder die Höhlen, bevölkert von dunkelhäutigen Sauriern...

Anführer stiegen auf, predigten, daß das Leben auf der Erdoberfläche wieder das unsrige sein könne, daß wir hervortreten und sie den Affenwesen, die sie an sich gerissen hatten, wieder entreißen könnten. Aber wir wollten ihnen nicht antun, was die Sternenwesen uns angetan hatten. Auch wir beschlossen einen Neuanfang. Und wir würden sicherstellen, daß jene von unseren Söhnen, die neben den Protosimianern leben würden, ihnen niemals gestatteten, solche gefährlichen Höhen zu erklimmen...

Und so entstanden, während sich der Mensch entwickelte, auch Seite an Seite mit ihm die Städte der dunkelhäutigen Saurier, der Ersten Wesen... und dann kam das Eis, und einige der Reptilwesen kehrten zurück in die Höhlen, anstatt wieder zu der gefährlichen Technologie Zuflucht zu nehmen, die schon einmal fast ihre Welt zerstört hatte...

Und während dieser Jahre hatte unsere Rasse die Fähigkeit, an der Erdoberfläche zu leben, verloren. Jene von uns, die zur Sonne zurückgekehrt waren, hatten sich an die veränderte Strahlung angepaßt. Aber wir konnten es nicht.

Und jetzt war die Veränderung gekommen. Die Simianer unter der hellen Sonne Belsars hatten dunkle Haut; neben ihnen bauten dunkelhäutige Saurier Städte und arbeiteten mit ihnen zusammen; aber diejenigen, die in den Höhlen geblieben waren, waren fahl geworden und konnten die Strahlen ihrer eigenen Sonne nicht mehr aushalten. Der Zeitpunkt, an dem sie ihr selbstgewähltes Exil hätten verlassen können, war verstrichen. Es war zu spät für sie – auf immer.

Doch wir beobachteten unsere Kinder insgeheim, wollten sichergehen, daß sie sich niemals selber zerstören würden, wie wir es getan hatten, niemals wieder einen so gefährlichen Stand der Technologie erreichten... und daß keine Invasoren mehr von außerhalb hierher kämen...

Doch jetzt ist der Zeitpunkt gekommen, wo wir uns wieder verei-

nen, wenn nicht mit den Leuten an der Erdoberfläche, dann doch wenigstens mit denen von der Äußeren Welt, jenseits der Sterne. Die mächtige antithetische Stimme des Wesens der Rasse drängte sich wieder ins Bewußtsein. *Es gibt Leute guten Willens dort, geweiht dem Ziel, die Hilflosen zu schützen... Technologien zu nutzen, nicht sie zu mißbrauchen...*

Nein, ertönte ein Schrei von dem einen Wesen auf der Plattform bei Dane und Rianna. *Wir haben hier eine perfekte Welt errichtet, eine Welt ohne Gefahren, ohne Ungerechtigkeit oder Unheil...*

Jodas Stimme klang sehr schwach in der riesigen Höhle, als er fragte: „Aber so perfekt ist sie nicht. Was ist mit den Rashas?"

Das versteht Ihr nicht, kleiner Bruder? Sie halten euch davor zurück, euch zu stark zu vermehren und Hungers zu sterben, denn unser Volk erfreut sich an der Aufzucht von Nachkommen. Und zieht Vergnügen aus dem Kampf gegen die Rashas.

Joda entgegnete: „Ich glaube, einige von uns hätten lieber die Wahl, ob wir gegen die Rashas kämpfen wollen oder nicht, und dann könnten wir etwas anderes finden, womit wir uns beschäftigen. Rashas jagen ist schön für jene, die es mögen, aber Leute wie ich sollten nicht sterben müssen, weil wir keine guten Kämpfer sind. Ich möchte etwas... etwas über die Wissenschaften lernen, über die meine Lady redet. Vielleicht könnten die Wesen von den Sternen lernen, daß man andere Planeten nicht zerstört, und auch wir könnten lernen, uns nicht durch Kriege zu vernichten. Aber so haben wir einfach gar keine Chance. Das Beste, was euch für Leute wie mich einfällt, ist, sie zum Anka'an-Orden zu stecken, und das bedeutet noch mehr Kampf. Meine Lady hat mir das Kämpfen und das Töten beigebracht. Ich könnte zurück zu meinem Dorf gehen als Joda, der Granthtöter, und den Rest meines Lebens als respektierter Mann dort verbringen, nicht als Feigling. Aber was könnte ich sonst tun?

Warum können wir auf unserer Welt nicht selbst entscheiden, was wir mit ihr anfangen wollen? Sind wir alle zu dumm? Ihr seid..." Plötzlich keuchte er, und Dane merkte, was der Junge tat, nämlich jede kulturelle Grundbedingung seines Lebens abzulehnen. „Ihr seid die Gesegneten Heiligen, und dies ist das Reich der Gesegneten, aber für mich seid ihr eine Herde ängstlicher alter Männer, die sich in Höhlen verstecken vor etwas, was vor Milliarden und aber Milliarden Jahren geschah. Ihr gebt uns keine Chance, es besser zu machen. Ist das denn heilig?“

Er verstummte. Irgendwo begann tröpfelnde Zustimmung. Sie schwoll zu einem mächtigen Akkord an.

Der Junge hat recht. Seine Leute sollten frei und Herren ihres eigenen Schicksals sein.

Aber wenn sie wieder alles zerstören?

Ruhig meinte der Prrzetz: „Seid ihr Götter? Niemand kann immer recht haben.“

Die Inkarnation der Rasse schwoll erneut zu einer machtvollen Harmonie an.

Wir haben gesehen. Wir haben geurteilt. Diese Menschen sollen an ihren Platz zurückgebracht werden... und die Menschen an der Erdoberfläche sollen ihr Schicksal selber in die Hand nehmen. Aber es muß ihr Schicksal sein, nicht unseres. Wir können ihnen nicht auf einmal all unsere Wissenschaft bringen. Sie müssen ihre eigene entdecken und wiederentdecken. Sie sind nicht bereit für uns.

Und plötzlich war die Höhle wieder dunkel. Nur die eine Sauriergestalt, die den Stützpunkt des Bundes zerstört und vorgeschlagen hatte, auch das Schiff zu vernichten, leuchtete in der Dunkelheit wie ein Stern. Und plötzlich erstrahlte helles Licht um sie herum, und sie waren wieder auf der Erdoberfläche. Zwei weiße Saurier ragten über ihnen auf.

Einer von ihnen sagte, während er schmerzhaft die Augen zupreßte – Dane erkannte ihn als denjenigen, der für die Zerstörung des Bundesstützpunktes verantwortlich gewesen war –: „Ich bin Vasa’ariyo. Dies ist meine Strafe. Ich muß hinaufgehen und in der Sonne leiden, auf immer aus dem Reich der Gesegneten vertrieben, aber vielleicht kann ich dem Land, das durch die Kirgon verwüstet wurde, Heilung bringen.“

Rhomda, der mit dem Speer in der Hand neben ihm stand, kniete ehrfürchtig nieder.

„Heiliger Vasa’ariyo, ich werde mit dir gehen und dich führen.“

„Das ist schon eine Strafe“, meinte Rianna, „ein Heiliger zu werden!“ Doch nur Dane hörte es durch die Übersetzungsscheibe. In der gleichen gemurmelten Sprache meinte er: „Weißt du denn nicht, daß er gerade dazu verurteilt wurde, an Hautkrebs zu sterben, wahrscheinlich langsam und unter gräßlichen Schmerzen? Glaub mir, das ist Strafe genug!"

Weitsprecher stützte sich schwer auf Dravash und den anderen Saurier. „Wo ist mein Gehgerät?" fragte er quengelnd.

„Ihr braucht es nicht mehr, kleiner Bruder", sagte der weiße Riesensaurier. „Macht einen Schritt, bitte."

Weitsprecher schleppte sich nach vorn; seine ganze Haltung verriet Furcht und Sorge... doch er fiel nicht. Wieder bewegte er sich, und wieder und wieder, und Dane sah zu seinem Erstaunen, daß der verkrüppelte Telepath sich vorsichtig weiterbewegte... aber frei und ohne Schmerzen. Seine Miene wurde von Entzücken und Erstaunen überzogen.

Der andere Saurier sagte: „Ihr braucht aber immer noch Behandlung, kleiner Bruder. Bitte bleibt doch bei uns als Botschafter des Galaktischen Bundes." Er wandte sich den anderen zu und sagte: „Es ist an der Zeit, daß ihr euer Schiff besteigt. Redet mit der Besatzung. Eure Kommunikatoren funktionieren nun wieder."

Der Prrzetz zog seinen Kommunikator – nein, dachte Dane plötzlich, *ihren* Kommunikator, vom Gürtel. Sie sprach ein paar dringende Worte hinein, und krächzende, erstaunte Laute antworteten, die Danes Translator als „Wo-zum-Teufel-habt-ihr-gesteckt-Kapitän-und-was-sollen-wir-tun?" interpretierte.

„Nichts", antwortete Dravash. „Der Kapitän und ich und alle anderen sind bereit und warten auf euch."

„Wir senden sofort eine Landefähre."

Der Riesensaurier sagte: „Das ist nicht nötig. Wir können euch unmittelbar zum Schiff transportieren..." Er hielt inne. Dann sagte er: „Nein. Erlaubt eurer Landefähre, hier zu landen. Nicht nötig, daß ihr unter der Desorientierung leidet."

Rhomda umschloß kurz Danes Hand.

„Ich wünschte, Ihr würdet mit uns kommen", sagte Dane, aber er wußte, als er die Worte aussprach, daß es nur seine Art war, Rhomda mitzuteilen, wie er ihn vermissen würde. Rhomda paßte vollständig in seine Welt. Er befand sich in einer Position der Stärke und Verantwortung.

„Ich habe mich als Diener und Helfer diesem Gesegneten Heiligen ergeben", antwortete Rhomda und deutete auf Vasa'ariyo, der krampfhaft in das Licht blinzelte. „Solange er lebt, werde ich ihn nie verlassen."

„Und ich auch nicht", sagte Aratak plötzlich. „Die Weisheit des Göttlichen Eis hat mir gezeigt, daß alle Weisheit eins ist. Auch ich werde bleiben und die Weisheit einer Rasse genießen, die älter als die meine ist. Lebt nun wohl, liebe Kinder."

Rianna schlang die Arme um den riesigen Echsenmann. Dane fühlte einen Kloß in der Kehle. Aratak hatte ihm zur Seite gestanden, seit er in dem Käfig auf dem Mekharsklavenschiff erwacht war, und diese Trennung verursachte ihm Kummer. Er versuchte zu lächeln, doch Worte fand er nicht. Aratak war ein Philosoph, ein Kämpfer. Und er würde auf dieser Welt einen guten Botschafter abgeben, einen besseren vielleicht als der immer noch voreingenommene Weitsprecher, und die Weisheit des Göttlichen Eis mit jener der Gesegneten Heiligen vereinen. Schließlich sagte er mit belegter Stimme: „Laß den anderen ihr Anderssein. Auch ich würde gern hierbleiben, aber..." Er sah Rianna an, und Arataks riesige Pranke senkte sich sanft auf seine Schulter.

„Dein Schicksal liegt woanders, mein Freund. Lebe wohl. Denk manchmal an mich." Er trat an die Seite des großen weißen Sauriers...

Der Heilige Vasa'ariyo. Waren alle Heiligen Kriminelle, die von den ihren verurteilt wurden?

Rhomda sagte ruhig zu Joda: „Gehst du mit deiner Lady? Ich werde deinem Stamm Nachricht geben, daß du in Sicherheit bist und daß es dir gut geht und daß du in die Lande jenseits von Raife gezogen bist. Die Wahrheit würde sie nur über alle Maßen erschrecken und verletzen." Er legte beide Hände auf Jodas Schultern und sagte: „Du hast klug gewählt, mein Sohn. Du hast deinen Speer entehrt. Für dich gibt es hier keinen Platz mehr."

Joda entgegnete ebenso ruhig: „Ich glaube, hier war nie ein Ort für mich, Meister Rhomda. Ich habe Glück gehabt. Ich habe einen Ort für mich gefunden. Aber werdet Ihr eines Tages einem anderen Jungen helfen, der nicht so glücklich ist wie ich und seinen Platz nicht findet?"

„Ich schwöre es." Rhomda berührte seinen Speer. „Lebe wohl, Joda – Granthtöter!"

Joda schüttelte den Kopf. Er nahm den Granthzahn vom Hals, wo er zusammen mit anderen Amuletten hing und sagte: „Ich brauche ihn nicht mehr. Behaltet ihn als Erinnerung an mich, Meister Rhomda."

Rhomda hing ihn sich wortlos um den Hals, hob grüßend den Speer und sagte Lebewohl. Und dann schwebte die Landefähre vom Schiff des Galaktischen Bundes langsam nieder, und Aratak und Rhomda führten den Heiligen fort, den Hügel herab, fort von dem grellen Licht. Sie verschwanden in der Dunkelheit des Dschungels.

Dane saß in der Beobachtungskanzel und beobachtete, wie Belsar auf dem Schirm langsam verschwand. Rianna begann schon, Aufzeichnungen mit dem Recorder zu machen, beobachtet von dem faszinierten Joda.

Utopia, dachte Dane. *Für mich war es nach Ödstadt eine wunderbare Welt. Doch das Utopia des einen ist die Hölle des anderen. Für mich war Ödstadt die Hölle.*

„Ich vermute", sagte er zu Rianna, „daß du die nächsten paar Jahre damit zubringen wirst, Aufzeichnungen und anthropologische Berichte darüber zu verfassen, was wir hier gemacht haben?" Aber das brauchte er eigentlich nicht zu fragen.

„Ich fürchte schon", gab sie entschuldigend zurück. „Und ich muß einen Platz finden, wo Joda erzogen und ausgebildet wird, irgendwo, wo er keinen zu starken Kulturschock erleidet. Zentralstadt ist zu groß, zu mechanisch... vielleicht das Universitas-Reservat auf Spika VII... o Dane, ist das wirklich so schlimm? Ich fürchte, es wird Jahre dauern, ehe wir zu dem anthropologischen Beobachtungstrip starten können, den wir geplant hatten..."

Er zuckte die Achseln. „Ein Weilchen", meinte er, „wird Ödstadt wieder großartig sein. Eine Gelegenheit, sich auszuruhen. Und wenn ich es leid bin..."

Er beugte sich zu ihr hinüber und küßte sie, wußte, er bestand nicht länger darauf, daß ihre Bedürfnisse und Wünsche von den seinen unterschiedlich waren. Er liebte sie; er würde sie immer lieben, immer zu ihr zurückkommen. Aber er war zugleich nicht mehr vollständig von ihr abhängig. Dort draußen lag eine ganze Galaxis. Und irgendwo würde er, wie Joda, seinen Platz finden. Er beugte sich hinüber, umarmte sie ausgiebig, und sie erwiderte seinen Kuß mit einer Leidenschaft, die alle Mißverständnisse der Tage auf Belsar auslöschte.

Dravash, der Belsar auf dem Beobachtungsschirm beobachtete, drehte sich um und schüttelte seufzend den Kopf.

„Ihr Protosimianer!“ sagte er stirnrunzelnd. Dann lachte er plötzlich.

„Das Göttliche Ei hat uns richtigerweise gesagt“, meinte er, während Rianna und Dane ihn mit offenem Mund anstarrten, „daß es gut sei, den anderen ihr Anderssein zu belassen. Der Galaktische Bund ist groß genug, um alle Arten in sich zu vereinen. Ich werde einen letzten Kontakt mit Weitsprecher herstellen und mich vergewissern, daß alles in Ordnung ist.“

Er verließ den Raum, und Dane, der freundlich hinter dem Sh'fejj her lächelte, dachte: *Was war es noch, was Aratak immer gesagt hatte? Ich ergötze mich an der Vielfalt der Schöpfung.*

Eine riesige Galaxis dort draußen, dachte er noch, und blickte fröhlich auf die Wildnis kreisender Sterne. Und irgendwo da draußen ist Platz für jeden. Irgendwo.

Er umklammerte sein Samuraischwert und holte tief Luft. Und jetzt hatte er erst einmal Rianna und Joda, der aufwuchs und für den ein Platz gefunden werden mußte. Und dort draußen... nun, man würde sehen.

Ergötze dich an der Vielfalt der Schöpfung! Was natürlich nur eine andere Formulierung war für: *Laß den anderen ihr Anderssein.*

Dann war, wie das Göttliche Ei gesagt hatte, alle Weisheit eins.

Und in einer Welt, in der Dravash das Göttliche Ei zitieren konnte – nun, da konnte alles geschehen ... und würde es wahrscheinlich auch.

Nachwort

Marion Zimmer Bradley wurde am 3. Juni 1930 in Albany, New York als Marion Eleanor Zimmer geboren. Ihr Vater war als Handwerker (Zimmermann) und als Farmer tätig, ihre Mutter war Historikerin. 1949 heiratete sie Robert Alden Bradley, von dem sie 1964 geschieden wurde. In zweiter Ehe ist sie verheiratet mit Walter Henry Breen. Sie hat einen Sohn aus erster Ehe sowie einen Sohn und eine Tochter aus zweiter Ehe. Soviel zum privaten Hintergrund der Autorin, die 1953 ihre erste SF-Story in dem magazin *Vortex* veröffentlichte und seither mehr als zwei Dutzend Romane geschrieben hat. Darunter war zwar auch mal ein Roman über Zirkusartisten, aber im wesentlichen konzentrierte sie sich auf Science Fiction, auf eine abenteuerliche Science Fiction mit Fantasy-Einschlag, um genau zu sein.

Schon während der Schulzeit hatte sie erste Bekanntschaft mit Werken der phantastischen Literatur gemacht, so mit *The King in Yellow* von Robert W. Chambers, und war sofort davon begeistert. Später entdeckte sie die Welt der SF-Magazine und wurde das, was man einen SF-Fan nennen kann: Sie schrieb Leserbriefe an die Redaktionen von SF-Magazinen, kommunizierte mit anderen Fans, gab ein Fan-Magazin heraus, schrieb erste eigene Kurzgeschichten. Diese Phase schien beendet zu sein, als sie ihren ersten mann – der dreißig Jahre älter war als sie – heiratete. Bald jedoch versuchte sie den Alltag der Ehe ein wenig bunter zu gestalten, indem sie an ihre früheren Interessen anknüpfte. Sie schrieb Kurzgeschichten und Romane, verkaufte diese auch, und allmählich wucherte das „Hobby“, sehr zum Mißvergnügen des Ehemannes, zum Beruf aus.

Sie war in den fünfziger und sechziger Jahren eine der wenigen Frauen, die Science Fiction schrieben und sich nicht hinter einem männlich klingenden Pseudonym versteckten. Und sie fand sehr schnell Zugang zu den Sympathien der SF-Leser, und zwar vor allem mit einem großen Thema, einer imaginären Welt der Zukunft, in der sie mit den Jahren eine Reihe von Romanen ansiedelte. Gemeint ist der Darkover-Zyklus. Hier wird der Planet Darkover geschildert, der einst von den Männern und Frauen eines Kolonistenschiffs besiedelt wurde, das auf diesem Planeten unter einer blutroten Sonne notlandet. Darkover bleibt lange Zeit auf sich allein gestellt, bevor der Planet eines Tages von den Terranern wiederentdeckt wird. Man stößt auf eine Kultur, die feudalistisch geprägt ist und auf Psi-Kräften beruht, die bei den sieben herrschenden Familien auftreten. Die einzelnen Romane sind häufig dem Gegensatz zwischen einer mittelalterlich anmutenden Kultur auf der einen Seite und der hochtechnisierten, irdischen Enklave auf der anderen Seite verpflichtet, bemühen daneben aber auch andere Gegensatzpaare: Ratio / Intuition, Alter / Jugend, Heterosexualität / Homosexualität, Technologie / Instinkt, Mann / Frau, Establishment / Counter-Establishment, Bürgertum / Feudalismus, Künstlichkeit / Natur usw. Der Darkover-Zyklus – nicht eigentlich eine Serie, weil die einzelnen Romane nicht zwingend aufeinander aufbauen – ist bei amerikanischen SF-Lesern so populär, daß sich sogar eine eigene Darkover-Fan-Fraktion unter den amerikanischen SF-Fans gebildet hat. Waren die ersten Romane von Marion Zimmer Bradley vor allem spannender Unterhaltung verpflichtet, nutzte die Autorin in der Folge jene Freiräume, die ihr insbesondere der amerikanische SF-Verleger Donald A. Wollheim bot: Sie durfte ohne Längenbegrenzung und ohne redaktionelle Eingriffe ihre Romane zur Veröffentlichung bringen, eine selbst heute noch nicht selbstverständliche Voraussetzung für SF-Autoren. Ihre Romane wurden fortan nicht nur voluminöser, sondern auch gehaltvoller. Unaufdringlich und ohne ihre Leser mit langatmigen Traktaten zu plagen und ihnen die erwartete abenteuerliche Unterhaltung zu versagen, gestaltete sie ihre Romane zu Entwicklungsromanen ihrer Protagonisten, versagte sich nicht den einen oder anderen philosophischen Gedanken, sparte Sexualität nicht aus und setzte sich vor allem immer wieder – versöhnlich, wie es ihre Art ist – für die Gleichberechtigung der Frau ein.

Neben den Darkover-Romanen* veröffentlichte Marion Zim-

* Aus dem Darkover-Zyklus erschien in der Reihe Moewig bei Ullstein *Hasturs Erbe (The Heritage of Hastur), Der verbotene Turm (The Forbidden Tower), Die Zeit der hundert Königreiche (Two to Conquer).* Weitere Romane befinden sich in Vorbereitung.

mer Bradley immer mal wieder einen Roman, der nicht vom Licht der blutroten Sonne beschienen wurde. Hierzu gehören die Romane *Die Jäger des Roten Mondes (Hunters of the Red Moon,* Moewig bei Ullstein 63528) und die hier vorliegende Fortsetzung *Die Flüchtlinge des roten Mondes (The Survivors),* die in Zusammenarbeit mit ihrem Bruder Paul Edwin Zimmer entstand, der auch schon in der einen oder anderen Form an der Entstehung von *Hunters of the Red Moon* beteiligt war. Diese beiden Romane dürften zum Spannendsten gehören, was Marion Zimmer Bradley bislang geschrieben hat. Aber – und das macht die Qualität dieser Autorin aus – es bleibt nicht bei spannenden Action-Romanen mit unzähligen Kampfszenen, sondern diese Romane sind zugleich zutiefst menschlich, und die innere Dramatik steht nicht hinter der äußeren zurück. Erklärtermaßen ist dies sogar das Motto, unter dem diese beiden Romane stehen: *Liebe und Tod,* die Rückkehr zum Wesentlichen, zum Ursprünglichen.

Daß Marion Zimmer Bradley sich darauf versteht, den Leser zu unterhalten und ihm zugleich mehr als Unterhaltung zu bieten, hat ihre Darkover-Romane so berühmt gemacht. In *Hunters of the Red Moon* und *The Survivors* zeigt sich das gleiche Talent.

Hans Joachim Alpers

Bitte beachten Sie
die folgenden Seiten